LE MONDE DES ABBERLEY

Robert Goddard est un écrivain britannique né en 1954 à Fareham. Il étudie l'histoire à l'université de Cambridge avant de se lancer dans une carrière de journaliste puis d'enseignant. Il dirige également un établissement scolaire durant quelques années avant de se consacrer pleinement à l'écriture. Plusieurs de ses titres seront nominés pour le prix Edgar Allan Poe et le prix Anthony de la meilleure parution poche. Ses romans à intrigues se démarquent par une construction précise et un style impeccable. Ils se passent majoritairement en Angleterre, mettant en scène des personnages ballottés par l'histoire mouvementée du XXe siècle et la confusion de leurs sentiments. Robert Goddard vit actuellement à Truro dans les Cornouailles avec sa femme Vaunda.

Paru au Livre de Poche :

La Croisière Charnwood

Heather Mallender a disparu

L'Héritage Davenhall

Les Mystères d'Avebury

Par un matin d'automne

Le Retour

Sans même un adieu

Le Secret d'Edwin Strafford

Le Temps d'un autre

ROBERT GODDARD

Le Monde des Abberley

TRADUIT DE L'ANGLAIS
PAR CLAUDE ET JEAN DEMANUELLI

SONATINE ÉDITIONS

Titre original :
HAND IN GLOVE
Publié par Bantam Press,
une maison du groupe Transworld Publishers LTD.

ISBN : 978-2-253-07983-5 – 1re publication LGF

PREMIÈRE PARTIE

1

De nouveau, ce bruit. Et cette fois-ci, elle était sûre de ne pas se tromper. Un métal dur contre du bois tendre : le bruit furtif de l'effraction qu'elle prévoyait depuis longtemps. C'était donc là, la fin à laquelle elle s'était préparée. Ainsi que le commencement.

Elle tourna la tête sur l'oreiller, plissant les yeux pour déchiffrer l'heure sur le cadran lumineux du réveil. 1 h 52. Un silence de mort plus profond et plus sombre que celui de minuit.

Un coup sourd au rez-de-chaussée. Il était entré. Il était ici. Elle ne pouvait attendre plus longtemps. Se devait de l'affronter. Elle eut un sourire à cette idée, autant qu'à l'adresse du cadran indistinct et luminescent. Si elle avait pu choisir – et, en un sens, elle en avait décidé ainsi ; c'était bien la seule chose à faire. Pas de plaintes, pas d'adieux geignards à la vie. Au lieu de quoi s'imposait la simple réalité de ce qui allait suivre à présent.

Elle repoussa les couvertures, posa les pieds sur le sol et s'assit sur le bord du lit. La porte du séjour venait de s'ouvrir – avec précaution, mais pas assez toutefois pour que le bruit lui échappe. Il devait être dans le vestibule, à présent. Oui, à en croire le craquement de la lame près du placard sous l'escalier, aussitôt interrompu quand il avait fait un pas en arrière de peur d'être entendu. «Pas la peine de t'inquiéter, eut-elle envie de crier. Je suis prête à te recevoir. Je ne le serai jamais davantage.»

Elle glissa ses pieds dans les chaussons qui les attendaient près du lit et se leva, laissant les plis de la chemise de nuit retomber autour d'elle et ralentir les battements effrénés de son cœur. Elle avait sans doute encore le temps de prendre le téléphone et d'appeler la police. Qui arriverait trop tard, bien sûr, mais peut-être que... Non. Mieux valait qu'on croie qu'elle avait été prise complètement au dépourvu.

Il était dans l'escalier maintenant, montant prudemment, n'appuyant que sur le bord des marches. Un truc bien connu. Elle l'avait utilisé plus souvent qu'à son tour en des temps révolus. Un autre sourire. À quoi bon les souvenirs désormais, à plus forte raison les regrets ? Elle estimait que ce qu'elle avait fait avait été bien fait dans l'ensemble.

Elle tendit le bras pour attraper la torche électrique dans la table de nuit. Le corps en était lisse et froid sous ses doigts, aussi lisse et froid que... Elle entreprit de traverser la pièce, s'absorbant au maximum dans ses gestes pour dissiper toutes les incertitudes que risquaient de faire naître ces derniers instants.

Elle avait laissé la porte entrouverte et, la soulevant à peine sur ses gonds, la fit pivoter pour l'ouvrir dans le silence le plus total, avant de sortir sur le palier. Et de se figer sur place. Car il avait déjà atteint le tournant qui précédait le haut de l'escalier, silhouette noire et voûtée visible uniquement parce qu'elle avait anticipé sa présence. Son cœur puisait à grands coups dans sa gorge. Elle avait beau s'être préparée, avoir répété la scène, elle avait peur, à présent. C'était absurde. Et pourtant, se raisonna-t-elle, il n'y avait rien là d'anormal.

Au moment où il atteignit le palier, elle leva la torche, la tenant à deux mains pour l'empêcher de trembler, et du pouce fit glisser l'interrupteur. L'espace d'un instant, comme un lapin pris dans les phares d'une voiture, il s'immobilisa, ébloui, désorienté. Elle distingua un jean, une veste en cuir noir, mais ne parvint pas à voir clairement son visage derrière l'objet qu'il avait levé devant ses yeux pour les protéger de la lumière. Non qu'elle en eût besoin, puisqu'elle savait pertinemment à qui elle avait affaire. C'est alors qu'elle reconnut ce qu'il avait dans la main : un des chandeliers de la cheminée du séjour, dont il enlaçait les branches torsadées de ses doigts. Il le tenait tête en bas, la lourde base au bord acéré pointée vers le haut.

« Bonjour, monsieur Spicer, dit-elle de sa voix la plus assurée. C'est bien monsieur Spicer, n'est-ce pas ? »

Il abaissa son chandelier de quelques centimètres, s'efforçant d'accoutumer sa vue à la lumière.

« Je savais que vous alliez venir, voyez-vous. Et je vous attendais. J'irais jusqu'à dire que vous êtes en retard. »

Elle l'entendit jurer à part lui.

« Je sais ce pour quoi on vous a payé. Et je sais qui vous a payé pour le faire. Je sais même pourquoi, ce qui, j'imagine, est plus que… »

Puis les choses s'accélérèrent. L'avantage de la

surprise ne jouait plus. Il traversa le palier d'un bond et lui arracha la torche. Il était plus fort qu'elle ne l'aurait cru, et elle, plus faible. Du moins, la disparité était plus grande. Tandis que la lampe tombait sur le sol en cliquetant, elle comprit à quel point elle était fragile et impuissante.

« C'est inutile, commença-t-elle. Vous ne pouvez pas... » C'est alors que le coup l'atteignit et qu'elle chuta, s'affaissant au pied de la balustrade, avant que la douleur l'élance. Elle s'entendit gémir et fit mine de lever la main, vaguement consciente qu'il s'apprêtait à frapper de nouveau. Mais elle refusa de le regarder. Mieux valait se concentrer sur les étoiles qu'elle voyait par la fenêtre sans rideau, éparpillées comme des diamants sur le velours d'un présentoir de joaillier. Tristram était mort pendant la nuit, se souvint-elle. Avait-il aperçu les étoiles, lui aussi, au seuil du gouffre ? Avait-il imaginé ce qu'il adviendrait d'elle sans lui ? Si c'était le cas, il se serait certainement trompé, car jamais il n'aurait pu prévoir pour elle une fin pareille. Même si tous les éléments étaient déjà là en gestation, à portée de main, au moment de sa disparition. Même si...

2

« Allô ?

— Charlie ? Maurice à l'appareil.

— Maurice ? Quelle agréable surprise. Comment…

— Non, pas du tout agréable, ma vieille. J'ai de mauvaises nouvelles. C'est au sujet de Beatrix.

— Beatrix ? Qu'est-ce…

— Elle est morte, vois-tu. Mme Mentiply l'a trouvée cet après-midi au cottage.

— Mon Dieu, non ! Et de quoi ? Son cœur ?

— Non. Rien à voir avec ça. Il semblerait… D'après Mme Mentiply, il y a eu un cambriolage. Beatrix a été… eh bien, frappée à mort. Je n'ai aucun détail. La police doit être sur place à l'heure qu'il est, je suppose. Je m'y rends moi-même tout de suite. Ce qu'il y a… Veux-tu que je passe te prendre ?

— Entendu. Oui, il vaudrait peut-être mieux, en effet. Maurice…

— Je suis désolé, Charlie, vraiment. Tu l'aimais beaucoup. Comme nous tous. Mais toi plus particulièrement. Elle a eu une longue vie, certes, mais c'est une façon… mon Dieu, c'est vraiment terrible de partir comme ça.

— Elle a été assassinée ?

— Concomitamment à un vol, je suppose. C'est bien l'expression qu'utiliserait la police, non ?

— Un vol ?

— Mme Mentiply a dit que certaines choses avaient disparu. Mais ne brûlons pas les étapes. Allons voir sur place ce qu'il s'est réellement passé. Maurice…

— Oui ?

— Elle a été tuée comment ?

— D'après Mme Mentiply… Écoute, ne parlons pas de ça pour le moment, d'accord ? On le saura toujours assez tôt.

— D'accord.

— J'arrive dès que possible.

— Entendu.

— Prends donc un remontant. Ça aide, crois-moi.

— Tu as peut-être raison.

— J'en suis sûr. Bon, j'ai intérêt à ne pas trop tarder. À bientôt.

— Sois prudent.

— Ne t'inquiète pas. Salut.

— Au revoir. »

Charlotte reposa le combiné et rejoignit le salon à pas comptés. La maison lui semblait encore plus grande et plus vide qu'à l'ordinaire, maintenant que ce dernier chagrin était venu alourdir le silence ambiant. D'abord sa mère, avec une lenteur interminable. Et à présent, avec une violence inouïe, Beatrix. Des larmes lui emplirent les yeux tandis que son regard errait dans la pièce haute de plafond, et elle les revit rassemblés ici, coiffés de chapeaux en papier, lors d'un de ses anniversaires d'enfant. Son père aurait été présent lui aussi, bien sûr, à faire des grimaces, lancer des plaisanteries, et à dessiner de ses doigts recourbés des ombres d'animaux sur le mur dans la lumière du feu. Aujourd'hui, trente ans plus tard, seule bougea son ombre à elle quand elle se dirigea vers l'armoire à liqueurs, avant de s'arrêter et de pivoter lentement sur elle-même.

Elle n'attendrait pas. Elle avait passé la plus grande partie de sa vie à attendre. Elle allait laisser un mot à Maurice pour l'avertir et partir tout de suite pour Rye de son côté. Elle n'avait rien à y gagner, c'était certain, en dehors cependant du soulagement que lui apporterait le seul fait de bouger. Cela l'empêcherait au moins de broyer du noir. C'était ce qu'aurait dit Beatrix, à sa manière pragmatique toute spontanée. Sans compter, songea Charlotte, qu'elle lui devait bien ça.

C'était une soirée de juin paisible, avec un soleil légèrement voilé, dont la perfection semblait se rire de son chagrin. En se rendant au garage, elle vit un tourniquet sur la pelouse voisine, entendit une colombe roucouler dans les arbres qui protégeaient la maison de la route. La mort semblait particulièrement lointaine dans l'air parfumé. Et pourtant, elle était bien là, qui s'attachait une fois de plus à ses pas.

Comme pour la mettre à distance, elle conduisit à une vitesse folle pour traverser la grand-place et gagner la route de Bayham, en longeant le cimetière bordé de cyprès où reposaient ses parents, avant de prendre la direction du sud puis de l'est à travers les champs et les bois où, petite, elle avait joué et pique-niqué.

Elle avait trente-six ans et était plus à l'aise matériellement qu'elle ne l'avait jamais été jusqu'ici, mais affectivement à la dérive, assaillie par la solitude et un désespoir qu'elle avait du mal à surmonter. Elle avait lâché son travail – difficile de parler de carrière dans son cas – pour pouvoir se consacrer à sa mère pendant la phase terminale de sa maladie et, grâce à ce dont elle avait hérité, n'avait pas eu besoin de reprendre une activité. Il lui arrivait de regretter une telle indépendance. Un travail – aussi banal et routinier qu'il fût – lui aurait peut-être permis de se faire des amis. Le besoin l'aurait forcée, sans doute, à prendre la mesure qui s'imposait : vendre Ockham House. Au lieu de quoi, depuis la mort de sa mère sept mois plus tôt, elle était partie, le moral au plus bas, pour de longues vacances en Italie, dont elle était revenue sans savoir davantage ce qu'elle pourrait faire de sa vie.

Peut-être aurait-elle dû demander à Beatrix. Celle-ci avait paru heureuse, somme toute, ou du moins satisfaite, dans sa solitude. Pourquoi Charlotte n'en ferait-elle pas autant ? Elle était plus jeune, bien sûr, mais Beatrix avait eu son âge à une époque et, même alors, elle était restée seule. Elle doubla un tracteur avec une remorque, tout en calculant en quelle année Beatrix avait eu trente-six ans.

1938. Bien sûr. L'année de la mort de Tristram Abberley, jeune homme au tempérament d'artiste, emporté par une septicémie dans un hôpital espagnol, et loin de se douter alors de la célébrité que lui décernerait la postérité et qui vaudrait une fortune à ses héritiers. Derrière lui, en Angleterre, il avait laissé une jeune veuve, Mary – dont le remariage ultérieur devait avoir Charlotte pour fruit ; un fils âgé d'un an, Maurice ; une sœur solitaire, Beatrix ; ainsi que quelques volumes de poésie d'avant-garde qui allaient être religieusement préservés par la génération de l'après-guerre dans les programmes de terminale d'un bout à l'autre du pays. C'étaient les droits d'auteur posthumes de Tristram Abberley qui avaient permis au père de Charlotte de monter son affaire, qui avaient payé Ockham House ainsi que l'éducation de Charlotte, et qui l'avaient laissée, elle, aussi libre et esseulée qu'elle l'était aujourd'hui.

Car c'était là, comprit-elle soudain, la gorge sèche, ce que représentait la mort de Beatrix : la perte d'une amie. Celle-ci aurait pu être, étant donné son âge, sa grand-mère, et elle avait d'ailleurs été heureuse de remplir ce rôle auprès de Charlotte. Pendant toute sa scolarité, elle passait pratiquement l'intégralité du mois d'août avec Beatrix, explorant les ruelles pavées de Rye, construisant des châteaux de sable sur la plage de Camber Sands, s'endormant au miaulement étrange et rassurant du vent dans les cheminées de Jackdaw Cottage. Tout cela était tellement loin. Ces derniers temps – surtout depuis la mort de sa mère –, elle avait peu vu Beatrix, ce que, à présent bien sûr, elle ne pouvait qu'amèrement regretter.

Pourquoi, se demanda-t-elle, avoir cherché à éviter la vieille dame ? Parce que Beatrix n'aurait sans doute pas hésité à lui faire savoir franchement qu'elle gâchait sa vie ? Parce qu'elle lui aurait dit qu'on ne devait jamais se laisser aller à la culpabilité et au chagrin sous peine d'en devenir esclave ? Peut-être. Peut-être parce qu'elle ne voulait pas se regarder en face, sachant que Beatrix Abberley avait le don, ô combien irritant, de vous obliger précisément à le faire.

Quand Charlotte arriva, les touristes chasseurs de souvenirs étaient partis, et Rye se préparait à un dimanche soir somnolant de fatigue. Elle emprunta les rues sinueuses et pavées jusqu'à St Mary's Church, où quelques fidèles s'attardaient encore après l'office du soir. Puis, tandis qu'elle tournait dans Watchbell Street, elle se retrouva confrontée à trois voitures de police, dont une avec son gyrophare en action, un ruban « scène de crime » interdisant l'accès au cottage et un groupe de badauds.

Elle se gara dans Church Square et se dirigea à pas lents vers la maison, se souvenant des centaines de fois où elle avait parcouru le même chemin en sachant que Beatrix l'attendait – grande, maigre, l'œil vif, scrutateur. Mais pas cette fois-ci. Ni plus jamais.

L'agent en faction à la porte lui fit signe d'entrer. À l'intérieur, elle trouva, sur le seuil de chacune des pièces, lui sembla-t-il, des hommes en salopette, gantés de plastique et armés de poudre et de minuscules pinceaux. Et dans le séjour, à l'écart des autres, un homme en costume gris, qui détaillait, sourcils froncés, les tasses à thé et les sucriers exposés dans une des vitrines de Beatrix. Il leva les yeux à l'approche de Charlotte.

« Je peux vous aider, mademoiselle ?

— Je suis une parente. Charlotte Ladram. La…

— Ah, vous devez être la nièce. La gouvernante a mentionné votre nom.

— Pas exactement une nièce, non. Mais peu importe.

— Non. D'accord. » Il hocha la tête d'un air las et fit

un effort pour témoigner d'une plus grande attention. «Désolé. Ce doit être un choc terrible pour vous.

— Oui. Mlle Abberley est... Est-ce qu'elle... ?

— Le corps a été emporté. En fait... Bon, pourquoi ne pas vous asseoir ? D'ailleurs, pourquoi est-ce qu'on ne s'assiérait pas tous les deux ? »

Il écarta un des techniciens penchés devant la cheminée et conduisit Charlotte jusqu'à un des deux fauteuils placés de chaque côté, tout en prenant place dans l'autre. Celui de Beatrix, déduisit Charlotte à la vue de l'amoncellement de coussins et de la pile irrégulière de livres qui le jouxtait, là où le bras gauche de la vieille dame pouvait aisément atteindre ce qu'elle cherchait.

«Excusez la présence de tous ces gens. Je suis désolé, mais ce travail est... nécessaire.

— Je comprends tout à fait.

— Je m'appelle Hyslop. Inspecteur principal Hyslop, de la police du Sussex. » La quarantaine, des cheveux clairsemés qu'il peignait vers l'avant, dans un style que Charlotte détestait, mais un air un peu perdu plutôt engageant et des vêtements qui ne semblaient pas lui aller, si bien qu'elle eut l'impression que c'était à elle de le mettre à l'aise, et non l'inverse. «Comment avez-vous appris la chose ? lui demanda-t-il.

— Maurice... Maurice Abberley, je veux dire, mon demi-frère, m'a téléphoné. J'ai cru comprendre que c'était Mme Mentiply qui avait découvert... ce qui s'était passé.

— Oui. Nous venons juste de la renvoyer chez elle. Elle était un peu secouée.

— Elle travaillait pour Mlle Abberley depuis très longtemps.

— Pas étonnant, alors.

— Pouvez-vous me dire ce que vous savez ?

— Il semblerait qu'un cambrioleur se soit introduit ici la nuit dernière et ait été dérangé alors qu'il vidait de son contenu cette vitrine, là-bas », dit-il en désignant l'autre bout de la pièce.

C'est alors seulement que Charlotte, en se retournant, vit que la vitrine d'angle était vide et que les portes en étaient ouvertes, l'une d'elles pendant sur ses gonds.

« Remplie de bibelots en bois, d'après Mme Mentiply.

— Du Tunbridge Ware, en réalité.

— Pardon ?

— C'est une forme particulière de marqueterie. Une technique artisanale perdue depuis longtemps. Beatrix – Mlle Abberley – était une grande collectionneuse.

— Ça a de la valeur ?

— Assez, oui. Elle avait quelques pièces de Russell. C'était sans conteste le meilleur représentant de… Ah, mais je vois que la travailleuse est toujours là. Ma foi, c'est déjà quelque chose. »

Dans l'angle opposé, à côté d'une bibliothèque, se trouvait le plus beau spécimen de Tunbridge Ware que possédait Beatrix : une élégante travailleuse en bois de citronnier avec ses tiroirs, ses abattants de chaque côté du dessus recouvert de cuir et, en dessous, un sac à ouvrage en soie. Toutes les surfaces en bois, y compris les pieds, étaient ornées d'une mosaïque de petits cubes caractéristique du genre. Ce n'était toutefois pas ce qui avait le plus fasciné Charlotte dans son enfance, mais le nécessaire à couture en nacre qui se trouvait dans les tiroirs habillés de soie rose.

« On obtient cet effet grâce à un placage de différentes sortes de bois, dit-elle distraitement. Un travail qui exige beaucoup de méticulosité et d'attention, surtout pour les pièces les plus petites. Je suppose que c'est la raison pour laquelle la tradition s'est perdue.

— Je n'en avais jamais entendu parler, dit Hyslop. Mais on a à la brigade quelqu'un qui est spécialiste de ce genre de chose. Lui en saura certainement plus sur le sujet. D'après Mme Mentiply, la vitrine contenait des boîtes à thé, des tabatières, des coupe-papiers et ainsi de suite. C'est le souvenir que vous en avez ?

— Oui, tout à fait.

— Elle a accepté de dresser une liste des objets. Peut-être que vous pourriez voir ça avec elle. Et vous assurer qu'elle n'oublie rien.

— Bien sûr.

— D'après vous, ces trucs ont vraiment de la valeur ?

— À mon avis… plusieurs milliers de livres. Peut-être même davantage. Je ne sais pas trop. Les prix sont montés en flèche, récemment.

— Bon, on peut présumer que notre homme était au courant.

— Vous pensez qu'il est venu tout exprès pour les Tunbridge Ware ?

— On dirait bien, oui. On n'a touché à rien d'autre. Ce qui, évidemment, peut s'expliquer par le fait qu'il ait été dérangé. Qui explique à son tour qu'il ait abandonné la travailleuse derrière lui. S'il a dû s'enfuir en toute hâte, il n'aura pris que ce qui était léger et facilement transportable. Complètement paniqué… après ce qui s'était passé. »

Charlotte fit le tour de la pièce du regard. En dehors de la vitrine vide, tout le reste semblait intact, en parfait accord avec le souvenir qu'elle conservait de tant d'heures passées en conversations autour d'une tasse de thé. Jusqu'à la pendule sur le dessus de cheminée, qui faisait entendre son tic-tac familier, remontée pour la dernière fois, supposait-elle, par Beatrix elle-même.

« Où est-ce que…, commença-t-elle, avant de laisser son regard glisser le long du manteau de la cheminée et d'être soudain frappée par un autre changement. Mais il manque un chandelier !

— Il ne manque pas vraiment, j'en ai peur, dit Hyslop. C'est l'arme du crime.

— Ah, mon Dieu ! C'est avec ça qu'il l'a frappée ?

— Oui. Sur la tête. Si ça peut vous consoler, le légiste pense qu'elle a dû perdre conscience aussitôt.

— C'est arrivé ici… dans cette pièce ?

— Non. Au premier, sur le palier. Elle s'était levée, sans doute alertée par le bruit en bas. L'homme semble avoir pénétré à l'intérieur par une de ces fenêtres. Aucune n'aurait posé beaucoup de problème à un cambrioleur professionnel, et celle-là, là-bas, dit-il en indiquant le pan de mur sur le côté gauche de la baie, n'était pas fermée quand nous sommes arrivés, et le bois du cadre était entamé, probablement par un pied-de-biche. Quoi qu'il en soit, on peut penser qu'il l'a entendue se lever à l'étage, qu'il s'est emparé du chandelier et est monté à sa rencontre. Il n'avait sans doute pas l'intention de la tuer, à ce stade. Elle avait une torche. Que l'on a trouvée par terre sur le palier. Peut-être qu'il s'est affolé quand elle l'a pointée sur lui. Peut-être qu'il appartient à cette catégorie de criminels qui ne font pas dans les sentiments. On en voit de plus en plus dans ce genre, je le crains.

— Et ça s'est passé la nuit dernière ?

— Oui. On ne connaît pas encore exactement l'heure de la mort, bien sûr, mais on pense que ce devait être au beau milieu de la nuit. Mlle Abberley était en chemise de nuit. Les rideaux dans sa chambre, dans la salle de bains et, ici en bas, étaient tous tirés. Et ils le sont restés jusqu'à l'arrivée de Mme Mentiply, à 16 h 30 aujourd'hui.

— Qu'est-ce qui a pu la pousser à venir, je me demande. En règle générale, elle ne se déplace jamais le dimanche.

— Votre... demi-frère, avez-vous dit ? M. Maurice Abberley a téléphoné plusieurs fois à sa tante et s'est inquiété en constatant qu'elle ne répondait pas. Apparemment, elle lui avait dit qu'elle serait chez elle. Je crois savoir qu'il habite assez loin d'ici.

— Bourne End. Dans le Buckinghamshire.

— Oui, c'est ça. Alors, histoire de se rassurer, il a appelé Mme Mentiply et lui a demandé d'aller jeter un coup d'œil. Il faudra, bien sûr, que je confronte leur version des faits à tous les deux quand il sera là. Vous-même, vous habitez un peu plus près ?

— Oui, à Tunbridge Wells.

— Vraiment ? demanda Hyslop, haussant les sourcils, soudain intéressé.

— Oui, c'est la raison, j'imagine, pour laquelle je connais si bien le Tunbridge Ware. C'est une spécialité locale, en quelque sorte. Il y a une très belle collection au...

— Le nom de Fairfax-Vane vous dit-il quelque chose, mademoiselle Ladram ?

— Non. Ça devrait ?

— Jetez donc un coup d'œil à ceci. »

Il ouvrit son calepin, en sortit une petite pochette en plastique où se trouvait une carte de visite qu'il lui tendit. Une inscription en gros caractères gothiques s'étalait en travers de la carte : « LA CACHE AU TRÉSOR », et, en dessous, en caractères plus petits : « COLIN FAIRFAX-VANE, ANTIQUITÉS, ESTIMATIONS, IA CHAPEL PLACE, TUNBRIDGE WELLS, KENT TNI IYQ, TEL. (0892)662773. »

« Vous reconnaissez le nom, maintenant ?

— La boutique me dit quelque chose, il me semble. Attendez... oui, bien sûr, je connais ce nom. Mais comment avez-vous eu cette carte, inspecteur ?

— Elle était dans le tiroir de la table du téléphone qui se trouve dans le hall d'entrée. Mme Mentiply s'est souvenue que c'était le nom d'un antiquaire qui était passé il y a environ un mois, en prétendant avoir été contacté par Mlle Abberley pour une estimation. Mais c'était faux, apparemment, Mlle Abberley ne l'avait jamais appelé. Elle l'avait donc renvoyé, mais pas avant que Mme Mentiply, qui était présente à ce moment-là, l'ait fait entrer dans le salon, lui donnant du même coup l'occasion de voir le Tunbridge Ware. Mais vous, mademoiselle Ladram, comment le connaissez-vous ?

— Par ma mère. Elle lui a vendu des meubles il y a environ un an et demi. Pour tout vous dire, Maurice et moi avons eu la nette impression à cette occasion qu'elle s'était fait escroquer. »

Ce pour quoi ils l'avaient vertement tancée, se souvint Charlotte avec un sentiment de culpabilité rétrospectif.

« Ce serait donc un petit roublard, ce Fairfax-Vane ?

— Je ne pourrais pas l'affirmer. Je ne l'ai jamais rencontré personnellement. Mais ma mère a certainement... Enfin, c'était une personne facilement influençable. D'une grande crédulité, disons.

— Pas du tout comme Mlle Abberley ?

— Non, effectivement.

— À votre avis, votre mère aurait-elle pu parler à Fairfax-Vane de la collection de Mlle Abberley ?

— C'est possible, oui. Elle la connaissait, comme nous tous. Mais c'est un peu tard à présent pour le lui demander. Ma mère est morte l'automne dernier.

— Mes condoléances, mademoiselle Ladram. Il semblerait que votre famille ait été très touchée, dernièrement.

— C'est le cas, oui. Mais... vous ne pensez tout de même pas que Fairfax-Vane aurait pu faire une chose pareille uniquement pour mettre la main sur quelques objets de collection ?

— À ce stade, je me garde de penser quoi que ce soit. C'est simplement la piste qui s'impose pour l'instant. » Hyslop esquissa un sourire circonspect. « Histoire de faire avancer les choses, toutefois, nous avons besoin d'une liste complète et définitive des objets manquants, assortie d'une description de chacun aussi détaillée que possible. Je me demandais si vous pourriez éventuellement voir où en est Mme Mentiply à ce sujet.

— Je m'y rends de ce pas, inspecteur. Je suis sûre

que nous pourrons vous remettre ce que vous attendez dans la soirée.

— Ce serait parfait.

— Inutile que je m'attarde, donc. »

Sur ces mots – et avec l'idée glaçante qu'elle était heureuse de cette excuse pour ne pas monter à l'étage –, Charlotte se leva et se dirigea vers le vestibule. Elle se retourna une fois à la porte, pour constater que Hyslop l'avait suivie.

« J'apprécie énormément votre aide, mademoiselle Ladram.

— C'est le moins que je puisse faire, inspecteur. Beatrix était ma marraine – et, qui plus est, quelqu'un que j'admirais beaucoup. Que pareille chose ait pu lui arriver est… proprement épouvantable.

— C'était la sœur du poète Tristram Abberley, à ce que j'ai compris ?

— C'est exact. Vous connaissez son œuvre ?

— Je l'ai étudiée au lycée, dit Hyslop avec une grimace. Pas vraiment ma tasse de thé, pour être honnête. Un peu trop abscons à mon goût.

— Et au goût de beaucoup de gens.

— J'ai été surpris d'apprendre qu'il avait encore une sœur en vie. Il est mort avant la guerre, non ?

— En effet. Mais il est mort jeune. En Espagne. Il combattait comme volontaire dans l'armée républicaine pendant la guerre civile.

— Ah, c'est vrai, bien sûr. Il est mort en héros.

— Oui, je crois. Paradoxalement, il a connu une mort plus paisible que celle de sa sœur. C'est étrange, non ? »

3

Prendre Avril Mentiply à son service avait représenté la principale concession de Beatrix à la vieillesse. Une concession de taille, comme elle l'avait souvent expliqué à Charlotte, dans la mesure où les normes de Mme Mentiply en matière de propreté étaient moins strictes que les siennes. Pour autant, leur relation avait perduré bien plus longtemps que ne le laissaient présager les réprimandes et les menaces de démission qui avaient marqué le début de leur association. En fait, elle avait fini par prendre la forme de quelque chose qui s'apparentait à de l'amitié. Ce qui expliquait que, quand Charlotte arriva chez Mme Mentiply ce soir-là, elle ne fut pas autrement surprise de la trouver tendue et au bord des larmes, la liste d'objets manquants promise à l'inspecteur loin d'être achevée.

Mme Mentiply habitait, avec son taciturne de mari, une petite maison de plain-pied recouverte d'un crépi incrusté de cailloux et étrangement sombre, sur la route de Folkestone – un des rares endroits de Rye délaissés par les touristes. Ce n'était pas un décor où Charlotte aurait aimé s'attarder. Et pourtant, elle ne put faire autrement que céder à l'insistance de Mme Mentiply qui voulait l'abreuver de multiples tasses d'un thé trop infusé et d'interminables lamentations sur la mort de Beatrix.

« Je sais bien qu'elle était vieille, ma petite, et plus fragile qu'elle ne voulait bien le reconnaître, mais elle avait toujours un… air tellement indomptable qu'on finissait par la croire indestructible. Pourtant elle ne l'était pas. Pas plus que n'importe lequel d'entre nous qui se ferait agresser dans sa propre maison. Mais où allons-nous, vous voulez me dire, quand on voit ce qu'il peut arriver à une vieille dame respectable ?

— Ç'aurait pu être pire, intervint M. Mentiply, dont Charlotte avait espéré qu'il comprendrait ses allusions et quitterait la pièce mais qui était resté affalé sur sa chaise près des flammes fluorescentes du radiateur à gaz. Au moins, c'était pas un de ces obsédés sexuels. Juste un vulgaire cambrioleur.

— Un peu de respect pour les morts, Arnold, tu veux ? rétorqua Mme Mentiply. Tu crois que Mlle Ladram a envie d'entendre ce genre de chose ?

— Je dis ce qui est, c'est tout.

— Ouais, eh bien, en l'occurrence, je te ferai remarquer que s'il n'avait été qu'un "vulgaire cambrioleur", il n'aurait pas tué Mlle Abberley, pas vrai ?

— Elle aurait dû rester dans son lit. S'occuper de ses affaires. Comme ça, il lui serait rien arrivé.

— Et comment tu le sais ?

— Ça tombe sous le sens, non ? Il en voulait qu'à ses bibelots. C'est toi-même qui l'as dit. »

Voyant que Mme Mentiply était de nouveau au bord des larmes, Charlotte décida d'intervenir.

« En tout cas, une chose est sûre, c'est au Tunbridge Ware que s'intéresse d'abord la police. Reprenons cette liste et voyons si nous n'avons rien oublié, voulez-vous ?

— Très bien, mon enfant.

— Une boîte à thé avec une vue du château de Bodiam sur le couvercle. Deux plats à gâteau. Un plateau avec une mosaïque de cubes. Deux autres plateaux marquetés. Un support de thermomètre. Un jeu de solitaire. Trois coupe... »

À la première sonnerie du téléphone dans le vestibule, Mme Mentiply bondit de sa chaise et sortit de la pièce en toute hâte. Charlotte prit une profonde inspiration et abandonna la liste. Puis Mme Mentiply réapparut.

« C'est votre frère, mademoiselle Ladram. Il veut vous parler. »

Charlotte sourit et se dirigea vers le téléphone.

« Maurice ? Bonjour.

— Je suis au cottage, Charlie. L'inspecteur Hyslop m'a fait un tableau de la situation. Plutôt déprimant.

— Je sais. Je suis en train de dresser une liste des objets volés avec Mme Mentiply.

— C'est ce que j'ai cru comprendre. L'inspecteur veut que je l'accompagne à la morgue. Pour identifier le corps.

— Vraiment ? Il n'a jamais... »

Charlotte s'interrompit. Hyslop avait sans doute voulu lui épargner cette épreuve.

« Tu t'y rends tout de suite ?

— Oui. Mais un sergent reste sur place pour récupérer la liste quand vous en aurez fini. Il vaut sans doute mieux procéder à l'identification le plus rapidement possible.

— Bien sûr.

— Et ensuite, eh bien... je me demandais si je pourrais passer la nuit à Ockham House.

— Évidemment. Tu n'as même pas besoin de demander.

— Il va y avoir une kyrielle de formalités à remplir demain. La déclaration à l'état civil, le notaire et le reste. Et je mentirais en disant que j'ai envie de refaire toute la route pour rentrer ce soir à Bourne End.

— Très bien. Je te vois plus tard. »

Quand elle reposa l'appareil, Charlotte comprit quel soulagement ce serait pour elle que de laisser Maurice s'occuper de toute cette triste affaire. Depuis la mort de son beau-père, c'était lui qui s'était chargé, avec calme et efficacité, de toutes les affaires de la famille. Il avait pris la direction de Ladram Aviation, l'école de pilotage du père de Charlotte alors au bord du gouffre, et en avait fait Ladram Avionics, une entreprise de renommée internationale à présent. Il avait négocié les contrats d'édition concernant les œuvres poétiques de son propre père, dont sa mère – puis elle-même – avait largement bénéficié. Et il s'était révélé capable tout au long d'apporter une aide précieuse à sa demi-sœur sans chercher à gérer sa vie à sa place. Aujourd'hui, il allait une fois de plus venir à son secours. Et, tandis qu'elle retournait à pas lents dans le salon des Mentiply, elle dut reconnaître que plus vite il le ferait, plus elle s'en réjouirait.

La liste enfin complétée et remise à la police, Charlotte rentra à Tunbridge Wells. Le temps qu'elle atteigne Ockham House, il faisait nuit noire et suffisamment froid pour que la chaleur de la journée ne soit plus qu'un lointain souvenir. C'est en tout cas la sensation qu'elle avait, mais elle n'aurait su dire si celle-ci était à mettre au compte de la température ou du récit que lui avait fait Mme Mentiply de sa découverte du corps de Beatrix.

« Il l'a frappée avec un de ces chandeliers en cuivre qui sont si lourds. À plusieurs reprises, je dirais. C'est à peine si je l'ai reconnue dans un premier temps. Ses cheveux étaient tout collés par le sang séché. Et puis il y avait cette plaie horrible sur la tempe. Ils m'ont dit que ça avait dû être rapide, et j'espère que c'est le cas. Mais l'image ne me sortira pas de la tête de sitôt, je peux vous dire. Je n'oublierai jamais comment j'ai monté cet escalier pour la trouver recroquevillée sur elle-même dans un coin du palier. Non, jamais. »

Charlotte alluma quelques lampes de plus qu'à l'accoutumée ainsi qu'un feu dans la cheminée, avant de se servir le verre d'alcool préconisé par Maurice quelques heures plus tôt. Tandis que le feu gagnait en intensité et qu'elle se réchauffait, elle alla chercher l'album de photos et y trouva la dernière qu'ils avaient prise de Beatrix. Plus ancien qu'elle ne s'y attendait, le cliché datait d'une fête donnée en l'honneur de son quatre-vingtième anniversaire. Là, sur la pelouse de Swans' Meadow – la maison de Maurice au bord de la Tamise à Bourne End –, se trouvait réunie, comme rarement, la famille, et l'événement avait été immortalisé sur pellicule.

Beatrix, de façon assez naturelle, était au centre du septuor. Inhabituellement grande pour une femme de sa génération, elle était aussi restée très droite malgré le passage du temps. Une récente visite chez le coiffeur et un sourire à peine esquissé la faisaient paraître encore plus sévèrement maîtresse d'elle-même qu'elle semblait l'être dans la vie. On aurait pu croire Mary, la mère de Charlotte, à gauche de Beatrix, aussi âgée, alors même qu'elle avait douze ans de moins. À la voir ainsi voûtée, plissant les yeux, et essayant de sourire tout en fronçant les sourcils, Charlotte fut prise d'un accès de chagrin et de culpabilité si intense qu'elle referma l'album d'un coup sec. Une nouvelle gorgée de gin la convainquit de le rouvrir.

Pour se retrouver confrontée à elle-même, à la gauche de sa mère, grimaçant un sourire face à l'appareil. Elle avait les cheveux trop longs, à l'époque, et privilégiait des robes informes destinées à camoufler ses kilos en trop. Ce qui n'aurait pas dû l'inquiéter outre mesure, puisque, cinq ans plus tard, le deuil avait accompli ce qu'une dizaine de régimes différents n'avaient pas réussi à faire. Et pourtant cette image d'elle lui remettait en mémoire la raison pour laquelle elle avait toujours cherché, même enfant, à éviter de se laisser prendre en photo. Pas par superstition ou timidité, mais parce que l'appareil risquait de l'obliger à faire face à une épreuve qu'elle redoutait : se voir telle que la voyaient les autres.

À la gauche de Charlotte, déséquilibrant le bel alignement du groupe en se tenant un peu en retrait, se trouvait le frère de Mary, Jack Brereton. À la vue de ses joues rouges et de son état d'ivresse passablement avancé, Charlotte eut un petit rire. L'oncle Jack, de treize ans le cadet de sa sœur, était un de ces esprits frondeurs et exaspérants dont, pensait-elle, toute famille avait besoin. Spirituel quand il était à jeun et agressif quand il ne l'était pas – c'est-à-dire la moitié du temps –, il était aussi peu fiable qu'adorable. La mort prématurée de leurs parents l'avait amené à vivre avec sa sœur, même après le mariage de celle-ci avec Tristram Abberley. Par la suite, pendant la guerre, ils avaient tous habité chez Beatrix à Rye, et c'est au cours de ces années à Jackdaw Cottage qu'oncle Jack avait glané tout un fonds d'anecdotes, avec lesquelles il distrayait ceux qui, comme Charlotte, n'avaient jamais eu à le supporter au quotidien.

À la droite de Beatrix, les trois dernières personnes : Maurice, sa femme Ursula et leur fille Samantha. Une famille dans la famille, la seule branche où la tradition semblait devoir être respectée et la continuité assurée. Chacun d'eux avait un physique extrêmement avantageux et paraissait heureux d'afficher une affection tranquille pour les deux autres. Témoin la façon décontractée dont Maurice avait passé son bras autour de la taille d'Ursula. Témoin aussi le naturel avec lequel Samantha tenait la main de sa mère.

Même à quinze ans, la beauté au teint clair de Samantha n'aurait pu être mise en doute, même si la silhouette qui lui permettrait par la suite de faire tourner bien des têtes avait encore besoin de se remplumer. Ursula et elle – Charlotte l'admettait bien malgré elle – auraient pu passer pour des sœurs, tant étaient grandes la légèreté et l'élégance avec lesquelles Ursula avait fait face à la maternité et à la quarantaine. Toutes deux avaient des cheveux naturellement ondulés et un port de tête d'une noblesse instinctive, mais la conscience de leur supériorité – qui se traduisait ici dans la manière dont elles tenaient haut le menton et l'air qu'elles affectaient pour affronter l'œil de l'objectif – avait toujours irrité Charlotte au plus haut point.

Tandis que ses yeux glissaient vers Maurice – posture détendue, sourire élégamment nonchalant –, elle entendit des pneus crisser sur le gravier de l'allée, signe de l'arrivée imminente du personnage en chair et en os. Soudain, pour quelque obscure raison, elle sentit qu'elle refusait d'être vue en train d'examiner une vieille photo sur laquelle apparaissaient deux personnes à présent décédées. En conséquence de quoi, elle referma hâtivement l'album et le rangea, se laissant juste le temps de retrouver une contenance devant la glace du hall avant d'ouvrir la porte d'entrée.

« Salut, ma vieille, dit Maurice en l'étreignant avec un sourire las.

— Salut, Maurice. »

Tout en se détachant de lui, Charlotte se surprit à le comparer un instant avec l'image qu'elle venait d'avoir de lui sur la photo. Les cheveux légèrement plus clairsemés, peut-être, les tempes un peu plus grisonnantes. Pour le reste, il était à cinquante ans tel qu'il avait été à quarante-cinq : mince, physique alluré bien que taillé à la serpe, et présentant un mélange rassurant de force et de sincérité. Le genre à inspirer confiance même – et peut-être surtout – à ceux qui ne le connaissaient pas. Quant aux autres, ils n'avaient aucun mal à lui pardonner quelques accès de mauvaise humeur au regard de son incontestable générosité.

« Je prendrais bien un verre, Charlie. Vraiment.

— Je t'en sers un tout de suite. Viens t'asseoir près du feu. »

Il la suivit dans le séjour et se laissa aller dans un fauteuil. Le temps qu'elle revienne du cabinet à liqueurs avec un grand whisky soda, il avait dénoué sa cravate et se massait le front.

« Quelle bonne idée d'avoir allumé ça, dit-il avec un hochement de tête en direction des bûches enflammées. Rien de tel qu'une morgue pour vous glacer le sang, crois-moi.

— J'imagine bien volontiers.

— Remercie le ciel de ne pas avoir besoin de faire davantage qu'imaginer. Tu te souviens de la dernière fois où j'ai dû me rendre dans un de ces endroits ?

— C'était pour papa. »

Elle ne s'en souvenait que trop. Et n'était pas près de l'oublier. Un après-midi de novembre 1963, son père s'était écrasé dans le brouillard à Mereworth Woods aux commandes de son léger biplace ; lui et son passager avaient péri dans l'accident. C'était à ce moment de leur vie que Maurice était sorti de l'ombre joviale de Ronnie Ladram pour s'imposer à la famille. Il arrivait souvent à Charlotte de le soupçonner d'avoir été secrètement soulagé à la mort de son beau-père, ne serait-ce que parce qu'il pouvait maintenant remettre de l'ordre dans le chaos des affaires de Ladram Aviation. Même si, encore aujourd'hui, plus de vingt ans après, il ne se serait jamais autorisé à l'admettre.

« J'ai parlé à Ursula sur le téléphone de la voiture. Elle t'embrasse et elle pense bien à toi.

— C'est très gentil à elle. »

Charlotte alla remplir son verre, avant de revenir s'asseoir près de la cheminée. Maurice avait allumé un petit cigare, et, quand il lui en offrit un, elle se surprit elle-même en l'acceptant.

« La police a posé des questions sur Fairfax-Vane, dit-il au bout d'un silence.

— Je sais. Ils pensent qu'il pourrait être l'instigateur du cambriolage. Mais j'ai du mal…

— Tu ne l'as jamais rencontré, Charlie. »

C'était vrai. C'était Maurice qui s'était chargé de se rendre au magasin de Fairfax-Vane pour tenter de racheter les meubles que lui avait vendus Mary. En l'occurrence, sans succès.

« Tu as donc trouvé qu'il était pire qu'un vulgaire escroc ?

— Je lui ai trouvé un air fuyant propre à laisser présager n'importe quoi.

— Même un meurtre ?

— Je ne pense pas qu'il ait envisagé d'aller aussi loin. Je ne pense même pas que ce soit lui qui s'est introduit dans le cottage. Sans doute un jeune voyou qu'il a embauché et qui s'est affolé.

— Alors, Beatrix aurait été tuée pour quelques milliers de livres de Tunbridge Ware ?

— Plus que ça. Tu as une idée des prix qu'atteignent ces trucs-là, aujourd'hui ?

— Pas vraiment.

— Des petites fortunes, tu peux me croire.

— Oh, je te crois. Mais quand même, c'est… une mort tellement triste et inutile.

— Je suis bien d'accord. Même si Beatrix, elle, ne le serait sans doute pas.

— Que veux-tu dire ?

— Eh bien, elle n'a jamais été du genre à plier devant quoi que ce soit, si ? L'idée de mourir en défendant ses possessions ne lui aurait sans doute pas déplu. Elle avait quatre-vingt-cinq ans, souviens-toi. C'était peut-être mieux ainsi… mieux que ce qui aurait fini par lui arriver.

— Peut-être.

— C'est la seule idée réconfortante qui m'est venue, j'en ai peur.

— Alors, on ferait bien de s'y accrocher, pas vrai ? dit Charlotte en soupirant, le regard perdu dans les flammes. En l'absence de toute autre. »

4

Le lendemain, les événements se déroulèrent à un rythme que Charlotte n'aurait pu imaginer. Penser à Beatrix, et aux circonstances de sa mort, l'avait maintenue éveillée jusqu'au petit matin. La fatigue avait fini par prendre le dessus, et elle s'était endormie pour ne se lever que très tard. Quand elle descendit en milieu de matinée, ce fut pour trouver Maurice engagé dans une longue conversation téléphonique avec sa secrétaire à Ladram Avionics. Il avait déjà fixé un rendez-vous, comme il devait le lui apprendre, avec le notaire de Beatrix à Rye pour l'après-midi même, l'urgence de ses affaires l'obligeant à précipiter les choses. Il s'en excusa, même si Charlotte estimait qu'il n'avait pas à le faire. Pour ce qui la concernait, mieux valait se débarrasser des formalités afférentes au décès le plus rapidement possible. L'idée lui vint que si Maurice s'était comporté de la même façon à la mort de leur mère, au lieu d'essayer de la protéger de la réalité comme il l'avait fait, elle lui en aurait été reconnaissante.

Au cours d'un petit déjeuner tardif, ils discutèrent de leurs dernières rencontres avec Beatrix. Charlotte ne l'avait pas revue depuis Noël, même si elle lui avait parlé au téléphone à plusieurs reprises, la dernière fois lors de son quatre-vingt-cinquième anniversaire. Maurice, par comparaison, avait été invité pour le thé à Jackdaw Cottage moins d'un mois plus tôt, le dimanche précédant le départ de Beatrix pour son séjour annuel de quinze jours chez Lulu Harrington à Cheltenham. Les deux femmes étaient d'anciennes camarades de classe, et, à sa grande consternation, Charlotte se rendit brusquement compte que Lulu n'avait pas encore été informée du décès de sa vieille amie.

Elle commençait à peine à envisager la tâche consistant à la contacter quand le téléphone sonna. C'était le brigadier de l'inspecteur principal Hyslop qui leur demandait de se rendre au commissariat de Hastings dès que possible. Il refusa de fournir de plus amples explications, mais, dans la mesure où il s'agissait manifestement d'une affaire urgente, ils acceptèrent de partir aussitôt.

Hyslop eut du mal à cacher sa satisfaction quand il les vit. Il les conduisit jusqu'à un bureau où étaient disposées sur une longue table les différentes pièces de Tunbridge Ware identifiées comme manquantes dans la liste dressée par Charlotte et Mme Mentiply la veille au soir.

« Vous les reconnaissez, mademoiselle Ladram ?

— Oui, bien sûr. Ces objets représentent le contenu de la vitrine de Beatrix. Aucun doute là-dessus.

— C'est ce que nous pensions. Ils correspondent exactement à vos descriptions.

— Vous les avez tous retrouvés ? intervint Maurice.

— Oui, monsieur.

— Et où ça ?

— Une réserve à l'arrière de La Cache au Trésor, le magasin de Fairfax-Vane à Tunbridge Wells. On a perquisitionné ce matin de bonne heure.

— Et *quid* de Fairfax-Vane ?

— Il a été arrêté. Et se montre pour l'instant incapable d'expliquer comment ces objets sont entrés en sa possession.

— Mes félicitations, inspecteur. Votre enquête a été rondement menée.

— Merci, monsieur. Pourriez-vous, mademoiselle Ladram, signer une déclaration dans laquelle vous identifiez formellement ces objets comme ayant appartenu à Mlle Abberley ?

— Avec plaisir.

— J'aurai ainsi tout loisir de reprendre l'interrogatoire de M. Fairfax-Vane. Mais je devrais peut-être me contenter de l'appeler Fairfax tout court. Nous avons cru comprendre que le "Vane" n'était là que pour faire riche, une sorte d'accroche professionnelle.

— Jusqu'à son nom qui serait une imposture, en ce cas ? demanda Maurice.

— Absolument, monsieur, répondit Hyslop en souriant. Comme vous le dites. »

Charlotte aurait dû être plus satisfaite de l'arrestation de Fairfax-Vane qu'elle ne l'était en réalité. La résolution rapide de ce crime ne faisait à ses yeux qu'en accentuer l'absurdité. Le vol et le meurtre étaient déjà suffisamment graves sans que vienne s'y ajouter l'incompétence de son auteur.

Une fois sa déposition faite, ils se rendirent au bureau de l'état civil non loin de là. La délivrance d'un certificat de décès prit plus longtemps qu'il ne semblait nécessaire, mais ils finirent par l'obtenir. Ils n'eurent finalement que quelques minutes de retard pour leur rendez-vous avec le notaire de Beatrix à Rye, M. Ramsden. Un homme d'âge mûr, terne et plein de déférence, pour qui les volontés tout à fait claires de Beatrix n'avaient rien dû avoir d'extraordinaire. Il offrit ses condoléances, puis entreprit d'expliquer les dispositions du testament qu'il avait dressées pour sa cliente quelques années plus tôt.

« Je crois que vous n'ignorez pas, monsieur Abberley, que la défunte Mlle Abberley vous avait désigné comme son exécuteur testamentaire ?

— Non, en effet.

— Il me suffira en ce cas de vous résumer la façon dont ses biens doivent être répartis. Il y a un legs de dix mille livres à Mme Avril Mentiply et un don de cinq mille livres à la fondation pour la protection de la nature de l'East Sussex.

— Les canards boiteux de toute espèce ont toujours été sa spécialité », dit Maurice.

Ramsden, manifestement décontenancé par ce trait d'humour, les regarda tour à tour.

« Ensuite, Jackdaw Cottage, qu'elle possédait en pleine propriété, vous revient, mademoiselle Ladram, en même temps que son contenu, ce qui inclut toutes les possessions personnelles de Mlle Abberley.

— Mon Dieu ! J'étais loin de me douter... »

Très loin, en effet. Si tant est qu'elle eût jamais réfléchi à la chose, elle avait supposé que Maurice, en tant que parent le plus proche par le sang, serait le légataire universel.

« Moi, je le savais, ma vieille, elle me l'avait dit il y a déjà quelque temps, précisa Maurice en lui tapotant la main. Tu étais sa filleule, après tout.

— Mais… »

Elle s'interrompit, jugeant inutile d'expliquer comment pareille générosité ne faisait qu'aggraver le sentiment de culpabilité qu'elle éprouvait à avoir évité Beatrix au cours des derniers mois, et s'abstint de tout autre commentaire.

« Le reste de ses biens, reprit Ramsden, vous revient à vous, monsieur Abberley. Ce qui comprend les liquidités restantes une fois déduit le montant des legs, des droits de succession et des droits d'auteur dus au titre de la succession du frère défunt de Mlle Abberley, M. Tristram Abberley. Je crois savoir que le copyright de ses œuvres sera caduc à la fin de l'an prochain.

— C'est exact, exception faite des poèmes publiés de manière posthume, dit Maurice. C'est peut-être aussi bien qu'elle n'ait jamais eu à s'habituer à se passer de ces revenus. »

Maurice avait sans doute raison, songea Charlotte. Il possédait Ladram Avionics, après tout, entreprise dans laquelle l'investissement des droits d'auteur d'Abberley avait rapporté de confortables dividendes. Elle-même détenait des parts significatives dans la compagnie, héritées de sa mère. Mais il était probable que Beatrix avait donné ici ou là tout ce qu'elle avait économisé au fil des ans. La pauvreté ne l'aurait sans doute jamais menacée, mais plutôt la nécessité d'économiser. Qu'une telle expérience lui ait été épargnée représentait somme toute une maigre consolation.

L'étude du notaire n'était qu'à quelques pas du principal entrepreneur de pompes funèbres de Rye. Charlotte et Maurice y furent reçus avec une sollicitude apitoyée et guidés avec bienveillance à travers les arcanes des options funéraires. Beatrix n'avait pas précisé dans son testament si elle voulait être enterrée ou incinérée, et ni l'un ni l'autre n'étaient capables de se rappeler si elle avait jamais exprimé un désir à ce sujet. Son amour du propre et son pragmatisme laissaient toutefois supposer qu'elle aurait penché en faveur de la seconde solution, et ce fut donc celle qu'ils retinrent.

Dehors, les rues étaient pleines de touristes et de gens qui faisaient leurs courses. Leurs éclats de voix et leurs visages réjouis semblaient concentrer la chaleur de l'après-midi en un foyer incandescent. Tout ce que voulait Charlotte, c'était en avoir fini avec ce qui les avait amenés à Rye et se trouver libérée des responsabilités que Beatrix avait placées sur ses épaules. Mais vouloir, comme elle ne le savait que trop, ne signifiait pas nécessairement pouvoir.

« Crois-tu que nous devrions aller au cottage ? demanda Maurice. La police en a sans doute terminé à l'heure qu'il est, et nous pourrions passer prendre la clé chez Mme Mentiply.

— J'aimerais autant pas. Il est trop tôt pour commencer à trier les affaires de Beatrix. J'aurais l'impression qu'elle est tout le temps là, à regarder par-dessus mon épaule. Peut-être après l'enterrement ?

— En tant qu'exécuteur testamentaire, je ne suis pas sûr de pouvoir attendre aussi longtemps. Il faut que je trouve son carnet de chèques et ses relevés bancaires pour l'homologation du testament. Vérifier qu'il ne reste pas de factures impayées.

— Ah, c'est vrai, je n'y avais pas pensé. »

C'était typique de Maurice de prendre ses responsabilités au sérieux. Par bonheur, elle n'avait pas, elle, à le faire.

« Tu ne peux pas y aller tout seul ? demanda-t-elle sur un ton qui le pressait de répondre par l'affirmative.

— Si, bien sûr, Charlie. Avec ton autorisation. Tu es la nouvelle propriétaire, n'oublie pas.

— Ne sois pas idiot. Évidemment que tu as mon autorisation. Je ne te suis que trop reconnaissante de ne pas avoir à m'acquitter moi-même de la tâche.

— Très bien. En ce cas, je reviendrai demain pour essayer de tout trier et de tout ranger. Si c'est ce que tu veux.

— C'est bien ce que je veux, en effet. »

Maurice proposa qu'ils aillent au restaurant ce soir-là, et Charlotte accueillit la suggestion avec enthousiasme, dans l'idée qu'un bon repas et un bon vin dans un cadre agréable pourraient lui remonter le moral. Avant qu'ils se mettent en route, cependant, il lui restait à accomplir un devoir dont elle savait qu'elle ne pouvait ni l'éviter ni le reporter plus longtemps. Il lui fallait apprendre la nouvelle à Lulu Harrington.

Charlotte n'avait jamais rencontré cette personne, bien qu'elle et Beatrix aient été amies d'enfance. Lulu avait enseigné au Ladies' College de Cheltenham pendant plus de quarante ans et vivait à présent dans un appartement en ville, profitant de ce que Charlotte imaginait être une retraite paisible. Quand elle répondit au téléphone, elle le fit de la manière la plus classique, donnant indicatif et numéro en prononçant clairement les trois syllabes de Cheltenham.

« Mademoiselle Harrington ?

— Elle-même. Qui est à l'appareil ? »

La voix était frêle, un brin plaintive, et Charlotte perdit courage.

« Mon nom est Charlotte Ladram, mademoiselle Harrington. Nous ne nous sommes jamais rencontrées, mais...

— Charlotte Ladram ? Ah oui, bien sûr ! Je sais qui vous êtes. » Le ton était à présent plus chaleureux. « La nièce de Beatrix.

— Pas exactement sa nièce, mais...

— C'est tout comme, je dirais. Vous voudrez bien me pardonner, mademoiselle Ladram. Puis-je vous appeler Charlotte ? C'est sous ce nom que vous désigne Beatrix quand elle parle de vous.

— Bien sûr. Je...

— Je suis bien heureuse de pouvoir enfin vous parler. À quoi dois-je..., dit-elle avant de s'interrompre brutalement, puis d'ajouter : Beatrix va bien ? »

Craignant tout à coup que Lulu devine la vérité avant qu'elle ait eu le temps de la lui apprendre, Charlotte annonça sans ménagement : « Elle est morte hier. » Elle regretta aussitôt sa brusquerie. « Je suis désolée de vous causer ce choc. C'est un coup terrible pour nous tous. » Seul le silence lui répondit. « Mademoiselle Harrington ? Mademoiselle Harrington, vous êtes toujours là ?

— Oui, oui. » La voix était calme maintenant, et grave. « Pourrais-je… Enfin, comment est-ce arrivé… exactement ? »

De toute façon, elle l'apprendrait d'une manière ou d'une autre. Charlotte ne pouvait guère prétendre que Beatrix avait connu un trépas paisible. Tandis qu'elle détaillait les circonstances de la mort, elle se rendit compte à quel point elles devaient apparaître brutales et injustes à une personne qui avait l'âge de Beatrix et qui elle aussi vivait seule. Mais on ne pouvait rien changer à la situation.

Quand elle en eut terminé, il s'ensuivit un nouveau moment de silence. Puis Lulu dit simplement :

« Je vois.

— Je suis vraiment désolée de devoir vous apprendre une telle nouvelle.

— Je vous en prie, ne vous excusez pas, ma chère. C'est bien aimable de votre part d'avoir appelé.

— C'était la moindre des choses. Vous étiez la plus vieille amie de Beatrix, après tout.

— Vraiment ?

— Bien sûr. C'est ce qu'elle disait toujours.

— C'était gentil à elle.

— Mademoiselle Harrington…

— Appelez-moi Lulu, je vous en prie.

— Vous êtes sûre que ça va aller ? Ça doit être un choc terrible pour vous.

— Pas vraiment.

— Pardon ?

— Pardonnez-moi. Mais, voyez-vous, à notre âge

– celui de Beatrix et le mien –, la mort n'arrive jamais comme une surprise.

— Mais là, c'est différent... Ce n'était pas une mort...

— Naturelle ? C'est bien vrai, ma chère. Je suis consciente de la différence, croyez-moi.

— Alors, comment... »

Charlotte s'interrompit. Manifestement, la vieille dame divaguait. Ce serait charitable de ne pas tenir compte de ce qu'elle disait.

« Souhaiteriez-vous assister aux funérailles, Lulu ? Elles auront lieu lundi prochain, le 29. Cela représente un long trajet pour vous, bien sûr, mais je peux vous offrir de vous héberger pour la nuit, si vous le souhaitez.

— Je vous en remercie sincèrement. Mais... je vais voir, Charlotte. Je réfléchis et je vous rappelle.

— Bien sûr, faites comme vous l'entendez. Et maintenant, si vous êtes certaine que vous allez bien...

— Absolument certaine. Au revoir, Charlotte.

— Au... »

La ligne fut coupée avant qu'elle ait eu le temps de terminer, la laissant devant le froncement perplexe de ses sourcils reflété dans la glace au-dessus du téléphone.

5

« Fairfax.

— Bonjour. Je parle bien à M. Derek Fairfax ?

— Lui-même.

— Je m'appelle Dredge, monsieur Fairfax. Albion Dredge. Je suis avocat et je représente votre frère, M. Colin Fairfax. »

Derek sentit le sang lui affluer au visage. C'était donc arrivé, ce qu'il redoutait depuis l'arrivée de Colin à Tunbridge Wells. Chassez le naturel et il revient au galop, auraient dit certains. Un coup de malchance, aurait sans doute protesté Colin. En tout cas, un problème dont Derek se serait bien passé.

« Vous le représentez à quel propos, monsieur Dredge ?

— Je regrette d'avoir à vous apprendre, monsieur Fairfax, que votre frère a été arrêté hier par la police du Sussex et inculpé de délits très graves.

— Lesquels ?

— Recel. Association de malfaiteurs. Complicité de meurtre. »

C'était pire que tout ce qu'il aurait pu imaginer. Bien pire.

« De meurtre, dites-vous ?
— Une célibataire âgée a été retrouvée frappée à mort à son domicile de Rye, dimanche après-midi. Vous avez peut-être vu la nouvelle à la télévision locale.
— Non, je ne crois pas.
— En ce cas, laissez-moi vous relater les faits. »
Tandis que Dredge parlait, Derek, dont les mains devinrent moites, se sentit envahi d'un vilain pressentiment. Colin n'était pas du genre à avoir recours à la violence. C'était une certitude. Mais il n'avait jamais été très scrupuleux quant à la provenance de ce qu'il achetait et revendait. Ses affaires frisaient souvent l'illégalité. Et il lui arrivait parfois de tomber dans le piège, comme l'avait prouvé l'affaire de St Albans. Se pouvait-il qu'il soit allé jusqu'à commanditer un cambriolage pour se procurer une collection de Tunbridge Ware ? S'il avait su qu'il pourrait en retirer un profit substantiel, la réponse était indubitablement oui, surtout si l'état de ses finances était encore plus précaire qu'à l'accoutumée. Mais un meurtre, non, jamais il ne l'aurait cautionné. Pas plus qu'un recours à quelque forme de violence que ce soit. Cependant, s'il avait par hasard méjugé ses associés, s'il s'en était remis à la chance, ou au bon sens d'individus qui en étaient dépourvus, alors le résultat pouvait fort bien être interprété comme l'avait fait la police.
« Il est actuellement détenu au commissariat de Hastings, dit Dredge quand il eut terminé son explication. Et il doit comparaître en première instance demain matin.
— Est-ce que… il nie les accusations ?
— Catégoriquement.

— En ce cas, comment explique-t-il la présence des Tunbridge Ware dans sa boutique ?

— Il suppose que les objets ont été placés là pour le compromettre, dit Dredge après un long soupir.

— Vous n'avez pas l'air convaincu.

— Excusez-moi. Je me suis mal exprimé. C'est simplement que… eh bien, dans l'optique de la police, c'est précisément ce qu'il dirait pour se défendre, non ?

— Il n'a quand même pas suggéré que ce serait la police elle-même qui les aurait dissimulés là ?

— Dieu merci, non.

— Alors qui… pourquoi quelqu'un aurait-il…

— Monsieur Fairfax, je ne voudrais pas être trop brutal, mais peut-être pourrions-nous reporter ce genre de question à plus tard. Mon appel aujourd'hui n'avait pour but que de vous demander si vous seriez prêt à vous porter garant au cas où le juge accorderait la mise en liberté provisoire sous caution. Si c'était le cas, la somme exigée excéderait largement les moyens de votre frère. »

Derek n'avait nul besoin de Dredge pour le lui dire. À sa connaissance, les moyens de Colin n'avaient jamais été à la hauteur de ses dépenses. Derek s'était trop souvent vu par le passé dans l'obligation de se porter garant de son frère, littéralement aussi bien que métaphoriquement. Et chaque fois il s'était juré que ce serait la dernière. Tout comme Colin, d'ailleurs.

« De quel genre de somme parlons-nous ? demanda-t-il, sur la défensive.

— Difficile à dire. La police va s'opposer à la libération sous caution. Et la question risque fort de ne pas se poser.

— Mais si elle se pose ?
— Alors, il s'agirait d'une somme conséquente.
— Conséquente… à quel point ?
— Je dirais… quelque chose entre cinq et dix mille livres. »
Ce qui voulait dire qu'une part cruellement « conséquente » des économies de Derek serait perdue à jamais au cas où Colin opterait pour un déménagement discret vers un petit paradis sans accord d'extradition. Au moment où il envisageait cette possibilité, Derek se surprit à penser qu'il vaudrait peut-être la peine de sacrifier une telle somme si cela devait signifier que Colin ne réclamerait plus jamais son aide.
« Votre frère m'a dit que vous étiez la seule personne susceptible d'accepter de lui porter assistance.
— Sans aucun doute.
— Et vous êtes prêt… à lui porter assistance ?
— Je n'ai pas vraiment le choix.
— Vous pouvez être au tribunal demain matin ? »
Derek jeta un coup d'œil à l'agenda ouvert sur son bureau. Le mercredi 24 juin ne comportait rien qui ne pût être déplacé.
« Oui, je peux.
— Le tribunal se trouve dans Bohemia Road, à Hastings. Ouverture de la séance à 10 h 30.
— Très bien. Je vous retrouverai là-bas. »
Derek reposa l'appareil, enleva ses lunettes et se frotta l'arête du nez. Quand il ferma les yeux, le présent – son costume sombre, son bureau, la vue qu'il avait de Calverley Park de sa fenêtre, tous les témoins et privilèges de son âge et de son statut – fut emporté comme une toile d'araignée dans le vent. Et remplacé

par des images de lui et de Colin, de nouveau enfants à Bromley, Colin de six ans son aîné, aussi expansif et téméraire que lui-même était timide et réservé. Derek avait alors plus souvent qu'à son tour endossé la responsabilité des frasques de son frère, protégeant ses arrières et lui fournissant de faux alibis. Il savait aujourd'hui – en admettant qu'il en eût jamais douté – que rien n'avait changé.

Il se leva et s'approcha de la fenêtre. Tunbridge Wells revêtait son plus beau visage dans ce paisible après-midi d'été, les façades pâles de ses villas Regency nichées au milieu de la verdure, l'air brumeux semblant faire ployer davantage le lourd feuillage des marronniers du parc. Il vivait ici depuis sept ans à présent, sept années calmes, sinon glorieuses, à progresser régulièrement dans la hiérarchie chez Fithyan & Co. À moins de catastrophes imprévisibles, il serait bientôt associé dans le cabinet. Mais Fithyan ne risquait-il pas de considérer justement ses liens avec un antiquaire peu scrupuleux – ou pire encore, un meurtrier – comme une de ces catastrophes ? Que diraient les clients ? Que penseraient les autres associés ?

Il aurait donné cher pour que Colin ne soit jamais venu habiter à Tunbridge Wells. Ce ne devait être au début qu'une installation provisoire, une façon pour lui de réintégrer le monde en douceur. Mais il avait trouvé La Cache au Trésor, et un retour rapide à la profession qui l'avait déjà perdu une fois. Et il semblait bien que la même occupation soit à l'origine d'un nouveau malheur, gros de conséquences, dont il aurait lui-même à subir les effets néfastes tout autant que son frère.

Maurice était parti pour Rye de bonne heure et devait ensuite rentrer directement à Bourne End. Pour la première fois depuis la mort de Beatrix, Charlotte se retrouva seule, livrée à elle-même et à ses pensées. Une matinée de jardinage intensif ayant échoué à la guérir de son humeur agitée, elle sortit l'après-midi venu pour faire les magasins à la recherche de babioles dont elle n'avait nul besoin.

Au moment où la plupart des établissements allaient fermer, elle se trouvait dans High Street, et elle se rendit compte, légèrement surprise, qu'elle marchait en direction de Chapel Place. Elle aurait aisément pu prendre une rue transversale et emprunter un trajet plus direct pour rentrer chez elle à Mount Ephraim. Mais elle n'en fit rien. La curiosité – ou quelque chose de plus complexe – eut raison de ses scrupules, et elle poursuivit son chemin vers ce qu'elle savait désormais être sa destination finale : La Cache au Trésor.

C'était une boutique à la devanture étroite, dont la peinture s'écaillait autour des huisseries, coincée entre un atelier de photographe et un magasin de livres d'occasion. L'écriture gothique du nom sur la porte d'entrée faisait écho à celle de la carte de visite que Hyslop lui avait montrée. Sur un côté, il y avait une entrée séparée dotée d'une sonnette simplement étiquetée « APPARTEMENT ». L'intérieur n'était pas éclairé et, en comparaison de la clarté qui régnait à l'extérieur, paraissait aussi sombre que celui d'une caverne. Aucun panneau pour afficher les heures d'ouverture, et Charlotte, qui s'était attendue à voir quelqu'un tenir le magasin pour le propriétaire, se sentit quelque peu flouée.

Elle s'approcha et mit sa main en écran au-dessus de ses yeux pour scruter l'intérieur du magasin. Des bibliothèques et des buffets se dessinèrent dans l'obscurité. Elle entraperçut quelques vieux tableaux et quelques cuivres suspendus çà et là, et, dans le fond, une commode en pin et une psyché. Puis elle remarqua, disposés dans une haute encoignure vitrée, les objets en Tunbridge Ware. De petites pièces pour la plupart, la collection légitime de Fairfax – si du moins elle avait été légitimement acquise – semblait tout à fait quelconque. Ce qui, se dit Charlotte, expliquait peut-être...

Tout à coup, elle surprit un mouvement derrière elle, reflété dans la psyché. Faisant glisser son regard en travers de la glace, elle vit un homme debout à côté d'elle, qui inspectait l'intérieur du magasin. De taille moyenne, mince, le cheveu clairsemé, vêtu d'un costume marron froissé, et chaussé de lunettes à monture dorée sur lesquelles étincelait le soleil. Elle l'aurait pris pour un client déçu n'eût été l'intensité de son expression. Son visage semblait trahir une profonde détresse. Il ne changea pas de position tandis qu'elle l'observait, se contentant de regarder au-dessus d'elle, et apparemment figé sur place par une pensée soudaine ou par quelque chose qu'il venait de voir.

Charlotte se retourna et lui sourit. « J'ai bien peur que ce soit fermé », dit-elle.

Dans un premier temps, il ne réagit pas. Puis, comme si ses paroles venaient tout juste de l'atteindre, il la regarda et ouvrit la bouche, mais sans prononcer un mot.

« C'est fermé », répéta-t-elle.

Toujours pas de réponse. Puis, abruptement, il pivota sur les talons et reprit la direction de High Street, pressant le pas sans raison apparente, presque, Charlotte se fit la réflexion, comme s'il avait eu envie de courir.

Derek arriva au George & Dragon quelques minutes après l'ouverture. Il y était connu comme client occasionnel, sinon régulier, mais il était trop perturbé aujourd'hui pour aller au-delà d'un sourire contraint à la serveuse qui le saluait. Il emporta sa bière dans le jardin attenant et s'assit à une table pour avaler aussitôt plusieurs gorgées à la suite. D'ordinaire, il buvait peu, mais il avait bien l'intention de déroger ce soir à cette règle.

La première chose qu'il avait à faire, se dit-il, c'était de cesser de se comporter comme le criminel que son frère n'était peut-être même pas. Grâce au nom de Fairfax-Vane que Colin avait emprunté, personne ne risquait de se rendre compte que lui-même était un parent du propriétaire de La Cache au Trésor. Au tribunal, bien entendu, ainsi que dans les comptes rendus de presse, on ferait sans doute usage du vrai patronyme de Colin, mais jusque-là, lui, Derek, ne craignait absolument rien. Ce qui, par suite, rendait absurde la possibilité que le petit personnel de Fithyan & Co soit déjà en train de monter une cabale contre lui. Mais la supposition qu'il puisse le faire bientôt n'avait en revanche rien d'absurde.

Il but une nouvelle gorgée de bière, secouant la tête à l'idée de ce qu'avait dû penser de son comportement la jeune femme devant le magasin de son frère.

Il n'aurait jamais dû s'y rendre, et, à vrai dire, ne savait pas vraiment ce qui l'avait poussé à le faire. Mais bon, elle avait simplement cherché à l'aider, somme toute.

Il maudit Colin en silence. Quelle chose étrange que la relation entre deux frères ! Il n'avait rien en commun avec Colin, en dehors d'un passé de plus en plus lointain. Ils ne s'aimaient pas beaucoup. Et pourtant, ils étaient liés l'un à l'autre par quelque chose de plus fort que l'affection ou l'amitié, quelque chose d'irrésistible et d'indissoluble. Un sentiment que Derek ne comprenait pas, mais qu'il se savait incapable de maîtriser. Demain, non sans réticence et mauvaise grâce, il soutiendrait son frère.

6

Maurice avait téléphoné à Charlotte en arrivant chez lui pour lui rapporter ce que lui avait appris l'inspecteur principal Hyslop, à savoir que Colin Fairfax avait été inculpé et comparaîtrait le lendemain matin devant le tribunal de première instance de Hastings. L'audience serait de courte durée, et l'affaire renvoyée à une date ultérieure. Il était à prévoir que la séance se résumerait pour le juge à décider si Fairfax devait être placé en détention préventive – comme l'espérait Hyslop – ou libéré sous caution. En conséquence de quoi, Maurice avait décidé de ne pas être présent, estimant que deux jours loin de Ladram Avionics était tout ce qu'il pouvait se permettre.

Charlotte, cependant, avait adopté une démarche différente. Elle tenait à voir l'homme responsable de la mort de Beatrix. Elle pourrait peut-être ainsi satisfaire sa curiosité là où son examen devant la vitrine de La Cache au Trésor avait été impuissant à le faire. C'est ainsi qu'elle se retrouva dans la matinée au tribunal de Hastings, au milieu des clients inquiets et des avocats harcelés qui peuplaient le grand hall d'entrée.

Aucun signe de Hyslop, et, l'heure de la séance approchant, elle décida d'entrer dans la salle. Un endroit exigu, confiné, fait de matériaux modernes, contreplaqué et stratifié, peu propices à évoquer le sérieux et la solennité de la justice. Plusieurs membres du tribunal étaient déjà présents, et, sur le devant, deux hommes étaient engagés à voix basse dans une discussion animée. L'un d'eux était petit et corpulent, sanglé dans un costume trois-pièces sombre, son front haut et bombé luisant de transpiration. L'autre, plus grand et plus mince, avait le dos tourné de telle sorte que Charlotte ne pouvait voir son visage. Elle pensa qu'ils devaient être tous deux avocats.

« Le procureur vient tout juste de me dire qu'il s'opposera avec la dernière énergie à la mise en liberté provisoire sous caution, monsieur Fairfax, dit Albion Dredge.

— J'ai donc perdu mon temps en venant ici, si je comprends bien ? dit Derek.

— Mais non, mais non. Il y a toujours un espoir.

— Petit ou grand ?

— Au vu de la gravité des chefs d'inculpation – et de la précédente condamnation de votre frère –, assez mince, je dirais. »

Derek soupira. Il ne tenait pas particulièrement à voir Colin derrière les barreaux, mais une détention préventive lui permettrait au moins de ne plus s'inquiéter de quelque caution que ce soit.

« Combien de temps avant que l'affaire passe en jugement ?

— Six mois, environ.

— *Six mois ?*

— Au bas mot. Les tribunaux sont surchargés, en ce moment. Évidemment, il se peut que le ministère public laisse tomber l'inculpation de complicité de meurtre. Il sait que c'est la plus faible des trois. C'est aussi la plus grave. Et c'est délibéré.

— Que voulez-vous dire ?

— De vous à moi, monsieur Fairfax, dit Dredge en baissant encore la voix, je crois que la police a ajouté ce chef d'inculpation aux autres dans le but de mettre la pression sur votre frère. Mais je crois qu'elle l'abandonnerait s'il avouait qui lui a vendu les Tunbridge Ware. Ce qui pourrait changer la donne relativement à la caution.

— Mais Colin nie avoir acheté ces objets.

— Précisément.

— Vous voulez dire qu'il lui faudrait plaider coupable sur les autres points ?

— Sur le recel, en tout cas.

— Ce qu'il n'est pas prêt à faire ?

— Pas pour l'instant, non.

— Je vois. Très bien, monsieur Dredge. Merci de m'avoir mis au courant de la situation. »

Derek se redressa et se tourna pour reprendre son siège dans la rangée juste derrière lui. C'est à ce moment que son regard croisa celui d'une femme assise trois rangées plus loin, qui n'était pas là avant sa conversation avec l'avocat. Instantanément, il rougit et détourna les yeux. C'était la femme qu'il avait croisée la veille devant le magasin de son frère. Et cette fois-ci, il ne pouvait pas battre en retraite.

Qui était-il ? Pourquoi était-il ici ? Charlotte avait à peine commencé à s'interroger qu'un brouhaha général signala le début de la séance. Les bureaux sur le devant de la salle se remplirent rapidement. Hyslop la salua d'un signe de tête en arrivant parmi les derniers. Puis un assistant les pria de se lever et trois magistrats prirent place sur le banc.

Avec moins de cérémonie que ne l'aurait cru Charlotte, l'affaire fut appelée devant la cour. Un policier en tenue fit entrer l'inculpé par une porte de côté et l'accompagna jusqu'au banc des accusés. Il était là, maintenant, les mains appuyées sur la balustrade devant lui, à cinq ou six mètres, pas plus, de Charlotte. Dans la mesure où lui-même avait l'œil fixé sur les magistrats, il ne risquait pas de remarquer l'examen qu'elle lui faisait subir, et elle n'avait donc pas lieu de s'inquiéter.

Grand et large d'épaules, le visage rougeaud et quelque peu bouffi, les cheveux châtains portés trop longs, grisonnants sur les tempes et clairsemés sur le dessus, il portait un blazer bleu marine, un pantalon de couleur fauve et une chemise à rayures au col ouvert, tendue sur une bedaine impressionnante. Une pochette d'un rouge flamboyant éclaboussait la poche de poitrine de son blazer, et une chevalière particulièrement voyante ornait le petit doigt de sa main gauche. Elle ne s'était pas attendue à le trouver à son goût ; elle avait espéré au contraire qu'il lui déplairait profondément. Et, d'une certaine manière, son attente n'était pas déçue. Un homme à femmes plus ou moins décati, un fraudeur vieillissant et beau parleur rattrapé par le temps et la malchance, assez imprudent pour avoir mis sur pied ce crime sordide. Voilà le portrait que sa vue lui inspira. Et quelque part, à un niveau dont elle était elle-même à peine consciente, elle aurait aimé le voir plus jeune et plus ouvertement séduisant. Elle aurait voulu qu'il y eût davantage en lui à détester.

Soudain, elle se rendit compte que, toute à son observation, elle avait perdu le fil des débats. La lecture des chefs d'accusation était terminée, et l'inculpé avait décliné son identité – Colin Neville Fairfax. Mais on ne lui avait pas demandé s'il voulait plaider coupable ou non coupable, ce qui laissa Charlotte perplexe. Tout autant que la hâte avec laquelle la cour semblait se diriger vers un ajournement.

« Nous fixerons à un mois la date de la prochaine audience, annonça le président. Des objections ? » En l'absence de réponse, il se pencha en avant pour consulter son greffier. « Le vendredi 24 juillet convient-il à toutes les parties ? » Plusieurs têtes s'inclinèrent en signe d'assentiment. « Fort bien. Rendez-vous est pris pour le 24 juillet. Maître Dredge, c'est vous qui défendez l'inculpé ?

— Oui, Votre Honneur. » Quand l'avocat de Fairfax se leva pour répondre, Charlotte le reconnut comme étant la personne à qui parlait un peu plus tôt le mystérieux individu croisé devant La Cache au Trésor. « Mon client conteste tous les chefs d'accusation et souhaite en conséquence déposer une demande de mise en liberté provisoire sous caution.

— Monsieur Metclafe ? demanda le président en levant un sourcil à l'adresse du procureur.

— Nous nous opposons à cette demande, Votre Honneur. Il s'agit d'accusations très graves. La police est d'avis qu'il y a toutes les chances pour que l'accusé ne se présente pas au procès. À ce propos, je voudrais attirer votre attention sur le fait qu'il a déjà fait l'objet d'une condamnation, dont j'ai placé les attendus sous vos yeux.

— Ah oui, dit le juge en jetant un coup d'œil à quelques papiers devant lui. Maître Dredge ?

— Je ferai remarquer que mon client avait obtenu une libération sous caution avant ladite condamnation et s'était alors pleinement conformé aux conditions imposées.

— En effet, dit le juge, qui se gratta le nez avant de poursuivre. Pensez-vous à une caution que l'inculpé s'engagerait personnellement à verser, maître Dredge ?

— Non, Votre Honneur. Le frère de l'inculpé, M. Derek Fairfax, est prêt à se porter garant.

— M. Derek Fairfax est-il présent ?

— Oui », dit Dredge en se tournant et en tendant la main vers un homme assis dans la rangée derrière lui, et qui se leva à demi en réponse.

Et c'est ainsi que Charlotte découvrit enfin l'identité du mystérieux inconnu : c'était le frère de Colin Fairfax.

« Je vois, dit le juge. La cour va donc se retirer pour délibérer. » Sur quoi, lui et ses collègues se levèrent et quittèrent la salle.

Un brouhaha de conversations meubla le silence pendant leur absence. Dredge s'approcha du box des accusés et entama un échange à voix basse avec son client. Derek Fairfax n'alla pas les rejoindre, mais regarda malgré tout dans leur direction et, une fois, alors que Charlotte l'observait, il sembla sur le point de tourner les yeux vers elle. Mais il n'en fit rien.

Les magistrats revinrent. Après force froissements de robes et raclements de gorge, le président de la cour annonça : « Conséquemment à la nature et à la gravité des charges retenues, nous avons décidé de rejeter la demande de mise en liberté sous caution. » Puis il se tourna vers l'inculpé. « Vous êtes placé en détention préventive, monsieur Fairfax, et vous comparaîtrez à nouveau devant nous le 24 juillet, date à laquelle l'affaire est présentement renvoyée. »

Derek regardait Colin quand le juge annonça qu'il refusait la mise en liberté, et il reconnut aussitôt la grimace de déception qui plissa le visage de son frère. C'était celle avec laquelle, depuis son plus jeune âge, celui-ci avait accueilli les revers de la vie, et qui trahissait l'acceptation résignée du fait que, alors qu'il n'y était pour rien, ses projets avaient mal tourné. La suite fut tout aussi caractéristique : il haussa les sourcils, gonfla les joues et secoua lentement la tête. Puis l'agent qui l'avait amené lui toucha le coude et Colin descendit du box. Au dernier moment, avant de se tourner vers la porte de côté, il regarda Derek et lui fit un clin d'œil. Derek ne put répondre que par un vague salut de la main.

Une fois Colin disparu, Derek resta où il était, attendant que la salle d'audience se vide. Dredge s'attarda un moment pour parler avec son homologue de la partie adverse. Quand ils eurent terminé, il fit signe à Derek de le rejoindre. Puis ils se dirigèrent vers la sortie.

« Comme je le craignais, monsieur Fairfax, la précédente condamnation de votre frère a pesé lourd dans la balance.

— Vous avez fait de votre mieux, monsieur. Où Colin sera-t-il détenu ?

— À la prison de Lewes.

— Pourrai-je lui rendre visite ?

— Bien entendu. Mais, à votre place, j'attendrais deux ou trois jours. Laissez-le s'habituer à sa nouvelle condition. »

C'était l'abstinence, sous toutes ses formes, qui allait être son plus gros problème, soupçonnait Derek. L'alcool, la nourriture, la conversation et les femmes. En dépit de la réputation de séducteur de Colin, c'était probablement là l'ordre adéquat. La dernière fois, force était de le reconnaître, il paraissait à sa sortie de prison en meilleure forme et en meilleure santé qu'à son entrée. Mais il était plus âgé aujourd'hui, moins résistant, moins prêt à accepter l'inconfort, il n'était tout bonnement plus l'homme qu'il avait été.

« Dois-je comprendre d'après ce que vous me disiez un peu plus tôt, monsieur Dredge, que vous allez l'encourager à plaider coupable, du moins pour ce qui concerne l'accusation de recel ?

— J'ai bien l'intention de lui expliquer quelles seraient les conséquences d'un refus de sa part.

— Et de quelle nature, ces conséquences ?

— Potentiellement très grave. Le ministère public peut démontrer qu'il connaissait la provenance des

Tunbridge Ware. En conséquence de quoi, il peut aussi prouver qu'il n'ignorait pas qu'il s'agissait d'une marchandise volée. La complicité avec le voleur peut se contester. Mais pas le fait qu'il soit lui-même un voleur.

— Colin n'a donc rien à présenter pour sa défense ?

— Rien en dehors de son affirmation que la marchandise a été placée dans son magasin dans le seul but de le compromettre. Les juges ont tendance à punir de lourdes peines ce qu'ils estiment être des arguments pervers ou malveillants.

— Des peines de quelle ampleur ?

— Le maximum pour recel de marchandises volées est de quatorze ans. »

Quatorze ans... Colin aurait plus de soixante ans, et le monde aurait basculé dans un nouveau millénaire. Cette durée apparut soudain à Derek comme une véritable éternité.

« Et pour les autres chefs d'accusation ? s'enquit-il dans un murmure.

— La même chose pour l'association de malfaiteurs.

— Et la complicité de meurtre ?

— Peu probable qu'elle soit retenue.

— Mais si elle l'était ?

— Même peine que pour le meurtre lui-même. La perpétuité. »

Après une brève conversation avec Hyslop sur les marches du tribunal, Charlotte retourna à sa voiture, se demandant pourquoi elle se sentait aussi déçue par ce à quoi elle venait d'assister, pourquoi le sort qu'avait connu Beatrix ne la révoltait pas davantage. Colin Fairfax n'était évidemment pas l'homme qui l'avait frappée à mort, mais c'était lui malgré tout le responsable du meurtre. Le fait semblait indéniable. Pourquoi, en ce cas, Charlotte se trouvait-elle incapable de le haïr comme elle l'aurait dû ?

Elle arriva à sa voiture, monta, baissa la vitre. Les oiseaux chantaient dans les buissons derrière elle, et quelque part de la musique s'échappait d'une radio. Beatrix aurait pardonné à Fairfax, bien sûr. C'était là l'ironie de l'affaire. « Manifestement, l'homme ne me voulait aucun mal. » Charlotte l'entendait d'ici. « Si je m'étais rendu compte à quel point il voulait ces Tunbridge Ware, je les lui aurais donnés. »

Charlotte secoua la tête, perplexe, et mit le contact. Au même moment, un homme apparut au coin du bâtiment et commença à se diriger vers elle. C'était Derek Fairfax. Il marchait penché en avant, le sourcil froncé, une main fouillant dans la poche de sa veste. Il ne regarda pas dans sa direction, et elle pensa d'abord qu'il allait passer devant elle sans la remarquer. Mais il s'avéra que sa voiture était garée juste à côté de la sienne. Quand il se faufila dans l'espace entre les deux véhicules, il leva les yeux et la vit.

L'espace d'un instant, il donna l'impression qu'il allait sourire, puis le froncement de sourcils inquiet assombrit à nouveau son visage. Savait-il qui elle était ? s'interrogea Charlotte. Si c'était le cas, il fallait à tout prix qu'elle évite de lui parler. Elle n'avait pas le temps de se demander pourquoi il le fallait, juste celui de suivre son instinct. Elle mit le moteur en marche et vit Fairfax reculer d'un bond, surpris. Puis, accélérant trop brutalement, elle quitta sa place de parking en dérapant sur l'asphalte, avant de redresser le volant et de se diriger vers la sortie, résistant à la tentation de jeter un coup d'œil dans son rétroviseur.

D'après Dredge, la femme qu'ils avaient vue s'entretenir avec l'inspecteur principal Hyslop était la nièce de Beatrix Abberley, Charlotte Ladram. C'était elle qui avait identifié les Tunbridge Ware retrouvés dans le magasin de Colin. C'était ainsi que Derek avait découvert pourquoi elle s'était trouvée à la fois à La Cache au Trésor et au tribunal de Hastings. Ce qu'elle pensait en scrutant la pénombre du magasin ou en observant Colin debout à la barre, vêtements froissés, regard vide, il n'avait bien sûr aucun moyen de le savoir. S'ils s'étaient parlé lors d'une de ces occasions, il lui aurait naturellement présenté ses condoléances. Faute d'autre chose à lui offrir. C'était peut-être finalement aussi bien qu'ils ne se soient pas adressé la parole.

Telles étaient les pensées qui l'agitaient quand il releva les yeux et la vit, assise au volant de la voiture garée à côté de la sienne. Leurs regards se croisèrent, pour se quitter aussitôt. Il hésita, sans trop savoir quelle conduite adopter. Ce serait ridicule de prétendre ignorer qui ils étaient. Après tout, elle savait maintenant qu'il était le frère de Colin Fairfax. Inutile de continuer à faire semblant. Et pourtant…

Tout à coup, elle démarra dans un crissement de pneus, fit une embardée, ralentit un instant, puis manœuvra pour prendre la direction de la sortie du parking. Il prit appui contre l'aile de sa voiture, conscient du fait qu'elle avait failli le heurter dans sa précipitation. Pour le fuir, lui. C'était évident. C'était aussi la mesure du mépris dans lequel elle le tenait par la faute de Colin. Elle n'aurait pas supporté ne serait-ce que de lui adresser la parole.

7

Derek décida qu'il serait malavisé de sa part de s'absenter davantage de son travail cette semaine. Le journal local dans son édition du jeudi fit état de la comparution de Colin, mais si certains chez Fithyan & Co étaient au courant de leur lien de parenté – ce qu'il pensait être effectivement le cas –, personne ne fit de commentaire.

Le samedi après-midi, il se rendit à Lewes et se présenta aux portes de la prison au milieu d'un groupe disparate d'épouses, de petites amies et d'enfants. Au bout d'une longue attente, on les fit entrer dans une salle aux murs nus où s'alignaient des tables et des chaises. Devant les tables étaient assis les maris, les petits amis et les pères, l'air impatient, honteux ou indifférent, mais difficiles à distinguer dans leur uniforme de prisonnier gris-bleu.

C'était la première fois que Derek faisait l'expérience d'une visite de ce genre. Lors de ses derniers démêlés avec la justice, Colin avait été mis en liberté sous caution, mais il avait refusé toute visite pendant la période d'incarcération qui avait suivi sa condamnation. Requête à laquelle Derek n'avait été que trop heureux d'accéder. Pas question cependant aujourd'hui d'une pareille interdiction. Certaines choses avaient besoin d'être dites, et il n'y avait pas d'autre endroit pour le faire.

Colin était assis tout au fond de la salle, le regard perdu dans le vide. Il sembla ne s'apercevoir qu'au tout dernier moment de la présence de Derek ; il sursauta alors violemment, fit mine de se lever, se ravisa et retomba sur sa chaise avec un long soupir.

« Salut, Derek. Content que tu aies pu te libérer, dit-il en esquissant un vague sourire.

— Salut, Colin. Comment vas-tu ? »

Après s'être assis et avoir brièvement examiné son frère, il regretta sa question. Pareille demande était en toute circonstance d'une terrible platitude, mais là, en l'occurrence, elle témoignait d'une totale insensibilité.

« Incroyablement bien, répondit Colin. L'endroit a tout d'un centre de remise en forme, sauf qu'il est sacrément meilleur marché.

— Je… heu… je regrette vraiment qu'ils ne t'aient pas accordé la libération sous caution.

— Oh, arrête. T'étais soulagé, oui. En tout cas, moi je l'aurais été, à ta place. »

Derek eut un rire nerveux et jeta un coup d'œil autour de lui. De part et d'autre des tables, détenus et visiteurs faisaient maladroitement semblant de se comprendre, tandis que dans leur dos, un gardien allait et venait dans la salle, l'air sombre, jetant de temps à autre un œil sur la pendule murale comme pour tromper son ennui.

« Merci quand même pour tes efforts, dit Colin. Ça ne se voit peut-être pas, mais je te suis reconnaissant.

— C'était le moins que je puisse faire…, dit Derek en s'avançant sur sa chaise, résolu à dire sans tergiverser ce qui s'imposait. Dredge est d'avis que tu devrais plaider coupable relativement à l'accusation de recel.

— Dredge a une mentalité de vieille bonne femme.

— C'est ton avocat, Colin. Et il a tes intérêts à cœur.

— À voir. J'en suis pas si sûr. J'ai eu recours à lui quand j'ai signé le bail du magasin, et il n'a rien fait pour me faciliter les choses dans cette affaire.

— Pourquoi l'avoir repris, alors ?

— Parce que c'est le seul nom qui m'est venu quand la police m'a dit que je pouvais appeler un avocat. Et maintenant, je découvre que, tout comme elle, il me juge coupable. Et toi, Derek, tu en penses quoi ?

— À toi de me le dire, répondit Derek après avoir pris une longue inspiration.

— Qu'est-ce que tu entends par là ?

— Que la dernière fois aussi tu as tout nié en bloc.

— Et ?

— Et tu mentais, pas vrai ? En fait, tu étais mouillé jusqu'au cou. »

Colin fronça les sourcils, ouvrit la bouche pour dire quelque chose, se ravisa et grimaça un sourire.

« C'est vrai. Je mentais. C'est une habitude, chez moi. Tu devrais le savoir mieux que n'importe qui.

— Eh oui, justement.

— Mais cette fois-ci je ne mens pas.

— Et comment je peux en être sûr ?

— Parce que tu me connais. Je suis un menteur, filou sur les bords, et tu mériterais un frère autrement meilleur que moi. Mais je ne suis pas idiot. Je ne l'ai jamais été. T'es d'accord, non ?

— Oui, c'est vrai.

— Alors, comment j'aurais pu être assez bête pour laisser ma carte de visite, en quelque sorte, chez quelqu'un que j'avais l'intention de cambrioler ? En fait d'indice compromettant, on pourrait pas faire mieux, non ?

— À en croire Dredge, la police ne pense pas que ce soit toi l'auteur du cambriolage.

— C'est vrai. Ils me soupçonnent d'avoir payé un voyou pour faire le boulot. Ou bien de m'être entendu sur un prix pour les Tunbridge Ware avec quelqu'un dont je savais qu'il se chargerait de les voler. D'une façon ou d'une autre, ils sont convaincus que je suis derrière tout ça. Mais ils m'ont pratiquement laissé entendre qu'ils abandonneraient les charges de complicité de meurtre si je balançais mon complice. Par ailleurs, Dredge pense qu'à la même condition je pourrais peut-être dans la foulée échapper à l'accusation d'association de malfaiteurs. Et comme ça, je ne risquerais que cinq ans maximum pour recel, s'ils réussissent à mettre le cambriolage et le meurtre sur le dos de quelqu'un d'autre.

— Mais tu n'es pas prêt à dénoncer qui que ce soit ?

— Comment est-ce que je pourrais ? Je n'ai jamais eu de complice pour la bonne raison que je n'ai rien à voir là-dedans. Peux-tu penser sérieusement que je garderais le silence dans le but de protéger quelqu'un qui n'a pas hésité à défoncer le crâne d'une vieille dame ? Jamais de la vie ! Surtout si la police m'offrait de solides raisons pour tout avouer. Ce qu'elle est précisément en train de faire.

— Tu veux dire que ces objets ont bel et bien été cachés dans ta boutique à ton insu ?

— Absolument. Écoute, la première fois que j'ai entendu parler de cette histoire, c'est quand les flics sont venus cogner à la porte de l'appartement à 7 heures lundi matin en brandissant un mandat de perquisition. Ça me réjouissait pas plus que ça de les voir, mais je n'ai vu aucun inconvénient à leur ouvrir la boutique, parce que j'étais sûr qu'ils ne trouveraient rien. Quand j'ai aperçu les Tunbridge Ware dans un carton posé sur la table de l'arrière-salle, les bras m'en sont tombés.

— Comment tu crois qu'ils sont arrivés là ?

— Quelqu'un a dû s'introduire dans le magasin pendant la nuit et les déposer là. Un des carreaux de la fenêtre près de la porte de derrière était cassé. Et j'avais laissé la clé dans la serrure. Une négligence qui ne t'étonnera pas, venant de moi. »

Derek savait effectivement combien son frère pouvait être inconséquent et irréfléchi. Mais il se doutait que la police, elle, n'en tiendrait aucun compte. Elle avait dû voir dans le carreau cassé une tentative maladroite de la part de Colin pour se couvrir.

« Tu n'as rien entendu pendant la nuit ?

— Absolument rien. Mais j'avais forcé sur le scotch, je l'avoue, et il aurait fallu une explosion pour me réveiller. Ce qui me rappelle..., dit-il en se penchant en avant, que j'ai pas bu une seule goutte depuis. T'aurais pas eu la bonne idée de faire entrer une demi-bouteille en douce, par hasard ?

— Non. Certainement pas.

— Dommage, dit Colin avec une grimace. Mais je suis pas étonné. Tu as toujours été beaucoup trop respectueux des règles et des interdictions.

— Si tu en avais fait autant, on n'en serait pas là aujourd'hui, qu'est-ce que t'en penses ?

— Non, peut-être pas, répondit Colin avec un sourire forcé. Allez, faisons la paix. Quand j'ai emmené la police dans le magasin, la porte de derrière était verrouillée, et la clé dans la serrure. Rien de plus simple pour un cambrioleur que de donner le change en glissant à nouveau la main par le carreau cassé une fois sorti et en replaçant la clé où il l'a trouvée. Mais les flics n'ont pas envisagé une seconde cette hypothèse. Ils avaient les Tunbridge Ware. Et ils m'avaient, moi. Ils n'en demandaient pas plus. Et c'est tout ce qu'on attendait d'eux.

— Qui ça, on ?

— Ça, j'en sais rien. C'est là toute la question. Personne ne me déteste suffisamment pour prendre toute cette peine. Je me suis fait quelques ennemis solides au fil des ans, c'est vrai, mais quand même pas au point qu'ils veuillent se venger de cette manière. Et puis, s'ils étaient prêts à tuer et à me faire porter le chapeau, pourquoi ne pas y aller carrément et me défoncer la tête à moi aussi ?

— Et alors ? demanda Derek, qui, à voir l'étincelle dans les yeux de Colin, savait déjà que celui-ci avait la réponse.

— J'ai retourné la question dans tous les sens. J'ai

eu tout le temps de réfléchir, cette semaine, vois-tu. Et je suis arrivé à la conclusion que ce n'est pas moi le responsable dans cette affaire. Je suis juste le bouc émissaire, l'antiquaire un peu louche à qui on fait endosser toute la responsabilité.

— Et donc... qu'est-ce que tu veux dire, au juste ?

— Eh bien, que la police prend les choses à l'envers. Ils voient le cambriolage comme le mobile premier de l'effraction et le meurtre comme une simple conséquence. Alors que moi, je crois dur comme fer que c'est le meurtre qui venait en premier, le vol des Tunbridge Ware – et moi – n'étant là que pour brouiller les pistes. »

Un court instant, Derek considéra l'hypothèse comme plausible. Puis le scepticisme l'emporta.

« Tu ne crois pas que c'est quand même tiré par les cheveux, Colin ?

— Écoute, je vais te faire un historique complet de l'affaire. Et après, tu me diras si tu trouves que c'est toujours aussi tiré par les cheveux.

— D'accord. Je t'écoute.

— Il y a six semaines à peu près, je reçois un coup de fil d'une femme qui dit s'appeler Beatrix Abberley. Elle me dit qu'elle a quelques pièces de Tunbridge Ware qu'elle veut faire estimer pour éventuellement les vendre. On se met d'accord pour que je passe chez elle quelques jours plus tard histoire d'examiner la marchandise, adresse : Jackdaw Cottage, Watchbell Street, Rye. Quand je lui demande comment elle a entendu parler de moi, elle me répond qu'elle a de la famille à Tunbridge Wells, qu'elle leur rend souvent visite et qu'elle a relevé le nom du magasin après avoir vu ma collection de Tunbridge Ware dans la vitrine. Je ne discute pas et je vais la trouver à Rye. Elle s'était montrée très précise sur le jour et l'heure auxquels je devais me présenter : 10 h 30 le mercredi 20 mai. J'arrive pile à l'heure. Une gouvernante m'ouvre la porte et me dit qu'elle n'est pas au courant d'un rendez-vous de ce genre, mais me conduit tout de même au salon avant d'aller chercher Mlle Abberley. Je suis en train d'examiner les Tunbridge Ware avec attention quand la dame entre dans la pièce. Et très vite, je sens qu'il y a quelque chose qui cloche. La femme qui m'a appelé au téléphone était bien plus jeune. Et elle avait un léger accent, américain, je dirais. Ou elle faisait semblant. Mais la Mlle Abberley que j'ai devant moi est un bel exemple de la vieille fille anglaise raffinée. Et elle me soutient mordicus qu'elle ne m'a jamais appelé. Et je suis sûr qu'elle dit la vérité. Ça saute aux yeux. Mais qu'est-ce qu'il faut que je fasse ? Dire que c'est une affreuse méprise ? Non, puisque je suis là, autant y aller au culot et passer outre ses dénégations. Sa collection de Tunbridge Ware est jolie. Très jolie, même. J'essaye de négocier un prix. Mais elle n'est pas intéressée. Pas le moins du monde. Alors j'insiste pas. Je lui laisse quand même ma carte au cas où elle changerait d'avis et je pars en m'excusant platement. Quant au coup de fil, je me dis que ça a donné lieu à un malentendu. Peut-être que j'ai mal compris le nom ou l'adresse, ou les deux. Je sais que c'est pas le cas, évidemment, mais quand bien même je réfléchirais pendant des heures, je trouverais rien pour expliquer ce qui s'est passé. Alors, j'oublie l'affaire.

— Jusqu'à ce que la police se présente à ta porte ?

— Eh bien non, figure-toi. C'est là que ça devient encore plus bizarre. Environ huit jours plus tard, Mlle Abberley – la vraie, cette fois-ci – me téléphone. Sur le moment, je me dis qu'elle a dû réfléchir à mon offre et changer d'avis. Mais non. Elle veut simplement savoir pourquoi je lui ai rendu visite. Bon, ça je lui ai déjà dit. Mais elle veut en savoir plus : tout ce que je pourrais me rappeler, en fait, du premier coup de fil. La voix de la femme. Ses mots exacts. Tous les détails qui pourraient me revenir en mémoire.

— Et elle t'a cru ?

— Eh oui. Bizarre, non ? C'est le genre d'histoire que j'aurais pu inventer de toutes pièces pour me ménager une visite chez elle. Mais il se trouve que c'était la vérité. Et elle m'a cru. Ce qui n'avait pas été le cas quand je lui avais rendu visite au cottage, elle me l'avait bien fait comprendre. Mais maintenant, si.

— Pourquoi ce revirement ?

— Elle me l'a pas dit. Elle m'a juste remercié pour les renseignements et elle a raccroché. Et j'ai plus entendu parler de cette affaire. Du moins jusqu'à lundi dernier.

— Et tout ça, tu l'as raconté à la police ?

— Bien sûr. Mais j'ai usé ma salive pour rien. Ils avaient déjà leur solution. Ils avaient leur suspect. Et c'est pas ce que je pouvais dire qui allait les faire changer d'avis.

— Ça se comprend.

— Peut-être. Mais ils n'ont pas besoin de ta compréhension. Moi, si. »

Derek détourna un instant les yeux. Pratiquement tout ce qu'il savait de son frère était sujet à caution.

En dehors du fait, pourtant, qu'il n'aurait jamais été assez stupide pour se compromettre lui-même comme le prétendait la police. La version de Colin était la plus plausible de celles parvenues jusque-là aux oreilles de Derek, et, pour cette raison même, la plus troublante.

« Est-ce que tu serais prêt à faire quelque chose pour moi ? demanda Colin.

— Tu penses à quoi ?

— Contacter la famille de Beatrix Abberley. Essayer de les convaincre que je dis la vérité. Ils doivent avoir envie au moins autant que moi de voir le vrai meurtrier arrêté. Et ils doivent savoir quel était son mobile, même s'ils n'en ont pas conscience pour le moment. »

Derek repensa à Charlotte Ladram, la femme qui avait failli le renverser en sortant du parking à Hastings.

« Je ne crois pas qu'ils apprécieraient beaucoup une telle démarche.

— Tu peux les convaincre, toi. Je sais que tu en es capable. La diplomatie a toujours été ton fort.

— Je n'en suis pas si sûr. Tu n'as pas eu un problème avec eux l'an dernier à propos du prix de certains meubles que tu leur as rachetés ? La police pense que c'est comme ça que tu as eu connaissance de l'existence des Tunbridge Ware.

— Elle se trompe, la police. J'avais complètement oublié cette histoire. Jusqu'à ce qu'elle me l'apprenne, j'ignorais que la femme à qui j'avais acheté ces meubles était une parente de cette Mlle Abberley.

— Peut-être bien. Mais la famille n'est manifestement pas de cet avis. Ce qui ne peut que les prévenir contre toi. »

Colin se redressa sur sa chaise, regarda un instant Derek fixement, avant de dire :

« Je suis bien conscient des difficultés. Je te demande simplement d'essayer.

— D'accord. Je vais voir ce que je peux faire. Mais n'espère pas trop.

— Pas trop, c'est toujours mieux que rien. Et rien, pour l'instant, c'est tout ce que j'ai. En dehors de ça », dit Colin en fouillant dans sa poche pour en sortir un bout de papier qu'il fit glisser en travers de la table.

On pouvait y lire, écrit au crayon en majuscules : *TRISTRAM ABBERLEY, UNE BIOGRAPHIE CRITIQUE, PAR E. A. MCKITRICK.*

« C'est quoi, ça ?

— Beatrix Abberley était la sœur de Tristram Abberley, le poète. T'en as entendu parler ?

— Vaguement.

— Je suis en train de lire ses œuvres complètes en ce moment, avec l'aimable autorisation de la bibliothèque de la prison.

— Parce que tu lis de la poésie, maintenant ?

— J'ai pas grand-chose à faire, vois-tu. Me retrouver accusé de complicité dans le meurtre de sa sœur a opéré des merveilles sur ma sensibilité poétique. Malheureusement pour moi, je ne suis pas plus à la hauteur de ce genre de truc que je l'étais au lycée. Mais, la biographie, c'est autre chose. Ils n'ont pas d'exemplaire de celle de Tristram Abberley, ici, mais le bibliothécaire a bien voulu me fournir certains renseignements.

— Tu veux que je t'achète un exemplaire ?

— Pas à moi seulement. À nous deux. Il y aura

forcément des trucs concernant sa famille, non ? Ça te donnera l'arrière-plan dont tu as besoin. Peut-être même un indice. Ou peut-être rien du tout. On ne le saura que quand on aura essayé, pas vrai ?

— Ça me paraît bien hasardeux.

— Qui risque rien n'a rien, mon vieux. »

Derek secoua la tête d'un air dubitatif et tendit la main pour ramasser le bout de papier. Colin en profita pour tendre lui aussi une main qu'il pressa fortement sur celle de son frère.

« Je compte sur toi. Tu le sais, pas vrai ?

— Oui, je sais.

— Je ne dirais pas que tu me le dois, parce que ce serait faux. Mais j'ai personne d'autre vers qui me tourner. Personne.

— C'est donc ce que je suis ? Ton dernier recours ?

— Je suppose, oui, dit Colin en souriant. Mais un frère, c'est bien à ça que ça doit servir, non ? »

8

Les obsèques de Beatrix se déroulèrent avec la froide bienséance réservée à de telles occasions. Par un après-midi d'été d'une rare perfection, une vingtaine de personnes se rassemblèrent à la St Mary's Church de Rye pour un service funèbre aussi bref qu'éloquent, avant d'être transportées dans un petit convoi de limousines rutilantes jusqu'au crématorium de Hastings pour le dernier acte de la cérémonie.

Mme Mentiply pleura ouvertement. Une ou deux des voisines de Beatrix se tamponnèrent les yeux. Pour le reste, l'événement s'accompagna d'un manque d'émotion que Beatrix n'aurait sans doute pas désapprouvé. Lulu Harrington ne vint pas ; elle avait envoyé un mot à Charlotte pour lui expliquer qu'elle ne se sentait pas capable d'entreprendre le voyage. En revanche, la famille était là au grand complet. Samantha était arrivée la veille de l'université de Nottingham pour les vacances d'été, et l'oncle Jack avait fait de son mieux pour se présenter en habits du dimanche, et à jeun.

En observant les divers membres de sa famille

réunis dans la chapelle du crématorium, Charlotte se surprit à penser qu'ils représentaient un amalgame typiquement anglais de retenue et d'indifférence. Mais dès qu'elle eut décidé de s'exempter, en même temps que Maurice, de cette accusation, elle se rendit compte à quel point elle faisait montre d'injustice. Pourquoi attendre d'Ursula et de Samantha qu'elles expriment plus d'émotion qu'elles n'en ressentaient à la mort d'une vieille femme dont la compagnie n'avait pas toujours été agréable ? Les conditions dans lesquelles celle-ci était morte n'étaient pas de leur faute, et une manifestation ostentatoire de chagrin n'y aurait rien changé.

Sans compter qu'elles jouèrent le rôle qui leur était dévolu avec une remarquable diligence. Ursula prit place comme l'exigeait la bienséance au côté de Maurice dans le jardin du souvenir, serrant les mains de tous ceux qui présentaient leurs condoléances et les remerciant d'être venus. Jack, de son côté, s'abstint de ses habituelles plaisanteries. Et l'expression distante de Samantha aurait aisément pu être prise pour de l'émotion retenue, tant le port d'une robe et d'un chapeau noirs contribuait à lui donner un air affecté fort séduisant.

Quand tout fut terminé, la famille se rendit à Ockham House pour le thé. Au début, il apparut qu'aucun d'entre eux ne savait s'il devait opter pour la tristesse ou le soulagement. Si Beatrix était morte dans son sommeil, son âge et la pleine possession de ses moyens auraient été autant de raisons pour se consoler de son décès. Mais en l'occurrence, un moment de violence inouïe avait jeté une ombre sur toute une vie de sérénité. Qu'elle ait été sereine, cette vie, c'était ce dont Charlotte s'efforçait de se convaincre, même si, en réalité, personne ne l'avait suffisamment connue pour en être absolument certain.

Pour une fois, les facéties de Jack tombaient à pic. C'est lui qui pressa Charlotte d'offrir les scotchs et les gins qu'ils attendaient tous avec une impatience muette, et l'heure fut bientôt aux conversations animées et aux réminiscences émues. Le besoin de fonctionner comme un groupe s'évanouit à mesure que se dissipait l'atmosphère raide et guindée qui avait présidé aux obsèques. Jack commença à monopoliser l'attention de Samantha avec son humour bien huilé et un tantinet lubrique. Ursula sortit sur la pelouse fumer une cigarette. Et Maurice chercha à rassurer Charlotte quant à son héritage, lui disant qu'il veillait à ce que ses droits soient respectés.

«Je crois pouvoir t'assurer que tout est en ordre, Charlie. Non que j'aie rencontré une quelconque difficulté. Beatrix était très efficace dans la gestion de ses affaires.

— Je n'en doute pas.

— Une femme redoutable, à plus d'un égard. Elle me manquera.

— Elle nous manquera à tous.»

Un éclat de rire de Samantha arriva jusqu'à eux, et Maurice sourit.

«En tout cas, à toi et à moi, c'est sûr. Je pars pour New York demain, ajouta-t-il d'un ton plus grave. La vie – et les affaires – continue.

— Bien sûr.»

Maurice semblait passer la moitié de sa vie aux

États-Unis, ces temps-ci, ce qui n'était pas surprenant au vu de l'expansion croissante de Ladram Avionics sur le marché américain.

« Et comment vont-elles, ces affaires ?

— C'est la femme du monde qui parle ou l'actionnaire ? demanda-t-il en souriant. De toute façon, la réponse est la même dans les deux cas. La compagnie ne s'est jamais aussi bien portée.

— Et en ma double qualité, je suis heureuse de l'apprendre.

— Mais ça veut dire que je vais devoir te laisser en carafe pour ce qui est de Jackdaw Cottage.

— Tu as déjà fait plus sous ce rapport que je n'étais raisonnablement en droit d'attendre, Maurice. Il est grand temps que je me débrouille toute seule.

— Qu'as-tu l'intention d'en faire ? Le vendre ?

— J'imagine, oui. C'est-à-dire... que veux-tu que j'en fasse d'autre ? C'est aussi ce que je devrais faire avec cette maison, tout bien considéré.

— Effectivement. Je te l'ai dit plus d'une fois. Elle irait chercher un bon prix. Ce qui t'aiderait peut-être à... prendre un nouveau départ, en quelque sorte.

— Tu as raison. Je le sais. Mais l'intention et l'action sont deux... »

Elle s'interrompit en se rendant brutalement compte que l'on n'entendait plus que sa voix dans la pièce. Les gros rires de Jack avaient cessé. De même que les gloussements de Samantha. En se retournant, elle s'aperçut qu'ils regardaient tous les deux en direction de la porte-fenêtre restée ouverte. Dans l'encadrement de laquelle se tenait Ursula, un inconnu à son côté.

Derek quitta Fithyan & Co de bonne heure cet après-midi-là et fit le tour des librairies de Tunbridge Wells en quête de deux exemplaires de *Tristram Abberley, une biographie critique.* Il n'en trouva qu'un, et la vendeuse eut l'air déconcertée quand il voulut en commander un second, tout en lui assurant qu'elle le recevrait sous quinze jours.

Une fois dans sa voiture, Derek déballa son paquet et s'attarda un instant sur le visage que lui renvoyait la couverture. D'après ce qu'il avait lu au dos de l'ouvrage pendant qu'il était dans le magasin, Tristram Abberley était mort en Espagne des blessures dont il avait été victime au combat. Derek ne fut donc pas autrement surpris par l'air martial de la photographie, manifestement prise en Espagne quelque temps avant la mort du poète. Mince, bien de sa personne, la trentaine, des cheveux courts s'éclaircissant déjà sur le haut du front, mâchoire et menton volontaires. Son uniforme était poussiéreux et trop grand pour lui, et le mur à moitié effondré contre lequel il s'appuyait était brûlé par le soleil. Mais tout cela était sans grande importance. La façon désinvolte dont il tenait sa cigarette entre le pouce et l'index de sa main gauche, l'arc hautain de ses sourcils, la nonchalance étudiée de la pose, étaient autant d'éléments qui exprimaient la personnalité d'un homme dont l'assurance était capable de survivre à n'importe quelle forme d'adversité.

Derek s'apprêtait à ouvrir le livre quand il aperçut un de ses clients qui remontait la rue dans sa direction. Aussitôt, il se dit qu'il ne fallait pas qu'on le voie. Pas avec ce livre-là, ni à ce moment-là. Il le dissimula en toute hâte sous le tableau de bord avant de démarrer et de s'éloigner du trottoir.

Les rues étaient encombrées en ce chaud après-midi. Tandis qu'il avançait par à-coups dans les embouteillages pour traverser le Common et monter vers Mount Ephraim, il se mit à réfléchir à Charlotte Ladram et à la meilleure façon de l'approcher. Il avait vérifié son adresse dans l'annuaire et avait identifié Manor Park comme étant une des nombreuses rues résidentielles et tranquilles de Tunbridge Wells, toutes bordées de villas cachées par un écran de verdure. L'abonnée à cette adresse était répertoriée sous le nom de Mme M. Ladram. Sa mère, peut-être ? Si tel était le cas, ce devait être la femme à laquelle Colin avait acheté les fameux meubles l'année précédente. Mais la police avait dit à Colin que la personne était morte. Le décalage s'expliquait facilement, puisque l'annuaire était vieux de deux ans, mais il restait malgré tout possible que Mlle Ladram n'habite plus à cet endroit. Auquel cas, Derek en serait réduit à s'informer auprès de Dredge, ce qu'il aurait préféré éviter.

C'est l'idée d'avoir à justifier sa démarche devant Dredge qui le décida. Il savait qu'à tergiverser plus longtemps, il verrait sa résolution faiblir pour bientôt s'évanouir. Il prit le premier tournant sur la droite, s'arrêta pour consulter son plan de la ville, puis se remit en route et arriva quelques minutes plus tard dans Manor Park. Il laissa sa voiture et commença à parcourir la rue, vérifiant au passage le nom de chaque maison. C'était un quartier au calme si feutré qu'on aurait hésité ne serait-ce qu'à se racler la gorge en le parcourant, mais les arbres qui le privaient de la vue de presque tous les jardins lui assuraient dans le même temps qu'on ne pouvait détecter sa présence depuis l'intérieur.

Ockham House se révéla d'abord sous la forme de pignons imposants à peine visibles derrière une haute haie d'aubépines. Une allée gravillonnée partait derrière le portail pour disparaître dans une courbe, et, quand il commença à la remonter, Derek fut aussitôt conscient du crissement de ses chaussures à chacun de ses pas.

Après avoir contourné un écran de rhododendrons, il arriva devant une pelouse bordée de fleurs sur tout son pourtour, et c'est alors seulement qu'il découvrit la maison, en léger surplomb sur un talus herbeux. C'était une villa décorée de stuc, de proportions modestes, dotée de fenêtres en saillie et de hautes cheminées, mais sans recherche architecturale particulière. Derek se sentit étrangement encouragé par ce manque de grandeur et accéléra le pas.

En approchant de la porte d'entrée, il constata que la pelouse s'incurvait pour se prolonger sur le côté de la maison. Assise dans un fauteuil en rotin, une femme en robe sombre fumait une cigarette au soleil. Il n'aurait su dire si elle l'avait vu, ni s'il s'agissait de Charlotte Ladram, mais il sentit qu'il aurait été peu courtois de prétendre ignorer sa présence et, en conséquence, il commença à marcher lentement dans sa direction.

Il s'aperçut bientôt que la robe de la femme n'était pas seulement foncée mais noire, de même que ses bas et les chaussures jetées dans l'herbe devant elle. Ce n'était pas du tout Charlotte Ladram : elle était plus grande et plus mince, les cheveux blonds coupés court à la dernière mode. Et elle ne pouvait matériellement pas l'avoir vu, puisqu'elle avait les yeux clos. Elle était renversée dans son fauteuil et savourait le soleil en même temps que chaque bouffée de sa cigarette. À côté d'elle, sur l'herbe, était posé un chapeau noir à bord étroit. C'est celui-ci qui clarifia pour Derek le sens de sa tenue. Mais au moment même où il décidait de faire demi-tour et de s'éloigner, elle ouvrit un œil, puis l'autre, et le regarda.

« Bonjour, dit-elle d'une voix rauque et saccadée. À qui ai-je l'honneur ?

— Je… je suis désolé… Mon nom… En fait, je voulais voir Mlle Charlotte Ladram.

— Charlie ? s'enquit-elle en souriant. Elle ne nous a jamais parlé de quelqu'un comme vous. Vous avez fait sa connaissance récemment ?

— Non. Elle ne… Elle est ici ?

— Oh, oui, elle est ici.

— Mais ce n'est peut-être pas… le bon moment.

— Mais si. Plus on est de fous, plus on rit, pourrait-on dire. Je vais vous montrer le chemin.

— Il n'y a vraiment pas de… »

Mais il était trop tard. Elle se leva, enfila ses chaussures et lui fit signe de la suivre en direction de la maison. Il n'avait pas d'autre choix que de s'exécuter, bien que convaincu à présent qu'il n'aurait pas pu choisir pire moment. Quelques marches menaient de la pelouse jusqu'à une porte-fenêtre ouverte. La femme s'arrêta sur le seuil et attendit qu'il l'ait rejointe. Dans la pièce devant elle, il vit quatre personnes qui tournaient leur regard vers lui. Elles étaient toutes vêtues de noir.

C'était Derek Fairfax. Quand Charlotte le reconnut, elle sentit la colère monter en elle. Mais à quoi cet homme pensait-il ? Arriver à un pareil moment témoignait d'une grossière absence de sensibilité ou constituait une insulte délibérée. S'il croyait qu'une visite de ce genre allait arranger les affaires de son frère, il se trompait lourdement.

« Un visiteur pour toi, Charlie, annonça Ursula. Je crains de ne pas avoir saisi le nom.

— Un ami à toi ? murmura Maurice.

— Non. C'est Derek Fairfax. Le frère de Colin Fairfax.

— Bon sang, mais qu'est-ce…

— Je suis désolé, dit Fairfax en entrant dans la pièce. Je suis vraiment navré de cette intrusion. Je n'avais aucune idée que les obsèques étaient…

— Fairfax ? intervint Jack en fronçant les sourcils. C'est pas là… le nom de…

— De l'homme responsable de la mort de Beatrix, dit Charlotte. Je ne vois vraiment pas ce qui peut vous amener ici, monsieur Fairfax.

— Je suis venu vous présenter mes condoléances.

— Vous auriez pu le faire par écrit, si vous jugiez la chose absolument nécessaire.

— Oui. Mais…

— Y aurait-il une autre raison à votre visite ?

— Eh bien, en un sens, oui. Mais peut-être que je pourrais revenir à un autre…

— Ce n'est pas souhaitable, non.

— Si vous avez quelque chose à dire, s'interposa Maurice, pourquoi ne pas le dire tout de suite ? »

Fairfax regarda autour de lui d'un air désemparé. Il se passa la langue sur les lèvres, et un filet de transpiration coula le long de sa tempe. En d'autres circonstances, Charlotte l'aurait peut-être pris en pitié. Mais, la situation étant ce qu'elle était, c'était hors de question. Elle le regarda lutter pour recouvrer une contenance.

« Mon frère m'assure, finit-il par dire, qu'il n'a rien à voir avec le cambriolage qui a eu lieu au cottage de Mlle Abberley.

— Qui s'attendrait à ce qu'il dise le contraire ? fit remarquer Ursula en passant devant lui pour aller chercher un cendrier.

— Mais je crois que c'est la vérité. Et si vous l'entendiez s'expliquer là-dessus, je pense que vous seriez du même avis.

— Peu probable, dit Maurice. Ma mère s'est fait escroquer l'an dernier par votre frère quand il lui a acheté des meubles. Et j'ai eu à cette occasion le plaisir, si l'on peut dire, de faire sa connaissance. Un homme... peu digne de confiance, c'est le moins qu'on puisse dire.

— Mais pas un idiot, justement. Seul un idiot aurait agi comme le prétend la police.

— Dois-je comprendre qu'en venant ici, dit Charlotte, vous aviez pour seul but de nous prouver l'innocence de votre frère ? Si c'est le cas, je ne vois pas comment nous pouvons vous aider.

— Il pense – et c'est aussi mon avis – que le véritable mobile de l'effraction était le meurtre de Mlle Abberley.

— Ah, ah ! s'exclama Jack. Voilà que l'histoire se corse. »

Il eut un grand sourire, mais personne d'autre ne parut trouver la situation amusante.

« Les Tunbridge Ware ont été volés, dit Maurice. Et retrouvés dans son magasin. Comment l'explique-t-il ?

— Ils ont été placés là délibérément par le meurtrier pour détourner les soupçons.

— Allons donc ! Vous plaisantez.

— Et puis, dit Ursula, qui aurait bien pu vouloir assassiner Beatrix ?

— Je ne sais pas, dit Derek. Mais je pensais que, peut-être, vous…

— Qu'on pourrait cacher quelque chose ? le coupa sèchement Charlotte.

— Non. Pas cacher. Simplement ne pas vous rendre compte de la signification de… de quelque chose.

— Peut-être pensez-vous que c'est nous qui l'avons tuée. Pour son argent.

— Bien sûr que non. »

Il la regarda d'un air suppliant, espérant qu'elle allait se laisser fléchir et lui permettre de plaider sa cause. Mais ce fut peine perdue.

« Ma sœur et moi sommes les principaux bénéficiaires du testament de Beatrix, monsieur Fairfax, dit Maurice calmement. Pour ce qui me concerne, je suis président-directeur général de Ladram Avionics, une compagnie de renommée internationale dont vous avez peut-être entendu parler. Mes moyens sont considérables. Croyez-vous vraiment que je puisse être intéressé par un legs somme toute assez modeste de ma tante ?

— Non, bien sûr. Je n'ai jamais suggéré une chose pareille.

— Quant à Charlie, elle aussi est bien pourvue, comme vous pouvez le voir. Elle est propriétaire de cette maison. Et elle détient des parts conséquentes dans la compagnie.

— Je ne vois vraiment pas l'utilité, Maurice, de mettre M. Fairfax au courant de nos affaires, intervint Ursula.

— Je cherche simplement à démontrer que même avec un gros effort d'imagination, on ne saurait dire que nous avions besoin de ce qu'a pu nous rapporter la mort de Beatrix. Et personne en dehors de nous deux n'y a gagné quoi que ce soit.

— Je croyais qu'il y avait un bon petit pécule pour Mme Mentiply, fit remarquer Jack.

— Tu voudrais bien te taire, Jack, dit Ursula.

— Ah bon, d'accord, dit ce dernier en affichant un air contrit. C'était juste histoire d'aider. »

Fairfax, les yeux toujours rivés sur Charlotte, l'exhortait encore en silence à se montrer raisonnable. Ce qu'elle n'était toujours pas décidée à faire.

« Mademoiselle Ladram, dit-il d'une voix mal assurée, je n'accuse personne de quoi que ce soit, et vous moins que tout autre. J'essaie seulement d'établir la vérité. N'êtes-vous pas prête à faire de même ?

— Nous l'avons déjà fait, rétorqua-t-elle. Le seul service que vous puissiez nous rendre, c'est d'identifier le complice de votre frère.

— Il n'a jamais eu de complice.

— Si c'est ce que vous pensez, je suis sûre que tous nous vous saurions gré de nous laisser, maintenant… et de ne pas revenir. »

Maurice passa un bras protecteur autour de la taille

de Charlotte. « Je suis tout à fait d'accord, dit-il. Il est temps que vous partiez, monsieur Fairfax. Venez m'importuner, moi, si vous y tenez vraiment. Mais laissez ma sœur tranquille. »

Ursula s'approcha tout près de Fairfax et lui souffla : « C'est le signal du départ.

— Pardon ?

— Puis-je vous raccompagner à la porte ? »

Le sourire d'Ursula en même temps que son geste condescendant en direction du jardin mit le comble à la déconfiture de Fairfax. Il recula d'un pas et détourna le regard, semblant tout à coup se ratatiner devant eux. Soudain, Charlotte se prit à regretter cet implacable front d'unité qu'ils venaient de lui opposer. Peut-être, après tout, était-il bien intentionné. Mais il était trop tard pour s'en assurer. Il avait déjà tourné les talons et pressait le pas en direction de la porte-fenêtre. Ursula s'effaça devant lui, le congédiant d'un petit geste de la main.

« Au revoir, monsieur Fairfax. C'est très gentil à vous d'être passé.

— Tu en fais un peu trop, là, dit Charlotte.

— Désolée, ma chère. J'avais cru comprendre que tu voulais t'en débarrasser.

— C'est vrai. Mais pas… », dit-elle avant de se libérer du bras de Maurice et de gagner le jardin.

Derek Fairfax avait rejoint l'allée et se dirigeait à pas pressés en direction de la grille. Le rappeler maintenant – quand bien même elle l'aurait voulu – n'aurait servi à rien.

« Qu'est-ce qui ne va pas, ma vieille ? dit Maurice en la rejoignant.

— Rien. C'est juste que…

— Ne t'inquiète pas. Il ne nous causera plus d'ennuis.

— On aurait peut-être dû se montrer moins brutaux.

— C'est lui qui a été brutal en venant ici.

— En admettant… Il n'est pas responsable des actes de son frère, si ?

— Non, mais en ce cas, il ne devrait pas s'efforcer de les excuser, tu ne crois pas ?

— Ce n'est pas ce qu'il a fait. Pas vraiment. »

Maurice glissa une nouvelle fois son bras autour de sa taille.

« Allez, oublions-le. Lui et son frère. Oublions le crime sordide qui a mis fin aux jours de Beatrix et ne gardons que le souvenir des années heureuses qu'elle a connues avant de croiser le chemin de M. Fairfax-Vane. C'est ce qu'elle voudrait nous voir faire, tu sais.

— Oui. Je sais. »

Fairfax avait disparu de leur vue, à présent. Charlotte se dit qu'elle devait le faire disparaître de la même façon de son esprit.

« Allez, viens, Maurice. Rentrons prendre un autre verre. J'en ai bien besoin.

— Bravo, là je te reconnais. »

Avec un large sourire, il la reconduisit à l'intérieur pour retrouver les autres.

9

Derek avait tellement honte du fiasco pitoyable de sa visite à Ockham House que, pendant plusieurs jours, il ressentit un malaise quasi physique chaque fois qu'il y repensait. Que dirait Colin, qui avait fait l'éloge de son sens de la diplomatie, quand il apprendrait qu'elle lui avait singulièrement fait défaut en cette occasion ?

Une nouvelle prise de contact avec la famille Abberley était pour l'instant hors de question. Le seul espoir que pouvait nourrir Derek dans l'immédiat d'en apprendre davantage à leur sujet était de lire la biographie de Tristram Abberley. C'est ce à quoi, avec un zèle coupable, il consacra les trois soirées qui suivirent.

Le livre était l'œuvre d'un universitaire américain, Emerson A. McKitrick, et la première édition datait de 1977. Derek, dont les goûts littéraires ne l'entraînaient que rarement au-delà de romans policiers faciles, fut surpris de constater avec quelle rapidité il se laissa prendre par l'histoire de la vie d'un poète d'avant-garde qui avait écrit avant la Seconde Guerre mondiale. Sa surprise, cependant, n'avait peut-être rien d'étonnant dans la mesure où *Tristram Abberley, une biographie critique* avait pris pour lui l'allure d'un polar à l'intrigue compliquée. La seule véritable différence, c'était que, dans ce cas, l'énigme ne se dessinait que longtemps après la dernière page du livre.

Très vite, Derek se trouva en train de partager l'évidente frustration du biographe. Qui était Tristram Abberley ? Quel genre d'homme était-il ? Sportif ; oisif ; vrai ou faux intellectuel ; dépensier ; communiste ; homosexuel ; homme à femmes ; voyageur ; bon à rien ; mari ; père ; soldat ; poète. Il avait apparemment été tout cela, et davantage encore. Et pourtant, à la fin du récit, on pouvait presque croire qu'aucune de ces épithètes ne s'appliquait vraiment à lui.

Il était né à Indsleigh Hall, près de Lichfield, dans le Staffordshire, le 4 juin 1907, troisième et dernier enfant de Joseph et Margaret Abberley. Les autres rejetons étaient Lionel (né en 1895) et Beatrix (née en 1902). Joseph Abberley était associé dans une manufacture de savon de Walsall, Abberley & Timmins. D'origine modeste, il avait, grâce à ses seuls efforts, atteint une remarquable prospérité. Et il aspirait à ce que ses enfants jouissent de tous les avantages sociaux et éducatifs dont lui-même avait été privé. La manière dont ils choisirent d'exploiter ces avantages ne répondit pas du tout – comme souvent en pareil cas – à ses espérances.

Pour ces données biographiques – ainsi que pour tout ce qui concernait l'enfance de Tristram –, M. McKitrick donnait clairement à entendre qu'il était redevable à la sœur du poète, Beatrix, seul témoin encore vivant de nombre des événements consignés.

Derek prit brutalement conscience de ce qu'impliquait la mort de celle-ci : elle faisait de ce qui n'était que de simples souvenirs au moment où ils avaient été rapportés à l'auteur de l'ouvrage un témoignage historique figé et définitif. Auquel personne désormais ne pourrait plus rien ajouter ni changer.

Lionel Abberley, selon les dires de Beatrix, était un jeune homme aux remarquables talents sportifs et intellectuels. Il allait entrer à Oxford à l'automne 1914 quand il choisit de s'enrôler dans l'armée au début de la Première Guerre mondiale, pour être tué très tôt l'année suivante. Sa mère, accablée par la perte de ce fils, entra dans une période de déclin tant physique que mental qui se termina par sa mort en novembre 1916.

Il était difficile de dire dans quelle mesure ces deux disparitions avaient affecté le développement du jeune Tristram. Ce qui était clair en revanche, c'était que le père avait investi tous ses espoirs d'avenir dans son fils cadet, et que Beatrix s'était trouvée dans l'obligation d'endosser, malgré son jeune âge, le rôle de mère au sein de la famille.

Tristram suivit les traces de son frère à la *public school* de Rugby, sans vraiment reproduire son parcours, puis entra à Oxford, au Worcester College, à l'automne 1926. Il n'avait jusque-là manifesté ni vocation poétique ni conviction politique particulière, mais l'une et l'autre ne devaient pas tarder à fleurir. À la fin des années 1920, Oxford était évidemment le terreau idéal pour ce genre d'épanouissement, et McKitrick se donnait beaucoup de mal pour démontrer que Tristram Abberley avait été influencé par la fréquentation de contemporains tels que W. H. Auden et Louis MacNeice. Beaucoup trop de mal, en fait, dans la mesure où les contacts réels entre eux semblaient avoir été très sporadiques.

La réaction de Joseph Abberley à la publication du premier long poème de Tristram, « Les Yeux bandés », dans l'anthologie *Poésie d'Oxford* de 1928, fut pour le moins mitigée, selon Beatrix, et ce en raison de sympathies socialistes, clairement exprimées, que le vieil homme ne pouvait que désapprouver. Il désapprouvait encore davantage les amis que Tristram invitait à Indsleigh Hall, soupçonnant que ceux d'entre eux qui n'étaient pas communistes étaient homosexuels, et que beaucoup étaient l'un et l'autre. Comme on pouvait s'y attendre, McKitrick avait cherché des preuves d'homosexualité dans le comportement de Tristram à l'époque et prétendait en avoir trouvé quelques-unes. Lesquelles ne figuraient pourtant pas dans le témoignage de Beatrix Abberley. Pour elle, son père avait simplement été induit en erreur par la pose de dandy adoptée par son frère.

Après avoir quitté Oxford, Tristram vit un an à Londres avec divers amis, écrivant de temps à autre des poèmes qui restent non publiés. Il continue à toucher une pension substantielle de son père, qui entretient toujours l'espoir de voir son fils rentrer à la maison et lui succéder à la tête de l'entreprise Abberley & Timmins.

À l'été 1930, Tristram s'embarque dans un grand tour de l'Europe, auquel son père a donné son aval à la condition expresse qu'à son retour il se range et entreprenne une carrière respectable. Joseph Abberley a insisté pour que Beatrix accompagne son jeune frère dans son périple. Dans le courant de l'année qui suit, ils visitent pratiquement tous les pays d'Europe, dont la Russie, l'Allemagne, l'Italie, la France et… l'Espagne. Sa confrontation avec la misère qu'il leur est alors donné de voir, doublée d'une vision idéalisée de Staline et d'une détestation de Mussolini, achève de le convertir au socialisme, sans toutefois le pousser jusqu'à une adhésion formelle à la doctrine communiste. Ce qui ressort finalement des poèmes inspirés par ce tour d'Europe est l'expression d'une colère froidement maîtrisée face aux abus du pouvoir politique et économique, en même temps qu'une profonde compassion à l'égard de tous les laissés-pour-compte de la société. Tristram Abberley passe pour la plupart des gens qu'il croise au début des années 1930 pour un jeune hédoniste plein d'esprit, mais sous cette apparence – comme le prouvent les poèmes –, c'est un esprit solide et délié qui est à l'œuvre, capable d'analyser l'humanité dans son ensemble aussi bien que dans ses détails. Cependant, il semble aussi avoir besoin de s'impliquer personnellement dans les événements du moment – un besoin né, dans la vision qu'en a McKitrick, de sa présence à Madrid lors des émeutes antimonarchistes de mai 1931, moment où il se persuade que seule une action concertée de la part du peuple peut conduire à un changement politique authentique et durable.

De retour en Angleterre à l'automne 1931, Tristram exauce enfin les souhaits de son père en acceptant un poste qui l'associe à la direction chez Abberley & Timmins. La décision se révèle vite désastreuse. Trois mois ne se sont pas écoulés qu'il a mis en pratique ses principes socialistes en soutenant les ouvriers dans leur lutte contre une réduction de salaire. S'ensuit alors une rupture définitive entre le père et le fils. Tristram est renvoyé et sa pension supprimée. Beatrix prend le parti de son frère et se trouve désavouée de la même façon. Tous deux déménagent à Londres, où ils vivent dans la gêne, essayant de joindre les deux bouts avec les piges de Tristram pour divers hebdomadaires de gauche.

Le premier recueil de poésies de Tristram, *Le Sommet de la colline*, est publié en octobre 1932. Même s'il fait peu de bruit à l'époque, il contient, selon McKitrick, quelques-uns de ses poèmes les meilleurs et les plus sincères, et parmi eux « Faux prophètes », inclus par la suite dans de nombreuses anthologies.

La mort subite de Joseph Abberley début 1933 laisse à ses enfants un héritage qui transforme radicalement leur situation. Tristram s'empresse d'abandonner le journalisme pour une vie de plaisirs insouciante au sein de la bonne société londonienne, tandis que, de son côté, Beatrix quitte Londres pour s'installer à Rye. À partir de ce moment, le frère et la sœur s'éloignent l'un de l'autre, et, à ce stade de son ouvrage, McKitrick se trouve dans l'obligation de chercher d'autres sources d'information que Beatrix sur le développement ultérieur de son personnage.

On semble s'accorder à penser que Tristram est à l'époque un hédoniste encombré d'une mauvaise conscience. La richesse héritée de son père lui permet de vivre dans le luxe et la prodigalité, de s'adonner aux plaisirs des voyages, des voitures de sport et des jolies femmes. Les poèmes qu'il écrit alors servent à atténuer la culpabilité qu'il ressent à se livrer à ces activités. Et pendant tout ce temps, un penchant bien ancré pour le socialisme – évident dans sa poésie sinon dans son comportement – fait qu'il ne peut rester indifférent aux problèmes de son époque.

Après avoir passé l'essentiel de l'année 1934 aux États-Unis, il rentre en Angleterre pour mettre la dernière main à son deuxième recueil, *L'Autre Camp*, publié au printemps 1935. L'ouvrage reçoit un accueil critique très favorable, même si, aux yeux de McKitrick, les poèmes dans l'ensemble sont loin d'atteindre l'originalité et l'immédiateté de ses premières œuvres.

C'est aussi au cours de ce même printemps qu'il se fiance à Mary Brereton, une jeune secrétaire de vingt et un ans qui travaille dans les bureaux de son éditeur, une fille très éloignée du genre de femmes qu'il a fréquentées ces derniers temps. La description qu'elle fait au biographe de leurs premiers mois de fiançailles évoque une image du poète d'une étrange simplicité : loyal, généreux et plus serein que ne le suggèrent ses poèmes. Ils se marient en septembre 1935 et, pendant quelque temps, Tristram remplit le rôle du mari aimant avec la même facilité que celle avec laquelle il avait endossé le costume du mondain affranchi.

Quand, en juillet 1936, la guerre civile éclate en Espagne, il semble d'abord peu enclin à s'impliquer dans le conflit. À l'automne, les Brigades internationales ont commencé à recruter des volontaires pour défendre la cause républicaine, mais il ne fait pas mine de vouloir les rejoindre. Il exprime bien son soutien à la république quand la *Left Review* fait un sondage sur la question parmi les écrivains anglais mais ne va pas au-delà. McKitrick attribue ses réticences à des considérations d'ordre domestique. Il a à sa charge une jeune femme, désormais enceinte, en même temps que le frère orphelin de celle-ci. Ce sont eux qui passent avant tout. Et dans la mesure où il est dans l'incapacité d'apporter une aide concrète à la cause, il décide de s'abstenir de toute rhétorique creuse qui viserait à la défendre.

Quand, au fil des jours, la situation des républicains espagnols se fait de plus en plus difficile, son inaction commence à lui peser sur la conscience. Les hostilités entre les républicains et les nationalistes de Franco représentent pour lui, comme pour beaucoup d'autres, un concentré des conflits de toute une décennie. Elles lui offrent une occasion rêvée de se mobiliser pour la défense de ses principes. La naissance de son fils, Maurice, en mars 1937, le libère d'au moins une préoccupation sur le front domestique, et en juillet, il accepte une invitation pour participer à la Conférence internationale des écrivains qui se tient en Espagne. Il part en affirmant qu'il souhaite simplement discuter de la question abstraite des positions à adopter face à la guerre, mais McKitrick prétend qu'il a déjà décidé de prendre une part active dans le conflit. Un désir d'émulation face à l'héroïsme de son frère aîné et l'envie de revivre l'exaltation éprouvée six ans plus tôt lors des émeutes de Madrid se combinent pour faire tomber ses dernières résistances. Quand la conférence prend fin, il ne rentre pas chez lui.

Mary Abberley n'apprend la décision de son mari de participer aux combats que dans une lettre lui annonçant qu'il a accepté un commandement dans le bataillon britannique de la 15e brigade internationale. Elle en est horrifiée. Mais elle l'aurait été bien davantage si elle avait su alors qu'elle ne le reverrait jamais.

Tristram embrasse la cause républicaine juste au moment où d'autres commencent à l'abandonner. À l'été 1937, les Brigades internationales constituent une force épuisée et sans illusions, qui a vu la plupart de ses recrues les meilleures et les plus brillantes périr au combat. Mais pour ceux qui confient à McKitrick leurs souvenirs de l'arrivée de Tristram Abberley sur le théâtre de la guerre, la venue du poète apporte la preuve vivante que tout n'est pas perdu. Ils parlent de son énergie, de sa générosité, de sa foi contagieuse dans la justice de leur lutte, de sa capacité à remotiver même les plus découragés. La dernière des phases de sa vie, et la plus déconcertante – celle du combattant altruiste – a commencé.

Elle sera de courte durée. Le lieutenant Tristram Abberley fait sa première expérience des combats, et se distingue par sa bravoure, sur le front de Fuentes de Ebro en octobre 1937. Puis, en janvier 1938, son bataillon participe à la terrible bataille de Teruel. Victime d'une sévère blessure à la jambe au cours d'une fusillade à l'extérieur de la ville le 20 janvier, il est évacué sur un hôpital de Tarragone. On n'envisage pas l'amputation, et sa guérison semble être en bonne voie quand se déclare une septicémie. Il meurt le 27 mars 1938 ; il est enterré le lendemain à Tarragone.

La carrière de poète de Tristram Abberley ne se termina pas avec sa mort. De fait, à bien des égards, elle n'en était alors qu'à ses débuts. Son expérience espagnole avait donné lieu à une dernière floraison de poèmes, lesquels furent envoyés à sa veuve en même temps que ses effets personnels, mais attendirent 1952 pour être publiés, sous le titre *Poèmes espagnols.* Il s'ensuivit un regain d'intérêt pour l'ensemble de son œuvre, dont la popularité et la renommée ne cessèrent de grandir tout du long des années 1950 et plus encore des années 1960. Le temps que McKitrick commence ses recherches pour son livre au milieu des années 1970, Tristram Abberley était considéré comme l'un des poètes anglais les plus marquants de sa génération.

McKitrick avait eu la sagesse de ne pas tenter de réconcilier les aspects antinomiques de la vie et de la personnalité de son objet d'étude. Sans doute pensait-il que c'étaient les poèmes dont on se souviendrait d'abord à son propos. Bien que le biographe fût à même d'expliquer le *comment* de leur naissance, il ne pouvait pas pénétrer le secret du *pourquoi.*

Plus Derek avançait dans sa lecture, plus il était accablé par le découragement. Il avait espéré, contre toute raison, que quelque chose – n'importe quoi – dans la vie et la mort de Tristram Abberley viendrait à son secours. Mais il se retrouvait aussi démuni qu'il avait craint de l'être. Les Beatrix, Mary et Maurice qu'il venait de découvrir dans ces pages auraient aussi bien pu être des personnes différentes, en dépit de l'aperçu qu'il avait eu d'eux tels qu'ils étaient aujourd'hui. Si leur passé commun renfermait un secret susceptible d'expliquer ce qui s'était produit, ce n'était pas dans les paroles ou les actes d'un poète disparu depuis longtemps qu'il le trouverait. Derek allait devoir chercher ailleurs. Mais dans quelle direction, il n'en avait aucune idée. Il avait fait fausse route depuis le début et se retrouvait maintenant dans une impasse.

10

Huit jours s'étaient déjà écoulés depuis l'enterrement de Beatrix quand Charlotte décida qu'elle ne pouvait différer plus longtemps une visite à Jackdaw Cottage. Par une matinée fraîche et ventée, elle prit sa voiture pour se rendre à Rye, passa prendre la clé chez Mme Mentiply et pénétra dans ce qui était désormais sa propriété mais qui semblait appartenir de manière indissoluble à quelqu'un d'autre.

Grâce à Mme Mentiply, le cottage était impeccablement propre et rangé. Celle-ci semblait considérer le legs qu'elle avait reçu comme une sorte de provision et s'acquittait de ses tâches avec plus d'assiduité encore après la mort de sa patronne que de son vivant. On en retirait l'étrange impression que Beatrix s'était simplement absentée pour quelques jours. Tout était dans l'état où elle se serait attendue à le retrouver à son retour. Si ce n'était qu'elle ne reviendrait jamais.

Charlotte, l'air absent, erra d'une pièce à l'autre, revivant dans le désordre ses visites dans ces lieux au long des années. Ses souvenirs la ballottaient entre l'enfance et la période présente, mais Beatrix, elle, était toujours la même : bienveillante sans être indulgente, accueillante sans être enjouée. Elle avait traité Charlotte en adulte bien avant que celle-ci en ait atteint l'âge et avait gardé jusqu'à la fin une indépendance d'esprit que certains trouvaient déconcertante, mais que Charlotte, elle, en était venue à admirer de plus en plus.

Tout cela était fini à présent, et conserver Jackdaw Cottage comme une sorte de musée n'était certainement pas ce qu'aurait souhaité Beatrix. Tandis que, par la fenêtre de ce qui avait souvent été sa chambre, elle regardait vers la mer, au-delà du petit coin de jardin, Charlotte savait déjà que la solution la plus sage consistait à en finir au plus vite en vendant la maison.

Beatrix, cependant, aurait sans doute voulu lui voir garder un souvenir de leurs moments ensemble, quelque objet qui lui rappellerait sa marraine chaque fois que ses yeux tomberaient dessus. De façon tout ironique, elle aurait volontiers choisi un des Tunbridge Ware, mais, pour l'instant, ils étaient tous emballés et étiquetés dans le sous-sol d'un commissariat de police, dans l'attente du procès de Colin Fairfax. La seule pièce qui restait encore au cottage était la travailleuse du salon, et, dès que Charlotte y pensa, elle comprit à quel point le petit meuble était adapté à la circonstance : il alliait fonctionnalité et élégance d'une manière qu'aurait pleinement approuvée Beatrix.

Sans plus de cérémonie, elle le transporta jusqu'à sa voiture, retourna chercher quelques couvertures pour le protéger pendant le trajet, puis partit sans attendre. Demain, elle contacterait un agent immobilier et lui confierait la vente du cottage. Demain, elle aurait dit adieu à la nostalgie.

« Si je comprends bien, ce que tu essaies de me dire, dit Colin, c'est que ça a été un fiasco complet, ta visite.

— Oui, répondit Derek en détournant les yeux vers le mur nu du parloir. J'en ai bien peur.

— La famille n'a rien à dire ?

— En tout cas, pas à quelqu'un qui a un lien avec toi.

— Et aucun indice dans la biographie de Tristram Abberley ?

— Aucun. Lis-la toi-même, et tu verras.

— J'en ai bien l'intention. »

Ils se regardèrent un moment d'un œil circonspect, Derek sentant l'accusation implicite d'échec alourdir l'atmosphère. Colin devait penser qu'il avait perdu son calme, mal joué ses cartes, pour finir par gâcher ses chances. Et le pire, c'était qu'il avait raison.

« Et où on va, maintenant ? demanda Colin.

— J'en sais rien.

— Moi, si. Du moins je sais où je vais, moi. Et pour y rester longtemps. Dredge n'arrête pas de me pousser à conclure une sorte de marché avec la police. Et je le ferais si je pouvais. Mais je n'en ai pas la possibilité. Ils pensent tous que je leur cache quelque chose. Et ils ont bien l'intention de m'en faire baver pour ça. Or en baver ne fait pas partie de mes priorités. Mais il semblerait que je n'aie pas le choix.

— Je suis désolé, mon vieux. S'il y avait quoi que ce soit…

— Trouve quelque chose ! explosa Colin, s'attirant

un regard sévère de la part du surveillant. Continue à chercher, bon sang ! reprit-il à voix basse, avec un sourire figé. Tu es mon seul espoir. »

À Ockham House, Charlotte était occupée à choisir l'endroit adéquat où installer la travailleuse de Beatrix quand le téléphone sonna. C'était Ursula.

« Salut, Charlie. Maurice m'a demandé de t'appeler.

— Ah bon ? Je le croyais encore à New York.

— Oui, c'est le cas. Mais nous avons parlé au téléphone, hier soir. Il voulait que je te demande si tu pouvais venir déjeuner à la maison dimanche prochain.

— Dimanche prochain ? Ma foi, oui, avec plaisir. Mais…

— Il y a un problème ?

— Non, aucun. Je suis simplement surprise que Maurice t'appelle des États-Unis juste pour m'inviter à déjeuner.

— Eh bien, il semblerait qu'il ramène avec lui de New York quelqu'un qui aimerait te rencontrer, alors il m'a demandé de m'assurer que tu étais libre.

— Me rencontrer, moi ? Mais de qui s'agit-il ?

— Je l'ignore. Maurice ne m'en a pas dit plus. Quelqu'un qui serait "très heureux de faire ta connaissance", c'est tout ce que je sais. Un admirateur secret, peut-être.

— À New York ? Ça m'étonnerait.

— À ta place, je n'en serais pas si sûre.

— J'en conclus que tu sais bel et bien de qui il s'agit.

— Absolument pas. Foi d'éclaireuse. De toute façon, le mystère sera levé dimanche. C'est entendu, tu viendras ?

— Oui, ne t'inquiète pas. Avec une incitation pareille, comment pourrais-je refuser ? »

11

Les réjouissances de rigueur lors d'un dimanche de plein été accompagnèrent Charlotte tout au long de son trajet jusqu'à Bourne End. Les parkings de tous les pubs étaient pleins à craquer, les aires de pique-nique résonnaient des cris des enfants et des aboiements des chiens. Pourquoi fallait-il qu'elle soit toujours exclue des plaisirs collectifs de l'humanité en train de se divertir ? Parfois, elle était heureuse de l'être. Mais il lui arrivait parfois de soupçonner que c'était là une insulte que le monde lui réservait à elle et à personne d'autre. Parfois, enfin, cela lui était parfaitement égal.

La Tamise était encombrée d'embarcations bruyantes de toutes sortes. Charlotte la traversa à Cookham, avant de s'engager, non sans quelque soulagement, sur la voie non balisée qui menait à une poignée de résidences très chics en bordure du fleuve, parmi lesquelles Swans' Meadow.

Elle pensait souvent que c'était une maison en totale adéquation avec la personnalité de son propriétaire. Visible de l'autre rive du fleuve et, par suite, facile à admirer, elle était aussi à l'écart et partiellement abritée des regards. Bien que grande et richement ornée, elle ne faisait pas étalage de ses mérites architecturaux mais se fondait discrètement dans un paysage luxuriant derrière des saules pleureurs et des haies soigneusement taillées. Maurice en avait fait l'acquisition vingt et un ans plus tôt, demeure éblouissante propre à accueillir son éblouissante épouse, et il était à l'évidence toujours très fier de ces deux possessions, aussi désireux de les préserver qu'il l'était d'être envié pour les avoir acquises.

Aliki, la Chypriote *au pair**[1], vint ouvrir à Charlotte et la pria de se rendre au jardin, où la famille – et le mystérieux invité – se détendaient pendant qu'elle finissait de préparer le repas.

Ils étaient assis sur des chaises en toile sous un bouleau blanc, un plateau chargé de boissons sur une table à proximité. Derrière eux, la pelouse, bordée de fleurs aux couleurs éclatantes, descendait en pente douce jusqu'à la berge, où une petite brise agitait sereinement les saules pleureurs. Maurice, tout sourire, arborant panama et foulard, salua Charlotte de la main quand il l'aperçut. À sa droite se tenait Ursula, en robe à pois, distante et retranchée derrière ses lunettes de soleil et la fumée de sa cigarette. À côté d'elle, juste en bordure de l'ombre des arbres, se trouvait Samantha, livrée, jambes étendues devant elle, à la chaleur du soleil, un verre recouvert de buée contre la joue. Elle arborait un maillot de bain rose réduit à sa plus simple expression

1. Tous les mots ou expressions en italiques suivis d'un astérisque sont en français dans le texte original. *(N. des T.)*

et un air de langueur calculé. À la gauche de Maurice était assis l'invité, jouissant – comme il était censé le faire, Charlotte en était certaine – d'une vue spectaculaire sur le corps délié et bronzé de Samantha. Large carrure, tignasse et barbe foncées, tenue décontractée, chemise et pantalon vert pâle. Il se leva en la voyant approcher, lui décocha un sourire éblouissant et tendit la main.

« Bonjour. Emerson McKitrick. » Il parlait avec un léger accent américain, et le temps qu'il lui lâche la main, Charlotte avait compris à qui elle avait affaire.

« Le biographe de Tristram Abberley.

— Lui-même. Nous ne nous sommes jamais rencontrés pendant que je faisais mes recherches pour mon ouvrage, si ?

— Non, jamais. »

C'était douze ans plus tôt, à un moment où Charlotte était dans les îles grecques pour de malheureuses vacances, que McKitrick était venu interviewer sa mère. Mary avait parlé par la suite d'un jeune homme poli et bien de sa personne, et Charlotte se rendait compte maintenant qu'il s'agissait là pour le moins d'un euphémisme.

« Quel plaisir inattendu, monsieur McKitrick.

— Il faut dire “docteur” McKitrick, Charlie, intervint Maurice.

— Oh, je ne...

— Appelez-moi donc Emerson et n'en parlons plus.

— Assieds-toi et prends un verre, Charlie, dit Ursula. On t'a laissé une chaise... et un verre. »

Charlotte se retrouva assise à côté de McKitrick, consciente qu'elle rougissait sans raison particulière.

« Qu'est-ce… heu, qu'est-ce qui vous amène ici… Emerson ?

— Mes recherches. Comme la dernière fois. »

Il avait effectivement un sourire engageant, c'était incontestable. Et suffisamment de pattes-d'oie au coin des yeux pour suggérer qu'il n'était pas de ces universitaires desséchés et rats de bibliothèque. Il était par ailleurs trop bronzé et musclé pour que cette étiquette lui soit appliquée de façon plausible. Charlotte se surprit à essayer de deviner son âge et se décida pour la quarantaine.

« Mes cours à Harvard ne me laissent pas d'autre moment dans l'année pour m'échapper, continua-t-il.

— Et sur quoi portent précisément ces recherches ?

— Sur des éléments à propos desquels je me suis dit que vous pourriez me fournir des informations.

— *Moi ?*

— Mais oui. Vous, tout particulièrement.

— Pendant qu'Emerson vous explique tout ça, dit Ursula, il faut que j'aille voir comment Aliki s'en sort à la cuisine. Vous voudrez bien m'excuser, ajouta-t-elle en se levant et en adressant un sourire à McKitrick.

— Mais je vous en prie. »

Puis, se tournant vers sa fille, elle lui lança : « Et il serait temps, jeune fille, que tu enfiles quelque chose. À moins que tu aies l'intention de déjeuner en maillot de bain. » Elle se dirigea vers la maison, laissant sa fille adresser une grimace aux autres avant de la suivre. Le maillot en question, comme il apparut clairement quand Samantha se leva, était une version plus qu'abrégée de ce genre de costume – un simple morceau de tissu audacieusement échancré très haut sur les hanches et très bas dans le dos. McKitrick ne sembla pas gêné par le regard de Charlotte qui l'observait, l'œil rivé sur les courbes de la jeune fille qui traversait la pelouse.

« Une femme superbe plus une fille superbe. Vous êtes un heureux homme, Maurice.

— Vous-même, Emerson, vous êtes marié ? demanda Charlotte.

— Non. Uniquement à mon travail, ajouta-t-il avec un sourire.

— Pour lequel vous avez l'air de penser que je peux vous aider ?

— Il est sans doute temps que je m'explique. Mon éditeur insiste depuis plusieurs années maintenant pour que je rédige une nouvelle édition de ma biographie de Tristram Abberley. Jusque-là, je l'ai fait attendre, surtout parce que je n'aime pas revenir sur un terrain déjà exploité. Mais une chance se présente aujourd'hui de trouver de nouveaux matériaux susceptibles de justifier une édition remaniée et corrigée.

— Sous quelle forme ?

— Sous une forme directement liée à la mort récente de votre marraine. Dès que j'ai appris la nouvelle – par l'intermédiaire d'un ami d'Oxford qui est passé à Harvard à la fin du mois dernier –, j'ai essayé de contacter Maurice. Quand j'ai découvert qu'il était à New York, nous avons pris rendez-vous.

— Et je lui ai raconté toute l'histoire, dit ce dernier.

— Vraiment une triste affaire, renchérit McKitrick. C'était une vieille dame qui avait du cran. Je l'aimais bien.

— Comme nous tous, dit Charlotte. Mais je ne vois toujours pas…

— J'ai fait la connaissance de Beatrix il y a douze ans, quand j'ai commencé mes premières investigations en vue de mon livre, et j'ai obtenu d'elle des tas de renseignements très précieux sur la jeunesse de Tristram. Pour tout dire, elle a été pratiquement ma seule source d'information concernant la vie du poète avant et immédiatement après Oxford. C'est-à-dire jusqu'en 1933. Mais c'était sous la forme uniquement orale de souvenirs personnels rapportés de façon spontanée. Elle n'avait en sa possession aucun papier qu'aurait pu laisser Tristram derrière lui. Aucun, devrais-je rectifier, qu'elle était prête à me laisser utiliser.

— Ma foi, dit Charlotte, j'ai toujours pensé que de tels documents n'existaient pas. En dehors des poèmes eux-mêmes, bien sûr. Et de quelques lettres. Que ma mère vous a sans doute montrées.

— En effet. Mais quand j'ai parlé avec Beatrix des derniers mois de Tristram en Espagne, elle m'a dit qu'il lui avait écrit régulièrement de là-bas – jusqu'à quelques jours avant sa mort. Et que ces lettres, elle les avait conservées.

— Vraiment ? Ma mère ne m'en a jamais parlé.

— À moi non plus, dit Maurice.

— Non, et pour la bonne raison que Beatrix ne lui en avait rien dit. Manifestement, elle ne voulait pas provoquer la jalousie de Mary. Il semble que Tristram écrivait plus souvent à sa sœur qu'à sa femme. Une vérité difficile à accepter pour une jeune veuve.

— Mais une réaction typique de Beatrix que de

vouloir protéger notre mère de toute souffrance inutile, intervint Maurice.

— C'est vrai, reprit Emerson. C'est ainsi en effet que j'ai vu les choses. Et quarante ans plus tard, elle continuait à la protéger. Il a bien fallu que je m'en accommode. J'ai essayé de la convaincre de me laisser voir les lettres, mais sans succès. Vous deux savez mieux que moi qu'une fois qu'elle avait pris une décision, il était impossible de l'en faire démordre. Je n'ai pas eu d'autre choix que de poursuivre mon travail sans les documents. Mais elle ne m'a tout de même pas laissé partir les mains vides. Elle m'a dit qu'elle remettrait les lettres à Maurice avant de mourir, à la condition qu'elles puissent être rendues publiques à la mort de Mary. Elle pensait, assez naturellement, qu'elle décéderait avant Mary. Et aussi, je suppose, qu'elle aurait tout le temps nécessaire pour mettre ses affaires en ordre. Finalement, il s'est trouvé que sa belle-sœur est morte avant elle. Si je l'avais appris, j'aurais immédiatement contacté Beatrix, comme vous pouvez l'imaginer. Mais je n'ai réentendu parler de la famille qu'au moment de la mort de la vieille dame. C'est la raison pour laquelle je voulais tellement entrer en contact avec Maurice. Pour connaître les dispositions qu'elle avait prises à propos des lettres.

— Et moi, dit Maurice, je n'ai pu que lui faire savoir qu'elle n'en avait pris aucune. Elle a peut-être pensé qu'elle pouvait différer le moment où il faudrait qu'elle m'en parle. Après tout, elle était en excellente santé. Ou elle aura oublié sa promesse. Quoi qu'il en soit, elle ne m'a jamais rien dit de ces lettres.

— Il y a quelque chose que je ne comprends pas,

dit Charlotte. Si ces lettres existent, elles doivent être rangées quelque part à Jackdaw Cottage. Ça paraît évident.

— Exactement, dit Maurice. Et comme je l'ai expliqué à Emerson quand nous nous sommes vus à New York, cela signifie que, selon les dispositions testamentaires de Beatrix, elles sont ta propriété.

— Et c'est la raison pour laquelle j'ai besoin de votre aide, intervint Emerson en lui souriant. C'est à vous de décider, Charlie, si vous êtes prête à chercher les lettres avec moi et à me laisser les utiliser si nous les trouvons. À vous et à personne d'autre. »

Le déjeuner fut plus agréable que ne l'avait anticipé Charlotte. L'esprit d'à-propos de McKitrick et ses connaissances dans de nombreux domaines suscitèrent l'intérêt et l'amusement de tous les participants. Il avait la capacité de découvrir les passions cachées de chacun et d'en parler de façon divertissante. La vie universitaire, l'industrie aéronautique, les sports équestres, la cuisine chypriote, et jusqu'au Tunbridge Ware. Il donnait l'impression de pouvoir discuter de pratiquement n'importe quel sujet d'une manière à la fois intelligente et amusante. Et c'était, comme le fit remarquer Samantha en croisant Charlotte sur les marches, « un sacré beau mec, en plus ».

On ne reparla pas des lettres jusqu'à ce que la petite compagnie revienne au jardin. Puis, sans avoir l'air de préméditer quoi que ce soit, McKitrick descendit jusqu'au bord du fleuve en compagnie de Charlotte et observa une flottille de cygnes passer majestueusement devant eux avant de remarquer :

« Un chercheur n'est ni plus ni moins qu'une sorte de mendiant. Un demandeur d'accès. Un emprunteur de citations. J'imagine que plus aucune biographie ne serait écrite si nous ne faisions pas preuve d'une insistance aussi éhontée.

— Dans ce cas précis, vous n'aurez pas besoin de mendier. Si Maurice ne voit aucune objection à ce que vous accédiez à ces lettres, moi non plus.

— C'est vraiment gentil à vous.

— Je suis simplement surprise qu'il ne soit pas déjà tombé dessus lui-même.

— Il ne les cherchait pas spécialement. C'est ce qui fait la différence.

— Je suppose, oui. Quand voulez-vous aller au cottage ?

— Et quand seriez-vous prête à me faire visiter les lieux ?

— Oh ! s'exclama-t-elle, se surprenant à rougir de nouveau. Vous voulez que je vienne avec vous ?

— C'est ce que j'espérais. Quoi que nous trouvions, c'est votre propriété, ne l'oubliez pas. Et c'est à vous qu'il appartiendra de dire ce que nous devons en faire. Sans compter qu'une chasse au trésor, c'est plus drôle à deux.

— Une chasse au trésor ? C'est vraiment de ça qu'il s'agit ?

— En un sens, oui. Un chercheur universitaire est comme un chercheur d'or. Il espère toujours tomber sur un filon exceptionnel, même si, dans les faits, ça n'arrive pratiquement jamais. Quand irons-nous découvrir si, pour nous, l'exception va confirmer la règle ? »

Un sourire complice, et contagieux. Charlotte ne put faire autrement que de sourire en retour. « Demain, dit-elle. Honnêtement, je ne crois pas pouvoir attendre plus longtemps. »

12

Charlotte refusait de s'avouer à quel point elle était excitée à la perspective d'assister Emerson McKitrick dans son travail de recherche. L'admettre aurait été reconnaître l'absence de relief de sa vie tout autant que l'ardeur avec laquelle elle aspirait en secret à un peu de fantaisie et d'aventure.

Tous les signes étaient là, cependant, clairs et indiscutables. Elle dormit mal. Mit un soin inhabituel à se coiffer et à se maquiller. Choisit de porter une tenue plus flatteuse que ne le justifiait l'occasion et alla jusqu'à déboucher un flacon de Chanel qui attendait d'être entamé depuis Noël, enfermé dans le placard de sa salle de bains.

Tôt dans la matinée, Emerson fit en train le trajet de Londres, où était son hôtel, à Tunbridge Wells, d'où Charlotte l'emmena en voiture jusqu'à Rye. Ils arrivèrent à Jackdaw Cottage un peu après 10 heures. Et, en dehors d'une courte pause pour le déjeuner, ils y restèrent toute la journée, passant méthodiquement d'une pièce à l'autre, fouillant avec soin secrétaires, bibliothèques, placards et vitrines. Le moindre bout de papier dans le moindre tiroir fut examiné avec minutie, chaque livre ouvert au cas où une lettre s'y serait glissée, tous les coins et recoins inspectés au cas où un paquet y serait caché. La tâche, bien qu'interminable, n'avait rien de compliqué, car Beatrix n'avait jamais pu supporter le désordre. Même si elle avait beaucoup accumulé au cours de sa longue vie, elle avait toujours montré rigueur et sens de l'organisation dans ses rangements domestiques. Les papiers et les documents qu'elle conservait se trouvaient là où l'on s'attendait à ce qu'ils soient. Même au grenier, où Emerson grimpa en milieu d'après-midi, la discipline était aussi la règle. Pas trace d'une valise gonflée à craquer ou d'une boîte à documents cabossée. Nulle part de cache potentielle pour des lettres – sans parler de celles qu'ils cherchaient – attendant d'être mises au jour. Aucun billet doux d'anciens soupirants disparus depuis longtemps. Aucune carte d'anniversaire remontant des années en arrière. Et rien – pas le moindre fragment, pas la moindre ligne – de Tristram Abberley.

À 18 heures, ils abandonnèrent la partie et gagnèrent l'Ypres Castle Inn sur les Gun Garden Steps, où ils s'installèrent dans le petit jardin avec leur verre, le regard sur le port et au-delà vers la mer. Ils étaient tous les deux las et découragés, mais si Charlotte était consciente que c'était simplement la déception de n'avoir rien trouvé qui habitait Emerson, c'était chez elle la crainte que cet échec mette une fin brutale à leur association.

«Je n'arrive pas à comprendre, Charlie. J'étais tellement sûr qu'elles seraient là, ces lettres, tellement confiant.

— À cause de ce que Beatrix vous avait dit ?

— Eh oui. Elle n'avait pas besoin de les cacher. C'était inutile.

— C'est pourtant précisément ce qu'elle semble avoir fait.

— Je n'en suis pas si sûr. La gouvernante n'a rien touché. Maurice, de son côté, n'a rien pris en dehors des carnets de chèques, des relevés bancaires et de quelques factures.

— Et tout ce que j'ai pris au cottage, moi, c'est une travailleuse de facture Tunbridge Ware. Elle contient des dés, des aiguilles, des boutons, mais aucun papier de quelque genre que ce soit.

— Bien. Et nous sommes certains par ailleurs – parce que Maurice s'en est déjà assuré en sa qualité d'exécuteur testamentaire – qu'elle n'avait pas déposé de paquet à sa banque ni chez son notaire.

— Oui. Ce qui semble ne nous laisser que le cottage.

— D'où nous ressortons les mains vides. Nous avons fouillé la maison de fond en comble, sauf à soulever les lattes de parquet ou à grimper dans le conduit de la cheminée. Il n'y a rien dans la maison. Comme je le disais, elle n'avait pas besoin de cacher ces lettres. Personne en dehors de moi n'en connaissait même l'existence.

— Et donc vous en pensez quoi ? Qu'elle les aurait détruites ?

— Les dernières lettres de son défunt frère ? Non. Personne ne ferait une chose pareille. Et puis, elle m'avait promis qu'elle ne le ferait pas. Et ce n'était pas une femme à se dédire.

— Mais elle en a fait quoi, bon sang ?

— Je n'en sais rien. À moins que… »

Il s'interrompit, fronçant les sourcils d'un air pensif.

« Qu'y a-t-il ?

— À moins qu'elle ait craint de les voir s'égarer. Qu'elles passent inaperçues après sa mort. Qu'on les jette avant que quelqu'un se rende compte de leur éventuelle valeur. Est-il possible qu'elle les ait confiées à une autre personne qu'elle aurait chargée de les mettre à l'abri ? Une amie, peut-être ?

— Bien sûr que c'est possible. Mais pourquoi aurait-elle confié les lettres à une amie plutôt qu'à Maurice ou à moi ?

— Parce qu'elle a peut-être voulu s'adresser à un tiers neutre, quelqu'un qui ne soit pas de la famille. Je ne dis pas que c'est ce qui s'est passé, j'essaie juste d'envisager toutes les possibilités. Bon sang, je ne sais même pas si elle avait une telle amie.

— Ah, mais si ! s'exclama Charlotte, dont le visage s'éclaira soudain. Vous avez raison. C'est évident. La plus vieille de ses amies. C'est elle le tiers neutre : Lulu Harrington. »

Ils revinrent à Tunbridge Wells, Charlotte se retenant pour ne pas dépasser les limites de vitesse tant elle était impatiente de vérifier son hypothèse. La première chose qu'elle fit une fois arrivée chez elle fut d'empoigner le téléphone et de composer le numéro de Lulu. Elle éprouva un immense soulagement quand elle entendit les accents familiers de la vieille dame.

« Lulu ? Charlotte Ladram à l'appareil.

— Charlotte ? Quelle agréable surprise. Comment allez-vous ?

— Très bien, mais...

— J'ai été vraiment désolée de n'avoir pu assister aux obsèques de Beatrix. J'espère que ma couronne a bien été livrée à temps.

— Oui, oui, tout à fait. Excusez-moi, mais mon appel est un peu urgent. J'espère que vous allez pouvoir m'aider.

— Je serai heureuse de le faire, dans la mesure de mes moyens.

— Merci. Dites-moi, Beatrix vous a-t-elle jamais confié quelque chose ? Un paquet, une enveloppe, d'un genre ou d'un autre ? » Elle s'interrompit dans l'attente d'une réponse, mais rien ne vint. « Lulu ?

— Oui, ma chère ?

— Vous avez entendu ce que je viens de dire ?

— Oui, parfaitement. Un paquet, une enveloppe... Pourquoi me demander cela ?

— C'est un peu difficile à expliquer.

— Je vois. »

La voix s'était faite pensive, trahissait même une certaine appréhension.

« Alors, quelle est votre réponse ?

— Est-ce que vous téléphonez de la part de quelqu'un d'autre ?

— Non.

— De la part de votre belle-sœur, par exemple ?

— Vous voulez dire Ursula ?

— Elle va devoir accepter le fait que j'en ignorais le contenu. Et que j'étais liée par une promesse solennelle. Que pouvais-je faire d'autre ?

— Lulu, je ne vois pas du tout de quoi vous parlez.

— Mais il va falloir que vous l'appreniez.

— Vous n'avez toujours pas répondu à ma question.

— Non. Non, c'est vrai, je le reconnais.

— Vous en avez l'intention ? »

Pas de réponse. Charlotte avait l'impression d'entendre la respiration légèrement sifflante de Lulu à l'autre bout du fil, et décida de lui laisser cette fois-ci choisir le moment où elle voudrait rompre le silence. « Je crois qu'il faut que l'on se voie, ma chère petite, finit-elle par dire. Cette histoire me pèse sur la conscience. Et personne n'est mieux placé que vous pour recevoir mes confidences. Pour tout dire, je ne vois pas à qui d'autre je pourrais me confier. Alors, fixons une date, voulez-vous ? Le plus tôt sera le mieux. Il faut que je décharge ma conscience d'une manière ou d'une autre. Sans plus attendre. »

13

Cheltenham apparut à Charlotte comme une version un peu moins accidentée de Tunbridge Wells. Même abondance d'architecture Regency, même bourgeoisie affairée et disciplinée. Elle arriva dans la chaleur du début de l'après-midi et passa une demi-heure pénible à trouver Park Place, où habitait Lulu, parmi les nombreuses autres rues résidentielles bordées d'arbres et toutes semblables qui partaient du centre-ville vers le sud. Elle était venue seule, après avoir persuadé Emerson que sa présence risquait d'inquiéter la vieille dame. Pour tout dire, même si elle ne lui en avait rien dit, elle n'avait pas l'intention de mentionner l'intérêt qu'il portait aux affaires de Beatrix. Elle ne savait même pas encore pour l'instant si elle lui communiquerait tout ce que Lulu pourrait lui dire. Leur conversation téléphonique l'avait laissée dans un état de confusion et d'incertitude quant à ce qu'elle était en droit d'attendre de sa visite. Une grosse déception, ou une révélation fracassante ? Les deux étaient possibles. Et, pour tout dire, elle n'était pas sûre de savoir où allait sa préférence.

Courtlands faisait partie d'une rangée de maisons Regency mitoyennes au crépi blanc, et arborait à l'entrée une collection de sonnettes qui signalaient que Mlle L. Harrington occupait uniquement le rez-de-chaussée. Charlotte avait à peine fini d'appuyer sur le bouton que la porte s'ouvrit et qu'une minuscule vieille dame aux cheveux blancs et aux yeux bleus pétillants lui sourit depuis le seuil.

« Charlotte ?

— Oui. Excusez-moi si je suis en retard.

— En retard ? Mais pas du tout, ma chère petite. Entrez, je vous en prie. »

Lulu lui fit traverser le vestibule et la précéda dans un séjour haut de plafond, encombré de livres, de tableaux, de photographies, de figurines et d'un nombre incalculable de services à thé exposés dans des vitrines. Difficile dans un tel décor, se dit Charlotte, de parvenir à la cheminée sans renverser au passage un lapin en porcelaine ou heurter une pile de magazines de tricot. Et ce qui avait l'air d'être le fauteuil le plus confortable de la pièce était occupé par la masse endormie d'un énorme chat bleu de Prusse. Beatrix n'avait jamais apprécié les félins, pas plus que le fouillis, et il paraissait curieux qu'elle ait pu passer quinze jours chaque année dans un pareil endroit.

Lulu s'empressa d'aller préparer le thé, et Charlotte la suivit dans la cuisine pour l'aider. La fenêtre donnait sur un jardin bien entretenu où deux adolescents jouaient au Frisbee. Voyant Charlotte jeter un coup d'œil dehors, Lulu dit :

« Ils habitent l'appartement du premier. J'ai des locataires au-dessus et au-dessous de moi. Pour être honnête, je suis heureuse de leur compagnie. Nous autres professeurs aimons avoir de la jeunesse autour de nous, même dans notre vieil âge, voyez-vous.

— Depuis combien de temps vivez-vous ici ?

— Depuis que j'ai pris ma retraite. Il y a vingt ans ce mois-ci. Le temps passe si vite ! C'était le *College* qui me logeait, jusque-là. J'avais la responsabilité de toute une section, vous comprenez. Ce que j'aurais fait ensuite si Beatrix ne m'avait pas aidée, je ne peux pas l'imaginer. Je n'aurais jamais eu les moyens d'acheter cette maison.

— Vous voulez dire que Beatrix vous a prêté de l'argent pour vous permettre de l'acheter ?

— Pas prêté, *donné.* Beatrix, comme vous le savez sans doute, était d'une extrême générosité. Trop généreuse, même, c'est ce qu'il m'arrivait de penser.

— Oui, c'est vrai, dit Charlotte, qui rougit aussitôt. Désolée, je n'avais pas l'intention de…

— Ne vous inquiétez pas, je sais parfaitement ce que vous vouliez dire. Elle était généreuse, et *discrète.* J'ai toujours été sûre qu'elle ne parlerait jamais à personne de l'aide qu'elle m'avait apportée. Si j'en parle aujourd'hui, c'est uniquement parce que cela semble, d'une certaine manière, avoir un lien avec ce qui s'est passé.

— Et que s'est-il donc passé ?

— Allons dans le salon, ma chère. Buvez un peu de thé et faites-moi plaisir en mangeant un morceau de cake. Ensuite, je vous expliquerai tout. »

Avant que Lulu propose la moindre explication, Charlotte se vit obligée d'en offrir une elle-même.

Croisant le regard bienveillant mais perspicace de la vieille demoiselle par-dessus le plateau du thé, elle eut soudain l'impression que le mensonge qu'elle avait préparé allait se révéler insuffisant. Mais il était trop tard pour en concocter un autre.

« Beatrix nous a dit un jour, à Maurice et à moi, qu'elle avait des lettres de son frère, envoyées d'Espagne pendant les quelques mois qui ont précédé sa mort, et qui ne devaient pas être rendues publiques du vivant de ma mère. Nous avons été surpris de ne pas les trouver à Jackdaw Cottage et nous avons pensé qu'elle vous les avait peut-être confiées.

— Il se peut qu'elle l'ait fait. Ce n'est pas impossible, effectivement.

— Je ne comprends pas.

— En fait, moi non plus. Mais vous n'allez pas tarder à le comprendre, alors que cela risque de ne jamais être mon cas, dit Lulu avant de sourire. Pardonnez-moi, je ne voulais pas vous taquiner. Mais dois-je vraiment en conclure que ce n'est pas à la demande d'Ursula Abberley que vous m'avez téléphoné ?

— Absolument. Ursula ne sait même pas que je suis ici.

— C'est extraordinaire, dit-elle en secouant la tête, manifestement déconcertée. Beatrix et moi étions pensionnaires ensemble à Roedean, comme vous le savez certainement. Il y a plus de soixante-dix ans de cela. Un temps très long, suffisamment, me direz-vous, pour me permettre de la connaître mieux que personne. Eh bien, si c'est le cas, cela signifie tout simplement que personne ne la connaissait. Car pour ma part, je l'avoue humblement, sa personnalité m'est toujours restée étrangère. Elle était pour moi une énigme, et elle le reste encore aujourd'hui. »

Lulu se tut, mais Charlotte sentit qu'elle s'accordait simplement une pause pour rassembler ses pensées et y mettre de l'ordre. Elle reprit sans avoir besoin qu'on l'y invite.

« Beatrix était bien plus intelligente que moi. Elle avait un talent pour pénétrer au cœur des choses qui pouvait être totalement désarmant. Vous devez le savoir, bien sûr. Ce que je veux dire, c'est que ce talent, elle l'avait déjà enfant. Son père l'a enlevée de Roedean après la mort de sa mère. Si elle y était restée, elle aurait pu faire des études autrement plus brillantes que les miennes. De mon côté, je suis entrée à Girton College, à Cambridge, et je suis venue ensuite enseigner ici au Cheltenham Ladies' College en 1923, mais nous sommes toujours restées en contact, elle et moi. J'allais souvent séjourner chez elle à Indsleigh Hall, et plus tard à Jackdaw Cottage.

— Vous avez dû rencontrer Tristram, alors ?

— Oh, oui. À plusieurs reprises. Mais il n'avait guère de temps à consacrer à un petit professeur aussi godiche que moi. Je ne peux pas prétendre l'avoir connu. Un jeune homme impulsif, je dirais, comme en témoignent, j'imagine, les conditions dans lesquelles il est mort. Quant à d'éventuelles lettres qu'elle aurait reçues de lui, Beatrix n'en a jamais parlé, mais, là encore, elle n'aurait eu aucune raison de le faire. Nous n'avons jamais été très intimes, il faut que vous le compreniez. Nous aimions passer du temps ensemble, mais je n'ai jamais été sa confidente. »

Lulu s'interrompit de nouveau, fronçant les sourcils

comme si elle avait du mal à formuler ce qu'elle avait à dire. Mais elle ne tarda pas à surmonter la difficulté.

« J'ai bien entendu été immensément reconnaissante à Beatrix de l'aide qu'elle m'avait apportée dans l'achat de cette maison, et quand elle m'a demandé à son tour de l'aider, j'y ai vu une occasion de rembourser ne serait-ce qu'une partie de la dette que j'avais à son égard. Non pas que Beatrix ait vu les choses sous cet angle. Elle aurait, j'en suis sûre, considéré un refus de coopérer comme étant mon droit le plus strict. Mais je n'ai pas refusé. Pas même quand, comme très récemment, ce qu'elle m'a demandé m'a paru… tellement étrange.

— Et que vous a-t-elle donc demandé ?

— Au départ, ma participation à une supercherie bien innocente.

— Une supercherie ?

— Eh oui, ma chère. Voyez-vous, Beatrix venait passer quelque temps avec moi tous les mois de juin après que je me suis installée ici. Vous êtes au courant, évidemment. Et vous croyiez que chaque fois elle passait ses deux semaines avec moi. Il n'en était rien. En réalité, elle n'était sous mon toit que pour deux ou trois nuits, au début et à la fin de la quinzaine. Chaque année, dans cet intervalle de dix ou douze jours, elle était ailleurs.

— Ailleurs ?!

— C'était entendu comme ça. Elle arrivait, et, au bout d'un jour ou deux, elle repartait.

— Mais… pour aller où ?

— Je ne sais pas. Elle ne me l'a jamais dit. Quelque part où elle ne voulait pas que quiconque, pas plus vous que moi ou un autre membre de sa famille, sache qu'elle se rendait. C'est la raison pour laquelle elle repassait toujours par ici avant de rentrer chez elle, au cas où quelqu'un aurait laissé un message pour elle dans l'intervalle. Si l'un d'entre vous insistait pour lui parler pendant son absence ou se présentait à ma porte, je devais dire qu'elle s'était absentée de manière imprévue, et, bien entendu, pour la première fois. Mais le cas ne s'est jamais présenté. Nous avons pratiqué notre petit mensonge pendant vingt ans, sans jamais être découvertes.

— Vous voulez dire que… le mois dernier… et tous les autres mois de juin… elle n'était pas chez vous ?

— Pas pour plus de deux ou trois jours à chaque occasion, non.

— Je n'arrive pas à y croire.

— Je vous comprends. Ça doit paraître tout bonnement incroyable. Et pourtant c'est vrai. J'avais fini par me faire à la chose. Mieux même, j'appréciais le côté risqué de notre arrangement. Et je n'y voyais aucun mal. Si Beatrix estimait que c'était nécessaire – pour quelque raison que ce soit –, pourquoi me serais-je opposée à sa volonté ?

— Mais… tout de même… »

Dans la tête de Charlotte flottait le souvenir de toutes ces cartes postales qu'elle recevait de Beatrix pendant son séjour annuel à Cheltenham. *Bien arrivée. Lulu en bonne santé. Cheltenham toujours aussi beau.*

« Et… et les cartes postales ? Elle m'en envoyait une tous les ans. Et à Maurice aussi.

— Écrites par Beatrix, mais postées par mes soins une fois qu'elle était partie pour son autre destination.

— Dont vous ignorez tout ?

— En effet. Elle arrivait par le train. Repartait par le train. Ç'aurait pu être n'importe où dans le pays. Au début, bien sûr, j'étais curieuse. Mais par la suite, j'ai cessé de me poser des questions. Cela ne me regardait pas. Après tout ce que Beatrix avait fait pour moi, la moindre des choses était de respecter sa vie privée... et de mettre quelques cartes postales à la boîte au moment voulu. »

Charlotte regarda le chat remuer et reprendre sa position sur le fauteuil à côté de celui de Lulu. Peu à peu, la véritable signification de ce qui venait d'être dit se faisait jour en elle. La tromperie était une chose, son pourquoi, une autre. Beatrix s'était rendue quelque part pour se livrer à une activité dans le plus grand secret. S'il s'agissait de quelque chose d'innocent ou de trivial, quel besoin aurait-elle eu d'effacer ses traces avec autant de soin ? Qu'est-ce qui pouvait justifier un mensonge aussi élaboré ?

« Pourquoi m'en parler aujourd'hui, Lulu ? finit-elle par demander. Pourquoi ne pas avoir gardé son secret pour toujours ?

— À cause de la nouvelle demande qu'elle m'a faite cette année. À laquelle j'ai accédé tout en pensant que c'était une erreur.

— Et qui était ?

— Beatrix est arrivée ici le 1er juin pour repartir le lendemain. Comme d'habitude, finalement, même si j'ai été frappée par son air préoccupé. Elle est revenue le mercredi de la semaine suivante, pour rester jusqu'au vendredi. C'est le jeudi, alors qu'elle était assise à la place que vous occupez vous-même en ce moment, qu'elle m'a dit, avec le plus grand calme pendant que nous buvions notre café du matin, qu'elle croyait sa vie en danger.

— Quoi ? !

— Au début, j'ai pensé qu'elle avait un grave problème de santé. Mais elle m'a rapidement détrompée. Elle avait en tête quelque chose de très spécifique. Il était possible, voire probable, dit-elle, qu'elle meure dans un proche avenir. Si elle n'était pas malade, ai-je demandé, avait-elle eu quelque prémonition de sa mort prochaine ? Non. Mais certains faits récemment venus à son attention l'avaient convaincue de la probabilité imminente de la chose. Elle n'était pas prête à me donner plus de précisions, ni à suggérer les circonstances dans lesquelles elle risquait de mourir. En fait, elle n'attendait pas de moi que je la croie, ni ne m'a demandé de le faire. Tout ce qu'elle voulait, c'était que j'accepte d'accomplir une mission toute simple au cas où les événements lui donneraient raison. Elle avait avec elle quatre grosses enveloppes matelassées, cachetées et dotées chacune d'une étiquette tapée à la machine. Dès que j'aurais appris sa mort, je devais me rendre dans un secteur postal autre que celui de Cheltenham pour les envoyer à leurs destinataires. J'avais pour consigne de ne pas les ouvrir, ni de les faire passer à une tierce personne.

— Et vous avez accepté ?

— Oui. J'ai d'abord essayé de la raisonner, de la persuader d'étayer sa prédiction ou alors de renoncer à son entreprise. Mais j'ai vite compris que je gaspillais ma salive. Il n'y avait guère moyen de faire changer d'avis Beatrix une fois qu'elle avait décidé quelque chose, et, en l'occurrence, sa décision était manifestement bien arrêtée. Quand elle a ajouté que j'étais la seule personne à qui elle pouvait demander un tel service – et que la chose devait absolument être faite –, j'ai senti que je ne pouvais pas refuser. Et puis je me suis consolée en me disant que je n'aurais jamais à exécuter ce plan, dans la mesure où, de toute évidence, elle se trompait, qu'elle était victime d'une terrible méprise. Mais j'aurais dû y regarder à deux fois. J'avais rarement vu Beatrix se tromper sur quoi que ce soit. Et les événements devaient me prouver qu'elle ne se trompait pas non plus cette fois-là.

— Vous avez donc posté les lettres ?

— Oui. De Gloucester, le lendemain du jour où vous avez appelé pour m'apprendre le meurtre de Beatrix. »

Les étranges remarques de Lulu au cours de cette conversation s'éclairaient, maintenant. Charlotte les avait attribuées au choc provoqué par la nouvelle, et la cause en était bien une sorte de choc. Mais c'était la prédictibilité de la mort de Beatrix et non – comme l'avait à tort supposé Charlotte – son caractère soudain et imprévisible qui avait si fortement ébranlé Lulu.

« À qui étaient adressées les lettres ?

— Beatrix m'a demandé sur mon honneur de ne pas noter les noms et les adresses ni de les mémoriser.

— Et c'est ce que vous avez fait, vraiment ?

— J'ai essayé d'obéir aux ordres de Beatrix jusqu'au bout. Je ne l'avais jamais vue agir à la légère. J'ai supposé qu'elle avait ses raisons, et que celles-ci étaient fondées. Mais, bien sûr, j'ai vu ce qu'il y avait sur les étiquettes. Difficile de faire autrement. Et je n'ai pas pu m'obliger à oublier ce que j'avais vu. Je n'ai pas délibérément mémorisé les informations, mais je m'en souviens malgré tout en partie. L'une des lettres était adressée à la femme de votre demi-frère, Ursula. Mme Abberley, dans le Buckinghamshire.

— Swans' Meadow, Riversdale, Bourne End ?

— Sans doute, oui.

— Elle ne m'a rien dit de cette lettre. Pas un mot. Et pas davantage à Maurice. Je suis sûre qu'il m'en aurait parlé.

— Il vous faudra l'interroger à ce sujet. Je n'ai évidemment aucune idée du contenu de cette enveloppe. Elle n'en a peut-être même pas compris l'origine.

— Et les trois autres ? À qui étaient-elles adressées ?

— Des gens dont je n'ai jamais entendu parler. M. Griffith, une adresse imprononçable au pays de Galles : Llan quelque chose, Dyfed. Une Mlle van Ryan – je crois –, un numéro très haut dans la 5e Avenue à New York. Et Mme – un nom commençant par un V –, à une adresse à Paris. »

Le nom de Griffith disait quelque chose à Charlotte, encore qu'elle eût été bien en peine de dire quoi. Quant aux autres, son ignorance valait celle de Lulu.

« C'est tout ce dont vous pouvez vous souvenir ? finit-elle par demander.

— J'en ai peur, oui. Depuis le moment où nous sommes convenues de nous rencontrer, je me suis creusé les méninges pour essayer de retrouver d'autres détails, mais sans succès. La nouvelle de la mort de Beatrix m'a totalement bouleversée. Je suis allée à Gloucester dans un état second, et j'ai agi selon les instructions que j'avais reçues sans me préoccuper des conséquences. Sur le moment, il m'a semblé que le plus important, c'était de tenir ma promesse. M'acquitter de la tâche et tout oublier. Mais, dans les semaines qui ont suivi, j'ai été incapable de me sortir cette histoire de la tête. Qui sont ces gens ? Qu'est-ce que je leur avais envoyé ? Avais-je eu raison ou tort d'obéir à mon amie ? Aurais-je, par exemple, dû dire à la police que Beatrix prévoyait sa mort ? J'ai décidé pour finir que je n'avais rien à y gagner, en dehors d'une réputation de sénilité avancée. Après tout, il semble assez évident que c'est cet homme, ce Fairfax, qui est à l'origine du meurtre. Pour ce qui était de l'enquête, je ne pouvais rien ajouter à ce que la police savait déjà. J'ai néanmoins continué à craindre que mes actes se retournent contre moi. Et c'est précisément ce que j'ai aussitôt pensé quand vous m'avez appelée. J'étais sûre qu'Ursula avait découvert que c'était moi qui avais envoyé la lettre. Et même quand vous m'avez assurée du contraire, je suis restée sceptique. Tout ce que je savais, c'est que je ne pouvais plus conserver tout ça pour moi. Il fallait que je partage le secret. Et avec qui mieux qu'avec la filleule de Beatrix ? J'ai voulu reculer l'échéance en ne me rendant pas aux obsèques. Mais votre appel m'a convaincue que je ne pouvais esquiver le problème plus longtemps. »

Se laissant aller dans son fauteuil, Charlotte s'efforça d'assimiler ce qu'elle venait d'entendre avec toute l'objectivité et tout le sang-froid dont elle était capable en la circonstance. Beatrix avait prévu sa mort. Ce qui signifiait qu'elle avait deviné, ou déduit, que Fairfax-Vane n'était pas prêt à accepter un refus de sa part. Si c'était le cas, sa véritable préoccupation semblait ne pas avoir été sa propre sécurité mais ce qui risquait de se passer après sa mort. D'où l'accord passé avec Lulu. Mais qu'avait-elle cherché à empêcher – ou à provoquer – en envoyant ces lettres ? Qu'était-ce donc qu'elle ne pouvait pas risquer de voir volé, découvert ou simplement ignoré ? Et qu'est-ce qui lui avait interdit de se confier à Maurice ou à elle ? Quelques vieilles lettres de Tristram Abberley pouvaient difficilement constituer une réponse valable, même si le fait qu'elles restent introuvables à Jackdaw Cottage suggérait le contraire. Alors, quoi ? Qu'est-ce qui diable avait pu la pousser à agir comme elle l'avait fait ?

« Je suis désolée de vous encombrer de ce mystère, ma chère petite, dit Lulu. Mais ne le laissez pas entacher la mémoire de Beatrix. Elle savait ce qu'elle faisait, j'en suis certaine. Nous devrions peut-être, après tout, nous en remettre à son jugement et simplement laisser les choses en l'état.

— Allons, vous ne parlez pas sérieusement, Lulu. Sinon, vous ne m'auriez pas fait ces révélations.

— En ce qui me concerne, si, je suis tout à fait sérieuse. Mais je suis aussi certaine que ce n'est pas à moi de juger de la chose. C'est à vous de décider.

— C'est déjà fait.

— Oui, dit Lulu en souriant. C'est bien ce qu'il me semblait. »

14

Charlotte passa la nuit dans un hôtel des Cotswolds. Elle aurait pu rentrer à Tunbridge Wells tout de suite après son entretien avec Lulu, mais Emerson risquait de lui téléphoner, et elle savait qu'elle ne pourrait lui rapporter ce qu'elle venait d'apprendre qu'après avoir d'abord parlé à Ursula. L'autre avantage, c'était qu'elle avait tout loisir de programmer son arrivée à Swans' Meadow à un moment où Maurice serait déjà parti pour son bureau et Ursula encore à la maison.

Son plan faillit capoter. Quand elle ouvrit la porte, Ursula avait cet air débordé de quelqu'un qui risque d'être en retard à un rendez-vous.

« Charlie ! Quelle surprise !

— On peut se voir cinq minutes, Ursula ? Je suis désolée de débarquer sans prévenir.

— Oui, bien sûr, mais vraiment cinq minutes. Je dois être chez mon coiffeur à 10 heures. »

Elle pivota sur les talons pour rentrer vivement dans la maison, tandis que Charlotte lui emboîtait le pas. « Ce n'est pas à propos de la lettre, si ? Tu en as eu une, toi aussi ? Si c'est le cas, tu ferais mieux d'en parler à Maurice. » Elle pénétra dans la salle de bains du rez-de-chaussée et commença à s'appliquer du mascara devant la glace. « Je ne sais pas trop ce qu'il a l'intention de faire à ce sujet », reprit-elle.

Charlotte se sentit prise au dépourvu. La dernière chose à laquelle elle s'était attendue, c'était bien qu'Ursula se doute de la raison de sa visite. Elle se vit dans la glace par-dessus l'épaule de sa belle-sœur, bouche bée, les sourcils froncés par l'étonnement.

« Il y a quelque chose qui va pas ? demanda Ursula.

— Qu'est-ce... Qu'est-ce qu'il y avait dans la lettre ?

— Des propos mielleux et stupides émanant du frère de ce Fairfax-Vane. Tu veux dire que tu n'as rien reçu ? On s'est dit qu'il avait dû t'écrire, à toi aussi. En fait, Maurice a essayé de t'appeler hier soir. Où étais-tu ? À batifoler avec Emerson ? Sacré beau mec, hein ?

— Je ne comprends pas. C'est... Elle date de quand, cette lettre ?

— Mais enfin, qu'est-ce qu'il y a, Charlie ? dit Ursula en se tournant pour la dévisager. Ce que tu dis n'a pas de sens. Fairfax a écrit à Maurice pour s'excuser de s'être donné en spectacle le jour des funérailles, et pour demander si nous pouvions avoir une quelconque raison de croire que quelqu'un ait voulu assassiner Beatrix. Quelqu'un d'autre que son frère, évidemment. La lettre est arrivée hier. On a pensé qu'il avait dû t'en envoyer une aussi.

— Mais non... Enfin... je n'en sais rien. Il est possible qu'il l'ait fait. Je ne suis pas rentrée chez moi depuis hier matin.

— Comment ça, pas rentrée ?

— Je suis allée voir Lulu Harrington à Cheltenham, et j'ai passé la nuit dans le coin.

— L'amie de Beatrix ? Qu'est-ce que tu lui voulais ?

— Il y a quelqu'un d'autre dans la maison ? demanda Charlie après un instant de réflexion.

— Non, non. Aliki fait les courses. Et Sam est à Londres pour la journée. Pourquoi ça ?

— On peut s'asseoir un moment dans le séjour ? Il y a quelque chose qu'il faut absolument que je te demande. C'est très important.

— Mais je vais être en retard, Charlie.

— Je t'en prie. Il est impératif que je discute de cette affaire avec toi le plus tôt possible. »

Ursula lui jeta un regard irrité, puis poussa un soupir, remit son rouge à lèvres dans son tube, le laissa tomber dans sa trousse à maquillage posée à côté d'elle. « Très bien. Allons-y. » Elle passa précipitamment devant Charlotte pour se rendre dans le séjour, et elle était déjà assise, la tête penchée dans l'attente de la suite, quand Charlotte arriva à son tour dans la pièce.

Elle prit place sur le bord du fauteuil en face d'Ursula et laissa s'écouler quelques secondes, histoire de se calmer, avant de dire : « Lulu prétend t'avoir posté une lettre le mardi qui a suivi la mort de Beatrix – à la requête de celle-ci. C'est vrai ? »

Ursula fronça les sourcils.

« Et d'après elle, qu'est-ce qu'elle disait, cette lettre ?

— Elle l'ignore. Beatrix la lui a laissée pour qu'elle l'expédie au cas où elle mourrait. Elle faisait partie d'un lot de quatre enveloppes qui devaient être envoyées dans les mêmes conditions.

— Et à qui étaient adressées les trois autres ?

— Des inconnus. Personne que nous avons pu identifier, ni elle ni moi.

— Je vois.

— Tu ne m'as pas encore dit si c'était vrai. As-tu reçu une lettre de ce genre ?

— D'où l'a-t-elle envoyée ?

— De Gloucester.

— Le 23 juin ?

— Oui, c'est ça.

— Dans une enveloppe matelassée ?

— Oui. Comment…

— Alors, c'est bien vrai, Charlie. Je l'ai effectivement reçue.

— Mais, tu n'en as jamais…

— … dit un mot ? À raison, je crois que tu en conviendras. J'ignorais qu'elle avait été expédiée par Lulu. Ou que Beatrix avait quelque chose à voir dans cette histoire. Je ne connais personne à Gloucester. L'adresse était tapée à la machine. Et il n'y avait rien dans l'enveloppe qui permette d'identifier l'expéditeur.

— Qu'y avait-il à l'intérieur ?

— Six feuilles de papier. Toutes vierges.

— Vierges ?

— Oui. Bizarre, non ? J'ai pris ça pour une plaisanterie un peu loufoque. Je n'ai pas imaginé un instant – comment aurais-je pu ? – que Beatrix pouvait être derrière tout ça. Tu es sûre de toi ?

— Lulu en est certaine.

— Ma foi, je ne connais pas cette dame, mais si ça se trouve, elle t'a raconté des bobards. C'est facile de rendre les morts responsables. Ils ne peuvent rien démentir.

— Mais dans quel but ?

— Je n'en ai pas la moindre idée. Et toi ? demanda Ursula, esquissant un mince sourire d'incrédulité.

— Je suis certaine que Lulu m'a dit la vérité.

— Je ne doute pas que tu le sois, mais tu as toujours fait trop confiance aux gens, non ? »

Le sourire se crispa, dénotant à présent davantage qu'une simple incrédulité ; il était chargé d'une sorte d'avertissement.

« Tu l'as gardée, cette lettre ? demanda Charlotte.

— Non. Pourquoi l'aurais-je fait ?

— Tu l'as montrée à Maurice ?

— Certainement pas. Je ne voulais pas l'inquiéter avec des bêtises de ce genre.

— Parce que tu penses qu'il se serait inquiété ?

— Peut-être.

— Mais toi, ça ne t'a pas dérangée ?

— Il faudrait plus qu'une enveloppe et six feuilles de papier vierges pour m'inquiéter, tu devrais le savoir. Je me suis sorti l'affaire de la tête. Et franchement, tu devrais en faire autant.

— Je ne suis pas sûre d'en être capable.

— C'est ton affaire, hein ? dit Ursula en se levant brusquement. Je ne peux vraiment pas m'attarder plus longtemps, Charlie. Ça t'ennuie si je te mets dehors ? »

Pendant tout le trajet de retour à Tunbridge Wells, Charlotte chercha désespérément des raisons de croire ce qu'avait dit Ursula. Sans en trouver aucune. Il était tout aussi inconcevable que Lulu ait envoyé cette lettre de sa propre initiative que Beatrix ait expédié des feuilles vierges à la femme de son neveu après sa mort. Sans compter qu'Ursula n'avait décrit le contenu de l'enveloppe qu'après s'être assurée que Lulu ignorait en quoi il consistait. Si elle avait eu l'intention de mentir, Charlotte lui avait fourni l'occasion rêvée.

Mais pourquoi mentir ? Le plan soigneusement élaboré de Beatrix défiait toute analyse dès lors que la nature de sa correspondance posthume restait inconnue. Un Gallois, une New-Yorkaise, une Parisienne, et Ursula. Il était impensable que des lettres de Tristram Abberley vieilles d'un demi-siècle puissent relier ces quatre personnes entre elles. Il fallait pourtant bien que quelque chose le fasse. En dehors de pages blanches, évidemment.

15

Chère mademoiselle Ladram,

J'ai longtemps et mûrement réfléchi avant de rédiger ces quelques lignes, pour finir par décider que c'était la seule manière de vous signaler, au nom de mon frère, un certain nombre de choses dont je pense vraiment qu'elles doivent être portées à votre attention, je regrette profondément l'incident que j'ai provoqué en me rendant à votre domicile il y a quinze jours, et j'espère, en vous écrivant, éviter les malentendus qui ont marqué notre entrevue ce jour-là.

La première chose que j'aimerais souligner, c'est que mon frère, s'il a quelque chose d'un escroc, n'est pas du genre à recourir…

Charlotte remit la lettre d'une main impatiente dans l'enveloppe. Elle n'avait ni temps ni attention à consacrer à un plaidoyer de Derek Fairfax en faveur de l'innocence de son frère. Pour tout dire, si elle avait su que la lettre était de lui, quand elle l'avait trouvée sur son paillasson entre une publicité d'un établissement bancaire et une carte de son dentiste, elle n'aurait peut-être même pas pris la peine de l'ouvrir. Elle avait à s'occuper d'une affaire autrement plus urgente.

Pourtant, quand elle voulut s'y employer, elle se heurta d'emblée à un obstacle. Quand elle appela Emerson à son hôtel de Londres, ce fut pour apprendre qu'il était sorti. Elle ne put que laisser un message lui demandant de la rappeler.

Elle retourna s'asseoir dans le séjour, se sentant soudain très lasse, épuisée à la fois par le long trajet en voiture et par ses tentatives infructueuses pour démêler les motivations de Beatrix. Machinalement, elle ressortit la lettre de Derek Fairfax.

La première chose que j'aimerais souligner, c'est que mon frère, s'il a quelque chose d'un escroc, n'est pas du genre à recourir à la violence, sous quelque forme que ce soit. Il se peut fort bien qu'il ait payé en dessous de leur prix les meubles achetés à votre mère, mais jamais il ne se rendrait complice d'un cambriolage, sans parler d'un meurtre. Ce n'est tout simplement pas dans sa nature.

La deuxième, c'est qu'il est loin d'être idiot. Or, seul un idiot laisserait sa carte de visite dans une maison qu'il a pour projet de cambrioler, tout en manifestant, qui plus est devant témoins, un vif intérêt pour l'objet dudit cambriolage, je n'arrive tout simplement pas à croire qu'il soit capable d'une démarche aussi stupide.

Mon frère pense – et je suis de son avis – qu'il n'est qu'un bouc émissaire dans l'affaire du meurtre de Mlle Abberley, que le but de l'effraction était bel et bien de la tuer et non de dérober sa collection de Tunbridge Ware. C'est la raison pour laquelle je me permets de vous écrire pour solliciter votre aide dans…

Charlotte laissa tomber la lettre sur la table basse à côté de son fauteuil et se renversa sur les coussins. La maison était silencieuse, frappée de l'immobilité d'un jour d'été privé d'air. Elle n'avait pas encore ouvert une seule fenêtre et, jusqu'à ce qu'elle s'y décide, aucun bruit extérieur ne viendrait déranger le cours de ses pensées. Se pouvait-il que Fairfax ait raison ? Était-il concevable que quelqu'un ait voulu voir Beatrix morte pour un motif que la police ne soupçonnait pas ? Si c'était le cas, ce motif, Beatrix, elle, l'avait connu. Les lettres avaient représenté son assurance sur la vie. Pourtant, elles ne l'avaient pas protégée. Elles n'avaient peut-être même pas été destinées à cette fin. Mais elles avaient servi un dessein bien précis. Charlotte n'en doutait pas un instant. Un Gallois, une New-Yorkaise, une Parisienne, et Ursula. Beatrix avait parlé à chacun d'eux d'au-delà de la tombe. Et cela ne lui aurait pas ressemblé de parler en vain.

Le temps passait. Charlotte ferma les yeux. Et rêva. Elle était enfant, à Jackdaw Cottage, en tenue de plage. Mais elle ne pouvait pas se mettre en route avant d'avoir trouvé Beatrix. Et bien que Beatrix ait été dans la maison, en train de l'appeler, Charlotte n'arrivait pas à savoir dans quelle pièce elle se trouvait. Chaque endroit où elle allait, à l'étage comme au sous-sol, semblait être le bon quand elle approchait. Puis, au moment où elle entrait, elle se rendait compte que la voix de Beatrix venait d'ailleurs. Son angoisse grandissait à fur et à mesure de ses recherches, tant elle craignait de ne jamais la trouver. Puis un autre bruit lui parvenait. La sonnerie d'un téléphone. Elle se précipitait dans le vestibule, décrochait, mais il n'y avait personne au bout du fil. Et la sonnerie retentissait toujours.

Charlotte se réveilla en sursaut. Elle bondit sur ses pieds et courut jusqu'au téléphone pour répondre avant l'arrêt de la sonnerie, remettant au plus vite de l'ordre dans ses pensées.

Comme elle l'avait deviné, c'était Emerson McKitrick qui appelait, impatient d'avoir des nouvelles. Elle s'excusa de ne pas l'avoir contacté plus tôt, et lui en exposa les raisons. Dans le compte rendu qu'elle lui fit de sa visite à Lulu, elle n'omit rien, mais, quand elle en vint à ce qu'Ursula lui avait dit, elle évita soigneusement toute allusion à la vérité à laquelle elle était déjà arrivée, à savoir qu'Ursula mentait.

« Je n'arrive pas à y croire, dit Emerson quand elle eut terminé. Des feuilles vierges… Mais ça rime à quoi ?

— Je n'en sais rien. J'espérais que vous auriez peut-être une idée.

— Vous croyez que c'est aussi là ce que contiennent les autres enveloppes ?

— Je l'ignore. Tout ça n'a aucun sens.

— Il faudrait demander aux autres destinataires, je suppose.

— Mais qui sont-ils ? Lulu n'est certaine que d'un seul des noms.

— Vous voulez dire Griffith ?

— Oui. Mais c'est un nom propre très répandu au

pays de Galles. Nous n'avons même pas l'initiale d'un prénom.

— Je pense que je peux la fournir.

— Pardon ?

— Ça ne peut être que Frank Griffith, non ? Vous n'avez jamais entendu parler de lui ?

— Frank Griffith ? »

À présent, elle se rappelait enfin ce nom. L'homme avait combattu en Espagne aux côtés de Tristram Abberley. C'était lui qui avait renvoyé à Mary les quelques biens personnels du poète après sa mort. Et il lui avait rendu visite à son retour en Angleterre pour lui rapporter les circonstances du décès de son époux. Charlotte avait entendu à plusieurs reprises sa mère décrire cette visite.

« Mais bien sûr, le compagnon d'armes de Tristram Abberley. Vous avez dû le rencontrer quand vous faisiez vos recherches pour votre livre.

— Malheureusement, non. Je n'ai jamais pu retrouver sa trace. Il avait complètement coupé les ponts avec l'association des anciens combattants. Et, de l'avis unanime, il était mort. Mais il semble que Beatrix avait, elle, d'autres informations. Et m'est avis qu'elle me les a cachées.

— Il reste que nous ne sommes pas plus avancés. Le comté de Dyfed est grand. Et il doit y avoir un village sur deux dont le nom commence par "Llan".

— On devrait pouvoir résoudre le problème.

— Comment ?

— Pouvez-vous à nouveau m'emmener à Rye, demain ? Il y a quelque chose au cottage que j'aimerais vérifier. Ça pourrait nous aider.

— Bien sûr. Mais de quoi s'agit-il ?

— Je préférerais ne rien dire tant que je ne suis pas certain. Mais, si je ne me trompe pas, il y a peut-être un moyen de débusquer M. Frank Griffith de sa tanière. »

16

On était jeudi matin, et Derek avait calculé que c'était le premier jour où il pouvait espérer recevoir une réponse à une de ses lettres. C'est pourquoi il retarda un peu son départ pour Fithyan & Co, au cas où le facteur lui apporterait une réponse soit de Maurice Abberley, soit de Charlotte Ladram.

Tandis qu'il attendait, l'idée lui vint qu'ils pourraient tout bonnement ne pas donner suite à ses demandes. Que ferait-il alors ? Il était horrifié à la perspective d'une nouvelle visite impromptue à Ockham House ; et pourtant, sans l'aide de ceux qui avaient connu Beatrix Abberley de son vivant, il n'avait aucune chance de pénétrer le mystère de son meurtre. Autant dire que, dans ce cas, la cause de Colin était perdue. Et Derek, bien qu'il ne fût pas menacé d'emprisonnement, risquait de perdre quelque chose de quasiment aussi important que sa liberté. Car il était convaincu de l'innocence de Colin. Et celui-ci comptait sur lui pour la prouver. S'il n'y parvenait pas, aucune excuse ne suffirait. S'il ne réussissait pas à sauver son frère, il ne pourrait pas non plus préserver le respect qu'il avait de lui-même.

À cet instant, le cliquetis du rabat de la boîte aux lettres annonça l'arrivée du courrier. Il se précipita dans le vestibule pour ne trouver qu'une petite carte sur le paillasson. Il la ramassa et lut :

Cher monsieur Fairfax,

Nous avons reçu le livre que vous avez commandé – Tristram Abberley, une biographie critique –, *et il est à votre disposition. Auriez-vous l'obligeance d'apporter ce...*

Derek écrasa la carte dans son poing avant de laisser tomber la petite boule par terre. Une nouvelle journée allait donc s'écouler sans qu'aucun progrès soit accompli. Une nouvelle journée allait être gaspillée alors que chaque minute comptait.

Emerson McKitrick ne dit rien à Charlotte de ce qu'il espérait trouver au cottage avant le moment où ils y entrèrent un peu plus tard ce matin-là. Il la conduisit alors jusqu'au secrétaire qui se trouvait dans le salon.

« Beatrix conservait quelques cartes routières ici, Charlie, vous vous souvenez ?

— Oui. Et alors ?

— Tenez, les voilà. » Il sortit quatre cartes d'état-major d'un des casiers. « Ça m'a paru bizarre quand je les ai vues la première fois. Mais je n'y ai pas attaché d'importance particulière jusqu'à ce que vous me parliez de Frank Griffith. »

Il étala les cartes sur le rabat du secrétaire.

« Je ne comprends pas, dit Charlotte, les yeux sur leurs banales enveloppes roses.

— Trois d'entre elles concernent la région, d'accord ? La 189 couvre Rye, la 188, Tunbridge Wells, la 199, Eastbourne et Hastings. Mais regardez la quatrième, la 160, elle fait ici figure d'intruse.

— Les Brecon Beacons, dit Charlotte en lisant la légende.

— C'est bien ça. La région centrale du pays de Galles. Quel besoin pouvait avoir Beatrix d'une carte de cette zone ?

— Parce que c'est là qu'habite Griffith ?

— C'est ce que je pense. »

Il déplia la carte 160 et l'étala sur le parquet. Charlotte, en se penchant, ne discerna aucun indice digne d'intérêt, ne vit que les courbes de niveau ondulées et les polygones verts d'un paysage de montagne boisé. Mais Emerson en saisit davantage.

« Regardez, là c'est la frontière du comté de Dyfed, dit-il en suivant une ligne de points et de tirets le long du côté gauche de la carte. On peut négliger tout ce qui se trouve à l'est de cette démarcation.

— Même ainsi...

— Ce que je pense, c'est que Beatrix allait voir Griffith pendant les quinze jours qu'elle était censée passer avec Lulu. Cheltenham est une étape commode sur le trajet de Rye au Dyfed, vous ne trouvez pas ?

— Si. Je suppose que si.

— OK. Et nous savons qu'elle voyageait par le train. Alors, où se trouve la voie ferrée ?

— Là », dit Charlotte en mettant le doigt sur une ligne noire continue qui serpentait dans le coin nord-ouest de la carte. Elle était tout excitée à présent, certaine qu'Emerson était dans le vrai. « Et le plus gros bourg desservi par le train dans cette zone est…

— Llandovery, compléta Emerson en lui lançant un grand sourire. Je crois que nous l'avons trouvé, qu'en dites-vous ? »

17

Le lendemain matin trouva Charlotte au volant de sa voiture, avalant les kilomètres sur la nationale qui longeait les confins nord des Brecon Beacons, avec Emerson McKitrick comme copilote. Ils étaient arrivés au pays de Galles la veille au soir et avaient passé la nuit dans une maison d'hôtes huppée au nord-est de Brecon. Emerson, apparemment, avait l'habitude du haut de gamme dans ce domaine et avait insisté pour que son assistante nouvellement recrutée voyage dans les meilleures conditions. Charlotte, de son côté, n'avait pas trop cherché à analyser l'exaltation qui s'était emparée d'elle. Était-ce l'excitation de la poursuite ou l'éclat de la compagnie ? Être invitée à un dîner aux chandelles par un bel Américain était pour elle une expérience aussi nouvelle qu'enivrante. Endosser le rôle d'associée à parts égales dans son entreprise – si brièvement que ce fût – lui ouvrait des perspectives tellement séduisantes qu'elle se sentait incapable de seulement les envisager.

Emerson se conduisait en parfait gentleman, se montrant aussi charmant qu'attentionné. Si sa galanterie ravissait Charlotte, elle ne l'en laissait pas moins perplexe. Cherchait-il simplement à l'amadouer ? Ou bien commençait-il à l'apprécier autant qu'elle-même l'appréciait ? C'était un homme bien plus impressionnant que ceux qu'elle avait pu fréquenter jusqu'ici. Non pas qu'il fût question de liaison d'aucune sorte entre elle et lui. Se laisser emporter par ses espoirs précaires et ses fragiles émotions serait la pire des folies, elle le savait.

Et pourtant, pendant qu'elle s'habillait pour le dîner et que, en jetant un coup d'œil par la fenêtre, elle le regardait se promener dans le jardin de l'hôtel, un verre de champagne à la main, elle n'avait pu s'empêcher de rêver, l'espace d'un moment exaltant, à ce que serait cette soirée s'ils étaient là uniquement pour le plaisir qu'ils pouvaient se donner l'un à l'autre. Et ce qu'elle avait imaginé alors, elle rougissait à présent en se le rappelant.

Llandovery était une petite ville grise nichée au confluent de trois rivières au pied de montagnes aux flancs vallonnés. La beauté du cadre offrait un contraste saisissant avec la réalité sinistre de ses trois rues principales, où aucun des passants ne semblait prêt à rendre son sourire à Charlotte.

Emerson, cependant, ne se laissa pas décourager. Dans toutes les boutiques où ils s'adressèrent, il demanda où l'on pouvait trouver un dénommé Frank Griffith, tout en paraissant capable de tirer des propriétaires plus de renseignements utiles que Charlotte s'y attendait. Il se révéla qu'ils connaissaient plusieurs Griffith, mais aucun de ceux qui avaient dans les soixante-dix ans ne se prénommait Frank.

Quand midi approcha, ils décidèrent d'essayer les pubs. Lesquels étaient beaucoup plus nombreux que ne l'aurait laissé attendre la taille modeste de la ville, et la plupart étaient aussi tristes et peu accueillants que le craignait Charlotte. Ils avaient déjà payé un verre aux patrons d'une demi-douzaine d'établissements de ce genre – sans rien apprendre – quand ils entrèrent dans un café au nom malencontreux d'Auberge de la Jonquille, appréhendant d'avoir à absorber une autre dose d'eau minérale dont ils n'avaient nulle envie. Mais cette fois-ci leurs efforts allaient finir par payer.

« Frank Griffith ? dit l'homme derrière le bar. Bien sûr que je le connais. Soixante-dix ans bien tassés, je dirais. En principe, il est ici les jours de marché. Il élève quelques moutons, là-haut à Hendre Gorfelen, derrière Myddfai. Si vous avez une carte, je peux vous montrer l'endroit. Et… vous voulez le voir pourquoi, si je peux me permettre ?

— Nous sommes des parents éloignés, dit Emerson. Je me suis dit que je pourrais essayer de le retrouver pendant que j'étais dans le coin.

— Eh ben, ça va lui en faire, une surprise. Ça lui mettra peut-être un sourire sur la figure. C'est une denrée rare, chez lui. »

Après un déjeuner frugal, ils s'engagèrent sur les pentes des Brecon Beacons. La journée était couverte, l'air moite et immobile, comme suspendu. Ils progressaient lentement sur la route en lacet : deux prédateurs – c'est l'idée incongrue qui vint brutalement à l'esprit de Charlotte – sur la piste de leur proie.

À mi-chemin entre Myddfai et Talsarn, ils tournèrent

dans un chemin raviné qui faisait une boucle au flanc d'une colline et marquait la frontière entre les pâturages clos et la lande. Le chemin amorçait une brève descente pour traverser un ruisseau avant de remonter, de contourner une autre colline et d'atteindre enfin sa destination en s'arrêtant devant une barrière ouverte.

Hendre Gorfelen se composait d'un petit bâtiment de ferme au toit d'ardoise, blanchi à la chaux et flanqué de deux granges et de plusieurs étables en piteux état. Dans un coin de la cour, une vieille Land Rover rouillée, et à côté une remorque. Quelques poules picoraient mollement un peu de paille répandue devant une des granges. Aucun autre signe de vie.

Emerson descendit de voiture et se dirigea vers la maison. Charlotte le suivit avec davantage de circonspection, l'atmosphère isolée des lieux renforçant son appréhension de voir quelqu'un d'aussi âgé et sauvage que Frank Griffith ne pas apprécier leur intrusion. Emerson, lui, ne paraissait pas partager ses craintes. Il donna quelques coups de heurtoir à la porte, puis, n'obtenant pas de réponse, s'écarta pour essayer de voir à travers une des fenêtres.

« Sorti… à moins qu'il fasse la sourde oreille, annonça-t-il à Charlotte quand elle le rejoignit.

— N'oublions pas que c'est un paysan. Il pourrait être n'importe où dans les collines.

— On fait quoi, alors ? On attend qu'il revienne ? Ce qui risque de ne pas être avant le coucher du soleil.

— On pourrait essayer de patrouiller dans les parages pour tenter de le repérer. »

La suggestion n'enthousiasma guère Emerson, qui préféra longer le bâtiment jusqu'à l'endroit où un portillon tout de guingois donnait sur un petit jardin envahi par les mauvaises herbes. Il resta un moment à parcourir les alentours du regard, puis haussa les épaules et revint à grandes enjambées vers la porte d'entrée pour agiter de nouveau le heurtoir.

«Je ne crois pas qu'il soit là, Emerson.

— Je suppose que non. Mais on ne peut jamais… » Sa main avait glissé jusqu'à la poignée, qu'il tourna pour constater que la porte pivotait sur ses gonds. « Tiens, tiens, dit-il en lui faisant un grand sourire. Sésame, ouvre-toi !

— Ce n'est pas très surprenant. Dans des endroits comme celui-ci, ils n'ont probablement pas besoin de serrures ni de verrous.

— Tout le monde a besoin de ce genre de protection, Charlie. Mais je ne vais pas me plaindre si l'ami Griffith tient à déroger à la règle. Pourquoi ne pas jeter un coup d'œil à l'intérieur ?

— Et s'il revient et qu'il nous trouve ? Ce ne serait pas très malin de se le mettre à dos.

— Oh, il ne rentrera pas avant des heures. Il est probablement en train de récupérer un agneau tombé dans un ravin, ou quelque chose de ce genre. Allez, venez. »

Il s'avança, se courbant pour passer sous le linteau, et Charlotte le suivit. Devant eux, un couloir assez court, dallé de pierres, menait à une étroite montée d'escalier. Il y avait une porte de chaque côté, celle sur la droite fermée, celle sur la gauche restée ouverte. Ils en franchirent le seuil pour se retrouver dans une petite salle à manger à l'allure sévère. Une grande table aux pieds épais reposant sur un tapis élimé occupait l'essentiel de l'espace. Deux chaises glissées sous la table et un divan dans un angle complétaient le mobilier. Les murs étaient nus, et la fenêtre dépourvue de rideau. En dépit de la chaleur de la journée, Charlotte fut soudain prise de frissons.

« Accueillant, non ?

— Je ne vois pas du tout Beatrix séjourner ne serait-ce qu'un jour ici. C'est si austère. »

Emerson ouvrit la porte qui se trouvait au fond de la pièce et qui donnait sur une cuisine, où un fourneau, un évier, quelques placards et une vue sur le jardin contribuaient à alléger l'atmosphère. Tout était propre et bien rangé, remarqua Charlotte. Pas de poêle remplie de graisse figée, pas de planche à pain disparaissant sous les miettes. S'il n'avait rien d'un sybarite, Frank Griffith n'était pas non plus un souillon.

Ils revinrent dans le couloir et Emerson ouvrit l'autre porte. Charlotte le suivit, s'attendant à trouver le même décor sévère et dépouillé. Ce qu'elle vit était si différent que, de surprise, elle recula d'un pas.

La pièce était chaude et accueillante, deux dc ses murs habillés jusqu'au plafond de rayonnages bourrés de livres. La fenêtre était pourvue d'un rideau, et au sol la moquette était tout à fait convenable. Un épais tapis occupait le devant de la cheminée flanquée de deux fauteuils confortables. Dans l'âtre, des bûches et du petit bois attendaient le bon vouloir du maître des lieux. Sur le dessus de cheminée, une pendule aux tons dorés et, à côté, un vase rempli de soucis fraîchement cueillis. Dans un angle, un bureau ancien assez grand, et derrière, un fauteuil à l'assise et au dossier en cuir clouté.

En s'approchant du bureau, Charlotte eut l'œil attiré par une boîte à courrier en bois placée sur le côté. Du Tunbridge Ware, une jolie pièce qui plus est, décorée d'un papillon sur le couvercle. Signée de Nye ? se demanda-t-elle. Quel qu'ait été l'artiste, elle n'avait aucun doute sur la personne qui avait pu l'offrir à Frank Griffith.

« Cela ne peut venir que de Beatrix, dit-elle.

— Alors, ça confirme nos soupçons. » Emerson était à côté d'un des rayonnages, occupé à parcourir les titres des ouvrages. « Cultivé, le bougre, pour un éleveur de moutons. Pas un seul bouquin sur l'agriculture.

— Quel genre, alors ?

— Histoire et politique, à première vue. Avec une nette tendance à gauche, comme on pourrait s'y attendre de la part d'un ancien des Brigades internationales. Hill. Hobsbawm. Orwell. Carr. Symons, sur la grève générale de 1926 au Royaume-Uni. Thomas, sur la guerre civile espagnole. Et… c'est pas vrai ! Mon bouquin, ma biographie. Je suppose que c'est une sorte de cadeau, qu'en pensez-vous ? Je me demande… »

Il s'interrompit au moment même où Charlotte entendait un grondement sourd en provenance de la porte d'entrée. Ils se retournèrent pour se retrouver face à un chien de berger noir et blanc à l'œil mauvais, montrant les crocs, comme prêt à l'attaque. Derrière le chien se tenait Frank Griffith.

Charlotte sut d'emblée que c'était lui. L'âge correspondait, et il avait cet air à la fois vigilant et méfiant auquel, d'une certaine façon, elle s'était attendue. Il était de petite taille, étroit d'épaules, vêtu d'un costume en tweed râpé et coiffé d'une sorte de casque colonial. Il avait dans la main droite un bâton qu'il tenait fermement levé en signe de mise en garde. Ses mains paraissaient étrangement grandes. En dépit de sa carrure plutôt malingre, il dégageait une impression de force musclée, de ressources physiques à toute épreuve et parfaitement maîtrisées. Son visage étroit était anguleux, sa peau tannée par le soleil et le vent et ridée comme le cuir d'un rhinocéros. Il les fixait sans ciller, lèvres serrées, de ses yeux profondément enfoncés dans leurs orbites.

« Monsieur Griffith ? interrogea nerveusement Charlotte. Je m'appelle Charlotte Ladram. Vous avez peut-être entendu parler de moi… par Beatrix. »

Il n'eut pas même un signe de tête en guise de réponse et se contenta de grommeler quelques mots à l'adresse du chien, lequel cessa de gronder et se remit sur son arrière-train.

« Je vous présente le Dr Emerson McKitrick, l'écrivain. Vous connaissez son ouvrage, je crois.

— Désolé de l'intrusion, intervint Emerson avcc un large sourire. La porte était ouverte.

— Mais ce n'est pas une excuse, corrigea Charlotte. Nous sommes terriblement désolés, monsieur Griffith, notre conduite est inqualifiable. Mais nous tenions beaucoup à entrer en contact avec vous… à savoir où vous étiez.

— J'ai essayé de retrouver votre trace il y a douze ans de cela, reprit Emerson. Tous vos anciens camarades m'ont dit que vous deviez être mort. Heureux de constater qu'ils se trompaient.

— Nous avons besoin de votre aide, monsieur

Griffith. Beatrix était votre amie, je me trompe ? Elle était aussi ma marraine. Peut-être le saviez-vous, dit Charlotte, soudain traversée par une idée troublante. Je suppose que… vous êtes conscient… que Beatrix est…

— Morte. » C'était le premier mot que prononçait Griffith, sans pour autant changer d'expression. « Oui, je suis au courant.

— Vous admettez donc que vous étiez amis ? dit Emerson.

— *J'admets ?* fit Griffith en haussant un sourcil juste assez pour signifier sa désapprobation devant ce choix malencontreux.

— Excusez-moi, dit Emerson. Mais pourquoi ne pas jouer franc jeu ? Nous savons que Beatrix venait ici au moins une fois par an en secret, prenant prétexte de pseudo-visites à Lulu Harrington. Et nous savons également que cette année elle a laissé à Lulu une lettre, en la chargeant de vous l'envoyer au cas où elle viendrait à mourir. Tout ce que nous voulons, c'est découvrir le contenu de cette lettre. »

Griffith passa devant le chien et traversa la pièce pour les rejoindre devant les rayonnages. Emerson tenait toujours serré dans sa main l'exemplaire de sa biographie de Tristram. Griffith le lui retira doucement et le remit à sa place sur le rayon.

« Des recherches en cours pour un second ouvrage, c'est ça ? murmura-t-il.

— Peut-être. Je sais que Beatrix conservait des lettres que Tristram lui avait envoyées d'Espagne, des lettres qu'elle a refusé de me montrer il y a douze ans. Aujourd'hui, elles ont disparu.

— Vraiment ?

— Est-ce qu'elle aurait demandé à Lulu de vous les envoyer, Frank ?

— Ce sont mes amis qui m'appellent Frank, Dr McKitrick. La plupart d'entre eux sont morts. Et vous n'en avez jamais été.

— Il y a quelque chose que je dois vous expliquer, monsieur Griffith, intervint Charlotte, désireuse de détendre l'atmosphère. Beatrix m'a légué toutes ses possessions. On pourrait donc soutenir que tout ce qu'elle a laissé derrière elle me revient de droit.

— Ah oui, vraiment ?

— Mais il y a plus. Beatrix a été assassinée, et elle semblait savoir qu'elle ne tarderait pas à l'être. Vous comprendrez sans peine que je cherche à savoir ce qui se cache derrière sa mort. Je dois à sa mémoire de faire tout ce qui est en mon pouvoir pour découvrir la vérité. En tant qu'ami de Beatrix, êtes-vous prêt à m'aider ? »

Il la dévisagea un moment avant de répondre.

« J'ai toujours agi selon ma conscience, mademoiselle Ladram. Je ne vais pas changer aujourd'hui.

— Dois-je comprendre que vous m'aiderez ?

— Je ferai ce que j'estime être de mon devoir. Ce qui n'inclut pas nécessairement de satisfaire votre curiosité… ou celle de votre ami, ajouta-t-il avec un hochement de tête en direction d'Emerson.

— Écoutez…

— J'ai une question pour vous, Dr McKitrick, dit Griffith en tapotant de son bâton la poitrine d'Emerson. Qu'est-ce qui vous fait croire que Tristram Abberley a écrit à sa sœur d'Espagne ?

— C'est elle-même qui me l'a dit.

— Vraiment ? Elle vous l'avait dit à vous aussi, mademoiselle Ladram ?

— Euh… non. »

Griffith les regarda à tour de rôle. Puis il eut une sorte de grognement, comme si une question avait été réglée à sa satisfaction.

« J'ai appris la mort de Beatrix par les journaux. On y disait qu'un antiquaire avait été arrêté et mis en examen. Sa culpabilité semblait ne faire aucun doute. Vous êtes de cet avis, Dr McKitrick ?

— L'affaire est entendue, autant que je sache.

— Pour vous aussi, mademoiselle Ladram ?

— Je n'en suis pas si sûre. Il se pourrait que ce Fairfax-Vane soit un bouc émissaire.

— Manipulé par qui ?

— Je n'en sais rien. C'est une des raisons pour lesquelles je voulais vous parler. »

Auparavant, Charlotte n'aurait jamais dit une chose pareille. Mais à présent, face à un des mystérieux fantômes de la vie de Beatrix, elle se rendait compte que, effectivement, les explications dont elle s'était contentée jusque-là ne lui suffisaient plus.

« Depuis combien de temps vivez-vous ici, monsieur Griffith ? se risqua-t-elle à demander.

— En quoi cela vous regarde ?

— C'est juste que je me demandais… Cette ferme est bien à vous, n'est-ce pas ?

— Je ne suis pas métayer, si c'est ce que vous voulez dire. »

Elle décida d'aller jusqu'au bout de sa pensée. « Beatrix vous a-t-elle aidé à l'acheter ? » Les yeux de

Griffith s'écarquillèrent sans qu'il manifeste aucune autre réaction. Il regarda Emerson, avant de revenir à Charlotte.

«Un bouc émissaire, dites-vous ?

— C'est possible.

— C'est le cas pour beaucoup de choses.» Il se retourna, alla se planter devant la fenêtre et resta là à contempler la cour. «Oui, beaucoup de choses.»

Il semblait perdu dans ses pensées, légèrement courbé sous le poids de quelque secret lourd à porter. Puis, sans se retourner, il ajouta :

«J'ai besoin de réfléchir à ce que vous m'avez dit. J'ai besoin d'un peu de temps, vous comprenez ?

— Bien sûr. Nous sommes dans le coin pour le moment. Rien ne presse.

— Donnez-moi votre numéro de téléphone.»

Emerson échangea un regard avec Charlotte, puis sortit de sa poche un carnet dont il arracha une page qu'il lui tendit. Elle prit un crayon sur le bureau et inscrivit son numéro.

«Je le laisse ici, ça vous va ? demanda-t-elle.

— Très bien. Et maintenant, partez. Tous les deux.

— Comment savoir si vous nous appellerez ? intervint Emerson.

— Vous ne le pouvez pas, dit-il, leur tournant toujours le dos. Peut-être que je n'appellerai pas. Ça dépend de moi, pas de vous.

— Mais on ne peut pas juste…»

Charlotte le fit taire d'une main levée et d'un vif mouvement de tête. Le bluff et l'esbroufe ne serviraient en rien leur cause. Elle en était certaine.

«Très bien, monsieur Griffith, dit-elle. Nous partons. Réfléchissez à ce que je vous ai dit. » Elle hésita, au cas où il aurait l'intention de répondre, puis, quand il devint évident qu'il n'avait rien à ajouter, elle entraîna Emerson à sa suite et ils sortirent dans la cour. Quand ils arrivèrent à la voiture et qu'elle se retourna pour jeter un coup d'œil à la fenêtre, Frank Griffith n'était visible nulle part.

18

Au dîner ce soir-là, Charlotte et Emerson discutèrent de leur visite à Frank Griffith, préoccupés de savoir s'il allait se manifester. Qu'il décide ou non de les recontacter, Emerson reconnut que la tactique de Charlotte était la bonne.

« Il me semble qu'il vous fait confiance, Charlie, alors que la lecture de mon livre ne lui a apparemment pas laissé une très haute opinion de moi. Peut-être estime-t-il que je n'ai rien compris au personnage de Tristram Abberley, et, pour autant que je sache, peut-être bien qu'il a raison. Tout au moins pour ce qui concerne ses derniers mois en Espagne. Mais si c'est le cas, Frank Griffith pourrait me montrer en quoi je me suis trompé, non ? Encore faudrait-il qu'il le veuille. Beatrix savait où il habitait, et pourtant elle ne m'en a jamais rien dit. Il devait tenir à rester caché, même à cette époque. Pourquoi ? Et pourquoi à ce point ? C'est ce que je n'arrive pas à comprendre.

— Pour oublier l'Espagne… et ce qu'il a vécu là-bas ?

— Mais il n'en a rien fait. C'est bien le problème.

Il n'a rien oublié du tout, bon Dieu. Tous ces livres. Tous ces souvenirs enfermés dans sa tête. Tout est là. Si seulement j'arrivais à trouver la clé pour les libérer…

— Vous pensez qu'il sait quelque chose d'important sur Tristram ?

— Peut-être. Il était là, à son chevet à l'hôpital de Tarragone, quand il est mort. Et c'est à lui que Tristram a confié la mission d'envoyer ses derniers poèmes à votre mère. Personne n'a été plus proche de lui dans les derniers moments.

— Mais ça n'explique pas pourquoi Beatrix l'aurait aidé à acheter la ferme d'Hendre Gorfelen – comme je suis certaine qu'elle l'a fait – ou aurait tenu à venir lui rendre visite tous les ans.

— Non, en effet. Mais la lettre que Lulu lui a postée pourrait éclaircir le mystère. Et il se pourrait qu'il accepte de vous dire ce qu'elle contenait. Ce que vous lui avez dit de votre désir de vouloir découvrir la vérité sur la mort de Beatrix l'a marqué, j'en suis certain. C'était un stratagème habile.

— Ce n'était pas seulement un stratagème.

— Mais le dénommé Fairfax a été pris en flagrant délit, d'après Maurice.

— Oui, en effet.

— Alors quelle place reste-t-il pour le doute ?

— Je ne sais pas. Peut-être aucune. Attendons de voir ce que Frank Griffith a à nous dire.

— À condition qu'il appelle.

— Eh oui. »

Charlotte s'endormit ce soir-là en retournant dans sa tête tous les « si », les « mais » et les « peut-être » où l'avait plongée la mort de Beatrix. Si Fairfax-Vane était innocent, comme le prétendait son frère... Mais comment celui-ci pouvait-il être... ? Il y avait une chance, certes assez mince, pour qu'il dise la vérité. Si c'était le cas, Beatrix avait été assassinée pour une tout autre raison que celle en laquelle ils croyaient. Mais laquelle ? Il y avait une chance, si minime fût-elle, pour que Frank Griffith connaisse la réponse...

Tôt dans l'après-midi du lendemain, Derek Fairfax était assis à une table nue face à son frère dans le parloir résonnant d'échos de la prison de Lewes. Colin approchait de la fin de sa quatrième semaine de détention, et sa condition physique s'était manifestement détériorée depuis la précédente visite de son frère. Il avait des poches sous les yeux, et son visage habituellement haut en couleur était à présent d'une pâleur grisâtre et maladive. Plus inquiétant encore était le tremblement, certes léger mais indubitable, qui affectait sa main tandis qu'il frottait son menton mal rasé.

« Tu n'as pas l'air bien, Colin.

— Ça pourrait peut-être me ragaillardir si tu m'apportais de bonnes nouvelles.

— Si seulement je pouvais... Mais jusqu'ici mes lettres sont restées sans réponse.

— Tes foutues lettres ! grommela Colin. Tu m'étonnes qu'elles soient restées sans réponse.

— Si tu as une meilleure idée...

— Peut-être bien, oui. Laisse tomber, Derek. Je vais être mis en accusation la semaine prochaine. Laisse faire les choses. Lave-toi les mains de toute l'affaire.

— T'es pas sérieux, là ?

— À moins que ce soit déjà chose faite. C'est ça, hein ? dit Colin, dont le ton était passé de l'apitoiement sur lui-même au sarcasme. Peut-être que tu me mènes en bateau. À me dire que tu te décarcasses pour moi quand en réalité tu restes bien tranquille à te frotter les mains à l'idée d'être débarrassé de moi une bonne fois pour toutes. T'inquiète pas, va. Tu auras ce que tu veux. Dix ans, au bas mot, dans ce trou à rats ou un autre du même genre, et c'est la fin de Colin.

— Colin, pour l'amour de…

— Pourquoi ne pas le dire carrément ? Tu te fous de savoir si je suis coupable ou innocent. De toute façon, tu penses que je mérite ce qui me pend au bout du nez. Comme tous les autres. »

Derek savait que c'étaient la frustration et les épreuves qui étaient à l'origine des accusations que son frère lui jetait au visage. Ce qui n'était pas pour les rendre forcément plus faciles à encaisser.

« C'est ridicule, protesta-t-il. Je fais tout mon possible pour t'aider.

— T'en es bien sûr ? Ma foi, j'ai du mal à le croire. » Colin se pencha par-dessus la table qui les séparait, fixant son frère de ses yeux injectés de sang. « Ou alors c'est qu'on ne peut pas voir de différence chez toi entre aider quelqu'un et lui mettre des bâtons dans les roues.

— C'est vraiment là ce que tu penses ? demanda Derek, qui accusa le coup.

— Oui, absolument. »

Au pays de Galles, la journée de Charlotte s'écoula mollement, marquée par le silence de Frank Griffith.

Le soir venu, Emerson et elle étaient tombés d'accord : ils ne pouvaient attendre plus longtemps son bon vouloir. Ils retourneraient à Hendre Gorfelen le lendemain, invités ou non. Emerson soutenait que, si Griffith avait l'intention de coopérer, ils auraient déjà de ses nouvelles. Dans le cas contraire, ils n'avaient rien à perdre.

Charlotte en était moins sûre. Griffith n'était pas du genre à se laisser bousculer ou harceler. C'était lui qui avait posé les conditions dans lesquelles il pouvait être approché. Ne pas en tenir compte, c'était aller au-devant de l'échec. D'un autre côté, ils ne pouvaient attendre indéfiniment. À un moment ou à un autre, il allait leur falloir prendre une décision.

Et c'est ce qui se produisit, mais pas à leur initiative. Quand Charlotte revint à sa chambre après le repas, le téléphone sonna avant qu'elle ait eu le temps de refermer la porte.

« Allô ?

— Mademoiselle Ladram ?

— Monsieur Griffith. Je pensais que vous n'appelleriez jamais.

— Tout comme moi. Mais nous avions tort tous les deux, n'est-ce pas ? Vous êtes seule ?

— Oui.

— Pouvez-vous être ici demain matin à 7 heures ?

— 7 *heures* ?

— Trop tôt pour vous, je vois.

— Non. Pas du tout. Nous y serons, monsieur Griffith, aucun problème.

— Attendez, vous m'avez mal compris. C'est vous seulement que je veux voir, mademoiselle Ladram. Et pas le Dr McKitrick. Je ne parlerai qu'à vous, et à vous seule.

— Mais…

— Ma proposition ne se discute pas. C'est à prendre ou à laisser, voyez-vous. Alors… je vous attends demain matin ? » ajouta-t-il au bout d'un silence.

Charlotte n'eut qu'un court moment d'hésitation avant de répondre. « Oui, monsieur Griffith. C'est entendu. »

19

Tout en traversant le cœur vert et désert du pays de Galles seule au volant de sa voiture de bonne heure ce dimanche d'été, Charlotte avait l'impression que le monde se révélait à elle refait à neuf. Les couleurs du ciel et de l'herbe étaient plus pures, les bruits des oiseaux et des ruisseaux amplifiés, au point que plus rien au-delà des collines où Frank Griffith avait élu domicile ne semblait réel.

À Hendre Gorfelen, le chien, assis dans la cour, essayait d'attraper au vol des mouches qui flottaient dans le soleil. Il dressa les oreilles à l'approche de Charlotte, lança deux aboiements, sans plus réagir même quand elle descendit de voiture et se dirigea vers la porte d'entrée.

Celle-ci s'ouvrit avant qu'elle l'atteigne et Frank Griffith sortit à sa rencontre. Il était tête nue, ses cheveux grisonnants et clairsemés coupés très court, et il fumait une pipe, la tenant bizarrement par le tuyau tout près du fourneau. Sa chemise et son pantalon étaient repassés, comme pour honorer sa visite, et elle fut touchée de l'élégance de son apparence. Mais il ne souriait pas. En fait, à le voir, on avait du mal à imaginer un sourire venant éclairer son visage ridé et fermé.

« Vous êtes donc venue, dit-il d'une voix neutre.

— Vous le saviez, j'en suis sûre. »

Il acquiesça de la tête.

« Et McKitrick ?

— Je suis seule, comme vous pouvez le voir.

— Bien.

— Pourquoi ne vouliez-vous pas que je vienne avec lui ?

— Parce que je ne lui fais pas confiance.

— Mais à moi, si ?

— Oui.

— Et pourquoi ?

— Parce que Beatrix disait que je pouvais le faire. Un beau compliment, non ?

— Oui. Je…

— Comment avez-vous su qu'elle m'avait aidé à acheter Hendre Gorfelen ?

— Simple supposition de ma part. Elle a aidé Lulu Harrington de la même manière.

— Et d'autres aussi, probablement. C'était une femme remarquable. Et une amie des mauvais jours, les meilleurs, comme chacun sait.

— Elle venait ici tous les ans ?

— Oui. Chaque année après que j'ai acheté la ferme. Que *nous* l'avons achetée, devrais-je dire. C'était en 1953. Comment elle expliquait ses voyages avant son arrangement avec Lulu, je l'ignore, dit-il, avant de s'interrompre pour lever les yeux vers elle et d'ajouter : La journée va être superbe. Vous m'accompagnez jusque là-haut ? Je crois que vous apprécierez la vue. »

Ordonnant au chien de rester là où il était, il conduisit Charlotte le long d'un chemin étroit qui jouxtait l'entrée de la cour et qui menait, entre deux murets de pierre, jusqu'à un échalier dans l'angle d'un pré en pente raide où paissaient des moutons. Griffith commença à traverser le champ en diagonale à une allure que Charlotte trouva difficile à suivre.

« Vous étiez déjà fermier… avant de venir ici… monsieur Griffith ? dit-elle en haletant.

— Non. Je suis un gars de Swansea, un vrai. La première fois que je suis venu dans les montagnes, c'était lors d'une sortie des ouvriers de l'aciérie. J'ai tout de suite su que c'était là que je finirais un jour. Mais sans jamais songer pouvoir réaliser mon rêve. Ce qui serait effectivement arrivé si Beatrix n'avait pas été là. Et cela a été pour le mal dont je souffrais un remède bien plus efficace que ceux qu'une dizaine de médecins avaient pu me prescrire.

— Et… de quel mal parlez-vous ?

— Du mal du monde. De ce que les gens se font les uns aux autres.

— C'est pour cette raison… que vous ne vouliez pas qu'on sache… où vous étiez ?

— En partie, oui. Beatrix comprenait ça. Je ne m'attends pas à ce que vous en fassiez autant.

— Comment l'avez-vous connue ? »

Ils arrivaient à un nouvel échalier à l'autre bout du pré. Griffith s'arrêta et attendit que Charlotte le rejoigne et reprenne son souffle. Le terrain descendait en pente abrupte derrière eux, étagement désordonné de champs clos de murets, parsemés de moutons et entrecoupés de combes densément boisées, le tout baigné de la lumière crue du soleil matinal. L'horizon montagneux à l'ouest créait l'illusion d'un paysage sans limites où rien d'autre n'existait qu'une succession de collines moutonnantes entre lui et l'infini. Griffith ralluma sa pipe et parcourut les alentours du regard, semblant avoir oublié la question de Charlotte.

« L'endroit est vraiment beau, hasarda-t-elle.

— Vous pouvez le dire, oui.

— Je vous demandais… je m'interrogeais, plutôt…

— Quand je suis rentré d'Espagne en décembre 1938, je suis allé trouver votre mère pour lui rapporter comment son mari était mort. Je lui avais écrit au préalable, en joignant dans le paquet les rares choses qu'il avait en sa possession, mais il me semblait normal d'aller lui présenter mes respects en personne. J'admirais Tristram Abberley bien avant de faire sa connaissance, grâce à ses poèmes. Un exemplaire de son recueil *Le Sommet de la colline* faisait partie des rares objets que j'avais emportés en Espagne. Me retrouver combattant à ses côtés a été pour moi un immense honneur. Si bien que, tout naturellement, j'ai fait ce que je pouvais pour lui après sa mort. J'ai rendu visite à votre mère. Puis à Beatrix. Celle-ci a insisté pour que je reste une huitaine de jours avec elle dans son petit cottage de Rye, pendant qu'elle me requinquait un peu et m'écoutait lui parler de son frère. Dieu sait ce que les voisins ont pensé. Non pas qu'il y ait eu quoi que ce soit à penser », ajouta-t-il au bout d'un moment.

Disait-il la vérité ? se demanda Charlotte. Était-elle tombée par hasard sur une ancienne histoire d'amour tenue secrète ? Beatrix avait toujours semblé imperméable à ce genre d'émotions, mais elle avait aussi toujours veillé à cacher ce qu'elle pensait ou ressentait vraiment.

« Vous n'avez pas à vous expliquer devant moi, monsieur Griffith.

— Non ? J'aurais cru le contraire. » Il tira sur sa pipe un moment, puis reprit. « Bon, laissons cela. Quand j'ai quitté Rye juste avant Noël 1938, je ne pensais pas revoir Beatrix un jour. Elle avait insisté pour que je reste en contact – pour que je lui fasse savoir si j'avais besoin d'aide –, mais je n'ai jamais pris sa proposition au sérieux, pas plus que j'ai jamais envisagé de la prendre au mot. J'avais l'intention de retourner à Swansea, de trouver du travail et de tout oublier de l'Espagne.

— Combattre là-bas a donc été une telle source de désillusions ?

— Où qu'ils aient lieu, les combats apportent toujours leur lot de désillusions. Mais ce n'est pas forcément une mauvaise chose. L'illusion, c'est de croire qu'il suffit simplement de se battre. Je le comprends aujourd'hui. Je suis trop vieux à présent pour que ça ait encore de l'importance. Je suis parti pour l'Espagne parce que j'étais à court d'argent autant que de patience face à un système inique et pourri. Stigmatisé comme autodidacte, instruit, et pas prêt à opiner du chef quand un directeur, cigare au bec, m'enjoignait d'accepter une baisse de salaire dans l'intérêt des actionnaires de la compagnie. Trahi par les pseudo-socialistes du genre de Ramsay MacDonald. Et puni pour le péché capital consistant à ne pas savoir rester à ma place dans le monde. Pour des hommes comme moi, le communisme était le meilleur – voire le seul

– espoir d'avenir. Il fallait prendre position clairement. Contre le capitalisme. Contre le fascisme. Le système de classes. C'est pour cela que je suis parti en Espagne. Pour cela aussi que j'ai été écœuré par ce que j'y ai trouvé. Parce que ce n'était pas davantage une croisade que n'importe quelle autre guerre. Parce que régler de vieux comptes et sortir vainqueur de luttes intestines avaient plus d'importance pour le ramassis hétéroclite qu'était l'armée républicaine que d'assurer la défaite du fascisme. Ce qui explique que celui-ci n'a pas été vaincu. Mais que ma foi en mon semblable, elle, a fini par l'être. On a eu droit à une grande cérémonie d'adieux à Barcelone. Et quand on est arrivés à Victoria Station, la foule nous a acclamés comme des héros. Mais quand je suis rentré à Swansea, il n'y avait plus personne. En guise d'accueil, je n'ai eu que des gens qui me battaient froid ou des regards noirs ou fuyants – autant de la part de la famille que des amis. J'étais une gêne pour tout le monde. Non seulement j'avais été assez stupide pour aller me battre en Espagne, mais voilà que – quel manque d'égards envers les autres ! – j'en étais revenu vivant.

— Qu'est-ce que vous avez fait ?

— J'ai survécu comme je pouvais. J'ai servi dans l'armée au cours de la Seconde Guerre mondiale. J'ai fait mon possible pour combattre le fascisme, en Allemagne et en Italie, à défaut de l'Espagne. Après quoi, je suis parti à la dérive. J'ai dû faire une bonne dizaine de boulots dans une bonne dizaine de villes avant… avant, poursuivit-il après s'être tapoté le front, que quelque chose se détraque là-dedans et que je me retrouve dans un hôpital psychiatrique, à essayer de recoller les morceaux. J'ai parlé de la proposition de Beatrix à un des toubibs, apparemment, même si je n'en ai aucun souvenir. Mais il lui a écrit de ma part et elle a répondu. Après quoi, elle est venue me rendre visite régulièrement. Pour finir par devenir une amie. La ferme, c'était son idée pour le jour où je serais suffisamment remis pour quitter l'hôpital. Et l'idée était bonne. Ici, tout seul, je n'ai plus à écouter les mensonges des autres ni à respirer un air pollué ni à ravaler mes principes. Les moutons, eux, ne font pas semblant d'être intelligents, voyez-vous. Ils sont juste reconnaissants de la vie qu'ils mènent tant qu'ils peuvent la mener. Et je suis comme eux.

— C'est vous ou Beatrix qui teniez à garder secrète votre amitié ?

— Les deux. Beatrix parce qu'elle ne voulait pas que sa famille la croie crédule ou sentimentale. Et moi, parce que je ne voulais pas que des gens comme Emerson McKitrick viennent tambouriner à ma porte en quête de détails croustillants sur les derniers jours de Tristram Abberley.

— Que faisait Beatrix quand elle était ici ? » Charlotte se troubla en prenant conscience de l'impudence de sa question. « Je suis désolée. Je ne voulais pas...

— Elle parcourait les collines des alentours. Elle me préparait à manger. On échangeait nos souvenirs. On riait. On se disputait, aussi. On passait du temps ensemble, quoi.

— Tous les mois de juin... pendant plus de trente ans ?

— Oui.

— Et cette année-ci a-t-elle été différente ?

— À bien y réfléchir, oui, dit Griffith, dont les yeux s'étrécirent. Elle était absente, parfois même irritable. Je mettais ça sur le compte de l'âge, ce qui ne faisait que l'irriter davantage. » Un sourire furtif passa sur ses lèvres. « Elle ne m'a rien dit du fait qu'elle craignait pour sa vie, reprit-il. Si elle l'avait fait... Bon, disons simplement que je ne me suis douté de rien.

— Comment avez-vous appris sa mort ?

— De sa propre main. La lettre que m'a fait parvenir Lulu laissait clairement entendre, du seul fait qu'elle avait été envoyée, que Beatrix était morte subitement et de manière non naturelle – comme j'en ai eu confirmation par la suite. »

Charlotte entendit clairement les battements de son cœur s'accélérer quand elle demanda :

« Et qu'y avait-il dans la lettre ?

— Un mot de Beatrix et un paquet scellé. Le mot me disait ce que je viens de vous rapporter... et me demandait de brûler le paquet sans l'ouvrir. Elle disait qu'il contenait des lettres de Tristram...

— De Tristram ? Alors Emerson avait raison. Elle les avait bel et bien conservées.

— Vraisemblablement.

— *Vraisemblablement* ? Ne me dites pas que vous avez...

— Brûlé les lettres ? termina-t-il, en la regardant droit dans les yeux. Et que croyez-vous donc ? C'était la dernière volonté de Beatrix. Et c'est à elle que je dois la paix dont je jouis ici. Comment aurais-je pu ne pas suivre ses instructions..., dit-il en se détournant, la voix hésitante. Comment aurais-je pu ne pas faire ce qui m'était demandé ? »

Charlotte le dévisagea un moment, avant de lever les yeux vers le ciel au-dessus de leurs têtes, où un oiseau de proie décrivait lentement des cercles dans le vide. Beatrix s'était-elle trouvée ici quelques semaines plus tôt à peine et avait-elle à ce moment-là échafaudé son plan ? Un jeu de piste qui ne livrerait jamais sa clé. Des feuilles blanches pour Ursula. Un paquet à brûler pour Frank Griffith. Quoi d'autre encore ?

« Avez-vous su qu'elle avait laissé trois autres lettres aux bons soins de Lulu ?

— Non, jamais.

— Dont une à l'intention d'Ursula, la femme de Maurice ?

— Je sais qui c'est.

— Eh bien, aimeriez-vous savoir ce qu'elle contenait, cette lettre ?

— Non.

— Pas même pour satisfaire votre curiosité ?

— Je ne suis pas d'une nature curieuse, dit-il en la regardant de nouveau bien en face. Je sais et je comprends ce que Beatrix voulait que je sache et que je comprenne. Ça me suffit.

— Mais pourquoi tenir à ce point à ce que vous détruisiez les lettres de son frère ?

— Si j'étais en mesure de répondre à votre question, sa requête n'aurait eu aucun sens, vous ne croyez pas ? Est-ce que vous ne pouvez pas tout simplement accepter le fait qu'elle avait le droit de décider de la manière dont il convenait de disposer de ces lettres ? »

Confrontée à une mise en cause aussi directe de

sa curiosité, Charlotte resta silencieuse. Les volontés de Beatrix méritaient d'être respectées. Cela ne souffrait aucune contestation. Et pourtant elles étaient si inextricablement liées au mystère de sa mort que s'y conformer aveuglément, c'était aussi contribuer à étouffer la vérité. Tout comme les ignorer revenait à trahir sa mémoire. Quelque parti que l'on prenne dans ce dilemme, il ne serait ni totalement méprisable ni totalement honorable.

« Avez-vous pris votre petit déjeuner, jeune fille ? lui demanda Griffith avec une sollicitude désarmante.

— Pardon ? Euh, non, je…

— Rentrons à la maison, je vais vous préparer quelque chose. Vous avez l'air d'en avoir besoin. »

20

L'arôme du bacon, des champignons et des tomates en train de frire dans une poêle rappela à Charlotte les petits déjeuners de son enfance, quand elle sauçait son assiette avec des mouillettes, tandis que son père lui adressait un large sourire et un clin d'œil de l'autre côté de la table. « Sois sage, demi-portion », disait-il alors, tout en se levant à la hâte pour partir après un coup d'œil à la pendule. Elle sentait chaque fois une mèche de ses cheveux lui tomber sur le front quand il se penchait pour l'embrasser, et il ajoutait invariablement, dans un feint grondement : « À plus tard... »

« Balthazar, murmura-t-elle, plus de vingt ans après la dernière fois où elle avait terminé sa phrase à sa place.

— Vous avez dit ? s'enquit Frank Griffith, qui lui adressa un froncement de sourcils depuis le fourneau, spatule en main.

— Rien, rien, dit-elle en secouant la tête comme pour chasser les images du passé. Rien du tout. Désolée.

— Vous n'avez pas besoin de vous excuser, avec

moi. Je me parle à moi-même sans arrêt. C'est un des risques de la vie en solitaire, dit-il, en répartissant le contenu de la poêle dans les assiettes. Vous vivez seule vous aussi, n'est-ce pas, depuis que votre mère est morte ?

— Oui. Comment avez-vous..., dit-elle avant de s'interrompre et d'ajouter : C'est Beatrix qui vous l'a dit, bien sûr. »

Griffith déposa une assiette devant elle, puis s'attabla avec la sienne en face d'elle.

« Merci. Je dois dire que cela fait une impression bizarre de rencontrer quelqu'un pour la première fois et de découvrir que cette personne connaît des tas de choses sur votre compte depuis des années.

— Beatrix ne m'en a pas dit tant que ça.

— Juste ce qu'il fallait, quand même ? »

Elle sourit, mais il ne réagit pas. Ils mangèrent un moment en silence, puis elle dit : « Vous êtes tout à fait certain de ne rien savoir des deux autres destinataires des lettres de Beatrix ?

— Beatrix ne m'a jamais parlé d'une Mlle van Ryan de New York ni d'une Mme V. de Paris.

— Pensez-vous qu'elles aussi auraient pu connaître Tristram ?

— Des anciennes petites amies, vous voulez dire ? Ou des maîtresses ?

— Peut-être. Vous avez passé plusieurs mois avec Tristram en Espagne. Il aurait pu dire quelque chose... laisser échapper un nom de ce genre un jour...

— Il aurait pu. Mais il ne l'a pas fait.

— Diriez-vous que vous le connaissiez bien ? »

Pas de réponse, et la manière peu équivoque dont

Griffith continua à manger laissait clairement entendre qu'il n'y en aurait pas.

« Excusez-moi, dit-elle. Je suis trop curieuse ?

— La question n'est pas là, si ? demanda-t-il en levant la tête.

— Alors… où est-elle ? »

Il écarta son assiette et lui resservit du thé. Puis il alluma sa pipe – une opération de longue haleine – et se renversa sur sa chaise, réfléchissant toujours, apparemment, à la question de Charlotte.

« J'ai connu Tristram Abberley comme compagnon d'armes, commença-t-il entre deux bouffées. Et je crois avoir compris le poète. Quand il a rejoint le bataillon britannique à l'été 1937, je me suis d'abord méfié de lui. Je craignais, j'imagine, que mon idole littéraire ne révèle des pieds d'argile. Et j'avais peur aussi que les principes qu'il défendait nous opposent ouvertement, parce que, à ce moment-là, j'en avais déjà assez de toute cette foutue histoire et ne voulais plus en entendre parler, alors que lui, fraîchement débarqué, avait encore intactes toutes ses illusions sur la croisade pour la défense de la liberté et de la démocratie.

— Pourquoi alors être resté ? En tant que volontaire, vous pouviez…

— On pouvait s'engager comme volontaire, oui, mais pas se désengager. On vous confisquait votre passeport – si vous en aviez un, bien sûr. Moi, j'avais quitté l'Angleterre en novembre 1936 avec juste un visa touristique valable pour un week-end, et si j'avais tenté de rentrer sans autorisation j'aurais été arrêté par les autorités républicaines comme déserteur et sans doute fusillé. Les demandes de permission étaient systématiquement refusées, ça va de soi. Ils savaient très bien qu'on ne reviendrait pas. Pas une fois qu'on avait compris que l'on se battait pour une chimère – l'illusion qu'il existait une république espagnole à défendre. Il n'y en avait pas. La république était un vrai panier de crabes, où chacun était plus préoccupé de mordre les autres que de s'unir avec eux pour combattre le fascisme. Les Basques et les Catalans se battaient pour leur indépendance. Les anarchistes et les communistes se disputaient la tête du mouvement. Et les Russes tenaient le panier soigneusement et solidement fermé, distribuant armes et munitions selon des préjugés idéologiques, hors de toute stratégie militaire, et régissant tout sur les ordres de Moscou.

— Tristram voyait-il les choses de cette manière ?

— Il a fini par le faire. Mais sans pour autant se laisser abattre. D'étrange manière, il semblait ne pas s'en soucier. Je pense que cela lui suffisait de voir un petit groupe d'hommes se battre honorablement pour défendre leurs convictions, même si leur confiance avait été trahie depuis longtemps. L'attaque de Saragosse en octobre 1937, le baptême du feu pour Tristram, est un bel exemple des cafouillages ayant marqué les opérations. On a utilisé les tanks russes pour pratiquer une brèche dans les lignes ennemies, dans l'idée qu'ils seraient immédiatement suivis de l'infanterie, dont notre compagnie faisait partie. Mais les tanks sont allés trop loin trop vite et ont été coupés du reste, nous laissant nous autres dans une sorte de *no man's land*, exposés au feu des mitrailleuses. On a été trois à trouver tant bien que mal un abri dans un fossé. Tristram, un Espagnol du nom de Vicente Ortiz et moi. À ce moment-là, la plupart des renforts du bataillon étaient des Espagnols, et Vicente était l'un d'eux. On a dû rester là jusqu'à la tombée de la nuit avant de pouvoir seulement essayer de rejoindre nos lignes, au milieu des balles qui sifflaient au-dessus de nos têtes et des cris d'agonie des blessés qui gisaient alentour. Nous ne pouvions rien pour eux, évidemment. Et pas grand-chose pour nous-mêmes. Si ce n'est garder le moral. Sans Tristram, je doute que nous y serions arrivés. Il nous a permis de tenir, avec ses blagues et ses descriptions imagées de notre première nuit à Madrid pour fêter notre victoire. Et puis sous le couvert de l'obscurité, il nous a ramenés dans nos lignes. Sans lui, je crois que Vicente et moi nous ne nous en serions jamais sortis. Nous sommes tombés d'accord par la suite pour dire qu'il nous avait sauvé la vie.

— Vous étiez avec lui quand il a été blessé ?

— Oui, même si je n'ai pas été témoin du drame. C'était à Teruel. Le pire… le pire de tout ce que nous avons connu là-bas, reprit-il d'un ton lointain, avant de se concentrer de nouveau sur son récit. Teruel doit être la ville la plus froide et la plus sinistre d'Espagne. Lancer une offensive contre elle en plein mois de décembre était de la folie pure. Mais c'est bel et bien ce qu'on a fait. Et pour aucun avantage stratégique palpable. J'ai découvert par la suite que toute la bataille – et tous les morts qu'elle a laissés derrière elle – n'avait pour but que de persuader les bailleurs de fonds russes que l'armée qu'ils équipaient et finançaient était encore capable de combattre. Pour combattre, on a combattu. Beaucoup en sont morts. »

Il sembla tomber dans une rêverie, tirant sur sa pipe, le regard perdu au loin.

« Que s'est-il passé ? demanda Charlotte.

— Ce qui s'est passé ? reprit-il en écho, relevant brusquement les yeux avant de se détendre de nouveau. Notre bataillon n'a été appelé en renfort que quand les forces républicaines qui avaient pris la ville se sont retrouvées assiégées et en danger d'être complètement isolées – comme on l'avait tous prédit. Il a fallu creuser des tranchées sous près d'un mètre de neige. Il m'arrive encore de rêver que je sens le froid qui sévissait cet hiver-là sur les hauteurs de Teruel. Mais bon, froid ou pas, on a tenu la position, du moins pendant un temps. Ça râlait fort dans les rangs. Il y avait de la rébellion dans l'air. Des bruits qui couraient sur des mutinés qu'on avait fusillés. Le moral était au plus bas. Sauf celui de Tristram. Il émanait de lui une aura de certitude, de confiance. Qui n'a pourtant pas réussi à le protéger quand il en aurait eu besoin. Il a été atteint par une balle au cours d'une opération visant à reconquérir des collines d'où les nationalistes menaçaient de couper la retraite du bataillon canadien. Une vilaine blessure à la jambe, mais je n'aurais jamais cru qu'il y resterait. Je l'ai même envié sur le moment de pouvoir se faire évacuer, et je le lui ai dit carrément. Quand je l'ai revu, à hôpital de Tarragone, il était en train de mourir d'une infection qu'il avait contractée là-bas. Je peux vous dire que j'ai regretté mes propos.

— Comment êtes-vous revenu à Tarragone ?

— Par miracle. Et grâce au sacrifice d'un autre.

— Qui donc ?

— Vicente Ortiz. C'était un petit grincheux d'anarchiste originaire de Barcelone, qu'on pouvait maudire un jour pour son pessimisme déprimant avant de l'admirer pour sa détermination le lendemain. Notre bataillon a abandonné Teruel fin février et nous nous sommes retirés sur les collines aragonaises. On pansait toujours nos plaies quand Franco a lancé une nouvelle offensive début mars. Qui a provoqué une véritable panique chez les nôtres. Les nationalistes ont enfoncé le front avec autant d'aisance et de rapidité que s'ils roulaient un tapis devant eux. Ça a tourné à la retraite générale. On était trop épuisés et trop à court de munitions pour continuer à combattre, et on avait trop peur des exécutions sommaires si on se rendait. Une débandade éperdue, dans laquelle on pouvait facilement se laisser distancer et être rattrapé par l'ennemi qui continuait d'avancer. C'est ce qui nous est arrivé à Vicente et à moi. On prenait un peu de repos dans une grange en ruine au milieu des collines, en attendant l'obscurité pour nous remettre en route, quand une patrouille nationaliste s'est arrêtée tout près. Vicente les entendait discuter entre eux pour savoir s'ils devaient fouiller la grange. Il y avait tout à parier qu'ils allaient s'exécuter, autrement dit c'en était fait de nous, vu que le commandant nationaliste sur cette partie du front, le colonel Delgado, était connu pour passer les prisonniers par les armes sur-le-champ.

— Comment avez-vous réussi à en réchapper ?

— Vicente a suggéré que si l'un d'entre nous sortait à leur rencontre et se rendait, il pourrait leur faire croire qu'il était seul. Auquel cas ils ne prendraient pas la peine de fouiller la grange. Étant donné que je ne parlais que quelques mots d'espagnol, seul Vicente avait une chance de mener l'entreprise à bien. Il a compris – tout comme moi – que ce serait à lui de jouer dès le moment où l'idée lui est venue.

— Et il y est allé ?

— Oui. Je voudrais pouvoir vous dire que j'ai essayé de l'en empêcher, mais je ne l'ai pas fait. J'ai serré les dents et je l'ai laissé partir, parce que je savais que c'était notre seule chance et que j'étais heureux – oui, vraiment heureux – de ne pas avoir à y aller, moi. Je le revois descendre en trébuchant la pente pierreuse dans leur direction, les mains au-dessus de la tête, leur signifiant qu'il se rendait, dans un flot de paroles humiliantes. Et ça a marché. Je ne sais pas ce qu'il leur a dit, mais ça a dû les satisfaire puisqu'ils l'ont ligoté et sont repartis aussitôt avec lui, pendant que je contemplais la scène, impuissant, depuis la grange. Une immense gratitude, c'est ce que j'ai ressenti d'abord, mais ce sentiment a été de courte durée. Remplacé très vite par la culpabilité pour ce que je l'avais laissé faire. Et depuis, le remords ne m'a jamais lâché.

— Vous croyez qu'ils l'ont tué ?

— J'en suis sûr. Eux, ou ceux auxquels ils l'ont livré. J'espère pour lui que sa mort a été rapide. Si j'avais ce jour-là à revivre, je lui dirais de rester avec moi dans la grange. Si les soldats étaient venus la fouiller, on aurait pu opposer une résistance. Au moins, on serait morts ensemble. » Il laissa échapper un long soupir et secoua la tête, comme en réaction à une pensée laissée inexprimée. « Dès la nuit tombée, je me suis remis en route à vive allure, et à l'aube j'avais pris une solide avance sur les nationalistes. Comment je me suis débrouillé ensuite, je ne m'en souviens pas vraiment, mais j'ai fini par retrouver ce qu'il restait du bataillon. J'étais dans un tel état qu'ils m'ont envoyé à Tarragone pour récupérer. Je savais que je verrais Tristram là-bas, et je redoutais d'avoir à lui expliquer ce qui était arrivé à Vicente. Ils étaient devenus bons amis au fil des mois. Quand j'ai vu dans quel état il était, lui, j'ai tout de suite compris qu'il n'en avait plus pour longtemps. Je ne crois pas que je lui aurais dit la vérité s'il ne m'avait pas d'emblée demandé des nouvelles de Vicente. Je lui ai alors raconté toute l'histoire. Et je me suis senti mieux, comme si je m'étais déchargé d'un fardeau. Tristram ne m'a fait aucun reproche. Il savait que je m'en ferais suffisamment pour le restant de mes jours. Mais la nouvelle a semblé le déprimer plus que toutes les autres morts que j'avais à lui annoncer. Et Dieu sait qu'il y en avait. Auxquelles il a bientôt fallu ajouter celle de Tristram.

— Vous étiez avec lui dans ses derniers moments ?

— Oui. J'ai fait ce que j'ai pu – ce qui se résumait à pas grand-chose. Il désirait que ses papiers et quelques objets personnels soient remis à sa femme – votre mère –, et je lui ai promis que je m'en chargerais. Après sa mort, j'ai fait plusieurs paquets que j'ai portés au consulat britannique. Quand il a appris qu'il s'agissait de biens ayant appartenu à Tristram Abberley, le poète, le consul a remué ciel et terre pour s'assurer qu'ils arriveraient à bon port. Je ne savais pas à l'époque si je réussirais moi-même à rentrer en

Angleterre. Pour parler franchement, j'en doutais fort.

— Mais vous y êtes arrivé, finalement.

— Oui. J'étais toujours vivant à l'automne, quand la république a décidé qu'elle ne voulait plus des Brigades internationales. L'issue de la guerre à cette date ne faisait plus de doute. On a quitté Barcelone deux mois avant l'entrée de Franco. Tout ce qu'on a laissé derrière nous, c'étaient des souvenirs sans intérêt… et les corps d'hommes comme Tristram Abberley.

— Êtes-vous jamais retourné là-bas ?

— Jamais. Sous Franco, ç'aurait été impensable. Et maintenant, c'est trop tard. Il a sans doute toujours été trop tard. » Il cala sa pipe contre la théière, rassembla les assiettes et les bols, qu'il alla déposer dans l'évier. « La plupart de ceux qui étaient là-bas ne veulent qu'une chose : oublier. C'est la seule forme de guérison dont ils disposent. »

Charlotte le regarda tandis qu'il commençait à faire la vaisselle le dos tourné, si bien qu'il n'était pas conscient de l'examen auquel elle le soumettait. Il était étrange de songer à tout ce dont ce vieil homme solitaire avait été témoin au cours d'une vie désormais destinée à se terminer là où il se trouvait en ce moment, retiré du monde. Avait-il réellement brûlé les lettres de Tristram sans les ouvrir ? Les avait-il même brûlées ? Elle ne pouvait décemment pas lui reposer la question. Elle aurait été trop directe, aurait trahi trop d'indifférence face à la tragédie qu'il venait de lui rapporter. La réponse, il l'avait déjà donnée, et elle était sincère. Mais l'était-elle vraiment ? « Comment aurais-je pu ne pas suivre ses instructions ? » Tels avaient été ses mots. « Comment aurais-je pu ne pas faire ce qui m'était demandé ? » Comment, en effet ? Après tout ce qu'elle venait d'entendre, Charlotte commençait à douter que ce soit là la bonne question.

21

Derek arriva à Rye peu avant midi. Piqué par les remarques méprisantes de Colin, il avait décidé d'approcher la gouvernante de Beatrix Abberley. Il se pouvait qu'elle détienne une information capitale. C'était peu probable, mais l'entreprise aurait au moins le mérite de prouver à son frère qu'il faisait son possible pour tenter de le sortir de l'impasse où il se trouvait.

À la demande de Colin, Albion Dredge avait fait parvenir à Derek une copie des dépositions des témoins de l'accusation. Laquelle incluait leurs adresses et, dans le cas de Mme Mentiply, The Dunes, New Road, Rye. Le seul nom suggérait un cadre de bord de mer, mais la réalité était tout autre. The Dunes était une petite maison résolument terrienne, ceinturée d'une haie, à la périphérie est de la ville, dont le seul lien éventuel avec l'océan était une mouette échevelée, perchée au sommet du toit.

Derek ouvrit et referma derrière lui le portillon grinçant d'une manière furtive dont il sentait qu'elle risquait de réveiller les soupçons de tout observateur éventuel, mais qu'il se trouva incapable de contrôler. Bien qu'il eût donné cher pour tourner les talons sur-le-champ, le souvenir de l'air dédaigneux de Colin le poussa vers la porte d'entrée à la peinture écaillée, dont il pressa la sonnette à contrecœur.

Deux coups pourtant sonores ne déclenchèrent aucune réaction. Malgré ses efforts, Derek ne vit rien d'autre à travers le verre dépoli qu'un hall d'entrée vide et nébuleux. Manifestement, Mme Mentiply était absente. Il ne lui restait qu'à revenir plus tard, ou à laisser tomber. Il faisait déjà demi-tour pour emprunter le même chemin en sens inverse, quand il s'arrêta net à la vue d'un homme qui l'épiait de l'angle de la maison.

« Oh ! s'exclama Derek. Bonjour. »

L'autre hocha la tête. Maigre, les cheveux gris, l'air morose, il portait une blouse de travail usée jusqu'à la corde, qui, à l'instar de ses mains, était couverte d'huile de moteur. L'une d'elles tenait une clé, l'autre une cigarette.

« Heu… Je cherche Mme Mentiply.

— Ma femme est à l'église.

— Ah ! Et elle en a pour longtemps, à votre avis ?

— Aussi longtemps que le pasteur aura quelque chose à dire. Qu'est-ce que vous lui voulez ?

— Eh bien… monsieur Mentiply… je…, commença Derek, esquissant un sourire nerveux, tout en s'approchant de son interlocuteur. Je m'appelle Derek Fairfax.

— Fairfax ? Quand même pas parent avec le type qu'ils ont chopé pour avoir tué Mlle Abberley ?

— En fait, c'est mon frère.

— Voyez-vous ça ! s'exclama Mentiply en affichant un sourire sans joie. Eh ben, je serais étonné que ma femme vous remercie d'être passé. Elle la vénérait, la vieille, c'est vous dire.

— Je voulais juste lui poser quelques questions.

— À quel sujet ?

— Savoir s'il s'était passé quelque chose d'inhabituel dans les semaines qui ont précédé la mort de Mlle Abberley.

— Quelque chose qui concernerait pas votre frère, vous voulez dire ?

— Heu… Oui. »

Mentiply tira une bouffée de sa cigarette et toussa dûment.

« Vous pouvez l'attendre si ça vous chante.

— Merci.

— Mais vous perdez votre temps. »

Sur ces mots, il pivota sur ses talons et disparut. Derek s'aperçut alors qu'il était censé patienter sur le seuil de la porte, et non à l'intérieur. Après s'être balancé d'un pied sur l'autre un moment, il se rendit à l'angle de la maison. Il y avait un garage entre le mur du pavillon et la haie, au bout d'une allée cimentée. Une vieille voiture délabrée était à moitié rentrée, le capot levé, Mentiply plié en deux sur le moteur encrassé. Derek s'approcha de lui.

« Toujours là ?

— Oui. Je me disais… Étant donné que votre femme n'est pas rentrée…

— Vous vous disiez quoi ?

— Eh bien, que vous-même saviez peut-être quelque chose.

— À propos de Mlle Abberley et de sa famille de la haute ? Qu'est-ce qu'un pauvre type comme moi pourrait bien savoir ?

— Je suis convaincu que mon frère est innocent, voyez-vous.

— Ah oui ? C'est bien aimable à vous.

— C'est à la semaine qui a suivi sa visite à Jackdaw Cottage le 20 mai que je m'intéresse tout particulièrement. Il est possible qu'il soit arrivé quelque chose pendant cette période susceptible d'inquiéter Mlle Abberley… et de nous fournir un indice quant à l'identité du meurtrier.

— Parce que votre frère sait pas qui il a engagé pour la trucider, c'est ça ?

— Il n'a engagé personne.

— Non ? » fit Mentiply, qui renonça brusquement à desserrer un écrou récalcitrant en grommelant entre ses dents : « Merde, à la fin ! » Puis il se redressa, essuyant ses mains graisseuses sur un chiffon qui ne l'était pas moins. « Qu'est-ce que vous avez derrière la tête, mon vieux ? reprit-il. Pourquoi vous intéresser justement à cette semaine-là ? »

Sa pique concernant les Abberley et sa soudaine curiosité redonnèrent du courage à Derek.

« Parce que Mlle Abberley a téléphoné à mon frère environ huit jours après sa visite et lui a dit qu'elle était prête à admettre le fait qu'il ne lui avait pas rendu visite sous un faux prétexte.

— Et qui c'est qui dit ça ?

— Ce qui m'intéresse, monsieur Mentiply, c'est de savoir s'il s'est passé quelque chose dont votre femme aurait été témoin mais sans y prêter attention.

— Ça m'étonnerait, dit Mentiply. C'est dans cette semaine-là qu'aurait tombé le jour férié ?

— Heu… oui. C'est cela. Le dernier lundi de mai. Pourquoi ?

— Oh, rien. »

Derek se força à garder le silence. C'était la meilleure façon de pousser l'autre à en dire davantage.

« Sauf que…, reprit Mentiply en se grattant pensivement le menton. C'est bizarre, en fait. C'était bien le jour férié. Le pub est resté ouvert toute la journée. C'est pour ça que je m'en souviens. Je l'avais déjà vu avant, le type, une ou deux fois, quand le Maurice condescendait à venir dire un mot à ma femme. Mais il me semble qu'il s'était fait virer depuis un bout de temps. Et puis, il était pas du coin. C'est pour ça que c'était bizarre. Et je suis sûr que c'était lui. Je le reconnaîtrais même sans son uniforme.

— Mais de qui vous parlez ? »

Mentiply tira une dernière bouffée sur sa cigarette et d'une pichenette envoya le mégot valser par terre, frôlant le menton de Derek au passage.

« Du chauffeur de Maurice Abberley. Il l'amenait ici dans sa Bentley d'aristo, jusqu'au jour où il a été flanqué à la porte, dans l'hiver dernier. Il biberonnait pas mal, trop pour un chauffeur, d'après ma femme. Je suppose que ça colle avec l'endroit où je l'ai vu. Le bar du Lévrier, l'après-midi de ce lundi jour férié.

— Qu'est-ce qu'il faisait là ?

— Il buvait, tiens.

— Ce qu'il faisait à Rye, j'entends.

— Ça, je pourrais pas vous dire.

— Vous ne le lui avez pas demandé ?

— Pour sûr que je lui ai demandé. Mais il a fait comme s'il me connaissait ni d'Ève ni d'Adam. Il a dit qu'il avait jamais été le chauffeur du Maurice, ni de personne d'autre. L'a même été jusqu'à insinuer que j'étais trop beurré pour reconnaître ma propre mère. Tu parles d'un culot !

— C'est vrai que ça paraît étrange. Comment s'appelle-t-il ?

— La tête sur le billot, je m'en rappelle pas. Pas plus que je m'en suis rappelé ce jour-là. Sinon, je l'aurais pas laissé s'en tirer comme ça. Ce qui me dépasse… » Il s'interrompit en entendant grincer le portillon. « Ça doit être ma femme qui rentre. Avril ! »

Mme Mentiply se matérialisa à l'angle du garage, matrone bien en chair parée de ses plus beaux atours.

« Ah, dit-elle. Tu as un visiteur, je vois.

— Non, pas moi. C'est pour toi. Il s'appelle Derek Fairfax.

— Oui, confirma Derek, esquissant un sourire gêné. Je… heu… je suis le frère de Colin Fairfax.

— En ce cas, vous n'êtes pas le bienvenu ici, dit Mme Mentiply, dont le visage se colora d'une manière qui n'annonçait rien de bon, avant d'ajouter avec un regard en direction de son mari : J'aurais cru que c'était évident.

— T'emballe pas, Avril. J'essayais juste de me rappeler le nom de l'ancien chauffeur de Maurice. Celui qu'il a viré parce qu'il buvait.

— Et pourquoi tu veux savoir ça ?

— Pour donner un coup de main à ce jeune homme.

— Donner un coup de main ? Mais à quoi tu penses,

Arnold, je me le demande, vraiment. Quant à vous, monsieur Fairfax…

— Je suis désolé, réussit à placer Derek. Tout est de ma faute. Pourquoi est-ce qu'on…

— Spicer ! s'exclama soudain Mentiply. C'est le nom du type, expliqua-t-il en regardant Derek d'un air triomphal. "*Monsieur* Spicer", comme aurait dit Mlle Abberley. »

22

La voiture de Maurice était garée à l'angle de l'hôtel avec une désinvolture nonchalante. Ce que pouvait bien faire son propriétaire ici, Charlotte n'en avait pas la moindre idée. Tout à coup, ses pensées s'arrachèrent aux sombres réminiscences de Frank Griffith pour se fixer sur un présent fait de questions difficiles et de doutes momentanément refoulés. Elle s'était attendue à devoir s'expliquer devant Emerson, mais la présence de Maurice compliquait la situation, et la tâche, déjà délicate au départ, s'annonçait insurmontable.

Ils étaient dans les salons de l'établissement et se détendaient en prenant l'apéritif. Aucun signe de fébrilité ni chez l'un ni chez l'autre. Mieux, quand elle pénétra dans la pièce, ils s'esclaffaient bruyamment, comme deux vieux amis échangeant une bonne plaisanterie. C'est alors qu'elle entra dans leur champ de vision.

« Charlie ! s'exclama Maurice en se levant d'un bond. On commençait à s'inquiéter.

— Il n'y avait vraiment pas de quoi.

— Je suppose que tu te demandes ce que je fabrique ici, non ?

— Un peu, oui.

— Je lui ai téléphoné hier soir, intervint Emerson. J'ai pensé qu'il convenait de le mettre au courant.

— Et j'ai décidé de me joindre à vous, dit Maurice en grimaçant un sourire.

— Je vous aurais mise au courant ce matin, poursuivit Emerson. Mais le temps que je descende pour le petit déjeuner, vous étiez déjà partie.

— Je vous avais laissé un mot.

— Qui nous intrigue tous les deux énormément, dit Maurice, dont le large sourire s'était presque évanoui. Qu'est-ce que ce Griffith avait à dire ?

— Beaucoup de choses. Tout ce que nous voulions savoir, d'une certaine manière.

— Il a les lettres ? s'enquit Emerson.

— Non. Plus maintenant. Je pourrais peut-être vous expliquer tout ça en déjeunant ?

— Mets d'abord fin à notre supplice, dit Maurice. Qu'est-ce qu'il en a fait ?

— Il les a détruites, à la demande de Beatrix. »

Emerson poussa un juron sonore et s'en excusa aussitôt.

« Désolé. Mais une nouvelle pareille est un vrai coup bas pour un biographe.

— Vous me voyez tout aussi navrée.

— Détruites, vraiment, dit Maurice, l'air pensif. Eh bien, eh bien… Et de quelle manière ? ajouta-t-il, en levant un œil interrogateur vers Charlotte.

— Il ne me l'a pas dit. Brûlées, j'imagine.

— Mais… tu le crois ?

— Oui, dit Charlotte, qui savait devoir croiser le regard de Maurice sans pour autant s'y résoudre, quelque chose l'en empêchant, transformant ce qui aurait dû être une affirmation pleine d'assurance en une protestation butée. Oui, je le crois. »

Rien de ce que dirent Maurice et Emerson pendant le repas ne vint suggérer qu'ils mettaient en doute le récit de Charlotte. Ils étaient tous deux déçus, bien entendu, surtout Emerson, pour qui pareille nouvelle mettait fin de manière frustrante à sa quête de davantage de détails sur la personnalité de Tristram Abberley. Mais Charlotte soupçonna que, en dehors de la déception, il n'y avait rien d'autre que ce que lui soufflait son imagination débordante. Elle avait conscience que la position de Maurice était encore plus inconfortable. Depuis sa dernière visite à Swans' Meadow, Ursula s'était vue dans l'obligation de lui parler de la lettre de Beatrix. Quoi qu'il en ait pensé en réalité, il devait donner l'impression qu'il la croyait sur parole, ce qu'il était précisément en train de faire. Au vu des circonstances, son admirable loyauté alla droit au cœur de sa sœur.

En dernière analyse, cependant, des lettres brûlées n'étaient guère plus satisfaisantes que des pages vierges. Le caractère définitif du secret qu'elles camouflaient avait de quoi effrayer et laissait ceux qui refusaient d'abandonner leurs recherches sans autre voie que de les poursuivre pour le plaisir. Dans le cas de Charlotte, le refus d'abandonner avait plus à voir avec Emerson McKitrick qu'avec Tristram Abberley. Mais le résultat était le même. Aussi, quand Maurice évoqua l'éventualité d'autres pistes, bondit-elle sur l'occasion.

« Je repars à New York jeudi, annonça-t-il, tandis

qu'ils attendaient leur café sur la terrasse ombragée à l'arrière de l'hôtel. Je vais voir si j'arrive à retrouver la trace d'une Mlle van Ryan sur la 5e Avenue, pendant que je suis sur place, encore que… sans numéro, je ne suis pas très optimiste.

— Vous rentrez vous aussi, Emerson ? demanda Charlotte.

— Pas tout de suite. Maurice a généreusement insisté pour que je prolonge mon séjour en m'installant à Swans' Meadow, et puis je dois me rendre à Oxford, pour des recherches qui n'ont rien à voir avec cette histoire.

— Je me suis également dit, Charlie, intervint Maurice, que tu pourrais le présenter à oncle Jack.

— Oncle Jack ? Oui, certainement. Mais pour quelle raison ?

— Parce qu'il vivait avec mère et moi quand Tristram est mort et que Frank Griffith est venu nous rendre visite. J'étais encore au berceau, à l'époque. Mais Jack, lui, était déjà adolescent et fouinait partout. Il se peut donc, on ne sait jamais, qu'il jette quelque lumière sur ce que Tristram a renvoyé – ou non – d'Espagne.

— Je ne vois pas très bien comment. La vraie question, en fait, c'est de savoir ce qu'il a expédié à Beatrix. Et tu n'es allé vivre chez elle que quand la guerre a éclaté.

— Tu as raison. Ce n'est peut-être pas la peine de vous infliger un tel pensum, après tout.

— Pareille démarche irait à l'encontre de ma formation, intervint Emerson. Vérifier tous les fils qui dépassent au cas où l'un d'eux pourrait mener à la vérité. C'est comme ça que nous procédons, nous autres universitaires. Je suis prêt à courir le risque de m'ennuyer à mourir avec l'oncle Jack s'il le faut, et si vous le voulez bien, Charlie.

— Je ne peux guère refuser, à ce que je vois », dit celle-ci, avec un sourire beaucoup plus large qu'elle n'aurait voulu.

Un peu plus tard, quand Emerson alla régler la note, Maurice laissa tomber son affabilité coutumière pour lancer à Charlotte tout de go :

« Je suppose que tu n'as pas cru un mot de l'histoire d'Ursula ?

— Je… Bien sûr que si.

— À ta place, je n'en aurais rien fait. Ça semble trop farfelu. C'est une des raisons qui m'ont poussé à venir ici. Pour te rassurer. Car c'est bel et bien vrai. La lettre ne contenait rien d'autre que des pages blanches. Je les ai vues de mes yeux.

— Tu les as vues ? Mais Ursula a dit…

— Qu'elle ne m'avait pas montré la lettre ? Je sais. Ça aussi, c'est vrai. Je l'ai trouvée en cherchant une paire de boutons de manchettes dans sa table de nuit. Je n'ai pas pu résister, j'ai jeté un coup d'œil à l'intérieur. Je n'ai pas su qu'en penser, comme tu imagines. Mais je ne pouvais pas demander à Ursula. Elle aurait cru que je l'espionnais. Elle a dû la jeter peu de temps après, parce qu'elle n'était plus là quand j'ai regardé à nouveau. Je n'avais aucune idée que ça pouvait venir de Beatrix. Et je n'arrive toujours pas à démêler ses intentions. » Il jeta un coup d'œil autour de lui, pour s'assurer qu'Emerson n'était pas dans les parages, avant d'ajouter : « Le problème, Charlie, c'est qu'Ursula ne sait pas que j'ai vu cette lettre, et je ne veux pas qu'elle le sache… pour des raisons évidentes. Je peux te faire confiance pour garder ça pour toi ? »

Une lueur complice dans l'œil, un sourire un peu hésitant, et Charlotte comprit brusquement qu'elle s'était fait manipuler une fois de plus. En acceptant de garder le silence, elle acceptait aussi la version de Maurice sans la remettre en cause. Et pourtant, refuser était tout aussi inconcevable. « Bien sûr, dit-elle, s'obligeant à effacer toute trace de réticence dans sa voix. Tu sais que ton secret sera bien gardé, avec moi. »

Emerson monta dans la voiture de Maurice quand ils quittèrent l'hôtel dans l'après-midi. Ce qui était logique sachant que celui-ci devait séjourner à Swans' Meadow à dater de ce jour, mais ce qui signifiait également un long trajet solitaire pour Charlotte jusqu'à Tunbridge Wells. Elle trouva cette perspective déprimante dans un premier temps, mais une fois en route, elle se dit que ce n'était finalement pas plus mal ainsi. Avec Emerson à côté d'elle, elle aurait pu laisser échapper une remarque intempestive faisant allusion à ce qu'elle soupçonnait de plus en plus : tous ceux qu'elle avait interrogés à propos de Beatrix cachaient quelque chose, et tous, d'une manière ou d'une autre, mentaient.

23

David Fithyan, fils du fondateur de Fithyan & Co, était un homme d'une bonne quarantaine d'années, au teint rougeaud et aux cheveux filasse, qui consacrait le peu de temps libre que lui laissaient la pratique du golf et des flirts assidus avec les secrétaires à s'assurer qu'aucun de ses plus éminents clients n'ait de raison de se plaindre du cabinet. Du moment où Derek fut convoqué dans son bureau, il sut que son audit parsemé d'erreurs de Radway Ceramics allait être au cœur de la discussion. Il ne se trompait pas.

« George Radway m'a coincé au club hier soir et m'a passé un sacré savon, je peux vous le dire. » Ce pour quoi Derek allait payer, il n'en doutait pas une seconde. « J'ai parlé à Neil ce matin et, à l'entendre, ce ne serait pas la seule de vos négligences ces derniers temps.

— J'ai eu… quelques problèmes.

— C'est un euphémisme. Vous êtes en retard sur pratiquement tous vos dossiers. Il ne se passe pas une semaine sans que vous preniez un ou deux jours de congé. Et quand par hasard vous faites acte de présence, vous semblez bien trop distrait pour être d'une quelconque utilité.

— Je suis désolé si… enfin bref, si j'ai quelque peu négligé mon travail.

— Je crains que des excuses ne suffisent pas, Derek. Ce que je veux savoir, c'est ce que vous vous proposez de faire pour changer les choses.

— Vous avez l'assurance que ma négligence avec Radway ne se reproduira pas.

— Vraiment ? Vous en êtes bien sûr ? » Fithyan soupira et se lissa les cheveux d'un ample mouvement du coude gauche censé découvrir sa montre sous sa manchette, histoire de vérifier qu'il n'avait pas dépassé le temps imparti pour cet entretien. « Toute cette… cette inefficacité, est-elle due à votre frère, si je puis me permettre ?

— Ah. Vous êtes au courant, si je comprends bien ? dit Derek, le rouge au front.

— Bien sûr que je suis au courant, mon vieux. Tout le monde l'est. Vous ne comptiez quand même pas garder le secret, si ?

— Eh bien… Non, non. Sans doute pas.

— Vous avez toute ma sympathie. C'est certainement fort désagréable de découvrir qu'on a un criminel pour frère.

— Il… heu, il n'a pas encore été condamné, en fait.

— Non. Mais il le sera, je me trompe ? C'est du moins ce que je me suis laissé dire.

— Mais par qui ?

— Personne en particulier, dit Fithyan en fronçant un sourcil. Tout le monde est au courant de l'histoire.

— Ah, je vois.

— Bon, Derek, revenons à notre affaire. L'oisiveté n'est pas de mise chez Fithyan. Nous devons tous nous *battre, donner le meilleur de nous-mêmes.* » Il accentua les deux expressions, comme si, ce faisant, il pouvait s'approprier les qualités mises en exergue. « Les membres du personnel peuvent avoir des problèmes personnels de temps à autre, c'est parfaitement compréhensible. Nous ne sommes pas des sauvages, insensibles ou inhumains. Mais nous ne pouvons pas permettre à ces problèmes d'affecter la réputation du cabinet. Vous le comprendrez, j'en suis sûr.

— Certes.

— Fort bien. Je pars donc du principe que vous allez mettre de côté cette... préoccupation, cet... embarras ?

— Oui, dit Derek, s'efforçant d'injecter quelque enthousiasme dans sa réponse. Oui. Je pense, honnêtement, que vous pouvez en être assuré.

— Parfait, parfait, répliqua l'autre, arborant un sourire doucereux, tout en jetant un nouveau coup d'œil à sa montre. Désolé d'avoir dû manier le bâton, Derek. C'est pour votre bien, vous savez.

— Oui, je n'en doute pas.

— Après tout, aucun d'entre nous n'est le gardien de son frère, comme dit le poète.

— Ce n'est pas un poète, en fait. C'est dans la Bible. Sous la forme d'une question. Suis-je... le gardien de mon frère ?

— Ah bon ? dit Fithyan, qui lui jeta un regard noir, une fois remis de sa surprise. Peu importe, les choses sont claires, désormais. »

Mots qui, à voir son expression, mettaient fin à l'entretien.

Derek réintégra son bureau comme il l'aurait fait du paradis. Du moins pourrait-il refermer la porte, s'isoler du monde un moment et réfléchir à la confusion qui dévastait sa vie ces derniers temps. Sans qu'il y soit pour quelque chose. Pas plus que Colin, d'ailleurs. C'était pourtant bel et bien le cas. Et Fithyan lui avait catégoriquement signifié que cet état de choses ne pouvait guère durer plus longtemps.

Derek s'effondra dans le fauteuil derrière son bureau et remarqua la présence de trois messages sur trois morceaux de papier distincts, tous de la grosse écriture enfantine de sa secrétaire, Carol. *Veuillez rappeler M. Hamlyn, VAT Office. Veuillez rappeler Ann Nicholson, Radway Ceramics. Veuillez rappeler…*

Maurice Abberley Ladram Avionics. Derek contempla bouche bée le nom inscrit là, comme s'il n'arrivait pas à en croire ses yeux. Maurice Abberley l'avait contacté. De son propre chef. Pourquoi – et surtout pourquoi maintenant –, Derek aurait été bien en peine de l'imaginer. N'essaya d'ailleurs même pas. Obéissant à l'impulsion du moment, il s'empara du téléphone et composa le numéro.

Une réceptionniste polie mais impersonnelle, suivie d'une secrétaire onctueuse, et Derek, avec une soudaineté confondante, se retrouva en train de parler à Maurice Abberley en personne.

« Monsieur Fairfax. Merci d'avoir rappelé. » Neutre, presque affable, comme s'il s'adressait à une relation d'affaires.

« Monsieur Abberley, je… j'ai été un peu…

— Surpris d'avoir de mes nouvelles ? Je pensais

bien que vous le seriez. Je suppose que vous m'avez écrit davantage dans l'espoir que dans l'attente d'une réponse.

— Heu, oui…

— Des événements récents m'ont amené à penser que vous teniez peut-être quelque chose. À propos de votre frère, qui serait moins coupable qu'il n'y paraît, j'entends. Voire pas coupable du tout, en fait.

— Vraiment ? Ma foi, je…

— Pourquoi ne pas nous voir pour en discuter, monsieur Fairfax ? Échanger nos impressions, en quelque sorte.

— J'en serais ravi.

— Je m'envole pour New York jeudi. Alors que diriez-vous d'un rendez-vous demain ? »

Derek n'était pas sans savoir qu'une nouvelle absence, si tôt après la réprimande dont il venait de faire l'objet, lui attirerait de sérieux ennuis. Mais comment refuser ? C'était là le premier geste dénué de franche hostilité que faisait la famille Abberley.

« Oui. Demain serait parfait. Où et quand voulez-vous ?

— 16 heures. Ici, à mon bureau.

— Entendu. J'y serai. »

Derek reposa l'appareil et se renversa lentement dans son fauteuil. Trop désorienté par la tournure des événements pour réagir. Alors qu'il désespérait de jamais éclaircir la raison de la présence à Rye de l'ancien chauffeur quelques jours avant la visite de Colin à Jackdaw Cottage, une manière de percer ce mystère se présentait obligeamment à lui. Au moment où il s'était pratiquement résigné à l'idée d'abandonner son frère à son triste sort, il ne pouvait pas ne pas tenter un dernier effort. Les ironies et les contradictions perduraient. Seul, il restait impuissant à démêler leur écheveau.

24

Jack Brereton avait été un bon à rien et un parasite toute sa vie. Il s'était efforcé de désarmer les critiques à ce sujet en affichant toujours une bonne humeur, en n'étant jamais à court de plaisanteries, d'anecdotes et d'histoires drôles, ainsi que de tuyaux pour les paris hippiques. Et il y était parvenu, car sa sœur, Mary Ladram, s'était toujours montrée généreuse à son égard, lui assurant des vieux jours épargnés par la pauvreté et sa compagne de toujours, la déchéance. Il avait travaillé sous les ordres de Ronnie Ladram au tout début, quand il était jeune, mais depuis que Maurice l'avait exfiltré en douceur de l'entreprise, il était devenu oisif à plein temps. Il louait un petit appartement dans Earl's Court, idéalement situé pour ses errances quotidiennes entre pubs, clubs, casinos, boutiques de paris et une poignée de petites amies hautes en couleur et d'une loyauté indéfectible. S'il n'était pas le mouton noir de la famille, il en était au moins le vieux bouc, aussi sordide que peu recommandable. Il quittait rarement Londres, et Charlotte, quand elle y allait, ne lui rendait jamais visite. Pourtant, il ne s'était pas montré surpris quand elle lui avait demandé de rencontrer Emerson McKitrick, tant cette requête confirmait la haute idée qu'il avait de lui-même, et le fait que tout le monde aspirait à le connaître, même si le plus grand nombre s'efforçait de le nier.

En admettant qu'il y ait eu dans l'appartement de Jack suffisamment de place pour se retourner, ce qui n'était pas le cas, la gestion de son intérieur n'aurait pas inclus l'éventuelle réception d'invités. En conséquence de quoi, il accompagna Charlotte et Emerson au coin de la rue, jusqu'à l'un de ses chez-soi de substitution, un pub minuscule tout de lambris et de verre fumé, où il fut accueilli avec une impertinence quelque peu sarcastique. Installé dans un angle avec un double scotch et un paquet de Senior Service, il se montra aussi bavard que Charlotte l'avait prévu. La difficulté, pour tout dire, venait davantage de la nécessité qu'il y avait à le confiner à ce qui les intéressait, car ses souvenirs tendaient à mélanger époques, gens et lieux sans plus de discrimination que d'à-propos.

« Tristram était de l'étoffe dont on fait les héros, aucun doute là-dessus. Pas mon genre, malgré tout. Compton, Edrich, tant que vous voulez, mais lui, non. On vivait à Knightsbridge, à l'époque. Pratique pour le parc, mais pas pour grand-chose d'autre. Tristram m'emmenait de temps en temps au Speakers' Corner. Il aimait bien écouter les fanatiques débiter leurs fadaises sur le millénium et la dictature du prolétariat. Pas vraiment l'idée que je me faisais de la rigolade, vous pouvez me croire.

— Et à propos de sa mort, oncle Jack…

— Mouais ? Je me rappelle pas grand-chose. C'est

une lettre du consulat de Grande-Bretagne à Tarragone qui nous a appris la nouvelle. Et puis ses affaires ont suivi peu après. Mary était dévastée, comme vous imaginez bien. J'en dirais pas autant de moi. Beatrix est venue de Rye pour la soutenir. Beatrix, elle, a bien supporté le choc, elle était comme ça, voyez-vous. Des comme elle, on n'en fait plus. Pas forcément plus mal, hein ? Je me souviens d'elle un jour, quand elle a envoyé paître une romano qui l'avait insultée parce qu'elle refusait de lui acheter de la lavande. Ça a fait toute une histoire. J'aurais voulu que vous…

— Et Frank Griffith ? l'interrompit Emerson. Vous vous souvenez de sa visite ? Quelque part en décembre 1938.

— Ça sert à rien de me donner des dates, mon vieux. Pour ce qui me concerne, elles se résument toutes à Noël, point barre. Y a un type à la gueule sinistre qui s'est retrouvé sur le pas de notre porte un jour, c'est vrai. Mais il était pas le seul. Quand il a débarqué, vous dire si c'était avant ou après l'Espagnol…

— Quel Espagnol ?

— Je t'ai jamais parlé de lui, Charlie ? Pas exactement l'Espagnol qui a gâché ma vie, mais il avait une dégaine à en avoir gâché plus d'une autre. Un mètre quatre-vingts, maigre comme un cent de clous, un nez crochu avec lequel t'aurais ouvert une boîte de soupe. Mary a eu une trouille bleue, et je me mets à sa place. Il m'a foutu les chocottes à moi aussi. Pas le genre joyeux drille, vous voyez. C'est Beatrix qui a fait l'essentiel de la conversation, étant donné que je…

— Parce que Beatrix était là, elle aussi ?

— Bien sûr. Tout ça se passait au Jackdaw Cottage. Pendant les quelques semaines où on y allait en vacances. Ça devait être l'été avant la guerre, parce qu'on est restés là-bas à partir de 1940.

— Est-ce qu'on pourrait être plus précis ? s'interposa Emerson. Frank Griffith est venu vous voir, vous et votre sœur, à Knightsbridge en décembre 1938 ?

— Si vous le dites, mon vieux. C'était l'hiver, ça c'est sûr. Et Tristram était pas mort depuis un an.

— Et un Espagnol vous a rendu visite à Rye au cours de l'été 1939 ?

— C'est bien ça.

— Qu'est-ce qu'il voulait ?

— Je saurais pas vous dire. J'ai pas été toujours là. Il semblait avoir connu Tristram. Peut-être qu'il avait combattu avec lui. Il avait pourtant rien à voir avec votre copain gallois. En fait, il était tellement différent – arrogant, courtois mais glacial – qu'on aurait pu aussi bien le prendre pour quelqu'un qui avait combattu *contre* Tristram. Il avait un côté nazi, ça m'a frappé.

— Vous voulez dire que c'était un fasciste ?

— Possible. Pas un rouge, en tout cas. Mais je sais pas vraiment. Il s'est enfermé avec Mary et Beatrix pendant une heure, voire plus. Et après, elles n'ont ni l'une ni l'autre dit grand-chose de cette conversation. Je crois qu'elles étaient bien contentes de le voir quitter les lieux. Et moi itou. La température avait chuté d'au moins dix degrés le temps de sa visite.

— Et son nom ?

— S'il l'a donné, j'écoutais pas. Ils s'appellent pas tous Gomez ?

— Pas Ortiz, par hasard ? demanda Charlotte. Vicente Ortiz ? »

Elle remarqua le regard acéré que lui lança soudain Emerson et regretta aussitôt sa question. L'homme que venait de décrire Jack n'avait rien en commun avec le « petit grincheux d'anarchiste » de Frank Griffith.

« Ça ne me dit rien. Non, c'était pas du tout ça.

— Quel âge, à peu près ?

— La quarantaine, je dirais. À l'époque, j'aurais dit soixante, mais vous savez à quel point les adultes peuvent paraître vieux aux yeux d'un gamin de douze ans. J'ai demandé par la suite à Mary si c'était un des admirateurs que Beatrix avait ramassés dans un de ses voyages. Elle a pas trouvé ça drôle. Elle m'a filé une claque à te…

— Quels voyages ?

— Je vous en ai pas parlé ? Non. Sans doute pas. Eh bien, Beatrix était pas du genre casanier, vous le savez ? Sauf pendant la guerre, quand elle a pas eu le choix. Elle a fait un séjour sur la Côte d'Azur – ou peut-être dans les Alpes suisses… peut-être même les deux, tout bien réfléchi – pendant deux bons mois ce printemps-là.

— Le printemps 1939 ?

— Ouais. C'est ça. Quand elle a annoncé qu'elle partait, j'espérais qu'elle allait nous emmener. Un petit voyage histoire d'oublier le fantôme de Tristram, si j'ose dire. Ça m'aurait bien plu de louper l'école. Et puis Mary aurait pu rencontrer un beau Français pour lui changer les idées. Mais non. Le sujet n'a même jamais été évoqué. Beatrix est partie toute seule. Et on est restés coincés là, avec le petit Maurice qui s'époumonait toutes les nuits à pleurer et Mary qui passait son temps à gamberger en contemplant la photo de Tristram. Pas drôle, comme période, vous pouvez me croire. En fait, j'avais trouvé que Beatrix abusait de foutre le camp comme ça, en nous plantant là tous les trois. C'était probablement injuste de ma part, parce qu'elle n'était pas pingre, pas le genre, pas vrai ? Elle avait ses raisons, c'est sûr. »

Mais quelles étaient-elles ? s'interrogea Charlotte. Un séjour sans but avoué dans une station balnéaire était si peu dans la nature de Beatrix qu'il n'en était même pas plausible. Avec en tête l'exemple de ses quinzaines annuelles en compagnie de Lulu, il était beaucoup plus facile d'imaginer une autre destination, et un but secret. Un coup d'œil à Emerson la convainquit qu'il avait eu la même idée.

« Elle a toujours eu ses raisons, pas vrai ? poursuivit Jack. Elle en a jamais fait qu'à sa tête. Un mystère pour tout le monde, notre Beatrix. Vous savez quoi, j'ai toujours pensé qu'elle ne voulait pas voir sortir les poèmes espagnols de Tristram. Il se pourrait même qu'elle ait tout fait pour en différer la publication. Mary disait qu'elle-même n'y aurait jamais songé si cela n'avait tenu qu'à elle jusqu'au début des années 1950, et, pour ma part, je ne crois pas qu'il y aurait eu un marché pour ce genre de chose pendant la guerre ou immédiatement après, même si, Dieu sait, toutes les sources de revenu, y compris les plus maigres, étaient les bienvenues. Ses deux autres recueils étaient épuisés, et on vivait à l'étroit dans cet appartement de Maidstone où tu es née, Charlie. Mary, notre chef d'escadron Ronnie, Maurice, moi et toi, bien sûr. La famille

Sardine, c'est comme ça que Ronnie nous appelait. C'était quelqu'un, lui. Mais l'argent lui filait entre les doigts, et je ne comprends pas qu'il leur ait fallu autant de temps pour penser à publier *Poèmes espagnols.* Je l'aurais proposé des années plus tôt si j'en avais connu l'existence, mais Mary ne m'en avait jamais dit un traître mot. Elle a toujours eu un côté protecteur pour ce qui concernait les affaires de Tristram, et je m'étais fait ramasser trop souvent pour aller fourrer mon nez dans ce genre de chose. Et puis j'avais intérêt à me tenir à carreau dès le moment où Ronnie était entré en scène. Il aurait pu convaincre Mary de se débarrasser de moi en m'obligeant à travailler et à me débrouiller tout seul. J'aurais pas pu…

— Pourquoi penser que Beatrix aurait trouvé une objection à une semblable publication, oncle Jack ?

— Je sais pas vraiment. Je suis pas sûr que c'était le cas, d'ailleurs. Mais alors, pourquoi avoir attendu si longtemps ?

— Maman a toujours dit que, jusqu'à ce qu'elle rencontre papa, elle aurait trouvé trop dur de remuer les souvenirs de Tristram.

— Peut-être, marmonna Jack, en reniflant et en faisant tourner son whisky dans son verre.

— Vous n'en êtes pas convaincu ? demanda Emerson.

— Pas trop, non, dit Jack en secouant la tête. Vous comprenez, y a eu je ne sais combien de réunions de famille à ce sujet avant qu'on se décide à l'annoncer, même à moi. Des palabres à n'en plus finir derrière des portes closes entre Mary, Ronnie et Beatrix. Mon impression – mais je vous accorde que ça reste une impression –, c'est que c'était Beatrix qui menait la danse, qu'elle aurait pu mettre son veto à toute l'affaire si elle l'avait voulu et qu'elle a d'ailleurs bien failli le faire.

— Je ne comprends pas, dit Charlotte. Maman était la veuve de Tristram, et, en tant que telle, elle avait le droit de faire ce qu'elle voulait des poèmes qu'il lui avait envoyés.

— T'as mis dans le mille, dit Jack en lui faisant un clin d'œil, un doigt tremblant pointé sur elle. C'est exactement mon avis. Qu'est-ce que Beatrix pouvait avoir à faire là-dedans ? Pourquoi avaient-ils besoin de son accord ? Que dis-je, pas seulement de son accord, mais bien qu'elle consente à se laisser convaincre. Je me le suis souvent demandé.

— Et vous n'avez jamais cherché à savoir ? demanda Emerson.

— À votre avis, mon vieux ? Pour ce que ça m'a rapporté. Ils ont resserré les rangs. M'ont affirmé que je faisais une montagne d'un trou de souris. Peut-être bien. On le saura jamais, pas vrai ? Plus maintenant qu'ils sont tous partis pour un monde meilleur. Là où je ne m'attends guère à les retrouver », dit Jack en riant à sa plaisanterie. Voyant que celle-ci ne provoquait pas l'ombre d'un sourire chez ses deux interlocuteurs, il se contenta d'un haussement d'épaules et d'un « À votre aise ».

« Désolée, oncle Jack, dit Charlotte. Nous te sommes très reconnaissants pour tous ces renseignements. Malheureusement, ça ne nous apporte pas grand-chose. Ça nous laisse…

— Dans un nouveau cul-de-sac, intervint Emerson.

— Je vous avais rien promis, si ? protesta Jack. À propos de cul-de-sac, mon scotch en a atteint un y a déjà quelques minutes. J'aurais pas droit à un autre, par hasard ? »

25

Ladram Aviation avait entamé son existence commerciale dans un baraquement Nissen sur une base désaffectée de la RAF à mi-chemin entre Maidstone et Tonbridge. Son successeur, Ladram Avionics, était dirigé depuis une construction trapézoïdale toute de verre bleuté et d'acier trempé au milieu des réservoirs et des routes à deux voies du sud du Middlesex. C'est là que, peu avant 16 heures par un après-midi étouffant et statique, arriva Derek Fairfax pour son rendez-vous avec Maurice Abberley. Moins d'une heure plus tôt, il avait laissé tomber un audit en cours à Sevenoaks, sachant que, une fois mis au courant, David Fithyan ne décolérerait pas. Mais à la grande surprise de Derek, la réaction probable de Fithyan le laissait de marbre. Du moins tant que l'incertitude quant aux motivations de Maurice Abberley en lui fixant ce rendez-vous restait aussi alléchante.

L'intérieur de Ladram Avionics était à l'avenant de l'extérieur : aussi somptueux et épuré dans sa modernité. La plupart des membres du personnel avaient l'air de faire du mannequinat à leurs heures perdues, et le mobilier affichait des allures ergonomiques futuristes. Un ascenseur presque aussi grand que le bureau de Derek chez Fithyan l'emporta dans un élan véloce et moelleux jusqu'au dernier étage, où l'attendaient les courbes voluptueuses de la secrétaire de Maurice.

Le bureau du président-directeur général, auquel elle le conduisit, était dans ses dimensions en accord avec la fonction, et les lettres L et A creusaient de leurs entrelacs complexes les longs poils de l'épaisse moquette. Une paroi complète en verre teinté permettait d'apercevoir, aussi lointains et sereins que les canaux de Mars, les enchevêtrements sinueux du réseau routier londonien. Le bureau en demi-cercle de Maurice était positionné de sorte que ses yeux, chaque fois qu'il les levait, comme ce fut présentement le cas à l'entrée de Derek, se posent sur cette perspective olympienne.

« Content que vous ayez pu vous libérer, monsieur Fairfax, dit-il en traversant la pièce, main tendue et sourire de circonstance aux lèvres. Quelle ponctualité ! Ça me plaît. » Il était élégamment vêtu d'un costume sombre et d'une cravate monogrammée, et sa voix semblait combler tous les espaces vides de la pièce. Tout en lui – le ton, l'apparence, la conscience aiguë de son autorité – donnait à son visiteur une impression d'inadéquation miteuse.

« Puis-je vous offrir une tasse de thé ?

— Euh… oui. Merci.

— Inde ou Chine ?

— Euh… je… Ça m'est égal.

— Alors, disons Lapsang Souchong, Sally, dit Maurice à la secrétaire, qui acquiesça et se retira dans un silence tel que Derek n'entendit même pas la porte se refermer derrière elle. Venez vous asseoir, je vous en prie, monsieur Fairfax, ajouta-t-il, désignant du geste deux fauteuils en cuir.

— Merci. Vous avez… euh… une vue splendide.

— N'est-ce pas ? Je trouve que ça contribue à garder un juste sens des proportions.

— Je suppose que nous en avons tous besoin.

— J'en suis sûr. Absolument. De fait, on pourrait aller jusqu'à dire que c'est précisément la raison de notre rencontre ici cet après-midi.

— Ah bon ?

— Un décès, surtout dans des circonstances aussi violentes, ne laisse que peu de place à la réflexion. C'est pourquoi votre visite à Ockham House a été jugée si inopportune.

— Je m'en rends bien compte maintenant. J'aurais dû réfléchir davantage. Mais je tenais absolument à faire quelque chose – n'importe quoi – pour venir en aide à mon frère.

— Ce qui est tout à fait compréhensible. J'espère que de votre côté vous considérez que notre réaction l'était tout autant.

— Bien sûr.

— Alors, je tiens cette fois-ci à ce qu'aucun malentendu ne vienne entacher notre entretien. Je n'aime pas votre frère et je ne crois pas une seconde à son innocence. Cependant, des développements récents ont quelque peu sapé la certitude que j'avais de sa culpabilité au point que j'estime juste – que dis-je, équitable – de vous en faire part. Comme vous le souligniez dans votre lettre, il est dans notre intérêt à tous d'établir la vérité à propos de la mort de Beatrix. Si votre frère en est effectivement responsable, vous allez devoir l'accepter. Dans le cas contraire, je tiens tout autant que vous à débusquer le vrai coupable.

— C'est également là mon opinion, monsieur Abberley. Je ne suis que…

— Ah, l'interrompit Maurice. Voici le thé. »

Lequel fut servi dans une porcelaine Spode d'une extrême finesse, Maurice souriant benoîtement, tandis que la secrétaire procédait au rituel. Quand ils se retrouvèrent de nouveau seuls, il se pencha en avant, comme si la nécessité d'une intimité plus grande se faisait soudain pressante.

« Charlotte est convaincue que nous devrions laisser les choses en l'état, monsieur Fairfax. Ma femme est du même avis. De fait, personne dans la famille ne semble partager mes doutes et n'approuverait ma démarche d'aujourd'hui. Je crois donc qu'il vaudrait mieux que nous gardions cette entrevue pour nous, qu'en pensez-vous ? Il ne pourrait en résulter que des récriminations de tous ordres. Puis-je compter sur votre discrétion ?

— Oui. Absolument.

— Fort bien. Il se peut que ce que je m'apprête à vous dire ne débouche sur rien de constructif. Il est de mon devoir de vous en prévenir. Je ne voudrais pas que vous tiriez des conclusions hâtives. Un mystère recèle des broutilles plus souvent que des trésors, dit-il en souriant. Ma tante était une personne très réservée. Je ne l'ai jamais considérée comme secrète tout bonnement parce que je ne pensais pas qu'elle avait des raisons de l'être. Elle était d'une autre génération, moins habituée que la nôtre à s'extérioriser. J'ai toujours cru que cela suffisait à expliquer sa réticence naturelle. J'en suis moins sûr… à présent.

— Ah bon ? »

Maurice avala une délicate gorgée de son thé, avant de se renverser sur son fauteuil et de pivoter légèrement pour faire face à la fenêtre. « C'est une drôle d'affaire. Vraiment bizarre. Comme je l'ai déjà dit, ça peut très bien ne déboucher sur rien. D'un autre côté, il me semble légitime que vous soyez mis au courant. À vous de voir ensuite. Et d'agir en conséquence. »

Derek écouta avec attention tandis que Maurice poursuivait. Beatrix Abberley, semblait-il, avait caché au reste du monde une très ancienne amitié avec un homme du nom de Frank Griffith, qui avait combattu en Espagne aux côtés de son frère. Elle avait également caché l'existence de certaines lettres envoyées d'Espagne par son frère, qu'elle s'était ensuite arrangée pour faire parvenir à Frank Griffith, après son décès, avec instruction pour le destinataire de les brûler sans les lire. Ce qu'il prétendait avoir fait. Personne n'avait la moindre idée de ce qui avait pu conduire Beatrix à agir de la sorte dans le seul but d'empêcher lesdites lettres de voir le jour. Pas plus qu'on ne pouvait accorder un quelconque crédit à l'idée qu'elle aurait pu être assassinée à cause d'elles. Le fait demeurait cependant bel et bien : elle avait prévu – voire attendu sa mort. Elle semblait avoir su que sa vie était en danger et s'y était préparée en conséquence.

« J'ai du mal à croire qu'elle ait pu être assassinée pour des lettres vieilles d'un demi-siècle, monsieur Fairfax, vraiment du mal, pour ne rien vous cacher. Si ma mère était encore en vie, il ne m'en faudrait pas beaucoup pour penser que Beatrix cherchait à lui cacher quelque chose. Une aventure amoureuse, peut-être, que Tristram aurait eue en Espagne. Mais ma mère est morte l'an dernier, la chose est donc exclue. De la même manière, il est difficile de croire que Beatrix ait pu être assassinée pour quelques vieilleries sans intérêt. Il existe trop de circonstances inexpliquées. Si elle croyait sa vie menacée – par votre frère, notamment –, pourquoi ne pas être allée trouver la police ? Ou m'en parler ? Pourquoi n'avoir rien entrepris pour se protéger ? Et comment était-elle au courant, de toute façon ? Qu'est-ce qui avait bien pu la convaincre de ce qui allait lui arriver ?

— Il se peut que j'aie un détail intéressant à vous révéler à ce sujet, plaça Derek, soudain pressé de partager ses conclusions à peine ébauchées. Les soupçons de votre tante selon lesquels elle allait être assassinée concordent avec une information que j'ai moi-même dénichée.

— Quel genre d'information ? » demanda Maurice, le regard soudain plus vif.

La suite d'événements que Derek entreprit d'esquisser était en partie avérée, en partie conjecturale. Impossible cependant d'en nier la force logique, que venait appuyer et renforcer la propre conviction de Derek au fil de son discours. Quand Colin s'était rendu à Jackdaw Cottage le 20 mai, Beatrix l'avait considéré comme un petit escroc dont les explications n'étaient qu'un tissu de mensonges. Une semaine après, cependant, quand elle l'avait appelé, elle croyait manifestement à son histoire et tenait à l'entendre dans ses moindres détails. Quelques jours plus tard seulement, elle partait pour le pays de Galles, via Cheltenham, persuadée que quelqu'un complotait sa mort. Ce qui avait été de nature à la convaincre s'était de toute évidence matérialisé au cours des quelques jours suivant immédiatement le 20 mai. Et le seul événement notable à signaler pendant cette période était la présence à Rye de l'ancien chauffeur de Maurice, qui s'était empressé de nier…

« Spicer ? s'exclama Maurice. Spicer était à Rye le 25 mai ?

— Arnold Mentiply est absolument formel à ce sujet.

— Étrange, dit Maurice. Très étrange.

— J'ai cru comprendre que vous l'aviez renvoyé parce qu'il buvait.

— Je n'avais pas le choix. C'était un bon chauffeur, mais il était incapable de rester sobre, donc pas fiable. Je l'ai licencié à Noël.

— Vous savez où il travaille, à présent ?

— Non. Au vu des circonstances, je pouvais difficilement lui fournir des références. Et je n'ai plus entendu parler de lui. Il habitait un appartement à Marlow à l'époque où il travaillait pour moi. Mais je doute qu'il y soit encore.

— Quel genre de contact aurait-il pu avoir avec votre tante ?

— Minimal. Un mot par-ci par-là, peut-être. C'était lui qui m'emmenait à Rye quand j'allais la voir.

— Il n'avait aucun lien dans la région ?

— Pas que je sache. Je ne comprends pas du tout

la raison de sa présence à Rye. À moins que son travail l'y ait appelé, évidemment.

— Si c'est le cas, pourquoi se faire passer pour quelqu'un d'autre auprès de Mentiply ?

— Je l'ignore. N'était ce détail, je serais tenté de croire à une simple coïncidence.

— Qui s'ajouterait à beaucoup d'autres, vous ne trouvez pas ?

— Oui. Vous avez raison, dit Maurice, qui réfléchit un moment avant d'ajouter : Spicer était un excellent homme à bien des égards mais pas trop à cheval sur les principes. Il a pu se retrouver impliqué dans des activités plus ou moins louches. Je ne saurais le nier.

— Mais vous ne savez pas où il se trouve ?

— Non. Pas la moindre idée, dit Maurice en se caressant le menton, l'air pensif. Mais je pourrais m'informer. Sa logeuse à Marlow. Le pub qu'il fréquentait. Il aurait pu parler de ses projets à quelqu'un.

— Je vous serais vraiment très reconnaissant de prendre quelques renseignements, dit Derek, qui perçut aussitôt la note geignarde de sa voix. J'ai fait à peu près tout ce qui était en mon pouvoir pour mon frère.

— Je verrai ce que je peux dénicher dès mon retour de New York, répondit Maurice. En attendant, cependant, je me dis qu'il y a bel et bien quelque chose que vous pourriez faire pour votre frère.

— Et quoi donc ?

— Rencontrer Frank Griffith. Savoir s'il dit vraiment la vérité.

— Vous pensez qu'il pourrait mentir ?

— Je ne sais pas. Je ne le connais pas, voyez-vous. Charlotte, elle, lui fait confiance. Mais détruire les lettres de Tristram sans même les lire d'abord… je ne suis pas sûr de pouvoir croire quiconque me soutiendrait pareille affirmation.

— Mais… s'il ne les a pas lues…

— Il se peut qu'il les ait encore. D'une manière ou d'une autre, il se peut qu'il en connaisse le contenu.

— Ce qui pourrait nous fournir la raison du meurtre de Beatrix.

— Exactement, dit Maurice, en fixant Derek droit dans les yeux. J'ai promis à Charlotte de ne pas ennuyer Griffith. Et, en admettant que je le fasse, je doute d'obtenir quoi que ce soit. Mais vous, vous êtes libre d'agir à votre guise. Et peut-être – je dis bien peut-être – que l'épreuve que connaît votre frère serait d'ordre à faire changer Griffith d'avis et à l'amener à vous dire ce qu'il sait, là où la curiosité de Charlotte a échoué.

— Ça vaut certainement la peine d'essayer.

— Oui, dit Maurice. C'est aussi mon avis. »

26

« Vous êtes vraiment dans une impasse ? demanda Charlotte. À propos de votre recherche, j'entends. » Elle avait reconduit Emerson à Swans' Meadow, et ils se tenaient sur la berge du fleuve tandis que derrière eux, sur la pelouse, Samantha était allongée à plat ventre sur une chaise longue, isolée du reste du monde derrière des lunettes noires et les écouteurs de son baladeur.

« On le dirait bien.

— Mais c'est tellement... frustrant.

— C'est le mot, Charlie. Vous avez raison. Mais que faire ? Les réminiscences de votre oncle Jack m'intriguent, mais ne nous mènent nulle part. Visiblement, Beatrix ne voulait pas qu'on lise les lettres de Tristram. Frank Griffith s'est assuré que personne ne le ferait. Et nous n'avons aucun moyen de savoir ce qu'elles pouvaient contenir. »

Charlotte fut soudain tentée de contredire son compagnon en précisant qu'elle n'était pas vraiment certaine que Frank Griffith ait brûlé les lettres. Mais elle ne savait que trop pourquoi elle était ainsi tentée.

Si la recherche d'Emerson devait en rester là, il en irait de même de leur relation qui serait alors étouffée dans l'œuf avant même d'avoir vu le jour. Trahir la confiance de Frank sur une impulsion serait impardonnable. Elle devait donc tenir sa langue.

« Quand rentrez-vous à Harvard ? demanda-t-elle sans conviction.

— Pourquoi ? Vous voulez vous débarrasser de moi ?

— Bien sûr que non, dit-elle en rougissant. Vous le savez.

— Je ne vous ai attiré que des ennuis depuis mon arrivée, n'est-ce pas ? À vous traîner ainsi dans tout le pays. À vous poser des questions à n'en plus finir.

— J'y ai pris plaisir, je vous assure.

— Et moi de même, répondit-il en souriant. En fait, je me demandais si j'arriverais à vous convaincre de vous joindre à moi pour deux ou trois autres sorties.

— Quel genre ?

— Plus de recherches, promis, dit-il en la regardant droit dans les yeux, un instant, l'air espiègle. Uniquement pour le plaisir, cette fois-ci. »

Le sourire de Charlotte disait tout à la fois son soulagement et son empressement.

« J'adorerais, dit-elle.

— Alors pourquoi ne pas commencer dès ce soir par un dîner ? Je vous laisse le choix du restaurant.

— C'est très alléchant.

— Génial, dit-il en baissant la voix, avec un signe de tête en direction de Samantha, affalée sur sa chaise. Ne lui dites rien, d'accord ? Elle pourrait se montrer jalouse. »

Derek ne retourna pas à Tunbridge Wells cet après-midi-là. Il prit l'autoroute et la direction du pays de Galles, pressé de mettre à profit les espérances que Maurice avait fait naître en lui. Leur deuxième rencontre avait été infiniment plus cordiale que la première. Derek était frappé de constater que Maurice était homme à affronter les pires désagréments, dussent-ils mettre à mal ses préjugés. Il ne se faisait pourtant aucune illusion quant à d'éventuelles affinités entre eux. Tout ce qui les unissait, c'était un réel besoin de connaître la vérité : dans le cas de Maurice, de manière à venger sa tante, dans celui de Derek, afin d'innocenter son frère.

Il s'arrêta pour passer la nuit dans un pub près d'Abergavenny et s'isola dans un coin du bar, essayant de réfléchir à la meilleure façon d'aborder l'inabordable Griffith. Supplier ? Exiger ? Argumenter ? Le choix risquait d'être crucial, et pourtant impossible de se résoudre à l'une ou à l'autre de ces options sans avoir d'abord rencontré l'homme et pris sa mesure. Même ainsi, ses efforts risquaient de rester vains. Griffith pouvait fort bien se montrer intraitable ou sincèrement incapable d'apporter son concours. Il pouvait…

À ce stade, Derek étouffa la dernière de ses conjectures. Toutes aussi inutiles que démoralisantes. Demain, elles seraient superflues.

Charlotte dîna dans des circonstances bien différentes dans un restaurant étoilé au bord de la Tamise. Elle était étrangère à ce genre de luxe, moins par souci d'économie que parce qu'elle n'avait jamais vu la nécessité de s'autoriser ce type de plaisir. Ses petits amis – pour autant qu'il y en ait eu – n'avaient aucun des talents d'Emerson McKitrick en société ni n'attiraient – comme lui – les regards admiratifs des femmes aux autres tables. Charlotte était transportée par l'idée d'être un objet d'envie grâce à lui, et par celle des nombreuses possibilités sous-jacentes à leur intimité grandissante.

« Comment se fait-il que vous ne vous soyez jamais mariée, Charlie ?

— Je n'ai jamais eu de demande en ce sens.

— Impossible !

— C'est pourtant la vérité. Et votre excuse, à vous ?

— La procrastination, sans doute.

— Permettez-moi d'en douter à mon tour.

— Ça ne signifie pas nécessairement l'incapacité à se décider. Mais bien plutôt le refus de vouloir prendre des risques avec ses émotions.

— Dans ce cas, le sentiment ne m'est pas inconnu.

— Il me semblait bien. Ça ne paie pas vraiment, au bout du compte, si ?

— Je ne suis pas sûre.

— N'attendez pas d'en être sûre, Charlie. Pas systématiquement, du moins. Sinon vous finirez par passer votre temps à attendre.

— Vraiment ? »

Leurs mains s'effleurèrent brièvement, avant de se rencontrer. Et pour toute réponse, Emerson se contenta d'un sourire.

Plus tard, le repas terminé et la salle pratiquement vide, ils allèrent flâner le long du fleuve en regardant trembler les lumières du restaurant sur l'eau noire et immobile, tandis qu'une poule d'eau s'ébattait en gloussant au milieu des roseaux sur la rive opposée. Charlotte devait coucher à Swans' Meadow ce soir-là, mais elle hésitait à rentrer, sachant qu'une fois là-bas, elle n'aurait plus la compagnie d'Emerson pour elle toute seule. Elle hésitait, pour tout dire, à rompre de quelque manière que ce fût le charme sous lequel elle était tombée. La soie de sa robe était fraîche sur sa peau, tandis qu'elle sentait la tiédeur de son bras autour de sa taille. Quand il l'embrassa, elle n'était ni prête ni, à franchement parler, surprise. Cela devait forcément arriver. Seuls les doutes qu'elle entretenait sur son propre compte l'avaient conduite à penser différemment.

« Rien n'est jamais perdu, Charlie. Une fausse piste peut vous mener à un trésor.

— Ne me flattez pas trop. Je risquerais de croire à une telle éventualité.

— Et pourquoi pas… puisque vous le méritez ?

— Mais non, ce n'est pas vrai. »

Elle allait le lui dire. Elle le savait, à présent. Il était trop tard pour ne pas le faire.

« Je vous ai menti.

— Je ne le crois pas.

— Je vous assure. »

Elle avait emmagasiné trop d'années de solitude et de vulnérabilité pour laisser encore une chance au jugement ou à la réflexion. Elle voulait s'abandonner tout entière à Emerson, corps, âme, secrets et le reste. Elle en avait assez d'être seule.

« Je ne pense pas que Frank Griffith ait vraiment

détruit ces lettres. Je crois qu'il les a toujours à Hendre Gorfelen.

— Moi aussi.

— Pardon ?

— Moi aussi, Charlie, dit-il, avec un sourire qu'elle distingua malgré l'obscurité. Je voulais juste vous l'entendre dire.

— Vous l'avez toujours su ?

— Soupçonné.

— Il ne nous les donnera pas. En revanche, ça, j'en suis sûre.

— Moi aussi.

— Alors, qu'est-ce que… »

Un nouveau baiser la réduisit au silence.

« Alors quoi ? marmonna-t-il. Nous garderons le secret de Frank Griffith. Vous et moi. Ensemble.

— Ensemble ?

— Vous ne voulez vraiment pas prendre un de ces risques émotionnels dont nous parlions plus tôt dans la soirée ?

— Si, dit-elle, la tête sur son épaule. Je ne demande pas mieux. »

27

À 7 heures le lendemain matin, Derek téléphona à Fithyan & Co et laissa sur le répondeur un message excusant son absence. Tout risque d'avoir à s'expliquer directement avec David Fithyan était écarté, ou pour le moins reporté. Deux heures plus tard, il était à Llandovery, cherchant la direction de Hendre Gorfelen. À 9 h 30, il suivait le chemin qui, en contournant la colline, menait à la ferme. En quelques minutes, il était arrivé au terme de son voyage.

Il s'arrêta devant la maison et baissa la vitre. Il entendait un lointain bêlement de moutons et, plus près, le susurrement des arbres agités par un vent léger, mais rien d'autre propre à suggérer la présence de Frank Griffith dans les parages. Il descendit de voiture, parcourut les alentours du regard, soulagé de constater que pour l'instant aucun chien ne déboulait d'une grange voisine. Aucune des fenêtres de la maison n'était ouverte. Ce qui, ajouté au fait que si quelqu'un avait été présent à l'intérieur, il l'aurait forcément entendu arriver, convainquit Derek que la maison était vide. Il ne s'en dirigea pas moins vers la porte et frappa. Sans obtenir de réponse.

Il revint sur ses pas jusqu'à la voiture et reprit sa place sur le siège du conducteur. En admettant que Griffith se soit absenté un moment, il finirait bien par revenir, tandis que s'en aller battre la campagne à sa recherche n'offrait aucune garantie de succès. Rien d'autre à faire, donc, si ce n'était patienter.

Derek poussa un soupir et remonta la vitre. Machinalement, il ouvrit la boîte à gants et en sortit son exemplaire de *Tristram Abberley, une biographie critique.* Dans l'index, il n'y avait qu'une seule entrée au nom de Griffith, Frank. Derek trouva la page, qu'il parcourut jusqu'à ce qu'il tombe sur la référence.

Sur son lit de mort, dans les premières heures du dimanche 27 mars, Abberley à demi conscient et sans doute trop délirant pour souffrir encore beaucoup, avait à ses côtés Frank Griffith, un sergent de sa section. C'est l'homme qui, après un enterrement promptement expédié au cimetière de Tarragone, s'empressa de porter les papiers personnels d'Abberley au consulat britannique pour qu'ils soient transmis à sa veuve. Un acte simple et probablement irréfléchi, mais sans lequel la totalité du corpus espagnol de l'œuvre poétique de Tristram Abberley aurait pu facilement être perdue. C'est ainsi que l'idée, communément admise pendant de nombreuses années après sa mort, selon laquelle il n'aurait rien écrit pendant cette période apparut erronée quand, en 1952…

Un coup sur la vitre se répercuta soudain dans l'habitacle. Derek sursauta si violemment que le livre lui échappa. Quand il se retourna, ce fut pour voir un visage ridé aux traits dénués d'expression et aux yeux écarquillés. Même si la description qu'en avait fournie Maurice Abberley était de seconde main, Derek reconnut l'homme aussitôt.

« Bonjour, hasarda-t-il en baissant sa vitre. Frank Griffith ?

— Et vous êtes ?

— Derek Fairfax. » Il entrebâilla la portière de quatre ou cinq centimètres, la position de Griffith lui interdisant de l'ouvrir davantage. « Permettez-moi... de me... présenter. » Ce fut seulement après un bref intervalle, comme s'il avait voulu marquer un point, que Griffith fit deux pas en arrière, permettant au passager de la voiture de descendre. « Vous avez peut-être entendu parler de mon frère, Colin Fairfax, reprit Derek, avec un sourire gêné. Alias Fairfax-Vane.

— Il se pourrait en effet que j'en aie entendu parler, répondit Griffith, avec un regard propre à décourager toute tentative de communication, orale ou autre. Qu'est-ce que vous me voulez ?

— J'ai cru comprendre... Eh bien, que... Peut-être pourrions-nous discuter de cela à l'intérieur ?

— Non, je ne crois pas, riposta Griffith, avant de jeter un coup d'œil dans la voiture qui amena Derek à se demander s'il pouvait voir le livre sur lequel il était penché à son arrivée.

— On m'a dit que vous aviez des lettres, monsieur Griffith, envoyées d'Espagne dans les années 1930 à Beatrix Abberley par son frère, le poète Tristram Abberley.

— Et qui est ce "on" ?

— Je… préférerais ne pas dévoiler le nom de la personne.

— En ce cas, peut-être que je préférerais moi-même ne pas répondre à vos questions.

— Je suis venu pour faire appel à vous dans l'intérêt de mon frère. Je ne m'aviserais pas de fouiner ni même de me montrer curieux s'il n'était pas dans la situation où il se trouve actuellement. Il risque d'aller en prison pour un acte qu'il n'a pas commis. Et peut-être pour longtemps. Il n'est pas tout jeune, voyez-vous, et… »

La canne de Griffith effleura l'épaule de Derek pour lui intimer le silence. « Si les lettres dont vous parlez existaient – et si je les avais en ma possession –, en quelle manière pourraient-elles affecter la question de savoir si votre frère sera ou non condamné ?

— Je ne sais pas trop. Mais Beatrix Abberley tenait absolument à s'assurer qu'elles ne tomberaient pas dans n'importe quelles mains, n'est-ce pas ? Si on arrivait à découvrir pourquoi…

— Que diriez-vous si je vous disais que, ces lettres, je les ai brûlées – et sans les lire ?

— Je ne vous croirais pas. »

Griffith eut un rapide froncement de sourcils, première trace d'une réaction à apparaître sur son visage.

« Je ne peux pas aider votre frère, monsieur Fairfax.

— Vous ne pouvez pas, ou vous ne *voulez* pas ?

— Quelle différence ?

— Une différence de taille, à mes yeux. Tout ce que je vous demande, c'est de me montrer ces lettres, ou alors de me dire ce qu'il y a dedans qui pourrait expliquer qu'on ait voulu tuer la sœur de Tristram Abberley.

— Vous n'avez pas idée de ce qu'implique votre demande.

— Vous admettez en disant cela connaître le contenu des lettres ?

— Je n'admets rien du tout.

— Et vous êtes prêt à rester sans rien faire pour empêcher un innocent d'être envoyé en prison ? »

Griffith ne répondit pas. Il glissa sa canne dans la poignée de la portière, qu'il ouvrit toute grande.

« C'est chez moi, ici. Et vous n'avez rien à y faire.

— Monsieur Griffith…

— Laissez-moi tranquille ! » Un vrai hurlement. Un chien aboya et apparut à l'arrière de la voiture.

« C'est tout ce que je demande », reprit-il d'une voix redevenue normale. Il se tourna vers le chien et lui donna l'ordre de s'asseoir, avant de revenir à Derek. « Il n'y a rien pour vous ici, monsieur Fairfax. Rien du tout.

— Mais pensez à mon frère…

— Justement. *Votre* frère. Pas le mien.

— Vous avez combattu en Espagne pendant la guerre civile, non ? Ce n'était pas au nom de la fraternité universelle ?

— Certains le pensaient. Et le pensent encore. Moi pas.

— Mais n'y a-t-il rien qui…

— Non, rien. J'ai payé mes droits pour entrer dans cette fraternité, il y a bien longtemps. Maintenant, c'est fini. Remontez dans votre voiture. Allez retrouver votre monde. Et laissez-moi dans le mien. »

Le regard de Griffith parut à Derek comme celui d'un homme essayant de voir un monde auquel il a renoncé. Ses lèvres étaient serrées. Sa respiration courte mais régulière. Ses épaules droites. Son attitude disait clairement qu'il ne céderait pas – ne révélerait rien du secret qu'il avait promis de garder. Et Derek comprit alors que, face à une telle résolution, il était totalement impuissant.

« Au revoir, monsieur Fairfax. »

28

La matinée avait été témoin de plusieurs départs à Swans' Meadow : celui de Maurice, peu après l'aube, pour New York, d'Emerson, ensuite, pour Oxford où il allait passer la journée, puis d'Ursula, un peu plus tard, pour Maidenhead où elle avait rendez-vous avec son esthéticienne, et, pour finir, celui de Charlotte, qui partit peu avant midi pour rentrer à Tunbridge Wells.

Seule Samantha était encore présente quand sa tante quitta la maison, et ce n'est pas la bonne humeur qui présida à son au revoir. Charlotte la trouva dans le séjour devant un petit déjeuner tardif, en *déshabillé**, et l'air abattu.

« Pas encore habillée, Sam ? Ta mère risque de ne pas apprécier.

— Bof, il n'y a pas grand-chose qu'elle apprécie en ce moment, tu ne trouves pas ? Pourquoi ferais-je exception ?

— Je ne suis pas sûre de comprendre où tu veux en venir.

— T'as pas remarqué l'ambiance dans la maison, ces temps-ci ? Plutôt tendue, non ? Cela fait des jours que maman et papa se surveillent comme deux chats de gouttière incapables de décider lequel des deux attaquera le premier.

— Tu te fais des idées.

— Non, non. Mais toi, tu es trop éblouie pour remarquer quoi que ce soit.

— Éblouie ? Par quoi ?

— Par qui, tu devrais dire. Il était chic, le resto où il t'a emmenée hier soir ?

— Mêle-toi de tes affaires, tu veux, souffla Charlotte après s'être penchée à l'oreille de Samantha.

— Excuse-moi, Charlie, répliqua cette dernière en rougissant et en grimaçant un petit rire. Tu as raison. En quoi ça me regarde ? Emerson est vraiment un beau mec. Je te souhaite bonne chance.

— Merci, dit Charlotte, en se fendant d'une petite révérence sarcastique.

— Mais, dis-moi, tu sais ce qui les travaille, les parents ? Parce que c'est sûr qu'il y a quelque chose. »

Charlotte aurait pu deviner facilement. Peut-être Ursula avait-elle révélé à Maurice le contenu de la lettre de Beatrix. Ou peut-être pas. De toute façon, il leur était difficile d'en ignorer l'existence. Comment ils réagissaient était leur affaire. Et Charlotte était trop préoccupée par ailleurs pour s'en soucier. « Je ne sais vraiment pas de quoi tu parles, Sam. Et maintenant il faut que j'y aille. »

Derek arriva à Tunbridge Wells en milieu d'après-midi. Il était las et totalement démoralisé, tant il était convaincu de ne pas être à la hauteur de la situation. Rentrer chez lui était aussi impensable que de faire une apparition tardive au cabinet. Il se faisait l'effet d'un fugitif sans but ni objectif bien défini. Et c'est ainsi, en suivant une sorte de logique que Colin n'aurait pas désapprouvée, qu'il se retrouva devant La Cache au Trésor, l'endroit mal nommé qui abritait tant d'autres choses sans valeur.

Il entra grâce à la clé que lui avait confiée Colin et contempla la poussière qui s'était déposée sur toutes les surfaces planes. L'endroit n'avait jamais été particulièrement reluisant. Mais l'odeur de renfermé qui régnait là désormais ne faisait qu'aggraver les choses. Les scènes de chasse dans leur cadre doré ; les reproductions de Hogarth ; les cartes anciennes ; les médaillons de cuivre ; le buste de Cicéron ; l'horloge de grand-mère ; la tête d'ours empaillée ; le vase en pied d'éléphant ; la *chaise longue** ; la psyché ; la commode en pin ; la vitrine où trônaient quelques spécimens de Tunbridge Ware : tout apparaissait dans un flou grisâtre, en témoignage de l'absence du propriétaire.

Derek s'appuya contre une table et contempla la scène. De l'autre côté de la vitrine, aucun passant ne s'arrêtait le temps d'un regard scrutateur dans les ombres du magasin. La boutique était fermée, sans espoir de réouverture prochaine. Demain, Colin Fairfax-Vane, le propriétaire, serait condamné sans pouvoir démentir les chefs d'accusation retenus contre lui. Demain, on démontrerait le caractère infondé de ses dernières allégations. Et son frère regarderait, impuissant. Il ne pourrait rien faire d'autre. Rien, en tout cas, que ne puissent accomplir un ours empaillé ou un Romain mort depuis des siècles.

Charlotte n'était de retour que depuis quelques minutes quand la sonnette de la porte d'entrée se fit entendre. Elle trouva sur le seuil une jeune fille avec un énorme bouquet de fleurs dans les bras : lys, dahlias, œillets et chrysanthèmes – une explosion de couleurs et d'odeurs noyées dans un voile de gypsophile.

« Mademoiselle Ladram ?

— Oui. Il doit y avoir une…

— Non, c'est bien pour vous, dit la jeune fille en déposant le bouquet dans les bras de Charlotte. Il y a une petite carte. »

Elle sourit et fit demi-tour, laissant Charlotte refermer la porte et porter les fleurs à la cuisine, avant de pouvoir libérer une de ses mains pour ouvrir la minuscule enveloppe agrafée au papier cellophane.

Il n'y avait rien sur la carte en dehors du prénom, Emerson, assorti d'un paraphe avantageux. Mais ce n'était pas nécessaire. Appuyée contre l'évier, Charlotte s'emplit les poumons de l'arôme entêtant d'un avenir qu'elle n'aurait jamais soupçonné avant ces dernières semaines. De la mort de Beatrix allait peut-être naître son propre bonheur. Et cette seule éventualité écarta tout sentiment d'ironie, à plus forte raison de doute. Elle leva la carte jusqu'à ses lèvres et y déposa un baiser.

29

Minuit. Au douzième coup de l'horloge, Frank Griffith, les membres las, remua sur sa chaise. Il avait suffisamment différé les choses. S'il attendait encore, il risquait de ne plus jamais pouvoir le faire. Mais il le fallait absolument. Avoir tardé à la réception de la lettre de Beatrix pouvait s'entendre. Avoir encore hésité quand Charlotte l'avait retrouvé était excusable. Mais maintenant, le temps était fini des excuses et des faux prétextes. La visite de Fairfax avait confirmé ce qu'il aurait dû soupçonner dès le début : que le secret de Tristram ne serait pas en sécurité tant que ses lettres à Beatrix n'auraient pas été brûlées.

Frank se pencha pour tapoter sa pipe contre le garde-feu, puis se leva et frictionna le bas de son dos douloureux. Devant lui, dans le pâle reflet de la vitre de l'horloge, il distinguait son visage ridé et ses joues creuses. Il avait été souple, fort et beau garçon à une époque, arpentant le pavé de Swansea tandis que l'écume moutonnante festonnait la baie et que les sirènes des usines lançaient leurs appels. Si jeune et si assuré de sa position dans le monde, doté d'un corps et d'un esprit infatigables, aussi dur que l'acier qu'il forgeait, aussi lumineux que le soleil sur les collines. Tout cela était mort maintenant, détruit par des années de chômage et de marches de la faim, abandonné comme une mue sur les hauteurs neigeuses dominant Teruel.

L'affaire aurait dû être réglée des années plus tôt. Ces lettres auraient dû être enterrées avec Tristram à Tarragone. Ou auraient dû se consumer quelque part très loin, le long du chemin qui se terminait ici, dans sa vieillesse et sa solitude. Mais elles ne l'avaient pas été. Aujourd'hui pourtant, tandis que se préparait inexorablement une nouvelle journée, il allait devoir régler leur sort.

Il se dirigea vers la cuisine, se déplaçant lentement et sans bruit de manière à ne pas réveiller Bron, son chien. Il enfila ses bottes et une veste et s'empara de la torche pendue à un clou à côté du plan de travail. Il ouvrit la porte de derrière et sortit dans le jardin, faisant une pause le temps de s'habituer à l'éclat de la lune. Il frissonna et eut un petit rire en songeant à sa fragilité de vieil homme. Il avait froid désormais, même par une nuit douce de plein été, alors qu'à une époque…

Se refusant à remuer de tels souvenirs, il prit la direction du portillon qui donnait sur la cour, soulevant et laissant retomber la clenche avec un soin pointilleux, car il ne voyait pas l'utilité de prendre des risques, même s'il avait du mal à imaginer lesquels. Il regarda autour de lui et inspira profondément. Tout était calme et silencieux. Le vent était tombé avec le déclin du jour, laissant la lune régner dans la pâleur fantomatique de sa splendeur sur les gouffres noirs et vides des champs et des landes. Il les connaissait tous par cœur. Chaque pic, chaque pente, chaque ravine. Jusqu'au moindre rocher, au moindre brin d'herbe. Il était ici chez lui. C'était, à n'en pas douter, ici qu'un jour, plus très lointain maintenant, il mourrait. Et au moins, une fois cette ultime tâche accomplie, mourrait-il la conscience en paix.

Le vieil âge aspire à la sécurité au moins autant qu'au repos. Il attendit plus longtemps que nécessaire pour laisser cette certitude le pénétrer à travers le froid ambiant. Puis il traversa la cour à grandes enjambées et pénétra dans la grange, se glissant par la porte entrebâillée. Il s'arrêta encore une fois. L'obscurité était totale, mais le silence ne s'imposa qu'une fraction de seconde après son entrée. Peu importait. Il n'y avait pas à se tromper sur l'origine du grattement. Un loir. Rien de plus ni de plus gros. Il ne bougerait plus tant qu'il sentirait sa présence. Or il n'en avait pas pour longtemps.

Il alluma sa torche et fit courir le cône de lumière le long de la moitié supérieure du mur de gauche. L'échelle était là, appuyée contre les pierres. Et, coincé entre la cinquième poutre et le toit de chaume, se trouvait ce qu'il était venu chercher. Les lettres d'Espagne de Tristram, remontant à cinquante ans en arrière. Son confessionnal. Son apologie. Son secret.

Frank fit un pas vers l'échelle qu'il plaça juste en deçà de la cinquième poutre. La main droite agrippée à la torche, laissant la lumière courir sur ses pieds, il se mit à grimper, assurant sa prise sur chaque barreau, avant de passer au suivant. Cinq échelons le menèrent à la cachette. Il braqua le rayon lumineux sur la cavité et distingua la forme familière et luisante sous la lumière de la boîte à biscuits en métal dont il s'était servi. Elle avait contenu à l'origine du *shortbread*, cadeau de Beatrix pour Noël. Aujourd'hui, elle renfermait un fragment de son passé, et le mensonge de celui d'un autre, sous forme d'encre et de papier, entouré d'une ficelle et d'un voile de mystère.

Il fit passer la torche dans son autre main et tendit le bras droit pour attraper la boîte, avant de commencer à redescendre. Un fardeau si léger, une tâche si simple : les choses ne tarderaient pas à se résoudre en toute sécurité. Le barreau suivant était le dernier. Il ne resterait plus qu'à...

Il fut arraché à l'échelle avec une brutalité et une soudaineté telles qu'il alla heurter le sol couvert de paille avant de comprendre ce qui lui arrivait. La boîte et la torche lui avaient échappé. Tandis qu'il s'efforçait de se remettre sur ses pieds, il fut aveuglé par l'éclat d'une violente lumière, puis une main gantée lui rejeta la tête sur le côté. Un mouvement au-dessus de lui, un trébuchement, un juron, une forme penchée à peine discernable, noire, fondue dans l'obscurité ambiante, un rond lumineux, puis un bruit métallique sur la pierre. Celui qui était là voulait la boîte à tout prix ainsi que son contenu, qu'il devait connaître. Or il avait trouvé les deux.

Frank se redressa sur un coude et vit l'homme accroupi à quelques mètres de lui, pressant quelque chose contre sa poitrine. Tout se passait trop vite pour qu'il puisse intervenir. Et il était en train de perdre ce qu'il n'aurait jamais dû chercher à préserver. Maudissant son âge et son égarement, il tenta de se redresser. « Arrêtez, hurla-t-il. Arrêtez, bordel ! »

Soudain, il fut de nouveau aveuglé, assailli par un faisceau de lumière blanche. Il ne voyait rien, entendait encore moins. Il essaya de se retourner, d'échapper un moment à la scène pour tenter de comprendre où il se tenait par rapport à l'homme et à la porte. Mais il était trop tard. Il avait gaspillé trop de temps depuis la réception de la lettre et n'avait aucun droit d'en réclamer davantage. Il le savait. C'était bien la seule chose qu'il savait avec certitude.

Quelque chose l'atteignit en pleine poitrine avec une telle violence qu'il en perdit l'équilibre et tomba à la renverse. Sa chute fut trop brève pour qu'il puisse penser à autre chose qu'à la honte dévorante que lui infligeait sa propre bêtise. Puis il alla heurter le mur. Et perdit connaissance.

DEUXIÈME PARTIE

30

Madrigueras
29 juillet 1937

Chère petite sœur,

Eh bien voilà, je l'ai fait. C'est ce que tu as toujours soupçonné que je ferais un jour ou l'autre, même si tu n'en as jamais rien dit. Mais nous n'avons pas besoin de parler pour communiquer, pas vrai ? Pas toi et moi. Nous nous comprenons. Nous l'avons toujours fait et le ferons toujours. Même s'il nous arrive de ne guère apprécier ce que nous comprenons.

Le congrès des écrivains était une bien plus grosse farce que ce à quoi je m'attendais, ce qui n'est pas peu dire. L'habituelle cohorte de moulins à paroles plus ou moins éméchés échangeant insultes et exhortations et se démenant à coups de poings serrés et d'esprits faibles. Si je n'avais pas déjà planifié de m'engager en arrivant ici, leur seule posture intellectuelle aurait suffi à me convaincre, je ne saurais assez te dire le soulagement qui a été le mien de les abandonner à leur sort et d'accomplir le seul geste qui vaille pour ce pays à la torture, j'aurais dû me porter volontaire pour les Brigades internationales à l'automne dernier, je l'aurais fait, n'était Mary et l'enfant. Bref mieux vaut tard que jamais, j'imagine.

Loin de moi l'idée de prétendre que toute cette affaire ne relève pas de l'inefficacité et de l'amateurisme, je ne vais certainement pas prétendre non plus que je suis correctement entraîné ou que je serai correctement armé et équipé quand le moment sera venu de passer à l'action. Mais là n'est pas la question, n'est-ce pas ? La question, c'est tout simplement de faire quelque chose – n'importe quoi – plutôt que de rester assis à attendre le bon plaisir des fascistes. Toute tentative visant à leur faire entendre raison ou à temporiser est vouée à l'échec. Il est d'ailleurs possible que rien n'y fasse, je ne donne pas cher de nos chances, pour tout dire. Mais du moins nous en reste-t-il encore une – celle de se battre. C'est la seule chose qui vaille.

Je sais ce que tu vas penser, je le sais parce que j'y pense souvent moi-même. Suis-je en train de vivre – ou de mourir – pour me montrer à la hauteur de Lionel ? Suis-je en train de chercher à prouver quelque chose à ceux qui ne voient en moi qu'une outre vide ? Peut-être, en effet. Peut-être, et quand bien même ? serais-je tenté de dire, je ne suis ni Byron, ni Brooke, ni Cornford. Pas encore, tout du moins. Si je finis dans un combat quelconque ici, je connaîtrai une forme d'immortalité comme une autre, à en juger par leur exemple. Les poètes devraient à mon sens mourir sur un champ de bataille plutôt qu'en fauteuil roulant !

Qu'as-tu à répondre à ça, petite sœur ? Après tout, ton opinion compte plus que la mienne. Depuis toujours, depuis que tu as ancré en moi cette idée. À quand remonte cet épisode ? Neuf ans, dix ? Bien longtemps, quoi qu'il en soit. Trop, diraient certains, pour un tel mensonge. Et je ne pourrais que leur donner raison. Même si le mensonge a souvent semblé plus proche de la vérité que ces empêcheurs de tourner en rond que sont les faits. Les choses ne peuvent guère continuer ainsi, je le sais. Mais comment y mettre fin ? Comment et quand ? Peut-être qu'en venant ici je m'efforce d'échapper à la réponse, je sais que toi, tu n'aurais jamais pris la fuite. Tu aurais consenti à toutes mes décisions, peu importe lesquelles. Mais tu es plus forte que moi et tu n'as pas eu à traîner le fardeau de cet artifice tout ce temps, comme un boulet au bout d'une chaîne invisible passée autour de mes pieds, me clouant sur place, pesant sur moi, me rappelant que chaque nouvelle accolade est vide de sens, chaque triomphe, une mascarade. Quel titre plus approprié pour marquer mes débuts dans la poésie que Les Yeux bandés, *puisque c'est bien un bandeau que mes lecteurs ont porté toutes ces années à leur insu. Je me demande s'il leur sera jamais ôté.*

C'est l'enfant qui pose problème, sœurette. Maurice Tristram Abberley. À peine quatre mois, et déjà je sens ses reproches m'accabler. Amis, amantes, critiques, poètes et lecteurs, tous plus crédules les uns que les autres, étaient des proies faciles. Même la nature confiante et ingénue de Mary ne semble guère avoir eu le pouvoir de troubler ma conscience. Si peu, en tout état de cause, en comparaison de ce fils qui sera un jour adulte et demandera à connaître la vérité sur son père.

La vérité, pour l'instant, c'est que je fais ce que je peux pour l'Espagne, par quoi tu dois comprendre « pour la cause perdue du socialisme », et que j'en suis fier. La peur, la colère, la frustration, les désillusions attendent patiemment sur le seuil au moment même où je t'écris, mais elles n'ont pas encore réussi à enfoncer la porte, et, le jour où elles le feront, je suis certain de pouvoir les affronter sans avoir l'impression de jouer les imposteurs.

Ne t'inquiète pas trop pour ton frère. Garde toute ta sympathie pour Mary, qui la mérite mieux que moi. Je serai sans doute de retour plus vite que je ne l'escompte, honteux et plein de ressentiment devant la fin prématurée de mon aventure insensée.

Tu pourras alors me dire à quel point j'ai été stupide. À moins que ce ne soit moi qui te le dise.

Je t'écris à nouveau dès que je peux.

Avec toute mon affection,

Tristram

31

Charlotte eut l'impression nébuleuse que la sonnette de la porte d'entrée résonnait depuis longtemps quand elle parvint enfin à émerger du sommeil. Il était à peine plus de 7 heures à en croire son réveil, et donc trop tôt même pour le facteur. Elle sortit de son lit, enfila tant bien que mal une robe de chambre, s'approcha de la fenêtre, en écarta les rideaux pour tenter d'apercevoir l'importun par la fente ainsi ménagée.

Frank Griffith ! Elle reconnut sa Land Rover garée dans l'allée avant même de le voir, lui, sur le seuil, écrasant impatiemment le bouton de la sonnette. Un instant, l'incongruité de sa présence devant sa porte la paralysa. Puis elle ouvrit les rideaux, remonta la fenêtre et se pencha.

« Frank ! »

Il leva la tête dans un sursaut, et ce fut alors qu'elle aperçut le bandage blanc sous le rebord de son chapeau, en même temps que les poils gris d'une barbe naissante sur son menton. Il avait l'air négligé, et exténué. Dans ses yeux brillait une lueur de désespoir.

« Mais… Mais qu'est-ce que vous faites ici ?
— Parce que vous n'êtes pas au courant ?
— Mais de quoi ?
— Puis-je entrer ? demanda-t-il après avoir pris une longue inspiration, comme pour se calmer.
— Que se passe-t-il ?
— Je vous le dirai à l'intérieur.
— Très bien. Une seconde, le temps que j'enfile quelque chose.
— Je vous attends. »
Quelques minutes plus tard, elle lui ouvrit la porte. Vu de plus près, il paraissait encore plus hagard et débraillé : de grands cernes noirs sous les yeux, un visage luisant de transpiration.
Il avait enlevé son chapeau et le tenait gauchement aplati dans ses mains. Sur le bandage qui lui entourait la tête, le sang avait pris une teinte brune en séchant derrière son oreille droite.
« Qu'est-ce qui vous est arrivé ?
— Ce n'est pas un accident.
— Mais quoi, alors ?
— Vous avez dit qu'on pourrait parler à l'intérieur.
— Oh oui, bien sûr. Excusez-moi. Entrez, je vous en prie. »
Elle s'effaça pour le laisser passer dans le hall. L'idée la traversa soudain qu'il avait dû quitter Hendre Gorfelen bien avant l'aube pour arriver ici aussi tôt.
« Est-ce que je peux vous offrir un thé, ou un café ?
— De l'eau, si ce n'est pas trop demander. »
Aucune trace de sarcasme dans sa voix, dont le timbre s'était pourtant indiscutablement altéré depuis leur dernière rencontre. Les premiers soupçons étaient

manifestement de retour, sans qu'elle puisse s'en expliquer la raison.

« Venez dans la cuisine, dit-elle, prenant les devants, avant de lui verser un verre d'eau, qu'il avala en trois gorgées. Racontez-moi tout, Frank, s'il vous plaît.

— Les lettres ont été volées.

— Quelles lettres ? »

Il se rembrunit un instant sous l'effet de la colère.

« Je ne les avais pas détruites, dit-il, tout en reposant son verre. Vous l'avez toujours su. Non ?

— Soupçonné, du moins. Voire espéré. Mais… vous dites qu'elles ont été volées ?

— J'ai eu la visite de Derek Fairfax, hier.

— Fairfax ? Comment a-t-il pu…, dit-elle, avant d'exploser sous le regard accusateur de Frank. Je ne lui ai rien dit. Dieu m'est témoin.

— Fairfax m'a fait comprendre quelle folie c'était de les garder, déclara-t-il, après l'avoir dévisagée un instant. Hier soir, je suis donc allé à la grange les sortir de leur cachette. Je m'apprêtais à les brûler, comme j'aurais dû le faire dès que je les ai reçues. Mais quelqu'un m'attendait.

— Qui ça ?

— Je n'ai jamais vu son visage. J'ai été pris par surprise. Jeté contre le mur, dit-il, en désignant le bandage autour de sa tête. J'ai dû perdre connaissance quelques secondes. Quand je suis revenu à moi, il n'y avait plus personne. Et les lettres avaient disparu.

— Oh, non ! » s'exclama Charlotte, en portant la main à sa bouche et en s'efforçant de digérer ce que venait de lui raconter Frank.

Les lettres de Tristram existaient donc bel et

bien. Et avaient suffisamment d'importance pour que quelqu'un use de violence afin de les récupérer. Comme ce quelqu'un l'avait peut-être déjà fait auparavant. En observant Frank de plus près, elle constata que ce n'était pas la méfiance qui le submergeait, mais la honte. Puis elle revint une fois de plus au bandage ensanglanté.

« Vous avez vu un médecin ?

— Non.

— Il le faut. Vous souffrez peut-être d'une commotion cérébrale. Il faudrait au moins panser la blessure.

— Je n'ai pas le temps ! lança-t-il avec une telle force que Charlotte se tut instantanément. Désolé, s'excusa-t-il aussitôt, en voyant sa réaction. Je suis venu directement ici après m'être nettoyé.

— Parce que vous croyiez que c'était moi l'instigatrice du vol ? »

Leurs regards s'affrontèrent un moment.

« Non, finit-il par concéder. Mais je me suis dit que vous aviez dû confier à quelqu'un, ou amené ce quelqu'un à croire, que j'avais toujours les lettres. » Dès qu'il eut fini, Charlotte rougit et détourna les yeux, faisant la grimace à l'idée de ce qu'avait induit sa sottise. « Il semblerait que j'aie vu juste, dit Frank.

— Non... C'est-à-dire que... je n'ai rien dit à Derek Fairfax.

— À qui, alors ?

— Je ne sais pas.

— Maurice ?

— Impossible. Par ailleurs...

— McKitrick ?

— Non. Il ne ferait jamais une chose pareille. Il

ne…, dit-elle en regardant de nouveau Frank, s'obligeant à rester calme et rationnelle. J'ai rapporté à Maurice et à Emerson ce que vous m'aviez dit. Il est possible qu'ils n'aient pas cru à la destruction des lettres. Moi-même, je n'y ai pas cru. Quant à Derek Fairfax, je n'ai pas la moindre idée de la manière dont il a pu l'apprendre.

— Par l'un de vous trois.

— Je suppose. C'est juste que je ne vois pas… Peu importe qui a pu le lui dire, dit-elle en secouant la tête, je ne l'imagine pas s'en prendre à vous.

— Moi non plus. Et pourtant quelqu'un l'a fait. Quelqu'un qui voulait récupérer ces lettres à tout prix. Fairfax, parce qu'il pensait qu'elles pouvaient sauver son frère. McKitrick, parce qu'il ne supporte pas l'idée qu'on puisse lui interdire de pénétrer plus avant dans l'esprit de Tristram Abberley.

— Qu'est-ce que cela lui apporterait de les lire ?

— Quelque chose qui réduirait à néant sa théorie soigneusement élaborée…, dit Frank, qui s'interrompit brutalement, bouche ouverte, les yeux fixés droit devant lui.

— Vous les avez donc lues, ces lettres ? demanda Charlotte, en s'approchant plus près de lui. Qu'est-ce qu'elles contiennent, Frank ? Pourquoi Beatrix a-t-elle pris tant de peine à les garder secrètes ? »

Il la regarda. Un moment, elle le crut prêt à tout lui révéler. Puis il serra de nouveau la mâchoire.

« Tout ce que je veux savoir, c'est comment trouver Fairfax et McKitrick.

— Je refuse de vous aider si je ne comprends pas.

— Parce que vous croyez que je comprends, moi ?

Si ç'avait été le cas, j'aurais pris Beatrix au mot et j'aurais brûlé… brûlé… »

Sa phrase resta en suspens, et il s'appuya lourdement contre le plan de travail derrière lui. Il était soudain tout pâle, et il leva une main tremblante à sa tempe.

« Qu'y a-t-il ?

— Je ne… je ne… » Il secoua la tête et cligna les yeux à plusieurs reprises. « Désolé. J'ai été pris de vertige. Mais c'est passé.

— Vous avez besoin de soins. Je vais vous conduire à l'hôpital.

— Non. Il faut que… »

Il fit un pas pour traverser la pièce, puis s'arrêta et pencha la tête en avant, grimaçant de douleur. Le voyant soudain vaciller sur ses pieds, elle se précipita pour le soutenir.

« Je vous emmène à l'hôpital. Immédiatement.

— Je peux pas… je peux pas… »

La grimace disparut. Il leva la main, semblant recouvrer quelque couleur mais toujours mal assuré sur ses jambes, et Charlotte, qui le tenait par le bras, le sentit trembler.

« Bon Dieu, qu'est-ce que je ne donnerais pas pour avoir quelques années de moins.

— Je vous en prie, Frank, laissez-moi vous emmener à l'hôpital. Tout le reste peut attendre.

— Vous croyez ?

— Il le faudra bien. »

Elle discernait tous les signes extérieurs de son débat intérieur : les contractions nerveuses de son visage, ses regards affolés. Mais elle sentait également la soudaine faiblesse qui avait commencé à miner sa résolution.

« D'accord, finit-il par murmurer. Faites comme bon vous semble. »

Charlotte lui fit repasser la porte de la cuisine. Tandis qu'ils progressaient lentement dans le couloir, il secoua la tête à plusieurs reprises, allant même jusqu'à dire une fois, sans raison apparente : « Désolé. » Charlotte ne répondit pas, pressentant que l'excuse de Frank Griffith ne s'adressait pas à elle, mais à quelqu'un d'autre qui n'était plus en vie pour la recevoir.

32

La deuxième comparution de Colin Fairfax devant le tribunal de Hastings fut – si tant est que la chose fût possible – encore plus promptement expédiée que la première. Il ne prit la parole qu'une seule fois, pour confirmer son identité. N'était sa position sur le banc des accusés, on aurait pu croire que la procédure ne le concernait en rien et qu'il se contentait d'observer, maussade, ce qui en réalité représentait une autre étape vitale du processus de dévoration par la loi dont il était l'objet. Il avait tout de la victime impuissante d'un python géant, avalée d'un seul coup d'un seul, consciente de l'épreuve à laquelle elle est soumise mais aussi de ce que résister ne fera que l'entraîner toujours plus loin et plus avant, là où patientent savamment les sucs gastriques.

En le regardant, Derek oublia avec une vitesse et une aisance stupéfiantes ce qu'il avait souffert aux mains de cet homme pendant tant d'années. Mensonges, impostures, tromperies. Ingratitude, raillerie, condescendance. Rien de tout cela ne comptait, aujourd'hui. Tout avait disparu, balayant du même coup les dénégations fanfaronnes sous lesquelles l'inculpé Colin Neville Fairfax n'était plus qu'un pauvre homme aux abois incapable de comprendre ce qui lui arrivait. En plus d'être, bien sûr, l'unique frère de Derek.

Lecture fut faite des chefs d'accusation. La partie civile requit un procès sommaire, auquel Albion Dredge ne s'opposa pas. Une liasse de dépositions changea de mains. Allusion fut faite à dix-sept pièces à conviction – en l'occurrence les Tunbridge Ware dérobés – disposées dans un coin sur une table. Ce sur quoi il fut décidé que Colin serait, selon les mots du premier magistrat, « traduit en justice et sommé de comparaître devant un juge et un jury au tribunal de Lewes ».

Avant que Derek ait eu le temps de prendre pleinement conscience de ce dernier développement, Dredge avait fait une timide demande de mise en liberté sous caution, qu'il se vit aussitôt refuser. Colin fut emmené, la cour se leva et Derek se retrouva en train de lambiner derrière une poignée d'avocats et de policiers. Il eut la vague impression que Dredge faisait de son mieux pour l'éviter. Il ne se montra, dans tous les cas, aucunement enclin à mettre fin à une discussion conviviale avec son homologue de la partie civile pour venir l'entretenir. Après s'être attardé un moment sans réussir à croiser son regard, Derek l'abandonna à ses petites affaires et tourna les talons en direction de la sortie.

En poussant la porte, il remarqua – sans vraiment lui prêter attention – une femme au pied de la courte volée de marches. Elle leva les yeux vers lui quand il commença à descendre, et ce fut alors qu'il la reconnut. Charlotte Ladram.

Il s'arrêta net. « Mademoiselle… Ladram », dit-il gauchement, cherchant à identifier ce qu'il trouvait de différent en elle par rapport au souvenir qu'il gardait de leurs précédentes rencontres. Elle était moins élégante, certes, vêtue d'un pantalon et d'un banal chemisier, et portait des lunettes noires qui cachaient ses grands yeux marron légèrement écarquillés. Mais quelque chose d'autre avait changé, de plus subtil, et pourtant – ce fut du moins l'impression qu'il en eut – de bien plus profond.

« Je… je ne…

— Bonjour, monsieur Fairfax, dit-elle en ôtant ses lunettes et en le regardant droit dans les yeux, mais sans sourire. Avez-vous quelques minutes à m'accorder ?

— Bien sûr.

— Nous pourrions peut-être discuter dans ma voiture ?

— Certainement. »

Elle fit demi-tour et se dirigea d'un pas vif vers le parking. Il dut hâter l'allure pour rester à sa hauteur.

« C'est… au sujet de ma lettre ?

— Pas vraiment.

— Quoi d'autre, en ce cas ? »

Elle contra sa question en lui en posant une elle-même.

« J'ai cru comprendre que votre frère devait passer en jugement ?

— Oui. En effet.

— Pas de preuve de dernière minute susceptible de lui sauver la mise ?

— Non, dit-il en fronçant les sourcils. Je ne vois pas comment il aurait pu s'en présenter.

— J'ai également cru comprendre que vous vous étiez beaucoup démené pour en trouver.

— Et pourquoi pas ? l'apostropha-t-il, soudain irrité par ses insinuations.

— La mienne, c'est la Peugeot», dit-elle en désignant une voiture devant elle, avec un regard furtif dans sa direction, trop bref pour qu'il ait le temps de déchiffrer ses pensées.

Ils arrivèrent à la voiture, et Derek se dirigea spontanément du côté passager. Charlotte laissa peser son regard sur lui un instant par-dessus le toit, avant d'introduire sa clé dans la serrure. Ils montèrent ensemble, et Derek s'apprêtait à mettre sa ceinture de sécurité quand il se rappela soudain qu'ils n'allaient nulle part. Il laissa la ceinture se réenrouler d'un geste emprunté.

« Ce que je disais dans ma lettre, je le pensais, vous savez.

— Je n'en doute pas.

— Tout ce que j'essaie de faire…

— Qui vous a parlé de Frank Griffith ? »

La question tomba comme un couperet.

« Je… je ne vois pas ce que…

— Vous lui avez rendu visite hier à Hendre Gorfelen et lui avez posé des questions à propos des lettres de Tristram à Beatrix, je me trompe ?

— Eh bien… non, c'est vrai.

— Qui vous avait renseigné ? »

Tardivement, mais point trop quand même, il recouvra ses esprits et contre-attaqua aussitôt. « Pourquoi vous dirais-je quoi que ce soit… alors que vous-même ne me dites rien ? »

Charlotte laissa sa tête tomber sur sa poitrine. Il l'entendit soupirer, sans savoir si c'était de lassitude ou d'exaspération.

« Je suis désolée, dit-elle d'une voix radoucie. Je n'ai aucun droit de vous interroger. Sans compter que je crois connaître la réponse. Ce n'est pas vous qui avez volé les lettres, n'est-ce pas ?

— Voler ? Vous voulez dire qu'elles…

— Existent vraiment ? Oui. Sauf si le voleur les a déjà brûlées.

— Alors… que contiennent-elles ?

— Je n'en sais rien. Frank Griffith a débarqué chez moi de bonne heure ce matin, et dans un triste état. Il s'était fait agresser. C'est arrivé la nuit dernière, au moment où il voulait sortir les lettres de leur cachette. Votre visite l'avait décidé à les brûler, comme le lui avait primitivement demandé Beatrix. Mais il n'en a pas eu le temps. Il est en observation à l'hôpital du Kent et du Sussex pour l'instant, et souffre d'une commotion cérébrale. Il ne m'a pas révélé le contenu des lettres ni la raison pour laquelle Beatrix voulait les voir détruites, en partie parce qu'il m'estime responsable de ce qui s'est passé, ce qui est effectivement le cas d'une certaine manière, dit-elle, ses mains posées sur le volant resserrant leur étreinte. Il me faisait confiance, et je l'ai trahi. Ce qui explique que je cherche à découvrir l'identité de votre informateur.

— J'ai promis de ne pas la révéler.

— C'est Emerson McKitrick, n'est-ce pas ?

— Qui ça ?

— Emerson McKitrick, dit-elle en se tournant vers lui et en le dévisageant.

— Mais… vous voulez dire… le biographe de Tristram Abberley ?

— Seriez-vous en train d'essayer de me dire que ce n'est pas lui ? demanda Charlotte, incrédule.

— Évidemment. Je ne le connais même pas. J'ai lu son ouvrage. Mais c'est tout.

— Alors, ça ne peut être que Maurice », dit Charlotte en fronçant les sourcils.

Tandis que Derek se demandait s'il devait ou non mentir, il comprit l'inutilité d'un tel geste. Son incapacité à tromper son semblable ne l'avait jamais tant frappé qu'à cet instant, alors que quelqu'un dont il cherchait désespérément à gagner la confiance le mettait au défi de laisser passer sa chance.

« C'est lui, n'est-ce pas ?

— Oui. Il m'a demandé de le retrouver à Ladram Avionics mercredi dernier et m'a tout raconté sur le compte de Frank Griffith et des lettres.

— Pourquoi ? Quelle raison vous a-t-il donnée ?

— Il m'a dit qu'il n'était plus certain de la culpabilité de mon frère, mais ne pouvait rien faire pour lui, au risque de s'attirer l'antagonisme de sa famille.

— Le mien, vous voulez dire ?

— Je suppose. Parmi d'aut…

— C'est parfaitement ridicule ! dit-elle en frappant le volant, exaspérée. Aïe !

— Que se passe-t-il ?

— Rien, dit-elle avec une grimace, en agitant sa main droite avant de l'examiner. Peut-être un bleu. Que je mérite amplement pour avoir laissé Maurice penser que je serais… » Elle s'interrompit, avant de reprendre sur un ton si différent que Derek eut l'impression désagréable qu'elle parlait davantage pour elle-même que pour lui. « En dehors de vous, seul Emerson McKitrick avait une raison valable pour voler ces lettres. C'est la vérité, que Maurice vous ait ou non poussé à rendre cette visite à Hendre Gorfelen. Et c'est moi qui ai confié à Emerson que Frank Griffith les avait cachées. En dernière analyse, la coupable, c'est moi. Coupable de l'avoir autorisé à me prendre pour une sotte. Coupable d'avoir rompu ma parole. D'avoir... »

Elle s'interrompit et s'appuya contre le dossier de son siège, tout en massant la paume de sa main, le regard perdu dans le vide, au-delà du pare-brise.

« Mademoiselle Ladram, si je peux faire quelque chose pour vous... pour vous aider, j'entends.

— Vous pouvez.

— Quoi donc ?

— Allez voir Frank Griffith. Dites-lui ce que vous venez de me raconter. Que si Emerson McKitrick a bel et bien ces lettres, je... Que je vais faire tout mon possible pour découvrir la vérité aujourd'hui même, d'une façon ou d'une autre.

— Comment ?

— C'est mon affaire. »

Elle le regarda, avant de laisser ses yeux s'égarer au-dessus de sa tête. Il aurait voulu pouvoir dire bien davantage, tout en n'ignorant pas à quel point ses propres préoccupations pouvaient paraître triviales aux yeux de Charlotte, et lui en voulant pour cette raison même. « Il faut que j'y aille, maintenant, dit-elle d'une voix teintée d'impatience. Il le faut vraiment. »

33

Ce n'est qu'après avoir traversé le pont à Cookham et tourné pour prendre la direction de Riversdale que Charlotte sentit sa résolution faiblir. Jusqu'alors, l'indignation avait balayé tout sentiment de honte. Mais à présent que sa confrontation avec Emerson McKitrick était imminente, son humeur changea. Elle s'arrêta au bord de la route, à quelques encablures de Swans' Meadow, et ramena le rétroviseur vers elle pour contempler son visage d'un œil critique : yeux bouffis, joues empourprées, lèvres tremblantes. Un voile de transpiration recouvrait son cou, son nez et son front, et quand elle retira sa main du cadre du rétroviseur, elle s'aperçut qu'elle tremblait.

Elle baissa la vitre et aspira l'air goulûment. Mais toute la fraîcheur de l'après-midi s'était dissipée, écrasée par une immobilité oppressante et voilée. Le courage dont elle avait besoin, elle allait devoir le trouver en elle. Et nulle part ailleurs.

Pourtant, rien dans sa vie n'avait préparé Charlotte à une telle situation. Une enfance protégée, une jeunesse peu aventureuse ne l'avaient guère armée pour démêler ses émotions, *a fortiori* les contrôler. Ce n'était pas tant l'éventualité d'une tromperie de la part d'Emerson qui la blessait que la certitude grandissante selon laquelle elle n'était pour lui qu'un moyen plutôt qu'une fin, et aussi dénuée d'intérêt et d'attrait qu'elle l'avait toujours soupçonné.

Elle leva les yeux vers son reflet dans la glace et vit les larmes affluer, déglutit d'un coup sec et descendit brusquement de la voiture. Si elle attendait davantage, elle ne serait plus en état de continuer. Et pourtant, il le fallait. Elle partit à grands pas en direction de Swans' Meadow, serrant les dents, déroulant dans sa tête tout ce qui serait susceptible de se dire ou de se faire quand elle l'aurait en face d'elle et qu'elle tenterait de déchiffrer son visage en quête de la trace insidieuse du mensonge.

Personne ne répondit à son coup de sonnette. C'était bien là la dernière éventualité à laquelle elle s'était attendue. Scrutant l'obscurité à travers l'œil-de-bœuf du hall, elle ne décela aucun mouvement, sans pouvoir toutefois se convaincre d'une pareille défection. Difficile de croire que tout le monde était sorti. L'absence d'Emerson ne l'aurait pas surprise, mais les autres, ou du moins l'un d'entre eux, étaient forcément là. Elle appuya encore une fois sur la sonnette et attendit. Sans plus de résultat.

En se retournant pour contempler l'allée, elle sut, en admettant qu'elle en ait jamais douté, que rentrer à Tunbridge Wells les mains vides était hors de question. Que dire à Frank Griffith ? Pire encore, que se dire à elle-même ? Non. Elle devait rester où elle était aussi longtemps que nécessaire. Impossible de laisser Emerson McKitrick se dérober.

Elle fit le tour de la maison pour l'aborder par-derrière et franchit l'arche de chèvrefeuille pour pénétrer dans le jardin, se demandant si elle allait tomber sur Samantha affalée sur sa chaise longue malgré l'absence de soleil. Mais la pelouse était vide. Aucun signe de Sam, ni de personne d'autre, d'ailleurs.

Elle s'approcha du belvédère et tâtonna dans le recoin ombreux ménagé au-dessus de l'entrée. La clé de secours était bien là, pendue à son clou. Elle s'en empara, revint sur ses pas jusqu'à la cuisine, dont elle ouvrit la porte. Elle posa la clé sur un des plans de travail avant de se rendre dans le séjour, le lieu le plus propice pour attendre.

C'est quand elle atteignit le hall qu'elle prit conscience d'un élément incongru – un rien de bizarre dans l'atmosphère – qui la fit s'arrêter net. Un instant plus tard, au moment où elle s'apprêtait à chasser cette impression qu'elle prit pour un nouveau symptôme de son anxiété, elle entendit un bruit à l'étage, qui s'apparentait davantage à une claque qu'à autre chose, puis un cri qui confinait au rire, puis… les voix d'Emerson et d'Ursula, ni spécialement aiguës ni non plus étouffées, aussi naturelles et désinvoltes que celles de deux personnes qui se croient seules.

« Allez, reviens te coucher, dit Emerson. L'importun est parti.

— Oui, répondit Ursula, dont la voix laissait encore transparaître les restes d'un rire. Tu as raison.

— J'ai toujours raison.

— À propos des envies d'une femme comme moi, c'est ce que tu veux dire ?

— Surtout ça, oui.

— Alors je suis surprise que tu me suggères de revenir au lit. » Un silence, troublé par un bruit de baiser, même si Charlotte soupçonna qu'il n'était pas sur la bouche. « Il fait plus frais ici, près de la fenêtre. »

Charlotte leva les yeux vers l'escalier, le palier vide, et surprit des ombres qui se déplaçaient sur le mur. Elle s'agrippa au pommeau de la rampe pour ne pas tomber, incapable d'avancer comme de battre en retraite, forcée, étant donné l'acoustique de la maison, d'écouter, tandis que ses pires craintes étaient éclipsées par les événements.

« Tu es vraiment insatiable, Emerson, dis-moi.

— Et toi, donc.

— Heureusement !

— Allez, viens t'asseoir. »

Une seconde, puis une autre, et Ursula poussa un gémissement.

« Dieu que c'est bon.

— Attends, le meilleur est à venir.

— Épargne-moi… tes reparties d'étudiant. Mais… rien d'autre. »

Leurs paroles se perdirent dans des halètements qui montèrent à l'unisson vers ce que Charlotte était aussi impuissante à empêcher qu'à éviter. Elle resta là sans bouger, s'évertuant à éloigner les images que suggéraient les grognements qu'elle entendait. Le plaisir qu'ils prenaient l'un à l'autre était indiscutable et, d'une certaine façon, bien pire que la conscience de ce à quoi ils étaient en train de se livrer. De même que le bruit de leur accouplement était bien pire que n'aurait pu l'être la vue de leurs corps nus et enlacés.

Puis vinrent l'apothéose, les plaintes, la chute, l'éloignement moite de leurs membres couverts de sueur, les baisers mouillés de rigueur, les rires rauques et détachés.

« Meilleur ? demanda Emerson.

— Que Maurice pourrait jamais l'imaginer.

— Et *quid* de Charlie ?

— Tu es trop bien pour elle. Beaucoup trop.

— Mais pas pour toi ?

— Oh, non. Moi, je mérite ce qu'il y a de mieux. Et je sais l'apprécier.

— Mouais, se moqua Emerson. On va dire que oui. »

Deux impulsions contraires se livraient bataille dans la tête de Charlotte. Monter et les affronter dans l'état où ils étaient, sur le lit. Ou tourner les talons et partir discrètement. Elle n'était pas assez courageuse pour choisir la première, mais assez pour résister à la seconde. Elle retourna dans la cuisine, s'arrêta devant la glace sous la pendule le temps de retrouver une contenance, puis ouvrit la porte qui menait au jardin avant de la claquer avec suffisamment de force pour faire tinter les verres dans le placard.

Un silence total s'abattit sur la pièce pour la première fois depuis qu'elle était entrée. Qui dura le temps qu'elle revienne dans le hall. Quand elle leva les yeux, Emerson était en haut de l'escalier, en train de s'envelopper dans un peignoir. Il était pieds nus, essoufflé, les yeux réduits à deux fentes au-dessus du sourire le plus fourbe qui soit.

« Charlie ! Vous avez sonné ? J'étais sous la douche, je n'ai rien entendu. » Mais il avait les cheveux secs. Comme s'il prenait soudain conscience de cette contradiction, il s'employa à y remettre de l'ordre en les lissant du plat de la main.

« Comment êtes-vous, heu… entrée ?

— Il y a une clé de secours dans le belvédère.

— Ah… d'accord. »

Il commença à descendre l'escalier.

« Où est passé tout le monde ?

— Oh, euh… eh bien, Sam est chez des amis, je crois. Et Aliki a pris un long week-end.

— Et Ursula ? »

Il arrivait au bas des marches, où il la fixa droit dans les yeux, sa prestation s'améliorant à la vitesse de l'éclair. Si elle n'était entrée qu'à cet instant, elle aurait pu se laisser prendre à son jeu, une fois de plus.

« Ursula ? demanda-t-il avec un sourire. Je ne sais pas. Sortie quelque part, j'imagine.

— Peu importe. C'était vous que je voulais voir.

— Vous avez l'air inquiète. Ça ne va pas ? » Il tendit la main vers elle et dut être surpris par la rapidité avec laquelle elle se déroba. « Charlie ?

— Ne me touchez pas.

— Pardon ?

— Vous avez fort bien entendu.

— Je ne… »

Une fraction de seconde, son regard faillit s'échapper en direction du palier à l'étage. Craignait-il l'apparition inopinée d'Ursula, en *négligé**, un sourire désinvolte aux lèvres ? Si c'était le cas, il s'arrangea pour dissimuler ses craintes avec un aplomb consommé. « Je ne comprends rien à ce qui se passe, Charlie. Pourquoi ne pas tout me dire ? »

Les lettres de Tristram étaient plus importantes que la colère et l'humiliation qui rongeaient Charlotte. Elle le savait, sans que sa tâche en fût facilitée pour autant.

« On a cambriolé Frank Griffith, la nuit dernière.

— Cambriolé ?

— Les lettres ont été volées.

— Vous voulez dire les lettres de Tristram ? »

Était-il bon comédien au point de pouvoir simuler le frémissement de surprise qui anima une seconde son visage ? Charlotte n'aurait su le dire.

« C'est vous qui les avez prises, n'est-ce pas ?

— Non, dit-il en secouant la tête.

— Vous m'avez sortie, couverte d'éloges, monté la tête en flirtant avec moi jusqu'à ce que vous soyez sûr qu'il les avait toujours, cachées à Hendre Gorfelen.

— Non.

— En ce cas, pourquoi m'avoir consacré tout ce temps ? Pas pour le plaisir de ma compagnie, je le sais pertinemment désormais... comme j'aurais dû m'en douter depuis le début.

— Que voulez-vous dire ?

— Pourquoi ne pas reconnaître que vous les avez ? De toute façon, je ne pourrais rien y changer.

— Pour la bonne raison que je ne les ai pas prises. Je ne vous cache pas que je l'aurais peut-être fait si j'avais su où elles étaient, ou même si j'avais été convaincu de leur existence. En ce cas, à l'heure qu'il est, je serais déjà dans un avion pour Boston, vous ne croyez pas ? Et non ici à me faire traiter de voleur. »

Il marquait un point, et, pour la première fois,

Charlotte se mit à envisager la possibilité que quelqu'un d'autre se soit chargé du vol, quelqu'un qui aurait aussi tué Beatrix, quelqu'un dont elle était encore très loin de découvrir l'identité ou le mobile.

« Frank Griffith a reconnu détenir les lettres ? demanda Emerson.

— Oui.

— Et vous a-t-il dit ce qu'elles contenaient ? Quel secret Beatrix voulait lui voir garder ? »

Quand elle le regarda, force lui fut de constater à quel point la curiosité du biographe avait pris le dessus. Elle ne lui avait jamais vu une expression aussi animée, et elle sentit enfin qu'elle le comprenait. Tout ce qu'il avait fait depuis son arrivée en Angleterre était conditionné par son désir de connaître la vérité au sujet de Tristram Abberley. Rien d'autre ne comptait. Jouer avec les émotions de Charlotte n'avait été qu'un moyen, au même titre que faire l'amour à Ursula. Qui ne comptaient pour rien, ni l'une ni l'autre.

« Qu'espériez-vous apprendre d'elle ? demanda-t-elle, en levant les yeux vers lui.

— De qui ? » dit-il en fronçant les sourcils.

Charlotte se rapprocha de lui et baissa la voix dans un murmure.

« Je sais qu'Ursula est en haut. Et je sais aussi pourquoi. J'ai tout entendu. Jusqu'au dernier mot, dit-elle avant de fermer les yeux, puis de les rouvrir et d'ajouter : Jusqu'au dernier son...

— Ah, je comprends tout », chuchota à son tour Emerson.

Aussi incroyable que cela puisse paraître, un sourire flottait sur ses lèvres.

« C'est tout ce que vous trouvez à dire ?

— Elle ne signifie absolument rien pour moi, Charlie, vous pouvez me croire.

— Sans peine. C'est bien ce qui rend la chose encore plus méprisable.

— OK. Vous avez peut-être raison. Mais écoutez-moi. Savez-vous ce que contenaient les lettres ? demanda-t-il, son sourire toujours plaqué sur le visage, cynique et insolent, sans une once de gêne ni de honte. Il faut que je sache. »

Elle recula, aussi certaine à présent de son innocence sur ce chapitre que de sa culpabilité sur tous les autres.

« Vous me dégoûtez, lança-t-elle d'un ton tranchant.

— Ça fait partie des risques du métier, dit-il avec un haussement d'épaules.

— Laissez-moi passer », siffla-t-elle en s'avançant vers la porte d'entrée, mais il lui barra la route, et elle dut s'arrêter.

Il souriait toujours, une étincelle de duplicité au fond de ses yeux marron foncé.

« Voulez-vous que je vous dise ce qui vous dégoûte vraiment, Charlie ?

— Si vous y tenez.

— C'est que vous me désirez toujours. » Il tendit la main et, avant que Charlotte ait eu le temps de reculer, lui effleura le sein. « Peut-être me désirez-vous plus encore maintenant que vous savez ce que vous avez raté. »

C'était la trace infime de vérité qui sous-tendait sa remarque – le désir incontestable qu'elle avait senti monter en elle au pied de l'escalier en les écoutant

– qui faisait le plus mal. Pourquoi fallait-il qu'il soit aussi détestable et pourtant si prêt à la comprendre ?

« Qu'est-ce qu'il y a dans ces lettres ? Je vous promets que vous ne le regretteriez pas si vous me le disiez. Je vous le garantis. »

Elle repoussa sa main et le dévisagea.

« Je regretterais le moindre mot que je pourrais avoir à vous dire. C'est moi qui vous le garantis.

— Vos paroles sont trop dures, Charlie !

— Et surtout sincères, croyez-moi. Contrairement à chacune des vôtres. Puis-je partir, à présent ?

— Bien sûr. Je ne vous retiens pas, dit-il en tendant les mains devant lui, comme s'il abandonnait la partie. Allez-y, je vous en prie. »

Et c'est ce qu'elle fit. Elle franchit la porte, descendit l'allée, pressant le pas sans un regard en arrière, se chapitrant pour ne pas flancher ni défaillir, retenant ses larmes jusqu'à ce qu'elle ait retrouvé le refuge de sa voiture pour pouvoir les laisser enfin couler. Secouée de sanglots, elle sortit la carte du fleuriste de son sac et son paraphe empanaché. Les premières gouttes annonciatrices d'un gros orage tombaient déjà quand elle baissa sa vitre pour en jeter les fragments déchirés. Puis elle démarra et s'éloigna d'un coup d'accélérateur rageur.

34

La vigueur et l'assurance dont Frank Griffith semblait avoir témoigné sur son territoire rural s'étaient évanouies au contact de l'univers aseptisé de l'hôpital. Derek eut la vision d'un homme frêle, usé par l'âge, propulsé sur une montagne d'oreillers, vêtu d'un pyjama à larges rayures fermé au col, qui se fondait presque dans la masse des patients du service, somnolant et salivant dans leur lit. L'éclat de ses yeux s'était terni et sa voix assourdie depuis leur dernière rencontre.

« Je n'ai pas volé ces lettres, monsieur Griffith.

— Je sais.

— Ni payé quelqu'un pour le faire.

— Ça, je le sais aussi. Si vous l'aviez fait, vous auriez déjà compris à l'heure qu'il est qu'elles ne peuvent en rien aider votre frère.

— C'est possible. J'espère simplement que quelque chose d'autre le pourra.

— Pourquoi ? Pourquoi vous en préoccuper ?

— Parce qu'il reste mon frère, quoi qu'il advienne.

— J'ai cru avoir des frères à une époque. Des

centaines de frères. Des milliers, dit Griffith, dont le regard alla se perdre au-delà de Derek et même, lui sembla-t-il, du mur derrière lui. J'aurais dû faire preuve d'un peu plus de discernement.

— La voix du sang, vous savez.

— Elle ne dit plus rien à mon âge. Pas plus qu'à un autre si... » Il s'interrompit, et son regard revint se poser sur Derek. « Qu'est-ce que vous faites dans la vie ?

— Je suis comptable.

— Vous soldez les comptes, commenta Griffith en hochant la tête.

— Parfois.

— Pas ces comptes-là, notez bien. Il y a longtemps qu'ils ne sont plus à solder.

— Pas nécessairement.

— Oh, si. Croyez-moi.

— Comment le pourrais-je, quand vous refusez de me dire ce que j'ai besoin de savoir ? »

Griffith retomba un moment dans le silence. Un accès de toux glaireux explosa un peu plus loin dans la salle commune pour la troisième fois.

« Quel genre d'homme est votre frère, monsieur Fairfax ? finit par demander Griffith.

— Colin ? Il est antiquaire, comme vous le savez déjà. Pas forcément très honnête, j'en ai peur. Je ne me chargerais pas de ses comptes, pour être franc.

— Mais quel genre d'homme ?

— Charmant. Sociable. Engageant. Sympathique, à sa manière. Mais aussi vaniteux, peu fiable et peu loyal.

— Ce qui ne vous empêche pas de continuer à vouloir l'aider ?

— Qui d'autre s'en chargerait, si je n'étais pas là ?

— En ferait-il autant pour vous ?

— Je ne sais pas. La situation ne s'est jamais présentée. Sauf…

— Sauf ?

— Quand nous étions enfants, à Bromley, dans les années 1940, notre père avait construit une petite piscine dans le jardin. Il voulait que nous apprenions à nager. C'est ce que nous avons fait, même si je n'ai jamais été très emballé. Colin, lui, en revanche… Bref, un jour de l'été de mes cinq ans, et alors que nos parents étaient sortis, je suis tombé en faisant le fou sur la margelle et je me suis cogné la tempe. J'ai dû perdre connaissance, car je ne me souviens de rien après ma chute dans l'eau. Colin s'amusait à grimper à un arbre au fond du jardin. Un gros chêne. Il a vu ce qui se passait, m'a vu flotter à plat sur l'eau. Il a dû comprendre que j'étais en train de me noyer. Il est descendu à toute vitesse, a traversé le jardin en courant, sauté dans la piscine et m'a sorti. Il m'a sauvé la vie. Sans lui, je ne serais pas ici aujourd'hui.

— Vous considérez donc que vous avez unc dette envers lui ?

— Non. Ce n'est pas ça. Je n'agirais pas autrement même si… »

Un changement d'expression sur le visage de Griffith – un regard furtif vers la gauche – interrompit Derek au beau milieu de sa phrase. Quand il se retourna, ce fut pour apercevoir Charlotte Ladram qui remontait lentement l'allée centrale. Elle était toute rouge, et il lui parut évident qu'elle avait pleuré.

« Mademoiselle Ladram, dit-il en se levant pour lui proposer sa chaise, qu'est-ce…

— Emerson McKitrick n'a pas pris les lettres, dit-elle d'un ton égal, étrangement détaché.

— En êtes-vous vraiment sûre ? demanda Griffith.

— Absolument, dit-elle, en s'appuyant contre le dossier de sa chaise, pendant que Derek allait s'en chercher une autre. Je vous en prie, ne me demandez pas d'explications.

— Il est toujours ici, si je comprends bien, dit Griffith. En Angleterre ?

— Oui.

— Alors je suis d'accord avec vous. Il ne peut pas les avoir prises.

— Non, s'il l'avait fait, il serait rentré directement à Boston. C'est d'ailleurs ce qu'il a dit lui-même. Je suis désolée, Frank, dit-elle en poussant un soupir. Vraiment. Comment vous sentez-vous ? On m'a dit qu'on ne vous gardait que par mesure de précaution.

— En observation.

— Oui, c'est ça.

— Je n'aime pas beaucoup être observé, grommela-t-il.

— Et vous n'allez pas aimer non plus ce que je m'apprête à vous dire. Mais je ne peux pas faire autrement.

— De quoi s'agit-il ? »

Derek vit ses mains se crisper et ses poings se serrer et devina qu'elle avait dû répéter ce petit discours à plusieurs reprises.

« Je ferai tout ce qui est en mon pouvoir pour vous aider à retrouver ces lettres, mais à moins que vous m'en révéliez le contenu – autrement dit la nature du secret de Beatrix –, je ne peux rien pour vous.

— Vous en demandez trop.

— Cette affaire, nous devons la régler ensemble, sur un pied d'égalité, ou pas du tout.

— Mais vous n'en comprenez pas les termes.

— Eh bien, aidez-moi à le faire.

— Les choses seraient-elles plus simples, les interrompit Derek, si je vous laissais tous les deux ?

— Peut-être, dit Charlotte.

— Non, rectifia Griffith, en secouant la tête. Si je dois vous dire quelque chose, ce sera à tous les deux.

— C'est une affaire de famille, intervint Charlotte. Ne vaudrait-il pas mieux…

— Non, insista Griffith. C'est une affaire de famille depuis bien trop longtemps. Qu'il reste. Peut-être qu'il pourra aider son frère quand il aura compris ce qu'ont fait Tristram et Beatrix.

— Entendu », dit Charlotte, en glissant un œil en coin à Derek.

L'imminence de la révélation était suspendue au-dessus d'eux comme de l'électricité dans l'air. Ils se penchèrent sur leur chaise, comme s'ils s'attendaicnt à ce que Griffith livre son secret dans un murmure. Mais quand il reprit la parole, ce fut sur un ton inchangé. Maintenant qu'il avait décidé de tout révéler, il semblait déterminé à le dire à voix haute.

35

Bujaraloz,
7 septembre 1937

Chère petite sœur,

Je suis sur le front. On m'a jugé digne de partager les hasards et les privations de la réserve active sur le champ de bataille aragonais écrasé de soleil et battu par les vents. Presque une bribe de poésie là-dedans, tu ne trouves pas ?

Mais pas suffisamment. Pas suffisamment, tant s'en faut. Il en a toujours été ainsi, bien sûr. L'idée. L'image. Et maintenant l'acte. Mais jamais le mot juste et parfaitement adéquat, jamais sa vérité, sa précision, son lustre. À moins qu'il s'agisse d'un requiem. Du moins puis-je encore espérer un jour en composer un – ou qui sait, l'inspirer.

Il me faut choisir mes mots avec soin. Il est tard pour apprendre une telle leçon, tu ne crois pas ? Mais c'est un fait. Je ne peux pas, pour des raisons évidentes, en dire trop sur ce que nous faisons ici ni sur l'éventuel succès de notre entreprise. Ce que je suis quand même en mesure de révéler c'est que tout est sinistre, désolant et sans doute inutile. Mais c'est dans le même temps plus glorieux, splendide et salutaire que tout ce que j'ai accompli jusqu'ici.

Le bataillon s'est vu singulièrement renforcé par l'arrivée d'Espagnols, même s'il reste britannique dans son identité. Le cœur n'en est pas constitué d'officiers avec leur accent de public schools*, leurs prétentions à une vie d'aventures romanesques et leurs références communistes brillantes et intactes. Certes pas. Poudre aux yeux que tout cela ! Ce qui soude ce bataillon – ce qui panse ses blessures et bande ses muscles – c'est la classe travailleuse, dure à la tâche, rude, et protestataire. Ceux qui viennent de Glasgow, mais aussi les Geordies avec leur accent du Tyneside, les Scousers de Liverpool et les gars de Swansea qui ont déserté les rangs des chômeurs afin de venir défendre la liberté.*

Comme il est étrange et déroutant, voire parfois gênant, de découvrir ce que signifie réellement la mise en pratique de ses principes. Il ne s'agit pas de pontifier, ni de rédiger des pamphlets. Pas plus que de versifier, d'ailleurs. Rien d'aussi facile ni d'aussi confortable. Il s'agit bien plutôt de continuer à marcher quand on crève de soif, à porter des fardeaux la faim au ventre, à se battre quand tout ce dont on a envie c'est de dormir. Il s'agit de découvrir sa nature profonde. Et de ne pas avoir honte de cette découverte.

Il y a un sergent dans ma compagnie, un dénommé Frank Griffith, lumineux comme un diamant, solide comme un roc. Sûr de lui. Beaucoup moins de la raison de notre présence ici. Ce qui, pour être franc, le rend malade. Même s'il ne l'admettra jamais. Ni idiot. Ni héros. Mais le seul genre d'homme – et le meilleur – que l'on puisse rêver d'avoir à ses côtés dans des moments comme ceux-ci. Sans concession. Il ne fuira jamais, ne trahira jamais.

Sais-tu quel ouvrage il transporte partout avec lui dans son paquetage ? Ce sont les autres qui me l'ont dit et, depuis, je l'ai moi-même aperçu dans ses affaires, même s'il ne le sait pas. Le Sommet de la colline. *Je te jure ! Le Sommet pourri de la frauduleuse Colline. De quoi rire, non ? Ou pleurer ?*

Je suis heureux qu'il ne m'en ait pas parlé. Heureux qu'il ne m'ait pas demandé un autographe ou qu'il ne m'ait pas dit que « Faux prophètes » est son poème préféré de toute la période contemporaine. Heureux parce que je ne sais pas trop ce que je répondrais. Vraiment pas.

Notre mensonge, qui remonte désormais si loin, n'a pas sa place ici, vois-tu, pas plus qu'aucune autre idée préconçue, d'ailleurs. Il ne serait d'aucune utilité. Ne suffirait pas. Des hommes tels que Frank Griffith valent mieux que cela, je trébucherais sur les mots. Le mensonge que j'ai mis dix ans à peaufiner m'étoufferait, je ne pourrais tout bonnement pas m'y résoudre.

Prie le ciel pour qu'il ne me demande jamais rien, sœurette. Prie, dans mon intérêt et dans le tien. Parce que s'il le faisait, il me faudrait lui avouer la vérité. Il me faudrait lui dévoiler l'identité du véritable auteur des poèmes, de tous, jusqu'au dernier. Toi, ma chère sœur ignorée du monde, parce qu'elle ne veut ni gloire ni célébrité. Pas moi. Pas ce simulacre de poète au teint cuivré qu'on appelle Tristram Abberley. Mais toi. L'authentique et inestimable maîtresse de la rime et de la raison.

Ne t'inquiète pas trop. Ça n'arrivera sans doute jamais.

Cet homme ne parlera pas, et moi non plus. Notre secret est bien gardé, je continuerai à faire semblant d'être celui que tu ne pourras jamais être et ce que je ne peux empêcher les autres de penser de moi : un soldat et aussi un poète, je t'écris à nouveau dès que possible.

Avec toute mon affection,

Tristram

36

« Alors ? interrogea Frank Griffith en leur jetant tour à tour un regard de nouveau chargé de défi. Vous n'avez rien à dire ? Vous vouliez connaître le secret de Tristram. C'est chose faite, à présent.

— Il n'a donc jamais été poète ? » interrogea Derek en fronçant les sourcils.

Charlotte entendit clairement la remarque, mais de loin, comme une sorte d'écho qui l'aurait atteinte par le biais d'un cornet acoustique. Il lui semblait qu'à chaque nouvelle avancée de sa part, ses espoirs étaient anéantis, ses convictions balayées. Impossible de faire confiance à Emerson McKitrick. Ursula n'était pas davantage fiable. Et tout ce qu'avait pu dire Beatrix de son jeune frère porté aux nues et aujourd'hui disparu était faux.

« C'est Beatrix qui a écrit les poèmes ? murmura-t-elle. Tous ?

— Jusqu'au dernier, asséna Frank d'une voix sans pitié, comme s'il avait décidé de ne rien lui épargner de la vérité maintenant qu'elle l'avait réclamée. L'esprit de Tristram était apparemment riche d'idées et d'images, mais il ne possédait pas le talent de les traduire en vers. Beatrix, en revanche, n'était pas inspirée, mais techniquement, elle était très douée. À eux deux, ils ont fait un poète. L'un sans l'autre, ils étaient simplement d'un côté un rêveur, de l'autre une sœur très pragmatique.

— Quand est-ce que vous l'avez découvert ?

— Quand je suis arrivé à Tarragone en mars 1938 et que je l'ai trouvé à l'agonie. C'est là qu'il m'a tout raconté. C'est à moi qu'il s'est confessé sur son lit de mort. Il ne voulait pas d'un prêtre pour l'absoudre. Il me voulait moi… un de ses lecteurs.

— Et vous l'avez absous ?

— Dans la mesure de mes moyens. J'étais sous le choc, bien sûr. J'avais appris à le connaître et à l'apprécier pour l'homme qu'il était et non pour le poète qu'il n'était pas. Les poèmes n'étaient que des mots, tandis que lui était un être de chair et de sang. Le fait qu'il n'en était pas l'auteur ne pouvait ni réduire à néant notre amitié ni abîmer le souvenir que j'étais décidé à garder de lui. Tristram Abberley était un type bien. Même à l'époque, j'ai compris que c'était plus important que d'être un bon poète.

— Mais pourquoi ? Pourquoi avoir fait une chose pareille ?

— Ça a démarré comme une plaisanterie, quand Tristram était encore à Oxford. À titre d'expérience, ils ont proposé "Les Yeux bandés" à Auden pour qu'il l'inclue dans l'anthologie qu'il avait l'intention de publier, simplement pour voir quelle réception lui serait réservée. Beatrix avait délibérément adopté le style du cercle d'Auden et prédit que le poème serait bien accueilli à condition que l'un des leurs en soit l'auteur. Il s'est avéré qu'elle avait raison. Il a attiré bien plus d'éloges qu'ils ne s'y attendaient l'un et l'autre. Le titre faisait partie de la supercherie. "Le bandeau tu le serres, sinon tu verras trop clair." "Qui affronte les hommes ? Qui tient la plume ?" Pratiquement chaque vers contenait des allusions et des expressions à double entente, mais les gens ne les remarquaient pas, ou, s'ils le faisaient, n'en comprenaient pas le sens. L'expérience a été un franc succès.

— Qu'ils ont décidé de réitérer ?

— Non. Les choses en seraient restées là, au stade d'un simple canular pour le plaisir, s'il n'y avait pas eu cette rupture avec leur père. Quand ils se sont fait jeter dehors sans un sou à l'hiver 1932, Beatrix s'est dit que la poésie pouvait devenir un moyen de les empêcher de mourir de faim. La réputation dont jouissait Tristram à Oxford était leur seul capital, et c'est ce qui les a décidés à écrire ensemble *Le Sommet de la colline,* sous le nom de Tristram. À partir de là, il était trop tard pour faire marche arrière. Personne n'avait envie d'apprendre que c'était Beatrix l'auteur quand Tristram remplissait si bien le rôle. Qui plus est, il appréciait l'attention dont il était l'objet, alors que ce n'était pas du tout le genre de Beatrix. Elle a écrit le deuxième recueil contre son gré. Leur besoin d'argent n'était plus aussi pressant. Seul le nouveau statut de Tristram au sein des cercles littéraires exigeait de lui qu'il continue à produire. Beatrix ne s'est prêtée au jeu qu'avec réticence.

— Ma mère était au courant ?

— Pas du vivant de Tristram. Et il m'a expressément demandé de ne rien lui en dire après sa mort.

Pour finir, c'est Beatrix qui lui a appris la nouvelle, des années plus tard, à l'époque de la publication des *Poèmes espagnols.* »

Charlotte réagit avec un temps de retard, mais elle se rendit soudain compte que la publication du recueil posthume des œuvres de Tristram reposait non pas sur *un* mensonge, mais sur plusieurs.

« Ma mère n'a jamais reçu aucun poème d'Espagne, je me trompe ?

— Non. Bien sûr que non.

— En ce cas…

— Dites-vous que l'argent, c'est important. Seuls ceux qui n'en ont jamais manqué soutiendront le contraire. Or, pour tout dire, l'Angleterre de l'après-guerre en manquait cruellement. L'entreprise de votre père battait de l'aile, et les œuvres de Tristram ne rapportaient pratiquement plus rien à l'époque. Beatrix a conçu l'idée de *Poèmes espagnols* comme une façon de venir en aide à sa famille. Et à moi. Ces poèmes n'étaient pas aussi bons que les précédents. Beatrix en était consciente. Sans l'inspiration de son frère, sa production avait un côté mécanique, manquait d'âme. Dommage qu'il ne l'ait pas su. N'ait pas su, j'entends, qu'il était fondamentalement un poète, du moins en partie. Mais le recueil a atteint son but : il a ranimé la réputation de Tristram au moment où elle semblait amorcer un déclin irréversible. Les ouvrages antérieurs ont été réimprimés. Et les gens ont reparlé de lui en lisant son œuvre et en ont fait un poète culte, mort en héros en Espagne. Grâce à l'argent récupéré, la famille a réussi à remettre Ladram Avionics sur pied, du moins pour un temps. Et Beatrix a fait en mon nom l'acquisition de Hendre Gorfelen. Comme vous voyez, je suis partie prenante dans la conspiration. »

Les discussions familiales angoissées rapportées par l'oncle Jack faisaient sens à présent, au même titre que la publication différée de *Poèmes espagnols.* Charlotte se remémora les explications avancées par sa mère à ce sujet – elle affirmait avoir trouvé trop douloureux d'en envisager la parution – et flancha devant l'énormité du mensonge. Il n'y avait alors rien à publier – jusqu'à ce que Beatrix l'ait écrit. Jusqu'où remontaient les mensonges ? se demanda-t-elle. Combien lui en avait-on servi au cours de son existence ?

« Qui était au courant, Frank ? Vous, Beatrix et ma mère, manifestement. Mais qui d'autre ?

— Votre père. Personne d'autre. Pas à l'époque.

— Mais depuis ?

— Je n'en sais rien. Aucun d'entre nous n'avait intérêt à partager ce secret avec un tiers. Votre père et votre mère ignoraient même que je le connaissais. C'était une affaire entre eux et Beatrix. »

Charlotte hocha la tête, s'évertuant en son for intérieur à assembler et à identifier les conséquences de ce que venait de leur confier Frank. Ils auraient tous gardé le secret. C'était évident. Ce qui revenait à dire que Beatrix n'aurait jamais rien révélé des lettres à Emerson McKitrick. Alors, qui l'avait mis au courant ? Sa mère ? Peu probable, mais qui d'autre ? Quand elle releva la tête, elle découvrit le regard de Frank posé sur elle, tandis que celui-ci s'appliquait manifestement à tenter de suivre le cours de ses pensées.

« McKitrick mentait. Je l'ai su dès qu'il s'est mis à raconter son histoire. Beatrix ne lui aurait même pas donné les horaires de train pour Londres, alors vous pensez bien… C'est quelqu'un d'autre qui l'a renseigné. Quelqu'un qui connaissait l'existence des lettres, sans savoir où elles se trouvaient, et qui avait besoin de mettre la main dessus, mais sans avoir à fournir d'explications à quiconque.

— Et qui s'est également introduit dans Jackdaw Cottage, fit remarquer Derek, pour assassiner Beatrix parce qu'il croyait y trouver les lettres.

— Je vous l'accorde», dit Frank.

Charlotte les regarda tour à tour. Se pouvait-il qu'ils aient déjà atteint la conclusion dont elle-même approchait avec réticence et dégoût ? La personne à laquelle ils faisaient allusion ne pouvait avoir appris l'existence des lettres que par l'intermédiaire de Ronnie ou de Mary Ladram. Et elle n'aurait pu recruter Emerson McKitrick pour faire son sale boulot que si elle avait été en mesure de se rendre aux États-Unis entre le moment de la mort de Beatrix et l'arrivée d'Emerson en Angleterre.

« Vous pensez à Maurice, n'est-ce pas ? demanda-t-elle, hésitante.

— Ma foi, répondit Frank, c'est le seul candidat plausible, non ? Votre mère a sans doute pensé qu'il avait droit à la vérité concernant son père.

— Oui, mais… »

Son instinct dictait à Charlotte de prendre la défense de Maurice, mais elle avait aussi besoin de temps pour savoir si Frank était dans le vrai ou non. Maurice était-il capable d'actes semblables ? Et dans ce cas, pour quelles raisons ? S'il n'en avait aucune, qui d'autre à sa place ? Si l'on écartait Maurice, sur qui faire porter les soupçons ? Elle n'eut pas plus tôt formulé ces questions qu'elles se désagrégèrent pour prendre la forme d'une assertion ferme et définitive.

« Je refuse de croire que mon frère puisse être un meurtrier.

— Demi-frère, la corrigea Derek.

— Quelle différence ? rétorqua-t-elle en lui lançant un regard noir.

— Peut-être que vous ne le connaissez pas aussi bien que vous le croyez.

— Aussi bien que vous-même connaissez votre frère, c'est ce que vous voulez dire ?

— Oui, je suppose qu'on pourrait…

— Maurice est un homme bien plus honorable que votre frère, monsieur Fairfax. Vous pouvez me croire sur parole. Je l'ai connu toute ma vie. Il est bon, intelligent, dur à la tâche et admirable en tout point.

— Charlotte, intervint Frank, tout ce que j'essaie de dire…

— Quelle raison aurait-il d'agir de la sorte ? Pourquoi vouloir révéler le mensonge de son père au grand jour ? Pourquoi assassiner sa tante au risque de discréditer toute la famille ? C'est ridicule, absurde, impensable. »

Charlotte rougit devant la véhémence de ses propos, et Derek et Frank semblèrent trop effarés dans un premier temps pour songer à répondre. Les rares occupants de la salle commune encore en état de le faire tournèrent la tête dans sa direction et la dévisagèrent.

« Je sais, dit alors Frank. Tout ce que vous dites est sans doute vrai. Mais il n'en reste pas moins que Beatrix a été assassinée, et que je me retrouve ici avec une commotion cérébrale. Sans compter que les lettres ont disparu. Tous ces événements ne sont pas le fruit de notre imagination. Ils ne vont pas s'évanouir d'un claquement de doigts. Vous les expliquez comment ?

— J'en suis incapable.

— C'est bien ce que je pensais. Et moi de même. Mais peut-être que Maurice le pourrait, lui. »

37

Dès qu'elle se retrouva à Ockham House, Charlotte téléphona à Ladram Avionics. À son immense soulagement, la secrétaire de Maurice n'était pas encore partie pour le week-end.

« Que puis-je pour vous, mademoiselle Ladram ?

— C'est au sujet du séjour de Maurice aux États-Unis.

— Ah oui ?

— Quand est-il censé rentrer ?

— Mercredi.

— Dans la matinée ?

— Il atterrit à Heathrow à… laissez-moi vérifier… 9 h 30. Et je crois qu'après, il vient directement ici.

— Merci. »

Ainsi donc, quatre jours seulement la séparaient des assurances que Maurice allait lui fournir. Elle se sentait si proche de lui à cet instant. Trahi par Ursula. Accusé par Frank Griffith. Et inconscient du procès qu'on lui faisait, incapable de se défendre. « Il s'est bien envolé pour New York hier, je ne me trompe pas ?

— Absolument. Vous l'ignoriez ?

— C'est une question de timing. Quelqu'un – une connaissance commune – croit l'avoir aperçu… à Londres… hier soir.

— C'est tout à fait impossible, mademoiselle Ladram. M. Abberley a embarqué sur le Concorde hier matin à 10 h 30. J'ai réservé le vol moi-même.

— Cette personne a dû se tromper. »

Une vague de soulagement submergea Charlotte. L'idée que Maurice puisse être l'auteur du vol des lettres lui avait d'emblée paru loufoque. Elle relevait désormais d'une impossibilité pratique. « Je vous remercie du renseignement. Au revoir. »

Elle reposa l'appareil, passa dans le séjour où elle se servit un grand gin tonic avant d'ajouter un peu plus de gin. La première gorgée gomma quelque peu la douleur, la deuxième apaisa le tranchant du souvenir. Les fleurs d'Emerson, toujours superbes, étaient disposées dans plusieurs vases autour de la pièce, mais, en faisant des efforts, elle arrivait presque à effacer l'essentiel des mots dont il s'était servi et pratiquement tous les bruits qu'elle avait entendus. Pas tout à fait, cependant. Même si elle vidait la bouteille, le sentiment cuisant de sa propre crédulité persisterait, l'horrible vérité de sa dernière saillie. *Voulez-vous que je vous dise ce qui vous dégoûte vraiment, Charlie* ? « Non, grommela-t-elle dans son verre. Non. S'il vous plaît. »

La sonnette de la porte d'entrée résonna dans la maison, magnifiée par le silence ambiant, faisant tressaillir Charlotte, qui répandit une partie de son verre sur la manche de son chemisier et dut refouler une soudaine envie de fondre en larmes. Elle posa son verre et se précipita dans le hall, espérant que son visiteur la rendrait promptement à sa solitude.

C'était Derek Fairfax. Un sourire hésitant sur les lèvres.

« Mademoiselle Ladram, commença-t-il. Je suis désolé… désolé de vous déranger.

— Que voulez-vous ?

— Puis-je entrer ?

— Pourquoi ?

— J'ai quelque chose à vous dire… à vous demander. Ça pourrait être très important. »

Charlotte était lasse de discuter. « Entendu, dit-elle, en ouvrant grand la porte. Entrez. »

Elle le précéda dans le séjour et se tourna pour le regarder, décidée à ne rien lui offrir, ni verre, ni siège, ni excuse qui justifient qu'il s'attarde.

« Eh bien ?

— Je suis désolé si ce que j'ai dit… à l'hôpital… vous a froissée.

— Comment ne pas être froissée par une accusation de meurtre lancée contre son propre frère ? *Demi*-frère, comme vous l'avez vous-même fait remarquer, ajouta-t-elle au bout d'un silence.

— Je voulais simplement dire…

— Il se trouve que l'on vient de me confirmer qu'il était déjà à New York au moment où Frank a été agressé. Vous allez devoir vous chercher un autre suspect, j'en ai peur.

— Pas nécessairement.

— Que voulez-vous dire ?

— Une explication plausible m'est venue après

votre départ. Elle ne va pas vous plaire, mais je crois que vous devriez quand même l'entendre.

— Quelle explication ?

— Combien rapportent par an les droits d'auteur aux héritiers de Tristram Abberley ?

— Je vous demande pardon ?

— La poésie de Tristram. À combien se montent les droits d'auteur qu'elle génère ? »

Charlotte le dévisagea un moment, essayant de faire la part respective de son outrecuidance et de sa timidité.

« Mais en quoi ça vous regarde ? finit-elle par dire.

— Cinquante mille ? Soixante ? Davantage ?

— Je répète : en quoi cela peut-il bien vous concerner ?

— Vous ne niez pas qu'il s'agit d'une somme considérable ?

— Non.

— Ou que votre demi-frère en perçoit la totalité.

— Bien entendu. C'est le fils de Tristram. »

La mort de la mère de Charlotte, suivie de celle de Beatrix, signifiait que la totalité des droits d'auteur revenait désormais à Maurice. Mais Charlotte n'avait nullement l'intention de le faire savoir à Derek Fairfax avant de savoir où il voulait en venir.

« Et alors, vous en concluez quoi ?

— Le copyright va bientôt arriver à expiration, n'est-ce pas ? Et l'œuvre de Tristram Abberley va tomber dans le domaine public à la fin de l'année prochaine. Il y aura une extension du délai pour les poèmes publiés de manière posthume, évidemment, mais votre frère va devoir se passer des revenus représentés par le reste.

— Et alors ?

— Eh bien, une source de revenus conséquente, et de plus régulière, va brutalement se tarir.

— Maurice est suffisamment riche comme ça. Ladram Avionics est une entreprise très florissante. C'est à peine s'il remarquera la perte de ce genre de revenus.

— Mon expérience de comptable, mademoiselle Ladram, m'a appris qu'il est impossible à quiconque de ne pas remarquer une perte de cette ampleur. Elle m'a également appris que les finances des gens ne sont pas aussi saines qu'ils veulent vous le faire croire. Maurice a peut-être besoin de cet argent bien plus que vous ne pensez.

— Permettez-moi d'en douter, dit brutalement Charlotte. Mais en admettant que ce soit le cas, il n'y a rien qu'il…

— C'est là toute la question ! la coupa Fairfax, qui s'était animé d'un coup, heureux, apparemment, de la chance de pouvoir exposer sa théorie. Il y a bel et bien quelque chose qu'il peut faire. Vous ne voyez pas ? Les lettres prouvent que Beatrix a écrit – ou pour le moins coécrit – tous les poèmes de Tristram. Si elles étaient rendues publiques, le monde littéraire devrait reconnaître le rôle qu'elle a joué dans la composition de cette œuvre poétique. Et la situation devrait être réexaminée au regard de la loi…

— Comment cela, de la loi ?

— J'ai eu à m'occuper à une époque de la situation fiscale d'un auteur dramatique qui avait collaboré avec un autre écrivain pour une partie de son œuvre. Il m'a fallu à cette occasion me familiariser avec le droit de l'édition, et tout particulièrement avec les problèmes liés au copyright en cas de double signature.

— Je ne comprends pas où vous voulez en venir.

— Au copyright, justement, mademoiselle Ladram. Une affaire très lucrative pour ce qui est des poèmes de Tristram Abberley. Le copyright expire cinquante ans après la mort de l'auteur. S'il y a deux auteurs, ou davantage, il expire après le décès de celui qui a survécu le plus longtemps. Si Beatrix Abberley est reconnue comme auteur ou coauteur des poèmes de son frère, le copyright se verra prolongé de cinquante ans après sa mort à elle. Autrement dit, cinquante ans à partir de *maintenant.* D'une manière ou d'une autre, votre frère est gagnant. Les droits continueront à lui être versés jusqu'à la fin de ses jours, à lui et à lui seul. Il est bien le seul héritier vivant de Tristram *et* de Beatrix, je me trompe ?

— Non, répondit Charlotte, d'une voix sans timbre. C'est effectivement le cas.

— S'il savait, par votre mère, que c'est Beatrix l'auteur des poèmes, s'il a fini par comprendre que celle-ci possédait les lettres prouvant sa participation, s'il a compris l'avantage qu'il y avait pour lui à rendre la chose publique, si Beatrix a refusé de coopérer...

— Mais il était à New York la nuit dernière. Et il a probablement un alibi tout aussi solide pour la nuit où Beatrix a été assassinée.

— Et Brian Spicer ? Lui aussi a un alibi ?

— Qui ça ?

— Spicer. L'ex-chauffeur de votre frère.

— Lui ? Il a été licencié il y a des mois parce qu'il buvait.

— Mais il a été vu à Rye le 25 mai. Qu'est-ce qu'il y fabriquait ?

— Comment le saurais-je ?

— Il préparait l'effraction de Jackdaw Cottage, diriez-vous ? Quel meilleur moyen de suggérer qu'il n'avait plus aucun lien avec votre frère que de se faire renvoyer ? Mais l'a-t-il été vraiment – ou bien son employeur lui a-t-il proposé un travail mieux rémunéré ?

— C'est absurde.

— C'est votre frère qui m'a dit que Frank Griffith détenait les lettres. En me rendant à Hendre Gorfelen et en demandant à les voir, je couvrais les traces de quiconque projetait de les voler. Et c'est ma venue qui a poussé Frank à aller les récupérer dans leur cachette, pendant que le cambrioleur l'attendait patiemment. Spicer, encore une fois, qu'en dites-vous ?

— Non », dit Charlotte en se détournant et en concentrant son attention sur la partie du jardin bien entretenue et soigneusement taillée qu'elle apercevait au-delà de la fenêtre.

Croire aux déductions de Fairfax était impensable ; ne pas en tenir compte était impossible. Elle avait besoin de temps, de silence et de solitude. Mais surtout, elle avait besoin que Maurice la prenne par la main et la ramène au calme et à la normalité.

« Mon frère est incapable d'un tel acte, finit-elle par dire. Ou de payer quelqu'un pour le commettre à sa place. Il n'est pas à court d'argent. Et même s'il l'était, il n'aurait jamais fait assassiner Beatrix pour… simplement pour…

— Rappelez-vous ce qu'a dit Frank Griffith. Ces événements ne sont pas le fruit de notre imagination, et on ne peut pas faire comme s'ils ne s'étaient pas produits. »

À ces mots, elle se retourna vers lui, une idée lui étant soudain venue à l'esprit, qui lui redonna confiance.

« Si vous êtes dans le vrai, monsieur Fairfax, nous ne tarderons pas à le savoir. Il suffit que Maurice rende les lettres publiques pour vous donner raison.

— Mais il se pourrait qu'il patiente encore un an pour ce faire. Au besoin, il pourrait attendre jusqu'à l'expiration du copyright. Il peut parfaitement choisir son moment. Il peut dire qu'il a trouvé les lettres, qu'il est tombé dessus par hasard ou qu'il les a reçues par la poste d'un expéditeur anonyme. Il peut s'expliquer de cent façons. Quoi que nous en pensions, Frank Griffith et moi – quoi que vous en pensiez –, nous ne pourrons rien prouver. Et mon frère restera en prison.

— Vous pensez que Maurice lui a tendu un piège ?

— Il est possible qu'il l'ait fait. Les droits d'auteur sont substantiels, n'est-ce pas ? Cinquante mille par an, était-ce vraiment exagéré ? Sinon, comptez vous-même, en dix ans cela représente près d'un demi-million de livres. Investi même à un taux d'intérêt modeste, la somme…

— Je ne veux pas le savoir ! » Elle avait presque hurlé, pour constater aussitôt à quel point ces mots étaient terriblement vrais. Elle ne voulait pas savoir. Mais il le faudrait bien. « Vous en avez parlé à Frank Griffith ?

— Non. Je préférais vous en parler d'abord.

— Je vous en remercie. Je vous en prie, ne lui dites rien. Pas pour le moment. Pas avant que j'aie vu Maurice et que je me sois assurée que vous vous trompez.

— Il y a peu de chances pour qu'il admette quoi que ce soit.

— Non. Mais s'il ment, je le saurai.

— Et si c'est le cas ?

— Alors, mon plus proche parent – et à bien des égards mon meilleur ami – est un voleur et un meurtrier.

— Mademoiselle Ladram, dit Fairfax en faisant un pas dans sa direction. Je… je suis…

— Par pitié, ne dites pas que vous êtes désolé.

— C'est pourtant le cas. Vous causer une telle détresse, lancer des accusations contre ceux qui vous sont chers…

— Peu importe, dit Charlotte, arborant un sourire buté. Vous devez faire ce que vous jugez nécessaire pour aider votre frère. Et je dois en faire autant de mon côté. »

Elle n'allait pas pouvoir afficher encore longtemps pareille équanimité, elle le savait. Il fallait qu'elle se débarrasse de cet homme et de son regard doux et interrogateur, de ses hypothèses hésitantes – bien pires qu'une volée d'insultes et un vulgaire étalage de boue – qui témoignaient à son insu d'un tempérament proche du sien.

« Maurice rentre de New York mercredi. J'irai l'attendre à sa descente d'avion et je lui exposerai tout ce que vous venez de me dire. Quand je me serai assurée de sa réponse, je vous ferai part de mes conclusions. Après quoi, vous agirez selon vos convictions. Mais jusque-là, me promettez-vous de n'en parler à personne ? Vous n'avez aucune raison d'accepter, mais je vous le demande comme une faveur…

— Entendu. Vous avez ma parole, mademoiselle Ladram », dit-il en lui tendant cérémonieusement la main.

Étrange, songea Charlotte, tandis qu'elle lui tendait la sienne en retour, qu'elle puisse encore exiger ou accepter de quiconque une quelconque promesse, après tout ce qu'elle venait de traverser. Et pourtant, elle venait bien d'en exiger une. Et de l'accepter.

38

Albacete
30 octobre 1937

Chère petite sœur,

L'offensive vient de prendre fin en Aragon, et j'ai survécu à mon premier engagement. Non sans distinction, m'assure-t-on. Loin de moi pourtant l'idée de me glorifier, crois-moi. Je jouis d'un énorme avantage face à la plupart de mes camarades. C'était ma première et non mon énième expérience de défaite militaire. Et je ne partage pas encore leur cynisme, sans doute justifié, devant les coteries et les intendants qui ont notre destin en main.

Ainsi donc, tandis que nous nous reposons ici pour tenter de récupérer, j'ai quelque temps à consacrer aux consolations de la vie de soldat, que celui-ci se trouve du côté des vainqueurs ou des vaincus, du bon ou du mauvais côté. Le plus exaltant c'est la forme inouïe d'amitié générée par le danger et l'aventure, j'ai passé l'essentiel d'une journée piégé dans un no man's land *avec deux hommes que je n'aurais jamais rencontrés si nous n'avions pas été pris simultanément dans cette histoire chaotique, et, aussi étrange que cela puisse paraître, je suis heureux de m'être engagé, ne serait-ce que pour cette unique raison.*

Il se peut que tu rencontres un jour Frank Griffith, et je suis sûr qu'il te plaira. Il ne sera jamais invité à un cocktail à Bloomsbury – à moins que j'en organise un moi-même en son honneur –, mais tu pourrais lui confier ta vie sans risquer d'être déçue. Il n'y a pas plus grand éloge que celui-là, qu'en dis-tu ?

Vicente Ortiz est un anarchiste, par appartenance et par conviction. Mais il admet volontiers les faiblesses de son parti. Il connaît – et il me l'a dit – les erreurs que leurs chefs ont commises et leur responsabilité dans la position affaiblie qu'ils occupent au sein du mouvement républicain. Il sait également que son idéologie le stigmatise, fait de lui au mieux un embarras, au pire une cible. Pour autant, il ne semble pas en garder rancune. La chose l'indiffère. Combattre les fascistes est pour lui tout ce qui compte, et non être à égalité dans la partie idéologique qui se joue. Si seulement davantage de républicains pensaient comme lui ! Tu te souviens de ce qui est arrivé au POUM, le Parti ouvrier d'unification marxiste ?

Mais je ne t'écris pas pour t'entraîner dans les arcanes des factions républicaines. Peut-être savais-tu que la ferveur pressentie à Madrid il y a six ans nous conduirait à cette situation. Peut-être me l'as-tu dit. Écouter ne m'aurait guère ressemblé, n'est-ce pas ?

Avec l'automne déjà bien avancé, mes pensées se tournent vers Mary et le petit. Comment va le bébé ? Il doit avoir sept mois à l'heure qu'il est, et pousser vite, je me fais davantage de souci pour lui que pour sa mère, je me demande avec angoisse quel genre d'homme il deviendra, dans quelle mesure mon exemple aura une influence sur lui. L'exemple n'est guère convaincant, qu'en penses-tu ? Pas précisément celui qu'on voudrait voir suivre par sa descendance. Que crois-tu qu'il aura à dire sur mon compte après ma mort ? Me remerciera-t-il ou au contraire me maudira-t-il, respectera-t-il ma mémoire ou la condamnera-t-il ? Si seulement nous le savions, sœurette. Si seulement nous pouvions altérer l'effet que nous avons sur l'avenir et ceux qui l'habiteront. Bof, à la réflexion, il vaut peut-être mieux que nous n'en sachions rien. Nous avons bien assez à faire avec le présent. Pourquoi gaspiller notre énergie sur ce qui est à venir ?

Ne t'inquiète pas pour moi. Je ne suis pas moitié aussi sombre que le laisse entendre cette lettre. Et je t'écrirai à nouveau le plus vite possible. Avec toute mon affection,

Tristram

39

« Stupéfiant, Charlie. Tout à fait stupéfiant. Je ne sais vraiment pas quoi te dire », dit Maurice en plissant les sourcils et en secouant la tête, incrédule, tandis qu'il sirotait son café. Et que Charlotte l'observait.

Ils se trouvaient dans le salon climatisé d'un de ces blocs de béton qui tenaient lieu d'hôtels à la périphérie nord de l'aéroport de Heathrow, assis dans d'énormes fauteuils en cuir qui craquaient au moindre mouvement, flanqués de plantes vertes à feuilles lustrées, cernés de verre fumé, baignant dans une infâme musique d'ambiance. Charlotte n'aurait su imaginer endroit plus incongru pour leur rencontre, mais, dans la mesure où elle avait pris Maurice par surprise à sa descente d'avion, elle aurait eu mauvaise grâce à lui opposer un refus quand il avait proposé de différer son retour à Ladram Avionics pour son seul bénéfice.

« L'idée que Beatrix ait pu être l'auteur des poèmes de mon père... J'ai bien envie de dire que je n'ai jamais rien entendu de plus incongru. Mais si les lettres ne laissent aucune place au doute... »

Derek Fairfax avait tenu parole, et Frank Griffith

était rentré au pays de Galles juste après sa sortie de l'hôpital. Charlotte était donc certaine que Maurice n'avait pu être prévenu de ce qu'elle avait à lui dire. Elle avait passé quatre jours à se préparer en vue de leur rencontre, fouillant dans ses souvenirs à la recherche d'une allusion que Beatrix aurait laissée tomber, à l'affût de défaillances dans la trame logique qui concentrait les soupçons sur la personne de Maurice. Elle avait étudié son visage à la clarté aveuglante d'une torche, pesé ses mots avec le fanatisme d'un inquisiteur. Et elle n'était toujours pas sûre à cent pour cent. Son étonnement était-il simulé ? Jouait-il suffisamment bien son rôle pour ne pas avoir besoin de le répéter ? Ou bien accusait-il vraiment le coup, comme il semblait que ce soit le cas ?

« Je n'arrive pas à me faire à l'idée, Charlie. À en décoder toutes les implications. Je suppose que l'explication de Griffith tient debout, mais crois-tu vraiment qu'on puisse lui faire confiance ?

— Moi, j'en suis persuadée.

— Alors, ça me suffit, dit-il, laissant échapper un long soupir pensif. La question est de savoir pourquoi quelqu'un chercherait à voler ces lettres, ce qu'il aurait à y gagner.

— Je l'ignore. Mais je sais ce que Derek Fairfax en dirait.

— Tout à fait, dit Maurice, en posant la main sur la sienne. J'apprécie que tu aies gardé cette idée pour toi, laquelle, bien entendu, est sans fondement aucun.

— Bien entendu.

— Je comprends que l'inquiétude que lui cause son frère, poursuivit Maurice, en ôtant sa main, puisse amener Fairfax à croire pareille sornette. Après tout, il ne me connaît pas. Il ne *nous* connaît pas. C'est une réaction normale de la part d'un comptable. Cohérente, même si tout est faux par ailleurs. Je n'ai pas revu Spicer depuis le jour où je l'ai licencié. Je ne sais rien des lettres. Et la perte des droits d'auteur n'entamera en rien mes finances. »

L'effort de concentration que supposait l'analyse de la moindre nuance des réactions de Maurice, tout en gommant le désir pressant qu'elle avait de se confier à lui, commençait à peser sur Charlotte. Elle pensa à la générosité dont il avait toujours fait preuve, aux gentillesses ponctuelles et aux gestes magnanimes. Elle songea aux occasions – nombreuses – où il l'avait réconfortée et consolée, à l'affection qu'il lui avait toujours prodiguée. Nourrir des doutes à son sujet, tenter d'en vérifier le bien-fondé, tout en clamant haut et fort sa loyauté, était en soi un acte de trahison.

« Mais rien de tout cela n'est vraiment le sujet, n'est-ce pas ? Même fauché comme les blés, je serais incapable de ce que suggère Fairfax. Question d'éducation, je suppose, qu'en dis-tu, Charlie ? Question d'éthique. Conspirer au meurtre de Beatrix ? Imagines-tu le nombre de principes et d'instincts sur lesquels il faudrait passer pour seulement envisager pareille éventualité ? Moi, pas. Je n'imagine même pas.

— Parce que ça ne t'a jamais même traversé l'esprit ?

— Absolument. Ma seule erreur a été de révéler l'existence de Frank Griffith à Fairfax. Et pour quelle raison ? Parce que je pensais qu'il avait le droit de savoir. Je ne cherchais qu'à lui donner un coup de main, bon sang. Et voilà ma récompense ! Me retrouver accusé d'assassinat, tout ça pour préserver quelques malheureuses royalties dont j'ignorais même qu'elle les touchait ? »

Il s'échauffait, ce qui était compréhensible. La stupéfaction avait laissé place à l'indignation.

« Bon sang, Fairfax ne manque quand même pas de culot. C'est comme ça qu'il compte sortir son frère du pétrin ? En me salissant de cette façon ?

— Ce n'est pas impossible, en effet, Maurice. Comme tu l'as fort bien dit toi-même, il ne te connaît pas. Et tant de détails concordent… du moins en apparence.

— Lesquels, par exemple ? demanda-t-il avec un froncement de sourcils.

— C'est toi qui l'as envoyé à Hendre Gorfelen.

— Je viens de t'en fournir la raison. J'essayais juste de l'aider.

— Et c'est toi qu'Emerson McKitrick a contacté.

— Et alors ?

— Eh bien, il a forcément menti, non ? Au sujet des lettres, j'entends. Au vu de ce que nous savons aujourd'hui de leur contenu, il est inconcevable que Beatrix ait jamais pu y faire allusion en sa présence.

— C'est vrai, dit Maurice, en la regardant d'un œil perçant. Je n'avais pas pensé à ça. Tu lui en as parlé ?

— Non, je ne voulais rien entreprendre sans t'avoir d'abord consulté, dit Charlotte, en luttant pour effacer de son expression toute trace d'autres raisons qui auraient pu la conduire à éviter Emerson McKitrick.

— C'est gentil à toi, dit Maurice en lui pressant la main. Il va falloir qu'il me donne quelques explications. Je vais aller le trouver de ce pas.

— Tu penses que c'est lui qui détient la clé de toute cette histoire ?

— C'est possible. En admettant qu'il y ait une clé. Qu'il ne s'agisse pas d'une énorme coïncidence.

— Comment cela pourrait-il se faire ?

— Très facilement, dit-il en la regardant, étonné. Ce n'est pas évident ? Il se peut que McKitrick ait tout bêtement tenté sa chance. Parlé vaguement de vieilles lettres pour voir ce qu'il pouvait déterrer pour la nouvelle édition de sa foutue biographie. Par chance, des lettres, il y en avait. Du moins, c'est ce que prétend Griffith. Jusqu'à ce que je les aie vues et lues, je ne croirai pas vraiment à leur existence.

— Tu es en train de suggérer que c'est McKitrick qui les aurait volées ?

— À moins que Griffith ait tout inventé. D'une manière ou d'une autre, ça n'a probablement rien à voir avec la mort de Beatrix. Elle est morte parce qu'un petit malfrat, à la solde de Colin Fairfax-Vane, s'est introduit chez elle par effraction. »

Maurice battait en retraite sous les yeux de Charlotte, refusant d'endosser les conséquences de tout ou partie de la théorie développée par Derek Fairfax. Ce qui était normal, mais concordait également avec une tout autre interprétation de son comportement. Il avait joué la montre quand il s'était laissé surprendre. À présent, il mettait en place une stratégie qu'il avait manifestement l'intention de mener à son terme.

« Si Griffith est dans le vrai – et le "si" est de taille –, McKitrick est le seul coupable plausible. »

Avait-il un alibi pour mardi soir ? se demanda Charlotte. Cet alibi ne risquait-il pas de causer plus de souffrance à Maurice que n'importe laquelle des accusations de Fairfax ?

« Et dans la mesure où leur contenu – supposé, j'insiste – contredit ses précédentes allégations concernant la carrière de Tristram, il est probable qu'il les ait déjà détruites à l'heure qu'il est.

— Je ne suis pas de cet avis.

— Non ? Eh bien, nous verrons. »

Pour la première fois, Maurice sourit. Il retrouvait son assurance coutumière, constata Charlotte, et son regard était plus vif, ses pensées plus déliées.

« Laisse-moi m'occuper de ça, ma belle. Je m'en vais capturer deux ou trois nouvelles proies.

— Tu crois vraiment que tu pourras ?

— Sans aucun doute », dit Maurice, de nouveau confiant, mais sans l'arrogance d'un Emerson McKitrick ni les hésitations d'un Derek Fairfax.

C'était ainsi que Charlotte avait espéré le trouver d'emblée. C'était ce qu'il lui fallait, elle en était certaine, pour balayer ses derniers soupçons. Qu'il était donc étrange, en ce cas, que le doute subsiste, aussi opiniâtre qu'insistant, plus envahissant même qu'il ne l'avait jamais été jusqu'ici. « Tu t'es bien débrouillée, Charlie. Et je te suis reconnaissant. Mais il vaut mieux que je reprenne la main, à présent. Tu ne crois pas ? »

40

Le deuxième accès d'absentéisme de Derek avait été accueilli par un David Fithyan dont le silence était autrement plus menaçant que la perspective d'un quelconque entretien, si sévère fût-il. Derek avait en conséquence travaillé d'arrache-pied les trois premiers jours de la semaine suivante, s'appliquant à ne laisser voir de lui qu'un employé modèle et industrieux. Il savait pertinemment que Charlotte Ladram devait rencontrer son demi-frère le mercredi matin, mais ce ne fut qu'en fin de journée qu'il se sentit capable de quitter Fithyan & Co, la conscience enfin tranquille, et de se rendre à Ockham House, baignée, au milieu de ses frondaisons, de la fraîcheur des hauteurs de la ville.

Quand il emprunta l'allée, il aperçut aussitôt Charlotte, assise dans un fauteuil en osier dans un angle de la pelouse où s'attardaient les derniers rayons du couchant. Elle portait une robe-tablier crème et un cardigan bleu marine jeté sur les épaules, ainsi qu'un chapeau de paille à large bord, et le tout la faisait paraître plus jeune et insouciante qu'elle ne l'était en réalité. Dans son costume de ville fatigué et froissé, il se savait minable, loin d'être à la hauteur de la circonstance. Mais il y avait un autre fauteuil à côté de celui de Charlotte, et elle sembla sourire à son approche. Il était attendu, sans être nécessairement le bienvenu, et il était au moins sûr de ne pas se voir renvoyer cette fois-ci.

« Mademoiselle Ladram… Je…

— Je vous attendais plus tôt, monsieur Fairfax.

— Je suis désolé. Les choses ont été plus… compliquées.

— Asseyez-vous, je vous en prie. Puis-je vous offrir un verre ? »

Elle se montrait trop polie, trop raisonnable d'une certaine manière, pour qu'il ne s'interroge pas. Il y avait une gaucherie dans son expression que démentait sa voix détendue. Il aurait été bien en peine d'en déchiffrer la signification. « Non merci, rien, dit-il en s'asseyant. Euh… vous avez vu… votre frère ? » Il rassembla son courage pour recourir au mot sans préfixe, se demandant si elle le remarquerait ou si, dans le cas contraire, elle le prendrait mal.

« Oui.

— Quand nous avons discuté vendredi dernier… »

Mais vendredi dernier semblait désormais si loin. Au moins autant que la trêve qu'ils avaient presque conclue. Il avait été certain alors qu'il était bien dans les intentions de Charlotte de se montrer honnête, autant avec lui qu'avec elle-même. Il en était à présent moins sûr.

« Lors de notre discussion, vous avez dit que vous feriez valoir toutes les hypothèses que…

— Et je l'ai fait. »

Ils se dévisagèrent un moment en silence.

« À quelle conclusion êtes-vous arrivée… si je puis me permettre ?

— Maurice est innocent de toute mauvaise action, dit-elle, mais ses yeux s'étaient voilés, et elle évita son regard, louchant sous l'effet du soleil. J'en suis certaine, monsieur Fairfax. Absolument certaine. Il est tout aussi incapable d'expliquer les événements que je le suis moi-même.

— Je trouve ça difficile à croire. »

Elle pinça les lèvres, seul signe visible de son irritation.

« Je vous avais promis de vous faire part de mes conclusions, c'est chose faite.

— Mais les circonstances, mademoiselle Ladram. Les circonstances sont tout bonnement trop…

— Simple coïncidence. Rien de plus. Je sais que vous voudriez qu'il en soit autrement, mais vous vous trompez. »

Derek se rendit compte qu'elle en faisait trop, et son calme apparent finit par la trahir. Si elle avait vraiment fait confiance à Maurice, elle l'aurait défendu bec et ongles, et non pas avec ce vernis de froide raison.

« Je suis désolée, vraiment désolée, mais il n'y a…

— Salut, Charlie ! »

La voix, forte et traînante, leur parvint de l'autre bout de la pelouse. Derek se retourna et vit un homme de haute taille et de large carrure s'avancer vers eux à grandes enjambées. Des cheveux foncés et une barbe bien taillée encadraient un beau visage souriant. Il portait un costume décontracté de couleur fauve, une chemise à col ouvert, et pointait sa main gauche en direction de Charlotte comme s'il maniait un pistolet, pouce levé, index replié.

« Vous pensiez pas que je vous rattraperais, hein ?

— Emerson ! »

L'exclamation de Charlotte autant que l'accent américain du nouveau venu convainquirent Derek que l'homme était Emerson McKitrick. Lequel, les dominant de toute sa hauteur après être arrivé vers eux, leur donna la nette impression d'avoir bu plus que son compte.

« Qui est votre ami ?

— Derek Fairfax.

— Ah, ah ! On pactise avec l'ennemi, à ce que je vois. Du moins, celui de Maurice.

— Je ne vois pas ce que vous voulez dire. Nous sommes simplement en train de...

— Gardez vos dénégations pour le grand frère, Charlie. Moi, je n'en ai que faire.

— Qu'est-ce que vous fabriquez ici, Emerson ? demanda Charlotte d'une voix mal assurée.

— Je suis mis à l'index, à Swans' Meadow. Je me suis dit que je pourrais passer deux ou trois nuits dans le coin avant de rentrer à Boston. Je suis descendu au Spa Hotel. Pourquoi ne pas vous joindre à moi pour le dîner ?

— Sans façon.

— C'est vous la perdante, mon cœur.

— Je ne suis pas *votre cœur*.

— Vous n'auriez pas demandé mieux, pourtant, je me trompe ? Faire partie de mon tableau de chasse. J'aurais pu vous avoir dès la première nuit. »

À ces mots, une vague de honte submergea Charlotte, qui fit bondir Derek de son siège.

« Ça suffit comme ça.

— Ça suffit ? beugla McKitrick. J'ai à peine commencé. Pourquoi ne pas regagner votre tanière de comptable, Fairfax ? Nous laisser Charlie et moi nous bécoter tranquillement comme le couple de colombes que nous ne sommes pas. »

Il n'était pas seulement ivre, mais hors de lui, même si la personne à qui il en voulait n'apparaissait pas clairement : Charlotte, Derek ou un tiers.

« Ne partez surtout pas, dit Charlotte à Derek d'un air suppliant.

— Vous êtes bien sûre de vous ? lança McKitrick. Vous tenez vraiment à ce qu'il entende ce que j'ai à vous dire ? Il serait grand temps que vous appreniez la vérité à propos de Maurice, voyez-vous. Et je parierais que vous n'aurez pas trop envie de la partager, surtout pas avec votre dévoué comptable.

— Il n'est pas *mon* comptable.

— Non ? Eh bien, peut-être qu'il devrait. Vous en aurez besoin dans cet avenir d'abondance que vous prépare Maurice.

— Mais de quoi parlez-vous ?

— Ne me faites pas croire que vous ne touchez pas votre part. C'est pas comme ça qu'il espère vous la faire boucler ?

— Ma part de quoi ?

— Des foutus droits d'auteur, tiens ! Ils ne viendront pas à expiration l'an prochain, Charlie. Maurice m'a tout raconté. Il a bien fallu, même si ça signifiait que je comprendrais aussitôt ce qu'il cherchait depuis le début. C'est *lui* qui est venu me trouver, pas l'inverse. C'est *lui* qui m'a parlé de ces lettres. Et pas Beatrix. Il savait que je serais incapable de résister à l'appât de nouveaux matériaux concernant Tristram. C'est comme ça qu'il m'a baladé. Il m'a dit qu'il faudrait garder secret son rôle dans toute l'affaire pour nous assurer de votre coopération, laquelle, en tant qu'héritière de Beatrix, nous était absolument nécessaire. J'étais trop heureux de suivre, évidemment. Trop heureux de faire à peu près n'importe quoi pour mettre la main sur ces lettres. Pour la recherche, devrais-je dire. Pas pour l'argent. En tout cas, pas uniquement pour l'argent, ajouta-t-il avec un grand sourire, avant de s'interrompre et de prendre appui sur le dossier du fauteuil de Charlotte, histoire de garder l'équilibre.

— Vous êtes en train de me dire que c'est Maurice qui vous a proposé l'affaire ? demanda Charlotte, effarée, les yeux écarquillés par la crainte d'autres révélations à venir.

— Absolument, Charlie. Vous avez tout compris. Il a prétendu qu'il tenait à ce que la biographie de son père soit aussi exhaustive et précise que possible. Je n'ai jamais avalé cette couleuvre, évidemment. J'escomptais un échange le jour où on trouverait les lettres. Si jamais on les trouvait. Ce à quoi je ne m'attendais pas, c'est au fait que Maurice jouait gros jeu, bien plus que tout ce que j'étais capable d'imaginer. Nous lui avons trouvé les lettres, vous et moi. Et il s'en est emparé sous notre nez. Je ne sais pas comment, mais je sais pourquoi, bon Dieu ! Pour ne pas se retrouver en carafe à l'expiration du copyright. Parce que, de cette façon, il n'y aura pas d'expiration, vous me suivez ? Pas maintenant qu'il est en mesure de prouver que c'est Beatrix l'auteur des poèmes. Plus maintenant qu'il peut dénoncer mon étude de la vie de son père comme une imposture, construite sur un mensonge qu'il va se faire un plaisir d'étaler au grand jour. Vous savez ce que ça signifie pour ma réputation, mon statut d'universitaire ? En avez-vous seulement une idée ? Je vais être la risée de tout le monde. Les étudiants se moqueront de moi pendant mes séminaires. Les collègues chuchoteront derrière mon dos. Toute ma carrière risque d'être fichue. Et pourquoi ? Pour servir la vérité ? Honorer les morts ? Bien sûr que non, bordel ! Rien d'aussi noble. Simplement pour permettre à *Monsieur* de conserver le fruit de ses royalties sa vie durant. » Il s'écarta du fauteuil, tangua légèrement, avant de s'envoyer une claque sur le front. « On m'a payé un tour sur la grande roue, Charlie, et j'ai été éjecté du siège quand j'étais tout en haut. Il vous faudra donc excuser, ajouta-t-il en regardant durement Derek, mon manque de courtoisie. »

Charlotte avait fermé les yeux et serré les paupières pendant le long monologue de McKitrick. Elle les rouvrit lentement et regarda Derek, le visage pâle, les lèvres entrouvertes, les jointures de ses doigts blanches là où elles serraient les bras du fauteuil. Puis son regard s'égara derrière lui.

« Je n'avais aucune idée… je ne savais rien… de tout cela, souffla-t-elle.

— Alors vous êtes encore plus bête que je croyais. Moins pourtant que ce dont je vais avoir l'air moi-même. Quand le moment sera venu. Et selon le bon vouloir de ce salopard de Maurice. »

Derek les dévisagea à tour de rôle. McKitrick ne mentait pas, et Charlotte le savait. Et la vérité de ce qu'il avait dit en édictait une autre, bien plus cruciale et détestable. Il comprit que Charlotte en prenait la mesure en voyant l'expression qu'affichait son visage. Et cette vérité, il la sentit aussi se faire jour en lui.

« Pourquoi Beatrix est-elle allée à de tels extrêmes pour cacher ces lettres ? demanda-t-il.

— Parce qu'elle devait savoir ce que mijotait Maurice, dit McKitrick. Savoir et refuser de le laisser agir à sa guise. Peut-être ne voulait-elle pas salir la réputation de Tristram ou faire connaître publiquement le rôle qu'elle avait joué dans cette imposture. À moins qu'elle ait simplement cherché à contrarier Maurice. Quoi qu'il en soit, elle n'a pas voulu baisser les bras. Alors Maurice a décidé de… passer outre ses objections.

— En l'assassinant, vous voulez dire ?

— C'est ce que je pense, oui. Pas vous ? Il a dû se dire qu'il suffisait finalement d'un coup sur la tête de la vieille pour faire croire à un cambriolage, avant de tout mettre sur le dos de votre frère et d'empocher les lettres. Sauf que Beatrix les avait mises hors d'atteinte, alors il a dû se servir de moi pour les trouver. Et de vous, bien entendu, Charlie. Vous étiez, vous aussi, l'un de ses pions. Quelle impression ça fait ?

— Que vous proposez-vous de faire ? s'enquit Charlie, sans le regarder.

— Il n'y a rien que je puisse faire. C'est bien ça le pire. Ou, du point de vue de Maurice, le meilleur. Mon témoignage ne tiendrait pas, ni dans une thèse, ni devant les tribunaux.

— Alors pourquoi venir me raconter tout ça ?

— Pour que vous sachiez, quand il sortira les lettres d'ici un an ou deux et prétendra les avoir trouvées à ce moment-là, à moins qu'il vous dise qu'une bonne âme les lui a envoyées ou vendues ou qu'il vous serve n'importe quel autre conte à dormir debout – pour que vous sachiez alors, et pour toujours, ce qu'il en est véritablement. Que Beatrix a été battue à mort, le frère de cet homme jeté en prison, moi-même perdu de réputation, simplement pour permettre à Maurice de récupérer ses billes. Et les vôtres, au passage. Je ne doute pas de sa générosité. Il peut se le permettre, vous ne croyez pas ?

— Partez, je vous en prie, dit-elle sans un regard ni pour l'un ni pour l'autre. Laissez-moi, tous les deux.

— Avec plaisir, dit McKitrick, qui, contre toute attente, s'avança vers Charlotte, lui prit la main, qu'il porta à ses lèvres pour y déposer un baiser. À bientôt, *mon cœur.* »

Sur quoi, il tourna les talons et traversa la pelouse à grandes enjambées. Derek entendit Charlotte pousser un soupir qu'elle devait retenir depuis longtemps et essuyer sur sa robe la trace du baisemain de McKitrick.

« Vous voulez que je parte aussi ?

— Je vous en serais très reconnaissante, dit-elle d'une voix douce et mesurée, accentuant de manière égale toutes les syllabes.

— Sans plus ample discussion ?

— Que reste-t-il encore à discuter ?

— Vous avez entendu ce qu'il a dit. Et qui prouve que j'ai raison.

— Peut-être.

— Comment pouvez-vous encore douter ?

— Maurice est un homme riche, dit-elle, presque en transe, convaincue que de tels mantras, à condition d'être indéfiniment répétés, tiendraient à distance la culpabilité de son frère. Il n'avait pas besoin de faire une chose pareille.

— N'empêche qu'il l'a faite. Et vous le savez.

— Et maintenant, monsieur Fairfax, dit-elle, le regardant enfin. Que va-t-il se passer ?

— Je vais mettre au courant mon frère… et son avocat… mais…

— Mais ?

— On ne peut rien prouver. McKitrick l'a dit, et, sur ce point, il a raison.

— Exactement. On ne peut rien prouver, dit-elle en levant la main à son front. Ne comprenez-vous pas pourquoi c'est aussi terrible pour moi que ça l'est pour vous ?

— Franchement, non.

— Parce qu'on ne peut pas non plus prouver le contraire. On ne peut rien savoir, d'un côté ou de l'autre, avec certitude. Votre frère n'est pas le seul à se trouver emprisonné, monsieur Fairfax. À partir d'aujourd'hui, nous connaissons tous le même sort. »

41

Une pluie estivale, tiède mais persistante, hachait la verdure extérieure de sa grisaille. Charlotte se tenait devant la fenêtre de sa chambre et la regardait tomber, se prenant à espérer qu'elle n'arrête jamais ses coups de bec et son clapotis sur les vitres, qu'elle lave sa mémoire des traces de toutes les journées ensoleillées qu'elle avait pu connaître.

Hope Cove, au tout début de ses souvenirs d'enfance : le sable entre ses doigts de pied ; les crabes minuscules détalant dans les flaques au milieu des rochers ; le parfum délicat de sa mère toujours souriante ; son père turbulent, le rire aux lèvres ; et Maurice, timide et circonspect en cette fin d'adolescence, ne sachant trop s'il préférait se joindre aux jeux de plage ou au contraire se tenir à l'écart pour mieux les railler. Il avait fait beau, alors, tout du long des quinze jours. Mais déjà le mensonge avait semé ses premières graines.

Charlotte enfouit son menton dans la fraîcheur lénifiante de son peignoir de bain et ferma les yeux, essayant de pénétrer l'enchevêtrement d'incidents survenus des années plus tôt, en quête des divergences qu'elle aurait dû remarquer sur le moment, des incohérences et des contradictions qui avaient dû tisser la trame de cet énorme mensonge. Mais rien. Ils étaient restés loyaux l'un envers l'autre. Ils n'avaient rien laissé échapper, rien laissé paraître, rien révélé de l'imposture qui fondait leur vie. « Voici une photographie de Tristram Abberley, Charlie. » « Voici un recueil de ses poèmes. » « Voici les vers qui te nourrissent et t'habillent, Charlie. » « Voici le secret que nous ne révélerons jamais. »

Elle fit demi-tour pour passer dans la salle de bains, où l'eau avait rempli la baignoire à moitié. Elle se regarda dans la glace et maudit la faiblesse qui rougissait le bord de ses paupières. Elle n'arrivait pas à libérer sa gorge du nœud qui l'obstruait et l'empêchait de pleurer et de céder à l'amertume de son chagrin. Une nuit s'était écoulée depuis qu'Emerson McKitrick l'avait forcée à affronter l'éventualité selon laquelle tous les soupçons visant Maurice pouvaient être vrais, une nuit depuis que Maurice l'avait appelée pour tenter, sans rien laisser paraître, mais sans succès non plus, de la tranquilliser.

« Il est possible que McKitrick vienne te voir, Charlie. Il est d'humeur vindicative et je voulais te prévenir de ne pas prendre ses propos au sérieux.

— Que pourrait-il bien avoir à dire, Maurice ?

— Que c'est moi qui lui ai parlé des lettres, ce qui est bien évidemment impossible, puisque j'ignorais leur existence. Mais il fera tout pour ne pas reconnaître la manière dont lui les a découvertes.

— Tu n'as donc pas réussi à apprendre qui l'a mis sur leur piste ?

— *Je parierais qu'il a trouvé tout seul. Je parierais qu'il a volé les lettres et les a détruites et qu'il est prêt à noircir la réputation de quiconque chercherait à l'accuser si ça doit l'aider à couvrir ses traces.*

— *Noircir la tienne, entre autres ?*

— *Exactement. Il pourrait même arriver à convaincre certaines personnes de la véracité de son histoire.* »

Maurice s'était arrêté, attendant sans doute que Charlotte lui assure ne pas croire un mot de ce que pourrait avoir à avancer McKitrick. Elle se détourna de la glace et ferma les robinets, se souvenant du silence qu'elle avait délibérément laissé peser pour mieux le torturer.

« *Charlie ?*

— *Je suis là, Maurice. Ne t'inquiète pas. Si Emerson McKitrick me contacte, je saurai comment le recevoir.*

— *Ces Américains sont vraiment doués pour tout ce qui est théorie du complot. Ils ont besoin de la crédulité des autres pour prospérer.*

— *Absolument. Je comprends fort bien, crois-moi.*

— *C'est tout ce que je voulais savoir.*

— *Je te laisse. Il est tard, et je suis très fatiguée.* »

Mais elle n'était pas fatiguée. Son esprit était en ébullition, débordait de pensées contradictoires qui se bousculaient en quête de la vérité. La fatigue, qui aujourd'hui ne la quittait plus, avait alors semblé un état dont elle ne ferait plus jamais l'expérience. Après avoir dit bonsoir à Maurice, elle avait mis la maison sens dessus dessous pour retrouver des souvenirs de famille : photos, cartes postales, d'anniversaire et de fête, lettres, livres, papiers, coupures de presse, notes éparses – vestiges négligés, à l'abandon, dans lesquels elle avait cru trouver, en vain, la réponse à la poursuite de laquelle elle ne pouvait se soustraire.

Charlotte laissa tomber son peignoir et pénétra dans la tiédeur bienfaisante du bain, fermant les yeux et s'étirant au maximum pour laisser la chaleur lui détendre les muscles et la vapeur endormir ses sens. Il n'y avait pas d'alternative à la ligne d'action qu'elle avait retenue. Leur vie de tromperies et d'esquives ne lui en avait point laissé d'autre. L'obligeant à édifier sa vie à elle sur leur mensonge. Il fallait qu'elle sache, à présent. Qu'elle ait des certitudes. C'était là le seul point qui méritait d'être résolu.

Une heure plus tard, lavée et totalement apaisée, elle descendit dans le hall, vérifia l'heure, avant de s'emparer du téléphone et de composer le numéro de Swans' Meadow. Une voix avec un fort accent lui répondit.

« Allô ?

— Aliki, c'est Charlie. Ursula est ici ?

— Oh, bonjour Charlie. Oui, elle est ici. Je vous la passe. »

Une attente un peu longue. Charlotte s'examina dans la glace.

Son visage était un modèle de maîtrise de soi. Jusqu'ici, tout allait bien.

« Bonjour, Charlie. En voilà une surprise. » Seul le choix de l'expression, et non le ton, laissait transparaître l'ironie. « Que puis-je pour toi ?

— Déjeuner avec moi.

— *Aujourd'hui* ? » La brièveté du délai semblait être un obstacle plus insurmontable que le fait que Charlotte avait surpris ses ébats avec Emerson

McKitrick. « Je crois que je ne pourrai pas. Je suis très prise en ce moment.

— Ah oui ? Tu l'étais déjà, “prise”, la dernière fois que je suis venue à Swans' Meadow. À moins que tu tiennes à ce que je rapporte à Maurice la scène dont j'ai été témoin à cette occasion, il te faudra déjeuner avec moi.

— Entendu pour le déjeuner, alors, dit Ursula au bout d'un long silence. Je m'en réjouis d'avance, Charlie. »

42

Charlotte et Ursula se retrouvèrent à l'auberge du Lac, à Godalming. Le lieu avait manifestement été choisi parce qu'il se trouvait à mi-chemin de Bourne End et de Tunbridge Wells, mais un terrain neutre semblait approprié également pour des raisons autres que purement géographiques. Non pas que le *sang-froid** d'Ursula fût en rien menacé. Elle réussit à soutenir un monologue à propos de la fête organisée pour les vingt ans de Samantha à Swans' Meadow le premier samedi de septembre jusqu'à la fin de l'apéritif, et donc jusqu'à ce qu'on les conduise à leur table à côté du bassin à poissons à l'intérieur de l'établissement, où un doux bruit de cascade contribuait à renforcer l'intimité du cadre.

En observant sa belle-sœur par-dessus la nappe à la blancheur virginale et les reflets scintillants du cristal, Charlotte ne put réfréner une pointe d'admiration qui confinait, elle en était consciente, à la jalousie. Les mèches dorées dans ses cheveux, l'ensemble simple mais flatteur; les bijoux et leur éclat discret; la pochette et l'extravagance de son côté peu pratique; tout cela conjugué au cerise coordonné du rouge à lèvres et du vernis à ongles soulignait une sensualité sophistiquée tout juste – mais quand même – en accord avec les exigences des Home Counties en matière d'étiquette.

« Assez parlé comme ça, dit Ursula non sans fourberie en avalant une tranche d'avocat en forme de cœur. Tu ne m'as pas fait venir jusqu'ici pour apprendre le prix de location d'une marquise ?

— Non.

— Alors pourquoi ? »

Charlotte but une gorgée de vin, se rappelant qu'elle devait à tout prix se montrer posée et rigoureuse.

« Je veux connaître avec précision la situation financière de Maurice.

— Tu veux connaître *quoi* ? demanda Ursula, médusée, sa fourchette plantée dans la tranche suivante d'avocat.

— Je crois que tu m'as parfaitement entendue.

— Évidemment que je t'ai entendue, Charlie. En revanche, mes oreilles, elles, ont du mal à le croire. La situation financière de Maurice ? Tu en sais autant que moi à ce sujet, j'imagine.

— Ça m'étonnerait.

— Tu es actionnaire de Ladram Avionics ? Tu n'as qu'à lire le bilan annuel et tu…

— Ce sont ses finances personnelles qui m'intéressent.

— Vraiment ? interrogea Ursula, qui baissa la voix et se pencha légèrement en avant, les sourcils soudain arqués. Tu es sûre que tu es dans ton état normal, Charlie ?

— Je veux savoir combien il dépense et à quoi. Je

veux savoir si ses revenus actuels suffisent amplement à subvenir à de pareilles dépenses ou si, au contraire, ils y suffisent péniblement.

— Je vois, dit-elle, avec un coup d'œil en direction de l'assiette de Charlotte puis de la sienne, avant de désengager sa fourchette de son avocat et d'appeler le serveur. Je pense que nous avons terminé, merci. »

Les assiettes furent emportées, leur verre de nouveau rempli de chablis. Ursula alluma une cigarette et tira plusieurs bouffées successives, faisant rouler la fumée dans sa bouche, comme elle l'aurait fait d'une gorgée de vin, tout en dévisageant Charlotte avec un mélange de dédain, de surprise et d'amusement.

« Est-il vraiment besoin de te faire remarquer que les finances de mon mari ne te regardent pas ?

— Est-il vraiment besoin de te faire remarquer le choc que *ton* mari risquerait d'avoir en apprenant ce qui s'est passé dans *sa* chambre vendredi après-midi ? Et sans aucun doute, plusieurs autres après-midi.

— En fait, juste ce vendredi-là, dit Ursula en souriant. La répétition gâche souvent le plaisir. Aucune menace dans tes propos, j'imagine ?

— Je le lui dirai si j'y suis contrainte.

— Je t'en crois capable, en effet.

— Et donc ?

— Qu'est-ce qui peut bien t'amener à penser que je dispose de ce genre d'information ? demanda Ursula dont le sourire, un moment disparu, revint.

— Tu es sa femme.

— Ah oui. Sa femme. Je suppose que c'est ce qui peut t'induire à croire… toi qui n'as jamais été une épouse.

— Et qui n'es pas près de l'être ? C'est ta sortie suivante, Ursula ? »

Le visage de Charlotte s'était coloré. Elle regretta aussitôt d'avoir mordu à l'hameçon. Mais le soulagement était à portée de main. Leur plat principal arriva, et une trêve de quelques minutes fut observée, tandis qu'on leur servait les légumes et qu'on refaisait le plein de leurs verres. Quand l'interlude arriva à terme, Ursula détacha un petit morceau de saumon et but quelques gorgées de vin avant de rompre le silence.

« Je crois que tu dois tenir de ton père, Charlie. Je ne l'ai jamais connu, bien sûr, mais à entendre Maurice il manquait singulièrement d'esprit pratique et était d'une incroyable naïveté quant aux motivations des gens. Assez proche de toi, dit-elle, en mangeant une minuscule pomme de terre. La tête dans les nuages ou bien dans le sable.

— Tu as l'intention de me dire ce que je veux savoir ou pas ?

— Je vais te dire ce que tu as besoin de savoir. C'est le résultat d'une leçon que j'ai apprise très jeune. Le compromis comme clé du succès dans la vie. Sinon du bonheur. Mais il s'agit là, comme j'ai eu l'occasion de le découvrir, d'une denrée très nettement surestimée. Si tu veux mon avis…

— Je ne suis pas venue quémander ton avis !

— Non. Non, évidemment, dit Ursula, en regardant un instant Charlotte d'un air appréciateur. Tu es venue parce que notre ami commun Emerson McKitrick t'a persuadée que ses allégations contre mon mari pourraient contenir une part de vérité. Et parce que tu t'es dit que seule une situation financière désespérée aurait pu amener Maurice à commettre ce dont l'autre l'accuse. Bon, je te l'accorde, je suis dépensière. Je ne suis pas du genre à me priver, poursuivit-elle avec un sourire presque mélancolique. De rien. Mais Ladram Avionics, reprit-elle, de nouveau concentrée, marche bien, très bien même, pour tout dire. En tant que président-directeur général, Maurice a des revenus tout à fait suffisants pour nous entretenir, Sam et moi, comme nous avons toujours eu l'habitude de l'être. Les royalties de Tristram ne sont qu'un plus.

— Si c'est bien le cas…

— Ça l'est, dit-elle, sa bouche se retroussant dans une moue sarcastique. Du moins, ça le serait, si Sam et moi étions ses seuls luxes. Malheureusement, ce n'est pas le cas, vois-tu.

— Que veux-tu dire ?

— J'ai des soupçons depuis longtemps, mais ce n'est que récemment que je les ai vus confirmés. Dans une enveloppe postée à Gloucester le 23 juin, pour être précise.

— La lettre de Beatrix ?

— Oui. Elle ne contenait pas que des feuilles vierges.

— Quoi donc, alors ?

— Le rapport d'une agence de détectives privés commandé par Beatrix concernant précisément le sujet pour lequel tu m'as fait venir ici : les finances de Maurice. Il semblerait que cette vieille bique… » Elle s'interrompit et grimaça un sourire. « Désolée. Ce que je voulais dire, c'est que la chère et charmante tante de Maurice faisait surveiller son neveu de près depuis un certain temps. Et a manifestement jugé bon de me faire connaître les résultats de cette surveillance. Lesquels étaient, c'est le moins que l'on puisse dire, éclairants. Tu es bien sûre de vouloir connaître la suite ? Ils ne font pas apparaître Maurice sous son meilleur jour. Et comme je sais que tu as toujours eu une très haute opinion de lui…

— Contente-toi de me dire ce qu'il en est !

— Fort bien. Maurice passe beaucoup de temps aux États-Unis pour ses affaires. La compagnie lui loue un appartement à New York. Mais il s'en sert peu. Il en possède un autre, semble-t-il, sur la 5e Avenue, ainsi qu'un pied-à-terre dans la Hudson Valley.

— Je ne savais pas…

— Moi non plus. C'est le rapport de l'agence qui m'a appris tout ça, en même temps que le coût de ces petites folies. Ainsi que la maîtresse avec laquelle il les partage. Il semblerait qu'elle ait des goûts encore plus dispendieux que les miens. Elle s'appelle Natasha van Ryneveld.

— Van Ryneveld ?

— Oui. Pas van Ryan, comme Lulu Harrington croyait à tort se le rappeler. Le rapport ne contenait pas grand-chose en matière de détails personnels, ce dont je lui sais gré. Il ne se préoccupait que de la manière dont Maurice parvient à financer une aussi coûteuse opération. Tout simplement en siphonnant l'argent d'une série d'investissements personnels, qui proviennent eux-mêmes des revenus des royalties.

— Tu veux dire que…

— Je veux dire que, quand le copyright de l'œuvre de son père arrivera à terme, Maurice va devoir prendre quelques décisions douloureuses concernant ce qu'il peut se permettre ou pas. Il va devoir faire des économies. Or je n'ai, pour ma part, aucune intention d'en faire. Il va donc devoir chercher ailleurs, tu me suis ? »

Charlotte dévisageait Ursula avec une horreur grandissante. Il était inconcevable que les implications de ce que celle-ci venait de lui révéler restent sans effet apparent sur elle. Le rapport prouvait à l'envi que Maurice avait bel et bien un mobile de taille pour vouloir différer l'expiration du copyright, un mobile qui pouvait conduire au meurtre. Ce qui semblait laisser Ursula totalement froide. Sécuriser l'allocation qu'elle recevait pour ses faux frais et ses petits plaisirs était manifestement autrement plus important.

« Maurice sait… Il sait que tu es au courant ?

— Non. Même s'il se doute de quelque chose. Je ne crois pas qu'il ait jamais gobé l'histoire des feuilles vierges.

— Mais s'il n'est pas au courant…

— Pourquoi te raconter tout ça ? Pour t'empêcher de te ridiculiser, évidemment. Ma petite aventure avec Emerson n'a pas grand-chose à voir avec l'arrangement durable de Maurice à New York, qu'en penses-tu ?

— C'est pour ça que tu l'as fait ? Pour te venger ?

— Le sexe, c'est pour le plaisir, Charlie, dit Ursula, en laissant échapper un rire perlé et en se penchant sur la table, pas pour la vengeance. Personne ne te l'a jamais expliqué ? Et Emerson s'est plutôt montré à la hauteur en matière de plaisir. Plus expert que je l'aurais cru. » Puis, souriant malicieusement, elle se rejeta contre son dossier. « Tu aurais dû le découvrir par toi-même quand tu en as eu l'occasion. Une occasion inespérée de parfaire ton éducation. »

Charlotte ferma les yeux et s'adjura de se conduire comme si Ursula n'avait aucune importance. Pas plus désormais qu'Emerson McKitrick. Tout ce qui comptait, c'était de savoir si Maurice avait bien fait ce qu'elle ne pouvait s'empêcher de croire. Elle rouvrit les yeux. Ursula avait repoussé son assiette sur le côté et allumait une autre cigarette.

« Tu serais prête à me montrer le rapport ?

— Ne sois pas stupide, Charlie, dit Ursula en secouant la tête. C'est *ma* police d'assurance, pas la tienne. Je ne l'utiliserai qu'en cas d'absolue nécessité, et pas autrement. C'est ce que j'entendais par compromis. Maurice n'a jamais été un mari fidèle, mais il a toujours été un trésorier-payeur généreux. Tant qu'il le restera, je n'ai aucune intention de chicaner.

— Mais tu ne vois donc pas ce que prouve le rapport ? Tu ne comprends donc pas pourquoi Beatrix l'avait demandé ? Elle devait craindre... devait soupçonner...

— Je ne vois rien en dehors de ce que je choisis de voir. Je dirai à Maurice que nous nous sommes vues, et je lui expliquerai la raison de notre rencontre. Mais je ne lui dirai rien d'autre. S'il te contacte – comme je soupçonne que ta curiosité à l'égard de ses finances l'incitera à le faire –, je te conseille vivement de l'assurer de ta totale confiance en sa loyauté et son intégrité. De cette façon, il ne sera pas tenté de voir en toi une menace.

— Et si je passe outre ?

— Tu serais franchement idiote. Souviens-toi, j'ai une assurance. Toi, pas.

— Autrement dit ?

— Autrement dit, mieux vaut ne pas réveiller le chat qui dort. Même chose pour les vieilles tantes décédées, dit-elle en écrasant sa cigarette et en vidant son verre. Maintenant, pourquoi ne pas régler l'addition ? J'ai l'étrange sentiment que nous ne voudrons ni l'une ni l'autre de dessert. »

43

Le déjeuner de Derek Fairfax avait été frugal : sandwichs au fromage et à la tomate, suivis d'une pomme, le tout consommé sur un banc de Calverley Park. Non pas qu'il eût souhaité quelque chose de plus élaboré. Il avait trop à penser pour se soucier de ce qu'il buvait ou mangeait.

On n'aurait pu dire la même chose de David Fithyan, qui revint au cabinet de son déjeuner peu avant 15 heures et sortit péniblement de sa Jaguar avec l'inélégance et l'air congestionné de celui pour lequel le boire et le manger sont sujets d'importance. En l'observant de la fenêtre de son bureau, Derek détecta aussitôt l'humeur exécrable qui n'allait pas tarder à se faire jour et décida de l'éviter soigneusement le reste de la journée. Malheureusement pour lui, pareille décision ne lui appartenait pas. Moins de dix minutes plus tard, il était convoqué dans le bureau de son employeur.

« Je n'ai rien dit concernant votre absence la semaine dernière, Derek, n'est-ce pas ? dit-il d'une voix grasseyante, qui témoignait autant de son indignation que de son état d'ébriété avancé. Vous m'accorderez que c'était me montrer généreux.

— Euh, oui. Je suppose. Je…

— Plus que généreux, même.

— Eh bien…

— Je suis tolérant. Je l'ai toujours été. Beaucoup trop, si j'en crois la bourgeoise.

— Vraiment ? Eh bien, je ne suis pas sûr…

— Il nous a fallu envoyer Rowlandson dans cette entreprise de Sevenoaks pour vous remplacer. Il a complètement merdé…

— Je sais. Je suis désolé…

— Mais je n'ai rien dit. Et pourquoi ? Parce que je pensais que nous nous comprenions.

— C'est un fait. Je…

— Non, nous ne nous comprenons pas du tout ! tonna Fithyan, en frappant son buvard du plat de la main. Mais nous le ferons d'ici à ce que vous quittiez cette pièce.

— Je ne suis pas sûr de…

— J'ai déjeuné avec Adrian Whitbourne.

— Ah oui ?

— Whitbourne & Pithey est un de nos plus gros clients.

— Oui, je sais.

— Bien, je suis heureux que vous en conveniez, Derek. Peut-être savez-vous également qui est l'un de leurs plus gros clients ?

— Pardon ?

— Ladram Avionics. Ça vous dit quelque chose ?

— Euh… oui, bien sûr, je…

— Bouclez-la ! Bouclez-la et écoutez-moi ! dit

Fithyan en brandissant un index menaçant sous le nez de Derek. Whitbourne n'a pas mâché ses mots aujourd'hui et m'a clairement laissé entendre que si un certain membre de mon personnel continuait à importuner et à harceler le PDG de Ladram Avionics – comme il le fait actuellement –, alors Whitbourne & Pithey se cherchera un nouveau comptable.

— Oh », laissa échapper Derek, dont le regard s'égara au-delà de Fithyan, au-delà même du sommet des arbres qui oscillaient sous la fenêtre, pour se retrouver confronté à sa propre naïveté.

Maurice Abberley devait avoir des contacts qu'il n'hésitait pas à faire jouer en cas de besoin. C'était aussi évident que prévisible.

« Je vois, marmonna-t-il.

— Si nous perdions un client aussi important que celui-là, nous devrions sans doute revoir à la baisse le nombre de nos salariés. Nous n'aurions pas besoin d'autant d'employés, vous ne croyez pas ?

— Sans doute pas.

— Mais nous n'allons pas le perdre, n'est-ce pas ?

— J'espère sincèrement que non.

— Nous n'allons pas le perdre parce que le PDG de Ladram Avionics n'aura plus jamais l'occasion de se plaindre de nous à Whitbourne, je me trompe ? »

Derek regarda Fithyan et se rendit compte que faire appel à son sens de la charité ne servirait à rien. L'espèce humaine se divisait à ses yeux non pas selon la race, la religion ou l'appartenance politique, mais selon l'importance ou l'absence d'importance que pouvaient avoir ses représentants, selon qu'ils détenaient le pouvoir ou étaient au contraire à sa merci. D'un côté de ce distinguo fondamental se tenait Maurice Abberley. De l'autre, Derek et son frère. Les questions de bien et de mal étaient en conséquence sans pertinence aucune. Un homme d'influence avait parlé. Fithyan entérinait.

« Alors, est-ce que je me trompe ?

— Non, absolument pas, dit Derek en secouant la tête. Si j'avais su que cela puisse causer le moindre embarras au cabinet, je n'aurais jamais…

— Je veux que vous laissiez tomber ce qui doit l'être, peu importe quoi. C'est compris ?

— Oui. Tout à fait. Et je le ferai. Vous avez ma parole », dit Derek, qui, au même moment, préparait une clause suspensive.

Une promesse faite à David Fithyan avait à peu près autant de valeur qu'une promesse faite par ce dernier à autrui. La rupture n'était pas encore pour demain.

44

Plus son enfance s'éloignait, plus Charlotte la revisitait en rêve. Non pas comme l'enfant qu'elle avait été, mais comme l'adulte qu'elle était aujourd'hui, abritée dans un corps nettement plus jeune limité par ce qu'il pouvait dire ou faire, et pourtant consciente de tout le savoir et la tristesse qui prendraient le dessus au fil des années.

Beatrix somnolait près de la cheminée à Jackdaw Cottage, un livre dans les mains, un châle autour des épaules, une expression d'intense satisfaction au visage. Et Charlotte s'efforçait de la réveiller. Elle avait quelque chose à lui dire, quelque chose de capital, quelque chose de terrible mais d'assez flou que Beatrix voudrait à tout prix savoir, si seulement elle parvenait à se réveiller. Mais Charlotte avait beau la secouer et lui crier à l'oreille, ses efforts restaient vains. Les yeux de Beatrix refusaient de s'ouvrir. Son expression refusait de changer. Et puis, tandis qu'elle insistait, Charlotte sentit une main sur son épaule et une voix qui réclamait son attention.

« Charlie ! Écoute-moi, Charlie. Regarde-moi. »

Se retourner et regarder, c'était s'arracher à une étreinte étouffante mais bienvenue. Elle n'en avait pas envie, tout en sachant qu'elle le devait.

« Charlie ! »

Elle se retourna. Se réveilla. Et se pétrifia d'horreur. Maurice était assis au bord du lit, une main sur son bras, un sourire flottant sur ses lèvres.

« Ça va aller, Charlie. Ce n'est que moi. » Le sourire s'élargit, et Charlotte se détendit le temps de libérer son corps et son esprit. C'était le lendemain du déjeuner avec Ursula. Le soleil se déversait à flots par les rideaux entrebâillés. Quand elle jeta un coup d'œil au réveil, elle vit qu'il était 7 h 30. Et Maurice était assis là, à côté d'elle étendue dans son lit.

« J'ai sonné, mais tu n'as pas dû entendre. Alors j'ai utilisé ma clé. Désolé de t'avoir surprise. »

Elle aurait certainement entendu s'il l'avait fait. Elle en était sûre. S'appuyant sur les coudes pour se relever et secouant la tête, elle le regarda avec un air d'incompréhension. Que faisait-il ici ? Que voulait-il ?

« Je crois que tu étais en train de rêver », dit-il, quittant le lit et s'asseyant sur le fauteuil voisin. Il était vêtu d'un costume léger et d'une cravate claire, l'air suffisamment frais et dispos pour donner à cette visite l'allure d'une étape parfaitement intégrée au trajet qu'il empruntait quotidiennement pour aller travailler. « Je t'ai monté un petit déjeuner, au fait, reprit-il, en désignant un plateau sur la table de nuit. Jus d'orange, muesli et café noir. C'est bon ?

— Oui, s'entendit-elle répondre. Merci.

— Tu dois penser que c'est une drôle d'heure pour passer.

— Eh bien…

— Mais j'ai une journée chargée. Si bien que je ne voyais pas d'autre solution que de partir de bonne heure et te caser en chemin, si j'ose dire.

— Me caser en chemin ? Je ne vois pas…

— Ursula m'a parlé de votre déjeuner d'hier. Des renseignements que tu lui as demandés.

— Je vois, dit Charlotte, qui saisit le verre de jus d'orange pour en boire une gorgée.

— Crois-tu, Charlie ? Vraiment ? J'ai pourtant le sentiment que tu ne vois rien du tout – et qu'il se peut que ce soit ma faute.

— Pardon ? »

Maurice déplia les jambes, regarda intensément le plafond, joignant les mains derrière la nuque pour soutenir sa tête.

« J'avais quatorze ans quand tu es née. Ça fait une grosse différence d'âge. C'est bien pourquoi je te considérais plus comme un bébé que la normale des grands frères. Et puis, quand ton père est mort, tu n'avais que douze ans, tandis que j'en avais déjà vingt-six, si bien que je ne me suis pas seulement *senti* responsable de toi, je *l'étais* de fait. Tout ce que j'ai fait jusqu'ici ne visait qu'à ton bien-être, au même titre que celui de ma propre famille. Je ne t'ai jamais considérée comme une étrangère simplement parce que tu ne portais pas le même nom. Tu le sais, n'est-ce pas ?

— Je n'en ai jamais douté.

— Bien, dit-il en abaissant les yeux vers elle une seconde avant de revenir à sa contemplation du plafond. Ladram Aviation était dans un état catastrophique à mon arrivée. Ton père était un homme adorable, mais n'avait aucun sens des affaires. Les royalties de *mon* père étaient tout ce qui permettait à *ton* père de surnager. Je ne dis pas ça dans un esprit revanchard. Mais simplement pour te remettre en mémoire la tâche monumentale qu'a signifiée la remise sur pied de l'entreprise, et de la famille avec elle. C'est quand j'ai commencé à mettre le nez dans nos finances et que j'ai constaté à quel point nous étions dépendants des royalties de Tristram que maman m'a dit la vérité à propos des poèmes. Elle n'avait pas le choix. Sinon, j'aurais demandé pourquoi une si grande part de ces mêmes royalties allait à Beatrix, pour qu'elle le dépense Dieu sait sur quoi, dit-il avec un rire moqueur. On le sait, maintenant, pas vrai ? Une maison pour que Lulu Harrington profite pleinement de sa retraite. Une ferme pour Frank Griffith. Et sans doute tout un tas d'autres présents à des gens dont nous ignorons jusqu'à l'existence. Beatrix était généreuse, n'est-ce pas ? Envers les étrangers, du moins.

— Maurice…

— Je t'en prie, écoute-moi, Charlie. Je ne t'ai jamais rien dit de tout ça auparavant et je n'ai pas l'intention d'en reparler un jour. Un fils idolâtre son père ou le déteste. Ainsi va la nature humaine. Pour ma part, j'idolâtrais Tristram. Il était mort en poète et en soldat. Que pouvait demander de plus un fils ? Est-ce que tu peux seulement imaginer, dans ce cas, comment j'ai vécu la chose quand j'ai appris qu'il était tout sauf un poète ? Que sa sœur avait écrit jusqu'au dernier mot de son œuvre ? Que j'étais… » Il s'interrompit avant de reprendre, cette fois d'une voix plus mesurée. « C'était il y a bien longtemps. Je t'épargne les questions existentielles que j'ai pu me poser, comme je te les ai épargnées à l'époque. On m'a convaincu qu'il fallait garder le secret, mais c'était bien malgré moi. Dès que je l'ai découvert, j'aurais voulu que nous tournions la page, que nous prenions un nouveau départ, que nous jetions la vérité de ce qu'était véritablement Tristram Abberley à la face du monde. Mais Beatrix ne voyait pas les choses du même œil. Elle avait peur d'être accusée de tricherie et d'imposture, et elle n'avait peut-être pas tort. Il reste que, sans sa coopération, on ne pouvait rien faire. Je me serais couvert de ridicule si j'avais dénoncé publiquement notre secret sans la moindre preuve à l'appui, pour être ensuite démenti par Beatrix. Sans parler de ma propre mère. Comment aurait-elle expliqué la publication de *Poèmes espagnols* sans révéler du même coup la part qu'elle y avait prise ? Non, la réalité prouvait qu'elles avaient raison. Il fallait garder le secret. »

Il se leva et s'approcha nonchalamment de la fenêtre, tandis que Charlotte l'observait tout en sirotant son café d'un air distrait. Il était le seul survivant de tous ceux qu'il avait nommés. Il pouvait bien raconter ce que bon lui semblait à leur sujet, leur attribuer les mobiles et les intentions qui collaient au plus près à sa version des faits. Tandis qu'il ouvrait grand les rideaux et se tournait pour lui faire face, il lui donna l'impression de dévoiler une mise en scène de son propre passé, dans laquelle les personnages se déplaceraient et parleraient en suivant le script qu'il avait écrit à leur intention.

« Mais maman et Beatrix sont mortes, aujourd'hui, Charlie. Nous sommes libres de redresser la barre.

Ne crois-tu pas qu'on le devrait ? Ne crois-tu pas que le monde a le droit de connaître la vérité concernant Tristram Abberley ?

— Euh… Oui. Je suppose que oui.

— Je te l'aurais dit plus tôt, mais, pour être honnête, j'espérais ne pas avoir à te révéler que je t'avais menti toutes ces années. C'est pour cette raison que je me suis rapproché d'Emerson McKitrick. Je pensais que, si vous trouviez les lettres de conserve, la vérité apparaîtrait sans que j'aie moi-même à m'impliquer. Idiot et vaniteux de ma part. Je m'en rends compte aujourd'hui. Me le pardonneras-tu ?

— Bien sûr, dit-elle, en reposant sa tasse sur le plateau et en s'obligeant à un sourire fraternel.

— Maman m'a avoué l'existence des lettres, reprit-il, en revenant à son siège et en se baissant pour se rasseoir. Beatrix les lui avait montrées pour la convaincre qu'elle avait elle-même écrit les poèmes. Je savais que McKitrick serait intéressé et j'ai réussi à le persuader de ne pas révéler sa source. Mais je n'aurais jamais pensé que Beatrix irait aussi loin pour les cacher. Quand tu as confirmé qu'elles se trouvaient à Hendre Gorfelen, McKitrick ne pouvait qu'être tenté de les voler. Je craignais qu'il y parvienne et qu'il les détruise quand il aurait découvert la menace qu'elles faisaient peser sur sa réputation universitaire. J'ai donc décidé de le prendre de court. J'ai parlé des lettres à Fairfax, sachant qu'il irait tirer la sonnette d'alarme chez Griffith. Et j'ai recruté… eh bien, disons simplement que j'ai recruté quelqu'un… pour les lui enlever. Je n'appellerais pas ça du vol. Elles appartenaient de droit à mon père. Je me suis contenté de reprendre mon bien. Il va de soi que j'ai été profondément peiné de l'agression dont Griffith a été victime ce faisant. Ça n'a jamais été dans mes intentions.

— Et ces intentions, quelles sont-elles maintenant que tu as les lettres ?

— Les publier. L'an prochain, peut-être. Pour commémorer le cinquantième anniversaire de la mort de mon père.

— Tu sais ce que diront certains ?

— Que mon vrai mobile, c'est l'argent. Bien sûr. Les gens mesquins disent toujours la même chose. Mais toi et moi savons qu'ils se trompent. Tu as eu tort de t'adresser à Ursula plutôt qu'à moi, dit-il en agitant un doigt gentiment réprobateur dans sa direction. Mais oublions ça. Peut-être qu'elle a réussi à te convaincre là où j'aurais échoué. J'ai atteint un stade où l'argent est sans conséquence, comme te l'a expliqué Ursula. »

Charlotte ne put s'empêcher de se demander si elle aurait cru Maurice au cas où Ursula lui aurait dit que l'argent ne comptait pas pour lui. Elle soupçonnait que non. Mais peu importait. Elle savait désormais qu'elle ne pouvait accorder foi à ses propos. Il changeait de récit comme de chemise, simplement pour être en accord avec l'auditoire du moment et avec les faits connus. Et si l'un d'eux ne collait pas, il y en avait toujours un autre prêt à l'emploi dans sa garde-robe. L'argent était *bel et bien* son mobile. Et il ne lui restait plus beaucoup de temps. De fait, sans la mort opportune de Beatrix, il ne lui en serait plus resté du tout à l'heure actuelle. Frappée par cette idée, Charlotte fut secouée d'un frisson. Le cambrioleur recruté par

Maurice devait être Spicer, soi-disant renvoyé plus de sept mois auparavant. Ce qui signifiait que Maurice avait déjà tout planifié à l'époque. Et que le meurtre de Beatrix faisait partie de ses plans. Il existait à cet égard aussi peu de doutes que de preuves.

« Tu as froid, Charlie ?

— Non.

— Il me semble t'avoir vue frissonner.

— Euh… un peu, peut-être.

— Il vaut mieux que je te laisse t'habiller, alors, dit-il avec un coup d'œil à sa montre. Il faut que j'y aille, de toute façon. Le devoir m'appelle. » Il se leva, souriant, et fit un pas dans sa direction. « N'empêche, je suis content qu'on ait eu cette petite conversation tous les deux.

— Moi de même.

— L'air est plus léger. Nous savons exactement à quoi nous en tenir l'un et l'autre.

— Absolument. »

Il se pencha sur elle, une main sur la tête de lit, l'autre en suspens au-dessus du couvre-lit. « C'était *mon* père, Charlie. Je crois être meilleur juge que quiconque en matière de respect de sa mémoire. Qu'en dis-tu ? »

Elle leva les yeux vers lui, s'obligeant à sourire, se rappelant le nombre incalculable de fois où elle lui avait fait confiance – une confiance qu'elle ne lui accorderait plus jamais.

« Je pense que tu as raison, Maurice. Tout à fait raison.

— Ah, je te retrouve, là, dit-il en tapotant sa main sur le couvre-lit. Laisse-moi faire comme je l'entends, ajouta-t-il en se penchant pour l'embrasser sur le front. Laisse-moi m'occuper de tout ça. »

Et sans trop savoir comment, avec un effort dont elle ne se serait jamais crue capable, elle ne hurla pas, n'eut pas de mouvement de recul, mais garda le sourire, voulant de toutes ses forces lui faire croire qu'il l'avait convaincue. Ce qui était le cas. Mais pas dans le sens où lui l'aurait entendu.

45

Alfambra
1er janvier 1938

Chère petite sœur,

Je ne pouvais pas laisser passer le Nouvel An sans un petit mot que je te dois depuis longtemps, même si, pour être franc, être tenu en réserve pendant que la bataille à laquelle nous serons peut-être amenés à nous joindre fait rage au sud n'encourage guère des propos de saison. Pas plus, tout bien considéré, que ce pueblo *gelé jusqu'à l'os où nous sommes consignés. Quand il ne neige pas, le gel nous glace jusqu'à la moelle, et notre vraie préoccupation n'est ni l'état de la guerre ni les éventuelles perspectives de paix, mais la manière d'avoir chaud et de rester au sec. Mes bons amis Frank Griffith et Vicente Ortiz semblent plus doués que moi dans ce domaine, mais j'apprends peu à peu leurs secrets !*

Ce qu'a pu dire la presse britannique de l'offensive de Teruel, je l'ignore, bien entendu, mais nous supposons que les généraux espèrent que le succès des républicains (qui semble en passe de se réaliser) convaincra Franco de proposer une trêve. Autant dire qu'ils se font des illusions, à mon avis, parce que Franco n'est pas du genre à accepter un compromis. Qui plus est dans l'eau glacée. À en croire Vicente, qui connaît bien la ville, il n'y a pas d'endroit plus froid sur terre (par quoi il faut entendre la seule péninsule Ibérique) que Teruel, et il se pourrait bien qu'il ait raison. Si c'est le cas, les bonnes nouvelles selon lesquelles nous avons des unités engagées là-bas pourraient bien ne pas durer au-delà de l'hiver. Vicente a également entendu dire que l'un des colonels fascistes est un tortionnaire sanguinaire du nom de Delgado, ce qui semble le déprimer au-delà de toute attente raisonnable.

Nous avons eu la visite des huiles du Parti travailliste au début du mois dernier. Tu en as sans doute lu le compte rendu. Clement Attlee, Ellen Wilkinson et Philip Noel-Baker se sont assis aux côtés du bataillon le temps d'un repas, ont condamné la non-intervention, mangé de bon appétit, chanté Le Drapeau rouge, *avant de partir accompagnés d'un chœur d'applaudissements creux, pour la bonne raison que la plupart des types qui sont ici n'auraient pas demandé mieux que de repartir avec eux, plutôt que d'avoir à faire face à un deuxième hiver de lutte contre le fascisme. C'est mon premier, bien sûr, je n'ai donc aucune de leurs excuses. Même ainsi, je dois bien avouer que l'événement n'a guère contribué à me remonter le moral.*

Non pas qu'il eût besoin de l'être. En dépit de toutes les privations, je ne voudrais pour rien au monde me trouver ailleurs quand cette guerre prendra fin. Je tiens à la voir se produire, cette fin, à l'entendre, à la sentir et la comprendre, je tiens à en faire partie intégrante. Et je me promets que ce sera le cas. C'est la raison pour laquelle, sans le moindre soupçon d'ironie de ma part, je te souhaite une très heureuse année.

Avec toute mon affection,

Tristram

46

Il y avait un mois et demi, tout, dans la vie de Charlotte, respirait la normalité et l'équilibre. Beatrix était encore vivante, déroulant paisiblement le fil de ses journées d'octogénaire à Rye. Maurice était encore un demi-frère modèle, affectueux, mais sans excès. Et Tristram Abberley était encore le poète dont l'une se souvenait en tant que frère et l'autre en tant que père.

Huit jours plus tôt, la vision du monde qu'avait encore Charlotte était intacte. Beatrix était morte, et son décès avait été suivi d'étranges découvertes. Mais, fondamentalement, rien n'avait changé. Charlotte comprenait le passé sans plus de difficulté que le présent. C'était du moins là ce qu'elle croyait.

Plus maintenant. Tout avait basculé à présent, précipité dans un chaos dont rien ni personne ne sortirait indemne. Comme si un puzzle qu'elle aurait terminé des années auparavant se trouvait soudain bouleversé et que, en s'agenouillant pour tenter d'en réassembler les pièces, elle découvrait qu'elles n'étaient plus les mêmes, qu'une image nouvelle et cauchemardesque s'était substituée à celle, totalement rassurante, qui l'avait précédée, et que la substitution s'était peut-être accomplie longtemps auparavant sans même qu'elle s'en doute.

Pendant l'heure, et même davantage, qui suivit le départ de Maurice, ce fut à peine si elle put bouger, sans parler de réfléchir. Son corps et son esprit restaient sous le choc de ses propos, bien plus révélateurs que tout ce qu'il aurait jamais pu imaginer. Elle déambula d'une pièce à l'autre, l'œil hagard face au soleil éclatant de cette matinée, tandis que la terreur qui le disputait à l'incrédulité lui soulevait le cœur.

Pour finir, elle renonça à lutter mentalement pour céder au désir d'exercice physique. Elle quitta la maison et partit dans sa voiture en direction de l'ouest, reprenant à son début le voyage qui avait été à la source des épreuves qu'elle traversait aujourd'hui. Mais elle ne s'arrêta pas à Cheltenham. Lulu pouvait être laissée à son enviable ignorance. Au lieu de quoi, elle pressa l'allure vers le pays de Galles, qu'elle atteignit en pleine chaleur en tout début d'après-midi.

La cour de Hendre Gorfelen était immobile et silencieuse, sans un souffle d'air. Aucun signe de chien ni de poules. La porte de la maison était entrouverte, mais personne ne répondit au coup de Charlotte. Quelque chose dans la qualité de l'air, quand elle emprunta le corridor, lui dit que Frank Griffith n'était pas chez lui. Elle songea que ce serait tout aussi bien.

Elle pénétra dans la pièce à sa droite. Le bureau de Frank, où régnait une odeur de renfermé, plus forte que la première fois, avec, ici et là, des traces de poussière et de négligence. Pas de fleurs sur le manteau de la cheminée, et les cendres d'un feu consumé depuis longtemps reposaient intactes dans le foyer. En s'en approchant, Charlotte remarqua une bouteille de vodka à moitié vide à proximité d'un des fauteuils. Sur le large accotoir, un livre. Elle dut se démancher le cou pour déchiffrer le titre sur la couverture décolorée et effrangée. *Le Sommet de la colline.* La première édition, de 1932. Elle aurait dû s'en douter.

Elle s'empara du livre et l'ouvrit à la page marquée par une petite carte, devinant avant même d'abaisser le regard que le poème serait « Faux prophètes ». Elle ne s'était pas trompée. La plus belle œuvre de Tristram Abberley. Et la préférée de Frank.

Tends la main et demande un travail.
Ils te feront une promesse et t'éviteront des larmes.
À eux la vérité qui ne paie pas,
À toi la vie de chien qui t'accable.
Écoute, si tu le veux, les faux prophètes,
Laisse-leur t'expliquer ton péché originel,
Mais jamais…

Une fraction de seconde, et l'attention de Charlotte quitta le vers bien connu pour se fixer sur la carte qu'elle tenait entre les doigts. Une date griffonnée en haut dans l'angle à gauche : *23 déc. 38.* Quand elle la retourna, elle s'aperçut qu'il s'agissait d'une photo pour passeport de Beatrix, souriant chaleureusement à l'objectif, suffisamment jeune encore pour confirmer la date – 1938 – inscrite lors du séjour de Frank à Rye, et gardée par celui-ci, semblait-il, à titre de souvenir.

Charlotte scruta un moment le visage de cette

Beatrix dont elle avait oublié jusqu'au souvenir – celui d'une femme pleine d'assurance et de confiance en soi qui avait alors exactement l'âge qu'elle-même avait aujourd'hui –, avant de remettre la photo à sa place, de refermer le livre et de le reposer sur le bras du fauteuil. Fini de lire entre les lignes, fini les regards glissés entre les pages. Elle le savait. Que ferait Frank Griffith si elle lui révélait ce qu'elle soupçonnait et craignait au sujet de son frère ? Elle préférait ne pas y penser. Il ne resterait certainement pas assis à attendre que les lettres de Tristram soient rendues publiques. À quoi donc pensait-elle ? Qu'avait-elle espéré déclencher ?

Elle s'approcha du bureau, dénicha une feuille de papier et griffonna à la hâte un message en majuscules.

Frank,

Je suis passée mais vous étiez sorti et je ne pouvais pas attendre. Je voulais vous dire ceci : je suis désormais certaine qu'Emerson McKitrick est bien l'auteur du vol, et qu'il a détruit les lettres une fois qu'il a compris le discrédit qu'elles jetteraient sur sa biographie. Il reste que l'issue est bien celle que vous recherchiez vous-même. Ce qui est de quelque réconfort, non ? Appelez-moi si vous voulez bavarder. J'espère que la tête va mieux.

Charlotte

Elle coinça le mot sous la boîte à courrier en Tunbridge Ware au centre du bureau, où il ne pouvait pas la manquer, parcourut la pièce du regard pour s'assurer qu'elle n'avait rien dérangé d'autre, puis sortit d'un pas pressé, priant le ciel de pouvoir s'esquiver avant le retour de Frank, et s'en voulant de cette visite stupide. Prières qui furent exaucées. Il était resté introuvable. Elle remonta dans sa voiture et rejoignit le chemin de terre le plus vite possible, ne regardant ni à droite ni à gauche, pas sûre de grand-chose en dehors de ce que Beatrix semblait avoir cherché à lui transmettre en silence cinquante ans plus tôt. Cesse d'interférer. Fais en sorte que le mal n'empire pas, et que le bien, les morts et le reste reposent en paix, autant que faire se peut.

47

Albion Dredge se renversa gauchement sur son siège et ouvrit un peu plus la fenêtre derrière lui, même si l'absence totale de mouvement dans l'air garantissait l'inutilité de son geste, qui ne ferait en rien baisser la température du four qui lui tenait lieu de bureau. Il avait déjà ôté sa veste, et ses grimaces, tandis qu'il tirait sur le col de sa chemise, suggéraient que sa cravate aurait suivi le même chemin s'il avait été seul. Pour l'heure, la présence d'un client le privait de cette libération, même si Derek se fit la réflexion que c'était bien la seule concession qu'il semblait prêt à lui faire.

« Loin de moi l'idée de jouer les rabat-joie, monsieur Fairfax, dit Dredge, abandonnant ses divers efforts de ventilation, mais il me faut être réaliste. La théorie que vous avancez…

— C'est plus qu'une théorie !

— C'est bien possible. Vous, vous pouvez vous contenter d'y croire, moi, il me faut la prouver. Alors si vous le voulez bien, résumons-nous. Un, dit-il en pointant un doigt boudiné en l'air, la défunte Mlle Abberley a écrit les poèmes de son frère. Deux, poursuivit-il en pointant un deuxième doigt, son neveu voulait qu'elle rende la chose publique de manière à prolonger le copyright pour continuer à percevoir le produit des royalties. Trois (et hop, détente d'un troisième doigt), Mlle Abberley a refusé, en conséquence de quoi il a décidé de passer outre ses objections en la trucidant. Et quatre (l'auriculaire rejoignit ses compagnons d'infortune à la perpendiculaire), il s'est assuré que votre frère endosserait le meurtre en l'attirant à Jackdaw Cottage, avant d'aller planquer dans sa boutique les Tunbridge Ware volés.

— Exact.

— La théorie est intéressante, dit Dredge en poussant un soupir. Très intéressante, même. Si c'est vrai…

— Ça l'est. Je n'ai aucun doute sur ce chapitre.

— J'en suis sûr, monsieur Fairfax, mais d'autres moins – comment dire ? – enclins à croire en l'innocence de votre frère pourraient la considérer comme fantaisiste, d'autant qu'elle ne repose sur aucune preuve.

— Comment pouvez-vous dire une chose pareille ? Frank Griffith est prêt à confirmer que les lettres volées prouvent que c'est Beatrix l'auteur des poèmes.

— M. Griffith me donne l'impression d'un témoin peu fiable, monsieur Fairfax. Ne m'avez-vous pas dit qu'il avait des antécédents psychiatriques ?

— Oui, mais…

— Ça, plus des années d'une vie de reclus au fin fond du pays de Galles, sans compter un récent coup sur la tête, seraient de nature à réduire son témoignage à néant, en admettant même qu'il en soit besoin, dans la mesure où, n'étant pas corroboré par des preuves, il le serait *ipso facto*. Par ailleurs, vous avez reconnu que M. Abberley était à New York au moment du cambriolage.

— Je n'ai jamais ne serait-ce que suggéré qu'il ait pu voler les lettres lui-même. Je suis sûr qu'il s'est servi de son ancien chauffeur, Spicer, pour exécuter les basses besognes.

— Et vous n'avez pour toute preuve que la présence de Spicer dans un pub à Rye, presque un mois avant le meurtre de Mlle Abberley.

— Heu… oui.

— Présence qui pourrait s'expliquer de cent façons différentes et fort simples, fit Dredge en faisant claquer sa langue à la manière d'un maître d'école mécontent.

— Il était manifestement très contrarié d'être reconnu.

— Votre témoin, dit l'autre en jetant un coup d'œil à ses notes, le mari de la gouvernante de Mlle Abberley, a *cru* que Spicer essayait de l'éviter. Je n'irais pas jusqu'à dire qu'il peut l'affirmer.

— Vous diriez quoi, alors ? » s'enquit Derek, qui commençait à s'échauffer sérieusement.

Après s'être fait remonter les bretelles par Fithyan, il avait besoin d'encouragement, et pas des poux que Dredge lui cherchait obstinément dans la tonsure.

« Que votre théorie est cohérente, monsieur Fairfax, voire alléchante. Mais qu'elle a besoin d'être étayée, dit son interlocuteur en souriant. Il vaut mieux que je vous en détaille maintenant les points faibles plutôt que de vous laisser vous bercer d'illusions – ou, pire, de les faire naître chez votre frère.

— Et que pouvons-nous faire pour l'étayer ?

— Trouver Spicer. Établir ses allées et venues aux dates incriminées. Vérifier sa situation financière en cherchant les traces d'une grosse somme qu'il aurait touchée en paiement du meurtre de Mlle Abberley, du piège tendu à votre frère et du vol des lettres chez M. Griffith.

— Mais à l'heure qu'il est, il pourrait être n'importe où.

— Je ne vous le fais pas dire. Il nous faudrait recourir aux services d'un spécialiste. Je peux vous en recommander un. Je peux même l'engager pour vous. Mais je dois vous prévenir qu'il est cher et qu'il pourrait ne déboucher sur rien.

— Mais, en ce cas, quelles sont les autres options ?

— Il n'y en a pas, dit Dredge en étalant ses mains sur son bureau. Aucune. On ne gagnera rien à surveiller les faits et gestes de M. Abberley. Si vous avez raison, il attendra sans bouger jusqu'à ce qu'il estime venu le moment de publier les lettres. S'il y a un maillon faible dans la chaîne, c'est probablement l'homme dont il s'est servi pour commettre le meurtre. Si c'est Spicer, nous avons une chance, si mince soit-elle. Sinon…

— Nous n'en avons aucune. C'est bien ce que vous essayez de me dire ?

— J'en ai peur, monsieur Fairfax. Ce qui me ramène à la question que vous posiez au début de notre entretien.

— Devrais-je faire part de ce que j'ai appris à mon frère ?

— Tout juste, dit Dredge, en se renversant sur son fauteuil et en joignant les mains sur son large embonpoint. La décision vous appartient, naturellement, mais je vous conseille d'en peser les conséquences avec soin. Mon impression est qu'il s'est fait une raison et qu'il se prépare au pire. Si vous lui faites miroiter la moindre perspective d'acquittement, quand en réalité il n'y en a pas vraiment…

— J'ai bien compris, monsieur Dredge. Je vais y réfléchir. À présent, pour ce qui est de retrouver la trace de Spicer…

— Vous souhaitez que je m'en occupe ?

— Oui, absolument.

— Très bien. Je vais mettre les choses en route.

— Encore une chose, dit Derek, dont l'orgueil se rebiffait à l'idée d'avoir à formuler ce qui suivait. J'aimerais que toutes les précautions soient prises pour éviter que Maurice Abberley s'aperçoive de l'enquête qui sera menée sur son compte.

— Personne ne tient à ce qu'il s'en aperçoive, monsieur Fairfax. Malheureusement, je ne saurais vous le garantir à cent pour cent.

— Non, bien sûr.

— Vous avez une raison particulière d'avancer une telle demande ?

— Indirectement, il semble détenir un certain pouvoir sur mon employeur.

— Ah, je vois le genre. Je compatis. Au vu d'une issue éventuellement négative à notre enquête, peut-être que les risques encourus – pour votre carrière, j'entends – ne valent pas la peine d'être pris.

— Peut-être pas. »

Les sourcils de Dredge se haussèrent dans l'attente de la remarque suivante. Mais Derek en avait déjà débattu avec lui-même, longuement et âprement. Il n'allait pas se coucher, même s'il était facile de croire que c'était là la solution la plus simple et la plus sage. «J'ai bien l'intention d'aller jusqu'au bout de cette affaire. Je suis donc prêt, quels que soient les risques, à les prendre.»

48

Le samedi 1er août était clair et ensoleillé, avec un petit vent suffisamment frais pour dissiper sinon le découragement, du moins la paresse. Pour Charlotte, qui aspirait à un retour à l'ordre et au calme, il semblait important pour ce faire de mener les choses rondement et au mieux de ses moyens, le tout avec un maximum de sérieux. Elle prit donc tout particulièrement soin de sa toilette et de son apparence avant de quitter la maison, de s'arrêter à Tunbridge Wells munie d'une liste de courses exhaustive pour se ravitailler en produits de première nécessité, avant de poursuivre sa route en direction du sud-est, de Rye, et de la tâche bien plus éprouvante qu'elle s'était assignée.

Jackdaw Cottage était égal à lui-même, propre et bien aéré. Charlotte en fit le tour, s'obligeant à considérer l'endroit comme un simple bien immobilier, et non comme une mine de rêves et de regrets. Elle fut surprise de voir ses efforts couronnés de succès, ses émotions tenues en laisse. Il y avait forcément un moyen d'accepter les découvertes qu'elle avait faites au cours de la semaine écoulée, et elle était bien décidée à le trouver.

Pour l'instant, la seule manière de s'en sortir pour ce qui la concernait, c'était de se tenir à distance de Maurice, du souvenir de Beatrix et de tous les rappels tangibles du rôle qu'ils avaient pu jouer dans son existence. Et jusqu'ici, les choses semblaient s'être plutôt bien passées.

En quittant Jackdaw Cottage, elle se rendit directement chez un agent immobilier dans High Street, où elle déposa un trousseau de clés et prit les arrangements nécessaires à l'estimation de la maison afin que celle-ci soit mise au plus vite sur le marché. Puis elle alla voir les Mentiply pour les mettre au courant. Lesquels ne furent pas surpris. Pour tout dire, ils s'y attendaient depuis un certain temps. Ils insistèrent pour que Charlotte prenne le café et, tandis que Mme Mentiply s'activait à la cuisine, leur visiteuse demanda à M. Mentiply, sans avoir l'air d'y toucher, de lui confirmer avoir vu Spicer à Rye le 25 mai.

« Pour sûr que c'était lui. Aucun doute là-dessus. Mais comment vous le savez ? J'en ai parlé qu'au frère de Fairfax-Vane. Ma femme me dit que j'aurais pas dû. Il vous empoisonne avec ça ?

— Pas précisément.

— Il vous fait des ennuis ? Ce serait bien le genre.

— On pourrait dire ça comme ça. Mais ne vous inquiétez pas. Je maîtrise la situation. »

Le choix de ses expressions acquit pour Charlotte au fil des heures une résonance coupable. Après avoir quitté Rye, elle se rendit à Maidstone et retrouva la rue où elle était née et où ses parents avaient conclu leur pacte secret avec Beatrix. Les maisons étaient plus délabrées que dans son souvenir, les voitures garées plus nombreuses mais moins lustrées. Les rideaux informes de son lieu de naissance étaient tirés au beau milieu de ce chaud après-midi, et les accords assourdissants d'une musique rock s'échappaient par la seule fenêtre ouverte. Ce dont elle se sentit bizarrement reconnaissante. La nostalgie et les bruits étaient incompatibles. Et, pour l'instant, la nostalgie l'aurait encombrée.

Elle revint à Tunbridge Wells juste à temps pour profiter de la relative fraîcheur du soir qui commençait à absorber partiellement la chaleur de la journée. Elle repensa à ce qu'elle avait dit à M. Mentiply – à quel point c'était vrai, mais à quel point aussi, ignominieux. Elle ne pouvait continuer à faire comme si Derek Fairfax et son frère emprisonné n'existaient pas. Et elle céda donc à une brusque impulsion.

Il lui avait écrit de son adresse à Speldhurst, un village semi-résidentiel de banlieusards au nord-ouest de la ville. Charlotte s'y rendit directement et trouva sans difficulté Farriers, un cul-de-sac aux pavillons largement espacés. Mais au numéro 6, elle n'obtint pas de réponse et se retira donc, sans trop savoir si elle était déçue ou non. Quelques minutes plus tard, en passant devant le pub au centre du village pour la deuxième fois, elle jeta un coup d'œil au jardin et remarqua une silhouette solitaire assise au bout d'une table en rotin. Derek Fairfax.

Charlotte dépassa l'entrée du parking et dut faire marche arrière pour y revenir. Cette manœuvre, que Fairfax avait juste sous le nez, semblait devoir infailliblement attirer son attention, mais il ne leva même pas les yeux à son approche. Il était habillé sans recherche, griffonnant avec un stylo bille sur une serviette en papier tout en faisant rouler son verre de bière sur sa joue, totalement absorbé, semblait-il, dans ses pensées.

« Monsieur Fairfax ? »

Il sursauta violemment, tandis que ses yeux volaient vers les siens, et elle remarqua qu'il froissait la serviette avant de la laisser tomber dans le cendrier.

« Mademoiselle Ladram, je ne... Je suis désolé, jamais je... Vous me cherchiez ? demanda-t-il en fronçant les sourcils.

— Oui. Je viens de chez vous.

— Vraiment ? Mais pourquoi donc ?

— Je ne suis pas vraiment sûre. Je...

— Vous voulez boire quelque chose ? dit-il en se levant, un sourire embarrassé aux lèvres.

— Oui. Avec plaisir. Un gin tonic.

— Asseyez-vous. Je vais vous chercher ça. »

Il traversa le jardin en emportant son verre, pendant que Charlotte s'asseyait et le regardait disparaître dans la pénombre du pub. Puis, s'humectant les lèvres avec nervosité, elle repêcha la serviette froissée dans le cendrier et la lissa sur la table. Elle tomba sur un diagramme de noms plus ou moins familiers, juxtaposés suivant un principe qu'elle eut du mal à saisir.

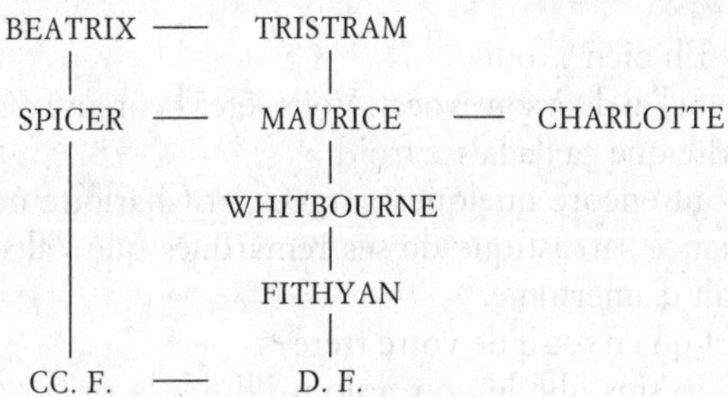

Elle comprit que D. F. et C. F. devaient représenter Derek et Colin Fairfax et savait par ailleurs que Fithyan & Co était le cabinet comptable pour lequel travaillait le premier, mais elle n'avait pas la moindre idée de qui pouvait bien être Whitbourne. Quant à sa propre position, marginale en regard des autres, simple appendice – rien de plus en un sens – à Maurice, elle ne sut si elle devait se sentir soulagée ou, au contraire, insultée. Elle ne put prolonger davantage son étude du diagramme, car Fairfax franchissait déjà la porte du pub côté jardin. Elle froissa la serviette qu'elle reposa dans le cendrier, avant de lever les yeux pour croiser les siens. Elle aurait voulu pouvoir lui sourire pour lui montrer que ses préoccupations ne différaient pas des siennes. Mais elle se contenta de murmurer un remerciement prudent.

« Alors, vous vouliez me voir ? lui demanda-t-il, en avalant une gorgée de bière tout en s'asseyant.

— Pour vous demander si… si vous aviez fait ce que vous vous promettiez de faire.

— Dire à mon frère et à son avocat que je croyais votre frère responsable de la mort de Beatrix Abberley, c'est ça ?

— Eh bien… oui.

— Je l'ai dit à son avocat. Vous serez heureuse d'apprendre que ça l'a laissé froid. »

Il but encore quelques gorgées, et Charlotte nota la nuance sarcastique de ses remarques que l'alcool teintait d'amertume.

« Et qu'en est-il de votre frère ?

— Je suis allé le voir aujourd'hui à la prison de Lewes. En fait, j'en reviens tout juste. C'est la raison pour laquelle j'avais besoin d'un verre. De plusieurs, même, pour tout dire.

— Je suppose que l'endroit doit être déprimant.

— Passablement, oui. Et c'était encore pire aujourd'hui.

— Pourquoi ?

— Parce que je lui ai menti.

— Vous avez fait quoi ?

— Je lui ai menti. Il m'a demandé si j'avais déniché quelque chose. Et je lui ai dit que non.

— Pourquoi avoir fait ça ?

— À votre avis ? demanda-t-il, tout en posant son verre et en se penchant vers elle. Parce qu'il n'y a aucune preuve, mademoiselle Ladram. Pas l'ombre d'une preuve. Je sais ce qu'a fait votre frère. Vous aussi. Mais je ne peux rien prouver. Je ne peux même rien suggérer sans…

— Sans quoi ?

— Oh, peu importe. » Il chassa un moucheron de la main et but encore une gorgée d'un verre qui ne tarderait pas à être vide à son tour. « Votre frère n'a pas de souci à se faire. Et vous non plus. Que vous faut-il de plus ?

— Pourquoi dire que je n'ai pas de souci à me faire, moi non plus ?

— Parce que sans preuve de sa culpabilité, vous pouvez continuer à faire comme s'il était innocent. Et profiter de son crime.

— Profiter ? Mais de quelle manière ?

— Je suppose qu'une partie des royalties vous revient.

— Vous supposez mal, dit Charlotte, soudain

cramoisie. Ma mère a légué la totalité des royalties à Maurice. Et Beatrix a fait de même.

— Merveilleux, dit-il avec un sourire sans joie. Ça vous permet d'avoir la conscience tranquille du même coup, non ?

— Ma conscience n'a pas besoin d'être tranquillisée », dit Charlotte, tout en sachant qu'il n'en était rien.

Fairfax avait raison. Indirectement, elle devait forcément en profiter, d'une manière ou d'une autre. Peut-être était-ce même déjà le cas, car Maurice ne l'avait jamais poussée, comme on aurait pu raisonnablement s'y attendre, soit à se défaire d'Ockham House, soit à lui racheter sa part. La vente de Jackdaw Cottage résoudrait peut-être ce problème particulier, mais Charlotte n'aurait jamais eu à se séparer de ce dernier si Beatrix n'était pas morte.

« Que voulez-vous que je fasse, monsieur Fairfax ? Comme vous le dites vous-même, il n'y a aucune preuve pour étayer vos dires.

— Et s'il y en avait ?

— Alors, ce serait… » Elle s'interrompit, se rappelant que Fairfax ne savait pas – et ne devait surtout pas savoir – la raison pour laquelle Maurice voulait voir les royalties perdurer. « Mais il n'y en a pas, dit-elle, d'un ton soudain buté et catégorique. Et il ne peut y en avoir, parce que Maurice n'est pas coupable de ce dont vous l'accusez.

— Vous ne pouvez évidemment pas dire le contraire. Mais vous n'y croyez pas, je me trompe ? »

Une lueur de défi brillait dans ses yeux.

« Bien sûr que si, dit-elle en détournant les siens, sachant ce qu'il déduirait forcément de son incapacité à le regarder en face. Je pense qu'Emerson McKitrick a volé les lettres à Frank Griffith et les a détruites de manière à protéger son récit de la vie de Tristram Abberley. C'est ce que j'ai dit à Frank. Et c'est ce que je vous dis maintenant.

— Comment l'a pris Frank ?

— Je ne l'ai... Je ne lui ai pas parlé directement, dit-elle, se forçant à le regarder. Je lui ai laissé un mot à Hendre Gorfelen hier quand j'y suis allée. Il était absent.

— Vous ne pouviez pas l'attendre ?

— Sans doute que si. Mais c'est un long...

— Vous n'aviez pas envie d'attendre, c'est ça ? Vous étiez bien contente qu'il ne soit pas là, dit-il en prenant une nouvelle gorgée. Vous auriez peut-être dû me laisser un mot à moi aussi. C'est tellement plus facile par écrit, n'est-ce pas ? Tellement plus... commode. »

Charlotte fut frappée par la justesse de son propos et la fausseté du sien. Si elle restait, elle allait devoir soit s'enfoncer plus avant dans le mensonge, soit avouer, et sa seule certitude c'était qu'elle ne devait faire ni l'un ni l'autre.

« Nous n'avons rien de plus à nous dire en ce cas, dit-elle en se levant. Il vaut mieux que j'y aille.

— Et moi aussi, dit Fairfax en vidant son verre et en se levant pour lui faire face de l'autre côté de la table, la lueur assassine de son regard cédant brusquement à la tristesse et à la supplication. Je suis désolé si je vous ai offensée. Votre situation est inconfortable, j'en conviens. Mais elle n'en est pas moins bien plus enviable que celle de mon frère, vous ne croyez pas ?

— Certes. Et... » Le regard qu'ils échangèrent à cet

instant était chargé d'une tacite et troublante reconnaissance mutuelle, comme si chacun d'eux voyait ses faiblesses reflétées dans celles de l'autre. « Je suis également désolée. Mais la sympathie n'est pas d'un grand secours, n'est-ce pas ?

— D'aucun, je dirais.

— Au revoir, monsieur Fairfax. »

Elle fut tentée de lui tendre la main avant de décider que mieux valait s'abstenir de toute suggestion d'un quelconque accord entre eux, ou même d'un but commun.

« Au revoir, mademoiselle Ladram. »

Elle pivota sur ses talons et traversa le jardin en toute hâte. Quand elle atteignit sa voiture et jeta un coup d'œil en arrière, elle vit qu'il se dirigeait déjà vers la porte du pub, la tête basse, son verre vide à la main. Ils ne se reverraient pas. Si par hasard ce devait être le cas un jour, ils feraient semblant de ne pas se connaître. C'était l'issue qu'ils avaient redoutée dès l'instant où Frank Griffith avait accepté de partager avec eux son secret. Connaître la vérité et savoir qu'on ne pouvait la changer.

49

Tarragone,
20 février 1938

Chère petite sœur,

Je ne sais quelles nouvelles te sont parvenues, mais j'espère que cette lettre te rassurera sur le sort de ton petit frère, toujours au nombre des vivants, même s'il n'est pas à proprement parler sur pied. Pour tout dire, je me remets – plutôt bien – d'une blessure par balle à la cuisse gauche en dépit des techniques quelque peu rudimentaires – plutôt que grâce à elles – des médecins qui nous soignent dans ce grand hôpital sans joie.

Comment est-ce arrivé ? Eh bien, pour être tout à fait honnête, je n'en sais trop rien. Ma compagnie était engagée dans une action passablement désespérée pour tenter d'empêcher le bataillon canadien d'être coupé du gros des troupes dans les collines aux abords de Teruel. Au cours de cette action, nous avons été exposés à des tirs de mitrailleuse depuis une position surplombante, et j'ai été touché. Un coup du sort, comme tu vois. Rien de personnel ni même de vaguement pervers. Simplement un de ces malheureux hasards de la guerre.

Et il se pourrait bien que le malheur ne soit finalement pas si grand. Un garçon de salle m'apporte gentiment les journaux anglais quand il le peut, si bien que je te sais parfaitement au courant du fait que l'opération de Teruel a été – sans grande surprise – particulièrement mal conduite. La rumeur veut que l'ultime bataille pour la conquête de la ville ait déjà commencé, et, franchement, elle ne saurait avoir qu'une issue. Tu comprendras donc sans peine que je m'inquiète davantage du sort de mes amis et de mes camarades coincés là-bas que de mon état, qui semble bien meilleur que tout ce que je suis en droit d'espérer.

Frank Griffith et Vicente Ortiz savaient tous les deux que les généraux nous passaient un nœud coulant autour du cou à Teruel, et, à bien des égards, je me prends à regretter que ce ne soit pas eux qui s'en soient sortis avec une blessure plutôt que moi, beaucoup plus assoiffé d'action qu'ils ne l'ont jamais été. Comment ils se portent depuis mon évacuation, je préfère ne pas y penser, je me demande même si je les reverrai l'un ou l'autre un jour. Dans le cas contraire, les choses n'en resteront pas là, car… Mais parlons d'autre chose. Qu'il me suffise de te dire que ma soif d'action a été étanchée une bonne fois pour toutes. Quoi qu'il arrive dans les mois à venir, j'ai bien l'intention d'en finir avec les Brigades internationales. Ce qui s'ensuivra, je l'ignore. Quand je me suis engagé l'an dernier, mon horizon était limité ; il l'est toujours. Mais je pense revenir en Angleterre dans les prochains mois, affligé d'une claudication qui ne fera qu'ajouter au panache de cette réputation poétique d'albatros qui est la mienne, et avec un regard sur un avenir sans beaucoup d'étoiles.

Je ne sais trop quelle impression t'auront laissée mes lettres des sept mois que j'aurai passés en Espagne. Inadéquates et fragmentaires, aussi gauches et boiteuses que ces ébauches de poèmes que tu remettais en forme avec tant d'adresse pour leur donner l'accent de la vérité. Quand nous serons ensemble et que nous pourrons en parler à loisir, tu auras enfin un tableau précis des choses, je pourrai alors tout te raconter, y compris ce que je ne saurais confier à la poste. Alors tu comprendras, je t'en fais la promesse. Alors tu verras les choses ainsi que je les vois.

La vie ici est très calme, comme tu peux l'imaginer, j'en suis sûr. Pour une fois, elle se passe ailleurs. Et pour une fois, je lui en suis reconnaissant. Mais dès que j'aurai quelque chose à te raconter, je t'écris. À moins que je te voie avant, en chair et en os. Qui sait ? L'avenir est évanescent. On croit l'avoir saisi, et il nous échappe. Peut-être vaut-il mieux attendre de voir ce qu'il nous réserve.

Avec toute mon affection,

Tristram

Interlude

Un jour de la fin août 1928. Beatrix Abberley est allongée sur un canapé en osier dans la véranda de la maison paternelle, Indsleigh Hall, dans le Staffordshire. C'est une célibataire de vingt-six ans, au physique quelconque que rien ne vient racheter : pas plus la coiffure – cheveux partagés par une raie au milieu et enroulés au-dessus des oreilles – que la tenue – col carré, manches courtes, jupe jusqu'aux chevilles –, l'une et l'autre dramatiquement démodées. Il est évident, toutefois, à voir son menton volontaire et l'intensité de son regard, que c'est une femme dotée d'une énergie et d'une intelligence peu communes. Pour tout dire, elle a souvent exprimé son impatience face à la place qui lui a été attribuée dans ce monde tel qu'il est.

Beatrix estime – et rares sont ceux qui pourraient ne pas partager son avis – qu'elle gaspille totalement ses compétences dans les rôles qu'elle remplit pourtant consciencieusement, sinon de gaieté de cœur, depuis la mort de sa mère douze ans plus tôt, en qualité de maîtresse de maison pour son père et de gouvernante pour son jeune frère, Tristram. Elle aspirerait à se faire connaître sur une scène plus large, mais elle sait que l'occasion – si elle a jamais existé – n'est plus à sa portée. La politique ou la littérature auraient davantage convenu à ses talents que l'économie domestique et le petit monde limité de la campagne du Staffordshire. Mais ces deux domaines lui sont fermés et risquent fort de le rester.

Pour ajouter la frustration à l'insatisfaction, ses espoirs de trouver une consolation dans la carrière de son frère commencent à sérieusement s'effriter. Tristram a bénéficié de tous les avantages sociaux et éducatifs qui lui ont été refusés à elle. Elle l'a encouragé dès l'enfance à développer un esprit indépendant et perspicace tel que celui qu'elle-même possède, à porter sur le monde un œil critique et à s'imposer à lui. Mais aujourd'hui, alors qu'il s'apprête à entrer en troisième année à Oxford, elle ne peut plus nier qu'elle a échoué. Car Tristram, bien que doué d'un esprit vif et délié, souffre de paresse et de superficialité, deux tendances qu'Oxford ou plus spécifiquement ses fréquentations là-bas n'ont fait qu'exacerber. Son désir d'impressionner les gens s'est mué en envie de plaire à tout prix. Et ses opinions sont devenues tributaires de son auditoire.

Un bel exemple en est fourni par le document, plié en trois, avec lequel Beatrix s'évente en ce milieu d'après-midi humide et changeant. Au cours du troisième trimestre universitaire, qui vient de prendre fin, Tristram a commencé à fréquenter un cercle de poètes pédants. Plus poseurs que poètes, de l'avis de Beatrix, si les spécimens de leur travail que lui a montrés

Tristram sont représentatifs de leurs talents. S'étant mis dans la tête de les imiter, le pauvre garçon a passé les journées de grande chaleur d'un été oisif à couvrir d'une plume hésitante des feuilles de papier contemplatives, et il vient de solliciter l'avis impartial de sa sœur sur le produit de ses efforts. Il ne va pas tarder à rentrer du terrain de croquet, où elle l'entend s'exercer mollement dans l'attente du verdict. Et elle ignore encore ce qu'elle va lui dire. La vérité va l'offenser, mais la flatterie obséquieuse n'est pas dans sa nature. Il va donc falloir que ce soit la vérité. À moins que…

Elle déplie le feuillet et parcourt une fois de plus les vers du poète en herbe. S'ils sont indubitablement gauches et mal structurés, ils ne sont pas totalement dénués de promesse. Tristram a le don de saisir une image juste, mais aussi une tendance regrettable à la vider de toute poésie au moment de la mettre en mots. Et l'ensemble manque d'une ligne directrice ferme en même temps que d'élégance. La situation de départ – un homme anonyme face à un peloton d'exécution dans un pays sans nom – ne manque pas de force, mais le développement est faible. La dernière strophe a besoin d'être entièrement réécrite, et le reste demanderait de sérieuses révisions. À ces conditions, le poème pourrait constituer une attaque lapidaire contre la complaisance des gouvernements. Pour tout dire, si l'idée était venue d'elle, elle soupçonne qu'elle aurait pu en faire quelque chose de bien.

Beatrix repose un moment la tête sur les coussins. Elle se concentre en fronçant les sourcils, ouvre légèrement la bouche et fait courir sa langue le long de ses dents de devant. Puis elle tend le bras au-dessus d'une table basse qui se trouve à côté du canapé et s'empare du crayon avec lequel elle a rempli tout à l'heure la grille de mots croisés du *Daily Telegraph*. Elle relit encore une fois le poème de Tristram, tout en faisant rouler le crayon entre son pouce et son index et en se répétant les mots à voix basse. Puis elle esquisse un sourire et rature le titre, « Le Peloton d'exécution ». Beaucoup trop parlant. Il faut quelque chose de plus métaphorique. En lettres capitales, elle inscrit le titre qu'elle-même aurait choisi : « Les Yeux bandés ». Puis elle s'arrête. Pourquoi ne pas continuer ? Pourquoi ne pas réécrire le poème dans sa totalité ? Ce ne serait pas très difficile, maintenant que Tristram a fourni le canevas. Il se peut même qu'il apprécie la plaisanterie, dans la mesure où l'égocentrisme ne compte pas parmi ses défauts. Allez, pourquoi s'arrêter en si bon chemin ? Ça ne tirerait guère à conséquence, après tout. Juste un petit moment agréablement passé à se faire plaisir. C'est donc dans cet état d'esprit que Beatrix se met au travail.

Le même jour, presque soixante ans plus tard. Loin du Staffordshire, dans une chambre climatisée très haut au-dessus de la 5e Avenue à New York, le neveu de Beatrix Abberley, Maurice, sort d'un assoupissement post-coïtal pour retrouver la caresse fraîche de draps en soie et avoir une brève vision de son visage, reflété dans une des nombreuses glaces que sa maîtresse a fait installer dans la pièce pour que sa beauté ne risque pas de passer inaperçue ne serait-ce qu'un instant.

Il est seul, mais ne compte pas le rester très longtemps. Un petit sifflement en provenance de la salle de bains lui signale que Natasha est en train de prendre une douche, et qu'elle ne saurait tarder à revenir, rafraîchie et réceptive à toutes les fantaisies qui pourraient le tenter. Regardant le sol, il remarque un de ses bas noirs, jeté là quand il l'a lentement roulé pour le lui enlever. Il sourit à ce souvenir et à l'idée de ce qui l'attend. Mordre une seconde fois dans le fruit – si l'on peut dire – peut se révéler encore plus délectable que le goûter pour la première et a toute chance d'être moins précipité. Après plusieurs semaines d'absence – passées pour l'essentiel à subir les sourires suffisants et sarcastiques et les apartés ambigus d'Ursula –, Maurice n'était pas plus tôt entré dans l'appartement cet après-midi qu'il entraînait Natasha vers la chambre et l'accouplement fébrile dont il se remet seulement maintenant. Ils ont tous les deux dépensé beaucoup de souffle et de salive depuis son arrivée, mais pas pour se livrer à ce qui pourrait s'apparenter à une conversation.

Si bien que Natasha n'a pas encore entendu Maurice lui annoncer avec assurance que tous les obstacles qui s'opposaient à la réalisation de ses plans ont été levés. S'étirant voluptueusement sous les draps, il passe en revue ce qu'il a accompli. Fairfax-Vane a été victime d'un coup monté et son frère réduit au silence. Spicer a été acheté, et McKitrick envoyé sur les roses, Charlotte trompée et Ursula pacifiée. Tandis que Beatrix, qui le défiait par-delà la tombe avec ses stratagèmes posthumes, a été finalement vaincue. Elle était beaucoup mieux préparée qu'il ne s'y attendait, plus retorse qu'il aurait cru. Pour autant, elle ne faisait pas le poids face à lui. Il avait pris plaisir à la lutte, mais vraiment la vieille tante aurait dû y réfléchir à deux fois avant d'engager les hostilités. Elle aurait dû accepter les conditions qu'il lui avait proposées à Noël dernier et lui en être reconnaissante.

Dans des moments d'autosatisfaction tels que celui-ci, Maurice est suffisamment lucide pour reconnaître que la cupidité n'est pas la seule raison qui l'a poussé à vouloir se montrer plus malin que la vieille dame. Certes, les droits d'auteur vont lui permettre d'assurer à Natasha tout le luxe qu'elle réclame, mais il y a toujours eu plus. Une question d'orgueil, d'abord, le désir tout simplement de ne pas tolérer que l'on s'oppose à sa volonté. Beatrix n'avait aucun droit de lui refuser ce qu'il demandait, surtout quand les raisons qu'elle faisait valoir pour ce faire ne s'expliquaient que par l'égoïsme et la rancune. Les choses étant ce qu'elles sont, il ne peut s'empêcher de regretter qu'elle n'ait pas su à quel point sa résistance était vaine.

Dans un geste semblable à celui qu'il répète fréquemment depuis quelques semaines, Maurice tend le bras vers sa veste posée sur le dossier d'une chaise pour y prendre son portefeuille dans la poche intérieure. Il le tient devant lui et fait glisser une feuille de papier pliée en quatre hors d'un des compartiments. C'est le reçu d'une banque pour un paquet soigneusement enveloppé déposé dans un coffre lors de la dernière visite de Maurice à New York. Le moment de le récupérer n'est pas encore venu et ne viendra pas avant plusieurs mois. Jusque-là, il n'aura que ce mince document *pro forma* comme témoignage de sa victoire. Mais il lui suffit, car la patience a toujours réussi à contenir sa cupidité. Et puis, des consolations autrement plus enviables sont à portée de main. En fait, s'il peut se fier à l'arrêt du sifflement dans la salle de bains, il les aura sous peu *en main*. Maurice s'adresse un grand sourire dans la glace, glisse le reçu dans son portefeuille avant de remettre celui-ci à sa place dans sa veste.

Au même moment, de l'autre côté de l'Atlantique, dans son bureau de Fithyan & Co à Tunbridge Wells, Derek Fairfax examine lui aussi un document, mais avec des émotions bien différentes. Il s'agit de la copie, envoyée par Albion Dredge, du rapport d'un détective privé sur la localisation et les activités de Brian Andrew Spicer, chauffeur au service, jusqu'à la fin de l'année dernière, de Maurice Abberley. Et la lecture n'en est guère gratifiante.

Spicer a donné à sa logeuse de Marlow un préavis de huit jours la veille de Noël et a déménagé avant même son expiration. Il n'a laissé aucune adresse où faire suivre son courrier. Il s'est contenté de dire qu'il allait s'associer avec un ancien camarade de la marine nationale britannique pour monter une affaire de location de limousines à Manchester. Il semblerait qu'il ait menti. Rien n'indique qu'il ait retravaillé comme chauffeur depuis. Aucun des amis qu'on lui connaît n'a eu de ses nouvelles. Il s'est, pour ainsi dire, évanoui dans la nature.

Derek pousse un soupir et revient à la lettre de Dredge qui accompagnait l'envoi. Elle a beau être succincte et formulée de façon neutre, l'opinion de l'avocat n'en est pas moins clairement formulée.

Reste maintenant la question de savoir si vous souhaitez voir ces recherches se poursuivre, étant donné l'absence de progrès accomplis à ce jour et les frais encourus (voir ci-joint l'acompte demandé).

Derek laisse rapport, lettre et demande d'acompte retomber lentement sur son sous-main, puis s'appuie contre le dossier de son siège, ôte ses lunettes et se frotte le visage. C'est là, se dit-il, que les efforts accomplis en faveur de son frère vont trouver leur conclusion, infructueuse et prévisible. Il décide donc que ça suffit. Il a fait tout ce que Colin pouvait raisonnablement attendre de lui, et il est grand temps d'en rester là. Il remet ses lunettes, s'empare d'une feuille de papier et commence le brouillon d'une réponse.

Cher monsieur Dredge,

Soyez remercié pour votre lettre du 26 courant. J'ai longuement réfléchi à la situation et suis arrivé à la conclusion…

Il s'interrompt et jette un coup d'œil par la fenêtre, où le soleil se déverse à flots à travers la vitre sale. S'il pouvait vraiment faire quelque chose d'utile pour Colin, il n'hésiterait pas. Il en est certain. Mais Colin, lui, fait plus qu'en douter et en doutera davantage encore à présent. De cela, Derek est tout aussi certain. Il abaisse les yeux sur sa feuille et lève son stylo.

J'ai longuement réfléchi à la situation et suis arrivé à la conclusion qu'il ne servirait à rien de poursuivre mes recherches plus longtemps. Je vous saurais gré en conséquence de…

Au moment même où Derek écrit ce qu'il préférerait de loin ne pas avoir à écrire, une porte s'ouvre à deux kilomètres de là pour la première fois depuis quinze jours, et Charlotte Ladram rentre chez elle sans enthousiasme de vacances quasiment ratées. Elle est lasse, elle a chaud, elle est chargée de bagages, mais aucune de ces raisons ne suffit à expliquer qu'elle s'appuie lourdement contre le mur du porche d'entrée d'Ockham House, avant de fermer les yeux et de pousser un soupir de découragement.

Une ancienne camarade de classe, Sally Childs, aujourd'hui Sally Boxall, a souvent demandé à Charlotte ces dernières années de venir la voir, elle et son mari, genre fonctionnaire européen haut placé, dans leur maison non loin de Bruxelles. Cette fois-ci, Charlotte a répondu à l'invitation, car elle lui offrait un refuge à un moment où elle avait grand besoin d'évasion. Elle espérait que quinze jours de visites et de bavardages entre filles dans un pays qu'elle ne connaissait pas lui permettraient d'oublier un peu tous les Maurice, Beatrix et Derek Fairfax qui lui encombraient l'esprit. Mais ses espoirs ont été déçus. En fait, elle s'en rend compte maintenant, ils étaient voués à ne jamais se réaliser. Les monologues interminables de Sally sur le chocolat belge, la carrière de son mari, les mariages et les maternités d'une douzaine d'anciennes camarades dont Charlotte se souvenait à peine n'ont réussi qu'à lui rendre ses préoccupations encore plus présentes à l'esprit.

Se baissant au passage pour ramasser le courrier accumulé sur le paillasson, elle pénètre dans le vestibule, saisie d'emblée par cette odeur propre à chaque maison, ni agréable ni désagréable, et que seuls peuvent révéler plusieurs jours d'inoccupation des lieux. Elle a pour effet à présent de rappeler à Charlotte la sensation qu'elle avait, enfant, au retour de vacances en famille d'un bonheur en apparence sans mélange. Dérangée autant par la sensation immédiate que par le souvenir, elle pose le courrier sur la console du téléphone et commence à le trier, histoire de se changer les idées, à quelque prix que ce soit.

Mais la distraction sur laquelle elle tombe est à bien des égards pire que tout ce qui l'a poussée à la rechercher. Une lettre, postée trois jours plus tôt, de la main aisément reconnaissable d'Ursula. Si, en temps normal, elle a systématiquement recours au coupe-papier, elle se sert cette fois-ci de son pouce et déchire pratiquement l'enveloppe en deux en en sortant le contenu.

C'est une invitation, luxueusement imprimée sur papier glacé, au vingtième anniversaire de Samantha, qui doit se fêter à Swans' Meadow samedi en huit. Jusqu'à maintenant, Charlotte avait réussi à oublier l'événement. Jusqu'à maintenant elle avait présumé qu'il s'écoulerait des semaines, voire des mois, avant qu'elle soit obligée de rencontrer de nouveau Maurice face à face en prétendant qu'aucun nuage n'est venu ternir leur relation. Mais cela ne sera pas. La confrontation est imminente. Viennent le confirmer les quelques mots d'Ursula griffonnés dans l'angle de l'invitation : *Charlie – Tu viendras, j'espère – Affectueusement, U.*

La personne à l'origine du tourment de Charlotte est en ce même moment occupée à s'étudier dans la glace d'une cabine d'essayage, à l'arrière d'une boutique de luxe de Beauchamp Place, dans Knightsbridge. Plusieurs robes sont empilées sur un dossier de chaise, mais la chose moulante bleu pétrole dont elle est pour l'instant partiellement vêtue est, à en juger par son expression, celle sur laquelle s'arrêtera son choix. Tout à la fois spectaculaire et flatteuse, elle devrait retenir l'attention des beaux jeunes gens qui prennent tant de place sur la liste des invités de sa fille. Oui, cette fête sera pour elle un grand moment. Aucun doute là-dessus.

Tandis qu'elle enlève la robe retenue, Ursula s'arrête pour regarder l'étiquette du prix, dont la vue déclenche un sourire approbateur sur ses lèvres. Si le vêtement avait été moins cher, elle aurait été tentée de l'écarter, aussi idéal qu'il ait pu paraître. Mais il est loin d'être bon marché, même d'après ses critères à elle. Et c'est très bien ainsi, conclut-elle. Si Maurice est prêt à aller aussi loin qu'il semble l'avoir fait pour préserver ses revenus au titre des droits d'auteur, le moins qu'elle puisse faire, c'est de veiller à ce que ses efforts trouvent leur récompense.

Alors, de quoi d'autre pourrait-elle avoir besoin pour compléter sa tenue ? Elle réfléchit à la question tout en décrochant de son cintre la jupe qu'elle portait en arrivant. Cette culotte minimaliste en soie ivoire qui a attiré son œil un peu plus tôt, peut-être, avec porte-jarretelles et soutien-gorge sans bretelles appareillés ? En ce cas, il lui faudrait aussi des bas ultrafins. Mais pourquoi des bas alors que la soirée a toutes les chances d'être assez chaude pour permettre de rester jambes nues ? Parce qu'on ne peut pas savoir, n'est-ce pas, quelles occasions peuvent se présenter. La prévenance dont Beatrix a fait preuve en portant à son attention les arrangements new-yorkais de Maurice a donné à Ursula un sentiment délectable d'irresponsabilité, lui a fourni une sorte de licence pour exploiter l'imprévisible. Si bien que le 5 septembre, avec toutes les perspectives qu'il fait miroiter, ne viendra jamais assez vite à son goût. Elle a bien du mal à ne pas se pourlécher les babines en y songeant.

Tandis qu'Ursula pèse le potentiel érotique de la lingerie en soie, sa fille Samantha, dans le jardin de Swans' Meadow, fait le choix crucial de se retourner sur sa chaise longue. Le mouvement qu'elle exécute témoigne d'une longue pratique qui garantit que lunettes noires et baladeur resteront en place. Puis elle passe une main derrière son dos pour dégrafer le haut de son bikini.

Ce faisant, elle a levé les yeux et son regard a embrassé la rangée des saules pleureurs et le cours tranquille du fleuve, avec les toits de Cookham en arrière-plan. Elle aperçoit sur la rive opposée des enfants qui donnent à manger aux canards ainsi qu'un jeune homme brun solitaire, en jean et chemise blanche. Il a dans la main droite ce qui ressemble fort à une paire de jumelles, et il regarde vaguement dans sa direction.

Samantha l'observe pendant plusieurs secondes, en s'interrogeant pour savoir si ce ne serait pas par hasard cet étranger musclé qui l'a arrêtée hier dans Station Road pour lui demander le chemin de Cookham

Dean. Son accent et son teint olivâtre évoquent des origines méditerranéennes – italiennes peut-être, ou espagnoles. Oui, conclut-elle, il se pourrait bien que ce soit lui. Sans doute passe-t-il des vacances dans le coin. A-t-il à un moment ou à un autre braqué ses jumelles sur elle ? Si oui, elle espère qu'il a apprécié le spectacle. Non pas que cela ait une importance quelconque. Il y a peu de chances pour qu'elle le rencontre de nouveau. Elle appuie la tête sur ses bras et s'abandonne à la musique qui bat dans ses oreilles.

Une demi-heure s'est écoulée depuis que Beatrix Abberley a commencé à réviser le poème de son frère. Elle est encore plongée dans son travail quand la porte de la véranda s'ouvre et qu'apparaît Tristram Abberley, un sourire doucereux aux lèvres.

C'est un beau jeune homme de vingt et un ans, bien découplé, vêtu d'un pantalon de flanelle informe, d'une chemise blanche et d'un foulard à rayures. Ses cheveux sont en bataille comme ceux d'un gamin, mais il a déjà les sourcils perpétuellement levés et le menton en avant de l'aspirant esthète, encore qu'il soit difficile de dire si cette attitude révèle sa personnalité ou au contraire la déguise.

« Alors, sœurette, quel est le verdict ?

— À toi de le prononcer », réplique Beatrix en lui tendant la feuille de papier sur laquelle elle vient de travailler.

Tristram se laisse aller nonchalamment dans un fauteuil et examine le document, ses sourcils se contractant en un froncement de plus en plus prononcé à mesure que son regard descend sur la page.

« Mais tu… tu l'as changé.

— Amélioré, j'espère.

— Mais, enfin… C'était quand même… »

Sa phrase se perd dans le silence. Une bonne minute s'écoule avant qu'il relève les yeux et dise :

« Ça alors, ça dépasse tout.

— Pourquoi ?

— Parce que tu l'as bel et bien amélioré. Et pas qu'un peu. Ma foi, c'est… c'est excellent, non ?

— Je suis heureuse que ça te plaise.

— Mes efforts à côté paraissent on ne peut plus pitoyables.

— Pas vraiment, non. L'idée est de toi. Sans elle, je n'aurais rien eu à améliorer.

— Peut-être pas, mais… je dis quoi aux copains, maintenant ? "Regardez-moi, je suis nul, mais j'ai une sœur capable de vous surclasser tous autant que vous êtes" ?

— Je crois que ce serait très mal pris, Tristram. Tu corresponds à l'idée qu'ils se font d'un vrai poète. Moi pas.

— Tu refuses de me laisser leur montrer ça ?

— Oh, tu fais comme tu l'entends. À condition toutefois de revendiquer le mérite, ou la responsabilité, du poème tel qu'il est.

— Mais il n'est pas de moi.

— Quelle importance ? Ils n'ont pas besoin de le savoir.

— Pas besoin de le savoir ? reprend Tristram, qui grimace en feignant un air offusqué. Tu m'étonnes, sœurette. Ta suggestion est proprement malhonnête.

— Rien ne te force à la suivre, dit Beatrix avec un

sourire. Si elle heurte ton intégrité artistique, tu as toute latitude pour…

— Je n'ai jamais dit ça. Pas du tout, dit Tristram, qui se frotte le menton, l'air pensif. Après tout, quel mal pourrait-il y avoir à ce qu'un frère et une sœur collaborent ?

— Aucun, à mon avis.

— Tu es sûre ?

— Absolument.

— Bon, dit Tristram avec un grand sourire. Pourquoi ne pas essayer et voir ce qui se passe ?

— Pourquoi pas, en effet ? » opine Beatrix en lui renvoyant son sourire.

TROISIÈME PARTIE

50

Six semaines s'étaient écoulées depuis la dernière visite de Charlotte à Swans' Meadow. Le simple fait d'emprunter la route qui menait de Tunbridge Wells à Bourne End suffit cependant à lui rappeler dans les moindres détails ce qu'elle avait vu et entendu cet après-midi-là. Elle ne pouvait qu'espérer – sans trop y croire – que l'ambiance festive, voire déchaînée, qui allait présider à la célébration de l'anniversaire de Samantha l'aiderait à gommer ce souvenir.

Il faisait beau et encore chaud, avec juste un souffle de vent. Charlotte se prit à en vouloir à sa famille de la chance qu'elle avait, même en matière de circonstances atmosphériques. À d'autres les nuages et la pluie, mais jamais pour Maurice et ses proches. Pour eux, le plein été était une condition permanente. Tandis que pour elle… Elle serra le volant plus fort entre ses mains et réussit à chasser cette pensée. La colère était stérile, elle le savait, à moins de déboucher sur une solution. Et rien ne pouvait remédier à la situation difficile qui était la sienne en ce moment.

Elle s'était arrangée pour arriver une demi-heure

environ après le début de la fête, dans l'idée que les hôtes de la maison seraient alors occupés avec d'autres invités, lui laissant tout loisir de se mêler à la foule et, avec un peu de chance, de s'éclipser relativement tôt. Elle avait délibérément choisi une tenue susceptible de renforcer l'impression générale qu'elle produirait de la tante célibataire et sans allure – robe à fleurs et cardigan passe-partout. Elle n'avait aucune envie d'être appréciée ou admirée. Et elle n'était pas non plus d'humeur à s'amuser.

Elle était si absorbée par l'effort que lui coûtait le fait de se préparer mentalement à l'épreuve qu'elle n'eut pas un coup d'œil vers l'amont du fleuve en traversant Cookham Bridge, si bien qu'elle n'eut pas l'occasion de se demander pourquoi il n'y avait pas d'invités rassemblés autour d'une grande tente sur la pelouse de Swans' Meadow, pourquoi en fait il n'y avait pas de tente dressée sur cette même pelouse. Le silence et le vide de la scène ne lui apparurent que quand elle s'engagea dans l'allée, pour découvrir qu'aucune autre voiture n'était garée là, que les environs étaient déserts : pas de groupes aux tenues colorées se dirigeant vers le jardin, pas d'orchestre de jazz pour les y attirer, pas de larbins engagés pour l'occasion censés les accueillir, pas de bouchons de champagne qui sautent ni de brouhaha de conversations, pas de fanions, de ballons, ni aucun autre signe de fête.

Une fois descendue de voiture, elle se demanda un moment si elle ne s'était pas trompée de jour ou d'heure, même si elle était pourtant sûre du contraire. Elle sortit l'invitation de son sac pour en avoir confirmation. *M. et Mme Maurice Abberley seront heureux de vous accueillir lors de la réception donnée à l'occasion du vingtième anniversaire de leur fille à Swans' Meadow, Riversdale, Bourne End, Buckinghamshire, à partir de 15 heures le samedi 5 septembre. RSVP.* Elle était bien là, à Swans' Meadow, le jour en question. Et quand elle jeta un coup d'œil à sa montre, ce fut pour constater qu'il était 15 h 32. Mais aucune trace nulle part d'une réception.

Soupçonnant quelque plaisanterie de mauvais goût, Charlotte se dirigea vers la porte d'entrée et sonna. Pas de réponse. Elle renouvela sa tentative et s'apprêtait à sonner pour la troisième fois quand la porte s'ouvrit brusquement.

« Charlie ! » C'était Ursula, vêtue d'un pantalon et d'un haut en coton informe. Ni bijoux ni maquillage. Ses cheveux ébouriffés auraient eu besoin d'un bon coup de brosse. Et elle avait pleuré. Ses yeux étaient rouges et gonflés, et des traces de larmes mouillaient encore sa joue gauche. Elle était si différente de la femme soignée et impassible que connaissait Charlotte que celle-ci crut même un instant avoir affaire à quelqu'un d'autre.

« Ursula ! Mais qu'est-ce… qu'est-ce qui se passe ?

— Si seulement je le savais, dit Ursula en s'essuyant la joue du revers de la main. Qu'est-ce qui t'amène ?

— L'anniversaire de Samantha, voyons.

— C'est pas vrai ! On ne t'a pas… Bon Dieu, j'ai oublié la famille. Si on peut appeler ça une famille.

— Qu'est-ce qui se passe ?

— Il n'y a plus de fête, Charlie. Tu peux aussi bien retourner d'où tu viens. Ce serait préférable pour toi, crois… »

Elle s'interrompit et se détourna, le visage déformé par un sanglot.

« Mais enfin, tu vas me dire ce qu'il y a ? » Charlotte s'avança, hésitant à porter secours à quelqu'un qui n'en avait jamais eu besoin auparavant. Elle finit par poser une main timide sur l'épaule d'Ursula.

« Ce qu'il y a ? » Ursula recula dans le hall d'entrée, se soustrayant au geste de sa belle-sœur et recouvrant du même coup un peu de son habituel sang-froid. « Ce qu'il y a, c'est Maurice. Quelle crétine j'ai été de lui faire confiance, même à ce propos.

— Mais à quel propos ? Tu voudrais m'expliquer, bon sang !

— Tu ne comprends pas, hein ? Tu devrais, pourtant. C'est ton frère, après tout. Et tu sais quel genre de frère tu as, Charlie ? Le sais-tu vraiment ? »

Elle partit en chancelant en direction du séjour, sans interdire à Charlotte de la suivre ni l'encourager à le faire. Mais celle-ci lui emboîta tout de même le pas. Une fois là, Ursula versa plus de gin que de tonic dans un verre dont elle avala pratiquement la moitié en une seule et unique lampée. Puis elle attrapa une cigarette dans une boîte, sa main tremblant tant qu'elle rit de la difficulté qu'elle avait à l'allumer. Charlotte la regardait, totalement effarée : elle n'avait jamais vu sa belle-sœur – ni imaginé la voir un jour – dans un tel état.

« Il faut que je le dise à quelqu'un, dit cette dernière en tirant une longue bouffée sur sa cigarette. Et à qui d'autre mieux qu'à toi ? Que je ne t'aie pas avertie de l'annulation de la fête était peut-être un acte manqué. Il se peut que j'aie voulu… » Elle se tourna brusquement en direction de la fenêtre et plongea les yeux dans le jardin. « Bon Dieu, quelle histoire !

— Pourquoi la fête a-t-elle été annulée, Ursula ?

— Parce que Sam n'est pas là.

— Où est-elle, alors ?

— Je n'en sais rien. Personne ne le sait. Sauf…

— Sauf qui ?

— Elle a été kidnappée.

— Quoi ?

— Kidnappée. Enlevée. Emmenée de force. Appelle ça comme tu veux. Emmenée par les démons que Maurice a réussi à faire surgir avec ses petites combines de gros malin. C'est entièrement sa faute, tout ça. À moins que ce soit la mienne, pour l'avoir laissé… » Elle se retourna brusquement vers Charlotte, qui la vit contracter les mâchoires dans un effort désespéré pour ne pas pleurer. « Assieds-toi, Charlie, reprit-elle. Assieds-toi, et je vais t'expliquer de manière plus cohérente comment ton frère s'est débrouillé pour nous infliger une pareille épreuve. »

Charlotte s'installa sur le siège le plus proche et regarda Ursula s'appuyer lourdement contre le rebord de la fenêtre, une main agrippée à l'appui, l'autre tenant toujours sa cigarette.

« Sam a disparu mardi. J'étais à Maidenhead, et Aliki faisait les courses. Elle a laissé un mot, précisant qu'elle reviendrait vendredi, sans dire où elle allait ni pourquoi. Elle avait emporté quelques vêtements, mais pas grand-chose, même pour trois jours. J'ai téléphoné à tous ses amis, mais aucun n'a pu me dire quoi que ce soit. Maurice a évoqué l'existence d'un mystérieux petit ami, et je me suis dit… Bon, pourquoi pas ? Qu'est-ce que je pouvais penser d'autre ? J'étais angoissée, évidemment, mais j'ai supposé qu'elle s'expliquerait à son retour. Ça ne faisait que trois jours. Les jeunes filles aiment bien se rebeller de temps en temps. Alors, laissons faire. C'est ce que Maurice a dit. C'est ce que je me suis dit, moi aussi. Laisse faire. Contente-toi d'attendre. Et tout ira bien. Mais ce n'est pas le cas, si ? Tout ne va pas bien. Au contraire. Et Maurice… Désolée, tu dois vouloir les faits et dans le bon ordre. Donc, mardi après-midi, Maurice a reçu un coup de fil au bureau d'un type avec un accent étranger qui voulait lui parler de Sam. Tu peux écouter leur conversation, si le cœur t'en dit. Maurice a un gadget qui lui permet d'enregistrer les appels quand il le veut. Il en a un ici aussi, de manière à ne jamais avoir de doutes sur les transactions qu'il effectue ou les marchés qu'il conclut. Je vais te passer la bande. »

Ursula se dirigea vers le meuble hi-fi, sortit une petite cassette d'un des éléments et en glissa une autre à la place, avant d'appuyer sur un bouton.

« Il a branché l'appareil alors qu'ils avaient déjà commencé à parler, mais tu vas facilement retrouver le fil. »

On entendit un grésillement, puis la voix de Maurice au beau milieu d'une phrase :

« … de quoi vous voulez me parler.

— De votre fille, monsieur Abberley. » L'homme était manifestement étranger mais parlait un excellent anglais, d'une voix totalement dépourvue d'intonation. « Je représente ceux qui la retiennent en ce moment.

— Qui la retiennent ? Que voulez-vous dire ? Elle est…

— Notre prisonnière, monsieur Abberley.

— Je ne vous crois pas.

— Alors croyez-en vos oreilles. Écoutez ça. »

La qualité de l'enregistrement se dégrada d'un coup, mais pas suffisamment pour que Charlotte puisse douter un instant de l'identité de la locutrice.

« Maman, papa, c'est moi, Sam. Je vais bien. Je ne sais pas où je suis ni qui sont ces gens, mais ils ne m'ont fait aucun mal. Il y a juste que… ils refusent de me laisser partir. » Elle avait l'air effrayée, certes, mais pas hystérique, et sa voix paraissait plus jeune qu'à l'habitude. « Faites ce qu'ils demandent et ils me relâcheront. Je ne sais pas ce qu'ils veulent mais donne-le-leur. Papa, je t'en prie. Je…

— Vous me croyez, à présent, monsieur Abberley ? dit la voix de l'homme, interrompant Samantha.

— Oui.

— Très bien.

— Alors, que voulez-vous ?

— Ah, je vois que vous vous montrez plus raisonnable. Tant mieux.

— Combien voulez-vous ?

— Il n'est pas question d'argent. Nous savons que vous en avez beaucoup. Mais nous n'en voulons pas.

— Quoi, alors ?

— Les papiers que vous avez volés à Frank Griffith, monsieur Abberley. Voilà ce que nous voulons.

— Comment ?

— Vous m'avez parfaitement entendu. Les papiers que vous avez volés à Frank Griffith.

— Vous voulez dire… les lettres de mon père à ma tante ?

— Tout ce qu'il lui a envoyé. Tout ce que vous avez en votre possession. La totalité des papiers. Jusqu'au dernier.

— Vous n'êtes pas sérieux ?

— Mais si. On ne peut plus sérieux.

— Il y a eu… une erreur. Je n'ai pas… je n'ai jamais eu…

— Inutile de nier, monsieur Abberley. Nous savons que vous les avez. Si vous refusez de nous les communiquer, nous tuerons votre fille.

— C'est pas possible !

— Est-ce que nous nous comprenons bien, monsieur Abberley ? »

Maurice ne répondait pas.

« Monsieur Abberley ?

— Oui. D'accord. Je comprends.

— Nous pensons que vous avez mis les papiers à l'abri à New York. C'est exact ?

— Comment avez-vous… Oui. C'est exact.

— Alors, voici ce que vous allez faire. Prenez un vol pour New York demain matin. Récupérez les papiers. Revenez par le vol de la Pan Am qui atterrit à Heathrow à 7 h 50 samedi matin. Trouvez-vous à 9 heures à la pharmacie du terminal 4, la Waltham Pharmacy. Tenez-vous près de l'éventaire des lunettes de soleil. Un homme entrera en contact avec vous. Il vous tendra une enveloppe contenant une photo de votre fille, qui vous prouvera qu'elle est en vie et qu'elle va bien.

— Comment ? Comment pourra-t-elle le prouver ?

— En retour, continua l'autre, passant outre l'interruption de Maurice, vous lui donnerez les papiers, emballés dans une enveloppe marron anonyme. Ensuite, vous quitterez les lieux. Votre fille sera relâchée dans les vingt-quatre heures.

— Et si le vol a du retard ?

— Si c'est le cas, nous le saurons, et nous comprendrons que vous ne puissiez respecter notre rendez-vous. Mais aucune autre excuse ne sera acceptée.

— Comment puis-je être certain que vous relâcherez bien Sam ?

— Si vous allez à la police, disait la voix, ignorant une nouvelle fois l'interruption de Maurice, votre fille sera exécutée, c'est clair ?

— Attendez une minute. Il me faut tout de même…

— Est-ce bien clair ?

— Oui. Bien sûr que c'est clair.

— Vous acceptez nos conditions ?

— Oui. Bon Dieu, qu'est-ce que je peux faire d'autre ?

— En ce cas, l'affaire est entendue. Au revoir, monsieur Abberley. »

On entendit un déclic et l'appareil s'arrêta. Ursula écrasa sa cigarette et en alluma une autre, tandis que Charlotte fixait le vide droit devant elle, essayant de passer en revue dans sa tête toutes les conséquences de ce qu'elle venait d'entendre. Pour finir, la question qu'elle réussit à formuler fut la plus simple de toutes :

« Alors, qu'est-ce que vous avez fait ?

— Qu'a fait Maurice, tu veux dire. Je suppose que je devrais lui être reconnaissante de m'avoir parlé de cet appel, mais il fallait bien qu'il le fasse, non ?

Autrement, je serais allée à la police hier quand j'ai vu que Sam ne rentrait pas.

— Donc, vous n'avez pas averti la police ?

— Maurice ne voulait pas en entendre parler. Pour être honnête, j'étais tout aussi hostile à l'idée que lui, encore que pour une raison différente. Tout ce que je voulais, moi, c'était récupérer ma fille. Et si c'était à la condition de se séparer des lettres, alors j'étais d'accord. Maurice pensait la même chose. Du moins, c'est ce qu'il a dit. Et comme une idiote, j'ai cru que la vie de Sam était plus importante à ses yeux que ces satanés droits d'auteur. Mais j'aurais dû réfléchir un peu, c'est sûr. Rien ne compte davantage pour ton frère que de n'en faire qu'à sa foutue tête.

— Mais que veux-tu dire ? Il n'a pas cédé à leurs demandes ?

— Si, mais pas tout à fait quand même. On a passé des heures au téléphone jeudi soir pour prévenir les invités que la fête d'anniversaire était annulée. En tant que membre de la famille, tu ne devais pas être sur la liste. J'imagine que c'est pour ça qu'on t'a oubliée. On a renvoyé Aliki à Chypre pour une quinzaine de jours. En lui payant son billet d'avion, si bien qu'elle n'a pas protesté. Et puis Maurice est parti pour New York, selon les instructions qu'il avait reçues. Apparemment, il avait déposé les papiers dans un coffre à la banque. Il est rentré tard dans la matinée ce matin et m'a dit que l'échange s'était passé sans accroc ; il avait sur lui la photo de Sam qu'ils avaient promise. Tu peux voir par toi-même. »

Ursula alla chercher dans le secrétaire qui se trouvait dans un coin de la pièce une enveloppe marron de taille moyenne, qu'elle tendit ensuite à Charlotte. À l'intérieur, une photo de Sam, debout contre un mur passé à la chaux, vêtue d'un jean et d'un tee-shirt informe, brandissant un exemplaire de l'*International Herald Tribune* de manière que la date sur la première page soit bien visible : vendredi 4 septembre. Elle avait l'air épuisée, un peu hagarde et débraillée, mais paraissait ne pas aller mal, par ailleurs ; si elle était sans doute désorientée et malheureuse, elle ne donnait pas l'impression d'avoir été molestée.

« Maurice a estimé que tout ce que nous avions à faire, c'était d'attendre la nouvelle de sa libération. Il était certain qu'il n'y aurait aucun problème. Et moi aussi.

— Mais il y en a eu un.

— Oh, oui ! C'était sans compter avec la cupidité de Maurice et son esprit retors, tortueux et rompu à l'intrigue. J'aurais dû me méfier. Il est sorti il y a deux ou trois heures. Dieu sait où il est allé. Il a dit qu'il avait besoin de réfléchir. Et, crois-moi, les sujets de réflexion ne doivent pas lui manquer. Vers 15 heures, le téléphone a sonné. Dès que j'ai soulevé le combiné, j'ai su que c'étaient eux – les kidnappeurs. Je le sentais. Et j'avais raison. Je vais te faire écouter cette conversation sur l'autre cassette. »

Ursula alla remplacer par une autre celle qui se trouvait dans le lecteur. Une seconde plus tard, on entendait sa voix, haut perchée et légèrement déformée par l'enregistrement.

« Qui est à l'appareil ?

— Madame Abberley ? »

Le même homme que celui qui avait parlé à Maurice.

« Oui.

— Je représente ceux qui détiennent votre fille, madame Abberley.

— Vous l'avez relâchée ?

— Non.

— Mais pourquoi ? On avait un acc…

— Accord que votre mari a rompu, madame Abberley.

— Comment ça ? Je ne vous crois pas.

— C'est pourtant vrai.

— C'est impossible. Jamais il ne pourrait…

— Mais si. Les papiers qu'il nous a remis ce matin n'étaient pas au complet. Il en retient certains.

— C'est impossible.

— Non, pas impossible, mais stupide, certainement. On ne peut plus stupide. Il n'a pas tenu parole.

— Non, il n'a pas pu faire ça.

— C'est pourtant le cas. Demandez-lui, et vous verrez bien. Dites-lui par la même occasion que nous prenons très mal un tel comportement.

— Que… que voulez-vous dire par là ?

— Nous vous rappellerons dans vingt-quatre heures avec de nouvelles instructions concernant la remise des documents manquants. Un nouveau contretemps, et nous liquidons votre fille. C'est compris ?

— Pour l'amour de Dieu…

— Pour l'amour de votre fille, madame Abberley, assurez-vous que votre mari s'exécutera, cette fois-ci. C'est votre dernière chance. Évitez les embrouilles, s'il vous plaît. Au revoir. »

Un déclic, puis le silence. Charlotte leva les yeux vers Ursula, en quête de paroles rassurantes.

« C'est vrai ? Il n'a pas donné tous les papiers ?

— Qu'est-ce que tu en penses, Charlie ? Tu le connais depuis plus longtemps que moi.

— Je ne l'en crois pas capable. Pas quand Sam…

— Ça a été aussi ma réaction. En reposant le téléphone, je me suis dit : Maurice ne ferait jamais ça. Pas à Sam. Pas à moi. Jamais. Personne n'en serait capable. Pas quand la vie de sa propre fille est en jeu. Mais il fallait que je sois sûre, non ? Tu me comprends, n'est-ce pas ?

— Oui, dit Charlotte d'un ton circonspect.

— Alors, suis-moi. »

Ursula traversa le hall et s'engagea dans l'escalier, Charlotte sur ses talons. Elles se rendirent directement dans la chambre parentale, où une valise en cuir était ouverte par terre. Éparpillés tout autour, des papiers, des stylos et des classeurs.

« Voilà la valise que Maurice avait pour partir à New York, dit Ursula. Je l'ai fouillée, pour être bien sûre.

— Qu'est-ce que tu as trouvé ?

— Regarde dans la poche intérieure retenue par une fermeture éclair. »

Charlotte s'agenouilla devant la valise. Le long d'un des côtés se trouvait une poche, qu'elle ouvrit pour y glisser la main et en retirer une vieille enveloppe au bord déchiré. Elle était adressée, d'une main tremblante, à Mlle Beatrix Abberley, Jackdaw Cottage, Watchwell Street, Rye, East Sussex, *Inglaterra.* Et le cachet de la poste, à peine lisible, levait les derniers doutes quant à l'identité de l'expéditeur. *Tarragona, República Española, 17 mars 1938.*

« C'est la dernière lettre de Tristram à Beatrix, dit Ursula. Maurice devait espérer que les kidnappeurs croiraient que la correspondance s'était terminée juste une lettre avant. De cette façon, il aurait le beurre et l'argent du beurre : d'un côté, Sam libérée, et de l'autre, une lettre toujours en sa possession pour prouver que c'était Beatrix l'auteur des poèmes. Mais quel crétin, bon Dieu !

— Comment pouvaient-ils savoir qu'il y en avait encore une ?

— Mieux, comment pouvaient-ils être au courant de tout le reste ? Pourtant, ils le sont bel et bien. Jusqu'au moindre détail. Jusqu'au moindre de nos actes. Inutile d'essayer de leur raconter des histoires. Mais Maurice, lui, n'a pas pu s'en empêcher, c'était plus fort que lui.

— Je suis désolée, Ursula. Vraiment.

— Ne t'excuse pas, Charlie. Ce serait à Maurice de le faire. Auprès de nous tous. Et je peux te dire que j'ai bien l'intention de l'y forcer. Mais il va d'abord falloir qu'il arrête tous ces mensonges. Une bonne fois pour toutes.

— Je peux lire cette dernière lettre ?

— Je t'en prie. Et remercie Maurice. Après tout, c'est grâce à lui si tu en as l'occasion. »

51

Tarragone
15 (ou 16) mars 1938

Petite sœur,

Je suis trop faible pour pouvoir écrire longuement; cette lettre sera donc brève. Mon état s'est aggravé depuis quelques jours. Septicémie, semblerait-il. Pas vraiment surprenant. Les Espagnols sont plus forts sur l'honneur que sur l'hygiène. Où il y a de la vie… donc ne te désespère pas pour l'instant, à moins que… Enfin, on ne sait jamais. J'en viens à ce que je voulais te dire. Je t'envoie un document que j'ai gardé pour un ami. Je lui ai promis que je le ferais passer à sa famille si j'arrivais à les retrouver, mets-le en sécurité, au cas où lui aussi réussirait à s'en sortir. Il pensait que je ne tarderais pas à rentrer en Angleterre, tu comprends. Je le pensais aussi, mais, à présent, je n'en suis pas si sûr. Et il faut que je fasse de mon mieux pour tenir ma promesse tant que j'en ai la force. D'après ce que j'ai entendu dire, cet ami serait déjà mort. Peut-être parviendras-tu à savoir ce qu'il en est. Vois ce que tu peux faire. Quoi qu'il en soit, je joins à mon envoi ma traduction du document. À toi de décider ce qui est préférable, une fois que tu en auras pris connaissance. J'ai toute confiance en ta sagacité, comme en toute occasion jusque-là. C'est l'affaire des poèmes qui a donné lieu à ta seule erreur de jugement. Nous n'aurions jamais dû laisser croire que j'en étais l'auteur. Pas quand chacun des mots venait de toi. C'est à toi qu'aurait dû revenir tout le mérite. Peut-être que ce sera bientôt le cas. Ce sera avec ma bénédiction, sœurette. Tout cela paraît tellement futile, à présent. Tant de vanité prétentieuse, «vanité» au sens de nature morte aussi. Si cela doit constituer mes dernières paroles sur le sujet, je suis désolé qu'elles nous fassent tomber du grandiose dans le ridicule, mais c'est ainsi que je ressens la chose. Ou peut-être faudrait-il mettre le sentiment sur le compte d'un orgueil démesuré, je ne sais pas. Et je suis trop épuisé pour continuer à écrire.

Avec toute mon affection,

Tristram

52

« Pour l'amour de votre fille, madame Abberley, assurez-vous que votre mari s'exécutera cette fois-ci. C'est votre dernière chance. Évitez les embrouilles, s'il vous plaît. Au revoir. »

À la fin de l'enregistrement, Maurice se leva et alla lentement éteindre l'appareil. Charlotte le vit jeter un coup d'œil à travers la fenêtre et serrer les mâchoires, avant de se retourner pour affronter Ursula. Il avait gagné un peu de temps en refusant de répondre à toutes les questions avant d'avoir écouté la cassette. Mais il était maintenant au pied du mur.

« Ils n'avaient aucun moyen de savoir qu'il y avait une autre lettre », dit-il. L'affirmation était aussi entêtée que futile. « Si j'avais pu penser qu'il y avait…

— Tu penses trop, Maurice, c'est bien le problème ! l'interrompit Ursula presque dans un cri. Tu es toujours dans les intrigues et les dissimulations. Et le résultat cette fois, c'est que la vie de Sam est en danger.

— Mais non. Les choses n'en viendront jamais là.

— C'est déjà fait ! Tu crois peut-être que ces gens jouent à un foutu jeu de société ?

— Non, bien sûr. Mais je ne pouvais pas leur céder la dernière lettre. Tu dois comprendre que…

— Oh, pour comprendre, je comprends, ça oui. Je comprends que tu es capable de sacrifier jusqu'à ta fille quand il s'agit de sauvegarder ces putains de droits d'auteur.

— Ça n'a rien à voir avec les droits d'auteur. »

Maurice prit un air offensé à cette seule suggestion, et soudain Charlotte sentit qu'elle voyait, derrière tout ce qui était resté opaque jusqu'ici et était devenu tout à coup transparent, jusqu'au tréfonds des rouages et des circonvolutions du cerveau de son frère. Elle se rendait compte que la mécanique de sa nature foncièrement malhonnête était capable de fonctionner en dépit de ce qu'il pouvait ressentir vraiment, que le tapis roulant de mensonges continuerait à être alimenté même une fois que la demande aurait cessé d'exister.

« Je ne voulais prendre aucun risque, protesta-t-il. La lettre mentionne un document que Tristram a envoyé à Beatrix, et que je n'ai pas en ma possession. Je craignais que les ravisseurs croient que je ne voulais pas le leur donner. Il m'a donc semblé plus sage…

— Des conneries, tout ça ! hurla Ursula. Je sais pourquoi tu as gardé cette lettre, et tu sais que je le sais.

— Écoute, si tu refuses d'entendre raison…

— C'est toi qui vas m'entendre, Maurice ! »

Ursula s'approcha à quelques centimètres de son mari et le fixa droit dans les yeux. Charlotte voyait trembler la main qui tenait la cigarette, de rage cette fois-ci plus que de peur.

« Je me fiche de savoir qui sont ces gens ou pourquoi

ils veulent ces lettres, mais quand ils téléphoneront demain, tu vas satisfaire à toutes leurs exigences. C'est bien compris ?

— Qu'est-ce que je pourrais faire d'autre ?

— Je n'en sais rien. Je suis incapable de l'imaginer. Cela dit, je n'arrive pas non plus à imaginer comment tu as pu prendre un tel risque en jouant avec la vie de Sam.

— Je viens de te l'expliquer.

— Alors, laisse-moi t'expliquer quelque chose à mon tour. Si, par ta faute, il arrive quoi que ce soit à ma fille, je peux t'assurer que tout le monde saura comment et pourquoi elle s'est retrouvée en danger.

— Qu'est-ce que tu veux dire par là ?

— À ton avis ? J'ai fermé les yeux assez longtemps sur tes activités. Maintenant ils sont grands ouverts. Et j'ai bien l'intention de dire tout ce qu'ils voient, à moins que Sam rentre sans tarder, saine et sauve. » Sur ces mots, Ursula fit demi-tour et sortit de la pièce à grandes enjambées, en lançant une dernière remarque dans son dos : « J'ai besoin d'air, bon Dieu ! »

Maurice la suivit des yeux, éberlué. Puis, quand on entendit la porte de derrière claquer, il regarda Charlotte. Le silence qui s'installa entre eux aurait pu être l'occasion d'un fugitif moment de franchise – Charlotte reconnaissant le bien-fondé de ses pires doutes et soupçons, Maurice, pour sa part, laissant entendre qu'il était peut-être prêt à avouer. Mais très vite, il se ressaisit.

« J'ai peur qu'Ursula soit très contrariée, dit-il, se forçant à sourire. C'est compréhensible, évidemment, mais cela l'empêche d'être raisonnable.

— On ne peut guère s'attendre à ce qu'il en soit autrement.

— C'est vrai. Ce qui veut dire que je dois être raisonnable pour deux. Je ne peux pas me permettre de me laisser aller à mes émotions. Tu peux le comprendre, n'est-ce pas ?

— Heu, oui, sans doute. Mais…

— Qui sont ces types, Charlie ? C'est là ce que je dois me demander d'abord. Qui sont-ils, et que veulent-ils ?

— Ils veulent les lettres. Et toutes les lettres.

— Mais pourquoi ? Si je comprenais leur motivation, j'essaierais de négocier, d'arriver à… à une sorte de compromis.

— Pourquoi ne pas tout simplement leur donner ce qu'ils demandent ?

— Parce que je ne suis pas sûr de savoir ce que c'est, dit-il en se saisissant de la lettre sur le bureau. Rien que ce bout de papier en échange de la vie de Sam ? Ça n'a pas de sens. »

Il était vulnérable, à présent, plus qu'il ne le serait sans doute jamais, Charlotte le sentait bien. C'était le moment ou jamais d'essayer de gagner sa confiance. « Mais pourquoi avoir tant tenu à le garder, Maurice ? »

Elle vit à son hésitation qu'il était tenté, dans sa faiblesse et son désespoir, de lui confesser ses péchés, de révéler les secrets enfouis en lui. Mais sa nature profonde fut plus forte que sa conscience, son instinct plus puissant que sa raison. Il reposa la lettre sur le bureau.

« Qui avait connaissance de ces lettres, Charlie ? dit-il, sans la quitter des yeux. Qui savait que je les avais ? Toi, Frank Griffith et Emerson McKitrick.

Et Fairfax, bien entendu. Mais ce dernier n'aurait pas le cran de faire une chose pareille. Pas plus que McKitrick. Et puis, ni l'un ni l'autre n'auraient pu connaître le nombre exact de lettres.

— Tu n'es quand même pas en train de me dire que Frank Griffith a kidnappé Sam ?

— Non, non. J'ai… j'ai vérifié de ce côté-là. Il est à Hendre Gorfelen, seul.

— Comment le sais-tu ?

— Peu importe. »

L'énergie, le ressort, étaient les clés de l'existence de Maurice, Charlotte s'en rendait compte à présent. Il pouvait être mis à terre, mais jamais pour très longtemps. Il pouvait être vaincu, mais jamais découragé.

« Je regrette que tu te retrouves mêlée à cette affaire, Charlie. Il aurait été préférable que tu ne le sois pas.

— C'est bien malgré moi.

— Oui, c'est vrai.

— Qu'est-ce que tu as l'intention de faire ?

— Ce que veut Ursula. Attendre qu'ils rappellent. Et accepter leurs conditions.

— Et t'y tenir ? »

Maurice passa outre. « En attendant, je te serais vraiment reconnaissant si tu acceptais de rester. Je suis sûr que ta compagnie ferait du bien à Ursula. » Cela signifiait également, Charlotte le comprit sans mal, qu'ainsi personne en dehors des occupants de la maison n'aurait connaissance des événements à venir, et que son opinion à elle sur la conduite à tenir pourrait être neutralisée en même temps que celle d'Ursula. « Tu veux bien faire ça pour moi, Charlie ? »

Même maintenant, elle était prête à le plaindre,

incapable de garder présentes à l'esprit toutes les implications de ses actes. C'était absurde, mais pour autant elle ne réussit pas à faire taire cet instinct qui la poussait à l'aider. « Entendu, Maurice. Je reste. »

53

Charlotte eut l'impression de ne pas fermer l'œil de la nuit, même si le souvenir qu'elle eut par la suite d'avoir rêvé de téléphones et de voix désincarnées suggérait le contraire. Quoi qu'il en soit, elle fut réveillée aux premières lueurs du jour. Et des bruits distants en provenance du rez-de-chaussée lui prouvèrent qu'elle n'était pas seule dans ce cas.

Une fois dans le hall, elle s'aperçut tout de suite que les bruits venaient du bureau. En s'y rendant, elle jeta un coup d'œil dans la cuisine et aperçut l'horloge. Il était 5 h 45, mais elle eut l'impression qu'il était encore plus tôt parce que c'était dimanche. Le monde était comme suspendu.

Maurice était assis de biais derrière son bureau, les pieds sur le radiateur en dessous de la fenêtre, une main tripotant sa lèvre inférieure pendant que l'autre allait et venait sur le sous-main. Il était tout habillé, mais sa chemise froissée prouvait assez qu'il ne s'était pas couché. Il y avait devant lui, sur le bureau, ce qui ressemblait de façon tout à fait incongrue à une brochure de voyages.

« Maurice ? »

Il sursauta et se retourna brusquement, blêmit visiblement, puis se reprit.

« Ah, c'est toi, Charlie, dit-il, en se passant une main sur le front.

— Désolée. Je t'ai fait peur ?

— Non. C'est juste que... La robe de chambre m'a fait penser, juste une seconde, que...

— C'est Ursula qui me l'a prêtée.

— C'est une vieille robe de chambre de Sam.

— Oh, mon Dieu ! Je suis désolée. Si j'avais su...

— C'est sans importance. Tu as eu du mal à dormir ?

— Oui. Toi aussi ?

— Je n'ai même pas essayé. J'ai passé mon temps à réfléchir.

— À propos des ravisseurs ?

— Tu as entendu les bandes. Tu dirais que l'homme qui a appelé est espagnol ? Le type que j'ai rencontré à Heathrow n'a pas dit un mot. Il m'a simplement tendu la photo de Sam, a pris les lettres en échange, et il est parti. Il était jeune. Vingt, vingt-cinq ans, je dirais. Et costaud. Cheveux noirs et teint olivâtre.

— Ça pourrait très bien être des Espagnols, en effet. Des étrangers, c'est sûr.

— Mais c'est l'Espagne qui vient d'abord à l'esprit, non ? Leur guerre civile a sécrété une sorte de poison qui nous atteint aujourd'hui encore, cinquante ans plus tard.

— Ce n'est pas possible.

— Tiens, regarde, dit-il en prenant la brochure, j'ai ramassé ça dans une agence de voyages hier après-midi à Marlow. On y trouve une liste des ferrys qui font la traversée entre Plymouth et Santander, sur la côte nord de l'Espagne… qui est la seule liaison vraiment directe. Il y en a deux par semaine, le lundi et le mercredi. La traversée prend vingt-quatre heures.

— Et alors ?

— Je crois que je suis arrivé à quelque chose, Charlie. Pourquoi ont-ils attendu deux jours avant de nous contacter ? Sam a disparu mardi. Ils n'ont téléphoné que jeudi après-midi. Maintenant, suppose qu'ils l'aient emmenée en Espagne, en voiture, je veux dire, enfermée ligotée dans le coffre. Que ce soit à bord du ferry Plymouth-Santander ou en traversant la Manche, puis la France. Il leur aurait fallu attendre d'être en Espagne avant d'abattre leurs cartes. Cela expliquerait pourquoi ils se sont servis de l'*International Herald Tribune* pour la photo. Un journal espagnol aurait éventé le complot, et un quotidien anglais aurait été daté de deux jours plus tôt. Cela expliquerait également le délai qui devait s'écouler entre la libération de Sam et la remise des lettres.

— La voiture n'aurait pas été fouillée ?

— La mienne ne l'a jamais été dans aucun port de la Manche. Et je doute que les contrôles soient très stricts à la frontière franco-espagnole.

— Alors, oui, c'est sans doute possible. Mais…

— Et puis, il y a autre chose. Est-ce que tu as jamais entendu oncle Jack parler d'un Espagnol qui serait venu à Jackdaw Cottage pendant l'été 1939, quand nous y séjournions ? »

Charlotte en avait bel et bien entendu parler. Pour tout dire, le récit de Jack lui était revenu à l'esprit à plusieurs reprises au cours de la nuit. *Pas vraiment l'Espagnol qui a détruit ma vie, mais il avait l'air d'en avoir détruit bon nombre d'autres.* Même s'il n'y avait aucune raison de relier cette visite à ce qui venait de se produire, Charlotte ne parvenait pas à se défaire du soupçon qu'un tel lien pouvait réellement exister. Et, de toute évidence, c'était aussi le cas de Maurice.

« Oncle Jack ne m'a parlé de cet homme que très récemment, dit-elle. Tu ne penses quand même pas…

— Il avait connu Tristram. Et il était en contact avec notre mère et Beatrix. Pour quel genre d'affaires, hein ? Qui était-il ? Que voulait-il ?

— Nous ne le saurons jamais, Maurice. Cela fait presque cinquante ans. Il est probablement mort, à l'heure qu'il est.

— Ou peut-être pas. » Ses yeux se perdirent dans le vague. « Dans la lettre, Tristram disait : "Je t'envoie un document que j'ai gardé pour un ami." Voulait-il dire qu'il le joignait à la lettre ? Ou qu'il l'envoyait séparément ? Ou encore qu'il avait l'intention de l'expédier plus tard ?

— Ça non plus, nous ne le saurons jamais.

— Et si c'était ce document-là qu'ils voulaient. Et pas du tout les lettres.

— Ils l'auraient dit, non ?

— S'il y a vraiment un lien, reprit Maurice, les yeux rivés sur elle, alors j'ai affaire à… »

Il s'interrompit et abaissa le regard sur la brochure de voyages. Sa main droite était plaquée sur le papier glacé de la couverture, les doigts écartés au maximum.

« Oh, peu importe, murmura-t-il. Je n'ai pas le

choix, je dois me plier à leurs exigences. À quoi bon multiplier les hypothèses ?

— Une tasse de café te ferait plaisir ? Je me disais que j'allais en faire un peu.

— Oui, soupira Maurice. Prenons un café et attendons de voir, comme le veut la formule consacrée. »

Charlotte fut heureuse d'avoir une excuse pour le quitter et aller s'activer dans la cuisine. L'enlèvement de Samantha l'avait en soi laissée curieusement indifférente, sans qu'elle parvienne à en saisir la raison. Peut-être que si elle avait été emmenée par des ravisseurs classiques, de ceux qui réclament des rançons de millions de livres, les choses auraient été autres. Ou peut-être, comme Charlotte avait du mal à se l'avouer, qu'une partie d'elle-même approuvait secrètement ce coup porté à la cupidité de Maurice et à la suffisance d'Ursula.

Et puis, trop de choses avaient été mises au jour dans le sillage de la disparition de Samantha pour pouvoir être oubliées, quand bien même cette dernière réapparaîtrait prochainement. Pendant plus de six semaines, Charlotte avait réussi à se persuader qu'elle pourrait faire taire les soupçons qu'elle nourrissait à l'égard de Maurice. Mais il avait lui-même confirmé leur bien-fondé, et de manière trop flagrante pour qu'elle puisse continuer à les ignorer. Quand Samantha lui serait rendue – si elle devait l'être –, il aurait alors à rendre des comptes dans un autre domaine. En était-il conscient ? Charlotte n'aurait su le dire. Mais la chose ne faisait pour elle aucun doute. Pareille certitude lui enlevait toute envie de voir la fin de leur épreuve, car elle ne ferait qu'annoncer le début d'une autre.

« Tu te souviens de la dernière fois où on a attendu tous les deux comme ça, Charlie ? » Le sifflement de la bouilloire avait couvert le bruit des pas de Maurice, et Charlotte sursauta en le découvrant à côté d'elle, si près qu'elle aurait presque pu croire qu'il avait lu dans ses pensées.

« La… la dernière fois ?

— Quand maman était en train de mourir, je voulais dire.

— Ah. Oui, bien sûr. »

Il y avait moins d'un an de cela, même si elle avait l'impression qu'ils s'étaient retrouvés ensemble à Ockham House au chevet de Mary Ladram pendant les longues heures de son agonie bien plus longtemps auparavant. Il était alors le Maurice qu'elle avait toujours connu, le Maurice qu'elle avait aimé comme frère et considéré comme un ami sur lequel compter. Et il l'était toujours. La seule différence, c'était qu'aujourd'hui elle le voyait tel qu'il était vraiment. Or, voir ainsi Maurice Abberley signifiait aussi le craindre, et le détester. Pour l'instant, Charlotte était incapable de l'un comme de l'autre. Mais elle pressentait déjà qu'elle finirait par s'y résoudre.

« Il s'est passé tant de choses depuis, risqua-t-elle. Ce n'est pas ton avis ?

— Tu le penses vraiment ? »

La bouilloire se mit à siffler. Elle tendit la main pour l'éteindre, heureuse de la diversion. « Je ne suis pas sûre de savoir au juste ce que je pense », dit-elle. Elle versa une mesure de café dans les tasses et voulut attraper la bouilloire. « C'est juste… » Mais Maurice fut le plus rapide. Elle recula brusquement sous l'effet de la surprise quand elle sentit ses doigts sous les siens, qui s'étaient déjà saisis de la poignée.

«Excuse-moi.» Il voulut la rassurer d'un sourire. «Cette incertitude, ça met les nerfs en pelote, pas vrai?

— Oui, en effet.

— Mais elle ne durera plus très longtemps. Une fois que Sam aura été relâchée, les choses reviendront à la normale.

— Crois-tu?

— Mais oui, dit-il avant de remplir les tasses et de reposer la bouilloire sur le gaz. Je m'en assurerai, tu peux compter sur moi.

— Et comment feras-tu?

— Comme j'ai toujours fait.» Il la regarda droit dans les yeux, avec une force et une intensité qui montraient qu'il se croyait capable de la persuader d'oublier tout ce qu'elle avait appris à son sujet depuis la mort de Beatrix. «Fais-moi confiance, Charlie. Je ne t'en demande pas plus.»

54

« Bourne End 88285.

— Monsieur Abberley ?

— Lui-même.

— Bonjour, monsieur Abberley. Je représente ceux qui détiennent…

— Je sais qui vous êtes, bon sang.

— Bien. Alors vous savez également à quel point il était stupide de votre part de chercher à nous tromper.

— Mais je n'ai jamais…, commença Maurice avant de s'interrompre, puis de reprendre d'un ton plus calme. Je regrette. Je n'aurais pas dû agir comme je l'ai fait. Et ça ne se reproduira pas.

— Je l'espère pour vous. Dans le cas contraire, nous nous verrions dans l'obligation de prendre des mesures pour nous protéger de votre duplicité.

— Que voulez-vous dire ?

— Voici ce que vous allez faire. Reportez-vous à la carte d'état-major Landranger section 174. Rendez-vous à l'aire de stationnement et au point de vue situés sur le côté ouest de Walbury Hill, 370 degrés Est, 620 Nord. À minuit ce soir. Venez seul. Et apportez tout ce qu'il reste de ce que vous avez volé à Frank Griffith.

— Il y a un problème. Je…

— Le seul problème est que nous exécuterons votre fille si vous ne suivez pas très exactement nos instructions.

— J'en ai bien l'intention. Il y a simplement que…

— Vous avez bien enregistré les instructions ?

— Oui, mais…

— Dans ce cas, nous n'avons plus rien à nous dire. Au revoir, monsieur Abberley. »

La bande s'arrêta, et Charlotte regarda en direction de Maurice, qui avait déplié la carte concernée sur ses genoux. Ursula était debout derrière sa chaise.

« Tu as trouvé ? lui demanda-t-elle.

— Oui. C'est à quelques kilomètres au sud-ouest de Newbury. À une quarantaine de chez nous.

— Quand comptes-tu partir ?

— C'est à moins d'une heure de voiture. Mais disons 22 h 30, pour être sûr.

— Non, 22 heures. Tu ne peux pas te permettre d'être en retard. Et fais vérifier la voiture cet après-midi. Pneus, essence, huile et le reste. Il faut que tout se passe sans accroc.

— Ce sera le cas. Ne t'inquiète pas.

— Il n'est pas trop tard pour avertir la police », risqua Charlotte, s'arrêtant pour étudier la réaction des deux autres et découvrir qu'elle correspondait en tout point à ce à quoi elle s'attendait.

Ursula voulait voir sa fille libérée à n'importe quel prix et se souciait peu des risques encourus par Maurice pour parvenir à ce résultat. Tandis que Maurice avait ses raisons bien à lui pour s'opposer à toute intervention de la police.

« Je ne dis pas que vous devriez le faire. Je dis simplement…

— Sam est ma fille, pas la tienne, la coupa brutalement Ursula. Je n'ai pas envie de voir les poulets venir gâcher les chances qu'on a de la récupérer. Tout ce qu'ils veulent, c'est cette foutue lettre, et on va la leur donner. C'est bien compris ?

— Oui. Bien sûr.

— Très bien. »

Avec un dernier regard noir, Ursula quitta la pièce, laissant Maurice replier la carte et sourire à Charlotte.

« Elle a dit "*ma* fille". Tu as remarqué, Charlie ? Pas "*notre* fille".

— Elle est bouleversée.

— Parce que nous ne le sommes pas tous ? C'est pourtant moi qui vais devoir attendre à Walbury Hill cette nuit, sans rien d'autre que la dernière lettre de mon père à sa sœur pour racheter la liberté de Sam.

— Ce qui est la raison pour laquelle j'ai parlé de la police. Tu as dit toi-même que les ravisseurs pouvaient…

— Non ! Je dois gérer ça tout seul. Il n'y a pas d'autre solution. Garder la lettre était une erreur, qu'il faut maintenant que je répare.

— Mais, Maurice…

— Pas un mot de plus, Charlie, insista-t-il en levant une main pour lui imposer le silence. Jusqu'à ce que Sam nous revienne, saine et sauve. Après, tu pourras dire tout ce que tu veux. »

L'après-midi et la soirée semblèrent s'écouler avec une lenteur désespérante, et pourtant, quand arriva le moment du départ de Maurice, Charlotte eut l'impression qu'il était venu les prendre par surprise. Ils ne s'étaient pratiquement rien dit depuis le coup de téléphone, l'un et l'autre restant sur son quant-à-soi. Ce que pensaient vraiment Maurice et Ursula, Charlotte n'aurait su le dire. Quant à elle, elle n'avait ni crainte ni espoir, n'éprouvant qu'un sentiment d'impuissance fataliste à prévoir l'avenir. Ce qui devait advenir adviendrait. Samantha serait peut-être de retour aux premières heures de la journée de lundi. À moins qu'ils apprennent qu'elle était entrée dans un commissariat plus tard dans la journée. Ou bien encore qu'elle les appelle d'une cabine sur une route déserte. Ou…

Par la fenêtre non éclairée du palier de repos, elle regarda Maurice monter dans la Mercedes, tandis que la brume noyait ses feux arrière et que l'obscurité happait ses deux tuyaux d'échappement. Le ciel était couvert, et la lune invisible. Là-haut, dans les collines, il ferait noir comme dans un four. Elle le vit sortir l'enveloppe de sa poche pour montrer à Ursula la lettre qui se trouvait à l'intérieur. Aucun baiser ne fut échangé, simplement un hochement de tête de compréhension mutuelle. Bien qu'elle sût que Maurice ne le méritait pas, Charlotte ne put réprimer un mouvement de compassion à son égard. Il lui sembla qu'en dépit de tout ce qu'il avait fait, Ursula aurait pu lui réserver un mot ou un geste d'encouragement. Mais non. Quand il mit le moteur en marche et commença à s'éloigner, elle fit demi-tour et rentra dans la maison. Charlotte entendit la porte d'entrée se refermer et comprit qu'elle était seule à regarder le halo blanc des phares signaler sa progression le long de l'allée. Les stops lancèrent deux éclairs rouges quand il arriva au bout. Puis il tourna dans Riversdale et disparut derrière les arbres.

55

Elles ne l'attendaient pas avant 1 heure du matin. Ce n'est donc pas avant 2 heures qu'elles commencèrent à s'inquiéter suffisamment pour l'appeler sur le téléphone de la voiture et constater qu'il était coupé. À 3 heures, elles étaient certaines que quelque chose avait mal tourné. Commença alors un débat fébrile sur la marche à suivre. Charlotte suggéra d'appeler la police, mais Ursula ne voulait pas en entendre parler. Pour elle, le mieux était de refaire dès le lever du jour le trajet emprunté par Maurice, au cas où il aurait eu une panne ou un accident. Charlotte se rangea à cet avis non sans réticence, car elle était convaincue qu'il les aurait déjà prévenues dans une telle éventualité. Elle ignorait si sa belle-sœur partageait son mauvais pressentiment. Et ne prit pas la peine de le lui demander.

Elles partirent à 5 h 30 dans la voiture de Charlie. Le matin était gris et frais, les routes pratiquement désertes. Charlotte aurait préféré les voir plus encombrées. Le bruit et l'affairement d'une humanité se rendant au travail auraient conféré un air de normalité à leur trajet. Leur destination guettait patiemment leur arrivée sur la crête grise des collines, tandis qu'en bas, dans la large vallée verdoyante du Kennet, elles s'en approchaient le long de routes sinueuses traversant des villages endormis. Les habitations se raréfièrent quand elles commencèrent à monter entre des talus couverts d'épineux et surplombés de chênes. Soudain, et conformément au trajet qu'Ursula avait repéré sur la carte, elles arrivèrent sur la crête et aperçurent la voiture de Maurice garée au bout du petit parking où on l'avait sommé d'attendre, tache bordeaux isolée contre l'étendue pâle d'une herbe blanchie par la craie.

Charlotte quitta la route et s'arrêta. La Mercedes était à une trentaine de mètres devant elles, face à la vallée, avec le sommet de Walbury Hill derrière elle. Il y avait un homme sur le siège du conducteur, renversé sur l'appuie-tête, qui ne répondit pas à leur approche. Ce ne pouvait pourtant être que Maurice. Jetant un coup d'œil de côté, Charlotte se rendit compte qu'Ursula avait aperçu la même silhouette.

« C'est Maurice ? demanda-t-elle dans un chuchotement.

— Forcément, répondit Ursula.

— Alors, pourquoi ne se manifeste-t-il pas ?

— Peut-être qu'il dort. Donne un coup de klaxon. »

Charlotte obéit, mais le seul à réagir fut un mouton, qui, derrière une clôture voisine, leva les yeux, surpris. L'occupant de la Mercedes, lui, ne bougea pas. Ursula se pencha pour actionner elle-même le klaxon par trois fois, sans plus de résultat.

« Il y a un problème, c'est sûr, dit-elle.

— On va voir ?

— Non.
— Comment ? fit Charlotte, qui, regardant Ursula, vit son visage pétrifié par l'horreur. Qu'y a-t-il ?
— Vas-y, toi, Charlie. S'il te plaît. Je ne me sens pas capable… Je t'en prie, va voir s'il va bien. »

Son ton suppliant ne laissait pas le choix à Charlotte. « Très bien », souffla-t-elle. Puis, se dépêchant de peur que ses nerfs la lâchent elle aussi, elle ôta sa ceinture de sécurité et descendit.

Le monde à l'extérieur de la voiture était silencieux mais n'était plus immobile. Un petit vent lui ébouriffa les cheveux et agita des touffes de laine sur le fil barbelé de la clôture. Les têtes fanées d'un carré de chardons entre elle et la Mercedes semblaient lui faire signe d'approcher. Et elle leur obéit, gravissant les derniers mètres de la pente semée de cailloux pour se retrouver sur le dôme de la colline, qui, à cette altitude et à cette heure, lui apparut comme la courbe du globe sous ses pieds.

Sans un regard en arrière en direction d'Ursula ni en bas dans la vallée, elle garda les yeux fixés devant elle, sur l'intérieur de la Mercedes et la forme sombre de son occupant, tandis qu'à chaque nouveau pas la vérité menaçait de surgir.

C'était effectivement Maurice. Elle reconnut son pantalon à carreaux et son pull vert bouteille. Mais elle n'arrivait pas à distinguer son visage, qui lui restait caché en raison de l'ombre et de l'angle dans lequel était positionné son siège.

Elle commença à quitter le sentier pour décrire un demi-cercle autour du capot de la voiture. À ce moment, le pare-brise lui renvoya le reflet du ciel nuageux sous la forme d'un grand voile blanc. Ce n'est que quand elle fut de l'autre côté du véhicule qu'elle eut une vision plus nette de Maurice ; encore fallut-il qu'elle s'approche tout près de la vitre.

Soudain, les ombres se dissipèrent et les reflets s'évanouirent. La vérité lui apparut, brutale, hideuse, incontournable. Maurice était mort, un col de sang coagulé soulignant une large entaille à la gorge. Maintenu assis par sa ceinture de sécurité, il avait la tête rejetée en arrière, la bouche grande ouverte, les yeux fixés au plafond de l'habitacle, le bras droit pendant mollement sur le côté, le gauche retenu par le levier de vitesse. Charlotte enregistra tous ces détails au premier coup d'œil. Un autre lui révéla les taches sombres sur sa poitrine ainsi que le long du tableau de bord et du pare-brise. Tandis qu'au troisième, elle s'aperçut, en s'approchant encore un peu, que sa bouche, bien qu'ouverte, n'était pas vide. Un objet était logé entre les deux mâchoires, les maintenant écartées.

Elle dut s'appuyer sur l'aile de la voiture pour ne pas perdre l'équilibre, le souffle coupé, tremblant de la tête aux pieds, se demandant si elle allait hurler ou vomir. Il fallait qu'elle empêche Ursula d'être témoin de cette vision d'horreur, ou du moins qu'elle l'y prépare. Il fallait qu'elle garde le contrôle d'elle-même et de ses actes. Surtout, ne pas s'effondrer.

Il lui fallut un effort délibéré pour parvenir à lever les yeux et à contempler la scène encore une fois. Elle savait qu'elle ne devait rien toucher, rien déplacer. Mais elle était tout de même autorisée à rendre à son frère l'ultime service auquel les morts ont droit en toutes circonstances : quelqu'un devait lui fermer les yeux. Ce serait elle qui le ferait, et dans l'instant, avant qu'Ursula vienne la rejoindre ou que ses mains tremblent au point de ne plus lui obéir. Elle ouvrit la portière, détournant les yeux et écoutant une seconde le chant d'une alouette porté par le vent. Puis, prenant une grande inspiration, elle se pencha à l'intérieur de l'habitacle et ferma les paupières d'une forte pression du pouce et de l'index de sa main droite, frissonnant au contact glacé de la peau. C'est alors, tandis que le visage de Maurice n'était qu'à une vingtaine de centimètres du sien, qu'elle vit ce qui était coincé dans sa bouche. Un rouleau de billets de banque flambant neufs.

56

Charlotte passa le reste de la journée avec l'impression d'être décalée par rapport à la réalité, comme si elle percevait les événements à travers un écran invisible équipé de façon à priver les sensations de leur acuité. Le chagrin et l'horreur qu'elle se serait attendue à éprouver étaient d'une certaine manière émoussés et tenus à distance, encore qu'elle fût incapable de dire si le phénomène était temporaire ou non. Elle commençait à soupçonner que son esprit n'aurait pas de place à accorder à de telles émotions tant qu'il y aurait des problèmes plus urgents à régler, et elle se demandait si, une fois qu'elle se retrouverait seule et sans rien à faire, elles ne l'envahiraient pas d'un seul coup. Si toutefois elle devait un jour se retrouver dans cette situation.

Son pire moment de solitude se situa dans l'intervalle qui suivit la minute où elle se força à composer le 999 sur le téléphone de la voiture de Maurice. Debout au bord de l'escarpement qui surplombait la vallée du Kennet, et tournant le dos à la scène qu'elles venaient de découvrir, Ursula et elle ne s'adressèrent pratiquement pas la parole dans le petit matin. Ce n'est que quand le hurlement d'une sirène monta jusqu'à elles qu'Ursula lança :

« Je suppose qu'on va être obligées de tout leur dire.

— Je crois que ce serait préférable, tu ne penses pas ?

— Je ne sais plus quoi penser. Si ce n'est que j'espère de toutes mes forces qu'ils vont relâcher Sam. »

Charlotte s'abstint de répondre, même si elle jugeait un tel espoir bien mince. Maurice n'avait pas donné aux ravisseurs ce qu'ils attendaient. C'était la seule interprétation possible de ce qui s'était passé. Quant à ce qu'ils allaient faire maintenant, elle n'en avait pas la moindre idée mais n'était guère optimiste. S'ils n'avaient pas hésité à tuer une fois, ils seraient certainement prêts à commettre un deuxième meurtre. Mais elle se refusa à en faire la remarque à Ursula. Mieux valait la laisser croire à la possibilité de la libération de Samantha.

La police, quand elle arriva sur place, se révéla un modèle d'efficacité et de sollicitude. Charlotte et Ursula furent rapidement conduites au commissariat de Newbury, où une inspectrice au visage de lutin, Valerie Finch, enregistra leurs premières déclarations. Ursula insista sur le fait que la sécurité de sa fille était à présent son unique préoccupation et s'impatienta bientôt devant la façon méthodique et formelle dont était mené l'entretien, mais Charlotte savait qu'il ne pouvait guère en être autrement. Puis l'officier chargé de l'enquête, l'inspecteur principal Golding, revint de la scène de crime et leur fit répéter leur première déposition. En dépit de son désir manifeste d'exprimer sa sympathie, son air sceptique eut le don d'irriter Ursula, chez qui la colère se changea rapidement en hystérie. Ce sur quoi Golding décida de les faire raccompagner à Swans' Meadow par Finch et un agent à l'air lugubre du nom de Barrett, tout en leur assurant qu'elles seraient tenues informées des développements ultérieurs de l'affaire.

Une fois rentrée, Ursula parut se calmer un peu, ne serait-ce que parce qu'elle était à portée du téléphone, dont elle continuait à penser qu'il pouvait sonner à tout moment pour lui apporter des nouvelles de Samantha. Finch l'encouragea à parler de sa fille, ce qu'elle fit sans retenue, tandis que Barrett préparait des litres de thé et de café. Pour finir, au milieu de l'après-midi, Golding débarqua avec son supérieur, le commissaire Miller, et une équipe de techniciens qui procédèrent à la mise sur écoute du téléphone. Barrett supervisa l'opération, pendant que Miller et Golding, assistés de Finch, questionnaient Ursula et Charlotte dans le séjour.

Avec l'arrivée de Miller, l'enquête sembla prendre une autre tournure et passer à la vitesse supérieure. C'était un gros homme proche de la cinquantaine, au visage rougeaud, aux vêtements fripés, pourvu de mains énormes et d'une voix de stentor, peu enclin à gaspiller son temps en mondanités. Il sortait manifestement d'un moule plus fruste que celui qui avait formé Golding, le beau parleur aux manières raffinées. À plusieurs reprises, Charlotte décela un *frisson** de ressentiment mutuel entre les deux hommes, même si dans l'ensemble leur association fonctionnait plutôt bien.

« Pourquoi ne pas nous avoir contactés dès que vous avez su que votre fille avait été enlevée ? » Telle fut la manière directe dont Miller aborda une question que Charlotte s'était attendue toute la journée à entendre évoquer.

« Parce que mon mari était sûr de pouvoir régler seul cette affaire, répondit Ursula. Il a insisté pour que nous la gardions secrète.

— Un retard de ce genre ne facilite pas la collecte des preuves, intervint Golding. Il se peut que vos voisins aient vu quelque chose le jour de l'enlèvement. Mais, en pratiquement une semaine, ils auront eu le temps d'oublier.

— Nous avons commis une terrible erreur, c'est certain, avança Charlotte. Mais mon frère croyait agir au mieux des intérêts de Sam. Et nous aussi.

— Bien sûr, murmura Golding.

— Ce que je veux savoir, dit Ursula, c'est ce que vous avez l'intention de faire à présent. »

Le visage de Miller s'assombrit un moment.

« Les journaux feront état du meurtre de votre mari, finit-il par dire, mais les médias ne diront pas un mot de l'enlèvement. Après quoi, il n'y aura plus qu'à attendre qu'ils vous contactent de nouveau. Quand ils le feront, et en admettant qu'ils le fassent…

— Mais s'ils ne se manifestent pas ? »

Miller garda le silence. Son expression suggérait que le problème, s'il se présentait, n'était pas de son ressort. Golding répondit à sa place.

« Si les ravisseurs n'obtiennent pas ce qu'ils veulent, madame Abberley, ils vous contacteront. C'est inévitable.

— Vous êtes bien sûre qu'aucune rançon n'a été réclamée ? intervint Miller.

— Malheureusement pas, dit Ursula. Dans ce cas, il n'y aurait eu aucun doute quant à l'intérêt qu'ils portaient à notre seul argent. Tandis que leur donner ce qu'ils demandent…

— Une correspondance entre le poète Tristram Abberley et sa sœur, dit Golding d'un ton hésitant. C'est bien de cela qu'il s'agit, je ne me trompe pas ?

— En effet.

— L'inspecteur principal Golding estime avoir des compétences particulières en matière de poésie, dit le commissaire Miller, une note de sarcasme dans la voix. Tout ce que je connais là-dessus, moi, c'est que "rime" rime avec "crime".

— Tristram Abberley était un poète distingué, dit Golding, refusant, apparemment, de répondre à la provocation. Mais je ne comprends pas vraiment pourquoi cette correspondance était si… précieuse, ajouta-t-il en feuilletant ses notes. Soutenez-vous sérieusement qu'elle prouve que c'était sa sœur l'auteur de son œuvre ?

— C'est bien le cas, en effet, dit Charlotte.

— Incroyable.

— Et aussi sans pertinence aucune, intervint Miller. Je suis certain, mesdames, que vous n'escomptez pas nous voir avaler cette couleuvre.

— Non, dit Charlotte. En fait, la lettre qu'a emportée Maurice hier soir mentionnait un autre document qu'il n'a jamais eu en sa possession. Il craignait – non sans raison, je le comprends maintenant – que ce soit ce document-là qui les intéressait.

— Et pas l'argent ?

— Je vous l'ai dit, commissaire, lança Ursula d'un ton sec. Il n'a jamais été question d'argent.

— Alors comment expliquez-vous le rouleau de billets de vingt livres fourr…, dit Miller, qui s'interrompit une seconde avant de reprendre d'un ton soudain radouci. Nous avons trouvé cinq mille livres sur le corps de votre mari, madame Abberley. Que devons-nous en penser, d'après vous ?

— À mon avis, dit Charlotte, Maurice pensait pouvoir les acheter si la lettre ne leur suffisait pas. » Elle jeta un coup d'œil à Ursula, qui acquiesça d'un signe de tête réticent. « Je crains que ce soit là la manière dont son esprit a fonctionné. Manifestement, si l'argent avait été le mobile des ravisseurs…

— Ils n'auraient pas laissé pareille somme derrière eux, et avec un mépris aussi patent, dit Golding. Tout à fait d'accord.

— Bon, dit Miller avec un regard noir à l'adresse de son collègue. Pour éclairer ces dames, vous pourriez peut-être, Peter, récapituler les faits que nous avons pu établir jusque-là.

— Certainement, monsieur, dit Golding, souriant tour à tour à Ursula et à Charlotte. Il nous faudra attendre les résultats de l'autopsie pour déterminer précisément l'heure de la mort, mais nous partons du principe qu'elle a dû suivre de peu l'heure fixée pour le rendez-vous – minuit. Des empreintes crayeuses suggèrent que deux hommes ont rejoint M. Abberley dans la voiture et ont occupé les sièges arrière. La quantité de terre déposée là laisse penser qu'ils ont dû marcher sur une certaine distance, peut-être depuis le petit parking qui se trouve de l'autre côté de Walbury Hill. Si c'est bien le cas, leur but était sans doute de prendre M. Abberley par surprise. La lettre qu'il avait sur lui n'a pas été retrouvée. L'argent… nous en avons déjà discuté. Notre reconstruction des événements suggère une conversation entre eux, débouchant sur une dispute et le meurtre de M. Abberley. Il semblerait qu'il ait été empoigné par-derrière, et que son assaillant, en se servant d'un couteau… Bon, il n'est peut-être pas nécessaire que je poursuive.

— Vous avez une idée de qui il peut s'agir ?

— De malades, répondit Ursula d'une voix sinistre.

— Maurice pensait qu'ils étaient espagnols, intervint Charlotte.

— Parce que son père était mort pendant la guerre d'Espagne ? s'enquit Golding.

— Essentiellement, oui. Mais aussi à cause du temps qui s'est écoulé avant qu'ils prennent contact avec nous. Et de l'utilisation de l'*International Herald Tribune* sur la photo de Sam.

— Pièce dont nous disposons ? demanda Miller, avec un regard interrogateur en direction de Finch.

— Oui, monsieur. »

Finch tendit la photo à Miller, qui se contenta d'un vague coup d'œil avant de la passer à Golding en grommelant :

« Ça pourrait être n'importe où.

— L'homme qui a téléphoné avait indubitablement un accent étranger, fit remarquer Charlotte.

— Ah oui, les bandes, dit Miller en levant les yeux au ciel. Il serait grand temps que nous les entendions, je crois. Des objections, madame Abberley ?

— Bien sûr que non. »

Miller eut un signe de tête à l'adresse de Finch, qui se leva et se dirigea vers le meuble hi-fi où se trouvaient les trois cassettes, prêtes à l'utilisation. Elle inséra la première dans l'appareil et appuya sur le bouton. Pendant plusieurs secondes, Charlotte s'attendit à entendre la voix enregistrée de Maurice, avant de se rendre compte que quelque chose clochait. Finch éjecta la cassette, l'examina le sourcil froncé, la remit en place, et fit un nouvel essai. Même résultat : un silence total en dehors du faible bourdonnement d'une cassette vierge.

« Qu'est-ce qui se passe ? voulut savoir Miller.

— Je ne sais pas, monsieur. Ce sont les bandes que m'a montrées Mme Abberley tout à l'heure. »

Ursula eut un geste d'impatience et alla rejoindre Finch à grands pas. Puis, tandis qu'elle examinait la cassette, son irritation fit place à la stupéfaction.

« C'est pourtant bien la bonne cassette, confirma-t-elle.

— Essayons les autres », suggéra Golding.

Mais avant même qu'ils le fassent, Charlotte savait ce qu'ils allaient trouver. Parce que, quoique avec du retard, elle en était venue à comprendre comment fonctionnait son frère. Maurice était aussi prudent que malin. Ou du moins l'avait été, se corrigea-t-elle mentalement. Les bandes étaient une preuve incontestable de son implication dans le vol des lettres et, par déduction, dans le meurtre de Beatrix. Il avait manifestement eu peur qu'elles soient utilisées contre lui une fois Samantha relâchée par ses ravisseurs. Il avait donc pris la mesure qui avait dû lui paraître la plus efficace pour se protéger.

«Je ne comprends pas, dit Finch, tandis que, entourée d'Ursula, de Miller et de Golding, elle faisait passer les cassettes l'une après l'autre sans plus de succès. Il n'y a absolument rien, là-dessus.

— Rien ? gronda Miller.

— Nom de Dieu ! s'exclama Ursula, qui, en se retournant, croisa le regard de Charlotte. Il les a effacées.

— C'est probable, acquiesça Charlotte.

— Vous voulez dire que votre mari a délibérément supprimé ces enregistrements ? dit Golding, l'air effaré, en regardant Ursula.

— J'en ai bien peur, inspecteur.

— Mais pourquoi ?

— Parce qu'elles prouvaient qu'il avait volé les lettres, dit Charlotte d'une voix sans timbre qu'elle eut du mal à reconnaître comme la sienne. Elles étaient trop compromettantes.

— Mais elles étaient aussi le seul indice quant à l'identité des ravisseurs, protesta Golding.

— Je sais.

— Résumons-nous, intervint Miller. Les lettres ont été remises aux ravisseurs. Les bandes, effacées. Et en dehors d'une photo pratiquement inutilisable, tout ce que nous avons…

— C'est la mort de Maurice, dit Ursula d'une petite voix. Et la disparition de Sam.»

57

Le choc consécutif à la mort de Maurice finit par atteindre Charlotte une fois que le sommeil eut sapé ses défenses. C'est dans son lit à Swans' Meadow, à l'aube du mardi matin, qu'elle sentit l'éveil du chagrin comme un phénomène davantage physique que mental. Ses yeux la piquaient, ses mains tremblaient, elle avait les paumes moites. Et elle ne pouvait ignorer l'horreur des circonstances de la mort de Maurice quand elle était éveillée. Chaque fois qu'elle ne se concentrait pas sur autre chose, elle lui revenait immédiatement à l'esprit.

Et pourtant, au-delà de cette réaction purement involontaire, Charlotte était pleinement consciente de sentiments d'une nature entièrement différente. Elle ne ressentait aucunement le désir de venger la mort de son frère. Mieux, une partie d'elle-même approuvait la justice d'un tel châtiment. Maurice avait assassiné Beatrix, même si ce n'était pas de ses propres mains. Il avait causé sa mort pour satisfaire sa cupidité et son orgueil. Il s'en était débarrassé, parce qu'il estimait ses propres désirs et aspirations plus importants que les siens. Et il avait maintenant payé pour ce qu'il avait fait.

Mais pourquoi ? La question marquait la fin abrupte de ses conjectures. Rien dans la lettre de Tristram qui fût de nature à provoquer une telle réaction. Rien, en tout état de cause, qu'elle eût remarqué. Et, dans la mesure où les lettres avaient disparu, il était trop tard pour y rechercher des indices. Elle ne se souvenait même plus des termes exacts dans lesquels Tristram avait fait allusion au document qu'il avait l'intention de faire parvenir à Beatrix. Comment s'étonner alors de l'exaspération du commissaire Miller ? Ses dernières paroles la veille au moment de les quitter avaient laissé entendre qu'il ne croyait pas un mot de ce qu'elles lui avaient dit. Et, au vu des circonstances, personne n'aurait songé à le lui reprocher.

Non pas que son scepticisme quant à l'existence des lettres risquât de durer bien longtemps, puisque l'inspecteur principal Golding devait se rendre au pays de Galles le jour même pour rencontrer Frank Griffith. Pour autant, Charlotte avait du mal à voir quelle direction pouvait désormais prendre l'enquête. Ursula s'accrochait à la conviction que Samantha ne tarderait pas à être relâchée. La sécurité de sa fille était tout ce qui lui importait. Tant qu'à faire, elle aurait préféré ignorer l'identité et les mobiles des ravisseurs. Si, avec le temps, sa conviction faiblissait, ce serait différent. Mais jusque-là…

Charlotte sortit de son lit, enfila sa robe de chambre d'emprunt et alla tirer les rideaux de la chambre. La nuit avait semé la pelouse de toiles d'araignées ourlées de rosée et la brume montait du fleuve. L'automne reprenait ses droits, effaçant du même coup l'image baignée de soleil de Samantha, la dernière et la plus innocente des Abberley. La reverrait-on fouler un jour cette pelouse, pieds nus, dans son bikini ? Ou s'étirer paresseusement et se moquer de ses aînés toujours accablés de soucis ? Combien de temps encore, se dit Charlotte tout en se mordant la lèvre pour retenir ses larmes, la question resterait-elle sans réponse ?

Derek Fairfax apprit la mort de Maurice Abberley en lisant les gros titres du *Financial Times* : « CHUTE DES ACTIONS LADRAM À LA SUITE DU MEURTRE DE SON PDG ». Ce dernier développement était tellement inattendu qu'il ne ressentit rien, dans un premier temps, en dehors de la stupéfaction. Il acheta une demi-douzaine d'autres journaux et lut de façon exhaustive tous les articles consacrés au sujet, sans être plus avancé. *Maurice Abberley, cinquante ans, PDG de Ladram Avionics, a été retrouvé à l'aube hier matin assassiné dans son véhicule sur une aire de stationnement au sommet d'une colline près de Newbury, dans le Berkshire. D'après la police, il aurait eu la gorge tranchée. Ce sont sa sœur et son épouse qui ont fait cette macabre découverte.*

Derek se posa un moment la question de savoir s'il devait téléphoner à Charlotte Ladram pour lui présenter ses condoléances, mais décida finalement de n'en rien faire. Il ne voulait pas qu'elle puisse croire qu'il se réjouissait de la nouvelle. Un peu plus tard, il se demanda si, maintenant que son frère était mort, elle ne serait pas prête à révéler à la police qu'il avait très probablement assassiné sa tante. Si ce devait être le cas, ce ne pourrait être qu'après un deuil prolongé. Il allait falloir qu'il la laisse se remettre du choc avant de la contacter. Même alors, elle risquait de mal réagir à la suggestion d'une rencontre. Mais, pour le bien de Colin, il se devait de lui en faire la proposition.

Si Derek songea un instant à l'identité du meurtrier potentiel de Maurice Abberley – ou à son mobile –, ce fut pour supposer qu'il s'agissait de l'acte isolé d'un auto-stoppeur victime d'un coup de folie. La possibilité qu'il ait pu être assassiné pour une raison liée de près ou de loin aux lettres de son père ne l'effleura même pas. Pas une seconde.

À Swans' Meadow, Ursula et Charlotte n'avaient guère le temps de broyer du noir, environnées qu'elles étaient d'une horde d'officiers de police de rang et de spécialité divers, experts en criminalistique occupés à des relevés en liaison avec l'enlèvement, techniciens interceptant des appels téléphoniques ou en écoutant d'autres. Les amis et les relations de travail de Maurice multipliaient les contacts. Certains, jugés suffisamment dignes de confiance, furent informés de l'enlèvement de Samantha. D'autres pas. C'est dans cette seconde catégorie que fut rangé l'oncle Jack, Ursula rejetant avec véhémence ses offres d'aide. La police mit les voisins les plus proches dans la confidence par pure nécessité, dans l'espoir que l'un d'entre eux ait vu ou entendu quelque chose de significatif le mardi précédent. Mais cela ne donna rien.

L'inquiétude d'Ursula concernant la sécurité de Samantha semblait éclipser le chagrin que pouvait lui faire éprouver la disparition de Maurice. Elle fut heureuse de laisser Charlotte s'occuper des démarches auprès de l'état civil, du coroner et des pompes funèbres, toutes choses qui n'étaient que trop familières à cette dernière. Le légiste en avait fini avec le corps de Maurice, désormais déposé dans une chapelle mortuaire de Maidenhead, dans l'attente d'indications précisant le lieu et le jour de l'enterrement. Charlotte estimait qu'il incombait à Ursula d'en décider, mais tout ce à quoi celle-ci était capable de penser, c'était la vie de sa fille, et non la mort de son mari.

Dans l'après-midi, l'inspectrice Finch conduisit Charlotte au commissariat de Newbury pour qu'elle récupère sa voiture. On ne le lui dit pas, mais elle eut la nette impression que le véhicule avait été examiné avec autant de minutie que celui de Maurice. Le commissaire Miller, apparemment, était prêt à remuer ciel et terre.

Elle rentra à Bourne End en empruntant les voies secondaires. Les petites routes sinueuses et la grisaille immobile de ce début d'automne contribuèrent à la rasséréner. Mais le souvenir vagabond d'une poupée de chiffon dont Maurice lui avait fait cadeau pour son cinquième anniversaire détruisit en une seconde cet effet apaisant, et elle arriva à Swans' Meadow les yeux noyés de larmes et le visage bouffi, pour découvrir à sa grande surprise qu'Ursula était dans le même état.

« C'est le fait d'avoir à raconter tous ces mensonges, Charlie. Les efforts que cela demande de se rappeler qui est au courant et qui ne l'est pas. J'ai eu des amis de Sam au téléphone qui voulaient lui parler, lui présenter leurs condoléances. Et il faut sans arrêt que je dise qu'elle est sortie, occupée, dans son bain, partie en voyage, à Tataouine ou ailleurs.

— Aucune nouvelle d'une éventuelle libération, si je comprends bien ?

— Non. Et je commence à me demander s'il y en

aura jamais.» Elle se servit un gin tonic et alla prendre position à un endroit qu'elle avait souvent occupé depuis l'enlèvement : la baie du séjour, où elle restait les yeux fixés au loin dans le jardin sur un point peut-être invisible, main droite serrant le verre contre sa poitrine comme elle l'aurait fait d'un enfant, main gauche tenant haut la cigarette, bouche entrouverte. «Et cette foutue gentillesse dont font preuve les gens, reprit-elle. Je crois que ça ne fait qu'aggraver les choses. Tous tellement débordants de compassion, de sollicitude, bon Dieu.

— Ils ne cherchent qu'à aider, tu sais.

— Jusqu'à Spicer qui a téléphoné. Tu imagines ? Même lui a pensé qu'il devait...

— *Spicer ?*

— Notre alcoolo d'ex-chauffeur. Tu te souviens de lui, quand même ?

— Il a appelé ? Aujourd'hui ?

— Oui.

— Qu'est-ce qu'il voulait ?

— Exprimer sa sympathie, je suppose, ce dont je me serais volontiers passée. J'ai eu du mal à m'en débarrasser, en fait. Il ne m'a fait grâce d'aucune des questions habituelles. Comment ? Et quand ? Et pourquoi ? N'importe qui aurait pu penser...

— D'où appelait-il ?

— Une cabine, quelque part. Ou un téléphone public dans un pub. Je n'en sais rien. C'est important ?

— Ça se pourrait, oui. Tu vois, je...

— Attends !» Au premier carillon de la sonnette, Ursula fit volte-face et signala à Charlotte de se taire. «Peut-être des nouvelles de Sam. J'y vais.»

Elle gagna le hall pratiquement au pas de course.

Charlotte l'entendit ouvrir brutalement la porte d'entrée et s'exclamer :

« Inspecteur Golding ! C'est à propos de Sam ?

— Je crains que non, madame Abberley. Puis-je entrer ? »

La réponse d'Ursula resta inaudible. Quelques instants plus tard, elle réapparaissait dans le séjour, suivie de Golding.

« Ah, mademoiselle Ladram, dit-il avec un sourire à l'adresse de Charlotte. Je suis heureux que vous soyez là vous aussi.

— Je vous croyais au pays de Galles, inspecteur.

— Je viens juste de rentrer. Et pour ne rien vous cacher, je suis venu directement ici.

— Frank Griffith vous a tout dit à propos des lettres ?

— Pas vraiment, non. C'est la raison de ma présence ici. Il y a un décalage de taille entre votre récit et le sien.

— Un décalage ! s'exclama Ursula, le prenant à partie. Comment ça ?

— Le terme tient de l'euphémisme, en l'occurrence. Il serait plus exact de parler d'une contradiction absolue.

— Mais, bon sang, dites ce que vous avez à dire !

— Fort bien. M. Griffith est un homme ombrageux, comme vous ne l'ignorez sans doute pas. Et qui tient à rester discret, c'est le moins qu'on puisse dire. Mais il y a un point sur lequel il s'est montré catégorique : il ne sait rien d'éventuelles lettres qui auraient été envoyées par Tristram Abberley à sa sœur.

— Vous plaisantez ?

— Pas le moins du monde. »

Charlotte regardait Golding, les yeux écarquillés, espérant encore avoir mal entendu.

«*Il ne sait rien ?* Il a vraiment dit ça ?

— Il nie avoir jamais lu de telles lettres ou les avoir jamais eues en sa possession. D'où il découle bien évidemment qu'il nie qu'elles lui ont été volées. Que ce soit par M. Abberley ou quelqu'un d'autre.

— Mais on les a vues, ces lettres ! s'écria Ursula, écrasant sa cigarette avec une telle violence que le cendrier en trembla sur ses bases. On en a vu une, en tout cas.

— C'est ce que vous nous avez dit, oui, acquiesça Golding d'une voix atone délibérément calculée pour masquer son opinion.

— Vous ne nous croyez pas, inspecteur ?

— C'est vrai qu'il est difficile d'imaginer pourquoi vous seriez allées inventer une histoire aussi abracadabrante.

— Nous n'avons rien inventé.

— Ma foi, cela reste à voir, non ? dit-il, esquissant un sourire. En tant que policier, je ne dois rien négliger. Il me faut envisager *toutes* les possibilités.

— Y compris celle que nous mentions ?

— Tout à fait, mademoiselle Ladram. *Y compris celle que vous mentiez.*»

58

Le premier coup de téléphone que reçut Derek Fairfax en arrivant au bureau le mercredi prouvait, conformément à ce qu'il avait commencé à soupçonner, qu'il y avait bien davantage dans la mort de Maurice Abberley que ce que laissait entendre la presse.

« Fairfax.

— Bonjour, monsieur Fairfax. Je m'appelle Golding. Inspecteur principal Golding, police judiciaire du district de la Thames Valley.

— La Thames Valley ?

— J'enquête sur le meurtre de M. Maurice Abberley. Peut-être êtes-vous au courant via les journaux ?

— Heu… oui, effectivement.

— C'est la sœur de la victime, Mlle Charlotte Ladram, qui nous a fourni votre nom, dans l'idée que vous seriez susceptible de corroborer certaines des déclarations qu'elle nous a faites relativement à cette affaire.

— Vraiment ? Des déclarations à quel propos ?

— J'aimerais vous rencontrer pour en parler. Croyez-vous que ce soit possible ?

— Eh bien, oui, bien sûr. Mais…

— Puis-je passer vous voir dans la journée ? Cet après-midi, peut-être ?

— Vous voulez dire ici, au bureau ?

— Si cela ne vous dérange pas.

— Non, non. Je suis sûr…

— Disons, 14 h 30 ?

— Eh bien… entendu.

— À cet après-midi, donc. Au revoir, monsieur Fairfax. »

Derek reposa lentement le combiné, tout en fronçant les sourcils. S'il n'avait pas été si surpris, il aurait suggéré un autre lieu de rendez-vous. Mais c'était trop tard, à présent. Il se demanda quelle forme prendrait cette « corroboration » dans l'idée de Golding. Et pourquoi Charlotte Ladram avait décidé de le mêler à cette affaire alors qu'elle avait montré précédemment tant d'empressement à l'en exclure. Sur une impulsion, il s'empara de l'annuaire, chercha son numéro et l'appela. Sans obtenir de réponse.

Il fit une nouvelle tentative dix minutes plus tard, puis toutes les demi-heures au cours de la matinée. Sans plus de succès. Charlotte Ladram n'était pas chez elle.

De fait, Charlotte était ce matin-là sur l'autoroute M4, conduisant en direction du sud du pays de Galles, bien décidée à soutirer à Frank Griffith une explication quant à la raison qui avait pu le pousser à induire en erreur l'inspecteur Golding. À midi, elle prenait la route qui contournait Brecon et, moins d'une heure plus tard, elle louvoyait avec précaution entre les nids-de-poule du chemin de terre sinueux menant à Hendre Gorfelen.

C'est en approchant du sommet de la dernière côte avant qu'apparaisse la maison qu'elle dut tout à coup écraser la pédale de frein en voyant devant elle une Land Rover déboucher à toute allure d'un tournant. Les deux véhicules s'arrêtèrent pratiquement pare-chocs contre pare-chocs, les murets de pierre sèche de chaque côté ne leur laissant pas la place de se croiser. Et là, assis immobile dans la cabine de la Land Rover, Frank Griffith fixait Charlotte d'un œil dur, le visage froid.

Charlotte coupa le contact et descendit de voiture. Le moteur de la Land Rover continua à tourner pendant qu'elle longeait le capot jusqu'à la portière du conducteur et attendait qu'il lève les yeux sur elle. Pour finir, alors qu'elle commençait à désespérer, il coupa lui aussi son moteur.

« Frank ? »

Il continuait à regarder droit devant lui.

« Vous deviez m'attendre, je suis sûre. »

Toujours pas de réponse.

« Pourquoi avoir menti à la police ? »

Cette fois-ci, un léger hochement de tête et un étirement de sa lèvre inférieure signalèrent qu'il enregistrait enfin sa présence.

« J'ai simplement fait ce que vous vouliez me voir faire.

— Ce que je voulais, moi, vous voir faire ?

— Pardi, oublier toute l'histoire. Laisser les choses en l'état. Arrêter de vous causer des ennuis, à vous et à votre famille.

— Je n'ai jamais rien dit de tel.

— Mais c'était ce que vous pensiez, dit-il en se tournant vers elle pour lui lancer un regard noir. Sinon, pour quelle raison m'avoir laissé ce mot ? Vous ne croyiez pas que McKitrick avait volé les lettres, je me trompe ? C'était un mensonge de votre part. Alors, avant de commencer à me demander pourquoi j'ai menti, il faudrait peut-être que vous me disiez pourquoi, vous, vous l'avez fait.

— Très bien, dit-elle, la tête basse. Il semblait n'exister aucun moyen de prouver ce qu'avait fait Maurice. Ni de l'empêcher de publier les lettres. Alors j'ai pensé... j'ai pensé que le mieux serait de, enfin de...

— Vous débarrasser de moi ?

— Oui. » Elle s'obligea à croiser son regard, à admettre le bien-fondé de ses accusations aussi ouvertement que possible. « Mais vous voyez bien que tout a changé, à présent.

— Non, je ne vois pas.

— Golding ne vous a rien dit à propos de ma nièce ?

— Si, si.

— Elle est en danger, Frank. Gravement. Vous refusez de lui venir en aide ?

— Il n'y a rien que je puisse faire.

— Vous pouvez convaincre la police que les lettres existent bel et bien. Qu'elles sont au centre de cette affaire.

— Mais ce n'est pas le cas. Elles n'ont rien à voir avec ça.

— Mais si, forcément. Elles sont la seule clé possible du mystère. Dans sa dernière lettre, Tristram faisait allusion à un document qu'il envoyait – ou se proposait d'envoyer – à Beatrix. Et les ravisseurs réclamaient *tout* ce que Maurice vous avait volé. C'est-à-dire, dans leur idée, les lettres plus le document en question. Que Maurice n'avait pas.

— Pour la bonne raison que je ne l'avais pas moi-même. Beatrix m'a fait parvenir les lettres, et rien d'autre. Elle n'a jamais parlé d'un autre envoi que lui aurait fait Tristram, en même temps que sa dernière communication ou après.

— Et vous n'avez aucune idée de ce que ça pourrait être ?

— Aucune. Sans compter qu'il me paraît à moi beaucoup plus sensé de croire que votre frère a été victime d'un des nombreux ennemis qu'il s'est faits, j'en suis sûr, au cours de sa carrière. Quant à votre nièce…

— Oui, Frank ? Parlons d'elle. Elle a tout juste vingt ans. Plus jeune que vous ne l'étiez quand vous êtes parti combattre en Espagne. Plus jeune que Beatrix quand elle a écrit son premier poème pour Tristram.

— Je ne peux rien faire pour elle, dit-il, l'air toujours aussi inflexible.

— Vous ne voulez même pas essayer ?

— Beatrix m'a demandé de garder son secret. La mort de votre frère signifie que je suis en mesure de le faire. C'est une seconde chance que je ne méritais pas. Mais que je n'ai pas l'intention de laisser passer.

— Et Sam, alors ?

— Je me lave les mains du sort de votre famille, répondit-il, les yeux fixant le vide à travers le pare-brise.

J'oublie tout ce que j'ai jamais pu savoir à son sujet. Je fais ce que j'aurais dû faire dès le départ.

— C'est-à-dire ?

— Penser à moi, dit-il en se tournant brusquement vers elle. Et maintenant, pourquoi ne pas faire marche arrière jusqu'au pont, hein ? Vous pourrez faire demi-tour, là-bas. Et nous repartirons chacun de notre côté. »

59

La seule fois où Derek avait eu affaire à la police, il s'était agi d'une simple mise au point : il s'était contenté de clarifier certains détails techniques avec la brigade de répression des fraudes à la suite de l'arrestation d'un client de Fithyan & Co pour évasion fiscale. À cette occasion, il avait été traité avec une courtoisie proche de la déférence, et il s'était de fait attendu à la même attitude de la part de l'inspecteur principal Golding. Ce en quoi il ne manqua pas d'être déçu.

Golding était un homme mince à l'air apathique, de l'âge de Derek à peu près, élégamment vêtu d'un costume sombre, d'une chemise à rayures et d'une cravate monogrammée. Ce qui, joint à une expression sceptique qu'accentuait une paupière lourde, lui donnait davantage l'allure d'un agent de change sorti d'Eton que d'un policier. Et lui permettait de poser les questions les plus abruptes du ton le plus poli qui soit, tout en masquant son opinion derrière les sourires les plus doucereux. Quand il invita Derek à confirmer l'existence des lettres de Tristram

Abberley à sa sœur, il était impossible de deviner le but de sa question. Et quand Derek souligna, comme il était déterminé à le faire, que le contenu des lettres justifiait les protestations d'innocence de son frère, Golding l'écouta jusqu'au bout avec une patience impénétrable.

Ce n'est qu'au moment où la conversation semblait devoir arriver à son terme, laissant Derek toujours aussi ignorant des raisons de l'entrevue, que le ton et les questions de Golding se durcirent.

« Pourquoi, à votre avis, monsieur Fairfax, M. Griffith nierait-il posséder ces lettres ?

— Je ne pense pas qu'il le ferait.

— C'est pourtant le cas. Et c'est là mon problème. Il le nie catégoriquement. Et vous-même, vous n'en avez jamais vu une, de ces lettres, je me trompe ?

— Non, mais…

— Si bien que, à strictement parler, vous n'êtes pas en mesure de corroborer le témoignage de Mlle Ladram, n'est-ce pas ?

— Bien sûr que si. Elle a…

— Pourquoi pensez-vous que M. Abberley a été assassiné ?

— Je n'en sais rien.

— À cause de ces fameuses lettres ?

— Je ne l'aurais pas cru possible. Mais d'un autre côté, comme vous-même l'avez fait remarquer, je n'en connais pas le contenu.

— Quelque chose qui valait la peine d'enlever la fille de M. Abberley, apparemment.

— Je vous demande pardon ?

— La fille de M. Abberley a été enlevée et est

toujours portée disparue. Les lettres ont été réclamées en guise de rançon. Tout cela s'est produit avant que nous ayons été avertis de quoi que ce soit, bien sûr. »

Derek fut sidéré par cette soudaine révélation, comme on voulait qu'il le fût, c'était clair.

« Pour l'instant, je vous demanderai de ne rien dire à quiconque de cet aspect-là de l'affaire.

— Bien sûr. Bien sûr que non.

— Le mobile des ravisseurs reste pour nous un total mystère. Dans les cas d'enlèvement, c'est normalement l'argent qui est l'objet de la rançon. Et en général, des sommes énormes. La découverte de lettres vieilles de cinquante ans ne semble pas à même de couvrir l'addition, vous ne trouvez pas ? Si vous voulez bien excuser le jeu de mots.

— Sans doute pas.

— Ces lettres peuvent-elles avoir une quelconque valeur ?

— Non. Je ne vois pas, dit Derek, s'efforçant de mettre de l'ordre dans ses pensées. Uniquement pour Maurice Abberley.

— Parce qu'elles ouvriraient une nouvelle période de cinquante ans de droits d'auteur sur les poèmes de Tristram Abberley ?

— Oui. »

Golding garda le silence un moment, stimulant sa réflexion en tirant avec insistance sur le lobe de son oreille gauche, avant de dire :

« Si l'on n'arrive pas à récupérer les lettres, le système de défense de votre frère s'effondre avant même d'avoir été mis sur pied, n'est-ce pas ?

— Oui. »

Cette conclusion n'était pas venue à l'esprit de Derek, mais elle n'en était pas moins vraie. Il se sentait totalement impuissant, submergé par un raz-de-marée d'événements impossibles à appréhender.

« Et si on les retrouve effectivement, il est trop tard pour que Maurice Abberley puisse profiter de leur publication, n'est-ce pas ? Les droits d'auteur iraient à sa veuve et à sa fille.

— Je suppose, oui.

— Ou uniquement à sa veuve, si sa fille n'était pas relâchée vivante, dit Golding d'une voix proche du murmure, comme s'il se parlait à lui-même plutôt qu'à Derek. Il y a dans cet imbroglio quelque chose qui échappe finalement à tout le monde. Un facteur commun aux lettres disparues et aux enregistrements effacés, aux dénégations, aux contradictions, à cet incroyable…

— Des enregistrements effacés ?

— Pardon ? fit Golding, adressant à Derek un regard surpris.

— Vous venez de parler d'enregistrements.

— Vraiment ? C'est extraordinaire. Mais oubliez cela, dit-il avec un grand sourire. Je ferais mieux de ne pas vous retenir plus longtemps. Juste une dernière chose.

— Oui ?

— Où étiez-vous dans la soirée de dimanche dernier ?

— Chez moi.

— Seul ?

— Oui.

— Personne ne pourrait le confirmer ?

— Non. Pourquoi me le demandez-vous ?

— Parce que vous rendez – ou avez rendu – Maurice Abberley responsable de l'arrestation de votre frère. Vous l'avez reconnu. En d'autres termes, vous avez admis avoir eu un mobile pour le tuer.

— Je n'ai rien fait de tel !

— En réalité, si, dit Golding avec un grand sourire. J'essayais simplement de vous rayer de la liste des suspects. Mais je ne peux m'y résoudre. » Son sourire s'élargit davantage encore. « Vraiment dommage, non ? »

Après le départ de Golding, Derek fit de nouveau plusieurs tentatives pour joindre Charlotte au téléphone. Quand il devint évident qu'elle n'était toujours pas chez elle, il décida – même si ce n'était pas une bonne idée – d'essayer le numéro de Swans' Meadow, qu'il obtint des renseignements téléphoniques. Cette fois-ci, il eut une réponse, même si c'était celle qu'il redoutait.

« Allô ? »

Il reconnut aussitôt la voix d'Ursula Abberley, mais se dit qu'il valait mieux dissimuler la chose.

« Pourrais-je parler à Charlotte Ladram, s'il vous plaît ?

— C'est de la part de qui ?

— Heu… Derek Fairfax.

— *Derek Fairfax ?* Ursula Abberley à l'appareil, monsieur Fairfax. Charlotte n'est pas ici. Quand bien même elle le serait, je doute qu'elle veuille vous parler.

— Je suis désolé de vous déranger… dans ces

tristes circonstances, madame Abberley… mais c'est très…

— Si vous étiez vraiment désolé de me déranger, vous ne l'auriez pas fait, si ?

— Eh bien, je…

— Au revoir, monsieur Fairfax. Et, s'il vous plaît, n'appelez plus. »

Quand Charlotte arriva à Swans' Meadow tard dans l'après-midi, fatiguée et découragée par son voyage infructueux au pays de Galles, elle trouva Ursula dans un nouveau creux de vague, s'efforçant de digérer le double choc de la mort de Maurice et de la disparition de Sam. C'était un regret nostalgique plus qu'une angoisse fébrile qui l'avait conduite dans la chambre de sa fille, où elle était occupée à trier les nombreuses médailles que Samantha avait récoltées dans les compétitions équestres de ses années d'adolescence.

« Aucune nouvelle, Charlie, annonça-t-elle d'un ton sinistre. Pas un mot. Pas un signe. Rien.

— J'aimerais pouvoir te dire que j'attendais le contraire.

— Pourquoi ne la relâchent-ils pas ? Nous leur avons donné tout ce qu'ils réclamaient.

— Tout ce que nous avions, tu veux dire. Ce que, entre nous soit dit, ils ne peuvent pas savoir. Ils doivent penser qu'on leur cache encore quelque chose. Et c'est la raison pour laquelle ils ont tué Maurice.

— Mais qui sont-ils ? Et s'ils veulent autre chose – quoi que ce soit –, pourquoi ne pas nous le dire ?

— Je ne sais pas. Peut-être attendent-ils que la police cesse de s'intéresser à l'affaire ?

— Ils risquent d'attendre longtemps, en ce cas. La dénommée Finch était encore ici aujourd'hui, à s'enquérir de ma santé, de mes moindres mouvements, à m'observer, à fouiner.

— Elle ne fait que son travail.

— Et je peux te dire qu'elle adore ça ! M'espionner est tellement plus gratifiant que d'être à la circulation. »

L'humeur d'Ursula changeait de nouveau, retombant dans la colère et l'impatience. Elle se leva du lit où elle avait étalé les rubans des médailles et s'approcha à grands pas de la fenêtre, d'où elle plongea le regard dans le jardin.

« Ils écoutent tous les appels téléphoniques, tu sais, les entrants mais aussi les sortants. Tout est enregistré, consigné, répertorié.

— Au cas où l'un d'eux émanerait des ravisseurs.

— Ou leur serait destiné. Parce qu'ils croient que nous en savons plus que ce que nous leur avons dit, Charlie. Comment les convaincre du contraire ?

— C'est impossible. Frank Griffith les a amenés à douter de l'existence des lettres. Et il n'y a rien que je puisse faire pour qu'il revienne sur ses déclarations.

— Alors nous sommes prises à notre propre piège. Si la police pense qu'on a inventé cette histoire de lettres, ils risquent de penser la même chose des bandes, et, pourquoi pas, du kidnapping lui-même.

— Non, c'est impossible.

— C'est comme ça qu'ils fonctionnent, tu sais.

— Mais ils savent que Sam a disparu. Dès que les ravisseurs reprendront contact…

— Exactement ! s'exclama Ursula en se retournant

brusquement vers elle. “Dès qu’ils reprendront contact.” Mais imagine qu’ils ne le fassent pas. Que l’on n’ait plus jamais de nouvelles d’eux. Qu’est-ce qui va se passer, alors ? Et qu’en pensera la police ? »

60

La tension se relâche toujours avec le passage du temps, si insupportable qu'elle ait pu paraître au départ. L'homme est ainsi fait qu'il s'adapte malgré lui et transforme l'anormal en une forme de routine. C'est pourquoi le jeudi matin, Charlotte détecta en elle un reflux de la pression, un glissement vers le fatalisme, une résignation sournoise devant le fait que l'absence de Samantha risquait de prendre un caractère aussi permanent que celle de Maurice.

Un processus comparable chez Ursula expliquait sans doute qu'elle se montrait pour la première fois prête à discuter des dispositions à prendre pour l'enterrement, dont elles s'accordèrent à penser qu'il devait avoir lieu le plus vite possible. Charlotte s'apprêtait à téléphoner aux pompes funèbres quand elle en fut empêchée par un appel.

« Allô ?

— Qui est à l'appareil, je vous prie ? s'enquit une voix de femme, basse et assez rauque.

— Charlotte Ladram. Qui…

— Je suis Natasha van Ryneveld. Je sais qui vous êtes, Charlotte. Et vous-même, savez-vous qui je suis ?

— Oui.

— C'est ce que je pensais, même si Maurice préférait croire le contraire. J'ai découvert sa mort en essayant de le joindre à Ladram Avionics. Un choc énorme. J'aurais aimé l'apprendre de manière moins… brutale. Mais peut-être avez-vous estimé que je n'en avais guère le droit.

— Peut-être, en effet.

— Comment va Ursula ?

— Elle… tient le coup.

— Pourrais-je lui parler ?

— Je n'en suis pas sûre. »

De fait, la sonnette de la porte d'entrée venait tout juste de retentir et Ursula était partie répondre. Charlotte fut soulagée de pouvoir dire en toute honnêteté :

« Pour tout dire, je crains que ce ne soit pas possible.

— Que s'est-il passé, Charlie ? Je peux vous appeler Charlie ? C'était le nom que vous donnait Maurice. Comment a-t-il pu être assassiné ? Dans quelles circonstances ?

— Je ne peux pas en discuter.

— Mais pourquoi ?

— C'est… très compliqué. » Charlotte entendit la grosse voix du commissaire Miller en provenance du hall d'entrée. « Il faut que j'y aille. Je ferai part de votre appel à Ursula.

— Mais… »

Charlotte reposa le combiné, reconnaissante de ne pas avoir le loisir de peser sa réaction à cette conversation. Quand elle leva les yeux, Ursula revenait dans le séjour, suivie du commissaire, de l'inspecteur principal Golding et de l'inspectrice Finch. Les trois policiers avaient l'air tendu, le visage fermé. Ils saluèrent Charlotte d'un bref hochement de tête.

« Nous venons juste de faire le point sur l'affaire, madame Abberley, commença Miller. Et nous avons décidé d'un changement d'approche.

— L'enquête piétine en raison du manque total de preuves, intervint Golding. La seule manière d'en obtenir, c'est d'en faire connaître publiquement tous les éléments, alors que pour l'instant n'ont filtré que les faits bruts de l'assassinat de votre mari.

— C'est pourquoi, dit Miller, je me propose de tenir une conférence de presse cet après-midi, au cours de laquelle je révélerai que nous avons affaire à un meurtre doublé d'un enlèvement.

— Vous vous proposez ? dit Ursula. Êtes-vous en train de me demander mon accord ?

— Naturellement, dit Golding, agrémentant son intervention d'un sourire, nous espérons que vous comprendrez le bien-fondé d'une telle démarche. Mieux, nous espérons que vous voudrez bien y assister et répondre éventuellement aux questions.

— De toute façon, je ferai comme je l'entends, grommela Miller. Je n'ai pas besoin de votre accord.

— La publicité ne risque-t-elle pas d'effrayer les ravisseurs ? demanda Charlotte.

— Le black-out ne les a pas fait sortir au grand jour, répliqua Golding. Nous avons besoin de réactions de la part du grand public. Témoignages. Suggestions. Tuyaux. Il nous faut des indices, point.

— Ne devriez-vous pas patienter encore un peu ?

— Neuf jours, le délai est plus que suffisant, dit Miller.

— Les gens oublient vite, mademoiselle Ladram, dit Golding. Nous ne pouvons pas nous permettre d'attendre davantage.

— Très bien, dit Ursula. Tenez votre conférence de presse.

— Et vous y assisterez ? demanda Golding.

— Oui. »

Charlotte observa les deux policiers pendant qu'Ursula leur répondait. Elle les vit échanger un regard et un haussement de sourcils complices, combinés chez Miller à un hochement de tête presque imperceptible. La participation d'Ursula ne pouvait à l'évidence que renforcer leurs chances de succès. Mais quel genre de succès, elle n'était plus très sûre de le savoir.

Derek commença à regarder le journal de 18 heures à la télévision de façon distraite, avant que son attention soit retenue par la mention du nom d'Abberley au cours du préambule à une retransmission d'une conférence de presse tenue un peu plus tôt dans la journée au commissariat de Newbury.

Le journaliste parlait d'abord de développements spectaculaires dans l'affaire Abberley. Puis apparaissait à l'écran le commissaire Miller, l'air pugnace, qui exposa dans la langue réservée et abrupte des communiqués de police les circonstances de l'enlèvement, neuf jours plus tôt, de la jeune Samantha Abberley, âgée de vingt ans. Toute personne ayant vu ou entendu quoi que ce soit de suspect aux abords de son domicile le mardi 1er septembre était priée de contacter la police judiciaire de la Thames Valley. On montrait ensuite une photo de la jeune disparue, qui ne ressemblait en rien à l'image qu'en gardait Derek de l'unique fois où il l'avait aperçue. Puis, avec l'inspecteur Golding en arrière-plan, Ursula Abberley en appela aux ravisseurs pour qu'ils relâchent sa fille.

Sa prestation – notamment en réponse aux questions posées – n'avait rien de commun avec ce qu'avait coutume de voir Derek en pareilles circonstances. Pas de larmes ni de sanglots dans la voix, aucune de ces manifestations de désespoir déchirant. Un ton mesuré, des propos cohérents, davantage ceux d'une médiatrice que d'une mère éplorée. Tous les mots étaient à leur place – « Je ne souhaite pareille épreuve à personne, même pas à mon pire ennemi » ; « Mon seul souci, c'est la sécurité de Sam » ; « Je lance un appel au public pour qu'il m'aide autant que faire se peut » ; « Je supplie ceux qui la détiennent de la relâcher » ; mais l'émotion semblait en être étrangement absente.

Il manquait autre chose. Le commissaire Miller aurait dû mentionner les lettres de Tristram Abberley, mais il n'en fit rien. Ce que réclamaient les ravisseurs ne fut pas précisé. Aucune allusion non plus aux attentes de la police en la matière. À la fin du reportage, Derek était plus perplexe que jamais.

Charlotte et Ursula regardèrent ensemble la retransmission à Swans' Meadow, la seconde un gin tonic à la main. Quand tout fut fini, elle alla éteindre le poste, se retourna vers Charlotte et lui dit :

« Ils ont réussi à me faire passer pour une garce au cœur dur.

— Non, personne n'aura cette impression.

— Bien sûr que si. Dans des cas comme celui-ci, tu es censée de nos jours te comporter comme dans un *soap opera.* Des flots de larmes. Des torrents d'émotion. La maîtrise de soi n'est pas de mise.

— Peut-être que tu n'aurais pas dû accepter de participer.

— Comment aurais-je pu refuser ? Imagine un peu le parti qu'en auraient tiré Miller et Golding.

— Ils essaient juste de nous aider, Ursula.

— Tu crois ça ? Je ne suis pas du tout de cet avis. Je suis même persuadée du contraire.

— Allons, arrête, dit Charlotte, avec un sourire forcé. C'est leur devoir de retrouver Sam et de la protéger.

— Non, absolument pas. Leur devoir, c'est de mettre la main sur quelqu'un qu'ils pourront inculper du meurtre de Maurice.

— Ça ne revient pas au même ?

— Pas pour eux, non. Viens avec moi dans le jardin.

— Pourquoi ?

— Accompagne-moi dehors, je vais te montrer. »

Avec un haussement d'épaules, Charlotte se leva et suivit Ursula dans la cuisine, puis dans le jardin, où une fin d'après-midi de carte postale quadrillait la pelouse de longues bandes d'ombre et de pâles rectangles d'or.

« Tu vois le type qui nourrit les canards de l'autre côté du fleuve ? » demanda Ursula en pointant le doigt en direction de la rive de Cookham. Un homme d'âge mûr, tout à fait banal, vêtu d'un anorak marron, lançait des miettes de pain à des créatures qui s'ébattaient au milieu des coin-coin et des éclaboussures. « Tu le reconnais ?

— Non.

— C'est un flic.

— Comment peux-tu en être sûre ?

— Parce que je ne l'avais jamais vu avant lundi et que je n'arrête pas de le voir depuis. Lui et deux ou trois autres du même acabit. Ils ne cherchent pas Sam, Charlie. Ils cherchent les meurtriers de Maurice. Et ils croient les avoir trouvés. Ici même. Dans cette maison.

— C'est ridicule.

— Je suis bien d'accord. Mais ils ne s'en rendent pas compte. Et il n'y a rien qu'on puisse faire pour leur sortir ça de la tête. Et pendant qu'ils nous regardent les regarder… »

Sa voix s'éteignit. Son menton s'affaissa. Les larmes qu'elle aurait dû verser à la télévision pour émouvoir les spectateurs étaient désormais là, bien visibles, lui gonflant les yeux, et d'une beauté incongrue dans les derniers rayons du couchant. « Pendant qu'ils jouent à leurs jeux de débiles et nous forcent à en faire autant… » Elle avala sa salive et regarda Charlotte droit dans les yeux. « … les chances de Sam de s'en sortir vivante diminuent à chaque instant qui passe. » Elle releva la tête et cria, suffisamment fort pour que l'homme sur l'autre rive lève les yeux dans leur direction : « Avec chaque jour qu'ils gaspillent… » Avant d'ajouter dans un murmure : « … le fil auquel tient la vie de Sam est de plus en plus ténu. »

61

Le vendredi, Charlotte rentra chez elle. Elle justifia son départ en alléguant que, maintenant que tout était arrangé pour les obsèques de Maurice le lundi suivant, plus rien ne la retenait à Swans' Meadow. Ursula ne fit aucun effort pour la retenir, ce dont elle lui fut reconnaissante. Poussée dans ses retranchements, elle aurait risqué de révéler à quel point elle avait envie de partir. Même si elle avait exprimé des doutes devant l'interprétation d'Ursula quant au comportement de la police, l'hypothèse lui avait paru plus plausible qu'elle n'était prête à l'admettre. Ce qui l'inquiétait au premier chef, c'était qu'elle aussi soit l'objet de soupçons. Retourner à Ockham House lui permettrait de prendre du recul par rapport aux événements et de recouvrer un minimum d'intimité.

Elle n'était pas totalement à l'abri, bien sûr, comme en témoigna rapidement une série d'appels téléphoniques. Des connaissances et d'anciennes relations de travail avaient vu le reportage à la télévision et voulaient prodiguer sympathie et conseils, dans l'ensemble aussi attentionnés qu'inutiles. L'oncle Jack appela pour se plaindre d'avoir été tenu dans l'ignorance, alors même que ses compétences dans un tel domaine, jusqu'alors inconnues de Charlotte, auraient pu faire merveille. Lulu Harrington y alla aussi de son appel pour exprimer son désarroi devant ce qui était arrivé et apporter par ailleurs à Charlotte la confirmation de ce qu'Ursula soupçonnait.

« La personne à qui vous avez envoyé une lettre à New York de la part de Beatrix… se pourrait-il que son nom soit van Ryneveld plutôt que van Ryan ?

— Ma foi, oui, cela se pourrait bien. Qu'est-ce qui vous le fait penser ?

— Elle nous a contactées. En revanche, Mme V, de Paris, ne l'a pas fait. Je suppose que son nom ne vous est pas revenu ?

— Je crains bien que non. Je me suis creusé la cervelle, mais à mon âge il n'en reste plus beaucoup à creuser. Je n'arrive pas à me rappeler autre chose que l'initiale de son nom.

— Vous me le ferez savoir, si le souvenir vous revient ?

— Très certainement. »

Quand Lulu eut raccroché, Charlotte repensa aux quatre lettres que lui avait laissées Beatrix et songea que le contenu de deux d'entre elles demeurait un mystère. Maurice avait dû savoir ce que renfermait celle qui était adressée à sa maîtresse. Ou au moins ce que celle-ci avait bien voulu lui révéler de son contenu. Mais elle était sans doute tout aussi capable de mensonges qu'Ursula. Et pourtant le ton de sa voix, quand elle avait appelé Swans' Meadow, avait laissé entendre qu'elle ignorait tout de l'enlèvement de Samantha, ou des exigences des ravisseurs en échange de sa libération. S'il en était ainsi…

La sonnerie perçante du téléphone, auprès duquel se tenait encore Charlotte, brisa le cours de ses pensées. Elle s'empara du combiné d'un mouvement impatient.

« Oui ?

— Euh… Mademoiselle Ladram ?

— Oui.

— Derek Fairfax, à l'appareil. »

Aussitôt, Charlotte fut envahie d'un sentiment de culpabilité. Elle avait donné son nom à Golding le mardi, mais n'avait fait depuis aucun effort pour le contacter et le mettre au courant.

« J'essaie de vous joindre depuis plusieurs jours. La police est venue me voir.

— Oui. Cela ne m'étonne pas. Je suis désolée. C'est ma faute.

— Entre-temps, j'ai regardé la retransmission télévisée de la conférence de presse où la police révélait l'enlèvement de votre nièce. Personne n'a parlé d'une demande de rançon, mais l'officier qui est venu me poser des questions, l'inspecteur principal Golding, m'a fait part des exigences des ravisseurs – les lettres de Tristram Abberley. C'est vrai ?

— Oui.

— Mais je ne comprends pas. Qui… qui aurait pu…

— Nous ne comprenons pas davantage, monsieur Fairfax. Si seulement c'était le cas.

— Et Frank Griffith soutient que les lettres n'ont jamais existé ?

— Oui, en effet. Mais nous ne pouvons pas discuter de ça pour l'instant. »

Charlotte en ressentait pourtant bel et bien le besoin. Et il lui vint soudain à l'idée que Derek Fairfax était une des rares personnes susceptibles de voir les choses sous le même angle qu'elle.

« Peut-être pourrions-nous nous rencontrer ? finit-elle par dire.

— Certainement. Avec plaisir.

— Pouvez-vous venir déjeuner chez moi demain ?

— Oui.

— Très bien. Disons midi, cela vous convient ?

— Tout à fait. Je vous dis donc à demain.

— Entendu. Au revoir, monsieur Fairfax. »

Charlotte reposa l'appareil avant de se demander quel mystère avait bien pu la pousser à lancer une telle invitation. Ce serait une folie de l'encourager à espérer alors que la disparition des lettres avait réduit ses espoirs à néant. Et pourtant elle avait sérieusement besoin d'un allié, d'un ami pour l'écouter et la conseiller. Mais pourquoi choisir Derek Fairfax ? Pour la bonne raison, sans doute, qu'elle ne voyait personne d'autre à qui s'adresser. Il était désormais pour elle son dernier recours, tout autant que pour son frère.

Elle passa dans la cuisine, toute à ses pensées, et commença à faire une liste de courses. Préparer un repas pour un invité aurait au moins l'avantage de la distraire un moment du problème insoluble que posait Samantha. Quand le téléphone se fit de nouveau entendre, sa première réaction fut de ne pas répondre. Mais devant l'insistance prolongée de la sonnerie, elle finit par céder.

« Allô ?

— Mademoiselle Ladram ?

— Elle-même. »

La voix de son correspondant, heurtée, cérémonieuse, avec une trace d'accent étranger, ne lui était pas inconnue. Elle comprit à qui elle avait affaire une fraction de seconde avant que l'autre reprenne la parole.

« Je représente ceux qui détiennent votre nièce, mademoiselle Ladram.

— Pardon ?

— Vous m'avez bien entendu. Et j'incline à penser que vous comprenez. La surveillance de la police nous empêche de contacter votre belle-sœur. C'est la raison pour laquelle nous avons décidé de nous tourner vers vous.

— Qui représentez-vous ?

— Il est préférable que vous l'ignoriez.

— Pourquoi avez-vous tué Maurice ?

— Parce qu'il ne nous a pas remis l'ensemble des documents. Et qu'il a eu l'impudence de nous proposer de l'argent à la place.

— Il vous a donné tout ce qu'il avait en sa possession.

— Il reste autre chose. Et nous le voulons.

— Mais nous ne l'avons pas.

— Alors, trouvez-le. Nous savons que Beatrix Abberley avait ce que nous vous réclamons. Il est donc forcément en votre pouvoir de le retrouver et de nous le remettre.

— Dites-moi au moins de quoi il s'agit.

— D'un document envoyé par Tristram Abberley à sa sœur en mars 1938, et rédigé en catalan.

— Quel genre de document ?

— J'en ai assez dit. Nous sommes patients, mais notre patience a des limites. Nous garderons votre nièce en vie pendant un mois à compter de ce jour. Vous avez donc jusqu'au 11 octobre pour vous procurer le document. Quand ce sera chose faite, vous passerez dans l'*International Herald Tribune* une annonce rédigée dans les termes suivants : "Les correspondants épistolaires peuvent se rencontrer. Orwell paiera." Vous avez bien noté ? » ajouta-t-il après un silence.

Charlotte relut le texte qu'elle venait de griffonner sur le bloc posé à côté du téléphone.

« *Les correspondants épistolaires peuvent se rencontrer. Orwell paiera.*

— Exact. Si un tel message paraît le 11 octobre ou avant, nous vous contacterons.

— Vous devez me donner plus de renseignements, dit Charlotte, qui était consciente d'avoir à glaner autant d'informations que possible mais affligée pour l'instant d'une grande paresse d'esprit qui la laissait à court d'idées. Nous sommes prêtes à tout pour récupérer Sam.

— Il vous suffira pour l'instant de satisfaire à nos exigences, dans leur totalité, et le plus rapidement possible. Et ne dites pas à la police que nous avons repris contact. S'ils font mine de s'approcher de nous, nous exécuterons votre nièce sans l'ombre d'une hésitation.

— Comment… comment va-t-elle ?

— Elle est en vie.

— Puis-je lui parler ?

— Ça suffit. Vous acceptez nos conditions ?

— Bien sûr. Mais…

— Alors, restons-en là. Au revoir, mademoiselle Ladram. »

62

La première surprise de Derek à son arrivée à Ockham House le samedi peu avant midi fut de constater que le déjeuner était annulé. Charlotte Ladram était de toute évidence plus nerveuse qu'il ne l'avait jamais vue auparavant, et elle lui fit part de son peu d'enthousiasme à l'idée de rester enfermée chez elle, sans parler d'avoir à préparer un repas. Elle lui proposa d'aller marcher un peu dans la campagne, suggestion qu'il accepta volontiers. Son besoin de parler avait un côté presque compulsif, et Derek, après ses précédentes tentatives pour gagner sa confiance, toutes plus infructueuses les unes que les autres, savait qu'il ne devait pas laisser passer une telle occasion.

Ils se rendirent en voiture jusqu'à Ashdown Forest, et avant même qu'ils aient trouvé un endroit où se garer, Charlotte avait commencé à raconter les événements de la semaine écoulée avec une profusion de détails propres à lui prouver qu'elle ne lui cachait rien. Sans apparemment s'en rendre compte, elle l'appela bientôt par son prénom, et, quelque peu gêné au début, il ne tarda pas à en faire autant de son côté. La mort de Maurice semblait avoir comblé le fossé qui les séparait. Nul besoin désormais de faire comme s'ils en savaient moins, ou plus, que ce qu'ils savaient en réalité. Leur obligation d'être honnête l'un envers l'autre prenait le pas pour la première fois sur les dettes qu'ils pouvaient avoir à l'égard des autres.

Ils garèrent la voiture près de Camp Hill et se mirent à marcher sans but à travers la lande, au milieu des pères célibataires jouant au cerf-volant avec leur fils et des dames coiffées d'un foulard promenant leur labrador. Les préoccupations de la vie quotidienne n'avaient jamais semblé plus éloignées, le présent jamais plus réel que maintenant.

« Vous pensez, je suppose, que je devrais avertir la police, dit Charlotte, après lui avoir relaté le coup de téléphone qui avait mis fin au silence des ravisseurs.

— Vous craignez qu'ils ne vous croient pas ?

— Si c'était le cas, je ne saurais leur en vouloir. Ils n'ont rien vu ni entendu qui puisse les convaincre. Pour autant qu'ils sachent, l'enlèvement de Sam pourrait tout aussi bien être un produit de notre imagination.

— Mais elle a bel et bien disparu.

— À moins qu'elle se cache. Comment pourraient-ils le savoir ?

— Si vous ne prévenez pas la police, qu'avez-vous l'intention de faire ?

— Essayer de trouver le document que réclament les ravisseurs. Le leur remettre en échange de la libération de Sam.

— Mais où chercher ? Vous avez passé les possessions de Beatrix au peigne fin, et ce à plusieurs reprises. Et je n'arrive pas à croire que Frank garderait par-devers lui un document en sachant qu'il pourrait sauver la vie d'une jeune fille.

— Moi non plus. Ce qui ne laisse que les deux autres destinataires des lettres de Beatrix.

— Dont l'un n'est toujours pas identifié.

— Exact. Mais l'autre l'est. Natasha van Ryneveld.

— La maîtresse de Maurice ? Pourquoi Beatrix aurait-elle envoyé à la maîtresse de son neveu un document que lui aurait remis son frère il y a cinquante ans ?

— Je n'ai pas de réponse à la question. Mais elle lui a bel et bien envoyé quelque chose. Nous en sommes certains.

— Maurice, lui, aurait forcément su de quoi il s'agissait et aurait aussitôt remis le document aux ravisseurs.

— Pas nécessairement. Natasha pourrait lui avoir menti sur le contenu de la lettre – comme l'a fait Ursula à propos de la sienne. Après tout, Beatrix ne lui aurait rien envoyé si elle n'avait pas eu de bonnes raisons de croire qu'elle ne dirait rien à Maurice. Et je suis presque certaine que Natasha n'était pas au courant de l'enlèvement. Maurice ne voulait sans doute pas risquer de la voir s'opposer à la remise des lettres de Tristram aux ravisseurs. Donc, si ce qu'elle a reçu de Beatrix est précisément ce que convoitent ceux-ci, elle n'est pas censée le savoir, si ?

— C'est malgré tout peu probable.

— Je suis d'accord. Mais est-ce que ça ne vaut pas la peine d'essayer ?

— Si, sans doute. Alors, qu'allez-vous faire ? Aller la voir à New York ?

— Ma foi, je doute qu'elle accepte de venir ici. Il

y a quelques questions embarrassantes auxquelles elle risque de ne pas avoir envie de répondre.

— À quel sujet, ces questions ?

— Au sujet de votre frère, Derek. Qui l'a appelé en mai pour lui fixer le rendez-vous qui justifierait sa visite à Jackdaw Cottage ? Pas Beatrix, de toute évidence. Mais c'était bien une femme, d'accord ?

— Natasha van Ryneveld ?

— Qui d'autre ? »

Ils atteignirent la tombe de l'Aviateur inconnu et s'arrêtèrent côte à côte à l'extérieur du mur d'enceinte, pour s'attarder sur l'hommage poignant rendu à une victime anonyme d'un conflit déjà ancien, et pourtant moins, songea Derek, que celui qui les retenait à présent dans ses longs tentacules.

« L'inspecteur principal Golding m'a fait remarquer…, dit-il, l'air hésitant.

— Quoi donc ?

— Que le système de défense de Colin, tel qu'il est, ne tient plus en l'absence des lettres de Tristram, dit-il en se tournant vers elle avec un pauvre sourire. Désolé, ajouta-t-il dans un murmure.

— Ne vous excusez pas. C'est moi qui devrais m'excuser auprès de vous – et de votre frère – pour ce qu'a fait Maurice.

— Mais ce que représente Colin pour moi est comparable à ce que Maurice représentait pour vous. Nous avons beau ne pas choisir nos frères et sœurs, nous ne pouvons nous empêcher de nous soucier d'eux.

— Vous m'avez rappelé un jour que Maurice n'est – n'était – que mon demi-frère.

— C'est peut-être ce dont je m'excusais. »

Avant que la prudence retienne son geste impulsif, il avait posé sa main sur la sienne, qui reposait sur le muret devant eux. Elle ne fit pas mine de la retirer. « Vous avez toute ma sympathie, vous savez. Ma sympathie la plus sincère. »

Elle lui jeta un coup d'œil, un sourire flottant sur ses lèvres.

Derek ôta sa main, heureux d'avoir été autorisé à décider du moment où il le ferait.

« Vous croyez que tout cela a vraiment un rapport avec la guerre d'Espagne ? demanda-t-il.

— Le document date de cette période, et il est rédigé en espagnol – ou en catalan. À quoi d'autre pouvons-nous penser ?

— À rien. Et c'est précisément ce qui m'inquiète.

— Comment cela ?

— Si la chose – quelle qu'elle soit – a suffisamment de poids pour justifier, cinquante ans plus tard, qu'on tue et qu'on kidnappe pour…

— Oui ?

— Alors, il vous faut être prudente. Très prudente.

— Ce n'est pas la prudence qui va aider Sam.

— Peut-être pas. Mais Sam, je ne la connais pas, tandis que vous, si. C'est pour vous, et vous seule, que je m'inquiète.

— C'est inutile.

— Si je peux faire quoi que ce soit pour aider…

— Il n'y a rien à faire, dit-elle en secouant la tête. Si Natasha accepte de parler à quelqu'un, ce sera à moi, et à personne d'autre.

— Qu'en est-il d'Ursula ?

— La tension serait trop grande entre elles. Qui

plus est, la police la surveille de près. Je vais la mettre au courant, bien entendu, de ce que je me propose de faire. Si elle tient à informer la police, libre à elle. Mais je ne le pense pas. Vous pouvez me croire. Elle sera d'avis que le mieux est que j'aille à New York seule. »

Charlotte fit demi-tour pour remonter la côte en direction de la route. Au moment où Derek la rejoignit, une idée lui vint à l'esprit, qu'il formula aussitôt.

« Natasha est-elle la seule personne que vous avez l'intention de rencontrer aux États-Unis ?

— Qui d'autre pourrais-je bien aller voir ? s'enquit Charlotte avec un froncement de sourcils.

— Je ne sais pas. C'est juste que…, dit-il avant de serrer les dents, décidé à mettre leur confiance mutuelle toute neuve à l'épreuve. Je me pose une question : pourquoi les ravisseurs n'ont-ils pas essayé de se procurer le document plus tôt ? Pourquoi attendre cinquante ans ?

— Parce qu'ils ignoraient où il se trouvait.

— Mais maintenant ce n'est plus le cas. Ou du moins le croient-ils. Quelque chose – ou quelqu'un – a attiré leur attention sur les lettres de Tristram. Qui donc ? Seules quelques personnes connaissaient leur existence. Vous. Moi. Maurice. Ursula. Frank Griffith… et Emerson McKitrick. »

Charlotte ne répondit pas aussitôt.

« Si vous voulez vraiment m'aider, Derek, ne me parlez pas de cet homme, finit-elle par souffler, après avoir marché une ou deux minutes en silence.

— Très bien. Je ne le ferai plus. Mais lui aussi constitue un élément qui devrait vous inciter à la prudence.

— Alors, je vous promets de rester sur mes gardes, dit-elle en s'arrêtant et en levant les yeux vers lui. Satisfait ? »

Pas trace de moquerie dans sa voix. Son expression disait – à l'image de la sienne, soupçonnait Derek – qu'elle n'était pas loin d'admettre ce que ni l'un ni l'autre ne pouvaient se résoudre à croire vraiment.

« Non, pas réellement, Charlotte, dit-il en souriant.

— Tout le monde m'appelle Charlie, dit-elle en lui renvoyant son sourire.

— Pourrais-je faire exception ?

— Je pense que oui.

— Alors, c'est ce que je choisis. »

Ils avaient fait la moitié du trajet de retour à Tunbridge Wells quand Charlotte lança tout à trac : « J'aimerais m'arrêter dans une librairie. » Devant l'air étonné de Derek, elle ajouta : « Vous avez parlé de la guerre d'Espagne, et j'ai repensé au message que les ravisseurs m'ont dit d'utiliser pour les contacter.

— *Les correspondants épistolaires peuvent se rencontrer. Orwell paiera.* C'est ça ?

— Oui, et cet Orwell ne peut être que George Orwell, n'est-ce pas ? Il n'a pas combattu en Espagne ?

— C'est possible, oui.

— Alors, il a dû écrire sur le sujet. Arrêtez-vous à la gare et nous irons voir ce qu'on trouve chez Hatchard. »

Une demi-heure plus tard, ils étaient à la librairie, occupés à examiner les rayons consacrés aux ouvrages autobiographiques. Orwell y figurait avec *Dans la dèche à Paris et à Londres* et un autre volume dont le titre retint aussitôt leur attention : *Hommage à la Catalogne.* Charlotte le prit sur le rayon, et ils parcoururent ensemble la quatrième de couverture. *Célèbre écrit où Orwell relate son expérience de milicien au cours de la guerre civile espagnole. Il y souligne notamment…*

« Orwell doit rendre hommage à la Catalogne, dit Derek à voix basse. Voilà ce que ça veut dire. »

Charlotte approuva de la tête, ouvrit le livre à la première page et lui signala l'année de la première édition.

« 1938. L'année de la mort de Tristram.

— Et l'année où il a confié à Beatrix un document rédigé en catalan. Maurice avait raison. »

Charlotte se dirigea vers la caisse pour régler l'ouvrage. Derek attendit qu'ils se retrouvent dehors, au milieu de la foule des gens qui faisaient leurs courses du samedi après-midi, pour demander :

« À quel sujet Maurice avait-il raison ?

— "Leur guerre civile a sécrété une sorte de poison qui nous atteint aujourd'hui encore, cinquante ans plus tard." C'est mot à mot ce qu'il a dit. Sur le moment, je me suis moquée de lui. Et moins de vingt-quatre heures plus tard, il était mort, ajouta-t-elle en se tournant vers Derek. C'est le sentiment qu'il avait, et c'est aussi le mien aujourd'hui. »

63

Les funérailles de Maurice furent à de nombreux égards semblables à celles de Beatrix. Même assemblée fournie, mêmes prestations efficaces. Même déroulement sans accroc des opérations depuis une église qu'éclairaient les rayons du soleil jusqu'à un crématorium à la propreté froide et impeccable. Et les deux cérémonies donnèrent la même impression de se terminer avant même d'avoir commencé. Il y eut toutefois quelques différences notables. La plupart de ceux qui avaient assisté aux funérailles de Beatrix étaient là par affection, alors que c'était le devoir qui avait poussé les cadres supérieurs de Ladram Avionics à se rassembler pour faire des adieux professionnels à leur directeur. On aurait pu en dire autant de Miller, Golding ou Finch, lesquels avaient plutôt l'air d'assistants des pompes funèbres que d'officiers de police, et encore moins d'amis du défunt. Et il n'y eut pas la moindre mine de circonstance parmi les reporters et les photographes qui envahirent le cimetière de Cookham pour mitrailler le cortège jusqu'au crématorium de Slough et revenir dans son sillage.

On ne remarqua pas non plus la moindre trace d'émotion chez les rares personnes qu'Ursula se crut obligée de recevoir à Swans' Meadow après la cérémonie. Aliki était rentrée de Chypre à temps pour s'occuper des détails matériels de la réception, mais rares furent ceux qui manifestèrent un quelconque appétit pour ce qu'elle avait préparé, et la plupart partirent dès qu'ils le purent sans se montrer discourtois. La seule exception à cette règle fut l'oncle Jack, lequel, selon toute évidence, avait des vues sur quelques rasades de scotch supplémentaires quand Charlotte insista, à la demande d'Ursula, pour le conduire à la gare et le mettre dans le train pour Londres.

Quand Charlotte rentra à Swans' Meadow, ce fut pour trouver Ursula dans un état d'ébriété plus qu'avancé et peu disposée en conséquence à la suivre dans le jardin, le seul endroit où, à ses yeux, elle pourrait révéler sans crainte ce qui venait de se passer. Ursula se résolut finalement à l'accompagner. Et se retrouva dégrisée d'un coup quand elle entendit ce que Charlotte avait à lui apprendre.

« Tu sais ce que ça signifie, n'est-ce pas ? dit-elle aussitôt, le visage soudain éclairé par l'espoir. Que Sam a encore une chance de s'en sortir.

— Uniquement si nous parvenons à mettre la main sur ledit document, la prévint Charlotte. C'est la raison pour laquelle je pense que ça vaut la peine d'aller à New York.

— Dieu soit loué, Charlie, tu es prête à t'en charger. Moi, je ne peux pas m'absenter sans que la police l'apprenne. Et il ne le faut surtout pas.

— Tout à fait d'accord.

— Quand penses-tu partir ?

— Dès que tu m'auras fourni l'adresse de Natasha et son numéro de téléphone.

— Tu as l'intention de la prévenir de ta visite ?

— Je ne peux pas courir le risque de trouver porte close. Et je ne pense pas qu'elle refuse de me rencontrer, si ?

— Je ne saurais vraiment pas…, dit Ursula, essayant, lèvres pincées, de réprimer une évidente irritation. Non, *a priori*, elle ne devrait pas.

— Le rapport que Beatrix avait commandé, tu l'as ici ?

— Oui. Autant que tu le prennes avec toi. Après tout, je n'ai plus besoin de me prémunir contre les coups bas de Maurice, pas vrai ? » Ursula enleva d'une pichenette une cendre de cigarette tombée sur sa robe noire, avant d'ajouter, comme après réflexion : « Pauvre Maurice », et de reprendre le chemin de la maison.

Tandis que Charlotte lui emboîtait le pas, il lui vint à l'esprit que cette remarque spontanée était sans doute ce qu'Ursula avait trouvé de plus gentil à dire, depuis qu'il était mort, sur l'homme avec lequel elle avait été mariée pendant plus de vingt ans. Elle avait réussi à le condamner avec le plus mince des éloges funèbres.

Charlotte ne lut le rapport qu'une fois rentrée à Ockham House. Elle se demanda quelle avait pu être la réaction de Beatrix quand elle avait appris la double vie de Maurice. Avait-elle vu ses soupçons définitivement confirmés ? À la fin de sa lecture, avait-elle compris pour la première fois que Maurice projetait de la tuer ? Si tel avait été le cas, elle s'était préparée à cette éventualité avec beaucoup plus de soin qu'il n'aurait jamais pu l'imaginer. Et il le fallait, dans la mesure où – contrairement à Maurice – elle savait qu'il y avait bien davantage en jeu que les simples droits d'auteur de Tristram.

Pauvre Maurice, comme l'avait si justement dit sa veuve. Il avait cru que tout le monde respecterait les règles qu'il avait appliquées à sa propre vie. Il s'était attendu à ce que la faiblesse cède devant la force. À ce que l'argent suffise à régler tous les problèmes. Sans doute avait-il pensé, même à l'instant où il avait vu la lame du couteau luire dans la clarté de la lune, que ses meurtriers prendraient l'argent sur son cadavre. Mais ils n'en avaient rien fait. Ils l'avaient au contraire nourri de la seule source de vie qu'il reconnaissait.

C'est à ce moment-là que Charlotte pleura comme elle ne l'avait jamais fait depuis le jour de la mort de son frère. Elle pleura sur eux tous – Tristram, Beatrix, Maurice et Samantha. Et enfin sur elle-même. Puis elle sécha ses larmes et lut à haute voix l'épigraphe qu'avait choisie Orwell pour *Hommage à la Catalogne*, afin de s'assurer que sa voix ne la trahirait pas.

« "Ne réponds pas à l'insensé selon sa folie, de peur que tu ne lui ressembles toi-même. Réponds à l'insensé selon sa folie, afin qu'il ne se prenne pas pour un sage." » Ce qui lui rappela une remarque de Tristram dans sa dernière lettre à Beatrix à propos de leur subterfuge : « Tant de vanité prétentieuse, "vanité" au sens de nature morte aussi », et elle se demanda si elle n'allait pas succomber à une semblable tentation. Commencer ce qu'elle ne pourrait pas terminer ;

enclencher un processus qu'elle ne serait pas en mesure de contrôler. *Peu importe*, se dit-elle en gagnant le hall, *j'y suis obligée.* Elle s'empara du téléphone et composa le numéro, trouvé dans le rapport, correspondant à l'appartement de Maurice sur la 5e Avenue.

« Oui ? » La voix venait de loin, accompagnée d'un écho qui semblait la priver d'identité.

« Natasha van Ryneveld ?

— Oui. Qui est à l'appareil ?

— Charlotte Ladram.

— Charlie ! Vous me prenez vraiment par surprise. » L'accent était américain en surface, mais il laissait affleurer une autre langue qui menaçait de surgir à chaque fin de phrase. « Je ne pensais pas... Pourquoi m'appeler ?

— Maurice a été incinéré aujourd'hui.

— Ah. Vraiment ? Je pensais bien que ce serait ces jours-ci. Si seulement... Mais bref, vous ne me donnez pas la véritable raison de votre appel.

— Je crois que nous devrions nous rencontrer. »

Un long silence s'ensuivit, avant que Natasha reprenne la parole.

« Dans quel but ?

— Vous avez demandé des détails sur les circonstances de la mort de Maurice.

— Et vous voulez me les donner ?

— Oui.

— Vous viendriez chez moi ?

— Oui.

— Simplement pour satisfaire la curiosité de la maîtresse de votre frère ? Vous n'êtes pas sérieuse, Charlie ?

— Quand vous aurez entendu ce que j'ai à vous dire, vous comprendrez. Et j'espère que vous accepterez de nous aider.

— En faisant quoi, mon Dieu ?

— Nous devons nous voir si vous voulez que je vous l'explique. »

Natasha fit entendre un long soupir et ne répondit rien pendant un si long moment que Charlotte la soupçonna de s'être éloignée du téléphone. Mais non. Quand Natasha reprit la parole, ce fut si soudain et sur un ton si décidé qu'elle sentit son cœur cogner dans sa poitrine. « C'est bien, venez, Charlie. Il est peut-être temps en effet que nous nous rencontrions. »

64

Charlotte n'avait jamais traversé l'Atlantique auparavant. Le voyage lui sembla si rapide et si facile qu'elle se demanda pourquoi elle avait attendu aussi longtemps. Mais tandis que le taxi l'entraînait vers la ville depuis l'aéroport JFK le long d'autoroutes identiques sous un ciel aux moirures de canon d'arme à feu, son étonnement se dissipa. Le paysage qu'elle découvrait lui était étranger, entièrement façonné par l'homme suivant une échelle qui dépassait son entendement. Quand le taxi émergea d'un tunnel sous l'East River au milieu des vertigineuses tours de verre de Manhattan, elle eut soudain le sentiment qu'elle allait faillir à la tâche qu'elle s'était assignée. Elle était trop petite, trop fragile, à l'abri depuis trop longtemps des rudesses du monde.

Si mal préparée qu'elle fût pour l'épreuve qui l'attendait, elle savait qu'elle ne pouvait plus reculer. Déjà, ils étaient dans la 5e Avenue, avec l'immense étendue de Central Park d'un côté et une cohorte d'immeubles élégants de l'autre. Le taxi s'arrêta devant l'un d'eux, que signalait un auvent violet tendu jusqu'au bord du trottoir. Elle sut qu'elle était arrivée à destination après avoir vérifié le numéro sur la plaque en cuivre rutilante. Tandis qu'elle descendait et s'approchait, la porte s'ouvrit de l'intérieur. Un portier en uniforme l'accueillit avec un sourire et lui confirma que Mlle van Ryneveld l'attendait. C'est ainsi qu'elle pénétra dans un nouveau domaine secret de la vie de son frère.

Natasha avait déjà ouvert quand Charlotte sortit de l'ascenseur. C'était une femme aux cheveux foncés, de taille moyenne, avec quelque chose d'asiatique dans le teint et les traits et un port de tête altier, si bien que, sans même qu'elle bouge ou fasse un geste, il émanait d'elle en permanence une grâce et une langueur félines. Elle portait une robe grise lâchement ceinturée et des chaussures noires à hauts talons mais très peu de bijoux ou d'accessoires, en dehors d'un pendentif en jais autour du cou. Charlotte fut aussitôt déconcertée par cette touche de deuil mais reconnaissante à Natasha quand celle-ci lui sourit et s'effaça pour la laisser passer.

« Entrez, Charlie. Vous êtes pile à l'heure. Comme on aurait pu s'y attendre de la part de la sœur de Maurice.

— Demi-sœur, en fait.

— Oui, bien sûr, répondit Natasha, dont le sourire se refroidit sensiblement. Une distinction subtile mais vitale. »

Elle précéda Charlotte dans un couloir court et incurvé qui débouchait dans le séjour – un vaste espace au sol entièrement couvert de tapis dont les bleus et les ors semblaient allumés par la lumière qui se déversait de trois hautes fenêtres. Des banquettes et des fauteuils aussi larges que des lits étaient entourés de statues gréco-romaines et d'urnes orientales. Sur chaque surface plane, des fleurs débordaient de leur vase, leurs images multipliées dans des glaces aux lourds cadres dorés. Et quand elle leva les yeux, Charlotte fut stupéfaite de constater que le plafond peint représentait un ciel ennuagé. C'est sous cette voûte étrange et sur les tapis aux motifs ornementaux compliqués sans doute payés par Maurice que Natasha la précéda d'un pas décidé. Elle était de la même stature et du même âge qu'Ursula, estima Charlotte, mais plus fine de taille et un peu plus forte de hanches et de poitrine. Sa façon de se déplacer laissait deviner le corps sous les vêtements, suggérant au passage l'usage que l'on pourrait en faire. Il n'y avait pas à chercher loin pour comprendre ce que Maurice avait trouvé en elle et qui sautait aux yeux à chacun de ses pas.

« Puis-je vous offrir une tasse de thé, Charlie ?

— Euh… Oui, merci. »

Natasha appuya sur une petite sonnette et, presque dans l'instant, une bonne fit son apparition par une autre porte. Elles échangèrent quelques mots dans une langue qui ressemblait à de l'espagnol. Puis la bonne se retira.

« Asseyez-vous, je vous prie.

— Merci. »

Charlotte choisit un des sièges les moins tape-à-l'œil, pour découvrir, quand elle posa la main sur l'extrémité arrondie du bras, que celle-ci avait été sculptée à l'image d'une femme nue penchée en avant, et entre les amples fesses de laquelle reposait maintenant un de ses doigts. Qu'elle retira d'un geste brusque tout en rougissant.

« Un des préférés de Maurice, dit Natasha en souriant. Je vois que vous n'approuvez pas son choix.

— Je ne suis pas… Je n'ai pas à approuver ni à désapprouver.

— C'est aimable à vous de le dire. Mais je suis sûre de savoir ce que vous pensez vraiment.

— Je ne suis pas venue pour parler du passé, Natasha. Ni pour que nous discutions de la nature de votre relation avec Maurice.

— Bien. Parce que, pour tout vous dire, je représentais beaucoup pour lui. Beaucoup plus que ce que l'argent peut acheter.

— C'est tout à fait possible. Mais Maurice est mort, à présent. Tout cela est terminé.

— Certes. Mais vous avez promis de me dire pourquoi et comment cela s'est terminé. Eh bien, j'aimerais le savoir, Charlie, dit-elle en tripotant son pendentif. Même une maîtresse a le droit de mesurer l'étendue de son chagrin. »

La domestique réapparut, porteuse d'un plateau. Elles gardèrent le silence tandis qu'elle s'affairait à déplacer une table pour la poser entre Charlotte et le fauteuil où était assise Natasha, puis disposait les tasses avant de les remplir. Charlotte profita de cet interlude pour passer en revue les divers bluffs et dissimulations auxquels se livrait chacune d'elles. Natasha serait-elle prête à reconnaître qu'elle avait toujours été au courant des intentions de Maurice ? Ou prétendrait-elle n'avoir jamais rien su des lettres ? De son côté, combien de mensonges Charlotte serait-elle prête à laisser passer ?

Que devait-elle révéler de ce qu'elle savait ? Ou, au contraire, garder secret ?

Comme si elle était décidée à prendre l'initiative, Natasha déclara dès que la bonne eut tourné les talons :

« J'ai été terriblement choquée quand j'ai appris l'enlèvement de Sam. Ursula doit être rongée par l'inquiétude.

— En effet.

— Maurice ne m'en avait rien dit, vous savez. Pas un mot.

— Vraiment ?

— Ma foi, il n'en a pas vraiment eu l'occasion.

— Il est venu à New York le 4. Vous ne l'avez pas vu à ce moment-là ?

— Non. La dernière fois que je l'ai vu, c'était en août. J'ignorais qu'il était revenu après. »

Mais elle aurait dû être plus surprise qu'elle ne le laissait paraître. Elle soutint le regard de Charlotte et but une gorgée de thé, sans chercher à cacher la chose.

« Il leur a abandonné les lettres, Natasha, toutes les lettres. C'était le prix de la rançon – du moins en partie.

— Quelles lettres ? demanda Natasha, l'arc de ses sourcils s'efforçant de signifier un déni catégorique.

— La correspondance de Tristram avec Beatrix. Les lettres prouvant que c'était Beatrix l'auteur des poèmes.

— Alors là, vous avez sur moi un gros avantage. J'ignore absolument tout de cette histoire.

— Je ne suis pas ici pour vous accuser, Natasha. Je soupçonne que nous savons pertinemment l'une comme l'autre qui a téléphoné à Colin Fairfax-Vane en mai dernier en se faisant passer pour Beatrix. Mais, dans la mesure où il est impossible de prouver l'identité de cette personne…

— Tout cela me passe largement au-dessus de la tête.

— Peut-être. Et peut-être pas. Quoi qu'il en soit, j'espère que vous ferez tout votre possible pour nous aider à sauver ma nièce.

— Votre demi-nièce, vous voulez dire, corrigea Natasha avec un sourire. Je ne vois pas très bien quelle aide je pourrais vous apporter.

— Alors permettez-moi de vous l'expliquer. »

Et Charlotte s'y employa, de plus en plus indisposée par l'attitude sarcastique à peine voilée de son interlocutrice. Natasha la regardait avec une expression tout à la fois circonspecte et dédaigneuse. Impossible de dire si le drame vécu en ce moment par une jeune fille qu'elle n'avait jamais rencontrée l'affectait. En admettant qu'elle n'y fût pas insensible, Charlotte pressentait que sa réaction serait fonction de ce qu'elle jugerait servir et protéger au mieux ses intérêts.

Quand Charlotte en eut terminé en soulignant combien il était capital de retrouver le document réclamé par les ravisseurs, Natasha prit le temps de remplir à nouveau leurs tasses avant d'offrir un commentaire. Et sa réponse fut pour le moins réservée.

« Si Maurice a vraiment fait ces… choses abominables, je n'en ai rien su. Il n'a jamais fait allusion à des lettres. Ni à aucun document qui les aurait accompagnées. Il n'a rien laissé ici.

— Les "choses abominables" auxquelles vous faites allusion n'avaient d'autre but que de vous assurer le train de vie que vous menez ici… et que vous semblez affectionner.

— Je suis propriétaire de cet appartement à part entière. C'est un cadeau de Maurice, certes, mais personne n'est en droit de me le confisquer.

— Il a dépensé beaucoup d'argent pour vous, j'imagine. Et il avait l'intention de continuer.

— Je n'en doute pas un instant. Je regrette que ça ne puisse être le cas. Pour lui et pour moi.

— Il reste que vous, vous êtes en vie.

— C'est vrai, dit-elle, le regard soudain voilé. Je n'aurais jamais pensé que Maurice puisse mourir de cette façon. En se sacrifiant pour sa fille…, ajouta-t-elle en secouant la tête, l'air perplexe.

— N'accepterez-vous pas de m'aider à empêcher que ce sacrifice soit inutile ?

— Si seulement je pouvais.

— Il a dû laisser des choses, ici. Des vêtements. Des livres. Des papiers…

— Uniquement des vêtements. Et encore, très peu. Mais vous pouvez les fouiller, bien sûr.

— Je vous en serais reconnaissante.

— En ce cas, suivez-moi. »

Elles se levèrent, et Natasha conduisit Charlotte le long d'un petit couloir, au bout duquel celle-ci eut le temps d'entrevoir par une porte ouverte une chambre richement tendue de tissu couleur pêche, agrandie une fois encore par des glaces dans l'une desquelles elle aperçut le reflet d'une grande peinture à l'huile. Une femme nue étendue dans une pose suggestive en travers d'un lit. Le tableau était d'une facture si précise qu'on aurait pu le prendre pour une photographie.

Quant à l'identité du modèle, Charlotte était trop loin pour pouvoir en décider. Natasha continua d'avancer, ferma la porte et se retourna, un vague sourire jouant sur ses lèvres. « Maurice utilisait ce placard, dit-elle en faisant coulisser la porte d'un dressing sur leur gauche, occupé par quelques costumes et pantalons suspendus à une tringle. C'est tout ce qu'il conservait ici. »

Tout en fouillant les poches, Charlotte savait déjà qu'elle ne trouverait rien. Ce qu'elle ne pouvait pas savoir, c'était s'il y avait jamais eu quoi que ce soit à trouver. Elle avait demandé de l'aide avec toute la force de persuasion dont elle était capable. Elle s'était abstenue de toute critique à l'égard de Natasha, davantage encore de toute condamnation. Cependant, sa retenue ne lui avait été d'aucun secours, peut-être parce que Natasha était sincèrement dans l'incapacité de l'aider, peut-être parce qu'elle avait trop peur de le faire. Elles revinrent au salon, mais cette fois-ci, Charlotte ne fit pas mine de s'asseoir.

« Je suis désolée si votre voyage n'a été qu'une perte de temps, Charlie.

— Il n'y a rien que vous puissiez me dire ?

— Rien, si ce n'est que vous pourriez aller visiter l'appartement de la compagnie sur Park Avenue. Il se peut que Maurice ait gardé des papiers là-bas.

— Je comptais m'y rendre en sortant d'ici. En fait, j'ai l'intention d'y passer la nuit.

— Avant de reprendre l'avion pour l'Angleterre ?

— Pas nécessairement.

— Jamais je n'aurais pensé que vous auriez quelque raison de rester plus longtemps dans les parages. »

Soudain, Charlotte éclata, incapable d'en supporter davantage.

« Voyons, Natasha, vous savez très bien de quoi il retourne ! Pourquoi prétendre le contraire ? Maurice ne vous a jamais rien caché.

— Comment pouvez-vous en être aussi sûre ?

— Beatrix est morte. Maurice aussi. Alors, pour l'amour de Dieu, arrêtez votre petit jeu. Un innocent a été emprisonné, une jeune innocente a disparu de chez elle. Tout ça ne vous touche pas ?

— Je ne les connais pas.

— Qu'est-ce que Beatrix vous a envoyé ?

— Je vous demande pardon ?

— Elle vous a fait envoyer une lettre posthume. Qu'y avait-il dedans ?

— Vous voulez parler de ce paquet de feuilles blanches ? Maurice a supposé que ça venait de sa tante. J'ai trouvé ça incompréhensible.

— Des feuilles blanches ?

— Eh oui. Bizarre, non ? Incroyable, pour tout dire. »

Natasha grimaça un sourire éloquent : elle savait quelles conclusions Charlotte tirerait de ce recyclage du mensonge d'Ursula.

« Vous avez déjà volé son mari à Ursula. Et vous ne feriez pas un geste pour l'empêcher de perdre aussi sa fille ?

— Je n'ai rien volé du tout à Ursula, et certainement pas Maurice. C'est lui qui m'a trouvée, et non l'inverse. Et ce qu'il a trouvé, c'était une femme qui le comprenait beaucoup mieux que son épouse légitime ne l'a jamais fait.

— C'est possible. Mais…

— Si vous croyez que Maurice a jamais aimé Ursula, vous vous trompez. Il n'a aimé personne en dehors de lui-même. Et peut-être de vous, Charlie. Peut-être vous a-t-il aimée. C'est en tout cas ce que j'ai toujours pensé.

— Ce qu'a fait Maurice – ce que vous l'avez aidé à faire – était condamnable. En m'apportant votre concours, vous contribueriez à vous racheter.

— Mais je ne suis pas en mesure de le faire, Charlie. Je ne peux pas, croyez-moi, c'est la vérité.

— Beatrix était une femme remarquable. Elle n'aurait pas dû connaître la fin qui a été la sienne. Fairfax-Vane n'est qu'un antiquaire beau parleur. Il ne mérite pas d'écoper d'une longue peine de prison. Et Sam est une fille débordante de vie, au seuil de l'âge adulte. Elle a le droit de savoir ce que cela signifie, vous ne croyez pas ? Plutôt que de mourir pour une raison qu'elle ignorera toujours.

— Cette raison, je ne la connais pas davantage.

— Je ne dis pas le contraire. Mais si vous arrêtiez de mentir, ne serait-ce qu'une minute, on pourrait peut-être…

— Ça suffit, maintenant ! »

La vraie Natasha avait enfin retrouvé sa voix et son véritable visage. Elle était hors d'elle, tremblait de rage – et peut-être aussi de culpabilité rentrée.

« Vous n'avez aucun droit de venir ici – chez moi – et de me traiter de menteuse.

— Mais bien sûr que si. Je crois même que c'est de mon devoir. Comme je crois qu'il est du vôtre de me dire tout ce que vous savez.

— Sortez ! Sortez immédiatement, dit-elle en se

dirigeant à grandes enjambées vers la porte d'entrée qu'elle ouvrit à la volée. Je n'aurais jamais dû accepter de vous rencontrer. C'était la première fois et ce sera la dernière, je puis vous l'assurer. »

Inutile de s'attarder ou de protester. Charlotte voyait bien à l'expression affichée par Natasha que perdre son sang-froid s'était montré contre-productif. Elle se dirigea à son tour vers la porte, à pas lents, faisant de son mieux pour recouvrer son calme.

Quand elle arriva près de Natasha, celle-ci lui dit :

« J'ai demandé un jour à Maurice pourquoi il pensait autant de bien de vous, Charlie. Savez-vous ce qu'il m'a répondu ? "Parce qu'elle a conservé une foi naïve dans la nature humaine." Pas vraiment un compliment, qu'en dites-vous ? Mais pour lui, c'en était un. Et il a fait de son mieux pour vous permettre de garder cette foi intacte. Maintenant qu'il a disparu, je pense qu'il serait temps que vous vous réveilliez.

— Vraiment ?

— Oh, oui. Celle qui ment, voyez-vous, Charlie, c'est vous, pas moi. Vous n'avez de cesse d'insister sur ce que vous savez être impossible. Vous continuez à prétendre qu'on peut encore faire quelque chose. Pour porter secours à Sam. Libérer Fairfax-Vane. Racheter la mémoire de Maurice. Mais non, on ne peut rien. Il n'y a rien à faire. Sur aucun des trois points.

— Vous en êtes bien sûre ?

— Aussi sûre que je le suis de vous voir repartir de New York comme vous êtes arrivée – les mains vides. »

65

L'appartement loué par Ladram Avionics sur Park Avenue était petit mais confortablement équipé dans un style contemporain. Il n'était ni simple ni luxueux, et Charlotte doutait que Maurice y soit jamais venu au cours des derniers mois, si ce n'était pour relever le courrier. Elle n'entreprit pas moins de le fouiller de fond en comble, pour finir par trouver ce à quoi elle s'était attendue – autrement dit, rien. Elle découvrit toutefois un restaurant italien non loin de là, où elle dîna et se mit en devoir de boire suffisamment de chianti pour se garantir une bonne nuit de sommeil, une nécessité au vu de ses projets pour la journée du lendemain. Car elle n'était pas prête à s'avouer vaincue et à battre en retraite en rentrant en Angleterre. Il lui restait à faire l'expérience d'un autre stratagème.

Elle dormit plus longtemps que prévu et fut réveillée à la fois par la lumière du matin et la sonnerie chevrotante du téléphone. En s'emparant du combiné, elle se dit que ce devait être Ursula et se demanda s'il y avait des nouvelles de Samantha. Mais elle se trompait.

« Charlie ? C'est Natasha. Je suis heureuse de vous trouver.

— Pourquoi ?

— Parce que j'ai réfléchi à ce que vous avez dit et… Pouvons-nous nous revoir avant votre départ de New York ?

— Est-ce bien utile ?

— Oui, je le crois.

— Entendu.

— Vous connaissez la Frick Collection ?

— J'en ai entendu parler, oui.

— C'est dans la 5e Avenue, au croisement de la 70e Est. Pas très loin à pied d'où vous êtes. Je vous retrouve là-bas dans une heure. »

En arrivant sur place, Charlotte constata que la Frick Collection occupait pas moins de dix-neuf pièces au rez-de-chaussée de la demeure du défunt collectionneur. Étant donné que Natasha n'avait pas précisé dans quelle pièce elles devaient se retrouver, il ne lui restait plus qu'à les parcourir toutes, en négligeant les tableaux pour ne prêter attention qu'aux autres visiteurs.

Elle était à mi-chemin de son parcours et commençait à s'inquiéter quand elle entra dans la salle Fragonard et se retrouva brièvement transportée dans un salon français du XVIIIe siècle. Aux murs, la série de *Progrès de l'amour*. Sous l'un des tableaux de Fragonard – où une jeune fille assise à côté d'une statue jette autour d'elle un regard effrayé, craignant d'être découverte alors que son amoureux est en train d'escalader le mur du jardin pour venir lui faire sa cour – se tenait Natasha, apparemment perdue dans sa contemplation. Elle portait une robe courte lilas et une veste claire en cachemire sous laquelle luisait le pendentif en jais, aux couleurs de son deuil. Charlotte dut lui toucher le coude pour attirer son attention.

« Ah, Charlie ! s'exclama-t-elle en souriant. De nouveau à l'heure, sans aucun doute. Mais pour un rendez-vous d'un tout autre genre que celui-ci, ajouta-t-elle avec un hochement de tête en direction du couple sur la toile.

— Que voulez-vous, Natasha ?

— Je viens souvent ici. Dans cette salle, je veux dire, à l'exclusion des autres. Les Français comprennent l'amour. Mieux que les Américains, en tout cas, et sans aucun doute mieux que les Anglais.

— Je n'ai pas beaucoup de temps, vous savez. Pourrions-nous…

— Vous en aurez toujours assez pour vous perdre dans le monde de Fragonard, Charlie. Cela vaut pour nous tous. Angelots et colombes sur fond de ciel d'été. Tentation. Poursuite. Consommation. Nostalgie. Regret. Abandon. Tout est ici, sur ces toiles.

— C'est bien possible, mais…

— Regardez autour de vous, juste un moment. S'il vous plaît. »

Passablement irritée, Charlotte se résigna à parcourir la salle des yeux. Sur chaque mur, elle trouva confirmation du commentaire de Natasha. L'homme offrant à la jeune fille ce qu'elle affecte de ne point vouloir. L'homme la séduisant à force de cadeaux et de cajoleries. Puis la jeune fille, seule, avec sa mélancolie pour toute compagnie. Mais c'était peine perdue ; Charlotte restait insensible au message.

« Si vous avez quelque chose à me dire, lança-t-elle, je vous serais reconnaissante de…

— Mais je suis précisément en train de vous le dire. Vous en avez là une partie. Ici aussi il y a des lettres. » Elle désigna du doigt le mur côté sud, où l'un des tableaux représentait la jeune fille assise sur le socle d'une statue, occupée à lire un billet doux, tandis que l'auteur du message lui a passé les bras autour de la taille et a niché sa joue contre son cou. « Est-il vraiment là ? Il m'arrive de me le demander. Ou bien l'imagine-t-elle tout en lisant ? Est-il, lui, déjà ailleurs, en train de la trahir, se préparant à la quitter ? Son erreur, son sort, c'est le lot de toutes les femmes. Elle ferait mieux de jeter la lettre sans même la lire, vous ne croyez pas ?

— Peut-être, oui.

— Comme Beatrix aurait dû le faire avec les lettres de Tristram envoyées d'Espagne.

— Mais elle n'en a rien fait.

— Non. Et c'est à d'autres d'en souffrir aujourd'hui, dit Natasha. Voyez-vous, je n'ai pas l'intention de faire partie de ceux-là, ajouta-t-elle d'un air déterminé.

— Mais alors, pourquoi m'avoir demandé de vous revoir aujourd'hui ?

— Pour vous donner quelque chose. Pour faire montre d'un peu plus de charité qu'à mon habitude. Suivez-moi, je vais vous expliquer. »

Natasha l'entraîna à travers plusieurs autres salles jusqu'à ce qu'elles se retrouvent dans une cour intérieure à colonnades éclairée par une verrière et située au cœur de la grande maison. Une fontaine y faisait entendre sa musique au milieu de plantes exotiques. Elles s'assirent sur un banc en marbre à proximité. Natasha se mit à parler, les yeux plongés dans l'eau murmurante.

« J'ai été la maîtresse de Maurice pendant douze ans. Il m'a très bien traitée. Comme vous n'êtes pas sans le savoir, c'était un homme généreux. Il m'a toujours clairement fait comprendre que sa famille ne serait jamais au courant de mon existence, et je ne m'attendais pas à ce qu'il en soit autrement. J'étais son secret. Ou du moins l'un d'entre eux. Car des secrets, il en avait beaucoup. Beaucoup plus que vous ou moi le saurons jamais. Mais j'ai découvert assez tôt ce qu'il cachait en lui. Ce qu'il aimait par-dessus tout.

— Et qui était ?

— Le secret lui-même. Le plus grand plaisir que je lui ai jamais donné, c'est que personne ne connaissait mon existence. C'était ce qui l'excitait le plus dans tout ce que nous faisions ensemble.

— Mais Beatrix, elle, l'a découvert.

— Eh oui, dit Natasha en poussant un soupir. Je n'ai aucune intention d'admettre quoi que ce soit, Charlie. Aucune intention de m'accuser de quoi que ce soit. Ce que Maurice a fait, il l'a fait, impossible de revenir là-dessus. Mais vous ne réussirez jamais à me faire dire que j'étais sa complice.

— Ce n'est pas du tout dans mes intentions.

— Fort bien. En ce cas, ne vous avisez pas de remettre en question ce que je vais vous confier.

— Entendu.

— Marchons un peu, dit Natasha, avant de se lever brusquement et de commencer à faire lentement le tour de la cour, Charlotte à son côté. Si Maurice avait eu en sa possession le document réclamé par les ravisseurs, il le leur aurait abandonné. J'en suis absolument convaincue. Il ne m'a rien laissé de ce genre, n'y a jamais fait la moindre allusion. Je suppose que vous n'avez rien trouvé non plus à l'appartement de Park Avenue ?

— Non, en effet.

— Vous voyez. Je ne peux guère vous aider dans cette recherche, dit-elle en se tournant vers Charlotte. Franchement. Vous devez me croire.

— Dans ce cas…

— Que me reste-t-il à vous offrir ? D'abord, mes excuses pour m'être emportée hier. Nous n'aurions pas dû nous rencontrer à l'appartement. Trop de souvenirs de Maurice, là-bas. Alors qu'ici, je peux garder mon calme. Ensuite, la vérité sur ce que Beatrix m'a envoyé. Pas des feuilles blanches, évidemment. Mais une bande magnétique, sur laquelle elle avait enregistré une conversation qu'elle a eue avec Maurice quelques semaines avant sa mort. Leur dernier face-à-face, en fait. Dans cet échange, elle le confronte aux preuves qu'elle a rassemblées d'un complot à son encontre et l'accuse d'en être l'instigateur. Maurice ignorait que leur discussion était enregistrée, bien entendu, et je ne lui ai jamais rien dit. Je l'ai trompé avec le même mensonge que celui que lui avait servi Ursula. Il n'a pas su laquelle il devait croire, ou ne pas croire. En un sens, je regrette aujourd'hui de lui avoir caché la vérité. Mais c'est peut-être aussi bien, finalement. Il aurait certainement détruit la bande.

— Pourquoi l'avoir trompé ?

— Parce que la bande était une preuve que je pouvais utiliser contre lui. Si j'en avais éprouvé le besoin. Ou l'envie. Les maîtresses, voyez-vous, appréhendent toujours d'être abandonnées. Contrairement aux amoureuses maudites de Fragonard, nous gardons un œil en permanence sur l'avenir. Beatrix devait le savoir. C'était une vieille maligne, la... Disons simplement qu'elle était plus maligne que Maurice le croyait, même si elle ne l'a pas été tout à fait assez pour son bien. À moins que ses amis n'aient pas été à la hauteur. S'ils avaient fait exactement ce qu'elle leur demandait, elle aurait pu déjouer les manœuvres de Maurice, comme elle pensait pouvoir le faire. C'est la raison pour laquelle elle m'a envoyé la bande. Parce que, privé des droits d'auteur, il m'aurait abandonnée. Mais grâce à la bande, j'aurais pu de mon côté lui extorquer une jolie pension, comme l'avait calculé Beatrix. Qui aurait ainsi fait coup double. Plutôt adroit, vous ne trouvez pas ?

— Si, mais Beatrix l'était, adroite.

— Si vous ajoutez la bande au rapport du détective privé sur la situation financière de Maurice, vous devriez pouvoir innocenter Fairfax-Vane. Je crains que ce soit le seul de vos innocents que je sois en mesure d'aider. La bande ne m'est plus d'aucune utilité à présent, autant qu'il en profite, dit-elle avant de sortir une cassette minuscule de sa poche et de la glisser dans la main de Charlotte. Peut-être cette action me vaudra-t-elle de gagner quelques places dans la queue au purgatoire.

— Je me chargerai de la faire parvenir à son avocat. C'est vraiment... très chic de votre part.

— Oh, ça ne me coûte pas grand-chose. En l'état,

vous n'avez absolument rien contre moi. Je ne suis pas idiote, mais je ne suis pas non plus vindicative.

Au terme d'un tour complet de la cour, elles s'arrêtèrent devant le banc où elles s'étaient assises un peu plus tôt. Natasha se passa la langue sur les lèvres, cherchant une façon, semblait-il, de conclure leur rencontre.

« Où avez-vous l'intention d'aller à présent, Charlie ?

— À Boston.

— Ah. Pour voir Emerson McKitrick, je suppose.

— En effet.

— Un voyage qui ne vous servira à rien.

— Peut-être bien.

— Mais vous irez quand même ?

— Oui.

— Soyez prudente.

— C'est ce que l'on n'arrête pas de me dire.

— Parce que c'est un bon conseil. Sur la bande, Beatrix dit quelque chose qui n'avait pas retenu mon attention la première fois que je l'ai écoutée. Elle essayait d'avertir Maurice de ne pas jouer avec le feu. Mais il a refusé d'y prêter attention. Il ne l'a pas prise au sérieux. Moi non plus, d'ailleurs. Je le fais aujourd'hui. Et vous devriez, vous aussi.

— Je me sens obligée de tout mettre en œuvre pour aider Sam. »

Natasha la fixa des yeux et secoua la tête.

« Maurice disait toujours que vous aviez sa part à lui de qualités tout autant que la vôtre. Ma foi, je vous souhaite bonne chance.

— Merci.

— Quant à moi..., dit-elle en plongeant un regard

pensif dans l'eau de la fontaine, je crois que je vais aller revoir les Fragonard avant de rentrer. Il est mort dans la pauvreté, comme bon nombre d'artistes. Ce n'est pas dans mes intentions. Mais je n'ai rien d'une artiste. Assurez-vous de ne jamais en devenir une, Charlie – contrairement au père de Maurice. Ça ne paie pas, au bout du compte. Comme Maurice l'a découvert. Un peu tard. »

Elle sourit, tapota le bras de Charlotte avant de s'éloigner à pas lents, le cliquetis de ses talons sur le sol en marbre résonnant encore après son départ.

66

BEATRIX : Viens dans le salon et mets-toi à ton aise, Maurice. Le trajet s'est bien passé ?

MAURICE : Couci-couça. Un peu trop de chauffeurs du dimanche à mon goût.

BEATRIX : Ah oui, c'est dimanche. J'avais complètement oublié, vois-tu. C'est un peu le propre de l'âge.

MAURICE : Vraiment ? Ton âge, tu ne le fais pas, ma tante.

BEATRIX : Pas de flatterie, je t'en prie. Ce n'est que trop vrai. Ma mémoire flanche sérieusement. Les noms. Les visages. Les dates. Tout disparaît. Tiens, par exemple, on est le 30 mai aujourd'hui ou le 31 ?

MAURICE : Le 31, comme je te soupçonne de fort bien le savoir. Tu pars pour Cheltenham demain. Je suis sûr que tu ne l'as pas oublié.

BEATRIX : Non, non. C'est la raison pour laquelle je voulais que tu viennes cet après-midi. De façon que je te voie avant mon départ.

MAURICE : Pour discuter d'une affaire importante, m'as-tu dit.

BEATRIX : Tout à fait. Ah ! J'entends la bouilloire.

Tu veux bien remplir la théière, Maurice ? J'ai déjà mis le thé. Puis tu apporteras le plateau.

MAURICE : Je m'en occupe.

BEATRIX : N'oublie pas la boîte de biscuits. J'ai ces Shrewsbury aux fruits que tu aimes tant.

MAURICE (*voix lointaine*) : J'espère que tu ne les as pas achetés exprès pour moi. Ce n'était pas la peine.

BEATRIX : Mais j'y tenais. Et je ne manque jamais de faire ce qui me plaît. C'est l'un des rares privilèges de l'âge.

MAURICE : Qu'est-ce que tu essaies de me dire là, ma tante ?

BEATRIX : Tiens, pose le plateau ici. Attends, je vais t'enlever ces magazines.

MAURICE : Quand tu as appelé, j'ai cru que tu avais peut-être changé d'avis.

BEATRIX : À quel sujet ?

MAURICE : Tu le sais très bien.

BEATRIX : Ah, bon ? Comme je te l'ai déjà expliqué, je perds de plus en plus la mémoire. Je ne voudrais pas que nous nous retrouvions en train de ne pas parler de la même chose. Rappelle-moi le sujet, s'il te plaît.

MAURICE : Tu n'as pas besoin qu'on te le rappelle, allons.

BEATRIX : Fais-moi plaisir, Maurice.

MAURICE (*avec un soupir*) : J'ai cru que tu avais peut-être changé d'avis à propos de la publication des lettres.

BEATRIX : Les lettres de Tristram, tu veux dire ? Celles qu'il m'a envoyées d'Espagne ? Celles qui prouvent que c'est moi l'auteur de ses poèmes ?

MAURICE : Celles-là mêmes, ma tante.

BEATRIX : Je voulais m'assurer qu'il n'y avait pas de malentendu.

MAURICE : Il n'y en a aucun. Alors, tu l'as fait ?

BEATRIX : Fait quoi ?

MAURICE : Changé d'avis ?

BEATRIX : Sers-moi un peu de thé, tu veux bien ? Je n'aime pas qu'il soit trop infusé... Merci.

MAURICE : Alors ?

BEATRIX : Très bon. Exactement comme je l'aime.

MAURICE : Au nom du ciel, ma tante !

BEATRIX : Bois ton thé, Maurice. Et prends un Shrewsbury. Ensuite tu m'écouteras. Et sans m'interrompre, c'est important.

MAURICE : *Sans t'interrompre ?*

BEATRIX : Absolument. Je ne suis pas une petite secrétaire terrorisée de Ladram Avionics, vois-tu. Alors, est-ce que j'ai bien toute ton attention ?

MAURICE : Mon attention pleine et entière.

BEATRIX : Parfait. Cela va faire bientôt six mois que tu as commencé à m'exposer ton projet. Au cours de cette période, tu m'as à plusieurs reprises présenté tout le profit qu'il y aurait pour nous deux à révéler au monde littéraire le tour que Tristram et moi lui avons joué il y a bien des années. Et je t'ai expliqué de mon côté que, à l'âge que j'ai, je n'attache plus guère d'importance ni à l'argent ni à la gloire. Beaucoup moins pour être franche qu'à la réputation de mon défunt frère, que j'estime autrement plus importante que les dommages financiers que tu pourrais avoir à subir à l'expiration du copyright. Non pas que cela me dérange que tu touches les droits d'auteur afférents à l'œuvre de ton père. Tant s'en faut. Il y a simplement que je ne suis pas prête à le voir stigmatisé comme imposteur et charlatan uniquement pour que tu puisses continuer à les toucher.

MAURICE : Tu n'as donc pas changé d'avis ?

BEATRIX : Je t'avais demandé de ne pas m'interrompre, non ?

MAURICE (*avec un soupir*) : Excuse-moi.

BEATRIX : Je reprends. Il y a une dizaine de jours, un antiquaire du nom de Fairfax-Vane est passé me voir, prétendant avoir pris rendez-vous pour une estimation de mes Tunbridge Ware. Il tient un magasin à Tunbridge Wells. Tu te souviens peut-être de lui. Ah oui, je vois que c'est le cas. Ces meubles que la pauvre Mary a eu la mauvaise idée de vendre l'an dernier, c'était à lui. Bref, je ne lui avais fixé aucun rendez-vous, bien évidemment. J'ai pensé qu'il tentait le coup, simplement. Je l'ai donc envoyé promener. Et puis, lundi dernier, qui vois-je en train de rôder – je dis bien « rôder », c'est le mot qui convient – dans Church Square sinon ton ancien chauffeur, le dénommé Spicer. Il a promptement battu en retraite dès qu'il m'a vue approcher, mais pas assez vite cependant pour passer inaperçu. Tu as l'air surpris, à juste titre, mais sans doute davantage par son imprudence que par sa présence à Rye. Une présence dont, j'en suis sûre, tu n'ignorais rien.

MAURICE : Je ne vois pas à quoi tu fais allusion.

BEATRIX : Tais-toi, Maurice, je t'en prie, et ouvre grand les oreilles. M. Spicer n'était pas à Rye pour des vacances balnéaires. Je crois que nous pouvons partir du principe qu'il était là pour quelque affaire. Une affaire qui nécessitait un travail de reconnaissance préalable. C'est en tout cas ce que j'en ai conclu. Déduction confortée par une conversation téléphonique que j'ai eue ensuite avec M. Fairfax-Vane, lequel m'a convaincue que rendez-vous avait bel et bien été pris pour qu'il se déplace jusque chez moi… mais par une femme manifestement, plus jeune que moi, et qui parlait avec un léger accent américain. Et le rendez-vous, je m'en suis rendu compte, avait été fixé à un moment où Mme Mentiply serait avec moi dans la maison. Pour servir de témoin, en quelque sorte. Je n'ai pas tardé à soupçonner un lien entre ces différents éléments, une sorte de fil conducteur, assez troublant, je dois dire. Je n'aurais peut-être pas cherché plus loin si n'étaient pas parvenues récemment à ma connaissance des informations sur l'état de tes finances. Cependant, étant donné…

MAURICE : L'état de *quoi* ?

BEATRIX : De tes finances, tu as fort bien entendu. Et je te prierais de ne pas crier. Tu ne devrais pas trouver bizarre que j'aie voulu me renseigner sur tes affaires – si je puis m'exprimer ainsi. L'insistance – que dis-je, la véhémence – que tu mettais à parler des lettres de Tristram donnait à penser que le besoin que tu avais des droits d'auteur était bien plus pressant que tu n'étais prêt à l'admettre. Quand j'ai engagé un détective privé pour vérifier cette hypothèse…

MAURICE : Un *détective privé* ?

BEATRIX : Inutile de répéter tout ce que je dis. Je suis certaine que tu m'entends et me comprends parfaitement. Le rapport que j'avais commandé constitue une lecture des plus édifiantes. Particulièrement les paragraphes concernant la maîtresse que tu entretiens à New York. Ses charmes doivent être aussi considérables qu'ils sont coûteux.

MAURICE : Bon Dieu, mais c'est…

BEATRIX : Ce à quoi tu m'as forcée. Inutile de plisser le front d'une manière que tu crois à l'évidence lourde de menace. Je cherche simplement à m'assurer que nous savons l'un et l'autre où nous en sommes. J'ai élaboré une théorie qui consiste à expliquer quelques incidents récents à la lumière de ce que j'ai appris sur ton compte. Veux-tu que je te l'expose ?… Bon, je prends ton silence et ton regard noir pour une réponse affirmative. Si le renvoi de M. Spicer pour ivresse à Noël dernier n'était qu'un subterfuge ; si en réalité il est toujours à ton service, bien que dans un emploi autre que celui de chauffeur ; si c'est ta maîtresse américaine qui a téléphoné à M. Fairfax-Vane pour l'attirer chez moi ; si je devais être victime d'une effraction apparemment projetée par M. Fairfax-Vane dans le but de mettre la main sur ma collection de Tunbridge Ware mais en réalité commise par M. Spicer avec l'intention de causer ma mort ; si ma disparition devait te laisser en possession des lettres de ton père et libre de les publier… Eh bien, si mes conjectures se vérifient sur tous ces points – et j'incline fortement à croire que ce sera le cas –, alors c'est que tu as décidé de passer outre à mon refus d'une telle publication de la façon la plus radicale et la plus impitoyable qui soit, je me trompe ?

MAURICE : Évidemment que tu te trompes. Tout, du premier au dernier mot, est d'une incommensurable absurdité.

BEATRIX : Crois-tu ? Sérieusement ?

MAURICE : Mais bien sûr. Et si la seule raison que tu avais pour me demander de venir ici, c'était de m'infliger ce…

BEATRIX : Pas tout à fait la seule, non.

MAURICE : Pour quelle autre, alors ?

BEATRIX : Pour te demander un peu plus de temps afin de reconsidérer ma position. Je tiens à réfléchir soigneusement à toute cette affaire pendant que je serai à Cheltenham. Et à prendre le temps de mettre mes principes en balance avec les risques auxquels je suis apparemment exposée.

MAURICE : Tu ne cours aucun risque, voyons.

BEATRIX : Tu devrais être content que je pense le contraire. Cela te permettrait de parvenir à tes fins sans avoir à recourir à des moyens désespérés.

MAURICE : Eh bien, si tu devais changer d'avis…

BEATRIX : N'y compte pas trop. Je te téléphonerai en rentrant de Cheltenham pour te faire connaître ma décision. Il y a énormément de choses qui entrent en jeu. Beaucoup plus que tu le soupçonnes. S'il n'avait été question que de la réputation de ton père, j'aurais pu me montrer moins inflexible. Mais ce n'est pas le cas, crois-moi. L'affaire a d'autres dimensions. D'autres répercussions. Tu ferais bien d'y prendre garde.

MAURICE : Comment pourrais-je me garder de quelque chose dont j'ignore tout ?

BEATRIX : Tu ne le pourras pas, en effet… tant que tu seras aussi têtu que tu l'as toujours été.

MAURICE : Attends un peu…

BEATRIX : Je serais curieuse de savoir ce qu'il y a réellement là-dessous. J'ai du mal à croire que ce soit une simple question d'argent. Alors, c'est quoi ? Tout bêtement ton refus d'accepter que ta volonté puisse ne pas toujours passer avant celle des autres ?

MAURICE : Oh, pour l'amour du ciel…

BEATRIX : Comment ? Tu t'en vas déjà ?

MAURICE : Je suis heureux d'apprendre que tu vas réfléchir encore un peu, ma tante, quelle que soit la raison de tes hésitations. J'attendrai avec impatience que tu me recontactes après ton retour, avec, j'espère, de bonnes nouvelles. Mais, dans l'intervalle, je n'ai aucune intention de continuer à me laisser insulter de la sorte.

BEATRIX : Comme tu voudras. Je pense que chacun de nous a dit ce qu'il avait à dire. Et je crois que nous nous comprenons tous les deux, à présent.

MAURICE : C'est à voir.

BEATRIX : N'oublie pas ce que je t'ai dit : les enjeux dépassent largement tout ce que tu peux imaginer.

MAURICE : C'est du bluff, et tu le sais.

BEATRIX : Je sais que c'est ce que tu penses. Mais tu te trompes. Non pas que je m'attende à ce que tu prennes mon avertissement en compte. Le contraire me surprendrait.

MAURICE : Et les surprises sont déconseillées pour les vieilles dames fragiles, n'est-ce pas ?

BEATRIX : Pas autant que les effractions nocturnes.

MAURICE : C'est vrai. Mais tu peux te prémunir contre ces dernières, non ?

BEATRIX : En acceptant tes conditions, tu veux dire ?

MAURICE : En faisant preuve de bon sens.

BEATRIX : Pour ça, tu peux compter sur moi.

MAURICE : Bien.

BEATRIX : Tu connais le chemin ?

MAURICE : Évidemment.

BEATRIX : En ce cas, au revoir.

MAURICE (*une voix lointaine*) : Merci pour le thé. On se reparle bientôt. Je te souhaite un agréable séjour… rempli de longues réflexions à Cheltenham, ma tante.

BEATRIX : J'y veillerai, ne t'inquiète pas.

MAURICE (*au loin*) : Au revoir.

BEATRIX (*à mi-voix*) : Au revoir, Maurice. Merci infiniment pour ta coopération. Elle m'a été très précieuse.

67

Charlotte avait fait l'emplette d'un lecteur de cassettes miniatures avant de quitter New York et avait écouté la bande de la conversation de Beatrix avec Maurice à maintes reprises au cours des cinq heures de train jusqu'à Boston. À certains moments, il lui arrivait de se croire dans une pièce voisine de la leur à Jackdaw Cottage, en train de les écouter en secret. À d'autres, quand elle prenait conscience de ce que tous deux étaient morts, leur échange lui paraissait lointain et immatériel. Mais le sens de leurs propos restait le même : Beatrix avait tendu un piège à Maurice dans lequel celui-ci était tombé sans coup férir. La bande ne laisserait planer aucun doute pour personne sur sa culpabilité. En réponse à une question de Beatrix, il avait même précisé la date de son aveu involontaire. Natasha avait raison : cela suffirait très probablement à faire acquitter Colin Fairfax. Lui au moins serait libéré.

La libération de Samantha, elle, semblait en revanche encore bien éloignée et aléatoire. « Les enjeux dépassent largement tout ce que tu peux imaginer », avait dit Beatrix. Et les événements ultérieurs l'avaient abondamment prouvé. Mais le plus gros enjeu, quel était-il ? Qu'avait-on confié à sa garde qu'elle avait tenu secret pendant tant d'années ? Qu'est-ce qui avait pu rendre aussi triviale par comparaison l'imposture littéraire dont elle et Tristram s'étaient rendus coupables ? Charlotte aurait tant voulu pouvoir le lui demander, se tourner vers elle et obtenir instantanément la réponse à ses questions, la solution magique à ses problèmes. Mais elle n'était plus de ce monde. Seule sa voix s'attardait encore dans l'oreille de Charlotte. Et ce que disait cette voix était inaltérable. On pouvait l'écouter et la réécouter cent fois, d'une simple pression du doigt sur un bouton, les mots resteraient toujours les mêmes.

Charlotte prit une chambre dans un hôtel du centre de Boston et se mit à feuilleter l'annuaire téléphonique sitôt sorti le garçon d'étage. Le nom d'Emerson McKitrick y figurait bien, à une adresse dans South Lincoln. Demain, il faudrait qu'elle le trouve, là ou ailleurs. Demain, il faudrait qu'elle oublie l'humiliation qu'il lui avait infligée et quémande son aide dans ce qui s'annonçait comme une entreprise désespérée.

Le lendemain, Charlotte s'attaqua à la tâche avec toute la détermination et l'efficacité dont elle était capable. Elle acheta un plan et loua une voiture pour se rendre, non sans nervosité, à Cambridge, où elle tomba au beau milieu de l'activité fébrile qui marquait la semaine de rentrée du semestre d'automne. Une fois localisé le département de littérature, elle demanda au premier étudiant venu où trouver le Dr McKitrick.

« Pas ici, m'dame. Le vendredi, il travaille chez lui, en principe. Vous voulez son adresse ?

— Non, merci, répondit Charlotte. Ce ne sera pas nécessaire. »

Elle fut en fait soulagée d'apprendre qu'il n'était pas à l'université. Dans son environnement domestique, il aurait plus de difficultés à se débarrasser d'elle.

Une heure plus tard, elle était à Drumlin Hill, South Lincoln, une impasse abondamment boisée bordée de résidences pour cadres aisés au-delà des faubourgs ouest de Boston. La maison de McKitrick reposait sur une éminence plantée d'érables. Lignes contemporaines épurées, pignon sur un côté arborant un énorme œil-de-bœuf qui l'observait de là-haut sans ciller.

La porte fut ouverte par une femme blonde et mince, qui devait avoir son âge, et portait un jean, des baskets et une chemise à rayures multicolores trop grande pour elle de plusieurs tailles. Pliant un genou pour calmer l'exubérance d'un setter roux, elle décocha un sourire étincelant à sa visiteuse.

« Bonjour ! Que puis-je pour vous ?

— Bonjour, hasarda Charlotte. Je voudrais voir M. McKitrick.

— Il n'est pas ici, pour l'instant.

— Il devrait rentrer bientôt ?

— D'une minute à l'autre, je pense. Que… Vous êtes attendue ?

— Non.

— Vous êtes anglaise, je me trompe ?

— C'est exact. Désolée, je me présente : Charlotte Ladram.

— Ladram ? Il me semble que… Ah oui, Ladram Avionics, c'est ça ? La compagnie que dirigeait Maurice Abberley.

— Maurice Abberley est – était – mon frère.

— Votre *frère* ? Entrez, voulez-vous, dit-elle, en ouvrant grand la porte tout en retenant le chien, dont la queue battait furieusement contre le mur derrière lui. Ne faites pas attention. Il est enclin à la surexcitation. Entrez, je vous prie. »

Charlotte pénétra dans le hall et fit des sourires au chien.

« Salut, mon vieux.

— Je vous abandonne une minute, le temps de me débarrasser de ce sauvage », dit la femme en emmenant l'animal et en laissant Charlotte s'aventurer dans une longue pièce lambrissée de pin, dotée dans le fond d'une énorme cheminée en pierre et, sur sa droite, d'une baie panoramique donnant sur le jardin en terrasse et la courbe de l'allée qu'elle avait remontée en arrivant.

Sièges bas et moelleux, décoration largement subordonnée à la présence d'une peinture abstraite de grandes dimensions couvrant une bonne partie du mur le plus long. Charlotte était plongée dans la contemplation de son explosion gratuite de couleurs quand son hôtesse revint, souriant toujours de toutes ses dents, et l'accueillit dans les formes en lui tendant la main.

« Désolée pour le chien. Je me présente : Holly McKitrick. » C'est probablement le froncement de sourcils perplexe de Charlotte qui la poussa à ajouter : « La femme d'Emerson.

— Ah, je vois. »

Une fois terminé le cérémonial des serrements de mains, Charlotte se détourna, pressée de regarder ailleurs le temps de digérer l'information : Emerson était marié. Il avait menti à ce sujet, comme à beaucoup d'autres, et elle savait qu'elle n'avait pas à se sentir blessée, ni même surprise. C'était pourtant le cas.

« Vous avez… euh… une superbe maison, dit-elle en ramenant son regard sur Holly McKitrick dont les yeux bleus l'examinaient avec curiosité.

— Heureuse qu'elle vous plaise.

— Je suppose que vous vous demandez ce qui m'amène ici.

— Eh bien, nous avons appris la mort de votre frère par le biais de l'éditeur anglais d'Emerson. Un choc terrible pour vous, j'imagine. Et sa fille a été enlevée, c'est bien ça ? Votre nièce, donc ?

— Oui.

— Si vous avez fait tout ce chemin à un moment pareil…

— C'est parce que Emerson pourrait peut-être nous aider à obtenir la libération de Sam.

— Vous l'avez connu pendant qu'il faisait des recherches sur Tristram Abberley en juillet dernier ?

— C'est bien ça.

— Ma foi, je suis certaine qu'il aimerait vous aider par tous les moyens possibles, mais j'avoue ne pas bien…

— Il nous faut tout essayer, voyez-vous.

— Oui, bien sûr, dit-elle en souriant. Puis-je vous offrir une tasse de café en attendant ?

— Euh… oui, merci.

— J'en ai pour une minute. »

Une fois seule, Charlotte traversa la grande pièce à pas lents, en s'interrogeant sur ce que savait au juste Holly McKitrick. Une fois près de la cheminée, elle commença à se demander aussi si Maurice avait su qu'Emerson était marié. Si oui… Ses conjectures furent interrompues quand, en faisant demi-tour pour revenir sur ses pas, elle aperçut du coin de l'œil une voiture de sport rouge qui remontait l'allée. Elle s'approcha de la baie et regarda le véhicule s'arrêter. Emerson McKitrick en descendit, en tenue décontractée – jean et maillot de joueur de tennis. Il avait l'air détendu, insouciant, et chantonnait à mi-voix tout en soulevant un gros sac en papier de la banquette arrière, avant de se diriger vers la maison. Instinctivement, il leva les yeux vers la fenêtre du séjour en arrivant à la porte. Et la vue de Charlotte, qui l'observait derrière la baie, le figea sur place.

Ce qui suivit fut pour Charlotte une expérience dégradante et, pour tout dire, frustrante. Elle avait projeté de faire appel aux bons sentiments d'Emerson, ou, en cas d'échec, de le persuader qu'il lui devait bien toute l'aide qu'il pourrait lui apporter en compensation de la tromperie dont elle avait été l'objet. Mais la présence de Holly rendait caduque une telle approche. Elle se vit donc obligée de souscrire à la version fallacieuse de leur relation telle que présentée par

Emerson. Version qu'il exposa de façon ostentatoire tout en souriant, un bras passé autour de la taille de sa femme. En mettant Charlotte au défi de démentir ses propos, il savait qu'il ne risquait rien, car elle n'ignorait pas – pas plus que lui, elle en était certaine – lequel de ses deux interlocuteurs Holly serait prête à croire.

Le pire était que Charlotte avait eu l'intention de souligner qu'elle était venue en quête d'informations et nullement à la recherche d'une confrontation. Mais les mensonges proférés par Emerson dressaient entre eux une barrière d'autant plus infranchissable qu'ils ne pouvaient être reconnus. Quand elle expliqua les exigences des ravisseurs et lui demanda s'il avait une idée de la teneur du document et de l'endroit où il se trouvait, sa réponse fut, sans surprise, négative. Dans le contexte de la sympathie débordante manifestée par les deux époux, son affirmation avait l'accent de la vérité. Mais pour que Charlotte en soit certaine, il aurait fallu qu'elle soit seule avec lui et puisse mettre leurs différends sur la table. Ce qu'il semblait bien décidé à éviter.

« Je ne peux pas vous aider, Charlie. C'est la première fois que j'entends parler de tout ça. Un document rédigé en catalan et confié à Tristram par un ami ? Quel ami ? Quel genre de document ? Et pourquoi revêtirait-il tout à coup une telle importance au bout de tant d'années ?

— Je l'ignore. Mais les ravisseurs savent pour les lettres. Ils en ont forcément appris l'existence par quelqu'un. Vous êtes une des rares personnes à avoir été au courant. Si vous en avez parlé à un collègue ou…

— Mais jamais de la vie. Holly est la seule à qui j'en ai touché un mot. Ces lettres ont creusé une sacrée brèche dans ma biographie. Pourquoi aurais-je tenu à dévoiler leur existence ?

— Charlie ne dit rien de la sorte, mon chéri, intervint sa femme avec un sourire à l'adresse de leur visiteuse. Vous envisagez toutes les éventualités, c'est bien ça ?

— Oui. Les lettres n'ont pas... euh... été vraiment rendues publiques, mais les ravisseurs ont fixé au 11 octobre la date limite de remise du document.

— Faute de quoi ? demanda Emerson avec un brusque haussement de sourcils.

— Ils affirment qu'ils exécuteront Sam.

— Oh, mon Dieu ! murmura Holly.

— Vous comprenez donc que...

— Un sale coup, dit Emerson. C'est une gentille fille. Ce serait une tragédie si..., ajouta-t-il avant de s'interrompre et de secouer la tête. Si je pouvais faire quoi que ce soit pour vous aider, croyez bien que je le ferais.

— Mais vous ne pouvez rien ?

— Non. » Il croisa un instant le regard de Charlotte, qui eut l'impression que, pour une fois au moins, il était sincère. « Absolument rien. »

Quand elle prit congé, Emerson se proposa de la raccompagner à sa voiture, qu'elle avait laissée au bas de l'allée. Elle se rendit compte qu'il continuait à mettre en scène leur rencontre, réglant à son gré les entrées et les sorties de Holly. À présent que le temps pendant lequel il aurait à lui parler était compté, il convenait – voire il s'imposait – qu'il le fasse sans être gêné par la présence d'un tiers.

À peine étaient-ils sortis qu'il lui dit, sur un ton qui n'avait plus rien à voir avec l'affabilité dont il avait témoigné en présence de Holly :

« Vous n'auriez jamais dû venir ici, Charlie, vraiment. Vous auriez pu vous contenter de téléphoner. Votre venue ne s'imposait pas.

— Je voulais vous rencontrer face à face.

— C'est chose faite, à présent. Et qu'y avez-vous gagné ?

— Rien. Si ce n'est la révélation d'un autre de vos mensonges.

— Prétendre que j'étais sans attache était une idée de Maurice. Il pensait que vous seriez plus… réceptive.

— C'est facile, maintenant qu'il est mort, non ? Facile de rejeter toute la responsabilité sur lui.

— Ouais. C'est vrai. Mais il se trouve que c'est la vérité. C'est lui qu'il faut accuser d'avoir fait démarrer cette putain d'affaire que les ravisseurs de Sam veulent désormais mener à son terme.

— Et vous n'avez vraiment aucune idée de ce que ça pourrait être ?

— Pas la moindre. Mes recherches sur la période que Tristram a passée en Espagne étaient centrées sur l'influence qu'elle avait pu avoir sur sa poésie. Elles n'ont jamais touché de près ou de loin à un truc de ce genre. Et vous m'en voyez heureux, si l'on se fie à ce qui est arrivé à Maurice. Un conseil…, ajouta-t-il au moment où ils arrivaient en bas de l'allée. Tout ce que je sais de la guerre civile en Espagne, c'est qu'elle a laissé des blessures profondes qui ne se sont jamais refermées. Règlements de comptes. Vendettas. Dettes d'honneur. Créances de sang. Si Maurice s'est débrouillé, sans le savoir, pour raviver une de ces plaies…

— Oui, eh bien ?

— La chose la plus intelligente à faire, c'est de ne pas s'en mêler. Sous aucun prétexte. »

68

Charlotte avait appelé Derek de Boston le vendredi soir pour lui demander s'il pouvait venir l'attendre à sa descente d'avion le samedi matin. Il avait bien entendu accepté. Ce n'est qu'un peu plus tard qu'il s'était demandé si le ton angoissé de Charlotte devait l'alarmer ou s'il devait se sentir flatté qu'elle fasse appel à lui pour qu'il lui prodigue ses conseils. Il y avait quelque chose à propos du mystère qu'elle semblait décidée à résoudre qui tout à la fois le fascinait et l'excitait. Mais lui revenait alors en mémoire ce qui était arrivé à Maurice, et la colonne pertes et profits de son cerveau faisait entendre sa sonnette d'alarme. Or, il était parfois enclin à l'écouter.

Ce qui n'arriva pas pendant que Charlotte, assise en face de lui dans un café étrangement désert de l'aéroport, lui racontait son expédition aux États-Unis, en le regardant avec un air qui confirmait ce qu'il avait envie de croire par-dessus tout, à savoir qu'elle lui accordait sa confiance pleine et entière. Un vrai miracle, au vu du nombre d'occasions où cette confiance avait été trahie ces temps derniers. Mais un miracle – il en était conscient – né du désespoir.

« Je voulais vous parler avant de revoir Ursula, conclut-elle, parce qu'elle pourrait refuser que je vous donne le rapport du détective privé sur l'état des finances de Maurice.

— Parce que vous avez l'intention de me le donner ?

— Oui. Ainsi que la bande que m'a remise Natasha.

— Mais… pourquoi ?

— Parce qu'ils devraient suffire à innocenter votre frère. Ou du moins à faire douter la police de sa culpabilité.

— Ce serait logique, en effet. Mais en ce cas c'est la réputation de *votre* frère qui va devoir en souffrir.

— C'est inévitable. Mais Maurice aura été l'auteur de son propre malheur. »

Sa bouche se figea en une moue butée. Sa décision représentait l'abandon définitif d'une vie entière de loyauté et n'avait pas dû être facile à prendre. Car, même s'il était vrai que Maurice était seul responsable de son malheur, il l'était aussi de celui de Charlotte. Et celle-ci ne méritait pas d'en subir les conséquences.

« Je vous suis très reconnaissant, dit Derek. Je suis sûr que Colin le sera aussi. Mais comment va réagir Ursula ? Elle ne voudra pas vous laisser noircir ainsi la mémoire de son mari.

— Alors, qu'elle me maudisse. Je tiens à mettre un terme aux fâcheuses séquelles du complot de Maurice. Et là, j'ai le pouvoir de remédier à l'une d'entre elles. » Elle fouilla dans son fourre-tout pour en extraire une grande enveloppe beige qu'elle fit glisser sur la table.

« Le rapport. » Puis elle ouvrit la fermeture éclair de son sac à main et sortit la cassette, qu'elle déposa sur l'enveloppe. « Et la bande. Ils sont à vous. À une condition.

— Laquelle ?

— De ne pas en faire usage tant que Sam ne sera pas libérée ou… Ma foi, quelques semaines de plus en prison ne feront guère de différence pour votre frère, mais ce laps de temps risque d'en faire une grosse pour ma nièce. Je ne veux pas encourager la police à poser davantage de questions. Et je ne tiens pas non plus à être obligée de leur mentir. Les ravisseurs nous ont donné jusqu'au 11 octobre pour leur remettre le document, et je ne désespère pas de le trouver avant cette date. Mais si la police apprend que je me suis rendue aux États-Unis, elle voudra savoir pourquoi. Et si je refuse de répondre, ils auront des soupçons.

— Ne vous faites aucun souci. Je vais mettre ces deux documents en sûreté. Et je n'en soufflerai mot à personne avant le 11 octobre. »

Le visage de Charlotte s'assombrit tout à coup.

« Je viens juste d'y penser, le 11 octobre c'est dans trois semaines demain. Je me demande ce que nous allons vivre d'ici là.

— Le retour de votre nièce à la maison.

— Vraiment ? Pour le moment, je ne vois pas comment.

— Écoutez, pendant votre absence, je me suis souvenu d'un détail qui pourrait nous aider. » En voyant la soudaine lueur d'espoir dans ses yeux, il se prit à souhaiter pouvoir lui annoncer une découverte plus substantielle que la maigre nouvelle dont il allait lui faire part. « Ce document rédigé en catalan… On peut déduire, en toute logique, qu'il l'a été par un Catalan. La capitale de la Catalogne, c'est Barcelone. La dernière lettre de Tristram à Beatrix laissait entendre que le document lui avait été remis par un ami. Quels amis avait Tristram en Espagne en dehors des membres des Brigades internationales ? Tels que Frank Griffith et…

— Vicente Ortiz !

— Eh oui, Ortiz. D'après Frank, il était originaire de Barcelone.

— Vous avez raison, dit Charlotte en se laissant aller contre le dossier de sa chaise. C'est Ortiz qui a dû l'écrire.

— C'est ce que j'ai pensé. Cela dit, je ne suis pas sûr que ça nous avance beaucoup. Ortiz est mort depuis longtemps.

— Pas forcément.

— Mais Frank a dit…

— Mais il ne l'a pas vu se faire tuer ! »

Elle avait tellement envie de croire qu'Ortiz puisse être encore vivant – et détienne peut-être la clé de la libération de Samantha – que son exclamation avait retenti dans tout le café, sortant brutalement de sa rêverie la serveuse accoudée sur le comptoir. Elle rougit et dit, cette fois dans un murmure :

« Il faut absolument qu'on en informe Frank. Cela change considérablement la donne.

— Il se peut qu'il ne soit pas de cet avis. Et même s'il l'était…

— Est-ce qu'on pourrait aller le voir ensemble ? Demain, peut-être ?

— Si cela vous fait plaisir, se contenta-t-il de

répondre, ne sachant pas s'il devait se réjouir de cette demande.

— Un grand plaisir, oui.

— En ce cas, je vous accompagnerai volontiers.

— Rien ne vous y oblige, dit-elle, semblant douter un instant.

— Je sais.

— Si vous acceptez uniquement à cause de l'enregistrement et du rapport que je vous ai remis, je préférerais que vous refusiez. Je n'attendais rien en échange.

— Je sais cela aussi. Mais j'aimerais quand même vous accompagner, dit-il, avant d'ajouter, reconnaissant ses propres doutes dans ceux dont témoignait Charlotte : j'en serais honoré.

— Merci, dit-elle, avec un sourire circonspect. Je crois qu'en ce moment, j'ai besoin…

— D'une main secourable ?

— Oui.

— Alors, ne cherchez pas plus loin, dit-il, en effleurant les doigts qu'elle avait posés sur la table, vous l'avez trouvée. »

69

« Attends, répète… tu as fait quoi ? »

La violence de la réaction d'Ursula finit de persuader Charlotte de la sagesse dont elle avait fait preuve en rencontrant d'abord Derek Fairfax avant de venir à Swans' Meadow. Jamais Ursula n'aurait consenti à ce qu'elle remette la bande à celui-ci, sans parler du rapport du détective. Les choses auraient peut-être été différentes si Charlotte avait pu se targuer d'un quelconque succès dans son expédition américaine. Mais ce n'était pas le cas. Les espoirs qu'avait nourris Ursula en attendant son retour avaient été réduits à néant. Ce qui, en soi, l'aurait suffisamment bouleversée sans que Charlotte lui assène cette ultime nouvelle.

« Tu les as donnés à *Fairfax* ?

— Il a le droit d'en disposer, Ursula. Son frère est totalement innocent.

— Tout comme Sam… au cas où tu l'aurais oublié.

— Non, je n'oublie pas, mais ça n'a rien à…

— Que crois-tu qu'elle pensera en apprenant que tu as contribué à stigmatiser son père comme meurtrier ?

— Elle le prendra très mal. Autant que moi quand j'ai découvert ses agissements.

— Mais le rapport m'appartenait en propre. C'est à moi que Beatrix l'avait envoyé, pas à toi !

— Et tu étais prête à laisser Fairfax-Vane aller en prison alors que tu avais les moyens d'empêcher son incarcération. Ce qui était à la rigueur pardonnable tant que Maurice était encore en vie. Mais il ne l'est plus, aujourd'hui.

— Cela n'a rien à voir avec Maurice, dit Ursula, avant de baisser la voix et de plisser les yeux. Pas plus qu'avec un minable antiquaire. Tu as fait ça uniquement pour me blesser, moi, avoue-le.

— Mais non, voyons.

— Bien sûr que si. C'est ta façon de te venger de moi pour ma petite aventure avec Emerson.

— Ne sois pas ridicule. Je cherche simplement à réparer certains des torts causés par la cupidité de Maurice.

— Et je suppose que toi, la cupidité, tu ne connais pas. Pas plus que l'envie. Ou le désir. Ils te sont totalement étrangers, hein, Charlie ? Ils n'ont jamais croisé le chemin de ta vie vertueuse. Quelle petite sainte-nitouche tu fais ! ajouta-t-elle en se rapprochant d'un pas.

— Ce n'est pas en m'insultant que tu vas aider Sam.

— Non. Mais ce n'est pas non plus en laissant ta bonne conscience gouverner ma vie. Je t'ai remis ce rapport en toute bonne foi, avec les informations qu'il contenait. Si j'avais su ce que tu avais l'intention d'en faire, jamais je ne t'aurais révélé son existence.

— Alors, je suis heureuse que tu n'aies rien su. »

Charlotte n'eut pas le temps de voir venir la claque cuisante que lui appliqua Ursula sur la bouche du dos de la main. Elle vacilla sur ses jambes et s'agrippa au secrétaire pour garder l'équilibre.

« Mais… mais qu'est-ce qui te prend ? s'écria-t-elle.

— Sors de cette maison, Charlie ! Disparais de ma vue une fois pour toutes !

— Mais… il faut… il faut qu'on parle.

— C'est inutile. Et c'est la dernière chose dont j'aie envie. Maintenant, pour l'amour du ciel, sors d'ici !

— Pense un peu à Sam et…

— Laisse-moi m'en inquiéter !

— Mais il y a tant de…

— Je vais m'occuper toute seule de cette affaire, comme j'aurais dû le faire depuis le début, sans interférence de ta foutue conscience ! »

Elles s'affrontèrent un moment du regard, avant qu'Ursula finisse par ajouter en martelant chaque mot : « Fiche le camp de chez moi. Tout de suite ! »

Charlotte fut incapable de trouver une réponse. Il lui semblait tout à coup que plus rien ne les liait en dehors de la haine qui allumait les yeux d'Ursula. Le pacte qu'elles avaient conclu de manière tacite après la mort de Maurice n'était plus qu'une mascarade. Leur alliance était rompue. Si tant est qu'elle eût jamais existé. Sans un mot, Charlotte fit demi-tour et sortit en toute hâte de la pièce.

Elle traversa le pont qui menait à Cookham, sans presque rien y voir, les yeux noyés de larmes de colère et de frustration. Elle s'arrêta sur un parking pour sécher ses pleurs et tamponner le sang qui coulait de sa lèvre fendue. Elle songea que ce devait être la bague de mariage sertie de diamants d'Ursula qui lui avait infligé ces dégâts et se souvint qu'on lui avait montré le bijou pour la première fois pratiquement dix ans plus tôt. « Regarde un peu ce que Maurice vient de m'offrir, avait roucoulé Ursula, montrant son annulaire à Charlotte pour que celle-ci puisse dûment s'extasier. C'est vraiment un amour, non ? » Tout ce qui appartenait à cette lointaine époque n'avait été que mensonges et hypocrisie – tous les cadeaux, les sourires, les déclarations d'amour et de sincérité. Et pourtant Charlotte aurait voulu croire encore à ces impostures. Tellement plus confortables que la vérité par laquelle elles avaient été remplacées. Et qu'elle devait à présent affronter. Seule.

70

Derek passa prendre Charlotte à Ockham House de bonne heure le dimanche matin. Il attendait avec impatience la longue route qui devait les conduire au pays de Galles, espérant profiter de l'occasion pour repousser les limites de leur amitié et juger des chances qu'elle avait de s'épanouir dans des circonstances plus normales que celles qui l'avaient vue naître. Mais son espoir fut vite déçu. Charlotte semblait trop perdue dans ses pensées pour lui prêter grande attention. Il fallait lui arracher chaque mot, chaque sourire. Pour finir, sa morosité le gagna lui aussi, et il retomba dans le silence.

Alors qu'ils approchaient de Hendre Gorfelen, cependant, Charlotte redevint la personne vive et pleine d'assurance que Derek croyait connaître. Elle s'excusa même de la piètre compagnie qu'elle avait été pour lui pendant le trajet. « J'ai tellement de choses qui m'encombrent la tête. Trop, c'est l'impression que j'ai parfois, pour qu'elle puisse les contenir toutes. » Derek lui assura qu'il comprenait. Ce qui était la vérité. Il lui apparaissait toutefois clairement que, au milieu de toutes ses préoccupations, Charlotte n'avait guère de place pour penser à lui autrement que comme à un allié de circonstance. Certainement pas comme à un ami.

Le chien, qui était dans la cour, annonça leur arrivée de quelques aboiements confus, sans tenter le moindre effort pour les empêcher d'approcher. La porte était ouverte et on entendait de la musique classique sur une radio à l'intérieur. Charlotte frappa et appela : « Frank ! » La radio s'éteignit, sans autre réaction. Le bruit venait de la cuisine, et Charlotte s'engagea dans le couloir, Derek à sa suite, pour découvrir Griffith qui fumait devant les reliefs d'un déjeuner de pain et de fromage. Il les dévisagea sans un mot, la froideur et le vide de son regard suffisant à leur transmettre son message.

« Le document que réclament les ravisseurs a été rédigé par Vicente Ortiz, lâcha Charlotte à brûle-pourpoint. Nous sommes venus vous demander votre aide. » À la mention du nom d'Ortiz, Frank eut un haussement de sourcils prononcé mais n'en garda pas moins le silence.

« C'est la vérité, confirma Derek. Ils ont précisé qu'il s'agissait d'un document écrit en catalan par un ami de Tristram Abberley. Qui cela pourrait-il être en dehors d'Ortiz ?

— Vicente est mort, répondit enfin Frank. Qu'il repose en paix.

— Il se peut qu'il ne le soit pas, dit Charlotte, s'attirant aussitôt un regard cinglant de son interlocuteur.

— Si vous essayez d'établir un lien entre ce pauvre Vicente et l'enlèvement de votre nièce…

— On ne songe à rien de pareil, intervint de nouveau Derek. Mais nous devons faire tout ce qui est en notre pouvoir pour retrouver – et ce avant le 11 octobre – ce qu'il a bien pu remettre à Tristram.

— Une date à laquelle, assurent-ils, ils liquideront Sam, précisa Charlotte, si le document ne leur a pas été fourni avant.

— La *liquider* ? Pour quelque chose que Vicente aurait écrit – je dis bien "aurait" – il y a bientôt cinquante ans ?

— Ce sont là leurs conditions.

— C'est absurde.

— Nous sommes bien d'accord, dit Derek. Telles sont pourtant leurs exigences.

— Mais vous-même, quel est votre intérêt dans l'affaire ? lui lança Frank, l'air perplexe.

— J'essaie simplement d'aider. N'êtes-vous pas prêt à faire de même ?

— Je vous en supplie, Frank », dit Charlotte.

Ce dernier les regarda tour à tour, avant de soupirer.

« Je ne peux pas, avoua-t-il. Vous venez ici me parler de Vicente Ortiz, d'un document qu'il aurait donné, ou non, à Tristram, et que celui-ci aurait envoyé, ou non, à Beatrix. Ça n'a aucun sens, tout ça, et c'est si vieux, si loin, dit-il avant de vider brutalement sa pipe dans une soucoupe. Ils sont tous morts, bon Dieu, jusqu'au dernier. Quelle importance ça peut bien avoir aujourd'hui ? Et pour qui ?

— Vicente ne vous a vraiment jamais rien dit ? demanda Derek. Ou Tristram ? Ou Beatrix ? Aucun d'entre eux n'a jamais suggéré ou sous-entendu quoi que ce soit – même de très vague – qui pourrait fournir une explication ?

— Non, dit Frank, au bout d'un temps de réflexion.

S'ils partageaient un secret, ils me l'ont caché. Peut-être délibérément. Peut-être…

— Un Espagnol est venu rendre visite à Beatrix à Rye au cours de l'été 1939, l'interrompit Charlotte. C'est l'oncle Jack qui m'en a parlé. Cet homme était nécessairement à la recherche de quelque chose. Peut-être le fameux document, non ?

— Décrivez-moi cet Espagnol, demanda Frank.

— Froid et rébarbatif, d'après l'oncle Jack. Grand et maigre, le nez crochu. Une allure de nazi.

— Un fasciste, on dirait, murmura Frank. Ce n'était pas Vicente, c'est sûr. Votre oncle Jack ne l'aurait pas laissé tranquille une seconde.

— Vous reconnaissez quelqu'un, d'après la description ? demanda Derek.

— Non, répliqua Frank. Pourquoi je devrais, d'ailleurs ? Ça pouvait être n'importe qui. Ou personne. C'est comme si… »

Sa voix s'éteignit. Il s'appuya contre le dossier de sa chaise et enfonça sa pipe éteinte dans sa bouche, tenant le tuyau, selon son étrange habitude, coincé entre l'index et le majeur de la main gauche.

Charlotte glissa un regard interrogateur à Derek, qui en retour haussa les épaules. « Frank ? » dit-elle, l'invitant à poursuivre.

Il leva la main droite pour lui imposer le silence et continua à fixer le plateau de la table devant lui, la tête penchée de côté. Deux bonnes minutes s'écoulèrent avant qu'il retire la pipe de sa bouche.

« J'ignore ce que contient le document, dit-il. Quelque chose d'important, de toute évidence. De dangereux, aussi. Il se peut que Vicente l'ait confié à Tristram parce que celui-ci devait être évacué de Teruel et rentrer en Angleterre. Et il se peut aussi que ce dernier l'ait envoyé à Beatrix quand il a compris qu'il allait mourir. Aucun d'entre eux ne m'en a parlé. Pas un mot, jamais. Pas même Tristram. Je suppose qu'il pensait que le document était en sécurité avec Beatrix. Ce qui était le cas – jusqu'à ce que Maurice trame son ignoble complot. Mais qu'a-t-elle pu en faire ? Elle ne me l'a pas envoyé. L'aurait-elle envoyé à la femme de Maurice ? Ce serait étonnant.

— Elle ne l'a pas non plus fait parvenir à Natasha van Ryneveld, intervint Charlotte. La femme dont Lulu se souvenait vaguement sous le nom de van Ryan. La maîtresse que Maurice entretenait à New York. Je lui ai parlé… et j'ai vu le contenu de la lettre que Beatrix lui avait adressée. Ça n'a rien à voir avec ce que nous cherchons.

— Alors, il ne reste plus que cette Mme V de Paris, c'est ça ?

— Tout à fait. Mais qui peut-elle être, Frank ?

— Pas la moindre idée. Et je n'ai aucun moyen de le savoir. Ni de le découvrir.

— Nous non plus. C'est la raison pour laquelle nous sommes ici.

— Eh bien, je crains que vous ayez fait le voyage pour rien. »

Une grimace de désespoir déforma les traits de Charlotte à ces mots. Derek la remarqua, tout comme il surprit une manifestation involontaire de compassion sur le visage de Frank. Le vieil homme se leva, alla ouvrir la porte de derrière et prit une grande goulée d'air frais.

« Je regrette d'avoir menti à la police, dit-il alors sans se retourner vers eux. J'imagine que je n'aurais pas dû. Mais j'en avais vraiment ma claque de votre famille et je voulais juste rester en dehors de cette sale affaire. Ainsi que respecter la promesse faite à Beatrix. Non pas qu'elle aurait tenu à ce que je reste lié à elle maintenant que les choses sont allées aussi loin. Elle m'aurait demandé d'aider votre nièce, aucun doute là-dessus. Le problème, c'est que je n'en ai pas le pouvoir. Pas davantage qu'aucun d'entre nous. Votre seul espoir, c'est de trouver Mme V… tout en priant le ciel pour que la lettre que lui avait envoyée Beatrix contienne bien ce que convoitent les ravisseurs.

— Et si ce n'est pas le cas ? demanda Charlotte d'un ton neutre et las. Ou si nous ne réussissons pas à trouver cette personne ? »

Frank ne répondit rien, se contentant d'un hochement de tête et d'un soupir. Derek ne fit pas mieux. Pour tout dire, il n'y avait rien à répondre, en dehors de cette vérité qu'ils se devaient d'admettre : ils ne pouvaient plus rien pour Samantha.

Ils rentrèrent à Tunbridge Wells en faisant un détour par Cheltenham, où Lulu Harrington leur offrit une tasse de thé et s'excusa profusément d'être incapable de se rappeler le nom et l'adresse inscrits sur la quatrième lettre de Beatrix. Un nom ni court ni long, commençant par un V. Quelque part dans Paris ou dans les environs, encore que la distance exacte restât soumise aux aléas des codes postaux de la région. Il était même possible que ce fût Mlle V et non Mme. En revanche, il y avait un point sur lequel la vieille dame était catégorique : la lettre était adressée à une femme. À moins que ? Plus ils la pressaient de questions, moins elle était sûre d'elle. Quand ils la quittèrent, ils n'avaient guère avancé dans leur recherche. Les chemins qui s'ouvraient à eux débouchaient tous sur des impasses. Même celui qu'ils avaient suivi jusque-là semblait s'être à présent refermé derrière eux.

71

Charlotte passa la nuit du dimanche à ruminer sans pouvoir trouver le sommeil, incapable d'empêcher son cerveau de revenir sans arrêt sur les indices dont elle disposait et qui menaient invariablement à la plus désespérante des conclusions. Le jour se leva, brumeux et calme, avec la promesse d'un soleil automnal. Le regard perdu dans un ciel gris qui s'éclaircissait peu à peu ou parcourant distraitement les différentes rubriques du journal, Charlotte se sentait détachée du spectacle du monde. Lequel continuerait sa ronde inexorable jusqu'au 11 octobre, et au-delà. Et à un moment ou à un autre au cours de ces terribles semaines, on trouverait l'espace nécessaire pour y rapporter le sort réservé à Samantha Abberley, la fille unique du PDG récemment disparu de Ladram Avionics. « SAUVETAGE MIRACULEUX ». « LIBÉRATION INEXPLIQUÉE ». « TOUJOURS PORTÉE DISPARUE ». « RETROUVÉE MORTE ». Charlotte soupçonnait presque que le gros titre avait déjà été choisi, l'issue déjà programmée. Comme si elle était la seule à ne pas encore savoir lequel de ces titres serait le bon.

Quand la sonnette se fit entendre à la porte d'entrée, peu avant 10 heures, elle supposa que c'était le facteur et alla ouvrir, nullement préparée à se retrouver face à l'inspecteur principal Golding, le visage fermé, sur le seuil de sa porte.

« Pourrais-je vous parler un moment, mademoiselle Ladram ?

— Mais certainement, entrez. »

Ils gagnèrent le séjour. L'inspecteur déclina l'offre d'un café, et même d'un siège.

« Que puis-je pour vous, inspecteur ?

— J'irai droit au but, mademoiselle. Votre belle-sœur nous a informés du contact que vous avez eu récemment avec les ravisseurs de sa fille. »

Charlotte voyait que Golding l'observait de près, guettant sa réaction. Elle ne put s'empêcher de rougir, conséquence davantage de la colère que de la gêne. Aussi angoissée que pouvait l'être Ursula, une telle démarche était inexcusable. Si elle avait insisté pour prévenir la police, Charlotte ne lui aurait opposé aucune objection. Mais procéder comme elle l'avait fait, sans la consulter, c'était la faire apparaître comme la méchante de l'histoire. Ce qui était peut-être le véritable but de la manœuvre.

« J'en déduis que vous ne niez pas leur avoir parlé.

— Non. En effet.

— Ni que vous avez essayé de convaincre Mme Abberley de garder ça pour vous ?

— Nous nous sommes mises d'accord… pour l'instant… au vu des doutes que vous aviez exprimés.

— Les doutes que j'ai exprimés, moi ? dit Golding, qui lui décocha un regard méprisant. Avez-vous conscience du degré d'irresponsabilité dont vous avez fait preuve, mademoiselle Ladram ? Mme Abberley est dans un état de tension nerveuse extrême. En profitant de son état de grande vulnérabilité…

— Je n'ai jamais rien fait de tel. Je n'ai jamais cherché à la convaincre d'agir contre sa volonté. Irresponsable ou non, c'est une décision que nous avions prise d'un commun accord.

— Ce n'est pas là la version de Mme Abberley.

— Oh, je n'en doute pas.

— Seriez-vous… brouillées, toutes les deux ? demanda Golding, les sourcils froncés.

— On pourrait dire ça, oui.

— À quel sujet, si je puis me permettre ?

— Vous le savez sans doute déjà.

— Ah ! Vous voulez parler du rapport du détective privé et de la bande dont Mme Abberley dit que vous les avez fait passer à Fairfax ?

— C'est cela, oui.

— Je vois, dit-il, avant de réfléchir un moment et de poursuivre. Quelle que soit celle qui a réussi à convaincre l'autre, il reste que vous vous êtes comportées toutes les deux de manière stupide.

— C'est peut-être le cas, mais…

— Pour ne pas dire criminelle. Vous pourriez fort bien vous retrouver accusées d'entrave à l'action de la police. »

Charlotte s'abstint de répondre, mais fut soudain exaspérée en même temps qu'écœurée à la pensée de tous les cerceaux à travers lesquels on l'avait fait sauter comme un animal de cirque. Avec un mouvement brusque de la tête, elle se détourna et s'assit dans un fauteuil, faisant signe à Golding d'en faire autant. Il hésita quelques secondes et finit par s'exécuter.

« Bon, dit-il, sur un ton plus mesuré, il n'y aura évidemment aucune charge retenue contre vous. Mais, finalement, Mme Abberley a bien fait de tout avouer, ne serait-ce que parce que l'enregistrement confirme – d'après ce qu'elle m'a dit – l'existence des lettres, laquelle… laquelle se trouve contestée par certaines personnes.

— Il en apporte effectivement la preuve.

— Il faut que vous me garantissiez de vous abstenir à l'avenir de ce genre de comportement.

— Vous avez ma promesse.

— Et je vous demanderai aussi votre entière coopération concernant les écoutes des futurs appels sur votre numéro personnel.

— Vous l'avez.

— Je vous prierai, pour finir, de me remettre immédiatement le rapport et la bande magnétique.

— C'est M. Fairfax qui les a.

— Je sais. Mais j'ai pensé que vous aimeriez peut-être lui expliquer, personnellement, pourquoi il doit s'en dessaisir. Plutôt que de me laisser me charger de la besogne.

— Merci. Je préférerais, en effet.

— Fort bien. Si vous et M. Fairfax passez à mon bureau à (il jeta un coup d'œil à sa montre), disons, 16 heures, munis des pièces en question, nous considérerons comme clos le sujet de leur détention abusive par vos soins. Êtes-vous d'accord ?

— Oui. Absolument.

— Je ne peux qu'exprimer le souhait que vous

n'ayez pas mis en péril la vie de votre nièce en agissant comme vous l'avez fait.

— Je le souhaite moi aussi.

— Je vous demanderai, bien entendu, un compte rendu complet de la conversation que vous avez eue avec les ravisseurs.

— Vous l'aurez dès cet après-midi.

— Bien. Ma foi, nous…

— Y aurait-il autre chose ?

— Non, rien, dit Golding en se levant. À 16 heures, donc.

— Entendu, monsieur l'inspecteur. Comptez sur moi.

— Vous n'avez pas à me raccompagner, mademoiselle Ladram. »

Charlotte attendit que la porte d'entrée se referme derrière lui, puis elle se précipita dans le hall pour s'emparer du téléphone, bien décidée à exiger des explications d'Ursula. Mais au moment où elle formulait déjà sa demande dans sa tête, elle perdit toute assurance. À quoi bon de nouvelles récriminations alors que les raisons de la conduite d'Ursula étaient on ne peut plus claires ? Sa belle-sœur avait dû penser que l'enregistrement – et la révélation de son existence devant l'inspecteur – lui gagnerait la confiance de ce dernier. Il contribuerait à focaliser son attention sur la seule tâche qui devait maintenant occuper la police : retrouver Samantha. À cet égard, ce qu'elle avait fait pouvait se comprendre. Que Charlotte doive en supporter les conséquences n'était qu'un effet secondaire, une sorte de dommage collatéral non anticipé, même si Ursula avait très bien pu en tirer une intense satisfaction. Pourquoi lui donner en plus le plaisir de savoir que son stratagème avait fonctionné ? Pourquoi lui donner quoi que ce soit, d'ailleurs ?

Charlotte reposa le combiné, puis composa le numéro de Fithyan & Co.

72

Un déjeuner avant l'heure suivi d'une longue absence au travail n'était pas pour Derek la manière idéale de commencer la semaine chez Fithyan & Co. Mais quand il eut écouté Charlotte lui expliquer la situation – dans un coin tranquille de la Beau Nash Tavern, dans Mount Ephraim –, il comprit qu'il n'avait guère le choix. S'il était peu enclin à se séparer de preuves dont on pouvait raisonnablement penser qu'elles innocenteraient Colin, il n'ignorait pas que les restituer volontairement était de loin préférable à une perquisition qui autoriserait la police à s'en saisir. C'est pourquoi il emmena Charlotte chez lui directement au sortir du restaurant. Ils y prirent le rapport et la bande, Derek s'attardant le temps d'appeler Carol pour excuser, sans trop y croire, son absence du bureau. Puis ils partirent pour Newbury.

L'accueil qu'on leur réserva au commissariat était un curieux mélange de politesse et de froideur. Golding demanda à s'entretenir seul à seul avec Charlotte, et Derek en fut réduit à attendre sur une chaise inconfortable dans un couloir très passant, tout en contemplant une affiche qui avertissait : « DOCUMENT NON MIS SOUS CLÉ = DOCUMENT PERDU », et ce pendant plus d'une heure avant d'être appelé à les rejoindre.

Le bureau de Golding était gris et triste, doté d'une particularité saisissante qui voulait qu'il soit considérablement plus haut de plafond que large. La seule touche de couleur était un store vénitien multicolore, devant lequel Golding, assis à son bureau, une assistante à son côté, faisait face à Charlotte. L'inspecteur agita la main en direction d'une chaise vide à proximité.

« Asseyez-vous, monsieur Fairfax.

— Euh… merci, dit Derek, qui s'assit tout en interrogeant Charlotte du regard, sans en obtenir davantage qu'un pâle sourire.

— Désolé de vous avoir fait attendre aussi longtemps, monsieur. Il y avait beaucoup à discuter. Comme, j'en suis sûr, vous pouvez l'imaginer. Mais je crois avoir un tableau complet de la situation, à présent. Qu'en dites-vous, mademoiselle Ladram ?

— En tout cas, je vous ai dit tout ce que je savais, inspecteur.

— Tout à fait. Mieux vaut tard que jamais, dit Golding, avec un sourire sarcastique. J'ai écouté l'enregistrement et j'ai lu le rapport. Comme je suppose que vous en avez pris connaissance, vous aussi, monsieur Fairfax ?

— Oui, en effet.

— Je n'enquête pas personnellement sur le meurtre de Mlle Beatrix Abberley, mais soyez assurés que je transmettrai mes conclusions provisoires à la police du Sussex. Il y a toute chance pour qu'ils décident, au vu de ce qui a été récemment mis au jour, d'abandonner les charges qui pèsent contre votre frère. Ce type, dit-il en feuilletant ses notes, ce Spicer. L'ex-chauffeur du défunt M. Abberley…

— Il a téléphoné à Ursula le jour même où la presse a fait état du meurtre de Maurice, dit Charlotte avec un regard pour Derek. Ça me revient, maintenant.

— Ce qui signifie que nous pouvons savoir d'où il a passé son appel, dit Golding. Le téléphone de Mme Abberley était déjà sur écoute à ce moment-là. Tous les appels étaient automatiquement enregistrés.

— Je vois.

— Un de mes hommes travaille là-dessus en ce moment même. Nous ne devrions pas tarder à avoir le résultat de ses recherches.

— Euh, très bien. Je… je vous remercie.

— Je pense que vous pouvez compter sur mes collègues du Sussex pour s'occuper de l'affaire avec la dernière énergie. J'ai tout lieu de croire que leur enquête sera plus directe et plus rapide, dit-il avec un sourire contraint, que la mienne.

— Et… vers quoi cette dernière va-t-elle s'orienter, à présent ?

— Je ne peux guère vous donner de précisions pour l'instant, monsieur. Nous allons devoir entrer en contact avec la police espagnole, puisque l'affaire semble être bel et bien partie de là-bas. Il se pourrait que nous demandions aussi la collaboration de la police française pour tenter de retrouver cette Mme V. Mais c'est un travail de longue haleine. Et il nous reste très peu de temps, et beaucoup de choses nous sont encore inconnues.

— Je me suis déjà excusée d'avoir retenu certaines informations, inspecteur. Et à plusieurs reprises, dit Charlotte, sur la défensive.

— Je vous l'accorde, mademoiselle. Néanmoins… »

Il fut interrompu par un coup frappé à la porte. Un homme d'âge mûr pénétra dans la pièce.

« Oui, Barrett ?

— Nous avons localisé l'appel, monsieur. L'homme a appelé juste avant midi le mardi 8. S'est identifié sous le nom de Spicer. C'est d'ailleurs sous ce nom que Mme Abberley s'est adressée à lui. Il appelait du téléphone public d'un pub de Burnham-on-Crouch, dans l'Essex. Au Rendez-vous des Marins.

— Au Rendez-vous des Marins, dit Golding d'un air songeur. Et le chauffeur introuvable. Merci, Barrett. »

La porte se referma. « Eh bien, monsieur Fairfax, comme vous pouvez le constater, nous avons déjà fait plus de progrès que vous qui avez agi seul de votre côté.

— On le dirait, oui. Je…

— M. Fairfax n'a agi qu'à ma demande, intervint Charlotte. Il n'a pas davantage essayé de me convaincre que je n'ai moi-même essayé de convaincre Ursula.

— Je veux bien le croire, dit Golding d'une voix où la sévérité avait remplacé le sarcasme. Mais il faut que vous compreniez bien tous les deux – comme il faudra que Mme Abberley le comprenne de son côté – que tous les renseignements que vous pourriez désormais obtenir concernant cette affaire doivent nous être aussitôt communiqués. Nous ne serons pas aussi tolérants la prochaine fois. Plus de cavalier seul, je vous prie.

— Je suis sûr…, commença Derek, aussitôt coupé par Charlotte.

— Le message est reçu cinq sur cinq, inspecteur.

— Fort bien, parce que... » Golding s'interrompit et eut un geste vague de la main comme s'il voulait gagner du temps. « Bon, les choses sont claires, maintenant, semble-t-il. Vous pouvez partir, monsieur Fairfax. J'ai encore besoin de Mlle Ladram, le temps qu'elle signe sa déposition.

— Mais bien sûr, je... » Derek regarda Charlotte, l'air hésitant, avant de se tourner vers Golding, qui le fixait, la bouche ouverte. « Eh bien... merci beaucoup, inspecteur.

— Je vous en prie. Je ne fais que mon travail, dit-il, le regard soudain plus dur. *Mon* travail. Qui n'est pas le vôtre. »

Derek attendit Charlotte sur le parking. Quand elle sortit, à la fois exténuée et exaspérée, il l'accueillit avec quelques paroles de réconfort, qu'elle sembla ne pas remarquer. De toute évidence, elle était accaparée par de sombres pensées, peut-être en réaction à la manière dont Golding avait mené l'interrogatoire. Quelle qu'en fût la cause, son état la mettait hors d'atteinte de Derek, et il n'avait plus qu'à attendre patiemment qu'elle se rapproche à nouveau de lui.

« Vous voulez rentrer, Charlotte ?

— Pas tout de suite. À moins que vous ne soyez vous-même pressé de le faire.

— Non, pas le moins du monde.

— Alors, croyez-vous que nous puissions aller faire un tour du côté de Walbury Hill ? Ça n'est qu'à quelques kilomètres d'ici.

— Là où votre frère a été… Là où vous l'avez trouvé ?

— Oui.

— Mais… vous êtes bien sûre de vouloir aller là-bas ?

— Tout à fait. »

C'était une soirée fraîche, et le vent avait clarifié l'atmosphère et dégagé l'horizon. Les voitures étaient rares sur l'aire de stationnement au sommet de Walbury Hill, et les gens s'étaient égaillés aux alentours. Du spectacle auquel Charlotte et Ursula avaient été confrontées quinze jours auparavant, il ne restait plus aucune trace, aucun témoignage. Charlotte alla se placer à l'endroit où se trouvait la voiture de Maurice ce matin-là, le regard perdu en direction du nord, manteau boutonné jusqu'en haut, foulard autour du cou. Elle avait l'air d'avoir froid, et Derek aurait voulu lui passer le bras autour des épaules pour lui communiquer un peu de chaleur et de réconfort. Il se contenta de se balancer, mal à l'aise, d'un pied sur l'autre, pour finir par rompre le silence avec une remarque banale.

« Golding donne l'impression d'être un type bien. Je suis sûr qu'il fera de son mieux.

— Il n'y a rien qu'il puisse faire. »

Rien de délibérément vindicatif dans sa réponse, mais ce fut l'effet qu'elle eut sur Derek.

« Ce sont des spécialistes en la matière, insista celui-ci.

— Pas sur la question de l'enlèvement de Sam. Ils vont à nouveau interroger Frank, et peut-être Lulu. Consulter la police espagnole. Et le temps passera. Et le 11 octobre venu, ils n'en sauront pas plus que nous en savons pour l'instant.

— Il faut garder espoir, Charlotte.

— À quoi bon ? dit-elle en se tournant lentement vers lui. Ces jours derniers, quand je songe à Sam, c'est de la même manière que quand je repense à Maurice ou à Beatrix. Autrement dit, comme à une personne disparue. Qui ne reviendra jamais.

— Mais Sam n'est pas morte.

— Pas encore, ce qui ne fait qu'empirer les choses. C'est plus fort que moi, Derek. Si on ne peut rien faire pour la sauver, alors j'avoue que je voudrais déjà la voir morte, dit-elle, sa tête tombant sur sa poitrine. Voilà, c'est dit. J'ai formulé ce que je n'aurais même jamais dû penser.

— C'est compréhensible.

— Non. C'est faux. Rien ne l'est, depuis que… » Elle se retourna d'un coup pour faire face au carré de tourbe et de craie où s'était trouvée la Mercedes. « Depuis que Maurice les a entendus venir sur lui cette nuit-là.

— Je suis désolé, Charlotte, dit Derek, avec un geste timide pour lui prendre le coude. Désolé, vraiment.

— On est aujourd'hui le 25 septembre, déclara-t-elle en s'écartant. Dans trois semaines, tout sera fini. La folie de Maurice aura achevé son œuvre. » Sa voix changea quand elle regarda de nouveau Derek. « J'aimerais grimper jusqu'au sommet. Ce n'est pas très loin au bout de ce sentier. Pouvez-vous m'attendre dans la voiture ? »

Elle ne voulait pas de sa compagnie. Elle n'en avait pas l'usage. C'était clair. Il murmura son accord et la regarda se diriger vers la piste cavalière et commencer à monter vers le dôme du sommet. Était-ce la fin ? se demanda-t-il. Y avait-il là davantage qu'une séparation de chemins temporaire ? Le vent agitait les cheveux de Charlotte, le soleil les éclaboussant de reflets fugaces faussement dorés. Son frère à lui allait avoir une seconde chance, mais, pour le sien, il n'existait pas de sursis. C'était dans l'ombre de Maurice qu'elle marchait sur la crête de cette colline. Et dans l'ombre d'événements encore à venir. Auxquels Derek ne pouvait rien changer, pas plus qu'il n'avait le pouvoir d'empêcher leur avènement.

QUATRIÈME PARTIE

73

Les matins se ressemblaient tous. Samantha se réveillait et, l'espace d'une seconde, se croyait encore chez elle, encore libre de s'étirer, de se lever, d'aller et venir à sa guise, de se laver, encore libre d'écouter ses instincts et de satisfaire ses caprices. Puis la réalité reprenait soudain ses droits, et elle se rappelait sa captivité sous la forme d'une succession sans fin de jours qui, tous, avaient commencé de la même manière.

Il faisait froid. Elle voyait la vapeur s'échapper de sa bouche. Jour après jour, le soleil se levait un peu plus tard, brillait un peu moins fort, et ses forces à elle aussi semblaient s'amenuiser. En même temps que l'espoir dans un avenir qui ne serait pas circonscrit aux couvertures rugueuses qui lui irritaient le menton, au plafond couvert de toiles d'araignées, à la minuscule fenêtre, à la table coincée dans l'angle, à la chaise en bois à l'assise dure, au bougeoir étouffé par les coulures de cire, au tapis usé jusqu'à la corde, au seau, au crucifix, à la chaîne qui liait son poignet à la colonne du lit sous les couvertures. Elle remua, provoquant le cliquetis de ses lourds maillons, autre forme du rappel insistant à la réalité.

Quel jour était-on aujourd'hui ? Le mercredi 30 septembre ou le jeudi 1er octobre ? Elle s'était sentie si sûre au départ de pouvoir garder le compte des jours, mais cette capacité commençait à présent à lui échapper. Si elle demandait l'aide de Felipe, il se contenterait sans doute de hausser les épaules et de feindre d'ignorer la réponse. Quant à Miguel, il la gratifierait d'un long regard de ses yeux mélancoliques et marmonnerait quelque chose d'incompréhensible.

Non pas que la chose ait vraiment eu de l'importance. Quelle que soit la date, elle savait qu'elle était là depuis pratiquement un mois, enfermée dans cette bergerie délabrée perdue au milieu des montagnes. Mais quelles montagnes ? À en juger par le temps relativement court qu'il leur avait fallu pour arriver jusqu'ici depuis le port où ils avaient débarqué, ils ne devaient pas être très loin de la côte. Le nord de l'Espagne, alors ? La baisse constante des températures semblait devoir le confirmer. L'Espagne, à coup sûr. Miguel lui avait donné de lui-même le renseignement peu de temps après son arrivée.

« Vous êtes en Espagne, *señorita*.

— Où ça ? Où en Espagne ?

— Vous resterez ici – avec nous – tant qu'on n'aura pas ce qu'on veut.

— Mais vous voulez quoi ? »

Il n'avait pas répondu, ni alors ni plus tard. Était-ce de l'argent ? En ce cas, son père aurait certainement payé depuis longtemps. Ou ce serait sa mère qui l'y aurait obligé. D'une manière ou d'une autre, la rançon n'aurait posé aucun problème. Et pourtant, il était clair qu'il y en avait un, de problème. Les premiers jours, ils s'étaient montrés calmes et détendus. Puis les choses avaient changé. Un homme qu'elle n'avait jamais vu auparavant, ni jamais revu depuis, était venu un soir. Maigre, la voix douce, un cigare de luxe à la bouche. Il s'était informé de sa santé. Avait souri. Un modèle de courtoisie. Il s'était disputé, apparemment, avec Miguel. En espagnol, bien sûr, et elle n'avait pas compris un mot. En dehors de son nom, « Abberley », répété des dizaines de fois.

« Qu'est-ce qu'il a dit ?

— Il a dit que tu devais rester ici.

— Pour combien de temps ? »

Pas de réponse. Pas plus à cette question qu'aux autres. Elle resta donc, et ils attendirent. Chaque jour identique au précédent. Ou presque. De temps à autre, un troisième homme, José, prenait la place de Felipe pendant quarante-huit heures. Mais ce dernier revenait toujours. Son absence la rendait plus inquiète que d'ordinaire. José la regardait d'un œil gourmand, la touchait et lui marmonnait des propositions qui n'avaient nul besoin d'être traduites. Miguel pouvait s'absenter souvent pendant des heures, mais jamais quand José était là. Peut-être s'inquiétait-il lui aussi de ce qui pourrait arriver s'il le faisait.

Après le passage de l'homme ce soir-là, Miguel était devenu morose et pensif. Il la regardait beaucoup lui aussi, mais d'un œil plus apitoyé que lubrique, semblait-il. Quant à Felipe, son ignorance n'était peut-être pas feinte. Ils jouaient aux échecs et aux dames, et elle l'aidait à améliorer son anglais. Il était d'un bon naturel et d'un tempérament enjoué. Mais même lui commençait à être usé par le cours monotone de ces jours d'oisiveté.

« Qu'est-ce que vous avez l'intention de faire de moi ? lui avait-elle demandé.

— T'inquiète pas. Tout ira bien.

— Mon père a payé la rançon ?

— Jamais entendu parler de rançon. Je sais rien de rien, tu sais.

— Pourquoi refusez-vous de me laisser partir ?

— On joue encore aux échecs, d'accord ?

— J'ai pas envie de jouer à tes foutus échecs !

— Mais tu vas quand même jouer, hein ? Rien que pour moi. »

À présent, elle étend les bras derrière elle, agrippe les barreaux en cuivre de la tête de lit, les serre très fort, tout en se demandant combien de temps il lui faudra attendre avant que Felipe lui apporte son petit déjeuner. Lui et Miguel sont levés. Elle les entend bâiller et tousser dans la pièce voisine. Comme elle déteste la familiarité usante de ces bruits ! Si seulement elle avait compris à temps ce qui se passait. Sa seule chance de leur échapper, elle l'avait eue au tout début, au moment où Miguel avait surgi devant elle, lorsqu'elle était allongée au soleil dans le jardin. Elle aurait pu hurler ou essayer de s'enfuir. Il avait une arme, bien sûr, mais elle pensait aujourd'hui qu'il ne s'en serait jamais servi. Peut-être pas, en tout cas. Elle aurait pu refuser d'écrire ce mot à ses parents ou de marcher docilement jusqu'à la voiture et de grimper dans le coffre. Elle aurait pu… Mais elle avait eu si peur, avait subi un tel choc, et elle était tellement bouleversée par cette soudaine intrusion dans sa vie privée. Et son désir de rester en vie était si fort…

La peur n'a jamais été aussi forte qu'au cours des premières heures, des premiers jours. Une terrible appréhension de la mort, et des diverses manières dont elle pourrait arriver : revolver, strangulation, asphyxie. La nuit, elle rêve encore de ces heures interminables où, hébétée, elle a été ballottée et cahotée dans l'obscurité du coffre de la voiture, de ce périple, d'abord sur terre, puis sur mer, accompli dans un état de demi-conscience. Tout cela pour en arriver à l'isolement de cette pièce sordide où ils la gardent enfermée, et à la cour où ils lui permettent parfois de faire quelques pas, au flanc de la colline nue et au mur de la grange blanchi à la chaux contre lequel elle s'est tenue pendant qu'ils la photographiaient, avec dans la main un exemplaire de l'*International Herald Tribune* daté du 4 septembre.

Même ce 4 septembre semble à des années-lumière, aujourd'hui, fragment d'un passé où elle se berçait de la croyance que son enlèvement n'était qu'un crime motivé par l'appât du gain, qu'elle serait rapidement relâchée et que son retour à la vie dorée qui avait toujours été la sienne n'était qu'une question de temps et d'argent. À présent, c'était fini, tout ça.

« Quand allez-vous me laisser partir, Miguel ?

— Quand on nous le dira.

— Vous avez parlé à mon père ?

— Tu poses trop de questions, *señorita.*

— Il vous paierait une jolie somme pour me rendre ma liberté.

— C'est trop tard pour ça.

— Qu'est-ce que tu veux dire ?

— Je veux dire… Nous attendrons aussi longtemps qu'il faudra.

— Mais combien de temps ? »

Toujours le même genre de conversation, qui la ramène, en dépit de quelques variantes, à son point de départ, là où il est vraisemblable qu'elle va devoir rester. À présent, assise dans son lit, elle se frotte les yeux, encore ensommeillée, et avec un mouvement de tête irrité, souffle sur une mèche qui lui est tombée sur la joue. Ses cheveux sont sales, elle le sait, et peut-être pleins de poux. Tout comme ses vêtements. Et tout son corps. Elle repense aux bains où elle s'est prélassée à la maison, aux savonnettes odorantes et aux épaisses serviettes, aux parfums et aux lotions, et elle a envie de pleurer. Il n'y a au moins pas de glace ici pour lui montrer à quoi elle ressemble. Encore que pareille absence ne lui soit pas d'un grand réconfort quand elle remarque sur ses bras les rougeurs des piqûres de puces de la nuit passée. Pourquoi est-elle encore ici ? Pourquoi son père n'a-t-il pas acheté ou obtenu par un moyen quelconque sa liberté ?

« Mais qu'est-ce que tu attends ? murmure-t-elle, imaginant son air buté. Sors-moi de là. Je t'en prie. Je ne crois pas pouvoir en supporter davantage. Qu'est-ce que tu attends, papa ? Qu'est-ce qui se passe ? »

La porte s'ouvre brusquement, et Felipe entre dans la pièce, chargé d'un plateau. « *Buenos días, señorita* », dit-il, en lui souriant aussi gaiement que s'il lui avait apporté le petit déjeuner dans la chambre d'un hôtel de la Costa del Sol. Il pose le plateau sur la table, et elle reconnaît sans surprise les habituels bol de café et quignon de pain tartiné de miel.

« Des nouvelles, Felipe ?

— Bilbao a gagné, hier soir.

— Pardon ?

— *El fútbol*, dit-il avec un grand sourire.

— Non, des nouvelles pour moi !

— Ah, dit-il en frottant son menton mal rasé. *Lo siento.* Non, rien pour toi.

— Ça va durer encore combien de temps ?

— Je sais pas.

— Tu dois bien avoir une idée. »

Passant outre à sa question, il lui tourne le dos.

« Quel jour sommes-nous aujourd'hui, Felipe ? Le 30 septembre ou le 1er octobre ? »

Il lui fait face à nouveau et hausse les épaules.

« Pourquoi ne pas me le dire ? C'est pas beaucoup te demander.

— *La fecha ?* Je sais pas.

— C'est l'un ou l'autre, n'est-ce pas ? Mais lequel ? » Sa résolution paraît faiblir, et elle en profite pour insister. « S'il te plaît, Felipe. Juste la date. »

Il s'approche du lit, se penche sur elle, lui souffle au visage une haleine chargée de tabac et d'ail rance.

« Tu diras rien à Miguel, hein ? chuchote-t-il.

— Rien. Tu as ma parole. »

Il hésite encore un moment, avant de lâcher : « *Es el primero de octubre.* »

74

« Je crains que l'inspecteur principal Golding soit absent pour le moment, mademoiselle Ladram, dit la voix de l'inspectrice Finch au téléphone. En quoi puis-je vous aider ?

— J'appelle simplement pour savoir s'il y a du nouveau dans l'affaire.

— Non, j'en ai peur. Mme Abberley ne vous pas tenue au courant ?

— Je ne voulais pas l'ennuyer.

— Ah, je comprends. Eh bien, jusqu'ici aucune réponse dans la presse française à l'appel que nous avons lancé demandant à Mme V de se faire connaître. Et rien non plus du côté de l'Espagne. Donc…

— Nous ne sommes pas plus avancés, alors.

— Je ne dirais pas ça. Nous poursuivons activement nos recherches. Et nous ne ménageons pas nos efforts.

— Je n'en doute pas. Mais cela fait maintenant un mois que ma nièce a été enlevée, si je ne m'abuse.

— Euh… oui. Oui, c'est cela.

— Et vous n'avez toujours rien.

— Voulez-vous que l'inspecteur Golding vous appelle quand il sera de retour ?

— Non, merci. Je ne vais pas tarder à sortir. Je le rappellerai moi-même. Plus tard. »

Ils faisaient de leur mieux, Charlotte en était consciente. Mais ce mieux était piteusement inefficace. Dès qu'elle eut reposé le téléphone, elle se dirigea vers la porte. Un trajet jusqu'à Rye l'attendait. Elle ne s'était pas rendue à Jackdaw Cottage depuis qu'elle avait mis la maison en vente deux mois plus tôt. Mais l'agent immobilier avait à présent trouvé un acquéreur qui désirait emménager le plus tôt possible. Débarrasser la maison s'imposait donc comme une urgence, et Charlotte avait décidé de s'attaquer à la tâche sans plus attendre. Une partie d'elle-même était ravie d'avoir de quoi s'occuper. Cela représentait une diversion dont elle avait grandement besoin.

À la prison de Lewes, Colin Fairfax souriait de toutes ses dents à son frère assis en face de lui au parloir, par ailleurs désert.

« La nouvelle s'est répandue, annonça-t-il. Je peux maintenant faire pratiquement tout ce que je veux, ici. Ils savent que je ne resterai plus très longtemps.

— D'après Dredge, répondit Derek, les choses s'annoncent plutôt bien.

— *Plutôt* bien ? Tu plaisantes ou quoi ? Spicer a été arrêté, non ? Ce n'est plus qu'une question de temps, à présent, avant qu'une expertise criminalistique fournisse la preuve de sa présence sur les lieux du crime.

— C'est ce que t'a dit Dredge ?

— Ils savent que c'est lui le coupable, Derek. Où

aurait-il trouvé l'argent pour aller s'établir à Burnham-on-Crouch et se payer ce foutu voilier s'il n'avait pas été grassement rémunéré par Maurice Abberley pour services rendus ?

— Ce n'est pas moi qu'il faut convaincre.

— Non, d'accord. Mais c'est toi que je dois remercier. Dredge a essayé de s'accaparer tout le mérite, mais je vois bien à qui je dois mon salut. À toi, pardi. Tu as fait bien plus pour moi que ce que je pouvais décemment attendre. Quand je pense que j'ai douté de toi ! T'as vraiment sauvé la situation, Derek. Si je ne t'étais pas aussi reconnaissant, je serais fier de toi.

— Inutile de me remercier.

— Mais si, mais si. C'est la raison pour laquelle j'étais si content que tu viennes aujourd'hui.

— Je me rendais à Newhaven pour un audit. C'était pratiquement sur ma route.

— Un boulot pénible, c'est ça ?

— Pas particulièrement.

— Alors pourquoi cet air sombre ? À te voir, on croirait que je viens juste d'être condamné à être pendu, et pas qu'on m'a sauvé la vie.

— Parce que… Eh bien, pour tout te dire, c'est Charlotte Ladram qui a donné à la police la bande magnétique et le rapport du détective. Sans ces pièces, les flics n'auraient jamais cherché à retrouver Spicer.

— Ça fait du bien de savoir qu'au moins un membre de cette famille a une conscience. D'accord, Charlotte… mais qu'est-ce que ça change ?

— Comment peux-tu dire ça ? s'indigna Derek. Elle a perdu son frère ainsi que sa tante, Colin. Et sa nièce a été enlevée. Et rien de tout ça n'est de sa faute.

— Pas de la mienne non plus, dit Colin, qui se cala contre le dossier de sa chaise, la tête inclinée sur le côté. T'aurais pas le béguin pour la fille, par hasard ?

— Bien sûr que non. J'aimerais simplement pouvoir la payer de sa générosité.

— En te précipitant sur ton blanc destrier au secours de la nièce ?

— Je vois que la prison ne t'a pas enlevé ta tendance au sarcasme, dit Derek en jetant un regard dur à son frère.

— Excuse-moi, dit Colin, après avoir levé les mains en signe de feinte reddition. Je voulais pas être indiscret. Si elle et toi… Bref, y a-t-il vraiment quelque chose que tu puisses faire pour l'aider ?

— Non, rien.

— D'où cet air sinistre ?

— Sans doute, oui. Et puis…, dit Derek en se penchant en avant et en baissant la voix. La chose n'a pas été rendue publique, mais les ravisseurs ont fait savoir qu'ils tueraient la petite s'ils n'obtenaient pas ce qu'ils voulaient d'ici au 11 octobre. »

Colin émit un petit sifflement avant de dire :

« Et on est le 1er, aujourd'hui.

— Exactement. Le temps file vite. Et il n'en reste plus beaucoup. »

75

Charlotte venait juste de faire le tour de ce qu'il allait falloir déménager de Jackdaw Cottage quand Mme Mentiply arriva, décidée à remplir ses tâches ménagères jusqu'à l'extrême fin. Si bien intentionnée que fût incontestablement la brave femme, Charlotte avait espéré l'éviter, étant donné qu'elles ne s'étaient pas revues depuis la mort de Maurice et qu'elle pouvait compter sur Mme Mentiply pour être aussi curieuse que compatissante. Elle jugea finalement plus simple de céder devant sa soif de renseignements, et de lui laisser le soin de leur préparer du café, avant de répondre du mieux qu'elle pouvait à ses innombrables questions.

« M. Mentiply et moi-même, on a eu un choc terrible en apprenant pour votre frère, ma chère petite. Et pour votre nièce aussi, bien sûr. Comment Mme Abberley supporte-t-elle une telle épreuve ?

— Remarquablement bien, vu les circonstances.

— Il n'y a toujours pas de nouvelles de la petite ?

— Toujours pas, j'en ai peur.

— C'est peut-être une bénédiction que cette

pauvre Mlle Abberley ne soit plus là pour assister aux malheurs de sa famille.

— Peut-être, en effet.

— Je ne sais pas si elle serait enchantée par les gens qui vont s'installer dans cette maison. Vous les avez rencontrés ?

— Non. Mais l'agent immobilier a dit…

— Des snobinards, oui. Et rien de la distinction d'une personne comme Mlle Abberley. Ils auraient beau me le demander, je ne travaillerais pas pour eux.

— Ma foi, c'est à vous de voir. Mais leur offre était correcte. Je ne pouvais pas…

— Oh, mais je ne voulais pas dire que vous auriez dû la refuser à cause de moi. Vous avez bien assez de soucis comme ça sans encore vous préoccuper de mes goûts et dégoûts.

— En effet, je traverse une période pour le moins difficile.

— Bien sûr, je comprends. S'il y a quoi que ce soit que nous puissions faire, moi ou mon mari, n'hésitez pas, surtout, faites-le-nous savoir.

— C'est gentil à vous, mais…

— La police n'a donc aucune idée de ce qu'est devenue la pauvre gamine ?

— Non, pas vraiment.

— Ou de la raison pour laquelle elle a été enlevée ?

— Ils essaient de retrouver la destinataire d'une lettre envoyée par Beatrix. Une femme qui vit en France et dont le nom de famille commence par un V. Ils pensent qu'elle pourrait savoir quelque chose.

— Ce qui revient à chercher une aiguille dans une

meule de foin, dit Mme Mentiply avec un claquement de langue.

— On pourrait le dire, oui.

— Et où ça, en France ?

— Oh, Paris, ou les environs. Ce qui ne rétrécit guère le champ d'investigation, n'est-ce pas ? Si Beatrix avait un jour fait allusion à une connaissance à Paris, ce serait différent, mais ce n'est pas le cas. Je suppose qu'elle ne vous a jamais parlé d'une Mme V ?

— Non, je crains bien que non. Un V, vous dites ?

— Oui, qui serait la première lettre de son nom.

— À Paris ?

— Oui.

— Ça ne me dit rien, dit Mme Mentiply en secouant la tête d'un air peiné avant d'esquisser de nouveau un sourire et de demander : Voulez-vous une autre tasse de café ?

— Non, merci.

— Je suis désolée de ne pas avoir apporté de biscuits. Si j'avais su que vous veniez…

— C'est très bien comme ça, rassurez-vous.

— C'est toujours agréable d'avoir un petit quelque chose avec le café, un biscuit ou un choc… »

Elle s'interrompit brusquement, frappée par une pensée qui lui plissa le front.

« Qu'y a-t-il ?

— Ou un chocolat, articula-t-elle lentement.

— Ça ne va pas, madame Mentiply ?

— Pardon ? » Elle regarda Charlotte, puis abaissa les yeux sur sa tasse vide. « Eh bien, je viens d'avoir une idée très étrange.

— À propos de quoi ?

— Voyez-vous, Mlle Abberley avait pour habitude de me donner ces chocolats chaque année à Noël et à Pâques, c'était réglé comme du papier à musique. "Prenez-les, me disait-elle, c'est une amie qui me les envoie. Je n'ose pas lui dire que je n'aime pas les chocolats." Comme vous le savez, elle n'appréciait pas les sucreries, c'est pas comme moi, qui… Bref, elle les recevait deux fois par an, aussi loin que remontent mes souvenirs. Un cadeau d'une amie.

— Je ne vois pas ce que…

— C'étaient des chocolats qui venaient de France, mademoiselle Ladram. D'une boutique à Paris. Et le nom de la boutique commençait par un V. Ça, j'en suis sûre. »

Immédiatement en alerte, Charlotte eut la sensation presque physique que ses pensées s'accéléraient. Elle se pencha au-dessus de la table et saisit le poignet de Mme Mentiply.

« Et quel était ce nom ?

— Vac… Val… Vass… Quelque chose comme ça.

— Il faut que vous vous souveniez, bon sang !

— J'y arriverai pas, je crois. »

Charlotte ferma les yeux un instant dans une tentative pour surmonter sa frustration. « Je vous en prie, essayez encore, dit-elle en les rouvrant. C'est absolument… » Puis elle s'interrompit en voyant Mme Mentiply sourire.

« Je n'ai pas besoin de me rappeler, voyez-vous. Les chocolats arrivaient dans de jolies boîtes vertes en métal avec une étiquette à l'intérieur du couvercle, et là il y avait le nom et l'adresse du magasin.

— C'est bien possible. Mais…

— Elles étaient trop jolies, ces boîtes, pour qu'on les jette une fois les chocolats mangés, dit Mme Mentiply, dont le sourire s'élargit encore.

— Vous voulez dire que…

— J'en ai encore plusieurs à la maison. Je m'en sers pour ranger des tas de bricoles. Et je suis sûre que les étiquettes sont toujours à l'intérieur. »

M. Mentiply était déjà parti pour ses libations de midi au Lévrier quand elles arrivèrent. Sans même prendre le temps d'ôter son manteau, Mme Mentiply se précipita dans le salon, souleva l'abattant du secrétaire et sortit une boîte ronde d'une quinzaine de centimètres de diamètre, dont le vert foncé était cerclé d'une bordure dorée. Dans sa hâte à l'ouvrir, elle renversa par terre le plus gros du contenu – crayons, stylos, gommes et trombones. Sans y prêter la moindre attention, elle tendit le couvercle à Charlotte. À l'intérieur, comme promis, se trouvait une étiquette, en lettres noires sur fond or, un peu déchirée et tachée d'encre, mais parfaitement lisible.

CONFISERIE VASSOIR
17 RUE DE TIVOLI
75008 PARIS

Sa visite à Colin avait laissé Derek plus perplexe encore si cela se pouvait quant à la manière de combler le fossé que dix jours d'aléas de la fortune avaient creusé entre lui et Charlotte Ladram. Il désirait ardemment l'aider, lui apporter son soutien, mais sur le plan pratique il n'avait rien de concret à lui offrir. Et puis il ne pouvait éviter de rappeler à Charlotte le tour heureux – auquel elle avait largement contribué – qu'avait pris l'affaire de Colin, alors que la situation de sa nièce semblait empirer de jour en jour.

Il était pourtant peu enclin à laisser les événements étouffer une amitié qui n'était encore qu'en gestation. C'était là le genre d'erreur qu'il avait trop souvent commise par le passé et qui l'avait conduit au seuil de la solitude d'une quarantaine bien comptée. En rentrant à Tunbridge Wells depuis Newhaven cet après-midi-là, il n'eut qu'à songer à la maison vide et à la soirée solitaire qui l'attendait à Farriers pour abandonner toute prudence et tenter un détour par Ockham House.

Mais son moment de rébellion ne reçut pas la moindre récompense. Charlotte était sortie. Il n'avait pas idée de l'endroit où elle pouvait être, et le fossé qui les séparait sembla s'élargir de manière perceptible au cours de l'heure pénible qu'il passa à attendre dans sa voiture tandis que s'épaississaient les ombres du soir. Quand il finit par renoncer et quitter l'endroit, il se résigna à l'idée qu'il ne reviendrait jamais.

76

La réaction de Charlotte à sa découverte avait été si instinctive, et si urgente l'action à laquelle elle l'avait poussée, que ce ne fut que tard dans l'après-midi, à bord du train qui l'emportait vers Paris, qu'elle se mit à réfléchir aux difficultés et aux éventuelles conséquences de la tâche qu'elle avait entreprise. Après tout, elle avait promis à l'inspecteur principal Golding de lui communiquer immédiatement toutes les informations qu'elle pourrait obtenir. Mais le fait est que l'idée ne lui en était pas venue. Elle avait même fait jurer à Mme Mentiply de garder le secret, était revenue à Tunbridge Wells pour prendre son passeport, puis avait gagné Douvres à toute vitesse, juste à temps pour attraper au début de l'après-midi un aéroglisseur à destination de Boulogne.

Elle avait justifié sa conduite à ses propres yeux en prétextant que l'action de la police aurait été beaucoup plus lente, son travail plus laborieux. Et puis, l'approche impersonnelle et sans nuances de ses membres aurait risqué de braquer Mme Vassoir – en admettant qu'une telle personne existât –, la dissuadant de coopérer, alors que Charlotte, en tant que nièce de Beatrix et tante de Samantha, était idéalement placée pour faire appel à elle au nom de toute la famille. Mais force lui avait été d'admettre l'existence d'un autre motif à sa démarche, moins avouable, celui-là : elle avait grande envie de trouver seule et sans l'aide de personne la solution du mystère, pour aller ensuite l'agiter sous le nez de ceux qui avaient mis en doute sa capacité – ou son droit – à le faire. Elle tenait à terminer ce que Maurice avait commencé.

Vouloir et pouvoir étaient toutefois deux choses bien différentes. Elle ne s'était pas proposé davantage pour le moment que de trouver la confiserie Vassoir, comptant sur la chance et les horaires d'activité des magasins français pour qu'elle soit encore ouverte à son arrivée. Le train atteignit Paris à 18 h 30. Un soir bruineux tombait sur la ville, et l'imminence de la nuit eut pour effet immédiat de miner ses certitudes. Elle réussit pourtant à tenir ses craintes à distance. Elle prit un taxi à la gare du Nord, donnant comme adresse le 17 rue de Tivoli. Par bonheur, ce n'était pas très loin. Le chauffeur la déposa dans une petite rue tranquille près de la Madeleine. La plupart des boutiques semblaient déjà fermées, et elle perdit courage quand elle aperçut la devanture du 17 plongée dans le noir. Elle resta à contempler un instant d'un œil morose l'écriteau suspendu derrière la vitre de la porte – « CONFISERIE VASSOIR : *Ouvert*. 9.30-18.30 *Mardi au samedi* » –, avant de regarder sa montre, qui lui confirma qu'elle avait un quart d'heure de retard.

Soudain brilla une promesse de salut, sous la forme d'une lumière vive qui éclaira le fond du magasin.

Une silhouette masculine assez trapue s'encadra dans la porte de l'arrière-boutique, s'approcha et se mit à fouiller sous le comptoir. Charlotte tapa à la vitre de son index replié. L'homme leva la tête, fit un geste de la main pour lui signifier de s'en aller et reprit sa recherche. Elle tapa de nouveau et appela : « *Monsieur Vassoir* !* » priant pour que ce soit effectivement M. Vassoir et qu'il puisse l'entendre. Mais, ayant apparemment trouvé ce qu'il était venu chercher, celui-ci se contenta de froncer les sourcils et de renouveler son geste. « *Monsieur Vassoir* !* » cria-t-elle de nouveau, frappant si fort la vitre du plat de la main qu'elle crut un instant l'avoir fendue. « *S'il vous plaît ! Très important* !* » Il la regarda avec de grands yeux, puis, avec un haussement d'épaules plus que contrarié, vint jusqu'à la porte, la déverrouilla et l'entrouvrit légèrement.

« *Nous sommes fermés, madame* !* » C'était un homme courtaud, frisant la soixantaine, avec un début de calvitie, une moustache noire en bataille et une voix bourrue. Il était manifestement agacé.

« *Monsieur Vassoir*?*

— *Oui, mais que*…*

— J'espère que vous parlez anglais. Je cherche Mme Vassoir. Votre épouse, peut-être ? Il est absolument vital que je la trouve. Une question de vie ou de mort. Mon nom est Charlotte Ladram, termina-t-elle, tandis que s'accentuait le froncement de sourcils de son interlocuteur.

— Mon épouse ne vous connaît pas, rétorqua-t-il.

— Non, c'est vrai, mais je pense qu'elle connaît – ou plutôt connaissait – ma tante.

— S'il vous plaît, partez, maintenant », dit-il en faisant mine de refermer la porte.

Déterminée à ne pas renoncer, Charlotte passa une épaule dans l'entrebâillement.

« Beatrix Abberley ! lança-t-elle dans un cri. Ma tante s'appelait Beatrix Abberley. » Il recula d'un pas et la regarda en plissant les yeux, avançant sa lèvre inférieure dans une moue qui combinait pugnacité et circonspection. « Elle a envoyé une lettre à une Française en juin. Ou, devrais-je dire, a chargé quelqu'un de l'envoyer immédiatement après sa mort. Le nom de cette Française commençait par un V. Si c'est votre femme qui était la destinataire, il faut absolument que je lui parle. Un avis a paru dans les journaux demandant qu'une Mme V se fasse connaître. Mais on n'y a pas expliqué à quel point l'affaire était urgente. Ma nièce a été enlevée, et la lettre pourrait être la clé de sa libération. De sa survie !

— Qu'est-ce qui vous fait croire que mon épouse est cette… Mme V ?

— Elle envoyait des chocolats à Beatrix tous les ans à Noël et à Pâques. C'était une amie, disait ma tante. C'est l'étiquette sur une des boîtes qui m'a conduite jusqu'ici. »

Il hésita encore un moment, puis, tout en marmonnant entre ses dents, ouvrit la porte juste assez pour permettre à Charlotte d'entrer. Quand il la referma derrière elle, elle fut assaillie par le riche arôme du chocolat qui imprégnait l'obscurité autour d'eux. Le comptoir ainsi que les vitrines étaient vides, en dehors de quelques boîtes vert et or aisément reconnaissables de la confiserie Vassoir.

« Qu'est-ce que la lettre – si lettre il y a – a à voir avec… *l'enlèvement** de votre nièce ?

— C'est elle que réclament les ravisseurs.

— Ils l'ont dit expressément ?

— Pas vraiment, non. Mais quand je leur ai parlé…

— Parce que vous leur avez parlé ?

— Oui.

— Que savez-vous d'eux ?

— Rien… si ce n'est qu'ils sont espagnols.

— *Espagnols** ?

— Oui. Absolument.

— *Espagnols**, répéta-t-il, incrédule. Attendez ici, *madame**. Je vais téléphoner à mon épouse. »

Il gagna l'arrière-boutique. Charlotte l'entendit composer le numéro, puis, quelques secondes plus tard, s'annoncer. « *Ma chérie ? C'est moi. Oui. Au magasin. Écoute bien**. » Son débit s'accéléra, dépassant rapidement les capacités de compréhension de Charlotte, même si à plusieurs reprises elle reconnut son nom et celui de Beatrix. Vassoir parla de moins en moins, se contentant d'écouter, à mesure que se déroulait la conversation. Qui se termina sur des « *Oui, oui** » et « *Immédiatement** ». Puis il reposa le combiné et rejoignit sa visiteuse dans le magasin, une expression solennelle sur le visage.

« Mon épouse dit qu'elle veut vous voir, *madame**. Elle est chez nous, à Suresnes. Ce n'est pas très loin. Me laisserez-vous vous y conduire ?

— Elle est bien la Mme V à laquelle Beatrix a écrit ?

— Oui.

— Alors, oui, conduisez-moi là-bas. Tout de suite.

— Ma voiture est garée dans la cour derrière. Par ici, je vous prie.

— Encore une chose, *monsieur**. Quand j'ai parlé d'Espagne, votre attitude a changé du tout au tout. Pourquoi ?

— Parce que ma femme est espagnole.

— Je vois, dit Charlotte, qui ajouta à tout hasard : Quel était son nom de jeune fille ?

— *Pardon* ?*

— Son nom de famille – avant votre mariage.

— *Ah, je comprends**, dit-il, souriant pour la première fois. Ortiz. Isabel Ortiz.

— Et Vicente Ortiz était…

— Son père. »

77

Les Vassoir habitaient une maison de ville sans grâce de deux étages à l'ouest de la Seine. Charlotte eut vaguement conscience de hauts plafonds et de couloirs sombres, de grandes pièces meublées avec une discrétion qui confinait à l'austérité. Elle ne put guère prêter attention au décor tant elle était tenaillée par sa soif d'en savoir davantage. Elle avait à présent la réponse à portée de main, et les quelques minutes qui restaient avant qu'elle lui soit révélée étaient plus pénibles à supporter que les jours et les semaines qu'elle venait de vivre.

Isabel Vassoir était une femme mince, vêtue avec élégance, proche de la soixantaine, les cheveux retenus en chignon sur la nuque, en parfait équilibre entre délicatesse et fragilité. Elle accueillit Charlotte dans un salon encombré de plantes vertes et de tableaux, où un limier impassible somnolait devant un feu ronflant. Son mariage avec un Français semblait avoir totalement gommé ses origines espagnoles. Aucune trace du Sud dans sa voix métallique et son ton précieux. Son anglais était bien meilleur que celui de son époux, et l'œil qu'elle posa sur Charlotte plus perçant. Henri Vassoir les laissa seules, et Charlotte se sentit de plus en plus mal à l'aise à mesure qu'elle expliquait le comment et le pourquoi de sa venue à Paris. Quand elle en eut terminé, après avoir demandé à Mme Vassoir si elle avait toujours la lettre de Beatrix et si son contenu pouvait être à l'origine de l'enlèvement de Samantha, son hôtesse leur versa à toutes les deux un verre de sherry avant de lui répondre.

« Oui, Charlotte, la lettre – et ce qui l'accompagnait – répond à toutes vos questions. Et ce que vous venez de me confier répond aux miennes. J'ai lu l'appel à témoin dans la presse demandant à une Mme V de se faire connaître, mais on n'y parlait ni d'enlèvement ni de rançon. Même ainsi, vous devez vous demander pourquoi je n'ai pas réagi. Eh bien, quand vous aurez lu ce que m'a envoyé Beatrix, vous comprendrez. Si je vous le révèle à présent, c'est uniquement pour vous aider à sauver la vie de votre nièce. Sinon, je refuserais. Sinon, il serait plus sage de garder la chose secrète.

— Et pourquoi ?

— Laissez-moi d'abord vous raconter comment j'ai connu Beatrix. C'était une bonne personne, et généreuse. Elle a été très gentille avec moi, et avec Henri et ma mère. Gentille au point, semble-t-il, de ne pas nous dire qu'elle n'aimait pas le chocolat.

— Je ne me souviens pas l'avoir jamais entendue parler de vous.

— Cela ne m'étonne pas. Elle a gardé notre amitié secrète. Pourquoi ? Parce que, disait-elle, sa famille l'aurait vue d'un mauvais œil. C'était peut-être vrai, mais, depuis que j'ai reçu sa lettre, je sais qu'il y avait une autre raison à cela. Pour l'instant, il me faut reprendre l'histoire depuis le début. Je suis née à Barcelone en 1929. Mon père, Vicente Ortiz, était chauffeur de camion et mécanicien. C'est à peine si je me souviens de lui, et ce que je vous en dis, je le tiens pour l'essentiel de ma mère. Elle est morte il y a huit ans, dans cette maison. D'après elle, son mari pensait un peu trop pour son bien. Un oncle généreux et sans enfants avait payé pour qu'il fasse des études, mais cette instruction n'a eu pour résultat que de le dégoûter de la condition qui était la sienne. Il travaillait pour un fabricant de meubles et était membre actif de la Confédération nationale du travail, le syndicat anarchiste. Au moment du soulèvement militaire, en 1936, il a rejoint la milice de la CNT et est parti pour se battre. À partir de là, nous ne l'avons vu que très rarement.

« Il faut que vous sachiez que j'ai quitté l'Espagne avant mon dixième anniversaire et que je n'y suis jamais retournée depuis. Ce pays m'est presque aussi étranger qu'il peut l'être pour vous. J'ai étudié son histoire parce que j'y suis née, et je crois bien le connaître, mais c'est uniquement par l'étude et non avec des sentiments de patriote ou de déracinée. Pour ma mère, c'était autre chose. Elle se considérait d'abord et avant tout comme une Catalane. Elle est restée fidèle sa vie durant à tout ce que Franco avait détruit. Elle a fêté le jour de sa mort. Elle serait allée danser sur sa tombe si elle avait pu. La guerre civile ne s'est jamais terminée, pour elle. Elle a continué à couver dans sa tête. Tandis que pour moi, ce n'est qu'un souvenir d'enfance, un mélange de bruit et de confusion.

« Nous vivions avec les parents de ma mère dans le quartier de Gracia. Ma mère travaillait comme couturière dans une fabrique de vêtements. Ma grand-mère prenait du linge à laver et à repasser à la maison et s'occupait de moi et de mon grand-père. Il marchait avec une canne et traînait la jambe. Il avait eu un accident dans l'usine de locomotives où il avait travaillé pendant sa jeunesse. Nous étions pauvres, mais heureux, en tout cas de mon point de vue. Après le soulèvement, les travailleurs ont pris le contrôle de Barcelone. La révolution était enfin là. C'est du moins ce qu'il semblait. Ma famille y croyait dur comme fer. Mais au printemps suivant, l'espoir a commencé à décliner, miné par les querelles et les affrontements entre factions, qui voyaient les stalinistes, les trotskistes et les anarchistes faire passer leurs dissensions internes avant la lutte contre le fascisme. C'est à ce moment-là que la nourriture s'est mise à manquer. L'étau de Franco se resserrait autour de la Catalogne. Un hiver rigoureux et des bombardements incessants ont achevé le travail.

« C'est ainsi que ma mère m'a rapporté les choses, et c'est aussi ce que disent les livres d'histoire. Quand l'armée s'est soulevée, les classes laborieuses de Barcelone se sont unies pour se défendre – et pour changer la société. Mais elles ont échoué sur les deux tableaux. L'Allemagne et l'Italie finançaient et équipaient les nationalistes. Pour les combattre, le gouvernement républicain a dû faire appel à la Russie. Et le prix de cette aide était la répression du socialisme révolutionnaire. Les anarchistes étaient l'un des groupes à abattre. C'est ainsi que mon père a fini par se battre pour une cause autre que celle qu'il avait d'abord choisi de défendre.

« Je ne savais rien de tout cela. Dans les souvenirs que je garde de Barcelone se mêlent les klaxons des voitures, les drapeaux qui s'agitent, les bombes qui sifflent, les bâtiments à l'abandon, les queues devant les magasins, les rats dans les rues, les vêtements en loques, et mes mains bleues du froid du dernier hiver qu'on a passé là-bas. Mon père est venu nous voir juste avant Noël. Il venait d'être affecté à ce qu'il restait du bataillon britannique des Brigades internationales. J'ai pleuré toute la nuit quand il est reparti. Ma mère aussi. Nous ne l'avons jamais revu. On a appris en mars qu'il avait été fait prisonnier et sans doute tué pendant la retraite de Teruel. C'était là le genre de nouvelle que recevaient souvent les épouses et les filles. Toute la république reculait. Et les gens ne mouraient pas seulement au front. Les Italiens ont commencé à bombarder Barcelone en février 1938. Je me souviens de la terreur indicible de ces raids aériens, de ces cadavres allongés sur les trottoirs, de scènes dont aucune fillette de neuf ans ne devrait jamais être le témoin. Ce fut le début de la fin. Laquelle mit longtemps à venir. Et dans l'intervalle s'est produit un événement bizarre. Ma mère a reçu une lettre d'Angleterre, envoyée par une femme dont elle n'avait jamais entendu parler.

— De Beatrix ?

— Oui. De Beatrix. La lettre est arrivée environ deux mois après la nouvelle concernant mon père, mais je n'ai découvert son contenu que beaucoup plus tard. Beatrix y disait que son frère avait servi avec Vicente dans la même unité et que dans sa dernière lettre, juste avant de mourir, il lui avait demandé de chercher à savoir si son vieux compagnon était toujours en vie.

— C'est exactement ce dont Tristram l'a chargée – dans la seule de ses lettres à sa sœur que j'aie lue, envoyée de Tarragone, à la mi-mars 1938. Mais, attendez…, ajouta Charlotte, le sourcil froncé, comment Beatrix connaissait-elle votre adresse ?

— Elle disait que c'était Tristram qui la lui avait communiquée.

— Non, non, il ne l'a pas fait, objecta Charlotte. Sa lettre ne mentionnait rien de ce genre.

— Mais si, et c'était clairement dit dans le document qui accompagnait la lettre. Comme vous aurez l'occasion de le constater, dit Isabel Vassoir en souriant. Laissez-moi terminer mon histoire, et vous comprendrez alors comment les différentes pièces s'imbriquent les unes dans les autres. Ma mère a répondu à Beatrix, lui annonçant que mon père était très vraisemblablement mort. Elle pensait ne plus jamais entendre reparler d'elle. Mais Beatrix a réécrit, pour lui exprimer sa compassion… et lui proposer de nous aider, si nous en avions besoin. Ma foi, de l'aide nous en avions effectivement grand besoin. La Catalogne, étranglée, et alors coupée du reste de la république, agonisait lentement. Mais que pouvait bien faire pour nous une Anglaise que nous ne connaissions même pas ? Ma mère n'a pas répondu. Elle m'a dit par la suite qu'elle ne voyait pas la nécessité de prolonger une telle correspondance. Et je soupçonne par ailleurs qu'elle n'avait pas très envie qu'on lui rappelle ce qui était arrivé à mon père. Et elle n'a pas donné suite.

« À l'automne, mon grand-père est mort, usé par sa lutte pour la survie. Et puis, juste après Noël, les nationalistes ont lancé leur dernière offensive contre la Catalogne. À la mi-janvier 1939, ils étaient pratiquement aux portes de Barcelone. Les bombardements se sont intensifiés, et la panique s'est répandue dans la ville. L'arrivée des fascistes menaçait la vie de quiconque était lié à la cause républicaine. Franco était connu pour être impitoyable. Si bien qu'on ne pensait plus qu'à fuir. Veuve d'un anarchiste reconnu, ma mère était en première ligne. La France avait ouvert sa frontière aux réfugiés, et les gens se sont mis à affluer vers le nord pour quitter le pays. Nous avons rejoint leur cortège, ma mère, ma grand-mère et moi, poussant nos rares possessions entassées dans une charrette à bras. Le voyage a dû être un supplice pour elles deux, même si je n'en garde, moi, que le souvenir d'un chaos bienvenu après les terreurs de Barcelone : les marches dans les flaques et la boue des routes, les courses pour se mettre à l'abri des avions de chasse allemands, les réveils dans la charrette recouverte de neige et tirée par ma mère et ma grand-mère accrochées aux brancards.

« Quand nous sommes arrivées en France, on nous a mises dans un camp surpeuplé et sans aucun abri. C'était en fait le centre de tri du Boulou, et personne n'avait alors la moindre idée de l'endroit où nous étions ni de ce que l'on allait faire de nous. Au bout de quelques jours, on nous a transférées dans un camp réservé aux femmes et aux enfants, au nord de Perpignan, où il y avait de quoi s'abriter et se nourrir, même si les conditions sanitaires restaient rudimentaires. Ma grand-mère est tombée malade, et il arrivait à ma mère à certains moments de penser que l'on n'aurait pas dû quitter Barcelone. Elle se voyait condamnée à la crasse et au dénuement de cette vie dans le camp. Et puis, dans son désespoir, elle s'est souvenue de la proposition de Beatrix. Elle lui a écrit pour lui demander de nous aider, dans la mesure de ses moyens. Elle a réussi à persuader un représentant de la Croix-Rouge d'envoyer la lettre pour elle. Sans savoir si elle atteindrait jamais Beatrix, ni si celle-ci y répondrait, si c'était le cas.

— Mais elle l'a bel et bien reçue ?

— Oui. Et elle a répondu, quoique trop tard pour sauver ma grand-mère, qui est morte juste avant Pâques. Quelques semaines plus tard, Beatrix est arrivée au camp et nous en a sorties.

— Comme ça, sans crier gare ?

— Pour ma mère, c'était une prière exaucée, pour moi, c'était comme avoir rêvé du paradis et découvrir au réveil que j'y étais déjà. Une Anglaise de grande taille et habillée avec élégance m'a prise par la main et installée dans une voiture avec chauffeur et, tout à coup, après trois mois d'enfermement derrière des barbelés, nous franchissions la barrière et quittions ce camp pour parcourir les routes au milieu de la profusion des feuilles et des fleurs du printemps. Je pleurais et je riais à la fois, ouvrant de grands yeux, sans arriver à croire que tout cela était réel. Mais non, ce n'était pas un rêve. »

Revint alors à l'esprit de Charlotte ce qu'avait dit l'oncle Jack à propos des endroits où s'était trouvée Beatrix au printemps 1939 : « Elle a fait un séjour sur la Côte d'Azur – ou peut-être dans les Alpes suisses…

peut-être même les deux..., pendant deux bons mois. » Elle savait maintenant que ce n'était ni l'un ni l'autre. Isabel Vassoir avait raison. Toutes les pièces du puzzle commençaient vraiment à s'assembler.

« Comment Beatrix s'est-elle arrangée pour négocier notre sortie du camp, je l'ignore. Mais j'imagine que les autorités étaient heureuses de pouvoir se débarrasser de deux réfugiées en les remettant à une personne prête à les prendre en charge. C'est ce qu'elle fit, en nous louant un appartement à Perpignan et en nous achetant de quoi nous nourrir et nous vêtir. Elle est restée un mois avec nous, le temps que nous recouvrions nos forces, s'occupant des repas, de la lessive, jusqu'à ce que ma mère soit en état de prendre la relève. Elle a été notre sauveur. C'était ma marraine de conte de fées. Elle a payé des cours de français à ma mère et l'a aidée à trouver du travail comme couturière auprès de différents marchands de tissus. Elle nous a remises sur pied et nous a, pour ainsi dire, ramenées à la vie. Nous lui devions tout. C'est une des raisons pour lesquelles j'ai absolument tenu à apprendre l'anglais au lycée par la suite : afin de pouvoir lui dire dans sa langue à quel point je lui serais éternellement reconnaissante. »

Une nouvelle bénéficiaire de la générosité de Beatrix avait émergé de ce lointain passé et souriait à présent à Charlotte dans le salon d'une maison française. Beatrix avait sauvé des désastres d'un après-guerre les derniers survivants de la famille de Vicente Ortiz. Elle avait fait ce que personne n'aurait pu attendre d'elle. Et le tout dans le plus grand secret.

« Vous a-t-elle parlé de Frank Griffith ? demanda Charlotte au bout d'un moment de réflexion. Vous a-t-elle raconté comment votre père s'était sacrifié pour sauver la vie de Frank ?

— Oui. Et elle m'a également dit qu'elle ignorait ce qu'était devenu Frank. Qu'elle n'avait plus de contact avec lui. Si bien que, même si ma mère avait voulu entrer en contact avec lui, il n'y avait aucun…

— Mais ce n'était pas vrai !

— Exactement. Beatrix nous a aidées, mais elle nous a aussi menti. Ou peut-être devrais-je dire qu'elle ne désirait pas nous confier tout ce qu'elle savait. Mais à qui a-t-elle vraiment *tout* dit ?

— À personne, répondit Charlotte. Mais pourquoi ? Pourquoi tout ce secret ?

— Quand vous aurez lu ce qu'elle m'a envoyé, Charlotte, vous comprendrez. Elle n'y a jamais fait allusion du vivant de ma mère. Elle est restée notre amie et notre conseillère jusqu'au bout. Elle a envoyé de l'argent pour payer mes études. Quand j'ai épousé Henri, elle s'est montrée généreuse à son égard aussi, lui offrant une part du capital dont il avait besoin pour ouvrir une confiserie à Perpignan. Et elle nous a encore aidés par la suite quand nous avons déménagé à Paris. Vous voyez, nous lui devions bien plus, beaucoup plus, qu'une boîte de chocolats de temps à autre. Mais elle n'aurait rien accepté d'autre.

— Que vous a-t-elle donc envoyé ? demanda Charlotte, qui avait surpris dans sa voix une note d'impatience qu'elle avait été incapable de réprimer.

— Un document que mon père avait remis au frère de Beatrix. Dans la lettre qui l'accompagnait, celle-ci disait que, au cas où elle mourrait, il me serait expédié par un ami. Elle m'adjurait dans le même temps de ne pas contacter sa famille. Elle précisait par ailleurs que, si elle avait gardé le document secret aussi longtemps, c'était parce qu'elle craignait qu'il rouvre d'anciennes blessures chez ma mère et parce qu'elle jugeait préférable de nous laisser dans l'ignorance de son contenu.

— Et que contenait-il ?

— Vous verrez par vous-même. L'original est en catalan, mais Tristram l'avait traduit en anglais. Je vais aller vous chercher les deux versions et vous laisser lire la traduction. Il est temps que vous en preniez enfin connaissance, je crois. Et même grand temps. »

Mme Vassoir se leva et quitta la pièce sans bruit, tapotant Charlotte sur l'épaule au passage. La porte se referma avec un déclic derrière elle, et Charlotte en fut réduite à écouter d'une oreille anxieuse le tic-tac de la pendule et les ronflements réguliers du limier. L'heure de la révélation était imminente. Seuls quelques minutes d'une nuit parisienne humide et un instant de solitude enfermé par de lourds rideaux la séparaient désormais de la vérité. Quand la porte se rouvrirait, le dernier secret de Beatrix lui serait livré.

78

Je m'appelle Vicente Timoteo Ortiz, et je suis natif de Catalogne. Il fut un temps où j'aurais ajouté que j'étais un défenseur des idéaux du syndicalisme anarchiste. Mais je ne suis plus suffisamment sûr de rien pour encore embrasser une quelconque philosophie politique à un moment où la menace de la mort se précise. J'écris ces lignes dans une petite ferme près d'Alfambra, à une vingtaine de kilomètres au nord de Teruel, la capitale du Bas-Aragon. Je suis cantonné ici avec les autres membres d'une section du bataillon britannique de la 15e brigade internationale. Nous sommes début janvier 1938, et nous nous attendons à être appelés d'un jour à l'autre pour participer à la bataille de Teruel, qui se déroule en ce moment même un peu plus au sud. J'ai le pressentiment que ce sera pour moi la dernière bataille de cette guerre, le dernier de trop nombreux engagements. Teruel est un endroit sinistre et glacial. Vouloir prendre la ville au beau milieu de l'hiver relève de la folie. Mais peut-être qu'une telle prise n'est pas le but de la tentative. Il y en a pour dire que le gouvernement espère, en l'attaquant, forcer Franco à un armistice. Si tel est le cas, ses espoirs sont vains. Franco n'acceptera rien en dehors d'une reddition totale. Et ensuite, il exécutera ceux qui se seront rendus.

Je me suis demandé pendant maintenant plus d'un an si je devais ou non rapporter cette histoire, j'ai hésité longtemps, différé ma décision à maintes reprises, toujours avec une bonne raison. Il y a quinze jours, quand ma femme reposait dans mes bras pour ce qui pourrait avoir été la dernière fois, j'ai failli lui révéler mon secret. Mais j'y ai renoncé. Et je m'en félicite aujourd'hui. Je me dois de lui épargner les risques qu'elle courrait à savoir ce que je sais. Même chose pour tous les Espagnols. C'est pourquoi je me contente d'écrire cela aujourd'hui. Parce que seul un étranger pourra décider en toute raison et objectivité de ce qu'il convient de faire des informations que je m'apprête à donner. Et parmi les étrangers dans les rangs desquels je combats en ce moment, il y en a au moins un à qui je crois pouvoir confier la tâche en toute confiance.

Toute ma vie, j'ai su que ceux qui cherchent à opprimer la classe ouvrière de ce pays ne feraient aucun quartier. Si je suis devenu anarchiste, c'est parce que je croyais que seule la violence nous permettrait de nous débarrasser de nos chaînes. Je suis né à Barcelone en 1905 et j'ai grandi sous le gouvernement du général Martínez Anido, qui était prêt à donner une prime à tout pistolero *qui tuait un anarchiste et arrêtait tout anarchiste qui se défendait et le faisait ensuite abattre quand il tentait de s'échapper. Je me souviens du sort réservé à Salvador Seguí et des membres du Somatén frappant à la porte en pleine nuit. Je me souviens du mitraillage des grévistes dans la Calle de Mercaders et des anarchistes assiégés de Casas Viejas brûlés vifs. Et je me souviens aussi de Buenaventura Durruti et de Francisco Ascaso. Je salue leur mémoire, j'applaudis à leurs actions. Je ne pleure aucun archevêque. Je ne veux pas d'un roi. Le drapeau noir et rouge ne me servira pourtant pas de linceul. Ma dernière heure venue, je n'appellerai aucun prêtre de l'Église de ce pays. Mais je ne crierai pas non plus* Viva la Anarquía !, *car je m'étranglerais sur les mots.*

Cela fait moins de deux ans que j'ai entendu les sirènes des usines résonner dans tout Barcelone un dimanche matin et que j'ai su que le soulèvement militaire avait commencé, et pourtant le 19 juillet 1936 me semble aujourd'hui appartenir à la préhistoire. Parce que j'avais la foi, alors, une foi encore bien vivante. J'ai échangé ma carte de la CNT contre un fusil et suis allé participer à l'assaut de la Plaça de Catalunya. J'ai fait partie de ceux qui ont dansé et chanté dans les rues quand les militaires se sont rendus. Et j'ai été un des membres de la colonne Durruti quand elle s'est mise en route pour prendre Saragosse et porter la révolution dans l'Aragon. Mais Saragosse ne devait jamais tomber, ni la révolution s'implanter dans le pays. Seules nous attendaient les désillusions et la mort.

Je me rends compte aujourd'hui que dans cette guerre nous nous sommes trompés d'objectif. Au tout début, c'est la société que nous aurions dû essayer de détruire et non l'armée de Franco. Nous aurions dû métamorphoser l'Espagne de façon à la placer hors de sa portée. Nous aurions dû balayer l'Église et tous les autres piliers du féodalisme. Nous aurions dû imposer la révolution à mesure de nos avancées. Au lieu de quoi, nous avons essayé de mener une campagne militaire dans les conditions voulues par Franco. Nous nous sommes organisés pour résister. Nous avons bafoué nos principes parce que nous pensions que la victoire valait tous les compromis. Mais nous avions tort. Refuser le compromis était notre seule chance d'etre victorieux. C'était la seule attitude qui, adoptée dès le départ, nous aurait permis d'obtenir ce que nous voulions.

L'acceptation de l'aide russe a scellé notre défaite. C'est avoir l'esprit pervers que de le dire, non ? Hitler et Mussolini fournissaient Franco en hommes, en armement et en avions. N'était-il pas logique en conséquence de chercher de l'aide auprès de Staline quand personne d'autre n'était prêt à venir à notre secours ? Ma réponse est non. Ce n'était logique qu'en apparence. Car Staline est l'ennemi de la classe ouvrière au moins autant que Franco. Je m'en rends compte aujourd'hui, comme d'autres d'ailleurs. Trop tard, évidemment. Toujours trop tard.

J'ai une autre raison, plus personnelle celle-là, de maudire le jour où la Russie est intervenue en Espagne. Début octobre 1936, la nouvelle se répandit que Staline avait décidé d'envoyer des armes à la république. Assez de tanks, de blindés, d'artillerie, d'avions de chasse et de bombardiers, plus les hommes capables de s'en servir, pour que nous soyons à même de triompher de Franco. C'est du moins ce que nous espérions. Comme tout le monde, j'étais très reconnaissant à la Russie. Je ne prétendrai pas avoir prévu sur le moment où cela nous mènerait. Les armes devaient arriver à Carthagène sur la côte dans la région de Murcie, et les Russes devaient établir des bases dans le voisinage. Ce qui entraînerait fatalement un énorme travail de déchargement et de transport. En tant que chauffeur et mécanicien expérimenté, j'ai été sollicité pour faire partie des détachements républicains chargés de réceptionner le matériel à Carthagène. J'ai accepté avec joie. Sans savoir ce qui m'arriverait là-bas.

Nous n'avons pas manqué de travail à Carthagène, moi et mon ami, Pedro Molano, qui était venu avec moi de Barcelone. Une fois le matériel débarqué, nous devions, les autres équipes de chauffeurs et nous-mêmes, le transporter par la route jusqu'aux bases russes d'Archena et d'Alcantarilla. La routine de ces allées et venues ne s'est interrompue qu'une fois, le jour où l'on nous a demandé de transporter les caisses d'un chargement ferroviaire depuis le dépôt jusqu'à une grande grotte étroitement gardée juste à l'extérieur de la ville. On ne nous a rien dit sur le contenu des caisses. Un grand mystère planait autant sur l'origine que sur la destination finale de la cargaison. On avança qu'il s'agissait des trésors du Prado, expédiés de Madrid pour être mis en sécurité. Je n'ai pas cru à cette histoire. Mais je n'aurais pas cru non plus à la vérité si je l'avais connue alors.

Pedro et moi étions cantonnés chez un boucher de Carthagène. Nous passions la plupart de nos soirées à boire dans un bar voisin et à échanger avec d'autres consommateurs les rumeurs qui circulaient sur le déroulement des opérations militaires. Un soir, nous sommes tombés sur un anarchiste andalou du nom de Jaime Bilotra. Un grand type jovial un peu bourru qui voyait les choses comme nous – ou du moins le prétendait. Ce qu'il faisait à Carthagène, il ne nous le dit qu'au bout d'un certain temps et de plusieurs rencontres, et au moment où nous le considérions comme un ami. Il nous demanda alors de venir faire un tour avec lui du côté des docks, de manière à pouvoir nous parler sans risquer d'être entendu. Nous n'avions pas de raison de refuser.

Bilotra nous apprit qu'il travaillait comme agent secret pour la FAI, la Fédération anarchiste internationale. Un informateur au ministère des Finances à Madrid, Luis Cardozo, avait prévenu la FAI qu'un plan avait été mis sur pied visant à envoyer en Russie la totalité des réserves en or du pays, et ce dans le but d'empêcher que les fascistes mettent la main dessus au cas où ils prendraient la ville et de couvrir le coût du ravitaillement en armes présent et à venir. Telle était la nature de la cargaison secrète que nous avions convoyée. Cardozo faisait partie des fonctionnaires de l'État qui l'avaient accompagnée jusqu'à Carthagène pour superviser son expédition en Russie, laquelle était à présent imminente.

Nous fûmes horrifiés. Nous avions cru jusque-là que Staline avait proposé son aide à la république pour des raisons purement idéologiques, or il semblait à présent qu'il ne différait en rien des autres marchands d'armes. Il était même pire à certains égards, puisque, comme nous le fit remarquer Bilotra, une fois en possession de l'or, il serait en mesure de dicter sa politique au gouvernement de la république. Et il n'affectionnait guère les anarchistes, c'était une certitude. Sa forme de communisme se faisait déjà sentir dans la militarisation des milices de la CNT. L'anarchisme finirait tôt ou tard par être écrasé. Cela aussi était une certitude.

Que pouvions-nous faire ? Rien, nous semblait-il. Mais Bilotra avait un plan. Il était vrai que si le gouvernement persistait dans sa folie, nous serions incapables de nous y opposer. Il était cependant en notre pouvoir de détourner une petite partie de l'or – qui constituerait encore un trésor considérable – pour l'envoyer à Barcelone, afin que la FAI l'utilise pour équiper les milices en toute indépendance. Pedro et moi conduirions un des camions au moment où l'or serait sorti de la grotte où il se trouvait et acheminé jusqu'aux docks pour être embarqué. Cardozo n'aurait alors qu'à ne pas faire figurer nos chargements dans le comptage officiel. Nous aurions ensuite toute latitude pour aller mettre notre butin à l'abri dans un grand garage fermé que Bilotra avait loué pour l'occasion. En attendant de le transférer dans un endroit plus sûr avant de le transporter à Barcelone. La question était de savoir si nous étions prêts à nous engager. Sans nous, Bilotra était dans l'impossibilité d'empêcher la sortie du pays de cet inestimable trésor espagnol – quelque chose comme deux milliards de pesetas en lingots d'or. Mais si nous collaborions, une petite partie en serait préservée et servirait la cause anarchiste. Il lui fallait une réponse dans les vingt-quatre heures. Nous ne pouvions prendre l'avis ni le conseil de personne sans les mettre en péril, lui et Cardozo. Il comptait sur nous pour agir conformément à nos convictions. C'était carrément, à l'entendre, l'avenir de l'anarchisme qu'il plaçait entre nos mains.

Nous avons accepté. Ce qui apparaît incroyablement naïf maintenant que je le raconte, mais ni Pedro ni moi ne doutions de l'honnêteté de Bilotra. Au cours de ces premiers mois de guerre, il y avait innocence et sincérité dans le cœur de ceux qui menaient le combat pour la révolution, et l'on en oubliait l'existence de la cupidité et de la corruption. Et puis, ce qu'il avait dit tenait debout. Nous ne pouvions refuser une pareille occasion d'aider notre cause. Et il était manifestement impératif de garder le secret. C'est ainsi que nous avons accepté d'entrer dans le complot, et sans aucune hésitation.

Le lendemain soir, Bilotra nous a fait rencontrer Cardozo. Un homme jeune, un peu nerveux, membre de la fonction publique jusqu'au bout des ongles. Mais il se déclara anarchiste convaincu et prêt à prendre autant de risques que nous. Nous sommes partis voir le garage et avons discuté du plan plus en détail. Cardozo nous a dit que l'or devait être transporté au cours des trois nuits successives précédant le départ du bateau, prévu pour le 25 octobre. Nous pourrions sans doute effectuer trois ou quatre allers-retours par nuit, mais il nous a suggéré de nous limiter à un seul camion. Bilotra en aurait voulu plus, mais Cardozo fit valoir qu'il ne pouvait pas risquer de falsifier davantage le décompte. On en est donc restés là.

Le plan fonctionna à merveille. Avec le black-out sur Carthagène en prévision des bombardements, il n'y avait personne pour nous voir détourner chaque nuit un camion chargé vers le garage. Lequel était beaucoup plus proche de la grotte où était entreposé l'or que ne l'étaient les docks, et nous avons passé le temps ainsi gagné à décharger les caisses avec l'aide de Bilotra. Une fois l'opération terminée, environ cent cinquante caisses se trouvèrent empilées dans le garage.

Les navires russes partirent pour Odessa le dimanche 25 octobre. Pedro et moi les regardâmes quitter le port, deux des rares personnes à Carthagène à connaître la nature de leur cargaison. L'expédition de cet or vers la Russie nous semblait alors – et me semble encore aujourd'hui – un acte de folie criminelle. Mais les citoyens ordinaires de ce pays sont habitués à pareille conduite de la part de leur gouvernement. C'est une des raisons pour lesquelles nous nous sommes entredéchirés dans une guerre civile. Et c'est aussi une des raisons qui font que nous serons perdants quelle qu'en soit l'issue.

Les équipes de chauffeurs se virent accorder une permission de quarante-huit heures à la fin de l'opération, ce qui nous laissa, à Pedro et à moi, la possibilité d'aider Bilotra dans la poursuite de son plan. Il avait loué un énorme camion à une carrière voisine, suffisamment grand pour accueillir la moitié des caisses, et avait repéré une cachette adéquate dans les montagnes, à une cinquantaine de kilomètres au nord-ouest de la ville. C'était en fait une mine de cuivre désaffectée, accessible à partir d'une piste défoncée mais carrossable. Nous avons transporté la moitié de l'or la nuit qui a suivi le départ des navires russes, et l'autre moitié le lendemain soir. Le chargement et le déchargement se sont révélés éreintants, mais à nous trois nous avons mené la tâche à bout. Bilotra nous pilotait pendant les trajets. Dans l'obscurité, Pedro et moi n'avions qu'une idée très vague de la route que nous suivions. La seconde nuit, Bilotra apporta de la dynamite, dont il se servit pour déclencher une petite explosion destinée à boucher l'entrée de la mine. L'or serait ainsi en sécurité, disait-il, jusqu'à ce que nous revenions le chercher.

Sur la route de notre retour à Carthagène aux premières heures du jour le mardi 27 octobre, Bilotra nous demanda de sortir de la route et d'arrêter le camion. Nous étions au milieu de nulle part. J'ai supposé qu'il voulait se soulager et je me suis exécuté sans plus réfléchir. C'est alors qu'il a sorti un pistolet et l'a braqué sur nous en nous ordonnant de descendre. Son attitude avait changé du tout au tout. Il s'était manifestement joué de nous tout du long. Et il est devenu tout aussi manifeste, quand il nous a emmenés à l'écart du camion, qu'il avait l'intention de nous tuer. Nous avons voulu savoir pourquoi, mais il n'a pas répondu. Puis, comme s'il voulait nous provoquer en nous assénant le coup de grâce, il nous a lancé : « Cet or ira à Franco. »

À cette idée, la colère en nous a chassé la peur. Nous nous sommes précipités sur lui. Il a tiré, et Pedro est tombé. Mais avant qu'il ait eu le temps de tirer à nouveau, je lui ai arraché son arme. Pedro était mort, et j'aurais tué Bilotra sur-le-champ si je n'avais pas eu conscience du fait qu'il était le seul à savoir où était l'or. Dans sa poche, il avait un plan qu'il avait tracé lui-même, précisant l'emplacement exact de la cache. Je l'ai obligé à me le remettre. C'est alors qu'il a dit quelque chose qui m'a stupéfié et horrifié à la fois. « J'ai menti pour Franco. Cardozo croit que l'or est destiné aux fascistes, mais ce n'est pas vrai. Ils n'en connaissent même pas l'existence. Personne n'est au courant, sauf l'officier nationaliste avec lequel Cardozo est en contact, le colonel Delgado. C'est lui qui m'a envoyé ici avec pour mission de mettre la main sur ce que je pourrais de cet or, une fortune dont nous ferions usage à des fins personnelles une fois la guerre terminée. Mais je saurai me montrer raisonnable. Tu pourrais avoir ta part du butin, Vicente. On a caché dans cette mine l'équivalent en lingots de quelque chose comme trente millions de pesetas. Nous sommes les seuls, toi et moi, à savoir où. Je dois retrouver Cardozo à 21 heures demain soir. Pourquoi ne pas lui tirer une balle dans la tête et espérer que l'un des tiens en fera de même avec Delgado avant la fin de cette folle histoire ? Ensuite on pourra vivre comme des rois. On sera les seuls gagnants, dans l'affaire. Qu'est-ce que tu en dis, Vicente ? »

Qu'est-ce que j'en disais ? Rien. Que dire, alors que mon ami était allongé, mort, à mes pieds, et que notre tentative insensée pour aider la cause anarchiste se terminait dans le sang, la trahison et la corruption ? J'ai abattu Bilotra sur place. Une balle dans la tête, comme il l'avait proposé pour d'autres. Et puis je me suis efforcé de réfléchir. Si j'avertissais les autorités, les choses ne pouvaient que mal tourner pour moi. La FAI n'était au courant de rien et ne manquerait pas de me désavouer, tandis que le gouvernement, de son côté, chercherait à empêcher les Russes d'apprendre qu'ils s'étaient fait déposséder d'une partie de l'or. Je mettrais tout le monde dans l'embarras. Et de là à être dénoncé comme traître et puni comme tel, il n'y avait qu'un pas. Il était vital que l'on ignore le rôle que j'avais joué dans cette histoire. Et vital, en fait, que l'affaire elle-même reste ignorée de tous.

J'ai pris le plan et l'arme et je me suis enfui, laissant Pedro et Bilotra morts à côté du camion. Je ne pouvais rien faire pour Pedro sans risquer d'être moi-même découvert. Et il n'y avait rien que j'aie eu envie de faire pour Bilotra.

Je suis arrivé à Carthagène à l'aube. Quand je suis allé reprendre mon service après mes quarante-huit heures de permission, j'ai dit à mes supérieurs que Pedro était porté manquant. Ils ne se montrèrent pas spécialement intéressés, s'attendant sans doute à ce qu'il se présente avant la fin de la journée. Dans le cas contraire, il serait déclaré déserteur. Combien de temps faudrait-il pour que le camion soit découvert et les deux corps identifiés – s'ils l'étaient –, je l'ignorais. Mais il me fallait voir Cardozo avant. Bilotra avait précisé qu'il devait le retrouver à 21 heures ce soir-là, et je supposais qu'ils avaient choisi le même point de rendez-vous qu'auparavant. Je ne me trompais pas. Cardozo était déjà là quand je suis arrivé.

Quand je lui ai raconté ce qui s'était passé, il a d'abord refusé de me croire. C'était compréhensible. Les événements avaient pris une tournure aussi désastreuse pour lui que pour moi. J'ai dû menacer de l'abattre avant qu'il consente à me révéler la vérité. C'était un sympathisant carliste, empêtré dans des principes traditionalistes, qui détestait tout ce que représentait la république. Depuis le début de la guerre, il faisait passer tous les renseignements à son contact à Burgos, le colonel Marcelino Delgado. Celui-ci l'avait chargé d'aider Bilotra de toutes les façons possibles. Et c'est ce que Cardozo avait fait. Mais c'était Bilotra qui avait suggéré qu'ils se fassent passer pour des anarchistes afin de nous convaincre, Pedro et moi, de collaborer. Cardozo reconnut avoir joué un rôle dans la tentative visant à nous tromper, mais il n'arrivait tout simplement pas à se faire à l'idée que lui aussi avait été dupé dans l'histoire.

J'aurais dû l'abattre séance tenante. Le secret aurait alors été bien gardé, et moi en sécurité. Mais ma colère était retombée, je ne le méprisais pas comme j'avais pu mépriser Bilotra. Bizarrement, j'avais de la pitié pour lui. Il croyait sincèrement à sa vision de l'Espagne, au moins autant que j'étais moi-même convaincu de la mienne. Il avait agi conformément à ses principes, tout comme j'avais suivi les miens. Et même maintenant, il n'arrivait pas à admettre le fait que nous nous soyons fait berner tous les deux, que la foi en des idéaux contraires comme l'étaient les nôtres ait été trahie.

J'ai hésité, et abaissé le pistolet. Il a vu qu'il avait une chance et il l'a saisie. Il s'est enfui, et je n'ai pas réagi. Comme un idiot, je l'ai laissé en vie. Je l'ai presque aussitôt regretté. Je le regrette encore aujourd'hui, même s'il m'arrive parfois de me féliciter de ne pas avoir ajouté son meurtre à celui de Bilotra.

Le lendemain matin, on m'a interrogé à propos de la disparition de Pedro. Quand j'ai voulu connaître la raison de ce soudain intérêt, on m'a répondu que sa disparition coïncidait avec celle d'un membre de l'administration qui visitait la région en compagnie d'une délégation du ministère des Finances. C'était Cardozo. Il avait décidé de prendre la fuite. Mais pour aller où ? Je pariai sur Burgos, soit qu'il voulût dénoncer Delgado, soit, s'il ne me croyait toujours pas, qu'il tînt à rapporter ce qui lui était arrivé. Dans un cas comme dans l'autre, être en possession du plan de Bilotra et être la seule personne encore en vie à savoir où était caché l'or me mettaient dans une position pour le moins périlleuse. Je ne pouvais pas avertir les autorités républicaines sans être arrêté – et vraisemblablement fusillé – pour trahison. Si, d'un autre côté, j'étais capturé par les nationalistes, et mon identité découverte, je connaîtrais le même sort, à ceci près qu'on m'arracherait d'abord sous la torture le lieu de la cachette. J'étais pris entre deux feux, et je savais d'instinct que je n'avais aucune chance d'en réchapper.

Ma situation est devenue encore plus critique quelques jours plus tard quand j'ai appris que le gouvernement avait été remanié afin d'inclure plusieurs anarchistes, dont le représentant de la Catalogne García Oliver, lequel devenait ministre de la Justice. C'était en contradiction totale avec toutes les convictions au nom desquelles nous autres anarchistes pensions nous battre, un abandon fatal de nos principes révolutionnaires. Qui compromettrait considérablement ma chance – fort mince – de persuader la FAI que j'avais œuvré dans son intérêt. Mon sort était scellé.

Pour l'instant, cependant, je pouvais encore espérer éviter une telle issue. Les nationalistes ont lancé leur assaut contre Madrid début novembre, et j'ai été rappelé dans la colonne Durruti, qui était restée en Aragon pour aider à défendre la capitale. Les questions concernant la disparition d'un fonctionnaire de l'État et du compagnon d'un chauffeur de poids lourd anarchiste à Carthagène passèrent bien vite au second plan en raison d'événements autrement plus graves. Je n'ai jamais su si le corps de Pedro avait été retrouvé et avait reçu une sépulture décente. Je l'espère. Quant à Bilotra, ce que j'espère, c'est que les mouches aient fini le travail des rats pour nettoyer son cadavre.

Madrid ne tomba pas. Je suis fier de ce que nous avons accompli, moi et mes camarades anarchistes, pour la sauver, même s'il en coûta la vie à notre commandant. Je ne suis pas fier en revanche du chaos engendré par les dissensions entre factions dans lequel s'est enlisé le mouvement anarchiste au cours de l'hiver suivant. Je suis heureux que Durruti n'ait pas vécu suffisamment longtemps pour en être témoin. Je regrette simplement de ne pas avoir pu mourir en même temps que lui, ce qui m'aurait épargné de voir mes pires craintes confirmées.

Je n'ai ni le temps ni le cœur de décrire la manière insidieuse dont la Russie, derrière l'écran de son pantin, le Parti socialiste unifié de Catalogne, entreprit d'étouffer la révolution dont nous pensions, au moment des événements de juillet 1936, qu'elle avait été mise sur les rails. Le côté le plus consternant de l'affaire fut l'incapacité de la CNT à s'allier avec le seul groupe communiste indépendant, le POUM. Ses membres ont été à couteaux tirés avec eux pendant tout le printemps 1937. Même quand les deux groupes sont enfin descendus dans la rue à Barcelone début mai, la CNT a continué à vouloir faire cavalier seul. Une action unie et concertée aurait été la seule façon de sauver la révolution. Mais la CNT en était incapable. J'étais cantonné avec ce qu'il restait de la colonne Durruti à Barbastro. Nous étions nombreux à penser qu'il fallait entrer dans Barcelone pour y affronter les forces de la réaction. Mais García Oliver nous l'a interdit, et Ricardo Sanz, notre commandant, s'est incliné. Nous n'avons donc pas bougé. Le POUM a été écrasé. Et plus tard, quand Staline l'a voulu, la CNT a été neutralisée.

L'échec de l'anarchisme en tant qu'instrument de la révolution a marqué la fin de mon militantisme. Je suis allé trouver Sanz pour lui dire que je ne pouvais plus me battre sous un tel étendard. Il a proposé de me transférer dans les Brigades internationales, où l'on avait sérieusement besoin de renforts. J'ai accepté. Et c'est ainsi que, depuis juin 1937, je sers non pas au côté de mes compatriotes catalans mais avec des étrangers qui se sont portés volontaires pour venir défendre le socialisme espagnol, sans savoir quelle imposture et quelle mascarade il est devenu. Je me suis fait quelques bons amis dans les rangs de ces Anglais amoureux de la liberté. Je me propose de confier ce récit à l'un d'entre eux quand je jugerai le moment venu. Il s'agit de Tristram Abberley, le poète, et j'espère qu'il pourra mettre sa réputation à profit pour s'assurer que la vérité sur les événements d'octobre 1936 à Carthagène soit connue du plus grand nombre.

Je ne m'attends pas à découvrir un jour s'il y parviendra, je ne m'attends pas, pour tout dire, à survivre à la bataille de Teruel. J'ai été chanceux trop longtemps. J'ai le sentiment que la chance va m'abandonner. Il serait plus juste de dire que j'en ai l'entière assurance. J'ai entendu parler du colonel Marcelino Delgado à plusieurs reprises au cours de cette guerre. Il est connu pour être brutal et sans pitié. Il fait partie des chefs des forces nationalistes engagées à Teruel. J'ai réussi à l'éviter jusqu'ici. Mais ce temps est fini. À Teruel, nos chemins sont destinés à se croiser.

C'est lui que Cardozo a dû aller trouver, et non Franco. Si ce dernier avait découvert l'existence de cette cargaison d'or expédiée en Russie, il l'aurait fait savoir au monde entier. Mais on n'a jamais eu aucune nouvelle en ce sens. Et Delgado sert toujours dans son armée, au lieu de pourrir dans la tombe après avoir subi la mort d'un traître. Il a donc dû s'assurer du silence de Cardozo, sans doute en l'éliminant. Et il doit donc savoir que c'est seulement en me retrouvant qu'il peut espérer à la fois garder son secret et mettre la main sur l'or qui ferait de lui l'un des hommes les plus riches d'Espagne.

Le plan de Bilotra se trouve, comme il l'a toujours été depuis que je le lui ai pris, dans mon paquetage, à l'intérieur d'un portefeuille en toile huilée, je le joindrai à ce récit avant de remettre le tout à Tristram. On trouvera là la preuve irréfutable que ce que j'ai écrit ici est vrai dans ses moindres détails.

Mes chances de sortir vivant du naufrage de la république sont minces. À bien des égards, je ne souhaite pas en réchapper. Je préférerais mourir les armes à la main, à Teruel ou ailleurs, plutôt que d'affronter le châtiment que réserve Franco aux Espagnols qui ont osé lui résister. Si je devais tomber aux mains de Delgado – ou de quiconque au courant de l'existence de l'or et prêt à m'arracher le secret du lieu où il se trouve –, je ne céderais pas. Je me tairais jusqu'au bout. Ce sera ma victoire que de mourir en sachant que Tristram fera connaître un jour la vérité au reste du monde.

Ce jour-là, je serai vraisemblablement mort. J'adresse une prière à quiconque lira ces lignes. Mon épouse Justina ne sait rien de ce que j'ai écrit dans ces pages. Elle et ma fille chérie Isabel sont innocentes des faits qui pourraient m'être reprochés. Elles vivent avec les parents de Justina, Alberto et Rosa Polanco, au 78 Passatge de Salbatore dans le quartier de Gràcia à Barcelone. Faites qu'elles ne souffrent pas à cause de moi. Apportez-leur toute l'aide que votre générosité pourra leur obtenir. Faites-le pour elles, pas pour moi. Je serai mort. Quand cette guerre sera terminée, seuls compteront les vivants. Et la vérité, bien sûr. La vérité compte toujours. C'est la raison pour laquelle j'ai rédigé ce témoignage.

79

Charlotte mit les feuillets sur le côté et regarda Isabel Vassoir, qui eut un léger hochement de tête, comme pour confirmer ce qu'elle n'avait pas encore dit.

« Voilà pourquoi Sam a été enlevée, n'est-ce pas ? demanda-t-elle. Pour cet or dont seul votre père savait où il était caché.

— J'en ai bien peur, Charlotte.

— Ce qui veut dire que cet homme… Delgado… doit être impliqué dans l'affaire.

— Il semblerait, en effet.

— Il veut récupérer le plan.

— Oui. Comme l'a écrit mon père, c'est la preuve irréfutable que ce qu'il dit dans ces pages est vrai.

— Vous l'avez, ce plan ?

— Si seulement c'était aussi simple, murmura Mme Vassoir en secouant la tête.

— Vous ne refuserez tout de même pas de vous en séparer alors que c'est la seule chose qui peut assurer la libération de ma nièce ?

— Je serais bien incapable de m'en séparer, voyez-vous.

— Que voulez-vous dire ? »

Elle déplia quelques feuilles de papier qu'elle avait tenues à la main pendant que Charlotte lisait. « Voici la lettre de Beatrix qui accompagnait le récit de mon père, dit-elle. Elle expliquera, mieux que je ne saurais le faire moi-même, à quel point il m'est difficile de vous répondre. » Charlotte lui prit la lettre des mains et reconnut d'emblée l'écriture de Beatrix.

« Comme vous pouvez le constater, poursuivit Mme Vassoir, elle n'est pas datée. Mais l'enveloppe montre qu'elle été postée à Gloucester le 23 juin. »

Jackdaw Cottage,
Watchbell Street,
Rye, East Sussex,
Angleterre

Très chère Isabel,

J'ai pris mes dispositions pour que cette lettre vous soit envoyée après ma mort, un événement dont je pense qu'il peut très bien survenir dans un très proche avenir.

Vous avez été assez bonne pour respecter mon souhait de ne pas mettre ma famille au courant de notre amitié, et je vous prierai aujourd'hui de m'assurer sur l'honneur que vous ne la contacterez pas même quand je ne serai plus de ce monde. Des événements se sont produits qui m'obligent à prendre une décision que j'aurais peut-être dû prendre il y a bien longtemps, à savoir vous remettre un document confié à mon frère par votre père en 1938 en Espagne. Quand vous l'aurez lu, vous apprécierez, je pense, le fait que je vous en aie caché l'existence pendant toutes ces années. Dans le cas contraire, j'implore votre pardon. J'ai agi en l'occurrence de la manière qui me paraissait la meilleure.

Mon frère a joint le document en question à la dernière lettre qu'il a écrite avant sa mort à Tarragone en mars 1938. La guerre civile faisait toujours rage quand j'ai reçu cet envoi, et je n'avais aucun moyen de savoir si votre père était encore vivant ou non. C'est la raison pour laquelle j'ai d'abord écrit à votre mère à Barcelone. Au vu du chaos qui régnait alors en Espagne, j'ai estimé plus prudent de ne pas lui parler du document, et de ne pas lui en révéler le contenu. En lui proposant de lui apporter toute l'aide dont j'étais capable, j'espérais honorer, au moins en partie, les promesses faites par mon frère à votre père, promesses que sa mort prématurée l'a empêché de tenir.

Quand la lettre de votre mère m'est parvenue presque un an plus tard du camp de réfugiés en France, j'avais fait la connaissance de Frank Griffith et appris la manière dont votre père s'était sacrifié pour lui sauver la vie pendant la retraite de Teruel. Sa bravoure semble plus grande encore quand on sait ce qu'il avait à craindre du colonel Delgado. Vous avez toutes les raisons de vous sentir très fière de lui.

Je n'ai rien dit à Frank du document, ni alors ni par la suite. Pas plus qu'à votre mère. Pourquoi ? Parce que, me semblait-il, ils avaient tous les deux besoin d'oublier ce qu'ils avaient vécu en Espagne durant cette période. S'ils avaient découvert le sort qu'a vraisemblablement connu votre père, ils auraient cherché à le venger en se lançant sur les traces de Delgado, en dénonçant le scandale de l'or volé. Sans y parvenir, bien sûr. La main de fer de Franco y aurait veillé. Mais ils auraient sans doute compromis leur vie dans cette tentative. Et je n'étais pas prête à en porter la responsabilité.

J'ai appris, au cours de ma longue vie, que le bien accompli en toute discrétion est plus durable que la charité destinée à se faire remarquer. Tous ceux qui croient me connaître – y compris les membres de ma propre famille – me prennent pour une femme endurcie, insensible, presque retirée du monde. La réalité est tout autre, j'ai un petit cercle d'amis très proches – dont vous faites partie – dont je crois pouvoir me flatter à juste titre d'avoir enrichi les vies au cours des années. Ce à quoi je les ai surtout aidés, c'est à se défaire des chaînes qui les liaient à leur passé, à jouir du présent en ne regardant que l'avenir. Ce faisant, j'ai collectionné leurs histoires abandonnées et je les ai gardées, pour ainsi dire, à la manière d'une conservatrice impartiale. Mais même de telles gardiennes doivent un jour renoncer à leur rôle. Le moment est venu pour ma collection d'être démantelée et pour certains de ses contenus d'être rendus à leurs légitimes propriétaires.

Peut-être aurais-je dû révéler la vérité à votre mère. Pas en 1939, bien sûr. Mais plus tard, quand elle aurait été capable de la considérer à la lumière d'un calme retrouvé. Toutefois, la tergiversation est un vice dont je ne suis pas plus exempte que le commun des mortels. Plus je reportais ma décision, plus il deviendrait difficile, je le savais, d'expliquer les raisons pour lesquelles je la retardais. Et votre mère semblait par ailleurs si heureuse, si fière de votre réussite, à vous et à Henri. Sans compter que je devais aussi penser à Frank. Même aujourd'hui, je ne suis pas sûre de la manière dont il va réagir à de telles révélations. Le colonel Delgado est-il mort ? Je l'ignore.

Mais je crains fort que Frank estime de son devoir de le découvrir.

La procrastination est, qui plus est, une habitude pernicieuse. Elle consolide son empire sur vous à mesure que l'on vieillit. J'aurais continué à m'y soumettre, n'étaient certaines séquelles imprévues de mon propre passé qui se manifestent aujourd'hui et qui font que ce document ne peut plus sans risque rester en ma possession. L'heure est venue pour moi de le remettre entre vos mains.

J'ai satisfait ma curiosité en vérifiant les détails du récit de votre père du mieux que je pouvais. Ils concordent en tout point avec les archives que l'on peut encore consulter aujourd'hui. On estime d'ordinaire la quantité d'or expédiée en Russie en octobre 1936 à 1,6 milliard de pesetas pour l'essentiel sous forme de pièces – louis, souverains, dollars et pesètes en or. Que Bilotra en ait exagéré le montant n'est peut-être pas surprenant, mais la somme correcte n'en reste pas moins astronomique. Le nombre total de caisses était aux environs de huit mille, même s'il existe des décalages entre le chiffrage des Espagnols et celui des Russes. Staline n'en a jamais rien rétrocédé, évidemment, si bien que de tels décalages, en admettant que Franco en ait jamais pris connaissance, ont vraisemblablement été attribués à la duplicité des Russes. Vous et moi savons qu'il existe une autre explication.

C'est à ce stade qu'il me faut émettre une mise en garde et m'expliquer sur une précaution que je me sens obligée de prendre. L'or volé n'a jamais été réclamé par qui que ce soit. Il est en conséquence assimilable à des billets de banque en circulation en ce qu'il représente une richesse qui n'appartient en propre à personne. Et une richesse, dans ce cas précis, aux proportions gigantesques. Si mon calcul est correct, cent cinquante caisses devraient représenter entre sept et huit tonnes d'or. Au prix d'aujourd'hui, semblable quantité de pièces d'or vaudrait quelque chose comme quarante millions de livres. Peut-on croire qu'un tel trésor se trouve encore caché dans les montagnes au nord-ouest de Carthagène ? On dirait bien que oui. Mais le faut-il vraiment ? Je n'en suis pas si sûre.

D'après votre père, le plan dessiné par Bilotra constituait la preuve irréfutable qu'il disait vrai. Il avait raison. C'est la seule clé capable d'ouvrir une porte que j'ai tenue fermée pendant près d'un demi-siècle. J'hésite à m'en séparer. Il est juste que vous puissiez lire l'histoire de votre père telle que lui-même la rapporte. Mais je ne me sens pas le cœur d'y joindre ce qui pourrait bien constituer pour vous un danger autant qu'une malédiction. Delgado est-il encore en vie ? Ou Cardozo ? En admettant que l'un ou l'autre le soit, il pourrait bien aller jusqu'au meurtre pour mettre la main sur cette vieille feuille de papier chiffonnée. C'est là un risque que je ne peux me permettre de courir. Une menace à laquelle je ne veux pas vous exposer. Ce plan, je ne peux pas le garder, mais je ne peux pas non plus le remettre à qui que ce soit. Par conséquent, je vais le détruire. Chérissez à jamais les mots magnifiques de votre père, Isabel. Laissez-moi sceller son secret.

Avec toute mon affection,
Votre amie,

Beatrix

« Elle a détruit le plan ? demanda Charlotte, incrédule, tout en rendant la lettre à son hôtesse.

— Que conclure d'autre ? dit Isabel Vassoir, dont le regard croisa le sien. Beatrix dit dans sa lettre qu'elle en avait l'intention, n'est-ce pas ? Et quand elle disait quelque chose, ce n'étaient jamais des paroles en l'air.

— Mais... sans ce document...

— Il vous est impossible de donner aux ravisseurs tout ce qu'ils réclament ? Exactement.

— Ils ne nous croiront jamais. Ils penseront que nous essayons de les tromper.

— C'est possible, en effet, dit Isabel Vassoir, en abaissant les yeux sur la lettre de Beatrix. Je suis désolée, Charlotte. La première fois que j'ai lu cette lettre, une fois remise du choc, je me suis sentie heureuse que Beatrix ait détruit le plan. Un tel acte écartait de mon chemin toute tentation – celle de dénoncer un ancien scandale, j'entends, pas de partir à la recherche d'un trésor caché. Il signifiait que je n'avais pas à décider moi-même de ce qu'il fallait faire. Il me disait tout ce que j'avais besoin de savoir – et pas davantage. Il était à la fois bienvenu et définitif. Mais à présent..., conclut-elle avec un soupir.

— Le plan était la clé de la liberté de Sam, autant que celle du passé de votre père, murmura Charlotte. Et Beatrix l'a jetée. »

80

« Et maintenant, qu'avez-vous l'intention de faire, Charlotte ? »

C'était le lendemain matin, à Suresnes. Charlotte avait passé la nuit chez les Vassoir, et, à présent qu'elle se préparait à partir, Mme Vassoir lui posait une question qu'elle s'était déjà posée des dizaines de fois – sans trouver de réponse.

« La décision vous appartient, bien entendu. Vous devez prendre la déclaration de mon père, l'original et la traduction. Prenez également la lettre de Beatrix. Utilisez-les avec ma bénédiction pour faire libérer votre nièce. J'espère simplement que ces documents seront suffisants. Mais, sans le plan, je n'en suis pas sûre.

— Moi non plus, répliqua Charlotte. Vous m'avez demandé ce que j'allais faire, et la vérité c'est que je n'en sais rien. Si j'avais le plan, je serais tentée de contacter les ravisseurs sans en informer la police. Ce serait le moyen le plus sûr d'obtenir que Sam soit relâchée saine et sauve. Mais je ne l'ai pas, et je suis dans l'incapacité de me le procurer.

— Vous allez donc mettre la police au courant ?

— Dans l'espoir que les autorités espagnoles pourront retrouver la trace de Delgado – ou celle de Cardozo – avant la date fatidique ? demanda Charlotte avant de hocher la tête. Il semble que ce soit la meilleure chose à faire.

— Mais je vois à votre visage que vous avez des doutes.

— Oui, c'est vrai », dit Charlotte, qui se leva et alla jusqu'à la fenêtre.

Dehors, un matin gris d'un calme infini semblait attendre sa décision. Rien ne bougeait dans le silence, en dehors d'un pigeon qui remuait paresseusement sur son perchoir sous le toit mansardé de la maison d'en face. Elle savait qu'il lui fallait partir sur-le-champ si elle voulait être de retour en Angleterre en milieu d'après-midi. Mais l'incertitude paralysait ses mouvements autant que sa réflexion. Il devait bien y avoir un moyen de libérer Samantha – et tout le monde avec elle – des tentacules qu'agitaient encore des événements vieux de cinquante ans. Mais, si un tel moyen existait, elle ne voyait pas lequel.

« Je voudrais tant pouvoir vous conseiller, dit Mme Vassoir en la rejoignant près de la fenêtre. Mais j'en suis incapable. J'en sais trop peu pour pouvoir juger de ce que vous auriez de mieux à faire. Si seulement il y avait quelqu'un qui en avait le pouvoir.

— Oui, renchérit Charlotte. Si seulement. »

Six heures plus tard, Charlotte avait récupéré sa voiture et quittait Douvres, une grande enveloppe marron contenant la déclaration de Vicente Ortiz et la lettre de Beatrix posée sur le siège passager à côté d'elle. Elle conduisait vite, au milieu de la circulation désespérément lente du vendredi après-midi, comme si elle avait hâte d'arriver à une destination bien précise, comme si le doute avait depuis longtemps cédé la place à la précipitation. Ce n'était pourtant pas le cas. Newbury ? Pour dire à l'inspecteur principal Golding tout ce qu'elle savait ? Bourne End ? Pour laisser Ursula décider de l'action à entreprendre ? Ou Tunbridge Wells ? Histoire de s'accorder un délai supplémentaire pour réfléchir à son dilemme ? Elle-même ignorait encore quel parti elle finirait par prendre.

Quand Derek Fairfax arriva chez lui tard dans l'après-midi, las et déprimé, il n'avait aucune intention de s'attarder. À vrai dire, il se serait rendu directement au George & Dragon s'il n'avait pas soupçonné qu'il risquait de boire en telle quantité qu'il aurait tout intérêt à ne pas rentrer en voiture. Dans la mesure où il recevait rarement de la visite, il fut grandement étonné de constater qu'un véhicule stationnait devant son garage à Farriers. Plus étonné encore quand il reconnut la Peugeot de Charlotte Ladram.

Elle l'attendait, assise dans la voiture, la vitre baissée, la radio diffusant de la musique de chambre. Elle avait l'air encore plus lasse que lui, les cheveux décoiffés, de grands cernes sous les yeux. Elle ne lui sourit pas en le voyant approcher, se contentant de lever les yeux et de croiser son regard, d'un air fait d'un étrange mélange de franchise et de découragement.

« Charlotte ? Jamais je… Qu'est-ce qui se passe ?
— On peut parler, Derek ? J'ai besoin de votre avis. »

Une heure plus tard, ils se mettaient en route pour le pays de Galles. L'idée de Charlotte était que la personne la mieux placée pour décider de la marche à suivre maintenant se trouvait être Frank Griffith. L'homme avait combattu en Espagne, et, ce faisant, acquis l'expérience du pays et de ses habitants. Il avait connu Vicente Ortiz et l'avait entendu parler du colonel Delgado. Il avait été l'ami de Tristram – ainsi que celui de Beatrix. En tant que tel, il avait le droit de décider.

Derek ne s'était pas opposé à ce raisonnement, même s'il n'y souscrivait pas. Il sentait que Charlotte avait besoin de parler une dernière fois avec Frank avant de remettre ce qu'elle avait découvert à ceux auxquels incombait la responsabilité de retrouver sa nièce. Demain à la même heure, ils auraient mis le problème entre les mains de la police. Il en serait heureux, même s'il était également heureux de l'opportunité inattendue qui lui était offerte de sauver son amitié avec Charlotte. En ce qui le concernait, c'était le seul bénéfice que pourrait rapporter leur voyage au pays de Galles, le seul nouveau départ qu'il était susceptible de représenter.

81

Le feu était en train de s'éteindre à Hendre Gorfelen, mais Frank Griffith ne semblait pas s'en apercevoir, tout absorbé qu'il était dans sa lecture. Charlotte étudiait son visage étroit et sillonné de rides, ses yeux profondément enfoncés et ses pommettes saillantes que les ombres dansantes des flammes mourantes faisaient encore davantage ressortir. À côté d'elle, épuisé par le long trajet depuis le Kent, Derek était endormi sur sa chaise, le menton sur la poitrine. Charlotte, quant à elle, avait l'impression qu'elle ne dormirait plus jamais. Attendre la réaction de Frank au récit de son vieil ami maintenait ses sens en éveil, exacerbait sa réflexion. Pour elle, c'était un fragment d'un passé qu'elle n'avait aucun espoir de jamais comprendre. Mais pour ce vieil homme, c'était sans doute une voix qui lui venait de sa jeunesse. Les doigts noueux qui tenaient les pages s'étaient à une époque crispés sur la détente d'un fusil braqué sur l'ennemi à Teruel. Les yeux rivés sur cet écrit posthume avaient été posés un jour sur son auteur, tandis qu'il marchait vers sa mort dans les collines de l'Aragon. Mais ce n'était qu'aujourd'hui qu'ils touchaient à la vérité et entrevoyaient le sens qu'elle pouvait avoir.

Charlotte regarda la pendule et fut surprise de constater qu'il était plus de minuit, ne se souvenant pas d'avoir entendu sonner l'heure. C'était le samedi 3 octobre, et elle savait qu'elle aurait déjà dû agir de façon décisive aussitôt après sa découverte. Au lieu de quoi… Elle reporta les yeux sur Frank et la surprise la fit sursauter, car il avait le regard posé sur elle, les pages repliées dans la main. Il avait terminé sa lecture.

« Pourquoi m'avoir apporté ça ? demanda-t-il d'une voix qui tenait du murmure.

— Parce que Vicente était votre ami. Qu'il est mort pour vous. Vous aviez le droit de…

— Le droit ? »

Son visage se crispa, comme sous l'effet de la douleur. Il garda les yeux clos un moment, avant de dire :

« Beatrix me connaissait trop bien. Peut-être nous connaissait-elle tous trop bien. Sa décision était la bonne. Il aurait été préférable que l'histoire de Vicente ne soit jamais racontée. Sans votre frère…

— C'est ce qui se serait passé. J'en suis bien consciente. Maurice était un idiot. Il n'avait aucune idée de ce dans quoi il mettait le nez. Comme nous tous, d'ailleurs, je me trompe ? En dehors de Beatrix, bien sûr.

— En dehors de Beatrix, confirma Frank, qui sortit la lettre adressée à Isabel Vassoir de dessous les pages du récit de Vicente pour la contempler. Je l'aimais, vous savez.

— Oui. Je crois que je le savais.

— Mais elle ne m'aimait pas. Elle veillait sur moi, elle m'aimait bien, elle m'aidait. Mais ses affections avaient un caractère trop… trop universel pour se porter sur moi personnellement. Et puis, l'amour suppose la confiance. Et elle avait trop de secrets à garder. Beaucoup trop.

— Frank, à propos de ma nièce…

— Vous pensez qu'on a là la raison pour laquelle elle a été enlevée ? dit-il en tapotant les feuillets du doigt.

— Pas vous ?

— Si, répondit-il au bout d'un moment de réflexion, plissant le front sous l'effet de la concentration. Ça ne peut pas être autre chose.

— Delgado ?

— Peut-être. S'il est toujours en vie. Ou quelqu'un qui a hérité de ce qu'il savait. Ou l'a appris par hasard. Manifestement, ils n'ont découvert que récemment que c'était Beatrix qui avait détenu pendant toutes ces années ce qu'ils cherchaient. Maurice a dû attirer leur attention d'une façon ou d'une autre. Sinon…

— Est-il important de connaître la manière dont ils l'ont découvert ? Ils l'ont fait, point.

— Il se pourrait que ce soit important. Ou pas. Et maintenant, qu'avez-vous l'intention de faire, Charlotte ? »

La même question que celle que lui avait posée Isabel Vassoir – exactement dans les mêmes termes.

« J'espérais que vous me le diriez.

— Moi ?

— Oui, vous, qui étiez là-bas, en Espagne. Qui connaissiez Vicente. Qui l'aviez entendu parler de

Delgado. Qui avez une meilleure idée que moi de la façon de penser de ces gens.

— Croyez-vous ? »

Il fit une grimace et se baissa pour ramasser son verre par terre, à côté de son fauteuil. Un verre vide. Avec un grognement, il prit appui pour se lever et alla jusqu'à son bureau, où l'attendait la bouteille de vodka.

« Vous ne croyez pas que vous avez assez bu ? dit Charlotte, qui regretta aussitôt le caractère présomptueux de sa remarque.

— Je suis sûr que non, gronda-t-il, et il se servit une dose substantielle. Je me souviens encore très bien, voyez-vous. Le sourire sur le visage de Vicente. Le haussement d'épaules fataliste qu'il a eu en quittant la grange et en descendant la colline pour aller se rendre. Et la question que m'a posée Tristram à Tarragone sur son lit de mort : "La patrouille qui a ramassé Vicente, c'était une de celles de Delgado, Frank ?" Je l'ignorais, évidemment. Et je ne comprenais pas quelle importance ça pouvait avoir. » Il avala une gorgée de vodka. « Aujourd'hui, c'est différent, reprit-il avant de se tourner vers elle. Si je l'avais su – si Vicente m'avait fait confiance à moi plutôt qu'à Tristram – est-ce que je l'aurais encore laissé se rendre ?

— Je... je ne sais pas.

— Non. Et moi non plus, dit-il en retournant s'asseoir d'un pas lent. Je ne peux vous être d'aucun secours, Charlotte. Et je n'ai été d'aucun secours pour Vicente. Ne me demandez pas ce qu'il faut faire. »

Il souffrait d'une blessure d'orgueil et de remords qui l'entraînaient dans les remous de l'introspection et du désespoir. Soudain, Charlotte comprit qu'elle devait le sortir de cet accès d'apitoiement sur lui-même.

« C'est pourtant ce que je fais ! Et si je vous le demande, c'est parce que je ne vois personne d'autre qui puisse m'aider. Alors, Frank, pour l'amour de Dieu, aidez-moi ! »

Derek se réveilla en sursaut et regarda autour de lui.

« Qu'est-ce… Je suis désolé, j'ai dû…

— Vous avez dormi, dit Frank. Mais pas aussi longtemps que moi.

— Vous… vous avez eu le temps de tout lire ?

— Oui.

— Et que… Qu'en pensez-vous ? »

C'est Charlotte que Frank regarda tandis qu'il répondait à la question de Derek.

« Je crois que vous avez le choix entre trois solutions. Et il se peut qu'aucune ne soit la bonne. La plus évidente est sans doute aussi la plus sage : allez à la police. Racontez-leur toute l'histoire. Si Delgado est toujours vivant – ou Cardozo –, les autorités espagnoles devraient pouvoir le retrouver. Mais celui qui a mis sur pied une pareille opération n'est pas idiot. Ne comptez pas qu'il attende docilement chez lui, avec la gamine ligotée dans son salon. Elle sera bien cachée, la fille. Et il aura couvert ses traces. Il est tout à fait possible que la police ne réussisse pas à le localiser avant le 11. Ou, en admettant qu'elle le fasse, elle risquerait en l'effrayant de le pousser à… des mesures extrêmes.

— Vous voulez dire qu'il tuerait Sam ?

— C'est un risque. Qu'il faut nécessairement envisager.

— Mais la police a l'habitude de ce genre d'opération, intervint Derek. Elle sait comment s'y prendre. »

Frank avait toujours les yeux rivés sur Charlotte.

« Quelle est la deuxième solution ? demanda celle-ci.

— Faire paraître l'annonce dans l'*International Herald Tribune.* Quand les ravisseurs reprendront contact avec vous, expliquez-leur votre problème. Essayez de les convaincre que vous ne disposez pas du plan, ni vous ni personne. Faites appel à leur raison. Mais n'oubliez pas que vous n'aurez qu'une seule chance. Quand l'annonce paraîtra, la police la verra aussi bien que les ravisseurs, et elle risque de réagir plus vite. Si bien qu'il se pourrait que, malgré vous, cette deuxième solution devienne la première.

— En ce cas, la démarche la plus sensée et la plus logique serait de mettre les choses à plat tout de suite », dit Derek.

Du coin de l'œil, Charlotte sentit qu'il l'observait tout en parlant, mais elle garda les yeux fixés sur Frank.

« Et la troisième solution ?

— Partir du principe que c'est Delgado le responsable. Et essayer de le trouver vous-même. Négocier avec lui personnellement. Lui faire comprendre qu'éliminer leur prisonnière reviendrait à déclencher un scandale de nature à détruire sa réputation. Un bon fasciste est plus préoccupé de son honneur que d'argent. Priez le ciel pour que Delgado ne fasse pas exception à la règle.

— Mais nous savons déjà que c'est le cas, dit Derek. Sinon, il n'aurait pas voulu garder l'or pour lui. Il en aurait fait don à la cause.

— C'est vrai, concéda Frank.

— Et puis, nous ne sommes pas certains qu'il soit coupable. Le vrai coupable pourrait être Cardozo. Ou même quelqu'un d'autre.

— Toujours vrai.

— Et enfin, nous n'avons pas la moindre idée de l'endroit où se trouve Delgado et aucun moyen de le localiser. Nous ne savons même pas s'il est encore en vie.

— Là, c'est faux, dit Frank, dont le regard posé sur Charlotte se fit plus aigu. Je crois que je suis en mesure de découvrir s'il est vivant et, s'il l'est toujours, où il vit.

— Vraiment ?

— Oui. La question est : voulez-vous que je le fasse ? »

82

Quand ils atteignirent les faubourgs de Swansea, la tâche consistant à ne pas perdre de vue la Land Rover de Frank devint plus ardue, et plus nombreuses les réserves de Derek quant au bien-fondé de leur expédition. La seule chose à faire à ses yeux était d'aller trouver la police, laquelle disposait des effectifs, des moyens, des contacts et de l'expérience nécessaires, là où Frank Griffith n'avait pour toute ressource que des souvenirs vieux d'un demi-siècle et un entêtement à toute épreuve. Il n'avait même pas consenti à leur expliquer la raison pour laquelle ils se rendaient à Swansea, ni celle pour laquelle ils devaient voyager dans deux véhicules séparés. Charlotte avait admis sans ambages qu'elle n'en avait aucune idée. Mais elle avait décidé de laisser Frank prendre les choses en main. Et Derek était bien obligé de la suivre là où elle allait – même s'il n'était pas d'accord avec elle. Il attachait plus de prix à leur amitié qu'au respect de la logique et au sens des responsabilités. Une amitié qui avait déjà survécu à plusieurs crises, et il était décidé à ne pas être à l'origine de la crise de trop. Charlotte avait toute confiance en Frank. En conséquence, Derek était contraint – au moins pour le moment – d'en faire autant.

Ils n'auraient heureusement plus à s'accrocher aux basques du vieil homme encore bien longtemps. Charlotte le lui avait promis au moment où ils quittaient Hendre Gorfelen le matin même.

« Je veux juste voir ce qu'il a en tête, Derek. Il semble certain de pouvoir apprendre quelque chose sur le compte de Delgado. Est-ce que ça ne vaut pas la peine de voir de quoi il s'agit ?

— Avant d'aller à la police ?

— Oui. Bien sûr. À moins que…

— À moins que quoi ?

— Je ne sais pas. Donnons-lui sa chance, d'accord ?

— En allant d'abord à Swansea ? Je me demande ce qu'on pourrait bien apprendre sur un fasciste espagnol dans la ville natale de Frank Griffith.

— Je vous l'ai dit, *je ne sais pas.* Mais j'y vais quand même. Vous venez avec moi ?

— Oui. Bien sûr. »

Ils se dirigeaient à présent vers le sud en traversant de mornes banlieues sous un ciel menaçant. Sur leur droite, des lotissements grisâtres montaient à l'assaut des collines, tandis qu'à leur gauche des usines et des terrains vagues suivaient le tracé sinueux de la Tawe. C'était quelque part dans cet environnement, si rude et inhospitalier pour Derek, que Frank Griffith avait passé la plus grande partie de sa vie. Et c'était vers lui qu'il revenait aujourd'hui pour y chercher quelque chose.

Ils atteignirent le front de mer au sortir du chaos du samedi matin dans le centre-ville, puis suivirent la rive de la baie en direction de l'ouest et du phare lointain de Mumbles Head. Le paysage changea à mesure qu'ils avançaient, les introduisant dans un monde plus accueillant de pensions de famille, de salons de thé, de greens et de lacs de plaisance. Puis Frank tourna dans une rue en pente sinueuse où des pins et des rhododendrons abritaient du regard les façades de discrètes villas victoriennes. C'est devant l'une d'elles que se termina leur voyage : maison de retraite Owlscroft House.

« Nous allons rencontrer un ami à moi, expliqua Frank sur le parking. Lew Wilkins et moi, on a commencé à travailler ensemble à quinze ans dans l'usine d'étamage Dyffryn à Morriston. Neuf ans plus tard, on a pris le train pour Londres un samedi après-midi, on est allés au centre de recrutement du parti communiste dans Mile End Road, et on s'est engagés pour partir combattre en Espagne.

— Est-ce qu'il connaissait Vicente, lui aussi ? demanda Charlotte.

— Non. Ni Tristram. Il a été blessé à Jarama début 1937 et a été rapatrié pour raisons médicales.

— Alors pourquoi… », commença Derek.

Mais Frank ne prit pas le temps de l'écouter, et déjà il s'éloignait en direction du porche d'entrée couvert de lierre, laissant Derek et Charlotte échanger un sourire avant de partir à sa suite.

La chambre de Lew Wilkins était petite mais gaiement décorée ; elle avait vue sur le jardin et offrait un aperçu de la baie au loin, entre les sommets des arbres. Lew était un vieillard frêle et desséché, qui fut incapable de se lever de son fauteuil pour les accueillir, et dont la voix semblait hésiter au rythme du tremblement de ses mains. Mais dans ses yeux brillait un feu semblable à celui qui animait ceux de Frank Griffith, un éclat que n'avaient réussi à éteindre ni l'âge ni l'infirmité.

« Quel bon vent t'amène, Frank ? demanda-t-il. Et qui sont ces bonnes gens ?

— Des amis à moi, Lew.

— Des amis ? Alors, c'est que les choses s'arrangent pour toi.

— Pas nécessairement, non. Écoute, je ne peux pas rester longtemps.

— Bref, pas plus que tu es jamais resté, dit Lew avec un petit rire.

— Je voulais te demander des renseignements sur Sylvester Kilmainham.

— Kilmainham ? Je croyais t'avoir entendu jurer que tu ne voulais plus rien avoir à faire avec lui.

— J'ai changé d'avis.

— Tiens donc, tu n'as jamais changé d'avis depuis tout le temps que je te connais. Ce qui doit faire soixante ans bien tassés. Alors, de quoi s'agit-il ?

— Je ne peux pas t'expliquer. Mais il faut que j'entre en contact avec lui. Est-ce que tu es prêt à m'aider ?

— Il va vouloir te poser des tas de questions. Ratisser un terrain dont tu m'as dit que tu ne voulais plus jamais entendre parler.

— Je sais bien, oui. N'empêche que…, dit Frank, tout en échangeant un long regard éloquent avec son ami.

— Fais comme tu veux. Comme tu as toujours fait,

dit Wilkins avant de se tourner vers Derek. Vous voyez ce pot sur le bureau, mon jeune ami ? Regardez dedans, vous devriez trouver la carte de visite de Kilmainham quelque part au milieu des bulletins de pari. »

Derek souleva le couvercle d'un pot en terre ventru et en sortit le contenu pièce par pièce. Une réserve de bulletins de pari, effectivement, des cartes de rendez-vous chez le médecin, des factures, des reçus, quelques comprimés épars et non identifiés… et la carte de visite élégamment imprimée au nom de Sylvester C. Kilmainham, Esq., et comportant adresse et numéro de téléphone.

« Ça y est, je l'ai, annonça Derek en la brandissant devant lui.

— Bien, dit Frank, qui la lui prit des doigts avant de jeter un coup d'œil sur l'inscription. Il habite Londres. Nous pouvons y être dans l'après-midi. Lew, est-ce qu'il y a un téléphone en bas d'où je pourrais appeler ?

— On est impatient, à ce que je vois, après toutes ces années à se faire désirer, dit Lew en grimaçant un sourire. Oui, il y a un téléphone que tu peux utiliser. Demande à la directrice. Attention, elle est redoutable.

— Qui est M. Kilmainham ? intervint Charlotte.

— Vous ne le savez donc pas ? dit Lew. Mon vieux camarade ne vous l'a pas dit ?

— Non, dit Frank. Il ne l'a pas fait. Tu veux bien m'éviter cette peine, Lew ?

— Comme tu veux. Sylvester Kilmainham est un passionné de la guerre civile espagnole. Il fouine partout pour en apprendre toujours plus sur le sujet. Il est venu ici plus d'une fois pour me soutirer des renseignements. Il est en train de compiler son *magnum opus*, vous voyez. Et ça dure depuis des années. Un dictionnaire biographique couvrant tous les acteurs du conflit. Tous ceux qui se sont battus en Espagne, même les plus obscurs, et de quelque côté qu'ils aient été. Il se flatte d'avoir la collection la plus complète de renseignements biographiques existante à ce jour, même si le perfectionniste qu'il est ne peut pas la considérer comme terminée tant qu'il n'y aura pas inclus le dernier des militants de base et des compagnons de route. Aujourd'hui encore, certains – dont Frank ici présent – manquent à son tableau de chasse. J'ai bien failli en plusieurs occasions lui donner l'adresse de Frank tellement il me faisait pitié, mais…

— Sa compilation couvre-t-elle les Espagnols engagés dans le conflit ? l'interrompit Charlotte.

— Un grand nombre, à coup sûr.

— Même les officiers de l'armée nationaliste ? s'enquit Derek. Les colonels, par exemple ?

— Oui, forcément. Jusqu'au dernier, je dirais.

— C'est bien ce que j'espère, dit Frank. Jusqu'au dernier. »

83

Charlotte ne savait pas si elle devait se réjouir ou s'attrister de ce que Sylvester Kilmainham ait été chez lui quand Frank l'avait appelé d'Owlscroft House. Si le hasard avait voulu qu'il soit absent, elle aurait eu une bonne raison de communiquer à la police tous les renseignements en sa possession, en faisant valoir qu'attendre plus longtemps risquait d'être dangereux. En l'état actuel des choses, ayant suivi Frank aussi loin, elle n'avait pas d'autre choix que de l'accompagner dans l'étape suivante. Leur rendez-vous avec Kilmainham était fixé à 16 heures. Après quoi, elle s'en était fait la promesse, elle s'attellerait à la démarche que Derek la pressait d'entreprendre. Quoi qu'ils puissent retirer de cette entrevue, elle n'hésiterait pas plus longtemps.

Kilmainham occupait un appartement en sous-sol dans une rue tranquille, quelque part sur la frontière indécise entre Hampstead et Cricklewood. C'était un homme fort, pour ne pas dire corpulent, âgé d'une bonne quarantaine d'années, qui avait une tignasse frisée de la couleur et de la texture d'une éponge métallique, et qui donnait l'impression de loucher, effet produit peut-être par les verres épais de ses lunettes. Il portait un pull surdimensionné aux mailles très lâches, suffisamment long et informe pour passer pour un tablier et constellé de taches de nourriture ou de peinture. La joie exubérante avec laquelle il accueillit Frank était celle d'un passionné de trains qui voit pour la première fois une locomotive depuis longtemps recherchée. Elle éclipsait totalement Charlotte et Derek, les réduisant au rang de simples spectateurs de la rencontre.

« Monsieur Griffith ! Quel plaisir rare et inattendu ! J'avais cessé d'espérer vous rencontrer un jour.

— Lew Wilkins m'a dit que vous étiez désireux de me parler.

— Un bel euphémisme, ma foi. Vous êtes un des rares membres des Brigades internationales à avoir glissé entre les mailles de mes filets. En cette qualité, vous êtes plus bienvenu que les mots ne pourraient l'exprimer. Entrez, entrez, je vous prie. »

Charlotte et Derek se virent accorder un vague hochement de tête, et Kilmainham les fit entrer dans un vaste séjour à l'atmosphère confinée. L'espace était une denrée rare ici, occupé qu'il était par des rayonnages qui montaient le long des murs jusqu'au plafond, une rangée au garde-à-vous de classeurs de bureau gris foncé et une immense table croulant sous les boîtes à chaussures. Chacune d'elles était remplie à ras bord de fiches écornées, dont beaucoup étaient assorties de petites notes qui s'agitèrent dans un même mouvement d'envol sous l'effet du courant d'air créé par leur arrivée. Les côtés des boîtes étaient barrés de titres écrits au stylo-feutre en lettres très larges, et Charlotte vit sans peine qu'il s'agissait là des archives légendaires de leur hôte sur la guerre civile d'Espagne. « RÉPUBLICAINS E-G », « RUSSES M-R », « JOURNALISTES D-F », « DIVERS A-D ». Et, dégagée des autres prêtes à être consultées, la boîte portant l'inscription « BRITANNIQUES F-H ».

« Je songe à informatiser tout ça, annonça Kilmainham. Mais j'ai commencé avant l'arrivée des nouvelles technologies, et maintenant… Mais bon, il va bien falloir que je m'y mette, à un moment ou à un autre avant 2011, n'est-ce pas ? ajouta-t-il avec un grand sourire.

— Pourquoi 2011 ? demanda Charlotte.

— Ce sera le soixante-quinzième anniversaire du début de la guerre. C'est la date à laquelle j'espère bien publier les résultats de mon travail. J'avais d'abord pensé pouvoir le faire à l'occasion du cinquantième, mais c'était faire preuve d'un excès d'optimisme. Voulez-vous une tasse de thé ?

— Je préférerais qu'on règle d'abord notre affaire, dit Frank.

— Tout à fait admirable de votre part, cher monsieur. Votre fiche vous attend. » Kilmainham s'empara d'une carte qui dépassait des autres dans la boîte « BRITANNIQUES F-H », s'assit sur un tabouret devant la table et brandit un stylo. « Pouvons-nous d'abord vérifier les quelques renseignements dont je dispose vous concernant ? Né à Swansea en 1912. C'est exact ?

— Pas si vite, s'il vous plaît. C'est de vous que j'attends des renseignements avant de vous en fournir de mon côté.

— Ah, dit Kilmainham en fronçant les sourcils, c'est une procédure quelque peu inhabituelle. Je…

— Tout ce que vous avez sur deux Espagnols en échange de tout ce que vous voulez savoir sur moi.

— Je vois, dit l'autre, dont l'étonnement fit place à un sourire résigné. Bon, pourquoi pas ? Qui sont ces deux hommes ?

— Un membre de l'administration républicaine du nom de Cardozo et un colonel nationaliste nommé Delgado.

— Cardozo… Delgado ? Ça ne m'évoque rien, mais… » Il eut un geste en direction des boîtes à chaussures. « Ça ne signifie pas grand-chose. Voyons voir ce que nous avons là. » Il tapota ses dents du bout de son stylo un instant, puis attira à lui un des cartons et fit défiler les fiches, tout en marmonnant dans sa barbe. « Cab… Cal… Cap… Car… Cardozo. Le voilà ! s'exclama-t-il. Ça doit être lui. Luis Antonio Cardozo, secrétaire adjoint au ministère des Finances, de février à octobre 1936. Je n'ai pas grand-chose sur son compte, j'en ai peur.

— Dites toujours ce que vous avez, dit Frank.

— Eh bien…, répondit Kilmainham tout en suçotant son stylo. Né à Madrid en 1910. Fils de fonctionnaire – la bureaucratie dans le sang, apparemment. Fréquente le collège de l'Escurial. Études de droit à l'université de Salamanque. Entre dans l'administration en 1932. Suit une série de postes qui lui permettent de gravir les échelons jusqu'à celui du ministère des Finances que je viens de mentionner. » Il s'interrompit une seconde avant d'ajouter : « Une triste fin, je le crains.

— Que voulez-vous dire ?

— Il a disparu à Carthagène le 27 octobre 1936, alors qu'il secondait le secrétaire permanent, Méndez Aspe, dans la surveillance de l'expédition de la réserve nationale d'or vers la Russie. Soupçonné d'être passé chez les nationalistes. Aurait même ensuite été convaincu d'espionnage pour leur compte dès le début de la guerre civile. Si c'est le cas, ils ne lui ont guère été reconnaissants. On pense qu'il a été l'un des six prisonniers à avoir été exécutés à Burgos le 7 novembre 1936 sur l'ordre du colonel M. A. Delgado. Tiens… Delgado. En voilà une coïncidence, dit-il, avant d'ajouter après avoir levé les yeux vers Frank : Ou peut-être pas, à en juger par votre expression. Le nom est pourvu d'un astérisque, ce qui veut dire que j'ai une entrée le concernant. Vous voulez que je la consulte ?

— Si ça ne vous ennuie pas. »

Kilmainham attira à lui une autre boîte, fit rapidement défiler les fiches avant d'en sortir une.

« Nous y voici. Marcelino Alfonso Delgado, colonel de l'armée nationaliste. J'ai réuni pas mal d'infos sur lui, dit-il, en montrant plusieurs feuilles de papier attachées avec un trombone au dos de la fiche. Vous voulez tout ?

— Oui, s'il vous plaît.

— Très bien, répondit-il, en ajustant ses lunettes et en se raclant la gorge. Né à Séville en 1899. Fils d'un dentiste – mais pas de vocation d'arracheur de dents, semble-t-il. Études à l'académie militaire de Tolède. Intègre directement l'armée à la sortie. Envoyé en poste au Maroc en 1919. Gravit les échelons jusqu'au grade de capitaine. Blessé pendant la campagne contre les Rifains en octobre 1925. Amputé de la main droite. Plutôt moche, non ? »

Il s'interrompit, regarda autour de lui comme s'il s'attendait à une réaction de la part de ses auditeurs. N'en obtenant aucune, il haussa les épaules et reprit sa lecture.

« Rentre en Espagne, où il est promu chef de bataillon. Part pour La Corogne où il est affecté au personnel du gouverneur militaire de Galice. Un boulot tranquille que lui vaut son infirmité, j'imagine. Ce qui ne semble pas avoir contrarié ses aspirations sentimentales. Il épouse une riche héritière galicienne, Cristina Vasconcelez, en 1927, ce qui lui permet d'acquérir un vaste domaine, Pazo de Lerezuela, près de Saint-Jacques-de-Compostelle. Un fils, Anselmo, né en 1930. Au début du soulèvement militaire en juillet 1936, Delgado opte pour le parti des rebelles contre le gouverneur, Caridad Pita. Un choix très avisé puisque les rebelles s'emparent de la Galice avec une relative facilité et que Caridad Pita est ensuite exécuté. Delgado est promu colonel et nommé membre de la junte nationaliste de Burgos, où il met sur pied une cellule de renseignement. D'où ses liens avec Cardozo, vraisemblablement. On dit toutefois qu'il n'est pas bien vu de Franco, poursuivit Kilmainham, en faisant claquer sa langue. Ce qui explique sans doute son transfert à un poste de commandement sur le terrain début 1937 et l'absence de toute promotion par la suite. N'accédera au rang de général que longtemps après la fin de la guerre et alors seulement juste avant la retraite. Participe aux combats à Jarama, Guadalajara, Teruel et sur l'Èbre. S'acquitte fort bien de sa tâche, et acquiert une réputation de brutalité, aussi bien avec ses hommes qu'avec l'ennemi. Ce qui ne lui gagne toujours pas les faveurs du généralissime et qui explique qu'il se retrouve en garnison en Galice en 1939. Fin de l'histoire.

— On n'a rien de plus ?

— Juste quelques remarques concernant sa famille. Rien qui ait un rapport avec la guerre civile.

— Il est toujours en vie ?

— S'il ne l'était plus, je l'aurais appris. Mais ce n'est pas le cas, alors oui, il est encore de ce monde. Ce qui ne vaut pas pour sa descendance. Le fils, Anselmo, suit les traces de son père en entrant dans l'armée et devient chef de bataillon. Il est envoyé au Pays basque, où il se révèle être une épine dans le pied de l'ETA, le groupe séparatiste basque. Lequel décide de retirer l'épine à sa manière habituelle : une bombe placée dans sa voiture explose pendant qu'il emmène sa femme et ses enfants à l'église un dimanche de novembre 1972. Tous tués sur le coup, sauf sa fille cadette, Yolanda. La femme de Delgado, elle, meurt l'année suivante, d'où j'en déduis que le grand-père a dû élever sa petite-fille tout seul. Triste histoire, vous ne trouvez pas ?

— Oui, dit Charlotte, émue malgré elle par le tableau brossé par Kilmainham. En effet. »

Frank lui jeta un regard froid, avant de dire :

« Toujours en vie, après tant de brutalités. Et toujours sur le domaine hérité de sa femme ?

— On le dirait, oui.

— Je vais noter l'adresse si vous n'y voyez pas d'inconvénient.

— Je vais le faire pour vous, dit Kilmainham, qui

inscrivit le renseignement sur une fiche vierge qu'il tendit à Frank. Bon, et si maintenant on en venait à vous, monsieur Frank Griffith, et que…

— Est-ce que je peux vous demander d'abord de vérifier encore un nom ?

— C'est vraiment nécessaire ? intervint Charlotte, se doutant soudain de la personne dont il s'agissait. Nous en savons tout de même assez, à présent. »

Derek lui jeta un coup d'œil en fronçant le sourcil, mais elle fit semblant de n'avoir rien vu. La tension qui habitait Frank commençait à l'inquiéter. Les noms et les dates à la disposition de Kilmainham – les faits répertoriés se déversant à flots de son index avec une telle fraîcheur que les événements sur lesquels ils se fondaient semblaient bien plus réels et récents que nombre des souvenirs – assouvissaient chez Frank une faim longtemps réfrénée. Un désir non de justice mais, elle en avait grand-peur, de vengeance.

« Oui, je pense que c'est nécessaire, dit Frank.

— Mais…

— Si notre hôte n'a pas d'objection, pourquoi en auriez-vous ? »

Kilmainham les regarda tour à tour en plissant les yeux, l'air interrogateur.

« Je, euh… je n'ai… pas d'objection, non.

— Très bien, dit Frank. Qu'avez-vous sur Vicente Ortiz, un anarchiste catalan ? »

Cette fois-ci, Kilmainham fouilla dans ses boîtes en silence, sans plus rien du plaisir qu'il éprouvait jusque-là à étaler sa marchandise. Charlotte priait pour qu'il fasse chou blanc mais n'osait trop y croire au vu de l'énorme quantité de dossiers rassemblés. Et elle avait raison. Il sortit la fiche et en lut le contenu d'un ton monocorde et l'air contrarié.

« Vicente Ortiz, anarchiste catalan. Né à Barcelone en 1905. Chauffeur de camion et mécanicien. Membre actif de la CNT. Membre de la colonne Durruti, de juillet 1936 à juin 1937. Affecté ensuite au bataillon britannique de la 15e brigade internationale. » Il jeta un coup d'œil à Frank avant de poursuivre. « Fait prisonnier pendant la retraite de Teruel en mars 1938. Serait mort au cours d'un interrogatoire à... à Montalbán le – ou aux environs du – 16 mars 1938.

— Pourquoi cette hésitation ? demanda Frank.

— Rien de particulier, non.

— Je peux voir la fiche ?

— Eh bien. Je ne... »

Mais Frank l'arracha des mains de Kilmainham avant que celui-ci ait eu le temps de protester.

« C'est bien ce que je pensais. "Serait mort au cours d'un interrogatoire au QG de campagne du colonel M. A. Delgado, lut Frank avant de poursuivre dans un murmure. À Montalbán, le, ou aux environs du... 16 mars..." » Il lâcha la fiche qui alla planer au-dessus de la table avant de se poser. « "... 1938." » Charlotte vit sa mâchoire se serrer et ses yeux s'étrécir. « Fin de l'histoire.

— Frank...

— Il m'est impossible de vous parler maintenant, monsieur Kilmainham, balbutia-t-il. Il faut que je parte tout de suite.

— Mais, vous aviez promis...

— Désolé, j'ai fait d'autres promesses qui passent avant celle-ci. Je vis à Hendre Gorfelen, près de

Llandovery, dans le comté de Dyfed. Venez me voir un jour et je vous dirai tout ce que vous voulez savoir. Si je suis encore là-bas pour qu'on me trouve, ajouta-t-il en se tournant vers la porte.

— C'est scandaleux ! s'écria Kilmainham en bondissant de son siège. J'ai été honteusement floué. Revenez tout de suite, monsieur Griffith ! J'insiste. »

Mais il était trop tard, Frank sortait déjà de l'appartement.

« Présentez mes excuses à M. Kilmainham, Derek, voulez-vous ? Il faut que je le rattrape », dit Charlotte avant de se précipiter hors de la pièce, juste à temps pour voir la porte d'entrée se refermer derrière Frank. Il avait gravi les marches menant à l'appartement et marchait à grandes enjambées vers la Land Rover quand elle émergea à l'air libre. « Frank ! Frank ! Par pitié, attendez. »

Il s'arrêta et fit volte-face tandis qu'elle arrivait sur le trottoir.

« Qu'est-ce qu'il y a ?

— Il faut que nous parlions. Que nous décidions de ce qu'il convient de faire.

— Parce que pour vous ce n'est pas évident ? J'ai découvert où se cachait Delgado, comme j'ai dit que je le ferais. Et maintenant, nous allons partir le débusquer.

— On ne peut pas. C'est trop risqué. C'est à la police de s'en charger.

— Je ne suis pas d'accord.

— Sam est ma nièce, pas la vôtre. C'est à moi de juger de ce qui servira le mieux ses intérêts.

— Ça ne concerne plus votre nièce.

— Non. C'est ce que j'ai cru comprendre, en effet. Pas à vos yeux. Pour vous, c'est une question de vengeance. Ce qui est exactement la tentation dont Beatrix a cherché à vous préserver pendant les cinquante dernières années. »

Le nom de Beatrix parut ébranler ses défenses, sa détermination faiblir. Il hésita un moment.

« Vous avez assez fait vous-même. Laissez le reste à d'autres, à présent. Tout ça s'est passé il y a si longtemps. Et depuis, l'homme a souffert lui aussi.

— Souffert ? » s'écria Frank en la regardant durement, et elle comprit aussitôt son erreur. Cette seule remarque – cette unique comparaison malvenue – l'avait conforté dans sa décision. « Il n'a même pas encore commencé, cracha-t-il entre ses dents.

— Nous devons tout raconter à la police. Nous devons la laisser prendre le relais à partir de maintenant. C'est la seule façon…

— Faites comme vous voulez, bon Dieu ! » La violence faisait frémir sa voix tout comme elle allumait son regard. « De toute façon, moi j'irai. Il est temps que Delgado réponde de ses actes, passés et présents. Et j'ai bien l'intention de m'en assurer personnellement. Rien de ce que vous pourrez dire ou faire ne saura m'en empêcher. »

84

Il fallut dix bonnes minutes à Derek pour calmer Sylvester Kilmainham. Pour finir, seule la communication de son adresse et de son numéro de téléphone personnel lui permit une retraite sans encombre. Quand il arriva dans la rue, il fut effaré de trouver Charlotte l'attendant debout à côté de sa voiture, tandis que Frank, le visage impassible, était assis dans la Land Rover, deux places de parking plus loin.

— « Qu'est-ce qui se passe ? demanda-t-il.

— Frank a accepté de passer la nuit à Ockham House, répondit Charlotte. Je suggère qu'on rentre immédiatement à Tunbridge Wells. Frank nous suivra.

— On ne va pas trouver la police ?

— Je vous expliquerai en route. »

Tout en se jurant que ce serait la dernière fois, Derek garda ses objections pour lui et s'installa derrière le volant. Il prit la direction de Finchley Road, et s'assura que Frank les suivait bien avant de hasarder une nouvelle question.

« Il y a un problème ?

— Oui.

— Lequel ?

— C'est Frank, le problème. Je ne sais pas quoi faire à son sujet.

— Il va falloir que vous m'expliquiez, Charlotte, dit Derek en tournant la tête vers elle. Je ne comprends pas.

— Oui, bien sûr. Désolée. Frank a l'intention de rencontrer Delgado personnellement. D'aller là-bas pour l'affronter. Soi-disant pour exiger la libération de Sam. Mais je ne suis pas certaine que ce soit la vraie raison.

— Qui serait ?

— De venger Vicente Ortiz. Vous n'avez pas vu son expression quand il a lu sa fiche ?

— Si, évidemment, mais vous ne croyez quand même pas qu'il… Enfin, ce serait de la folie.

— La vengeance est une forme de folie. Beatrix craignait que Frank y soit sujet. Et, malheureusement, je crois qu'elle ne se trompait pas.

— Mon Dieu ! » s'exclama Derek. Il jeta un œil dans son rétroviseur et vit la Land Rover toujours derrière eux, Frank au volant, les épaules voûtées, le visage inexpressif. « Il a pensé à la sécurité de votre nièce ?

— Il est d'avis qu'un face-à-face direct avec Delgado est le meilleur moyen d'assurer son salut. C'est peut-être vrai, même si je sais que vous n'êtes pas d'accord. Mais même si c'est le cas…

— Oui ?

— Je m'inquiète de ce qui risque de se passer lors de leur rencontre. Delgado a le sang de Vicente Ortiz sur les mains – et celui de Dieu sait combien d'autres hommes aux côtés desquels Frank a combattu dans le temps. Frank sera-t-il capable de négocier dans le calme pour obtenir la libération de Sam ? Je ne le pense pas. Il ne la connaît même pas. Alors qu'il a connu certaines des victimes de Delgado, qui étaient pour lui des amis. Et c'est d'eux qu'il se souviendra quand il sera en face de leur bourreau.

— Alors, il ne faut pas le laisser faire. Il ne doit pas y aller.

— Comment l'en empêcher ? »

Derek dut s'arrêter derrière une file de voitures qui attendaient pour tourner dans Finchley Road et observa une fois de plus dans le rétroviseur l'attitude de sphinx qu'affichait Frank.

« Allez à la police. Prévenez-les qu'il risque d'entraver leurs recherches.

— C'est impossible. Il a l'intention de se mettre en route dès demain matin. Si je contacte les autorités, il se contentera d'avancer le moment de son départ. Je ne suis même pas certaine que la police prendrait mon avertissement au sérieux.

— Il faudrait qu'on les en persuade. On ne peut pas laisser Frank et en même temps la police partir à la poursuite de Delgado. Ils se marcheraient forcément sur les pieds. Le résultat pourrait être…

— Fatal pour Sam. Je suis bien d'accord.

— Alors, que suggérez-vous ?

— Que j'y aille avec lui.

— Vous n'êtes pas sérieuse ?

— Mais si, tout à fait. Il faut que quelqu'un l'accompagne, Derek, quelqu'un qui veille à ce qu'il ne déraille pas. Pour tout dire, je pense que son plan pourrait réussir. Mais à la condition que toutes les rancœurs soient contenues pour ne pas remonter à la surface.

— Je ne vous laisserai pas y aller, Charlotte », lança Derek en lui glissant un regard de côté.

Il fut surpris par la véhémence avec laquelle il avait parlé, la certitude de pouvoir lui imposer son avis sur ce point sinon sur aucun autre.

« Frank non plus, dit-elle, le regard fixé droit devant elle. Il a fait valoir un élément qui m'avait échappé. Quoi qu'il arrive, nous risquons d'avoir besoin d'entrer en contact avec les ravisseurs, en suivant la procédure qu'ils nous ont indiquée. Et si c'est ce qui arrive, il va bien falloir que je sois en position de prendre leur appel.

— Je suis heureux qu'il raisonne juste au moins sur un point, dit Derek, qui approcha lentement du croisement et attendit que s'ouvre une brèche dans la circulation.

— À moins que vous acceptiez de prendre l'appel, dit Charlotte d'une voix mal assurée. Si cela s'avérait nécessaire, j'entends, ajouta-t-elle en se tournant vers lui, ne sachant pas trop, semblait-il, si elle devait le lui demander carrément.

— Moi ?

— À qui d'autre pourrais-je m'adresser ?

— Mais, attendez… C'est vous qu'ils s'attendraient à avoir comme interlocutrice. Quelle serait leur réaction s'ils tombaient sur un inconnu ?

— Je ne sais pas. C'est un risque, j'en conviens, mais qu'il va nous falloir courir si je dois accompagner Frank.

— Mais vous ne l'accompagnerez pas. » Un intervalle se présenta dans l'interminable flot de véhicules qui se dirigeait vers le sud, et Derek s'y engouffra, s'assurant de nouveau que la Land Rover le suivait. « Vous y êtes vraiment décidée ?

— Il le faut. Je n'aurai aucun moyen de le faire changer d'avis et je ne peux pas l'empêcher de partir. Mais je ne peux pas non plus le laisser partir seul. Je n'ai donc pas d'autre choix que de l'accompagner.

— C'est hors de question, Charlotte. Je ne vous le permettrai pas.

— Je vous suis reconnaissante de toute l'aide que vous m'avez apportée, Derek, vraiment, dit Charlotte en portant une main à son front. Et j'apprécie le souci que vous prenez de mon bien-être. Mais il faut que je le fasse. Et je n'ai pas à demander votre permission. »

Derek n'aurait su dire précisément quelle raison l'avait poussé à réagir comme il l'avait fait. Une rébellion passagère contre une vie entière de prudence ? Le refus d'être rejeté à la marge des pensées de Charlotte ? L'épuisement de sa patience face au déroulement inexorable des événements ? Ou le fait qu'il devait se rendre à leur logique ? Quelle qu'ait été la cause de sa décision, il mit son clignotant et se rangea sur le bas-côté en freinant d'un coup sec avant de dire :

« Tant pis pour les conséquences ! Si ce vieux cinglé veut n'en faire qu'à sa tête, c'est moi qui l'accompagnerai.

— Non, non. Ce n'est pas du tout..., protesta

Charlotte en le regardant, l'air stupéfait. C'est hors de question.

— Et pourquoi ça ? Vous, il faut que vous restiez ici, et lui, dit Derek avec un geste vers l'arrière, il faut qu'il y aille. Alors, comme vous l'avez dit à votre propos, je n'ai pas d'autre choix.

— Mais… Sam n'est pas *votre* nièce.

— Non. Et Vicente Ortiz n'était pas mon ami. Ce qui n'est peut-être pas plus mal.

— Mais je refuse absolument. Ce n'est pas…

— Ma décision est prise, Charlotte. » À sa grande surprise, cette soudaine résolution agissait sur lui comme un stupéfiant, le remplissant d'une incroyable assurance. « On va régler ça, d'accord ? »

Ouvrant sa portière à la volée, il sauta de la voiture et se dirigea à grands pas vers la Land Rover, ignorant les klaxons rageurs et les regards noirs des automobilistes ralentis dans leur course. Frank le regarda approcher, les sourcils froncés, et baissa sa vitre.

« À quoi jouez-vous, mon garçon ?

— À votre jeu, Frank. Mais pas selon vos règles à vous. Charlotte vient de me dire que vous étiez déterminé à retrouver Delgado.

— Qu'avez-vous à voir là-dedans ?

— Beaucoup de choses. Je pars avec vous, savez-vous.

— Non, certainement pas, dit Frank, secouant la tête d'un air buté.

— Avisez-vous de vous mettre en route sans moi, dit Derek, qui pouvait lui aussi se montrer buté, et je m'assurerai que la police soit à vos trousses avant que vous ayez atteint l'Espagne.

— Vous ne feriez pas ça.

— Je me gênerais, tiens. Nous allons devoir être compagnons de voyage, Frank. Et si ça peut vous consoler, cette perspective ne m'enchante pas plus que vous. »

85

Le lendemain matin, aux premières lueurs de l'aube, Charlotte et Derek se faisaient leurs adieux dans la cuisine d'Ockham House après un petit déjeuner pour lequel ils n'avaient ni l'un ni l'autre montré beaucoup d'appétit. L'air qu'ils affichaient était à l'image de leur état – exténué, fébrile, incertain quant à la sagesse de la décision sur laquelle ils s'étaient mis d'accord, peu enclin chacun à exprimer ses doutes de peur de les voir abondamment partagés. Frank n'allait pas tarder maintenant à entrer dans la pièce pour annoncer que la Land Rover était prête comme elle ne saurait l'être davantage pour son voyage de quelque mille cinq cents kilomètres vers la Galice. Très bientôt, chacun aurait à prendre congé de l'autre. Mais aucun des deux ne pouvait se résoudre à admettre l'importance cruciale de ce moment. Craignant d'en dire trop, ils préféraient risquer de ne pas en dire assez.

« Vous auriez dû prendre l'avion, fit remarquer Charlotte avec un petit sourire nerveux. C'est bien plus rapide. Et vous auriez pu partir plus tard.

— Je suis d'accord. Mais Frank n'a rien voulu entendre. Il a peur de l'avion.

— J'ai du mal à le croire.

— Moi aussi, mais… Bon, il apparaît qu'il nous faut le ménager.

— Je sais, je suis désolée. »

Elle semblait s'estimer responsable de la situation dans laquelle se retrouvait Derek, et ne voyait aucun moyen de l'en sortir. Elle serait volontiers partie elle-même, mais les événements s'étaient ligués pour l'en empêcher. Ce n'était pas sa faute si Derek devait partir à sa place. Pour autant, elle n'arrivait pas à se défendre de l'idée qu'il pouvait penser le contraire.

« Il n'est pas encore trop tard, reprit-elle, je veux dire, je comprendrais tout à fait si vous…

— Si je renonçais ? Non, non, il n'en est pas question. »

Son regard en disait plus long que le ton de sa voix. Il suggérait la véritable raison de la décision qui le poussait à se lancer dans une entreprise qu'il jugeait manifestement malavisée et déraisonnable.

« Ne vous inquiétez pas. Je veillerai à ce que nous n'avancions qu'à pas comptés et réfléchis. Vous pouvez compter sur moi.

— Et vous resterez régulièrement en contact ?

— Je téléphonerai sans faillir tous les soirs à 19 heures. Vous n'aurez rien d'autre à faire que de vous trouver chez moi à cette heure pour prendre l'appel.

— J'y serai. » C'était une précaution essentielle, étant donné que l'inspecteur Golding avait pratiquement admis qu'ils mettraient le téléphone de Charlotte sur écoute. « Si vous avez l'impression de n'arriver à rien…

— Je n'hésiterai pas à vous le faire savoir si j'estime que nous devons informer la police. Après tout... »

Ses mots se perdirent dans le silence pour finir dans un sourire d'autodérision.

« Après tout, s'il ne tenait qu'à vous, ce serait déjà fait, non ?

— Probablement. Mais je pourrais me tromper. Et Frank aussi. Il se pourrait que ce ne soit pas Delgado le coupable. Et puis, en dépit de ce que nous a dit Kilmainham, notre homme est peut-être mort. Et là, on perdrait un temps précieux à la poursuite d'une ombre.

— Allons, vous n'y croyez pas plus que moi.

— Non, dit-il en détournant les yeux. Je suppose que non.

— Expliquez-moi encore une fois votre plan.

— Prendre contact avec Delgado. Lui dire que nous savons qu'il est responsable de l'enlèvement de Sam. Lui proposer le document. Lui expliquer pourquoi il ne peut pas avoir la totalité de ce qu'il réclame. Le menacer, si besoin est, de rendre l'affaire publique. Négocier les termes d'un échange : le document contre Sam. Conserver une attitude calme et professionnelle. Espérer que nous avons raison. Et prier pour la réussite de notre entreprise. » Il eut un sourire sans joie avant de conclure : « Du gâteau, vous ne trouvez pas ?

— Non. Je ne dirais certainement pas ça.

— Non. » Son sourire se figea. « Moi non plus.

— Derek, je... », dit-elle en faisant un pas vers lui.

Dès ses premiers mots, elle sentit l'envie qu'il avait de réagir favorablement, son désir absurdement réprimé de lui faire plaisir. Elle en conçut une grande attirance pour lui – pour ses traits de caractère si semblables aux siens. Mais avant qu'elle ait eu le temps de s'y abandonner, Frank Griffith entra dans la cuisine. « Je suis prêt. » Dit d'un ton sinistre, et avec à leur adresse un regard quasiment antipathique – ou plutôt simplement indifférent.

« Allons-y, alors, dit Derek.

— Avant que vous partiez…, commença Charlotte.

— Assez parlé, la coupa Frank. Il y a déjà eu beaucoup trop de paroles. » Son visage était dur et vide d'expression, les traits aussi accusés que les fentes le long d'une falaise. « Je vous attends dehors. »

Sur quoi, il tourna les talons et sortit, laissant Charlotte et Derek échanger un sourire perplexe.

« Il vaut mieux que j'y aille, dit Derek. Si nous devons être à Douvres à temps pour le ferry… »

Impossible, finalement, de le laisser partir sans rien manifester de ses sentiments pour lui. Se précipitant en avant, elle l'embrassa et fut heureuse quand il lui retourna son baiser et l'enferma dans ses bras.

« Sois prudent, murmura-t-elle. Je t'en supplie, sois prudent.

— C'est ce que je t'ai dit un jour. Tu te rappelles ce que tu as répondu ?

— "Ce n'est pas la prudence qui va aider Sam" ?

— Exactement. Il n'empêche que je serai d'une grande prudence.

— Mais il y a encore autre chose. Une autre raison pour laquelle tu dois l'être. Je…

— Ah, n'en dis pas plus, la coupa-t-il en lui fermant doucement les lèvres de ses doigts. Frank a raison. Nous avons assez parlé comme ça. Si on continue, je ne suis pas sûr d'être capable de persévérer dans notre entreprise. Et pourtant, il le faut. Nous en sommes bien conscients l'un comme l'autre. Alors… » Il recula d'un pas et se détacha d'elle. « Au revoir, Charlotte. Ne me souhaite pas bonne chance. J'espère sincèrement ne pas en avoir besoin. »

Dix minutes plus tard, Charlotte se retrouvait seule, oppressée autant par le doute quant à la sagesse de la décision qu'ils avaient prise que par la conscience qu'elle avait de n'avoir plus à présent personne à qui se confier. Si elle voulait que leur objectif soit atteint, il lui faudrait garder ses pensées pour elle, à mesure que les jours la rapprocheraient du 11 octobre et de ce que leur apporterait cette date. Elle serait dans l'obligation de faire comme si elle était aussi impuissante que tout un chacun à sauver Samantha, tout en affrontant en silence la possibilité qu'elle puisse être en train d'anéantir leur seule chance de réussite. Et elle avait désormais un autre secret à protéger, qu'elle aurait partagé avec Derek s'il ne l'en avait pas empêchée, un secret qui pesait sur sa conscience coupable, à présent, tandis que s'écoulait avec une infinie lenteur cette matinée solitaire, et qui la poussa pour finir à s'emparer du téléphone et à composer un numéro familier.

« Bourne End 88285.

— Bonjour, Ursula.

— Charlie ! En voilà une surprise, s'exclama Ursula, dont la voix n'était pas exempte d'une trace de sarcasme. Qu'y a-t-il ?

— J'ai pensé que je devais… Bon, je voulais simplement savoir comment tu allais.

— À ton avis ?

— Écoute, je…

— Est-ce que tu peux me dire si cette semaine ne sera pas la dernière de la vie de Sam, Charlie ?

— Non, bien sûr que non. Je souhaite seulement…

— Tout comme moi. Mais il ne suffit pas de souhaiter, n'est-ce pas ? Tu as autre chose à m'offrir ?

— Eh bien. Non, rien, j'imagine.

— Alors, laisse-moi tranquille. C'est tout ce que je demande.

— Mais, Ursula, est-ce qu'il n'y a pas… »

Le bourdonnement d'une communication interrompue se fit entendre, et la laissa plus convaincue et plus honteuse que jamais du fait que, si elle était confrontée à un choix, comme on pouvait fort bien l'envisager, le sort de Derek lui importerait bien davantage désormais que celui de Samantha. Mais, en lui permettant de partir avec Frank, ce choix, s'il devait se présenter, ce ne serait pas à elle de le faire.

86

Rallier la Galice en deux jours ne s'annonçait déjà pas de tout repos, mais faire le voyage dans une Land Rover sur le retour, qui vous secouait comme un prunier à chaque bosse de la route, c'était transformer, Derek s'en aperçut assez vite, la simple fatigue en véritable supplice. Et le tempérament peu communicatif de Frank Griffith n'était pas fait pour arranger les choses. Derek eut beau essayer à plusieurs reprises de soulager l'ennui de ces interminables kilomètres éreintants le long d'autoroutes françaises anonymes en engageant une conversation, Frank refusa chaque fois d'y donner suite. D'ajouter quoi que ce soit à ce qu'il avait dit sur ce qu'ils feraient une fois arrivés. Si bien que, en dehors des quelques échanges nécessaires sur leur itinéraire, c'est à peine s'il ouvrit la bouche. Les yeux rivés sur la route devant lui, il avait les mâchoires aussi serrées que ses mains sur le volant. Leur destination était tout ce qui lui importait, l'atteindre, son unique préoccupation. Le reste n'était que silence – et une tension latente de plus en plus pesante au fil des heures.

Tout en étudiant le comportement de son compagnon dans les interminables intervalles d'inconfort et de malaise que leur réservaient des panneaux aussi peu réjouissants que « TOURS 107 KM – POITIERS 211 KM », Derek commença à regretter la promesse qu'il avait faite. Il connaissait la raison pour laquelle il s'était proposé pour l'expédition et savait aussi à quel point elle était pitoyable. C'était pour impressionner Charlotte. Pour la convaincre de sa loyauté. Pour lui prouver son amour, sans avoir à le déclarer. Mais qu'est-ce que cela avait à voir avec une fille qu'il n'avait rencontrée qu'une seule fois ? Ou avec un vieil homme auquel il ne pouvait accorder aucune confiance parce qu'il était incapable de le cerner ? Rien. Rien du tout, c'était clair. Et pourtant, il se retrouvait en train de rechercher la première en compagnie du second. Au début, la hardiesse de son acte l'avait fortement excité. À présent, avec tout ce temps laissé à la réflexion et aux doutes, il avait pratiquement perdu toute confiance en lui. Des étendues grises et plates qui les entouraient avait surgi une réalité menaçante.

Ils passèrent la nuit du dimanche dans un motel près de Bordeaux. C'est de là que Derek téléphona pour la première fois à Charlotte, comme ils en étaient convenus. Il trouva rassurant de pouvoir à nouveau lui parler, de se remettre dans l'esprit qu'il existait un vrai motif, vital qui plus est, à l'entreprise dans laquelle il s'était lancé. Mais ils ne trouvèrent ni l'un ni l'autre grand-chose à se dire. Ils attendaient tous les deux les événements à venir. Et c'était à Derek de provoquer leur venue.

Ils repartirent de bonne heure le lendemain matin et franchirent la frontière espagnole bien avant midi. Il pleuvait, et la pluie continua tandis qu'ils se dirigeaient vers l'ouest le long de la côte de la Cantabrie, le ciel plombant l'horizon de ses nuages noirs et boursouflés. La mer, quand ils l'entrevoyaient, était grise et fouettée par les vents, le paysage, une route accidentée au milieu de collines vertes et humides noyées dans la brume. Ce n'était pas là l'Espagne à laquelle Derek s'était inconsciemment attendu, pas la terre aride et brûlée par le soleil de ses souvenirs de la Costa Blanca. Le contraste ne fit que le déprimer davantage. Il avait froid, il était fatigué, se sentait vaguement malade, et pas du tout en état d'affronter l'épreuve qui l'attendait. Et pourtant, un seul coup d'œil à Frank lui suffit pour comprendre qu'il ne pourrait s'y soustraire. Il y avait une lueur dans les yeux du vieil homme, une rougeur sur ses joues. Il ne montrait aucun signe de fatigue et sa résolution ne semblait pas faiblir. Et Derek savait qu'il en serait ainsi tant qu'il n'aurait pas rempli la mission qu'il s'était assignée.

Où commença la Galice dans leur progression vers l'ouest, Derek n'aurait su le dire avec précision. Mais, tandis que la pluie s'intensifiait et qu'ils se dirigeaient vers l'intérieur des terres, le paysage et les habitations qui se nichaient dans ses plis acquirent pour lui un caractère de plus en plus sinistre et hostile. Les champs disparates, les cours de ferme noyées dans la boue, les femmes d'un autre temps vêtues de noir travaillant derrière des bœufs apathiques, les carcasses en béton de bâtiments commencés mais jamais terminés, tout offensait son sens britannique de l'ordre et de l'efficacité, et lui rappelait à quel point il s'était égaré loin du monde qu'il comprenait. Il n'avait pas envie d'être ici et aurait en secret donné cher pour ne pas s'y trouver. Il y était néanmoins bel et bien, respirant l'humidité moisie d'un air sépulcral, et cherchant vainement à percer le rideau de pluie devant ses yeux.

Ils atteignirent Saint-Jacques-de-Compostelle dans la pénombre de la fin de l'après-midi, et gagnèrent le centre par des rues étroites et encombrées. Les maisons en pierre qui s'élevaient de tous côtés lui semblèrent vieilles de plusieurs siècles, mais les étudiants qui circulaient entre elles avaient l'air insensibles aux gargouilles ruisselantes et aux arches moussues. Ce n'était à leurs yeux qu'une vieille ville universitaire pittoresque, alors qu'aux siens elle représentait tout à la fois menace et incertitude.

Si las et découragé qu'il fût, il se félicitait d'avoir appelé de Bordeaux pour réserver des chambres dans le meilleur hôtel de la ville, le confort matériel offrant sans doute la seule forme de sécurité qu'il pouvait espérer trouver. Frank n'avait vu là qu'une dépense inutile, mais, dans la mesure où c'était Derek qui payait, il y avait consenti, quoique de mauvaise grâce. L'hôtel en question, Los Reyes Católicos, occupait une ancienne auberge réservée autrefois aux pèlerins qui fermait un des côtés de la place centrale de la vieille ville. En regardant la façade magnifiquement sculptée, puis revenant à celle de la cathédrale, beaucoup plus élevée et plus finement travaillée, qui émergeait de la brume, Derek fut impressionné, intimidé presque, par l'ancienneté de ces bâtiments. Il n'était pas venu là pour faire ses dévotions au sanctuaire de Saint-Jacques, ni même pour admirer l'architecture baroque, mais, sans ces raisons, celle qui l'avait conduit ici apparaissait ridicule et malvenue, une folie passagère défiant la piété et la sagesse.

Si pareilles pensées traversèrent l'esprit de Frank, il n'en montra rien. À peine avaient-ils garé la Land Rover dans le parking de l'hôtel et s'étaient-ils présentés à l'accueil qu'il interrogeait le réceptionniste dans un espagnol passablement rouillé sur la localisation exacte de Pazo de Lerezuela. Un plan fut produit, des indications fournies. Le village de Lerezuela se trouvait à une vingtaine de kilomètres au sud de la ville, et le *pazo* était *« muy cerca »* – tout près. Bien trop près, ne put s'empêcher de penser Derek, tandis qu'à la suite du garçon d'étage ils traversaient des cours humides de mousse et empruntaient de longs couloirs sonores pour atteindre leurs chambres contiguës. Il avait besoin de davantage de temps pour s'habituer à son environnement, davantage de temps pour s'organiser et se préparer. Mais en admettant qu'un délai ait été possible, Frank s'y serait opposé.

« On se retrouve pour le dîner ? proposa timidement Derek au moment où ils se séparèrent.

— Non. Je me ferai monter quelque chose dans la chambre. J'ai surtout besoin d'une bonne nuit de sommeil. On part demain matin à 9 heures.

— Si tôt ?

— Pourquoi attendre ?

— Il... n'y a pas de raison, en effet.

— Départ à 9 heures, donc. »

Sur ces mots, Frank referma sa porte, laissant Derek déballer le peu qu'il avait apporté et se laver de la poussière du voyage avant d'appeler Charlotte.

Cette fois encore, ils n'eurent pas grand-chose à se raconter. Charlotte, comme convenu, avait appelé Fithyan & Co, se faisant passer pour une cousine de Derek habitant Leicester, chez qui il passait le week-end quand il avait attrapé une mauvaise grippe, une fiction qui lui vaudrait à coup sûr un petit congé de maladie. De son côté, il n'avait rien à lui annoncer sinon qu'ils étaient bien arrivés et chercheraient le lendemain à rencontrer Delgado pour cette entrevue sur laquelle reposaient tous leurs espoirs. Charlotte lui souhaita bonne chance et le pressa à nouveau de se montrer prudent. Il raccrocha, un peu abruptement sans doute au goût de Charlotte, mais il ne put s'en empêcher. Parler plus longtemps, c'était risquer de révéler combien il appréhendait le lendemain.

L'heure du dîner en Espagne étant encore lointaine, il se rendit au bar, où il descendit plusieurs bouteilles de la bière locale sans ressentir ne serait-ce que les prémices de l'ébriété. L'anxiété devait empêcher l'ivresse, en conclut-il, avant de sortir sur la place et de laisser son œil errer de l'abri d'une colonnade à la majesté illuminée de la cathédrale.

T'en fais pas, se dit-il à part lui. *Demain, on découvrira que Delgado est mort. Ou complètement sénile. Et dans un cas comme dans l'autre, pas coupable. Du moins de l'enlèvement. Mais alors…* Il se frotta les yeux et se maudit à voix basse de s'être laissé entraîner dans cette aventure. Tout ce chemin et tous ces risques – embarras, possible licenciement, voire pire encore. Tout ça pour quoi ? Charlotte ne lui avait pas dit qu'elle l'aimait. Elle ne l'avait même pas sous-entendu. C'était pourtant par amour pour elle qu'il était là, perdu dans cette ville noyée dans la pluie et l'obscurité. Et c'était pour elle qu'il devait y rester.

87

Il pleuvait toujours quand ils prirent la route le lendemain matin, encore que de manière moins continue. Les nuages couronnaient le sommet des montagnes de leurs volutes menaçantes et glissaient le long des pentes à l'image des écharpes de fumée d'une canonnade. Au sud de Saint-Jacques-de-Compostelle, le paysage n'était qu'une suite d'étendues boisées désolées et de champs détrempés, d'où l'eau s'écoulait en torrents boueux le long et en travers de la route. Bien plus tôt que Derek ne s'y était attendu, ils atteignirent un ensemble d'habitations lugubres qui ressemblait en tout point à d'autres qu'ils avaient traversés, mais qui, comme l'annonçait un panneau maculé de boue, s'avérait être Lerezuela.

Frank s'arrêta dans le centre – une rangée de boutiques dont les structures modernes en béton semblaient avoir moins bien résisté au passage du temps que les vieilles maisons en pierre des abords du village – et entra dans un bar pour demander son chemin. Un aperçu de l'intérieur aux allures de caverne, où la lueur clignotante d'une télévision ne révélait rien d'autre qu'un client bedonnant appuyé au comptoir, rendit Derek heureux de pouvoir attendre dehors. Une attente de courte durée.

« C'est tout près, comme l'a dit le réceptionniste hier, annonça Frank à son retour. Première à droite, deuxième à gauche. Pas plus de quelques kilomètres.

— Vous avez mentionné le nom de Delgado ?

— Non. Mais le barman, lui, l'a fait. D'un air sous-entendu dont je n'ai pas saisi le sens. Il m'a demandé si Delgado nous attendait. Et il a ri quand j'ai répondu par la négative. Mais sans la moindre note d'amusement.

— Vous en pensez quoi ?

— Rien... pour l'instant. Allons voir par nous-mêmes. »

Le trajet les entraîna hors du village le long d'une route étroite mais bien entretenue, entre une plantation de conifères d'un côté et un haut mur d'enceinte de l'autre. À intervalles plus ou moins réguliers apparaissait un blason, sculpté dans la pierre : un sanglier et un hippocampe soutenant les quartiers d'un écu surmonté d'un casque à cimier. La famille Vasconcelez, dont Delgado avait acquis le domaine par le mariage, était manifestement de noble lignée.

Ce qui devint encore plus évident quand, à un endroit où la route se détériorait terriblement, une immense cour s'ouvrit sur leur gauche, dotée d'une pelouse impeccable et d'une fontaine en son centre. Le mur d'enceinte occupait un côté de la cour, face à une chapelle abritée par une charmille. En face d'eux, la façade à colonnes d'une vaste demeure en pierre aux tuiles ocre-brun était agrémentée sur deux étages de hautes fenêtres à balcon surplombant la cour et de statues de facture délicate décorant les arcatures et les balustrades. L'arche centrale, plus haute que ses voisines, découvrait un porche et deux portes en bois solidement fermées. La richesse et l'isolement se révélaient soudain là où Derek pensait seulement trouver dénuement et promiscuité. Sur le moment, il en fut totalement déconcerté.

Ce qui n'était pas le cas de Frank, qui entra hardiment dans la cour, s'arrêta près de la chapelle et descendit de son véhicule. Il se dirigeait déjà à grandes enjambées vers l'entrée quand Derek le rattrapa.

« N'oubliez pas, souffla-t-il, hors d'haleine. Il faut y aller doucement.

— On ira… comme on pourra.

— Mais avec *diplomatie.* C'est notre meilleure chance. »

Pour toute réponse, Frank lui lança un regard de côté, sans s'arrêter de marcher. Un panneau fixé sur la porte devant eux annonçait « PRIVADO – PROHIBIDO ENTRAR », une inscription pour laquelle Derek n'avait pas besoin de traduction. Mais il était doté d'une poignée de sonnette sur laquelle Frank tira sans hésiter. Aucun son ne leur parvint de l'autre côté, et Frank levait déjà la main pour recommencer quand un judas s'ouvrit une seconde, aussitôt suivi du bruit d'un verrou qu'on tire. Puis une petite porte encastrée dans le vantail de droite s'entrouvrit juste assez pour laisser voir un homme vêtu d'un jean et d'un pull noir à col roulé. Il n'était pas grand, mais large d'épaules et musclé, avec un visage inexpressif et intimidant barré d'une moustache à la Zapata qui faisait de son mieux pour masquer une cicatrice impressionnante. Il ne dit pas un mot, mais les dévisagea d'un air froid et soupçonneux. Pas le moindre signe de courtoisie ni de bienvenue dans son attitude.

« *Buenos dias,* hasarda Frank. *Senor Delgado, por favor.* »

L'homme ne répondit pas. Derrière lui, au fond d'une cour pavée, Derek apercevait une autre fontaine et, au-delà, les haies et les buissons bien taillés d'un jardin d'agrément. Puis, faisant résonner sa chaîne sur la pierre tandis qu'il arrivait dans leur direction en bondissant, apparut un énorme berger allemand. Derek détourna le regard avant d'avoir croisé le sien.

« *Señor Delgado*, répéta Frank. *El general.* »

Les yeux de l'homme s'étrécirent. Puis il marmonna d'une voix à peine audible :

« *No està.*

— Pas là, murmura Frank. Du moins pour nous. Je vais demander quand il est censé rentrer. Ce qui devrait nous apprendre quelque chose. *¿Cuando vuelve?* »

L'homme eut un haussement d'épaules.

« *¿Hoy? ¿Mañana?* »

Nouveau haussement d'épaules.

« *¿Habla usted inglés?*

— *Si*, dit l'homme en souriant. Je parle anglais. Vous êtes américains ?

— Non. Mais c'est sans importance. Nous devons absolument voir le *señor* Delgado. C'est très urgent. *Muy importante.*

— Non, *señor*, dit l'autre, dont le sourire s'élargit.

C'est *muy impossible.* Le *señor* Delgado ne voit jamais personne.

— Mais…

— Personne ! »

L'homme recula et s'apprêtait à refermer la porte quand Frank tendit la main pour la maintenir ouverte. Le sourire céda aussitôt la place à un rictus menaçant.

« Si nous ne pouvons pas le voir, pouvons-nous au moins laisser un message ?

— Non, pas de message !

— Il voudra pourtant recevoir le nôtre. Et même il vous remerciera de le lui avoir transmis. Il vous le reprochera violemment si vous ne le faites pas. »

L'homme parut s'amadouer quelque peu. Sa pression sur la porte faiblit.

« Alors ? Vous allez lui faire passer le message ?

— *Si.* »

La réponse, quoique réticente, avait été énergique et assortie d'une moue dédaigneuse. Derek se demanda ce qu'allait dire Frank maintenant, étant donné qu'il n'avait pas prévu un tel cas de figure. À sa surprise, le vieil homme sortit une enveloppe scellée de la poche de sa veste.

« Pour le *señor* Delgado, dit-il en la tendant à son interlocuteur. Pour lui et personne d'autre. Vous lui remettrez ça en main propre ?

— *Si.*

— Aujourd'hui ?

— *Si, señor.* Aujourd'hui.

— *Gracias* », dit Frank en hochant la tête.

Cette fois-ci, il ne fit rien pour empêcher la porte

de se refermer, se contentant d'un demi-tour pour se diriger vers la Land Rover.

« Qu'y avait-il dans l'enveloppe, Frank ? chuchota Derek.

— Une lettre. Brève mais directe. Je l'ai rédigée hier soir. J'y invite Delgado à entrer en contact avec son auteur à l'hôtel Los Reyes Católicos, de manière à discuter avec lui de certains papiers qu'il a en sa possession mais qui appartenaient à l'origine à Vicente Ortiz.

— Vous saviez donc qu'il ne nous recevrait pas, c'est ça ? Que nous aurions à laisser un message ?

— Je pensais que c'était plus que probable.

— Pourquoi ne m'avoir rien dit ?

— Parce que vous m'auriez fait valoir que c'était trop risqué, trop frontal, trop peu *diplomatique*.

— Et c'est le cas, non ?

— C'est possible. Mais nous n'avons pas le temps d'utiliser vos méthodes, quelles qu'elles soient. Il va donc falloir essayer la mienne, d'accord ?

— Mais comment croyez-vous qu'il va réagir ?

— Je n'en sais rien. »

Ils montèrent de concert dans la Land Rover. Les fenêtres du *pazo* les regardaient de là-haut sans ciller. Si on les observait, pas de froissement de rideau, pas de visage entraperçu, rien ne vint le confirmer. Et pareille absence – ce manque de réaction dédaigneux – alarma davantage Derek d'une certaine manière que le portail verrouillé ou son revêche gardien.

« Existe-t-il une chance pour que Delgado reconnaisse votre nom comme étant celui d'un vieux camarade d'Ortiz ?

— Aucune.

— Comment pouvez-vous en être aussi sûr ?

— C'est facile. Je n'ai pas signé la lettre de mon nom, voyez-vous… mais du vôtre. »

88

Le dimanche et le lundi avaient sérieusement mis à mal la capacité d'endurance de Charlotte. Plus que quelques jours et le délai fixé par les ravisseurs serait arrivé à expiration, mais tout ce qu'elle pouvait faire était attendre et espérer, sans parler à personne de ce qui se passait en ce moment en Galice. Ses deux conversations téléphoniques avec Derek n'avaient guère contribué à la rassurer. La note d'angoisse qu'elle avait perçue dans sa voix laissait présager un degré plus ou moins élevé de panique. Quant à Frank, elle en savait aussi peu sur ses intentions que Derek. Mais, contrairement à lui, elle n'était pas en position de pouvoir s'y opposer.

À mesure qu'elle se perdait en conjectures toutes plus effrayantes les unes que les autres, sa crainte de se voir découverte augmentait. Elle savait pourtant celle-ci sans fondement, puisque les précautions qu'ils avaient prises étaient parfaitement adéquates, mais elle ne pouvait s'empêcher d'imaginer l'arrivée inopinée de l'inspecteur Golding, qui la sommerait de lui expliquer à quel jeu elle jouait. Peut-être la standardiste de Fithyan & Co avait-elle reconnu sa voix. Peut-être un des voisins de Derek avait-il remarqué ses allées et venues à Farriers. Et pire encore, peut-être que leur tentative pour négocier avec Delgado allait se révéler une erreur fatale.

Peu avant midi le mardi, un coup de sonnette à la porte d'entrée fit affluer tous ces doutes à la surface. Le temps qu'elle aille répondre, elle s'était presque convaincue que ce ne pouvait être que Golding, le visage sévère et accusateur. Mais elle se trompait. Et le soulagement éprouvé différa de quelques secondes sa stupéfaction en découvrant l'identité de sa visiteuse.

« Madame McKitrick !

— Bonjour, Charlie. C'est une surprise, non ? »

Passer de l'extraversion du Massachusetts à l'introversion du Kent semblait avoir radicalement changé Holly McKitrick. Elle portait un manteau en peau de mouton avec le col remonté, et son sourire était aussi discret et circonspect qu'il avait été large et spontané auparavant. Un moment, Charlotte fut tentée de croire qu'elle avait affaire à une autre personne. Une sœur, peut-être, ou une complète étrangère, dont la ressemblance aurait été le fait d'un hasard capricieux. Puis elle comprit que c'était sa propre incrédulité qui expliquait pareille impression. Mais que faisait donc cette femme ici ? Que pouvait-elle bien vouloir ?

« Puis-je entrer ? dit sa visiteuse. Je n'ai pas beaucoup de temps et… j'ai quelque chose à vous dire.

— Très bien. Venez. »

Charlotte la précéda dans le séjour, lui prit son manteau et lui offrit un siège. Elle portait un élégant tailleur noir et un chemisier rose, mais son apparence impeccable ne suffisait pas à masquer les cernes sombres sous ses yeux, ni le tremblement de ses mains ou de sa voix. Après avoir décliné la proposition d'un café, elle resta assise sur le bord de son fauteuil, les épaules légèrement voûtées, faisant tourner son alliance sur son doigt du pouce et de l'index de son autre main.

« Heu… De quoi s'agit-il, madame McKitrick ? demanda Charlotte au bout d'un moment de silence.

— De votre nièce.

— Sam ?

— Oui. Vous avez dit que… ses ravisseurs avaient fixé une date limite ?

— C'est exact. Le 11.

— Et nous sommes le 6, aujourd'hui, dit-elle avant de regarder le sol pendant quelques secondes. Emerson ignore que je suis ici. Je passe une semaine chez ma sœur en Allemagne. Son mari est stationné là-bas avec l'armée de l'air. J'ai pris l'avion ce matin. En secret, pourrait-on dire.

— Pour me voir ?

— Oui. Pour vous voir.

— À propos de Sam ?

— Il faut que je vous dise, répondit-elle en levant les yeux, le visage soudain dur et tendu. Je ne supporte pas l'idée que votre nièce puisse mourir parce que je vous ai caché ce que je savais. Ça pourrait vous aider. Ou pas. Mais au cas où…

— Je vous écoute.

— OK, dit-elle, cessant de faire tourner son alliance autour de son doigt et posant ses mains à plat sur ses genoux. Emerson vous a menti quand vous êtes venue nous voir à South Lincoln. C'est du moins ce que je soupçonne. Vous lui avez demandé s'il avait mentionné à quiconque les lettres de Tristram Abberley à sa sœur, et il vous a dit n'en avoir parlé qu'à moi. Mais je crois que c'est faux. Il a fait un détour par l'Espagne, voyez-vous, entre son départ d'Angleterre et son retour à Boston cet été.

— Par l'Espagne ?

— C'est ça, oui. Il a refusé de l'admettre, mais je vois bien que quelque chose le ronge, en rapport avec votre nièce, je crois, et avec ce qu'il a fait pendant son séjour en Espagne.

— Mais comment savez-vous qu'il est allé là-bas ?

— Sa carte American Express. Les relevés de compte pour le mois d'août font état de paiements à Iberia Airlines ainsi qu'à un hôtel et quelques restaurants dans un endroit appelé Saint-Jacques-de-Compostelle. »

La connexion était établie, la dernière pièce venait d'être ajoutée au puzzle. C'était McKitrick qui avait informé Delgado. Ce ne pouvait être que lui. Se venger de Maurice parce que celui-ci l'avait trompé aurait pu constituer le mobile de son action, mais c'était plus vraisemblablement l'appât du gain. Charlotte était désolée pour Holly, et lui était reconnaissante de sa tentative pour réparer les dégâts causés par Emerson.

« Mais que faisait-il à Saint-Jacques-de-Compostelle, Holly ?

— Je ne peux rien affirmer de façon catégorique. Mais quand il était en Espagne en train de faire ses recherches pour son livre sur Tristram Abberley – c'était il y a des années de cela, avant que je le rencontre –, il a fait la connaissance de quelqu'un qui lui a proposé une grosse somme d'argent en échange de lettres ou d'autres documents que Tristram aurait pu laisser derrière lui et datant du temps où il combattait dans les rangs des Brigades internationales. Il a probablement oublié qu'il m'en avait parlé, dit-elle avec un sourire amer. Il était un peu paumé, à l'époque. Mais moi pas. Et après votre visite, je me suis souvenue de ce qu'il avait dit. Et puis, il vient juste de commander une nouvelle voiture. La dernière Pontiac Firebird. Il parle de vacances au ski dans le Colorado pour cet hiver, alors qu'il se contente d'ordinaire de week-ends dans le Vermont. Je lui ai demandé où il allait trouver l'argent, mais tout ce que j'arrive à lui soutirer c'est que ses revenus de droits d'auteur ont fortement grimpé. Or c'est faux. J'ai vérifié. Alors, d'où vient-il réellement, cet argent ?

— De quelqu'un qui l'a grassement payé pour avoir identifié mon frère comme étant le détenteur des lettres ?

— C'est comme ça que je vois les choses, oui, dit Holly, en se mordant la lèvre. Emerson est égoïste, je le sais. Dieu sait que je ne peux pas l'ignorer ! Mais il n'est pas mauvais, au fond. Jamais il n'aurait pu penser que ces gens, dont j'ignore l'identité, seraient prêts à aller aussi loin pour obtenir ce qu'ils voulaient. »

Charlotte ne pouvait oublier ce qu'Emerson lui avait fait, la façon dont il avait joué avec ses sentiments pour satisfaire ses ambitions. Holly ne se serait peut-être pas montrée aussi charitable si elle avait su comment s'était comporté son mari pendant son été en Angleterre. Mais Charlotte se refusait à être la personne qui lui révélerait la chose.

« Sans doute pas, concéda-t-elle avec un sourire réconfortant.

— Je voudrais tellement pouvoir vous dire qui Emerson est allé voir en Espagne, mais il n'a jamais…

— Ce n'est pas nécessaire.

— Vous le savez ?

— Oui.

— Alors, dit Holly en la regardant d'un air stupéfait, vous savez qui retient votre nièce prisonnière ?

— J'avais des soupçons depuis quelque temps, dit Charlotte en hochant la tête. À présent, grâce à vous, j'ai des certitudes. »

89

N'ayant pas encore digéré le fait que Frank ait utilisé son nom dans la lettre à Delgado, Derek, allongé sur son lit à l'hôtel Los Reyes Católicos, écoutait le crépitement de la pluie sur les pavés de la cour sous sa fenêtre. Il s'irritait de devoir reconnaître que le stratagème était vraiment adroit. Il y avait une chance, fût-elle minime, pour que Delgado ait entendu parler de Frank ; en revanche, il n'y en avait aucune pour qu'il ait entendu parler de lui, Derek. Sans compter que c'était lui qui avait insisté sur la nécessité du sang-froid dans la négociation à venir, d'une retenue que la lettre lui donnait l'occasion d'exercer. Ce qu'il avait du mal à accepter était bien sûr la position particulièrement exposée dans laquelle il se trouvait maintenant. Il ne pourrait plus rester anonyme, plus se targuer d'être neutre quand cela l'arrangerait. Il soupçonnait même que le raisonnement de Frank en la matière allait bien au-delà de ce qu'il avait été prêt à admettre. Pourquoi vouloir tout à coup que lui, Derek, prenne le premier rôle ? Pourquoi choisir ce faisant de rester lui-même dans l'ombre ?

Quelle qu'ait été la réponse, il était trop tard pour faire machine arrière. Une heure plus tôt, le téléphone avait sonné, et Derek s'était retrouvé en train de converser avec un Espagnol à la voix cultivée et parlant bien anglais, du nom de Norberto Galazarga, lequel se révéla être le secrétaire particulier de Delgado.

« Je suis les yeux et les oreilles du *señor* Delgado, monsieur Fairfax. J'agis en son nom en toutes circonstances. Il n'a aucun secret pour moi.

— Très bien. Alors, a-t-il…

— Le *señor* Delgado a lu votre lettre et m'a demandé de vous rencontrer pour discuter de votre proposition.

— Je n'ai fait aucune proposition.

— Mais cela ne va pas tarder, je me trompe ?

— Peut-être. Je…

— Demain matin, 11 heures, vous conviendrait-il ?

— Eh bien, oui, je suppose…

— Je vous rendrai visite à votre hôtel. Je me réjouis à l'avance de cette entrevue.

— Euh. Eh bien, moi…

— *Buenas tardes*, monsieur Fairfax. »

Les dés étaient donc jetés. Un intermédiaire en rencontrerait un autre, chacun avec des intentions pacifiques. Avec délicatesse et une prudence infinie, ils s'orienteraient vers un accord. C'était du moins ce qu'espérait Derek. Encore qu'il ignorât toujours comment il allait formuler sa « proposition ». À quel genre d'approche Delgado – ou son mielleux secrétaire – seraient-ils les plus réceptifs ? À quels arguments seraient-ils susceptibles de se rendre ?

Ces négociations seraient sans doute moins difficiles à mener s'il en savait davantage sur le compte de Delgado. Son passé sanglant était une chose. Mais qu'en était-il de son présent ? Quel genre d'homme avait pu produire un demi-siècle de paix ? Frank avait insisté pour qu'ils retournent dans le bar de Lerezuela après avoir quitté le *pazo* précisément pour tenter d'y glaner ce genre d'informations, mais le peu qu'ils avaient appris auprès du lugubre patron et des moins réticents de ses clients n'avait été ni utile ni encourageant.

Il semblait que Delgado fût davantage un objet de crainte que d'affection pour la population locale. *El guante férreo*, le surnommait-on – le gant de fer, une expression qui renvoyait à sa main droite artificielle mais qui était aussi une métaphore de sa nature impitoyable. Plusieurs familles avaient été expulsées du domaine Vasconcelez pour faire place aux projets forestiers de Delgado, lesquels étaient en rapport avec son usine de pâte à papier de Vigo. On le soupçonnait en fait d'avoir un doigt métallique dans chaque branche de l'industrie galicienne, ce qui lui avait permis d'amasser une fortune considérable qui venait s'ajouter à celle qu'il avait acquise par son mariage. On disait que le *pazo* était fabuleusement aménagé, une véritable forteresse destinée à protéger sa retraite. Depuis que son fils et son petit-fils avaient été tués par des terroristes de l'ETA, il menait une vie de reclus, à telle enseigne qu'on ne le voyait pratiquement plus, même si, à en croire le personnel, il était toujours en bonne santé. Il réservait son affection à sa petite-fille, Yolanda, dix-huit printemps, une vraie beauté, disait-on, à qui l'on passait tous ses caprices. Elle était dans une institution suisse pour jeunes filles de bonne famille, où l'on s'employait, pour une fortune, à effacer toute trace de ses origines galiciennes. Quant aux antécédents de Delgado remontant à la guerre civile, chacun faisait montre d'une éloquente ignorance. À voir les réactions des gens, on aurait pu croire qu'une telle guerre n'avait jamais eu lieu.

« Exactement ce que j'avais imaginé, avait déclaré Frank pendant le trajet qui les avait ramenés à Saint-Jacques. L'argent. Le pouvoir. Mais pas beaucoup d'amour. C'est en principe la récompense qui attend les gens de cet acabit.

— S'il est aussi riche que ça, pourquoi s'intéresser autant à cet or ?

— Parce qu'il est cupide. Parce qu'il ne supporte pas de ne pas obtenir ce qu'il cherche à s'approprier depuis des années d'intrigues.

— Mais il a presque quatre-vingt-dix ans, bon sang. Il sera mort avant d'avoir pu en profiter.

— Il ne veut pas cet argent pour le dépenser. Son désir est simplement de l'avoir. Je vous l'ai dit, je connais ce genre d'homme. »

Ce dont Derek ne doutait pas un instant. C'était une des pensées qui ne le quittaient pas : Frank savait. Lui pas. Frank comprenait. Mais c'était lui, Derek, qui devait rencontrer Galazarga le lendemain et tenter de conclure un marché. Il prit une profonde inspiration et expira lentement, étudiant les motifs sans cesse changeants que dessinait la pluie sur les volets, aussi sinueux et insaisissables que les problèmes que son esprit était incapable de maîtriser ou d'éliminer. Tout était si simple et si clair pour Frank, tout était déjà décidé avant même qu'on en parle.

« Il faut que vous fassiez comprendre au secrétaire de Delgado que nous avons les moyens de détruire la réputation de son employeur, et que nous n'hésiterons pas à le faire s'il arrivait quelque chose à Samantha. Ensuite, offrez-lui un marché sans ambiguïté avec toutes les garanties requises : le témoignage d'Ortiz en échange de la fille.

— Et pour le plan ?

— Dites-lui la vérité. Dites-lui que nous sommes prêts à lui donner tout ce que nous avons, ce qui n'inclut pas le plan.

— Et s'il ne me croit pas ?

— Amenez-le à vous croire.

— Facile à dire. Pas si facile à faire. Il se peut qu'on soit en train de frapper à la mauvaise porte. Que l'on offre à Delgado quelque chose qu'il convoite ardemment en échange de quelque chose qu'il n'a pas.

— Non, non. C'est bien Delgado qui a la fille. Je parierais ma chemise. »

Derek n'était toujours pas convaincu. Il pouvait s'agir d'une colossale méprise. Tout compte fait, il n'y avait aucune preuve, aucun indice irréfutable désignant Delgado comme étant leur homme. Tandis qu'il fixait d'un œil vide le baldaquin du lit, sur lequel gambadaient joyeusement les membres d'une partie de chasse médiévale dans une débauche de broderies, cette idée prit une dimension réconfortante. Tant qu'il pouvait croire à l'innocence de Delgado, sa rencontre avec Galazarga lui apparaissait comme une perspective nettement moins effrayante. L'embarras, petit ou grand, était après tout préférable à…

La sonnerie brutale du réveil coupa court à ses

réflexions. Il était 19 heures, l'heure d'appeler à nouveau Charlotte. S'étant mis sur son séant, Derek coupa l'alarme, installa l'appareil sur ses genoux et composa le numéro. Charlotte répondit à la seconde sonnerie.

« Derek ?

— Oui, bonjour, Charlotte.

— Tout va bien ?

— Oui. On a refusé de nous recevoir au *pazo*, mais j'ai réussi à obtenir un rendez-vous pour demain matin avec le secrétaire particulier de Delgado.

— Vous êtes près du but, alors.

— Peut-être. Mais n'oublions pas qu'il se peut que Delgado n'ait rien à voir avec toute cette histoire », dit-il, avant d'attendre une seconde la réponse de Charlotte. Qui ne vint pas. « Charlotte ? reprit-il.

— Oui, je suis toujours là.

— Il y a un problème ?

— Non, pas vraiment. C'est seulement que… j'ai du nouveau pour toi. Sous la forme d'une preuve irréfutable.

— Une preuve de quoi ?

— De la culpabilité de Delgado. Elle ne fait plus aucun doute, Derek. C'est bien lui qui retient Sam prisonnière. »

90

Norberto Galazarga était un petit homme fringant pris dans un costume trois-pièces parfaitement coupé et doublé de soie sauvage, assorti d'une chaîne de montre en or. Il y avait plus de poils au-dessus de sa lèvre inférieure, sous la forme d'une moustache d'un noir de jais impeccablement taillée, que sur la totalité de son crâne. Le large sourire qui fendait sa bouche en permanence faisait remonter les plis de son visage sur son front et sa calvitie avant qu'ils disparaissent à la vue. Ses yeux brillaient d'un éclat tel que Derek le soupçonna d'utiliser des gouttes spéciales à cet effet. Et il portait de l'eau de toilette en suffisance pour couvrir l'arôme pourtant entêtant du cigare qu'il considérait d'un air appréciateur en le reniflant bien plus souvent qu'il ne le portait à sa bouche. Il incarnait pratiquement toutes les qualités qui mettaient Derek le plus mal à l'aise : subtilité et impénétrabilité, compliquées encore par une origine étrangère et une série de maniérismes particulièrement dérangeants. Il lui était si visiblement supérieur sur le plan intellectuel, si clairement préparé à la moindre de ses remarques, que la conversation avec lui commença assez vite à ressembler à une forme d'autoanalyse à laquelle il condescendait à se mêler de temps à autre avec cet air d'ennui détaché qu'affectent les psychiatres.

« L'enlèvement relève d'une méthode vraiment brutale, monsieur Fairfax, et sans égards pour les liens familiaux qu'il menace de briser. Je suppose pourtant qu'on pourrait le regarder comme un genre particulier de transaction commerciale. Le commerce sous la contrainte, en quelque sorte. Évidemment, il est facile pour moi de philosopher sur le sujet, étant donné que je n'ai personnellement aucune expérience de la chose. Pour vos amis, les… les…

— Abberley.

— C'est cela, oui. Pour eux, ce doit être une terrible épreuve. Trop douloureuse pour que les mots puissent le dire, j'imagine. » Il leva sa tasse de chocolat chaud comme pour boire, avant de la replacer sur la soucoupe sans y porter les lèvres et de s'appuyer contre le dossier de son siège, jouant avec son cigare. « Croyez bien qu'ils ont ma sincère compassion. »

Derek se dit, comme il l'avait déjà fait à plusieurs reprises, qu'il devait se détendre, et voir ces paroles alambiquées comme les préliminaires nécessaires à l'objectif à atteindre. Ils étaient assis là, dans le salon luxueux de l'hôtel, dans des fauteuils moelleux sous les dorures d'un immense portrait au cadre doré de quelque dignitaire de la dynastie des Habsbourg, jouant à éviter d'aborder avec force insinuations le seul sujet qu'ils ne pouvaient approcher ni l'un ni l'autre et qui restait pourtant l'unique but de leur entrevue.

« Je suis surpris, je dois l'avouer, reprit Galazarga,

que vous ayez trouvé le temps de faire le voyage jusqu'ici pour une affaire aussi obscure, à un moment où la situation de vos amis – leur dilemme épouvantable – est dans un équilibre aussi précaire. On serait presque tenté de croire que vous espériez les aider en venant ici, encore que je ne voie pas très bien de quelle manière vous pourriez le faire.

— Peut-être n'ai-je pas été assez clair dans ma lettre.

— Peut-être, en effet. »

Des paroles accompagnées de l'habituel sourire.

« En ce cas, permettez-moi d'essayer à nouveau. Votre réaction à ma lettre laisse entendre que le *señor* Delgado témoigne un grand intérêt au document qui se trouve être en ma possession, un document rédigé par Vicente Ortiz, natif de Barcelone, pendant la guerre civile, et dans lequel il décrit en détail certains événements qui se sont déroulés à Carthagène en octobre 1936.

— Vous avez éveillé la curiosité du collectionneur d'antiquités qu'est le *señor* Delgado, la chose est sûre.

— Le veut-il, ce document, ou non ?

— Pardonnez-moi, monsieur Fairfax, mais une telle question me semble prématurée. Le premier problème est de savoir ce que vous attendez en échange.

— La libération de Samantha Abberley.

— Cela va de soi, bien sûr, répondit Galazarga avec un froncement de sourcils. C'est ce que je voudrais moi aussi. Et ce serait également le cas – je n'en doute pas – du *señor* Delgado, s'il était au courant de la situation. Mais il n'est pas magicien. Il ne peut pas d'un coup de baguette exaucer tous vos souhaits. Personne ne le peut.

— Sauf les gens qui retiennent la fille prisonnière.

— Sauf eux, en effet.» Nouvelle tentative avortée en direction de la tasse de chocolat. «Mais comment comptez-vous entrer en contact avec eux?»

Derek s'appliqua à effacer toute expression de son visage avant de répondre.

«Je pense avoir trouvé un moyen, dit-il.

— Vraiment?

— Oui. Vraiment.»

Leurs yeux se croisèrent, et Derek eut l'impression que, de manière tout à fait délibérée, Galazarga autorisait le voile qui recouvrait ses propos à se lever, l'écran qui masquait ses intentions à se replier un peu, révélant dureté, circonspection et ruse. La main de fer de Delgado dans le gant de velours de son secrétaire.

«Des félicitations s'imposent, en ce cas.» Son sourire lui revint, en même temps que les couches protectrices de ses faux-semblants. «Si ce que vous dites est vrai, vous serez peut-être en mesure de rendre à la famille Abberley un service inestimable.

— Mais c'est vrai.

— Votre assurance vous honore. Mais permettez-moi un mot d'avertissement. Vous êtes dans un pays étranger dont vous ne savez pas grand-chose. Et encore moins de son histoire, je soupçonne. Souvenez-vous du proverbe de vos propres compatriotes: En savoir peu est un danger, ne rien savoir, une bénédiction.

— Ce que savait Ortiz était fatalement dangereux. J'ai son compte rendu écrit pour en témoigner. Et je suis prêt à m'en séparer.»

Derek sentait des gouttes de transpiration se former sur sa lèvre supérieure et son front, mais il ne pouvait se permettre de laisser l'autre le voir les essuyer. Il était inutile d'espérer qu'il n'eût rien remarqué de son trouble. La seule question était de savoir ce qu'il en déduirait.

« Mais ma collaboration est soumise à une stricte condition. Vous me comprenez ?

— Je crois, oui. » Le cigare se glissa dans sa bouche, avant d'être aussitôt retiré. « Je crois pouvoir dire sans trop m'avancer que le *señor* Delgado aimerait s'entendre avec vous sur des conditions acceptables en vue de l'acquisition du document… enfin, de la curiosité que vous décrivez.

— Bien, dit Derek en déglutissant péniblement. Il me reste, euh… une dernière chose à préciser. » Brusque haussement de sourcils de la part de Galazarga. « À l'origine, un plan tracé à la main était joint au document. Il a malheureusement été détruit.

— *Détruit ?*

— Par un précédent… détenteur.

— Le plan ne fait donc pas partie de votre offre ?

— Ce serait le cas, s'il existait toujours. Mais il n'existe plus. Nous ne retenons rien, vous comprenez. Le plan est perdu. Il n'est pas en mon pouvoir de vous le proposer. Ni au pouvoir de quiconque, d'ailleurs.

— Oh, mon Dieu, fit Galazarga après un claquement de langue. C'est là… une bien triste nouvelle.

— Pas forcément. Ce qui a disparu est finalement en sécurité. Et ce qui existe toujours est à vendre.

— C'est bien possible. Mais le plan…, dit-il, avant de tirer une longue bouffée sur son cigare. L'absence d'une pièce, si petite soit-elle, est une abomination pour le vrai collectionneur. Elle diminue la valeur de l'objet dans des proportions considérables. Et peut s'avérer… fatale à la conclusion d'une vente. Oui, "fatale", je pense que c'est le mot qui convient.

— Ma foi, si cela doit arriver, je me verrai dans l'obligation de chercher un autre acheteur.

— Vous le feriez vraiment ?

— Oui, vraiment. Et je pense ne pas avoir de mal à en trouver un, avec ou sans le plan. Et vous ?

— Moi ? dit Galazarga avant de s'éclaircir la voix. Je ne saurais vraiment dire. Il est possible que le *señor* Delgado se juge en mesure de répondre à votre offre, en dépit de votre condition. Ou non. C'est à lui seul qu'appartient la décision.

— Et quand la prendra-t-il, cette décision ?

— Une fois que je l'aurai mis au courant des faits pertinents à l'affaire. » Brutalement, Galazarga se pencha en avant, avala une petite gorgée de chocolat, avant de se lever et de tendre la main en signe d'au revoir. « Ce à quoi je vais m'employer dans les plus brefs délais. Ce fut un réel plaisir, monsieur Fairfax. »

Derek se mit debout précipitamment, serra la main qu'on lui tendait et se surprit à retourner à l'autre son sourire exaspérant d'onctuosité.

« Quand… heu… puis-je espérer avoir de vos nouvelles ?

— Sous vingt-quatre heures. Sans faute.

— Fort bien. Je…

— *Adiós.* »

Esquissant une courbette, Galazarga pivota sur les talons et quitta la pièce d'un pas rapide. À peine la porte s'était-elle rabattue derrière le secrétaire particulier que Derek se laissa aller dans son fauteuil et entreprit de revenir dans sa tête sur le déroulement de la conversation. Il était toujours plongé dans son examen quand, quelques minutes plus tard, Frank Griffith apparut devant lui.

« Je l'ai vu partir, dit le vieil homme, en s'asseyant dans le fauteuil précédemment occupé par Galazarga, avant de fixer intensément Derek du regard. Comment ça s'est passé ?

— Comme ci comme ça.

— Quand aurons-nous la réponse de Delgado ?

— Sous vingt-quatre heures.

— Et ce sera quoi ?

— Je ne sais pas.

— À votre avis ?

— Je préfère ne pas en avoir, dit-il, en regardant Frank dans les yeux. Vous m'avez assez souvent répété depuis notre départ d'Angleterre qu'il fallait attendre et voir. Eh bien, vous devriez être content. C'est pour l'instant tout ce que je suis capable de faire. »

91

Huit heures plus tard, l'attente de Derek dans sa chambre – qu'il n'osait quitter au cas où Galazarga chercherait à le joindre – commençait à mettre sérieusement à mal ses nerfs et sa patience. Une conversation à sens unique avec Frank et un échange téléphonique perturbé par les parasites avec Charlotte n'avaient réussi ni à le calmer ni à lui remonter le moral. À présent que le soir tombait et que s'amenuisaient les chances de recevoir un appel du secrétaire de Delgado avant le lendemain matin, il décida que la solitude n'était plus supportable. Une visite au bar, même si elle ne garantissait pas une ambiance de franche gaieté, constituerait au moins un changement de décor. Ne prenant même pas la peine de prévenir Frank, de peur que le vieux rouspéteur soulève quelque objection, il quitta sa chambre, s'arrêtant à la réception *en route** pour préciser où l'on pourrait le trouver en cas de besoin.

La bière galicienne s'étant révélée plutôt décevante, il opta cette fois-ci pour un alcool fort, les doses espagnoles s'avérant particulièrement généreuses. À mi-chemin de son deuxième Cuba libre bien tassé, il commençait à se dire qu'il était tout à fait de taille à tenir tête à Galazarga et à son employeur fantôme, quand une jeune fille aux cheveux noirs étonnamment séduisante et entièrement vêtue de noir, depuis la mini-jupe au pull à col roulé en passant par le petit boléro, vint s'asseoir à sa table.

« B… bonjour, fit Derek, avec un froncement de sourcils étonné.

— *Buenas tardes.* Monsieur Fairfax ?

— Euh… lui-même.

— Je m'appelle Yolanda Delgado Vasconcelez, souffla-t-elle dans un chuchotement. Il faut que je vous parle. C'est très important.

— Pardon ? »

Derek n'en croyait pas ses oreilles, mais le sérieux de la fille était indubitable. Autant que sa sincérité, à en juger par la franchise de son regard.

« Mais, attendez, on m'a dit que…

— Que j'étais en Suisse, c'est cela ? Je suis censée y être, c'est vrai. J'y serais encore à l'heure qu'il est si mon grand-père n'avait pas…, poursuivit-elle en se penchant plus près, ses yeux sombres écarquillés et implorants. Il ne faut pas qu'on me reconnaisse, monsieur Fairfax. S'il savait ce que je suis en train de faire, il serait très en colère.

— Qui, il ? Votre grand-père ?

— Mais oui. Je ne peux pourtant pas laisser les choses continuer comme ça. Vous le comprenez certainement.

— Je… je ne suis pas sûr de…

— Je suis au courant pour votre lettre. Et pour

votre entrevue avec Norberto Galazarga. Je sais pourquoi vous êtes ici.

— Vraiment ?

— Pourrions-nous aller ailleurs ? proposa-t-elle à brûle-pourpoint en jetant un coup d'œil autour d'elle. Un endroit plus… discret ?

— Ma foi, je…

— Je peux vous aider, dit-elle en posant sa main sur la sienne, qui était posée sur la table. Mais uniquement si vous m'aidez de votre côté. Êtes-vous prêt à me suivre ?

— Pour aller où ?

— Pas loin d'ici, dit-elle en jetant un coup d'œil derrière elle. Mais il faut que ce soit tout de suite. Alors, vous venez ?

— Je… »

Quel genre d'aide cette fille était en mesure de lui apporter, il aurait été bien en peine de le deviner. Mais il savait qu'il ne pouvait se permettre de laisser passer cette chance. Celle de voir enfin un terme mis à l'épreuve de Samantha – et du même coup à la sienne – était trop séduisante pour qu'il songe à résister. « Très bien. Allons-y », finit-il par dire.

Elle ne l'accompagna pas au bar quand il alla régler ses consommations, mais l'attendit à côté de la porte de côté qui menait directement hors de l'hôtel. Il emboîta le pas de la silhouette vêtue de noir qui se hâtait dans la nuit de Saint-Jacques. Il ne pleuvait plus, mais une brume persistante voilait les lampadaires ainsi que les projecteurs de la cathédrale, leur donnant la lueur floue des veilleuses de chambre d'hôpital. La ville semblait plus vieille, davantage sur ses gardes qu'à la lumière du jour, ses sens comme aiguisés par l'obscurité, ses intentions cachées.

Ils descendirent la ruelle en pente qui quittait la place centrale, tournant d'abord à droite puis à gauche le long de rues désertes et mal éclairées. Ils n'avaient pas atteint le bout de la seconde que Derek regrettait déjà la chaleur et la sécurité de l'hôtel. Il ne serait que trop facile de se perdre dans ce dédale de vieux passages pavés. Dégrisé par la fraîcheur de l'air ambiant, il commença à se demander si Yolanda n'était pas en train de l'entraîner dans une sorte de piège. Un bruit derrière lui le fit se retourner brutalement. Mais il n'y avait trace de personne au milieu des ombres.

« Ne soyez pas inquiet, dit Yolanda en lui jetant un coup d'œil par-dessus son épaule, comme si elle avait lu dans ses pensées. C'est juste un peu plus loin. Un petit café où je sais que nous pourrons discuter sans craindre d'être entendus. »

Rassuré, il continua à la suivre jusque dans l'entrée d'une ruelle sur leur gauche. Mais il ne resta pas soulagé très longtemps. Aucune trace de lumière signalant un café devant eux, aucune lumière du tout, en fait. Il s'arrêta net et s'apprêtait à faire demi-tour quand il se sentit saisi à la taille et tiré sur le côté. Il prit conscience de deux costauds qui l'entraînaient sous un porche, de formes vagues se déplaçant dans l'ombre autour de lui, de mots espagnols assourdis, des haleines chargées d'ail de ses assaillants. Autant d'images et de sensations qui lui vinrent à l'esprit une fraction de seconde avant d'être balayées par la terreur. L'instant d'après, il se retrouva plaqué contre une lourde porte en bois, les bras cloués le long du corps, le dos écrasé contre un heurtoir en fer forgé. L'éclair d'une lame de couteau dans le noir, et il vit deux visages tout contre le sien, gonflés et déformés par les ombres comme des masques de déguisement pour Halloween. Puis l'odeur de la fumée d'un cigare lui emplit les narines. Galazarga se tenait à moins d'un mètre devant lui, un pardessus jeté sur les épaules à la manière d'une cape.

« Nous allons reprendre notre conversation, monsieur Fairfax, dit-il d'un ton à la neutralité soigneusement étudiée. Sans avoir besoin de surveiller nos paroles, cette fois.

— Mais que… que voulez-vous ?

— Le plan – et les autres papiers, bien sûr.

— Je vous ai dit qu'il n'existait plus.

— Nous avons fouillé votre chambre. Sans le trouver. D'où je conclus que vous lui accordez une valeur telle que vous n'osez pas vous en séparer. Soyez assez bon, s'il vous plaît, pour me le remettre.

— Je ne l'ai pas.

— *¡ Cachealos !* »

Derek fut poussé en avant. Un des deux hommes lui coinça le bras gauche derrière le dos, tandis que l'autre entreprit de lui fouiller les poches, en tendant au fur et à mesure le contenu à Galazarga. Il n'y avait pas grand-chose : un portefeuille, un passeport, un agenda, un stylo, un peigne, des clés, un rouleau entamé de pastilles à la menthe et quelques mouchoirs en papier chiffonnés. Yolanda alluma une lampe torche dont elle dirigea le rayon sur les divers articles pendant que Galazarga les passait en revue.

« On dirait bien que vous ne l'avez pas sur vous, monsieur Fairfax.

— Évidemment. Puisque je vous…

— Vous vous êtes présenté au *pazo* en compagnie d'un homme plus âgé. C'est lui qui l'a, le plan ?

— Non. Aucun de nous deux.

— Comment s'appelle-t-il, monsieur Fairfax ? Et où peut-on le trouver ?

— Je ne répondrai plus à aucune de vos questions.

— Et moi, je suis persuadé du contraire. À moins que vous ne vouliez finir vos jours comme Maurice Abberley. Ce couteau même qui lui a tranché la gorge se trouve maintenant sous la vôtre. »

Abaissant les yeux, Derek vit la lame luisante, tenue dans une main épaisse posée sur sa poitrine. Ne mets pas une seconde de plus leur patience à l'épreuve, criait une voix dans sa tête. Dis-leur que Frank a le plan. Dis-leur où ils peuvent le trouver. Dis-leur… n'importe quoi pour sauver ta peau.

« Écoutez, je…

— Arrêtez ce cirque ! »

La voix de Frank avait claqué tout à coup, ferme et impérieuse. Debout à l'entrée de la ruelle, il pointait un fusil de chasse à deux coups sur Galazarga. « Relâchez-le ou je tire. » L'espace d'une seconde, personne ne bougea. « Je ne plaisante pas, *señor.* J'ai déjà tué des hommes, pour la plupart des Espagnols. Et ça ne m'empêche pas de dormir. Pour tout dire, l'idée de vous tuer, vous, est tout à fait séduisante. Encore un moment d'hésitation de votre part, et la tentation risque d'être trop forte. »

Comment Frank pouvait se trouver là – comment, par ailleurs, il était entré en possession du fusil –, Derek était trop interloqué pour seulement se poser la question. Il n'était que trop heureux – bien plus qu'il n'aurait jamais pu l'imaginer – de voir le regard implacable du vieil homme. Si quelqu'un pouvait gagner cette guerre des nerfs, c'était bien lui. Il était en extrême infériorité numérique certes, et pouvait facilement être maîtrisé. Mais pas avant d'avoir fait usage de son arme. Il fallait absolument que Galazarga l'en croie capable. Dans le cas contraire, il pourrait estimer que le risque valait la peine d'être pris. Mais le visage de Frank restait de marbre, sa main sur le fusil ne tremblait pas. Et Galazarga n'était guère à plus de deux pas de lui. Impossible de le manquer.

Pendant une seconde encore, Galazarga parut indécis. Puis il écarta les mains dans un geste d'apaisement. « Vous avez l'avantage, *señor*, dit-il, avant d'ajouter à l'adresse de ses hommes : *¡ Dejálos ir !* » Ils lâchèrent Derek et s'écartèrent. Le couteau disparut.

« Rendez-lui ses affaires », dit Frank. Avec un petit haussement d'épaules de feinte humilité, Galazarga avança vers Derek et déposa le contenu de ses poches dans ses mains tendues.

« Et maintenant, passez devant moi, tous les quatre, pour rejoindre la rue. Très lentement. » Frank fit un pas de côté pour leur livrer passage : les deux hommes de main en blouson de cuir, le regard mauvais, la fille, tête baissée, Galazarga fermant la marche, une moue irritée sur le visage. « Et maintenant, dégagez ! » ordonna Frank, en leur indiquant d'un mouvement de tête la direction qu'ils devaient prendre. Qui était la continuation du trajet qu'avaient emprunté Derek et la fille avant de tourner dans la ruelle. « Et on ne court pas. On ne s'arrête pas. On ne se retourne pas. »

Galazarga grommela à ses hommes quelque chose qui suffit manifestement à lui assurer leur obéissance. Tandis qu'ils commençaient à s'éloigner, la fille à leur suite, il eut un coup d'œil en direction de Derek et inclina la tête, comme pour prendre formellement congé. «*Hasta luego, señores*», dit-il avec un sourire à peine esquissé. Puis il emboîta le pas aux autres.

La sueur s'évaporait rapidement sur le front de Derek, qui se rendit compte alors pour la première fois combien il avait transpiré, et aussi combien ses mains tremblaient tandis qu'il fourrait tant bien que mal toutes ses possessions dans ses poches. Il s'approcha de Frank en trébuchant. Galazarga et ses acolytes étaient déjà à une vingtaine de mètres, marchant d'un bon pas et obéissant aux instructions reçues.

«Dieu merci, vous m'avez trouvé, murmura Derek.

— Remerciez plutôt l'opinion que j'ai de vous. Je pensais que ce serait bien le diable si vous ne faisiez pas une bêtise. Alors, quand je vous ai entendu sortir de votre chambre, je me suis dit qu'il valait mieux que je garde un œil sur vous. Et bien m'en a pris. Dès que je vous ai vu quitter le bar en compagnie de cette fille, j'ai su que les choses allaient mal tourner.»

Derek était encore trop sous le coup de la peur pour s'offusquer des propos de Frank. Sans compter qu'ils étaient parfaitement justifiés.

«Elle prétendait être la petite-fille de Delgado. Elle disait vouloir aider.

— Elle mentait, c'était une mystificatrice. Vous auriez dû vous en rendre compte.

— Je sais. Je suis désolé.

— Inutile. On n'a pas de temps à perdre en regrets.

— Où avez-vous trouvé le fusil ?

— Je l'ai avec moi depuis qu'on a quitté Hendre Gorfelen.

— Ah, c'est pour ça qu'on ne pouvait pas prendre l'avion – parce que vous faisiez entrer une arme illégalement dans le pays.

— Je pensais qu'on risquait d'en avoir besoin, dit Frank en se retournant vers lui. Et j'avais raison, on dirait, non ? »

À tout autre moment, Derek aurait été furieux. Mais pas maintenant. Quand il s'avérait que les méthodes de Frank étaient les seules à pouvoir être efficaces.

« Je n'aurais jamais cru… Jamais je ne me serais attendu…

— Moi, si. Il y avait toute chance pour qu'ils réagissent de cette manière.

— Ils pensent que nous détenons le plan.

— Ils ne supportent pas l'idée que nous puissions ne pas l'avoir.

— Comment les convaincre, à présent ?

— On n'essaie même pas. Ils sont presque hors de vue, dit-il en montrant le bas de la rue. On ferait bien de décamper sans tarder. Avant qu'ils aient l'occasion de rebrousser chemin. »

Il se pencha pour ramasser quelque chose par terre. C'était un vieux manteau usé jusqu'à la corde, qu'il enroula autour de son fusil avant de le plaquer contre son flanc, le canon dirigé vers le bas.

« Vous gardez ce truc chargé ?

— Ouais, jusqu'à ce que nous soyons hors de danger. Allez, venez. »

Frank reprit d'un pas rapide le chemin par lequel

ils étaient venus, les yeux fixés droit devant lui. Quand Derek le rattrapa, il lui lança :

« Vite, on se grouille, mon vieux. On n'a pas beaucoup de temps.

— Pour quoi faire ?

— Faire nos bagages, régler la note, récupérer la déclaration de Vicente dans le coffre, et quitter cette ville.

— Pour aller où ?

— Peu importe. Là où ils ne risquent pas de nous trouver.

— Et s'ils nous suivent ?

— Avec un peu de chance, ils ne sauront pas dans quel genre de voiture on voyage. Dans le cas contraire, on n'aura plus qu'à les semer.

— Mais, je ne comprends pas… Qu'est-ce qu'on peut gagner à partir maintenant ?

— Plus en tout cas qu'en restant ici. Comme l'a dit Galazarga, c'est nous qui avons l'avantage. Et il faut qu'on le garde.

— L'avantage ? Je ne vois toujours pas…

— On va le mettre au pied du mur, le Delgado. On verra bien lequel de nous a les nerfs les plus solides. Et je vous fiche mon billet que ce ne sera pas lui. »

92

« Allô ?

— C'est moi. »

Charlotte retint son souffle, sachant que si Derek l'appelait à Ockham House, c'était qu'il était arrivé quelque chose de grave. Il était à peine 10 heures, le jeudi matin. Neuf heures devaient encore s'écouler avant leur prochain rendez-vous téléphonique. Elle aurait voulu demander ce qui se passait, mais ne voyait pas comment elle pouvait le faire sans éveiller les soupçons des agents de Golding susceptibles de l'écouter. Et l'augmentation récente des cliquetis et des bourdonnements sur sa ligne l'avait convaincue qu'elle était bel et bien sur écoute – et sans interruption.

« Ne dis rien, poursuivit Derek. Trouve-toi là où tu sais dans… une demi-heure. On parlera à ce moment-là. »

Dans sa chambre d'hôtel à La Corogne, Derek raccrocha et lança un coup d'œil à Frank, dont le profil se découpait contre le ciel et la mer qui s'encadraient dans la baie panoramique.

« Jusqu'ici, tout va bien, dit-il. Je me demande comment elle va réagir quand je lui révélerai ce que vous projetez de faire.

— Ce que *nous* projetons, corrigea Frank. Vous étiez d'accord pour reconnaître que nous n'avions pas d'autre solution. »

Derek ne pouvait guère le nier. Mais cela datait de la veille au soir, après qu'il avait retrouvé sa chambre à Los Reyes Católicos fouillée de fond en comble et qu'ils avaient quitté l'hôtel dans une hâte fébrile, avant de se lancer à vive allure sur les routes sinueuses qui montaient dans les collines au nord de Saint-Jacques-de-Compostelle et de suivre des pistes forestières défoncées jusqu'à ce qu'ils soient sûrs de ne pas être suivis. Ils avaient ensuite attendu des heures dans l'obscurité d'un noir d'encre jusqu'à être absolument certains qu'ils avaient échappé à leur ennemi. À l'aube, ils avaient pris la direction de La Corogne, la capitale de la province, une ville moderne, grise et battue par les vents, accrochée à la côte rocheuse de l'océan Atlantique. Là, une population citadine affairée leur avait fourni le camouflage dont ils avaient besoin, et deux chambres dans un grand hôtel international qui surplombait la mer leur avaient assuré un anonymat idéal. Et c'est là que Derek, les nerfs et le jugement restaurés après un bon repas, une douche chaude et un temps de repos, avait commencé à s'interroger sur la stratégie à laquelle il avait la veille donné son accord inconditionnel.

« Alors, finalement, vous hésitez ?

— Non, pas exactement. C'est juste que…

— C'est juste que vous avez du mal à croire que

vous avez pu vous trouver dans cette impasse, avec un couteau sous la gorge. Ou que la raison et le bon sens aient une chance quelconque de convaincre Delgado.

— J'imagine que oui.

— En attendant, vous y étiez bien dans cette impasse. Et oui, il est probable que Delgado n'écoutera pas la voix de la raison.

— Croyez-vous que votre méthode marchera mieux ?

— Je n'en suis pas sûr, dit Frank, en se tournant vers la fenêtre pour regarder un moment les mouettes qui décrivaient des cercles en criaillant au-dessus du port. Mais si elle ne marche pas, c'est que rien ne marchera. »

Dix minutes après l'arrivée de Charlotte chez Derek, le téléphone sonna, et elle lui parla de nouveau, cette fois-ci plus librement. Quand elle entendit son interlocuteur évoquer la forme qu'avait prise la réponse de Delgado, elle ne sut pour qui elle devait le plus s'inquiéter : Derek, qu'elle exposait à un danger bien plus grand que celui que l'un comme l'autre auraient pu imaginer ; ou Samantha, dont la liberté semblait désormais plus compromise que jamais. Sa réaction immédiate fut de penser que l'heure était vraiment venue cette fois d'aller dire à la police tout ce qu'ils savaient. Mais, quand elle en fit part à Derek, celui-ci la surprit en manifestant son désaccord.

« Frank pense – en fait nous pensons tous les deux – qu'il y a une autre approche qui mérite d'être tentée. On a le sentiment qu'elle a une bonne chance de réussir.

— Et elle consiste en quoi ?

— C'est la raison pour laquelle je t'ai appelée ce matin sans attendre ce soir. On ne peut risquer un nouveau contact direct avec Delgado. Mais il nous prend vraiment au sérieux, désormais. Il y est obligé. Alors, s'il y avait moyen de négocier avec lui de manière indirecte, par le biais d'un intermédiaire…

— Quel intermédiaire ?

— Toi, Charlotte. L'idée de Frank, c'est de faire paraître une annonce dans l'*International Herald Tribune* de demain, en utilisant le libellé suggéré par les ravisseurs mais en précisant que c'est toi qui dois être jointe – à mon numéro. Ce qui devrait te permettre de garder une longueur d'avance sur la police. Ensuite tu pourrais nous rappeler ici, à La Corogne, pour nous dire comment ils ont réagi.

— Réagi à quoi ?

— À nos conditions : ou ils relâchent Samantha immédiatement, ou nous remettons la déclaration de Vicente Ortiz à la police espagnole.

— Vous ne feriez pas ça.

— Ce qu'il faut, c'est que Delgado nous en croie capables. Et ce sera à toi de l'en persuader.

— Mais les risques sont…

— Énormes. Comme ils le sont depuis le début de notre entreprise.

— Tu crois que ça vaut vraiment la peine de les prendre ? Je veux bien dire toi, Derek. Penses-tu, toi, que c'est ce que nous devrions faire ? »

Un long silence s'ensuivit, pendant lequel elle sentit plus qu'elle n'entendit Derek se retenir de lui donner plusieurs réponses. « Si nous allons à la police maintenant, finit-il par dire, et que nous leur donnons le nom de Delgado, il ne leur restera pas assez de temps pour mener une enquête en toute discrétion. Ils risquent fort d'éveiller ses soupçons, bien avant de pouvoir établir avec certitude l'endroit où Samantha est retenue. Ce qui s'est produit hier soir ne me laisse que peu de doutes quant à la réaction de Delgado si cela doit arriver. »

C'est alors qu'elle comprit, comme Derek avait déjà dû le faire, ce que leur décision de jouer cette partie en solo avait d'irrévocable. À un moment ou à un autre, dont ils n'avaient eu conscience ni l'un ni l'autre, ils avaient dû franchir le point de non-retour. Il n'y avait aucun moyen désormais de revenir en arrière. Peut-être aucun moyen, en fait, de se sortir d'affaire. Mais, s'il y en avait un, le plan de Frank constituait leur unique espoir de le trouver. « Très bien, dit-elle. On fait comme ça. »

Charlotte téléphona aussitôt aux bureaux parisiens de l'*International Herald Tribune.* Après avoir communiqué son numéro de carte de crédit, elle obtint la garantie que toutes les éditions du vendredi mentionneraient bien en évidence dans les colonnes des petites annonces : *Les correspondants épistolaires peuvent se rencontrer. Orwell paiera. Appeler le 44-892-315509.* Puis elle rappela Derek pour lui confirmer la parution de l'annonce.

« Bien joué, Charlotte. J'achèterai un exemplaire ici. Après notre rencontre mouvementée à Saint-Jacques, suivie de notre disparition, je ne pense pas qu'ils hésiteront longtemps avant de reprendre contact.

— Et quand ils le feront ?

— Tu dois les convaincre que nous ne changerons pas d'avis. Il n'y a vraiment aucun autre moyen. »

Il avait raison. Mais Charlotte soupçonnait qu'il aurait préféré avoir tort, aurait infiniment préféré, comme elle-même, trouver une solution sûre et moins dangereuse. Quand le téléphone sonna de nouveau quelques minutes plus tard, elle pensa une seconde que c'était précisément là ce qui s'était passé. Dans son désir d'en avoir confirmation au plus vite, elle s'empara du combiné et dit sans réfléchir :

« Derek ?

— Tunbridge Wells 315509 ? s'enquit une grosse voix d'homme.

— Heu… Oui. »

Elle s'en voulut d'avoir été aussi stupide. Elle aurait dû prétendre que son interlocuteur s'était trompé de numéro, raccrocher et s'abstenir de répondre au cas où il rappellerait.

« Puis-je parler à M. Derek Fairfax, je vous prie ? »

Cette grosse voix lui était vaguement familière, mais elle ne pouvait pas se la remettre.

« Non. Je veux dire… il n'est pas ici.

— À qui ai-je l'honneur, si je puis me permettre ?

— Je… je pourrais vous retourner la question, monsieur.

— Oui, bien sûr. Je suis désolé. Je m'appelle Albion Dredge. Et je suis l'avocat de M. Fairfax. Plus exactement, celui de son frère. »

L'incertitude disparut. Elle avait entendu l'homme plaider la cause de Colin Fairfax au tribunal de première instance de Hastings en juin dernier, à un moment où la convoitise suscitée par la collection de Tunbridge Ware de Beatrix semblait devoir suffire à expliquer son meurtre. Explication qui paraissait aujourd'hui bien naïve. D'une naïveté aussi absurde que séduisante.

« Il faut absolument que je m'entretienne avec M. Fairfax d'une affaire urgente, reprit Dredge. Quand sera-t-il de retour ?

— Pas avant quelque temps.

— Avant demain ?

— Non.

— Avez-vous un numéro où je pourrais le joindre ?

— Non.

— Mon Dieu, comme c'est ennuyeux. Voyons voir, je suppose que vous êtes une de ses amis, mademoiselle…

— En effet, je suis une amie.

— Alors, vous serez au courant de… la situation difficile dans laquelle se trouve son frère ?

— Tout à fait, oui.

— Seriez-vous en mesure de faire parvenir à M. Fairfax un message concernant son frère ?

— Eh bien. Peut-être.

— Il doit comparaître demain matin devant le tribunal de Hastings, voyez-vous. La police n'est plus opposée à la libération provisoire sous caution, et j'ai l'intention de faire une nouvelle demande en ce sens. Lors de ma première demande, M. Fairfax s'était porté garant.

— Vous voulez dire que vous avez à nouveau besoin de lui pour qu'il réitère sa déclaration ? demanda Charlotte, perdant courage. Vous avez besoin de sa présence au tribunal ?

— Pas nécessairement. Si le tribunal sait lire entre les lignes, il aura tôt fait de comprendre que les accusations finiront par être totalement abandonnées. Et il ne fera alors aucune difficulté pour accorder la liberté provisoire à l'accusé sur engagement personnel. Mais je préférerais ne courir aucun risque, mademoiselle… mademoiselle…

— J'informerai M. Fairfax si je peux le joindre. Mais c'est sans garantie. Vous pensez que son frère sera relaxé quoi qu'il advienne ?

— Probablement.

— Donc tout est pour le mieux ?

— Euh, oui. Mais…

— Au revoir, monsieur Dredge.

— Si je pouvais simplement… »

Les paroles de Dredge se perdirent dans le vide quand Charlotte raccrocha d'un coup sec. Elle garda les yeux rivés sur le téléphone quelques secondes, se demandant si elle devait appeler Derek pour lui donner l'information. Il risquait de chercher à contacter l'avocat, ce qui ne ferait que multiplier les dégâts qu'elle avait elle-même déjà causés. Tandis que si elle n'en faisait rien, il ne pouvait résulter au pire qu'un délai à la remise en liberté de Colin. En toute autre circonstance, elle n'aurait pas hésité à les aider. Mais les circonstances étaient ce qu'elles étaient. Pour l'instant, elle ne pouvait apporter aucune aide sans risquer gros. Avec un soupir, elle se leva de sa chaise et se prépara à partir.

93

« Pouvons-nous entrer, mademoiselle Ladram ? »

Il était 16 heures quand se présentèrent sur le seuil d'Ockham House les dernières personnes qu'elle avait envie de voir : l'inspecteur principal Golding, haussant les sourcils d'un air critique en l'observant de près, l'inspectrice Finch, traits délicats et regard sévère, et un troisième officier qu'elle reconnut, à sa grande surprise, comme étant l'inspecteur principal Hyslop de la police du Sussex.

« Oui, bien sûr, dit-elle. Il est arrivé quelque chose ?

— Rien de grave, rassurez-vous, dit Golding. Nous vous expliquerons à l'intérieur. »

Dredge avait deviné à qui il avait affaire au téléphone et en avait informé la police. Ils avaient identifié Derek sur l'enregistrement qu'ils possédaient de son appel du matin, et ils en avaient déduit ce qu'elle projetait de faire. À moins que leur visite ne fût qu'une simple coïncidence. C'est cette dernière hypothèse qui lui permit de vaincre ses frayeurs tandis qu'elle les précédait dans le séjour.

« Vous devez être dans un état de grande tension

nerveuse, remarqua Golding, en se dirigeant vers la fenêtre et en se plaçant entre elle et la lumière. Le 11 est tout proche, maintenant.

— Oui. En effet. » Elle se tourna vers Hyslop, désireuse de l'impliquer dans la conversation, ne serait-ce que pour empêcher Golding de la contrôler. « Contente de vous voir, inspecteur. À quoi…

— Je vous aurais de toute façon recontactée, répondit Hyslop. Peter a suggéré que je l'accompagne cet après-midi, ajouta-t-il avec un sourire à l'adresse de Golding. Pour vous éviter un dérangement supplémentaire, en somme.

— Mais vous ne me dérangez pas. Comment avance votre enquête sur la mort de ma tante depuis que vous l'avez rouverte ?

— De façon satisfaisante. Il est évident que quand l'affaire arrivera devant le tribunal, la réputation de votre défunt frère va en pâtir terriblement.

— L'affaire va donc être jugée ? Vous avez pu monter une accusation solide contre Spicer ?

— Nous venons tout juste d'avoir les résultats d'analyse portant sur des fibres de tapis et des taches de sang retrouvées dans sa voiture. Ils le lient directement à la scène de crime et à la victime. Dans la mesure où il n'a jamais avancé d'alibi, sa défense ne tient pas.

— Vous l'avez formellement mis en accusation ?

— Nous allons le faire… dès que nous l'aurons trouvé.

— Je pensais qu'il était déjà en état d'arrestation. » Hyslop eut une grimace.

« Il l'était. Mais nous avons dû le relâcher faute de

preuves solides. C'était avant que sa voiture soit passée au crible. Depuis…

— Il s'est fait la malle, intervint Golding. Il a sans doute compris que c'était fichu.

— Oui, dit Hyslop, sur la défensive. Mais nous l'attraperons. Ce n'est qu'une question de temps.

— Comme dans l'affaire de l'enlèvement de votre nièce, dit Golding. Vous paraissez vous en sortir remarquablement bien au vu des circonstances, mademoiselle Ladram.

— Eh bien… je ne peux pas faire grand-chose, si ? Ni personne d'autre, d'ailleurs.

— Notre enquête est dans une impasse, c'est vrai. C'est la raison pour laquelle nous envisageons un changement de tactique.

— Quel genre de changement ?

— Un pour lequel nous aurions besoin de votre coopération.

— De quelle façon ?

— Nous devons entrer en contact avec les ravisseurs, voyez-vous. À ce stade, il ne nous reste plus d'autre option. Ce que nous nous proposons de faire, c'est de publier dans l'*International Herald Tribune* la petite annonce dont ils vous ont parlé. Vous vous souvenez : “Les correspondants épistolaires peuvent se rencontrer. Orwell paiera.” »

Charlotte sentit sa gorge se nouer. Golding la regardait fixement, mais, éblouie par le reflet de la vitre derrière lui, elle ne discernait pas vraiment son expression. Cherchait-il à la déstabiliser ? À lui faire comprendre quelque chose, de façon par ailleurs fort peu subtile ? Ou ne s'agissait-il que d'une proposition sensée née de leur incapacité à gérer seuls la situation ? Elle n'avait aucun moyen de le savoir.

« Je me souviens, dit-elle d'une voix rauque.

— En admettant qu'ils réagissent, et quand ils le feront, c'est à vous qu'ils voudront parler. Du moins au début. Nous pourrons ensuite les orienter sur un négociateur expérimenté, bien sûr.

— Mais l'annonce devait être placée uniquement si nous étions prêts à leur livrer ce qu'ils réclament. Et nous ne l'avons pas.

— Non. » Il s'interrompit. Un bref instant, on aurait pu croire qu'il avait posé une question et non affirmé ce qu'il considérait comme un fait avéré. « L'idée, c'est que vous leur laissiez entendre que nous l'avons bel et bien. De les faire parler jusqu'à ce que, *primo*, nous ayons tracé l'appel, *secundo*, nous les ayons persuadés de repousser leur date limite. »

Avant de répondre, Charlotte implora intérieurement sa voix et ses yeux de ne pas la trahir.

« Quand pensez-vous faire paraître l'annonce ?

— Samedi. »

Elle parvint à grand-peine à retenir un soupir de soulagement. Si Golding avait choisi le vendredi, sa propre annonce ce jour-là aurait forcément été repérée. Il restait encore une chance, si mince soit-elle, pour qu'elle ne le soit pas – pas avant du moins qu'elle ait rempli son rôle.

« En différant la publication au maximum, reprit Golding, nous espérons faire croire aux ravisseurs que nous cédons devant le délai imposé.

— Je vois.

— En ce cas, êtes-vous prête à collaborer ? Sans

vous, je doute que nous puissions les faire parler suffisamment longtemps pour arriver à quoi que ce soit.

— Qu'en dit Ursula ?

— Mme Abberley ? Elle se félicite de nous voir mettre en œuvre tout ce qui peut sauver la vie de sa fille, dit Golding, avant de regarder son interlocutrice en étrécissant les yeux. N'est-ce pas votre sentiment à vous aussi ?

— Oh, mais tout à fait. Tout à fait. »

Ses pensées tournaient dans sa tête, prenant le pas sur les mots, mettant en forme et pesant les implications de la proposition de Golding. Elle était obligée, bien évidemment, d'accéder à sa demande. En conséquence de quoi, la police ne tarderait pas à contacter le bureau des petites annonces de l'*International Herald Tribune.* Avec un peu de chance, personne ne se souviendrait de son appel chez eux, ni, dans le cas contraire, n'éprouverait le besoin de faire un commentaire à ce sujet. Son annonce paraîtrait de toute façon dans l'édition du matin. Et les ravisseurs la verraient. Mais Golding aussi, tôt ou tard. Et il viendrait la trouver. Ne la trouvant pas, il vérifierait à qui appartenait le numéro de téléphone figurant dans l'annonce. La question était de savoir s'il réagirait suffisamment vite pour l'empêcher de conclure un accord de son côté avec les ravisseurs. Elle ignorait la réponse. Ignorait même si elle serait en mesure de conclure un tel accord. Ce qu'elle savait, en revanche, c'était que, maintenant plus que jamais, elle devait essayer. « Je ferai tout pour vous aider, inspecteur. De toutes les façons possibles. »

94

« Speldhurst. Une matinée sans vent. Charlotte regardait l'aube se lever et répandre une grisaille voilée sur les pelouses manucurées des petites maisons de Farriers. Quelques-uns des voisins de Derek étaient déjà partis travailler dans leur voiture de fonction, pour retrouver les brillantes lumières de la normalité dans leur bureau, tout à la réunion de la journée et déjà à la partie de golf du lendemain. Cette attente sinistre à laquelle elle était condamnée, cachée derrière les voilages du séjour de Derek, n'était pas pour eux. Pas plus que les choix cruciaux auxquels elle serait confrontée chaque fois que le téléphone sonnerait, s'il devait le faire.

Elle alla se planter devant la bibliothèque à côté de la télévision et laissa son regard errer sur les titres à la recherche d'un livre qui pourrait soulager la tension de l'attente. Théories économiques. Photographie. Histoire naturelle. Voitures de collection. Beaux-arts et poésie, en contrepoint d'une série conséquente de romans de gare écornés. Le mélange lui rappela à quel point elle en savait peu sur lui, et aussi combien avait été anormale la manière dont leurs chemins s'étaient croisés. Elle aurait aimé qu'il en fût autrement. C'est alors qu'elle aperçut, posé à plat sur une rangée de livres de poche, *Tristram Abberley, une biographie critique.* Elle sortit l'ouvrage et examina avec attention le visage du poète sur la couverture. Qu'aurait-il fait s'il avait pu deviner les dégâts qu'occasionnerait son mensonge littéraire pour la vie de sa sœur, de son fils et d'une demi-douzaine d'autres à naître, le jour où il avait poussé son dernier soupir à Tarragone ? Il était trop tard pour le lui demander. Comme il était trop tard pour s'appesantir sur ce qu'elle ferait, elle, si elle avait pu savoir avec certitude ce que lui réservaient les quelques heures à venir.

À La Corogne, Derek avait dû faire plus d'un kilomètre dans le centre-ville avant de trouver un kiosque qui distribuait l'*International Herald Tribune.* Une fois muni de son exemplaire, il se hâta d'entrer dans le parc voisin planté de palmiers et d'ouvrir le journal à la page des petites annonces. *Les correspondants épistolaires peuvent se rencontrer.* Il vit immédiatement les mots en lettres capitales dans leur encadré, suivis de *Orwell paiera*, et, au-dessous, son numéro de téléphone en Angleterre. Impossible de le manquer. Impossible de s'y tromper. Le processus était enclenché. Il roula le journal dans sa main, se leva et reprit le chemin de l'hôtel.

À 10 heures, cela faisait déjà pratiquement une heure que Charlotte s'attendait à entendre la sonnerie de téléphone. Pourtant, quand cela se produisit, elle sursauta violemment avant de se précipiter pour répondre.

« 44-892-315509 », articula-t-elle aussi distinctement que possible.

Aucune réponse. Elle attendit, puis commença à répéter le numéro. Mais avant qu'elle soit arrivée au bout, on raccrocha. Elle fixa le combiné d'un regard noir comme si c'était lui le responsable, puis le reposa d'un coup sec. Elle avait toujours les yeux dessus quand il sonna de nouveau.

« 44-892-315509.

— Mademoiselle Ladram ? »

Une voix d'homme. D'après la description de Derek, celle de Galazarga. Mais elle se garda bien de demander l'identité du correspondant.

« Oui, elle-même.

— Je représente ceux qui retiennent votre nièce prisonnière, mademoiselle Ladram.

— Je sais.

— Nous avons vu votre annonce.

— Très bien.

— Pourquoi ce changement de numéro ?

— Parce qu'il se peut que la police m'ait mise sur écoute. Celui-ci est plus sûr.

— Je suis heureux de vous l'entendre dire. L'abonné est enregistré sous le nom de D. A. Fairfax. Nous avons eu l'occasion récemment d'entrer en contact avec ce M. Fairfax. J'en déduis que c'est un de vos amis ?

— En effet.

— Alors je vous conseillerais d'être plus prudente à l'avenir dans le choix de vos amis. Nous avons trouvé que M. Fairfax n'était pas une personne suffisamment fiable pour que l'on puisse traiter une affaire avec lui. »

C'était maintenant, Charlotte le savait, qu'il lui fallait se montrer ferme. Qu'il lui fallait prendre l'initiative. Mais elle n'eut qu'à repenser à Samantha, seule et terrorisée, pour se retenir encore un moment.

« Je suis parfaitement consciente des tractations entre M. Fairfax et vous-même.

— Dans ce cas, vous serez "parfaitement consciente", j'en suis sûr, du fait qu'il n'a pas réussi à nous tromper à propos du plan.

— Nous n'essayons nullement de vous tromper. Il se trouve que ma tante a détruit le plan avant de nous remettre le document. Je donnerais cher pour qu'elle ne l'ait pas fait, mais je ne peux rien y changer. Le plan n'existe plus. Seule subsiste la déclaration d'Ortiz.

— Nous ne vous croyons pas.

— Bien, ne nous croyez pas. Mais il y a une chose que vous devez croire, dit-elle en durcissant délibérément sa voix, nous remettrons le document à la presse espagnole si vous ne relâchez pas ma nièce avant l'expiration du délai que vous avez fixé.

— Vous bluffez, mademoiselle Ladram, finit par dire Galazarga au bout d'un moment de silence. Et bien maladroitement. Vous ne feriez pas courir un tel risque à votre nièce.

— Vous avez raison. Moi, je ne le ferais pas. Mais ce document, je ne l'ai plus. C'est M. Fairfax qui le détient. Lui et son compagnon ne partagent pas mes scrupules.

— Qui est ce compagnon ? »

La question était en soi un signe de faiblesse. Que Charlotte sut mettre à profit. « Un homme implacable, dit-elle. À l'image du *señor* Delgado. » C'était la première fois qu'elle désignait nommément Delgado, mais si Galazarga le remarqua, il n'en laissa rien paraître.

« Et où se trouve cet homme implacable, en ce moment ? demanda-t-il.

— En compagnie de M. Fairfax. Ils se cachent tous les deux. J'ignore où. Ils ont jugé plus prudent de me laisser dans l'ignorance. Ils peuvent me contacter, mais moi je n'ai aucun moyen de les joindre. Ils attendent de voir s'ils doivent mettre leur menace à exécution. Tout comme moi.

— Allons, allons, mademoiselle Ladram. Ils ne feront que ce que vous leur direz de faire.

— En aucun cas. Mme Abberley et moi-même nous sommes concertées sur ce chapitre avant leur départ pour l'Espagne : il était entendu qu'ils ne devaient tenir aucun compte d'un éventuel changement d'avis de notre part. Une mesure de précaution que nous avons jugé bon de prendre dans le but de nous protéger de notre propre faiblesse à l'approche de l'expiration du délai. Si bien, voyez-vous, que rien de ce que je pourrais dire ne saurait les empêcher d'aller trouver la presse. Vous êtes les seuls à pouvoir le faire.

— En relâchant votre nièce ?

— Exactement. »

S'ensuivirent plusieurs secondes de silence avant que Galazarga reprenne la parole. Quand il le fit, Charlotte détecta aussitôt une trace d'hésitation dans sa voix.

« Mademoiselle Ladram, ceci est vraiment…

— Quelle est votre réponse ?

— Je vous demande pardon ?

— Il faut que je sache ce que je dois dire à M. Fairfax. Votre réponse, *señor* Galazarga. Il me la faut tout de suite, s'il vous plaît. »

Il ne réagit pas davantage en l'entendant prononcer son nom qu'il ne l'avait fait à la mention de celui de Delgado.

« Très bien. Je vais en référer à… ceux que je représente, et je vous donnerai leur réponse.

— Quand ?

— Dans le courant de la matinée. Midi au plus tard.

— Fort bien. Mais…

— Au revoir, mademoiselle Ladram. »

Derek alla se placer devant la fenêtre de sa chambre d'hôtel et regarda le port, où un bateau de pêche à coque rouge n'avait pratiquement pas progressé en direction de la haute mer depuis la dernière fois où il l'avait observé.

« On devrait avoir eu des nouvelles d'elle à l'heure qu'il est, dit-il en se tournant vers son compagnon, lequel occupait le seul fauteuil de la pièce et fumait sa pipe, le regard perdu dans le vide.

— On en aura, dit lentement Frank, quand elle aura quelque chose à nous communiquer.

— Ils ont dû voir l'annonce depuis des heures, maintenant. Qu'est-ce qu'ils attendent, bon sang ?

— Si vraiment ils attendent, c'est pour mettre nos nerfs à l'épreuve. Les vôtres n'ont pas l'air de tenir trop bien le choc.

— Oh, par pitié…

— Un bon conseil, mon garçon. Celui de quelqu'un qui a attendu le début de la bataille suffisamment souvent pour être devenu un expert en la matière. L'attente est toujours pénible. Mais elle est parfois sacrément préférable à l'expérience de la confrontation.

— Merci, Frank. » Avec un mouvement de tête exaspéré, Derek revint à son observation du bateau de pêche. « Merci beaucoup. »

Il restait encore vingt minutes avant midi quand le téléphone sonna de nouveau. Charlotte s'obligea à attendre deux sonneries avant de s'emparer du combiné.

« 44-892-315509.

— Mademoiselle Ladram ?

— *Señor* Galazarga ?

— Mon nom importe peu, mademoiselle Ladram. Ce qui importe, c'est notre réponse.

— Et cette réponse, quelle est-elle ?

— Nous acceptons vos conditions. »

Charlotte adressa au ciel une prière de remerciement. Quatre petits mots suffisaient à justifier tous les risques qu'elle avait pris. Mais il s'avéra que ce qu'avait à dire Galazarga ne se limitait pas à ces quatre mots.

« Moyennant certaines dispositions qui devront être suivies à la lettre. Dans le cas contraire, l'arrangement sera considéré comme nul et non avenu. Et votre nièce le paiera de sa vie.

— Quelles sont-elles, ces dispositions ?

— Le document devra être apporté à un endroit

de notre choix, où il sera remis en échange de votre nièce, laquelle sera ensuite emmenée jusqu'à un poste de police comme si elle venait d'être relâchée sans aucune explication. Elle ne doit rien savoir des raisons qui ont conduit à sa libération, et ceux qui les connaissent doivent observer un silence absolu, maintenant et à l'avenir. »

Les conditions dans lesquelles allait se faire l'échange étaient cruciales. Il était possible qu'elles cachent une ruse soigneusement élaborée. Charlotte ne le savait que trop. Elle se devait de peser son empressement à accepter ces modalités contre la possibilité d'une nouvelle fourberie. Mais elle n'eut pas plutôt commencé à réfléchir au problème qu'elle fut interrompue par un coup de sonnette à la porte d'entrée. Elle se leva de son siège, le téléphone pressé contre son oreille, et jeta un coup d'œil dehors à travers le voilage de la fenêtre. Mais aucune voiture n'était visible, ni dans l'allée ni dans la rue. Si, comme elle le craignait, c'était Golding, il était arrivé à pied, ce qui semblait peu vraisemblable. Mais quelqu'un l'avait fait, comme le confirma un second coup de sonnette.

« Eh bien, mademoiselle Ladram ? Acceptez-vous nos conditions ?

— Il faudrait que j'en sache davantage à ce sujet. Où… où devrait se faire l'échange ?

— Nous avons choisi un endroit offrant toutes les garanties de sécurité et de secret aux deux parties en présence. »

Un tapotement se fit entendre à la fenêtre. Quand Charlotte se retourna, elle aperçut une silhouette massive qui se penchait sur la vitre, les mains en auvent devant les yeux pour essayer de mieux voir à travers le rideau.

« Mademoiselle Ladram ?

— Je… je suis désolée. Et pour quand envisagez-vous…

— 9 heures demain matin.

— Si… si tôt ? »

Remarque stupide s'il en était, qu'elle regretta aussitôt. En se retournant de nouveau, elle fut soulagée de constater que la silhouette avait disparu. Restait à espérer que l'homme avait renoncé et était parti.

« Je suis désolée. Demain matin ira très bien.

— Bon. Vous acceptez, donc ?

— Peut-être. Donnez-moi d'abord les détails de la rencontre.

— Non. Votre accord d'abord. Il est hors de question que vous discutiez la moindre de nos conditions. Elles sont strictement non négociables. »

Nouveaux coups contre une vitre, qui tenaient davantage cette fois-ci du tambourinement. Et venaient d'une direction différente. Charlotte leva les yeux. Debout devant les portes du patio dépourvues de rideau qui donnaient sur l'autre côté de la maison, et la regardant à travers la salle à manger et l'arche qui séparait celle-ci du salon, se tenait Colin Fairfax. Elle le reconnut aussitôt, pour l'avoir vu au tribunal trois mois plus tôt. Il portait exactement les mêmes vêtements – blazer bleu foncé, pantalon fauve, chemise à rayures ouverte au col – et affichait la même expression de mauvaise humeur étonnée. Il tapota de nouveau quand il vit qu'elle l'observait.

« Mademoiselle Ladram, puis-je avoir votre attention pleine et entière ? Vous ne semblez pas vraiment concentrée sur l'affaire qui nous occupe.

— Je me reprends. Vos conditions... je les accepte. »

Il convenait de faire vite, à présent. Colin Fairfax n'allait pas renoncer. C'était évident. Il lui fallait conclure ses négociations avec Galazarga avant que Colin entreprenne une action plus radicale.

« Je les accepte toutes, sans réserve.

— Très bien. Voici donc les instructions. Notez-les soigneusement, je ne me répéterai pas.

— Je vous écoute, dit Charlotte, en s'emparant d'un crayon et en se penchant sur le bloc-notes qu'elle avait placé un peu plus tôt à côté du téléphone.

— M. Fairfax et son compagnon se rendront à Orense, à cent onze kilomètres au sud-est de Saint-Jacques-de-Compostelle. De là, ils prendront la N120 en direction de Ponferrada. Au bout de quarante-neuf kilomètres, ils atteindront le village de Castro Caldelas. Où ils obliqueront vers le nord sur la départementale qui mène à Monforte de Lemos et descendront par une série de lacets dans la vallée du Sil. Ils s'arrêteront du côté sud du pont qui franchit la rivière ; ils devront être sur les lieux à 8 h 55, dernier délai, demain matin samedi 10 octobre. À ce moment-là, nos représentants auront amené votre nièce à l'entrée nord du pont. À 9 heures pile, M. Fairfax commencera à avancer, seul, muni du document, mais sans arme d'aucune sorte ni rien qui puisse être confondu avec une arme. L'un de nos représentants le rejoindra au milieu du pont et examinera le document. Si celui-ci est conforme à nos attentes, votre nièce sera autorisée à traverser.

M. Fairfax et son compagnon reprendront ensuite avec votre nièce le chemin de Castro Caldelas, pendant que nos représentants repartiront dans la direction opposée. M. Fairfax et son compagnon emmèneront votre nièce jusqu'à un poste de police de leur choix dans le cours de la matinée, sans toutefois l'accompagner à l'intérieur. Ils la persuaderont de dire qu'elle a été relâchée par ses ravisseurs sans aucune explication et qu'elle ne sait pas par qui ni dans quel endroit elle était retenue prisonnière. Et ils ne lui diront rien de plus. Est-ce bien clair ?

— Oui. Très clair. »

Colin tapait du poing sur la porte vitrée du patio, à présent, et criait pour qu'on lui ouvre. Les voisins n'allaient pas tarder à l'entendre. Et Charlotte devait encore faire part des conditions de Galazarga à Derek. Elle leva la main pour signifier à Colin de se calmer, mais ce fut peine perdue.

« M. Fairfax se conformera aux instructions à la lettre. Vous avez… vous avez ma parole.

— Et vous avez la mienne que nous ferons de même de notre côté. J'espère qu'il n'y aura pas de… contretemps.

— Moi aus…

— Au revoir, mademoiselle Ladram. »

Charlotte reposa brutalement l'appareil, traversa la salle à manger à grandes enjambées et débloqua la baie vitrée dont elle fit glisser un panneau pour l'ouvrir. Colin, momentanément déconcerté, recula d'un pas.

« Monsieur Fairfax, dit Charlotte aussi calmement que possible. Je suis ici au su et avec l'accord de votre frère, il n'y a donc pas lieu de faire un esclandre.

— Je ne vous ai pas déjà vue quelque part ? demanda Colin, les yeux plissés.

— Je m'appelle Charlotte Ladram.

— Nom de Dieu ! La sœur de Maurice Abberley.

— Elle-même. Et je regrette sincèrement l'injustice dont vous avez été victime à cause de lui, mais…

— C'est vous la personne à qui Dredge a parlé au bigophone ? J'ai pensé que ça devait être quelque… Mais où est Derek, bon sang ? Et pourquoi n'était-il pas au tribunal ce matin ? C'est vous qui étiez chargée de l'avertir. »

Chacune de ses remarques était assortie d'un coup donné de l'index et d'une contraction menaçante des sourcils.

« Derek est en Espagne.

— Comment ça, en Espagne ? D'après son bureau, il a attrapé la grippe, et il est soigné par une cousine de Leicester, que, comme ça se trouve, nous n'avons ni l'un ni l'autre. Est-ce que je dois comprendre que j'aurais pu rester en taule simplement parce qu'il a décidé de prendre huit jours de congé au soleil sans l'accord de sa boîte ?

— Bien sûr que non. Il n'est pas en vacances. Vous, de toute façon, vous avez été remis en liberté.

— Pas grâce à Derek. S'il est pas en vacances, qu'est-ce qu'il fabrique là-bas ?

— Il fait quelque chose pour moi.

— Pour *vous* ?

— Oui. Mais je n'ai pas le temps de vous expliquer. Quand il rentrera… »

Un coup de sonnette à la porte l'interrompit au beau milieu de sa phrase. Elle fit volte-face, espérant contre toute raison… Mais il y avait une voiture dans l'allée, cette fois-ci, et une autre dans la rue, son gyrophare bleu et l'écusson de la police de la Thames Valley bien visibles. Ils étaient venus, comme elle s'y attendait. Mais bien trop tôt.

« Seigneur, c'est la police !

— La police ? » Nouveau coup de sonnette, plus insistant. « Qu'est-ce qu'ils veulent ?

— Moi.

— Vous ? Vous voulez rire. »

Le temps pressait. Avec un peu de chance, il lui restait quelques minutes et elle devait en tirer le meilleur profit. Appeler Derek maintenant était impossible, surtout sous le feu roulant des questions et des accusations de Colin. Mais peut-être, qui sait, peut-être Colin allait-il la sauver.

« Entrez, dit-elle en le saisissant par le bras. Dépêchez-vous !

— Mais bon Dieu, qu'est-ce qui se passe ?

— Écoutez-moi. Je vous en prie, dit Charlotte avant de faire coulisser le panneau pour refermer la baie, qu'elle verrouilla. J'ai fait tout mon possible pour réparer le mal que mon frère vous a fait, non ? J'ai remis à la police les preuves de sa culpabilité. C'est grâce à elles que vous avez été relâché.

— Sans doute, mais…

— Je vous demande à présent un service en échange.

— Un service ? »

La sonnette à la porte retentit de nouveau à trois reprises suivies de plusieurs coups sur le heurtoir. Charlotte courut jusqu'au téléphone et attrapa la feuille de papier sur laquelle elle avait noté les instructions de

Galazarga. Colin la suivit d'un pas lent, le visage plissé par l'étonnement.

« Vous n'avez pas l'intention de leur ouvrir ?

— Pas tout de suite. Je dois d'abord vous dire quelque chose. J'ai besoin de votre aide, Colin. Désespérément besoin.

— Mon aide ?

— Oui. Et quand vous aurez compris de quoi il s'agit, il ne me restera plus qu'à prier pour que vous me l'apportiez. »

13 heures, c'était la limite que s'était fixée Derek une heure plus tôt pour se calmer les nerfs. Une fois ce délai passé, sa patience fut à bout. Il s'empara du téléphone et se mit à composer le numéro, tout en évitant soigneusement le regard de Frank. Plusieurs secondes s'écoulèrent avant que résonne la sonnerie, suivie presque aussitôt d'une réponse.

« Tunbridge Wells 315509. »

Ce n'était pas Charlotte. Ni même la formule dont elle avait dit qu'elle se servirait. Un ton qui ressemblait de façon inquiétante à celui d'une policière.

« Allô ? » Il fit claquer le combiné sur son socle et regarda Frank. « Ce n'était pas elle, dit-il d'une voix atone. C'est quelqu'un d'autre qui a répondu. Quelqu'un qui… Je crois que ça a mal tourné, Frank. Vraiment mal. »

À 14 heures, Charlotte se retrouvait assise devant une table métallique sous les néons d'une salle d'interrogatoire du commissariat de Newbury. De l'autre côté de la table, Golding était penché sur sa chaise, étudiant son visage de près à l'affût d'une réaction, tandis que le commissaire Miller arpentait le lino entre eux et la porte, donnant libre cours à sa colère devant la conduite de Charlotte. Derrière lui se tenait une femme agent de police, qui fixait d'un œil vide le mur opposé.

« Vous avez gâché la meilleure chance que nous avions de sauver votre nièce. Grâce à vos bons soins, nous sommes dans l'incapacité de contacter ses ravisseurs comme nous en avions l'intention, de les raisonner, et de tenter une quelconque négociation. Pourquoi, mademoiselle Ladram ? Pourquoi avoir agi d'une manière aussi stupide ?

— Ils peuvent encore appeler au numéro de M. Fairfax, répliqua Charlotte. Vous pourrez encore négocier avec eux à ce moment-là, non ?

— Mais vous ne serez pas là-bas pour répondre.

— Pour la bonne raison que je suis ici. C'est à vous de décider, maintenant.

— Nous ne pouvons plus vous faire confiance, Charlotte, dit Golding. Vous le comprenez, tout de même ? Comment le pourrions-nous encore alors que vous avez agi de cette manière à notre insu ?

— Je n'ai tout simplement pas vu la nécessité d'attendre jusqu'à demain.

— Vous n'avez pas vu non plus la nécessité de nous rapporter ce que vous aviez dit aux ravisseurs ! éclata Miller. La vérité, c'est que vous vouliez conclure un marché privé avec eux, je me trompe ?

— Pourquoi, Charlotte ? s'enquit Golding d'une voix douce. Qu'est-ce que vous essayiez de nous cacher ?

— Mais rien.

— Qu'est-ce qui vous a poussée à croire que vous obtiendriez de meilleurs résultats en agissant toute seule de votre côté ?

— Je voulais juste… tenter ma chance.

— En admettant, évidemment, que vous ayez bien été toute seule. Où est Derek Fairfax ?

— Je ne sais pas.

— Son frère nous a dit que vous refusiez d'expliquer son absence – ainsi d'ailleurs que votre présence chez lui.

— Il vous a dit la vérité.

— Mais vous pas, c'est ça ? beugla Miller, donnant sur la table du plat de la main un coup soudain qui fit sursauter Charlotte. Vous étiez aussi chez lui hier matin. Pourquoi ?

— Derek m'avait demandé de jeter un coup d'œil de temps à autre en son absence.

— Pendant qu'il était où ?

— Il ne me l'a pas dit. »

Miller eut un reniflement méprisant et se détourna. Mais le regard de Golding ne lâchait pas le visage de Charlotte.

« Les ravisseurs ont-ils appelé ce matin, Charlotte ?

— Non.

— Croyez-vous qu'ils appelleront plus tard dans la journée ?

— Je ne sais pas.

— Ou demain ?

— Je ne sais pas.

— Et Samantha, dans tout ça ? À votre avis, que va-t-il lui arriver, à présent ?

— Je ne sais *pas*.

— Vous ne savez rien de rien, quoi ?

— Rien que je ne vous aie déjà dit.

— Nous ne vous croyons pas, gronda Miller.

— Et tant qu'il en sera ainsi, dit Golding, vous ne quitterez pas ce commissariat. »

L'argument de Frank selon lequel il fallait attendre la nuit avant d'envisager le pire paraissait de moins en moins convaincant à Derek. Son incapacité à suggérer une solution de rechange à leur problème était en fait la seule raison pour laquelle il n'avait pas quitté la chambre de l'hôtel, que l'incertitude et l'absence d'informations avaient transformée en une prison dont il aurait voulu s'évader. Quand le téléphone sonna, il l'empoigna instinctivement, espérant de toutes ses forces entendre la voix de Charlotte au bout du fil. Mais ce ne fut pas le cas.

« Allô ?

— Derek ? »

L'espace d'une seconde, il n'en crut pas ses oreilles. On aurait dit la voix de Colin. Mais oui, c'était bien ça. Mais comment ? Pourquoi ?

« Colin ? C'est vraiment… Qu'est-ce que tu… ? Enfin quoi…

— J'ai été libéré ce matin. Étant donné que personne ne semblait savoir où tu étais, je suis allé chez toi. Où je suis tombé sur Charlotte Ladram. Elle m'a dit comment te contacter.

— Charlotte ? Mais… où est-elle ?

— Elle a été mise en garde à vue.

— Pourquoi ?

— Tu sais bien pourquoi, Derek. Fais pas semblant. Essaie pas de me faire marcher, ça prendra pas. Elle m'a tout raconté. Elle avait pas vraiment le choix, vois-tu. C'était ça ou… » Soupir de Colin. « Je pensais que c'était une erreur, mais l'idiot sentimental que je suis a tout de même accepté de lui servir de messager. Je suis au magasin, en ce moment. Par miracle, le téléphone n'a pas été coupé. Il reste que je ne peux pas me permettre trop d'appels à l'étranger. Alors, ouvre grand tes oreilles. J'ai pas mal de choses à te dire. »

95

Cela faisait maintenant une demi-heure qu'ils étaient arrivés. Depuis, le matin avait resserré son emprise froide sur la vallée. Mais rien d'autre n'avait changé ; aucun souffle de vent pour animer le silence, aucun mouvement pour atténuer leur sensation d'isolement. Derek remua sur son siège et regarda une fois de plus les parois abruptes qui encadraient les deux côtés de la gorge et la nappe d'eau tranquille au fond, et le golfe de plus en plus bleu du ciel au-dessus de leur tête, et, en se retournant, la route étroite et sinueuse qu'ils avaient empruntée pour descendre jusqu'ici.

Ils étaient partis de La Corogne la veille dans l'après-midi et, après deux cent trente kilomètres, avaient atteint Castro Caldelas en début de soirée. Ils avaient passé la nuit dans une chambre minable au-dessus du bar le plus bruyant du village, avant de se remettre en route à l'aube et de suivre la route indiquée, laquelle descendait dans les gorges profondes du Sil en serpentant entre les vignobles en terrasses et les affleurements rocheux, jusqu'à ce qu'ils atteignent la retenue d'eau au pied du précipice et le pont en pierre qui était leur destination finale.

Frank avait manœuvré pour placer la Land Rover face à la montée. Sans fournir d'explications, mais Derek ne lui en avait pas demandé étant donné que la possibilité d'un départ précipité ne les rendait pas nécessaires. Derek était heureux, d'une certaine façon, de ne pas avoir le pont sous les yeux depuis son siège. Il le verrait bien assez tôt, quand Galazarga et ses hommes arriveraient et qu'il lui faudrait parcourir la moitié de la travée pour aller à leur rencontre. Ou à la rencontre de l'un d'entre eux, quel qu'il fût.

Si Charlotte lui avait demandé de s'acquitter de cette tâche, il aurait certainement refusé. Mais elle n'en avait rien fait. Elle avait promis qu'elle s'en chargerait parce qu'elle ne pouvait pas faire autrement. Et voilà maintenant que c'était lui qui s'apprêtait à tenir cette promesse pour la même raison. Comme c'était étrange, et ridicule – mais dans le même temps inévitable.

Il était sur le point de regarder sa montre pour voir combien de temps il leur restait encore à patienter quand Frank l'immobilisa en lui posant une main sur le bras. « Les voilà », murmura-t-il.

Et effectivement, deux véhicules, une limousine d'un noir brillant et une fourgonnette rouge, étaient apparus sur la route et descendaient vers le pont. Ils n'en avaient vu passer aucun autre, dans l'une ou l'autre direction, depuis leur arrivée. Pas de doute, c'étaient eux.

Derek observait, pétrifié, les deux voitures qui avançaient à un rythme constant, dissimulées de façon intermittente par des blocs de rochers et des buissons, mais le plus souvent parfaitement visibles sur la route en lacet. Puis il regarda sa montre, sans être interrompu cette fois-ci : 8 h 53.

Frank ouvrit sa portière et descendit. Derek en fit autant et le rejoignit à l'arrière de la Land Rover. Il ne pouvait plus éviter de regarder le pont, à présent, ses solides piles grises plantées dans l'eau au-dessus de leur propre reflet, la ligne floue du garde-corps grillagé qu'il ne tarderait pas à suivre jusqu'en son milieu.

Les deux véhicules ralentirent en atteignant une portion de route droite et plate longeant la rive, disparurent derrière une dernière avancée rocheuse pour réapparaître, et enfin venir s'arrêter à une dizaine de mètres avant le pont. Il était très exactement 8 h 55.

« Ponctuels, nos lascars, hein ? dit Frank.

— Espérons qu'ils se tiendront aux autres dispositions avec autant de rigueur.

— Nerveux ?

— À votre avis ?

— Il n'est pas trop tard pour vous désengager. Je prendrais votre place avec plaisir.

— Ils ont spécifiquement demandé que ce soit moi. Il faut donc que j'y aille, non ? Si quelqu'un doit rompre l'accord…

— Que ce soit eux, c'est ça ?

— Que ce soit ni nous ni eux. C'est tout ce que je demande. »

De l'autre côté du pont, des portières s'ouvrirent et se refermèrent. Une silhouette parfaitement reconnaissable – celle de Norberto Galazarga – dit un mot au conducteur de la fourgonnette, qui se rendit à l'arrière du véhicule et ouvrit grand les deux battants de la porte. Une jeune fille descendit péniblement, vêtue d'un jean et d'un pull informe. Était-ce Samantha ? Derek ne l'avait rencontrée qu'une fois, dans des circonstances bien différentes. Il ne pouvait pas l'affirmer. Mais il aurait donné cher pour que ce soit elle. Très cher.

« Il est presque 9 heures, dit Frank.

— Je ne me mettrai en route qu'à 9 heures pile. Pas avant.

— Très bien. Mais restez calme. Et soyez prudent.

— J'en ai bien l'intention. Très prudent, même. »

Galazarga s'approcha de la limousine et se pencha pour échanger quelques mots avec l'un des occupants. Puis il recula pour laisser sortir son interlocuteur de la voiture. C'était un homme frêle, de haute taille, enveloppé dans un grand pardessus. Derek commençait tout juste à se demander qui il pouvait bien être quand Frank l'avertit : « Il est 9 heures tapantes. »

Derek se mit en route. Il tapota la poche de sa veste et entendit le froissement de l'enveloppe contenant la déclaration d'Ortiz. Il marchait lentement, mais il sortit de la courbe plus vite qu'il ne s'y attendait et se retrouva en train d'examiner le pont sur toute sa longueur et d'évaluer l'endroit où il devrait s'arrêter. Il ne regardait ni à droite ni à gauche, faisant de son mieux pour ignorer l'étendue d'eau de chaque côté, les parois rocheuses et les broussailles devant lui, le plafond bleu hors d'atteinte au-dessus de sa tête. Il avait beau assurer chacun de ses pas, plus il avançait, moins le sol lui paraissait solide, les informations que lui fournissaient ses sens lui semblaient moins fiables.

Puis il vit l'autre homme, qui entrait dans son champ

de vision du côté du pont. C'était la frêle silhouette au grand pardessus, sa haute taille encore accentuée par une extrême maigreur. Cheveux argentés, épaules voûtées, mouvements précautionneux, et manifestement très âgé. La manière dont il tenait son bras droit ne laissait aucun doute sur son identité.

Derek atteignit le milieu du pont, monta sur le trottoir le long de la chaussée et posa une main contre le garde-corps. Le vieil homme était proche, maintenant. Un visage étroit au nez crochu, fendillé d'une mosaïque de rides qui faisait penser à la boue desséchée d'un lit de rivière à sec. Un coin de la bouche, ainsi que la paupière correspondante, était affaissé, comme si l'homme avait été victime d'une attaque, mais son menton volontaire pointait en avant et son regard était résolu. Le pardessus laissait voir un col de chemise blanc amidonné fermé par une cravate noire étroitement nouée. Le soleil fit briller une chevalière en or à sa main gauche, qui se détacha davantage encore que les jointures déformées de ses doigts. Sa main droite, gantée et rigide, se balançait inerte à son côté. Derek se demanda si Frank avait deviné de qui il s'agissait. Ce dernier avait parcouru une longue route pour régler une dette avec cet homme. Et à présent, il était forcé de rester à l'écart et d'effacer la dette, pendant que Derek négociait la vie d'une étrangère.

« Monsieur Fairfax ? » demanda le vieil homme une fois arrivé devant lui. Sa voix était faible et aiguë, et aussi peu accentuée que celle de Galazarga, mais sans le ton doucereux et insinuant du secrétaire. Ses yeux larmoyants passèrent sur le visage de Derek, en quête d'indices ou d'éventuels signes de faiblesse.

« *Señor* Delgado ?

— Oui. » Il monta sur le trottoir et posa son bras droit sur le garde-corps, sa main gantée à quelques centimètres à peine des doigts de Derek. « Vous avez apporté le document ?

— Bien sûr, dit Derek, qui sortit l'enveloppe de la poche de sa veste. Tout est là.

— Sauf le plan.

— Oui, comme je l'ai expliqué au *señor* Galazarga.

— Oui, vous avez expliqué. Ainsi que Mlle Ladram. Mais répétez-moi la chose encore une fois. Pourquoi Mlle Abberley a-t-elle détruit le plan ?

— Pour sceller à jamais le secret de l'or caché. Le purger de son poison. »

De façon stupéfiante, Delgado esquissa un sourire, avant de dire : « Quelle sagesse, chez cette dame.

— Vous… vous approuvez son geste ?

— En tout cas, j'admire la démarche. J'ai quatre-vingt-huit ans, monsieur Fairfax, et dispose de tous les conforts dont je puis rêver. Pour moi, l'or a plus que jamais perdu toute signification. Quand je repense à tout ce que j'ai fait pour m'en emparer… Et quand j'apprends qu'une vieille fille anglaise me l'a escroqué… Que faire d'autre sinon sourire ?

— Mais alors, si cet or ne vous intéressait pas…

— Pourquoi avoir fait enlever la fille ? C'était une idée de Norberto. Il convoite le trésor pour la vie de loisirs qu'il pourra se payer avec après ma mort. Je vois mon propre désir de le posséder qui brûle encore en lui. C'est mon fils, mais pas mon héritier. Sa mère était… une domestique. Si bien que mon péché lui enlève tous ses droits. Il voit donc cet or comme le seul héritage qu'il aura jamais. Alors que je le vois, moi, avec cette croyance exaspérante qui vient avec l'âge, comme une malédiction pure et simple. Une malédiction que je ne veux pas attirer sur lui. Pour son bien, je suis heureux que cet or soit perdu à jamais.

— Mais vous voulez toujours la déclaration d'Ortiz ?

— Bien sûr. Il est mort en me menaçant de la rendre publique. Il est mort en sachant que je ne prendrais jamais de repos tant que je ne l'aurais pas retrouvée et détruite. Avec ou sans plan, il me la faut.

— Alors, prenez-la. »

Derek tendit l'enveloppe et fut surpris de voir Delgado la saisir de sa main droite, les doigts se refermant adroitement sur l'une des extrémités et soulevant le rabat qui n'était pas scellé. Il sortit les pages de sa main gauche et commença à les feuilleter, s'arrêtant une ou deux fois pour lire attentivement un passage.

« C'est bien l'écriture d'Ortiz. Je la reconnais, même après toutes ces années. Les traits appuyés d'un anarchiste catalan. Les empattements écrasés de la seule victime que je n'ai jamais oubliée.

— Victime ?

— La mienne, en effet, monsieur Fairfax. Une parmi beaucoup d'autres. Vous êtes surpris de m'entendre l'admettre ?

— Ma foi… Je m'attendais plutôt…

— À ce que je dissimule ? À ce que je nie ? À quoi bon ? Ici, sur ce pont, en vue mais hors de portée de voix, nous pouvons dire tout ce que nous voulons.

Vous êtes un étranger, pour moi. Nous ne nous reverrons jamais. Je peux donc vous avouer mes péchés plus librement même que je ne le ferais à mon confesseur. Car je détiens maintenant la preuve, de la main d'Ortiz, et avec ses propres mots. Je suis enfin en sécurité. Tout est ici, comme promis. Tout ce que j'avais espéré pouvoir obtenir de Mlle Abberley quand je lui ai rendu visite à Rye il y a quarante-huit ans de cela. Je me souviens comme si c'était hier de cette petite ville côtière anglaise si bourgeoise où elle a déjoué mes manœuvres devant une table dressée pour le thé, où les méthodes que j'avais perfectionnées pour arracher la vérité à mes victimes à force de coups et de violences se sont avérées sans effet. Quand a-t-elle compris, croyez-vous, qu'elle pouvait me vaincre ?

— Je ne pense pas qu'elle en ait jamais eu l'intention.

— Peut-être pas. Mais elle y est bel et bien parvenue. Elle, Ortiz et Tristram Abberley, à eux trois. »

Ayant atteint la dernière page, il poussa un soupir, rassembla le tout et le glissa à l'intérieur de l'enveloppe.

« Qu'allez-vous en faire ?

— Le brûler. M'assurer que le secret ne me survivra pas. Que Norberto ne pourra en faire usage pour détruire l'opinion qu'a de moi ma petite-fille. Quand j'ai appris qu'il était entré en contact avec le biographe de Tristram Abberley…

— Ce n'est donc pas vous que M. McKitrick est venu voir ?

— Non, monsieur Fairfax. C'était Norberto,

lequel cherchait un moyen de s'enrichir et de me rendre méprisable aux yeux de Yolanda. Elle ne sait rien de tout cela. Elle est le joyau dont l'éclat a illuminé les années de solitude que j'ai vécues depuis que son père... m'a été enlevé. Yolanda déplore la cause pour laquelle je me suis battu il y a cinquante ans. Mais elle me respecte pour avoir combattu, pour avoir lutté pour mes convictions. Si elle découvrait que j'ai trahi même le fascisme, que je n'ai été qu'un voleur au beau milieu du conflit... je mourrais deux fois. La première, comme cela ne saurait tarder, rappelé par Dieu. La seconde, autrement plus atroce, dans le regard de ses grands yeux innocents.

— Tout cela, dit lentement Derek. L'enlèvement de Samantha, le meurtre de son père...

— Choses que Yolanda ignore.

— Plus pour très longtemps. Elle ne tardera pas à les apprendre. Mais ce qu'elle ne connaîtra pas, c'est la raison de ces crimes.

— Mais vous, vous la connaîtrez, monsieur Fairfax.

— Oui. C'était pour protéger votre réputation.

— Cela vous paraît-il une raison valable ?

— En aucune façon.

— Pas à vos yeux, bien sûr. Mais vous n'avez même pas la moitié de mes années. Quand vous aurez mon âge, vous comprendrez que l'image que vous laisserez dans le souvenir des hommes est la seule chose qui compte vraiment.

— Et comment se souviendra-t-on de vous ?

— Comme un représentant de valeurs qui n'ont plus cours. Un homme dur mais honorable. Ni un voleur ni un meurtrier. Ni un traître ni un bourreau.

Plus maintenant que j'ai ceci en ma possession, dit-il avec un faible sourire en tapotant l'enveloppe. Vous pensez que j'ai été tout cela, n'est-ce pas ? Et vous avez raison. Mais vous ne pourrez plus jamais le prouver. Personne ne le pourra.

— Votre réputation, c'est une chose, mais qu'en est-il de votre conscience ? lança Derek, soudain irrité par tant d'autosatisfaction.

— Je n'en ai pas. Ma conscience, je l'ai perdue en même temps que ma main droite, au service de mon pays. Quand j'ai pris le parti des insurgés en juillet 1936, je l'ai fait parce que je pensais qu'ils finiraient par l'emporter. D'autres se sont battus pour leurs convictions. Nous avons tous été perdants. Mais moi, je n'ai perdu qu'une fortune en or. Eux ont tout perdu, dit-il, son regard quittant Derek pour se tourner vers la Land Rover et l'homme debout à côté d'elle. Qui est donc votre compagnon, monsieur Fairfax ?

— Il a servi aux côtés d'Ortiz dans la brigade internationale.

— Ah, j'aurais pu m'en douter.

— Ortiz lui a sauvé la vie pendant la retraite de Teruel en se rendant à l'ennemi. Il ignorait jusqu'à une date récente comment Ortiz avait fini. À présent, il le sait.

— Il aurait mieux valu pour lui qu'il continue à l'ignorer, répliqua Delgado, les lèvres serrées en une moue sévère. Beaucoup mieux. »

Un moment, Derek fut tenté de demander dans quelles circonstances était mort Ortiz. Delgado le savait. C'était lui le responsable. Lui qui avait donné les ordres, qui avait regardé pendant qu'ils étaient exécutés. Peut-être avait-il même… Mais non, Derek ne poserait aucune question. S'il le faisait, l'autre risquait de répondre franchement. Et, dans ce cas, comment prétendre auprès de Frank qu'il ne savait rien ? L'ignorance restait en fin de compte leur seul salut.

« Dites-lui ceci de ma part, monsieur Fairfax, reprit Delgado comme s'il lisait dans les pensées de son interlocuteur. Ortiz est mort en sachant qu'il avait tout perdu. Mais il savait aussi qu'il avait gagné. Je ne l'ai pas compris à l'époque, bien sûr. Au fil des années, pourtant, les ravages que causerait son secret dans ma vie, s'il venait à être découvert, me parurent prendre de telles proportions qu'ils furent bientôt comme un nuage assez lourd et noir pour masquer toutes mes réussites. C'est en cela qu'a résidé sa victoire. Il s'en est rendu compte à la fin. Il en a vu les implications. Il a compris. Comme je l'ai fait, moi… beaucoup plus tard.

— Cela est-il censé… excuser vos actes ?

— Nullement. Nous ne sommes pas ici pour offrir ou accorder excuses ou pardons. Nous sommes ici pour respecter un accord – et pour mettre un terme au conflit qui m'opposait à la famille de Tristram Abberley. J'ai ce que je suis venu chercher. C'est à votre tour, maintenant. »

Il se retourna et fit un geste raide de sa main droite.

Derek regarda Galazarga aider Samantha à s'écarter des deux véhicules en la tenant par le coude. Quand ils atteignirent une borne à l'entrée du pont, il la lâcha, et elle commença à avancer d'un pas hésitant, puis pressa l'allure d'une démarche maladroite, comme si elle manquait de pratique. Elle avait l'air hagard et angoissé ; ses cheveux étaient sales et emmêlés, ses vêtements froissés et fatigués. Grands yeux écarquillés, joues creusées, lèvres entrouvertes sous l'effet de l'épuisement et de l'incrédulité.

« Ne craignez ni tricherie ni surprise, monsieur Fairfax. Norberto n'oserait pas me désobéir sous mes yeux. Ramenez la jeune fille à sa mère. Il est temps, je crois, que chacun d'entre nous rentre chez lui.

— Sam ? dit Derek en avançant vers elle de peur qu'elle passe devant lui sans le voir.

— Oui, dit-elle en s'arrêtant. C'est moi, Sam. Qui… qui êtes-vous ?

— Un ami de Charlotte.

— Est-ce que je ne… Vous n'êtes pas… ? demanda-t-elle en fronçant les sourcils.

— Nous nous sommes vus une fois. Mais c'est sans importance. Marchez jusqu'à la Land Rover, là-bas. Un autre ami vous y attend. J'arrive tout de suite.

— D'accord. »

Derek la regarda s'éloigner avant de tourner la tête vers Delgado, mais celui-ci avait déjà fait demi-tour et se dirigeait vers l'autre bout du pont, où l'attendait Galazarga, debout dans une attitude rigide. Derek allait se retrouver seul sur cette voie étroite au-dessus de l'eau, ce point de rencontre éphémère d'une demi-douzaine de destins. Le secret de Delgado était en sûreté, mais l'or aussi. Personne ne sortait vainqueur de l'histoire. Sauf peut-être Beatrix. Elle seule avait désiré tout du long mettre un terme à ces convoitises et à ces rancunes vieilles de cinquante ans. Et aujourd'hui, elle était arrivée à ses fins. Il était vraiment temps pour chacun, comme l'avait souligné Delgado, de rentrer chez soi. C'est avec empressement que Derek pivota sur ses talons pour rebrousser chemin.

96

Le samedi matin venu, Miller et Golding avaient de toute évidence changé d'avis : après une nuit sans sommeil ou presque dans une cellule du commissariat de Newbury, Charlotte avait été remise en liberté sans plus d'explications après le petit déjeuner. Dans la voiture de police qui la ramenait à Tunbridge Wells sur la M25, elle ne cessa de surveiller l'approche progressive de 9 heures sur sa montre. Ce qui se passait en Galice, elle ne pouvait que l'imaginer. Elle savait, qui plus est, qu'il lui faudrait continuer à seulement l'imaginer jusqu'à ce que lui parviennent des nouvelles précises. Une visite ou un appel téléphonique à Colin Fairfax à ce stade risquaient d'être justement l'erreur que sa mise en liberté avait pour but de provoquer.

Dans de telles circonstances, rentrer à Ockham était pour elle échanger une cellule pour une autre. Elle ne pouvait aller nulle part, de peur que des nouvelles arrivent en son absence. Ne pouvait parler à personne de peur de se trahir. Ne pouvait penser à rien en dehors de toutes les raisons susceptibles d'avoir contrarié le plan de Frank et de l'avoir mis, lui et Derek – surtout Derek –, en danger de mort, et ce par sa faute.

Une heure de cette torture rendit l'enfermement insoutenable. Laissant les portes-fenêtres ouvertes pour être sûre d'entendre le téléphone, elle sortit sur la pelouse, où les feuilles d'automne étaient tombées en abondance au cours de cette semaine folle. Elle se remémora la chaude journée de juin où la famille s'était rassemblée ici après les funérailles de Beatrix, et où Derek avait fait irruption dans la maison pour lancer contre eux des accusations que tous s'étaient accordés à trouver absurdes. La seule absurdité apparente à ses yeux aujourd'hui, c'était leur commune ignorance, leur inconscience mutuelle de ce que leur réservait l'avenir. Seulement quatre mois s'étaient écoulés depuis, et pourtant ce jour lui semblait aussi lointain que son enfance, quand ils jouaient au cricket français sur cette même pelouse, son père lui faisant un clin d'œil tout en lançant la balle de tennis dans sa direction, et que Maurice, accroupi près du buisson de houx, un sourire goguenard aux lèvres, s'apprêtait à l'éliminer. « Frappe de ce côté, Charlie. Allez. Tu en es capable… »

Tout à coup, une voiture apparut dans l'allée, roulant suffisamment vite pour envoyer une pluie de gravillons sur la pelouse quand elle freina pour s'arrêter. C'était une vieille Jaguar piquée de rouille, d'un modèle semblable à celui qu'avait possédé à une époque le père de Charlotte. Colin Fairfax en descendit, un sourire lui fendant le visage d'une oreille à l'autre.

« Qu'est-ce qu'il y a ? s'écria Charlotte.

— Rien que de bonnes nouvelles.

— Vraiment ?

— Les meilleures. » Il baissa la voix quand il l'eut rejointe. « Derek m'a appelé d'un bar de Castro Caldelas il y a environ vingt minutes. Je me suis dit que j'allais venir ici tout de suite au cas où ils vous auraient relâchée, ce qu'ils ont fait, je suis heureux de le constater. Eh bien, les autres ont aussi relâché votre nièce ! Tout s'est déroulé comme prévu. Elle est en ce moment avec Derek, saine et sauve.

— Dieu soit loué ! »

Prise d'une soudaine impulsion, Charlotte se haussa sur la pointe des pieds et l'embrassa. L'espace d'une seconde, la voiture, le sourire de son visiteur et la joie soudaine qui l'avait envahie lui donnèrent l'impression que c'était son père qui rentrait du travail, porteur comme cela arrivait souvent d'un petit cadeau à son intention.

« Et vous aussi, Colin. Sans vous, ça n'aurait pas été possible.

— C'est vrai, dit-il avec un sourire béat. Mais, après tout ce que j'ai subi ces derniers temps, mystifier les flics a été un vrai plaisir.

— C'est ma famille qui est responsable de ce que vous avez enduré – une famille qui a aujourd'hui envers vous une dette considérable.

— C'est la liberté qui a dû me rendre généreux. Et si on arrosait ça ?

— Bien sûr. Rentrons à l'intérieur. »

Tout était terminé, à présent. L'incertitude. L'attente. La détresse. La souffrance qu'avait causée Maurice à tout un chacun en se mêlant d'affaires qui le dépassaient. La vie pouvait reprendre son cours, sur une note de triomphe, non pour avoir vaincu le passé, mais pour s'en être libérée. Riant de joie à cette idée, Charlotte précéda Colin dans la maison. Où elle lui servit un scotch généreux, tandis qu'elle se versait un gin, qui l'était à peine moins, pour fêter le succès de leur alliance aussi étrange que passagère.

« Combien de temps, à votre avis, avant que la nouvelle devienne officielle ? demanda-t-elle.

— Plusieurs heures, cela ne m'étonnerait pas. Derek a dit qu'ils projetaient de laisser Sam au commissariat de Saint-Jacques-de-Compostelle. Dieu sait combien de temps il faudra aux autorités espagnoles pour clarifier la situation à partir de là.

— En attendant, nous sommes les seuls à savoir qu'elle est en sécurité. C'est vraiment dommage que sa mère doive continuer à imaginer le pire tant que… Vous savez quoi ? J'ai presque envie de l'appeler tout de suite. » Mais elle n'eut pas plus tôt prononcé ces mots qu'elle se rendit compte combien une telle démarche serait malavisée. « Je ne peux pas, n'est-ce pas ?

— Pas si vous souhaitez que notre rôle dans cette affaire reste secret.

— Si seulement Ursula était ici. Si seulement je pouvais lui apprendre la nouvelle sans risquer d'être entendue. » La réponse, évidente, lui traversa soudain l'esprit. « Pourquoi n'irais-je pas la voir, en personne, pour mettre fin à son supplice ? Sauf que ma voiture est toujours à Speldhurst, ajouta-t-elle devant ce nouvel obstacle. Colin, vous pourriez…

— Pas de problème, je vous emmène, dit son visiteur en vidant pratiquement son verre et en glissant un regard de convoitise à la bouteille de scotch. Pour ne rien vous cacher, je ne cracherais pas sur le fait que votre belle-sœur sache que c'est moi, Colin Fairfax, qui a contribué à sauver sa fille.

— Très bien, dit Charlotte d'un ton décidé. Attendez ici pendant que j'enfile quelque chose qui ne sente pas le matelas de cellule modèle standard.

— Vous voulez un coup de main ?

— Vous, vous attendez ici ! »

Quand Charlotte revint dans le salon dix minutes plus tard, elle trouva Colin assis dans le canapé en train de contempler d'un regard bienveillant la vieille travailleuse en Tunbridge Ware de Beatrix, qui était restée vide dans un coin de la pièce depuis que Charlotte l'avait déménagée de Jackdaw Cottage peu de temps après les funérailles.

« J'étais en train de l'admirer, dit Colin. La marqueterie est superbe. L'œuvre de Russell, on dirait bien. C'était celle de votre tante, bien sûr. Je me souviens l'avoir vue chez elle… lors de ma brève visite.

— Aussi brève que les séquelles en ont été longues.

— On peut le dire, oui. »

Colin avala sa dernière gorgée de scotch et sourit doucement, comme s'il repensait à l'ironie et à l'injustice des épreuves qu'il venait de traverser.

« Mais elles touchent à leur fin, à présent.

— Quoi donc ?

— Les séquelles.

— Oui, je vois ce que vous voulez dire.

— Alors, on y va ?

— Oui, dit Colin en s'extrayant du canapé. Allons-y. »

97

Conduire Samantha depuis les gorges du Sil jusqu'à Saint-Jacques-de-Compostelle fut loin d'être la partie de plaisir qu'avait escomptée Derek à la suite de sa rencontre avec Delgado. Au début, désorientée et dans un état de grande confusion, elle n'avait pratiquement pas ouvert la bouche. Mais un arrêt pour le petit déjeuner près d'Orense lui avait permis de remettre un peu d'ordre dans ses idées et de prendre conscience de la réalité de sa liberté recouvrée. À partir de ce moment, les questions n'avaient cessé de fuser. Et comme les réponses de Derek se faisaient de plus en plus évasives, ses demandes à elle étaient devenues de plus en plus insistantes et pointues.

« Vous êtes Derek Fairfax, n'est-ce pas ?

— Oui.

— Qu'est-ce que vous faites ici ?

— Je suis venu vous aider.

— Mais pourquoi ? Vous n'êtes pas un ami, pour moi.

— Non, mais un ami de Charlotte.

— De Charlie ? Qu'est-ce qu'elle a à voir dans tout ça ?

— C'est elle qui s'est occupée de tout.

— Ah bon ? Et pas mon père ?

— Non. Pas votre père.

— Mais il est au courant, non ?

— Pas exactement.

— Que voulez-vous dire ?

— Cela veut dire que votre famille se chargera de tout vous expliquer. Moi, pour l'instant, je ne peux pas.

— Et pourquoi ?

— C'est pour votre bien. Cela fait partie de l'accord que nous avons passé avec vos ravisseurs.

— Qui sont-ils, ces gens qui m'ont prise en otage ?

— Je ne peux pas vous le dire.

— Pourquoi ?

— Parce que je n'en ai pas le pouvoir, point. Ça ne vous suffit pas de savoir que vous êtes en sécurité, à présent ?

— Non. Je veux comprendre ce qui m'est arrivé. Pourquoi j'ai dû vivre ce cauchemar.

— Peut-être le découvrirez-vous, était intervenu Frank. Mais pas grâce à nous. »

Le ton menaçant de Frank – ainsi que le regard sévère qui avait accompagné sa remarque – avait calmé Samantha un moment. Elle avait sans nul doute trouvé que, dans l'affaire, c'était le vieil homme qui était l'élément le plus déconcertant. Elle devait rester ignorante de ce dont Derek, lui, était tout à fait conscient – à savoir que les circonstances de sa libération avaient privé Frank de la chance de venger le meurtre d'un ami. Comment – si toutefois il l'avait fait – celui-ci s'était-il résigné à l'idée de voir Delgado de si près sans l'affronter, il n'y avait pas moyen de le savoir. Ses pensées restaient cachées derrière son éternel masque d'impassibilité.

Ils atteignirent enfin leur destination et se coulèrent dans la circulation dense d'un samedi matin pour gagner l'hôtel de police. Celui-ci était situé dans une portion de rue très large dont la partie centrale servait de parking. Frank fut donc à même de s'arrêter juste en face du bâtiment de la *Policia Nacional* sans attirer la moindre attention.

« C'est ici que nous nous séparons, annonça-t-il sans ambages. Vous vous débrouillez toute seule, maintenant.

— Vous n'entrez pas avec moi ? demanda Samantha, l'air éberlué.

— Non, nous ne pouvons pas, dit Derek. Ça fait partie de…

— Partie de l'accord, oui, dit Sam, en reprenant ironiquement les mots de Derek. Qu'est-ce que je suis censée leur dire, d'après vous ?

— Dites-leur que les ravisseurs vous ont laissée aux abords de la ville, après vous y avoir amenée les yeux bandés depuis là où ils vous retenaient. Que vous n'avez aucune idée d'où se trouve cet endroit, ni de leur identité ou de la raison pour laquelle ils ont brusquement décidé de vous relâcher.

— C'est le cas, de toute façon.

— Alors ça ne devrait pas être trop difficile, si ?

— Mais je ne dois rien dire à votre sujet ?

— Rien.

— Ça… fait partie de l'accord, c'est ça ?
— Oui.
— Cet homme sur le pont, dit Samantha, l'air soupçonneux, qu'est-ce que vous lui avez donné ? La rançon, c'était quoi ? »

Derek secoua la tête. À quoi bon essayer de répondre ?

« Quelque chose qui appartenait à mon père ? Quelque chose qu'ils voulaient qu'il leur abandonne ?

— Dans un sens.
— Quel sens ?
— Sam, je…
— Ne m'appelez pas Sam ! lança-t-elle, exaspérée, et au bord des larmes à présent. Mes amis, eux, m'appellent Sam. Mais vous n'êtes pas un ami.
— Je suis désolé. Écoutez…
— Je finirai bien par tout savoir. Bon, je dirai tout ce qu'il faut à la police, au consul et à Dieu sait qui encore, mais un jour il faudra bien que je sache. Mon père, lui, me le dira. »

Sa confiance en Maurice Abberley faillit provoquer une révélation intempestive de la part de Derek.

« À propos de votre père, Samantha. Peut-être que je devrais…

— Mademoiselle Abberley, s'interposa Frank, nous avons risqué notre vie pour sauver la vôtre. Nous avons fait des sacrifices que vous seriez incapable d'imaginer, et les mensonges que nous vous demandons de dire sont par comparaison insignifiants, et vous laisseront blanche comme neige. Alors, vous pourriez peut-être cesser de vous apitoyer sur votre sort, entrer dans ce bâtiment et demander qu'on appelle l'ambassade d'Angleterre ? »

Samantha ne méritait peut-être pas des paroles aussi

dures, mais leur effet fut salutaire. La pointe d'hystérie disparut de sa voix.

« D'accord, dit-elle en essuyant ses larmes. Je vous suis reconnaissante, vous savez. C'est juste que…

— Nous comprenons, intervint Derek.

— N'oubliez pas, dit Frank. Vous êtes libre.

— Oui, dit-elle, un sourire éclairant soudain son visage. C'est vrai, hein ? » Elle se frotta les yeux, poussa un grand soupir et annonça : « Je crois que je suis prête.

— Bien », dit Derek, qui ouvrit la portière pour descendre et la laisser sortir.

L'agent en faction devant l'entrée était occupé à se curer tranquillement les dents, sans se douter de ce qui allait se passer. Derek, lui, n'avait qu'une idée en tête : en finir au plus vite et quitter les lieux.

« Merci, monsieur Fairfax, dit Samantha. Je vous remercierai à nouveau quand je saurai ce que vous avez vraiment fait pour moi. » Elle commença à se diriger vers le commissariat, et Derek remonta dans la Land Rover.

« Pauvre gosse, murmura-t-il. Rien de tout ceci n'était sa faute. Quand elle découvrira la vérité sur son père…

— Mais vous ne faites pas partie de ses amis, grommela Frank. Elle vous l'a dit elle-même. Gardez votre compassion pour ceux qui sont dans ce cas – ou qui l'étaient. »

Derek sut aussitôt à qui Frank faisait allusion. Mais dans une tentative un peu perverse pour exorciser les fantômes qui se pressaient encore autour d'eux, il demanda : « À qui pensez-vous, Frank ? »

Devant eux, l'agent en faction cessa de se curer les

dents pour ouvrir la porte à Samantha, laquelle disparut à l'intérieur sans un regard en arrière. Frank mit le moteur en marche. Il n'offrit aucune réponse à la question de Derek, à moins que la remarque qu'il fit en se glissant dans le flot des véhicules pour s'éloigner du centre-ville n'en ait tenu lieu.

« Il est temps que vous me racontiez ce que vous a dit Delgado, mon vieux. Et ce, sans omettre un seul mot. »

98

La matinée était baignée de l'éclat des splendeurs de l'automne, ou du moins c'est ce qu'il semblait à Charlotte, tandis que, installée dans le siège au cuir craquelé de la Jaguar de Colin, elle regardait défiler les clairières dorées du Surrey. Elle éprouvait au centuple ce sentiment joyeux d'irresponsabilité que lui procurait, enfant, la fin d'un trimestre scolaire, mais que l'âge adulte n'avait jamais fait renaître. Avec la fin des soucis de ces dernières semaines et la chute des chaînes qui l'avaient entravée, la sensation s'était encore accrue, l'emplissant de confiance et de générosité, la convainquant que tous les conflits pouvaient être résolus, toutes les plaies pansées, tous les antagonismes éteints. Samantha était enfin saine et sauve, et on ne devait pas priver sa mère du soulagement et de la joie de savoir qu'elle l'était. Si Charlotte et Ursula étaient incapables de partager autre chose, elles pouvaient au moins partager le bonheur de ce moment.

L'eau miroitait dans le soleil quand ils traversèrent le pont de Cookham et la lumière teintait de ses doux rayons la pelouse de Swans' Meadow. Sur les instructions de Charlotte, Colin ralentit pour tourner dans Riversdale. Au même moment, Charlotte aperçut Aliki qui arrivait à vélo en face d'eux. Elle demanda à Colin de se ranger sur le côté de manière à pouvoir lui parler et se pencha par la portière pour attirer l'attention de la jeune fille.

« C'est moi, Aliki ! Charlotte.

— Charlie ! s'exclama Aliki, après s'être arrêtée à sa hauteur en dérapant. J'ai pas reconnu la voiture. Et... vous avez l'air contente, tellement, ajouta-t-elle, avant de porter brutalement la main à sa bouche. C'est... Il y a...

— Peut-être des bonnes nouvelles. Mais il faut d'abord que je parle à Ursula. Elle est à la maison ?

— Oh, oui. Elle est presque pas jamais sortie depuis... depuis que c'est arrivé. Elle est... malheureuse, tellement.

— Vous allez faire des courses ?

— Oui. Mais seulement à Bourne End.

— Eh bien, le temps que vous reveniez, Ursula sera peut-être moins malheureuse.

— Vraiment ?

— Attendons de voir », dit Charlotte, en posant un doigt sur ses lèvres.

Avec un sourire perplexe, Aliki se remit en route, laissant Colin redémarrer puis tourner dans l'allée de Swans' Meadow.

« Sacrée baraque, dit Colin, en s'arrêtant devant la maison. Votre frère ne se privait de rien, on dirait.

— Ne parlons pas de Maurice, si ça ne vous ennuie pas.

— D'accord, dit Colin, avec un haussement d'épaules et un sourire indulgent. On entre ?

— Je crois qu'il vaut mieux que j'y aille seule d'abord pour annoncer la nouvelle. Je viendrai vous chercher quand je lui aurai tout expliqué.

— Ça me va. »

Charlotte descendit de la voiture et se hâta vers la porte, réprimant l'envie de sautiller à chaque pas. Elle s'était attendue à une réponse rapide à son coup de sonnette, mais elle en fut pour ses frais. Elle fit deux nouvelles tentatives, sans plus de succès. Pourtant Aliki avait été formelle. Ursula était chez elle. Elle n'aurait pas pu partir après le départ de la jeune femme sans les croiser. Se pouvait-il qu'elle soit dans le jardin et qu'elle n'ait pas entendu la sonnette ? Cela paraissait la seule explication possible. Signifiant d'un geste ses intentions à Colin, elle commença à contourner la maison.

Quand elle entra dans le jardin, elle s'aperçut d'emblée qu'à moins de se cacher dans les buissons, Ursula ne pouvait pas s'y trouver. Au même moment, elle se remémora cet après-midi de juillet où elle était venue ici en quête d'Emerson McKitrick et avait suivi le même parcours, pour trouver bien plus que ce à quoi elle s'attendait. Mais aujourd'hui, la surprise, c'était elle qui l'apportait. Il ne pouvait tout de même pas y en avoir une autre prête à la prendre au dépourvu. Quelque peu irritée de devoir perdre tout ce temps, elle essaya la porte de la cuisine, qui, à son grand soulagement, était ouverte. Mais aussi à sa grande surprise, car cette porte ouverte suggérait qu'Ursula était effectivement chez elle et avait choisi de ne pas répondre aux coups de sonnette. Ayant appelé son nom sans recevoir de réponse, elle traversa le hall et pénétra dans le séjour.

C'est alors qu'elle vit Ursula, assise sur la banquette, raide et le visage inexpressif, une fraction de seconde avant de comprendre la raison de son regard vide et fixe. Un homme se tenait près de la fenêtre, vêtu d'un jean et d'une courte veste en cuir sur un pull. Trapu, un cou de taureau, un visage buriné taillé à la serpe, les cheveux en brosse. Charlotte reconnut aussitôt Brian Spicer, l'ancien chauffeur de Maurice. Il tenait dans la main un revolver à canon court qu'il pointait sur elle. Elle n'avait jamais vu d'arme plus petite qu'une carabine jusque-là, et elle pensa sur le moment que c'était peut-être un jouet d'enfant. Mais le regard dur et froid de Spicer, ainsi que sa langue qu'il ne cessait de pointer nerveusement entre ses lèvres, lui disait qu'il n'en était rien.

« Spicer, dit-elle d'une voix blanche.

— *Mademoiselle* Ladram, ricana-t-il. Prenez place à côté de madame, voulez-vous. »

Il lui indiqua la banquette du bout de son revolver.

« Fais ce qu'il te dit, Charlie, dit Ursula en levant les yeux vers elle. Il est tout à fait capable de se servir de ce machin. »

Charlotte obéit, se déplaçant à pas lents et hésitants. En s'installant au côté d'Ursula, elle perçut le rythme effréné de la respiration de celle-ci. Puis elle se rendit compte que le sien était tout aussi rapide. Son cœur battait à tout rompre, comme un tambour dans sa tête.

« Mais que… que se passe-t-il ? trouva-t-elle la force de demander.

— On avait une petite conversation privée, dit Spicer. J'avais attendu que la bonne s'en aille afin que nous ne soyons pas dérangés. Je savais pas que vous alliez venir interrompre notre petit tête-à-tête.

— Pourquoi es-tu ici, Charlie ? demanda Ursula en lui pressant la main en quête de réconfort.

— On s'en fout, aboya Spicer. Elle, elle va peut-être se montrer plus compréhensive que vous.

— À quel propos ?

— Il croit que Maurice gardait ici une grande quantité d'argent liquide. J'ai essayé de le dissuader, mais...

— Je crois pas, je *sais* qu'il en avait un paquet, planqué ici, l'interrompit Spicer. Du liquide tout prêt pour le genre de transactions dont il avait la spécialité. De celles qui n'apparaissent pas dans les registres. Les pots-de-vin. Les dessous-de-table. Les cadeaux, vous voyez ce que je veux dire.

— Non, pas du tout, répondit Ursula. À moins que vous ne fassiez allusion au genre de travail que vous avez exécuté pour lui. »

La colère enflamma le regard de Spicer. Il avança vers elles, avant de s'arrêter et de dire :

« Ouais, justement, ce travail... On me doit encore du pognon, là-dessus. Que j'ai bien l'intention de récupérer – avec en prime tout ce qu'il me faudra pour aller m'installer à l'étranger. Grâce à Maurice, j'ai la police à mes trousses qui veut me coller le meurtre de la vieille sur le dos. Alors, il faut que je disparaisse vite fait, voyez. Et pour ça, j'ai besoin d'un peu d'argent de poche.

— Prenez tout ce que vous voulez, dit Ursula. Mais il n'y a pas de cache à billets, ici.

— Tu parles ! Je veux la totalité. Et tout de suite, encore. »

Se pouvait-il que ce soit vrai ? Que Maurice ait caché de l'argent quelque part dans la maison ? Était-ce de là que venaient les billets qu'il avait eu la stupidité de proposer aux hommes de Delgado lors de leur rencontre sur Walbury Hill ? Si c'était le cas, Ursula ignorait sans doute tout de la cachette. Mais Spicer ne le croirait jamais. Cherchant désespérément un moyen de distraire son attention, Charlotte lui lança :

« C'est donc vous qui êtes responsable de la mort de Beatrix ?

— À votre avis ?

— Et du vol à Hendre Gorfelen ?

— Le boulot gallois ? Ouais, de ça aussi.

— Le tout à la demande de Maurice ?

— J'ai fait ce que j'étais payé pour faire.

— Y compris placer les Tunbridge Ware volés dans le magasin de Colin Fairfax pour le compromettre ?

— Ouais. Et alors ?

— Votre renvoi pour ivresse n'était qu'une mascarade ?

— Il en a pas fallu beaucoup pour me convaincre. Je préférais de loin ce qu'avait à me proposer Maurice aux courbettes que je devais faire à cette garce, dit-il avec un mouvement de tête en direction d'Ursula.

— Maurice a dû vous payer grassement.

— Pas assez, non. Je suis venu prendre ce qu'on me doit encore.

— Malheureusement, intervint Ursula, vous n'y arriverez pas.

— On parie ? Si vous me le donnez pas en espèces, je vais devoir me payer en nature.

— Que voulez-vous dire ?

— Ce que je veux dire, c'est que je prends perpète s'ils me coincent pour meurtre. Mais perpète deux fois, c'est pas possible, hein ? Alors un deuxième meurtre – et pourquoi pas un troisième –, ça fera pas grande différence, pas vrai ?

— Bien sûr que si, dit Charlotte. Vous pouvez peut-être convaincre la cour que vous n'aviez pas l'intention de tuer Beatrix. Vous pouvez…

— La ferme ! »

Spicer s'avança vers elle et lui enfonça la joue du canon de son arme. La soudaineté du contact froid du métal la fit tressaillir. Les larmes lui montèrent aux yeux. Elle avait été si heureuse, si insouciante quelques minutes plus tôt, que le danger qui la menaçait à présent lui semblait monstrueusement injuste. Elle pensait que tout était terminé, que le dernier problème était résolu, le dernier risque couru. Mais non. Et cette fois-ci, elle était incapable de faire quoi que ce soit.

Quand Spicer reprit la parole, Charlotte s'aperçut qu'il s'adressait à Ursula, pas à elle.

« Écoute-moi bien, Ur-su-la, dit-il, parodiant son accent en accentuant également chaque syllabe de son nom. Je suis bien content que ta belle-sœur se soit pointée, parce qu'elle me simplifie sacrément la tâche. Elle, elle sait peut-être pas où se trouve le butin, mais toi, tu peux pas l'ignorer, bon Dieu. Alors, ou tu me craches le morceau maintenant, ou j'appuie sur la détente… et je fous en l'air ton beau canapé.

— Spicer…

— Il est *où* ?

— Je ne sais pas !

— Tu mens.

— Non. Par pitié… »

Ursula s'interrompit, et une fraction de seconde plus tard, Charlotte comprit pourquoi. On sonnait à la porte d'entrée. Et elle seule savait qui cela pouvait être.

Au même moment, en Galice, Derek ressortait du terminal de l'aéroport de Saint-Jacques-de-Compostelle et revenait vers la Land Rover, où Frank l'attendait, assis au volant.

« Alors ? s'enquit le vieil homme.

— J'ai une place sur un vol pour Madrid qui part dans un peu plus d'une heure. Puis une correspondance pour Heathrow. Je devrais être chez moi en début de soirée.

— En ce cas, je vous laisse, dit Frank. J'en ai pour un sacré bout de temps jusqu'au pays de Galles, j'ai intérêt à partir tout de suite. »

Il mit le contact, et le moteur démarra en crachotant.

« Frank…

— Oui, quoi ?

— À propos de Delgado…

— Ne dites rien, mon vieux. De toute façon, ça ne ramènera pas Vicente à la vie, pas plus que ça n'amènera son bourreau devant la justice.

— Je sais, mais… Voyez-vous, Charlotte s'inquiétait à l'idée que vous veniez pour…

— Me venger ? compléta Frank. C'était bien ce que j'avais en tête, oui.

— Et vous l'avez toujours ?

— Oui. Mais c'est là que ça restera, dans ma tête.

— Par égard pour Beatrix ?

— Par égard pour nous tous – les vivants et les morts.

— Les choses auraient-elles été différentes si c'était vous et pas moi qui étiez allé le rencontrer sur le pont ?

— Peut-être. Peut-être pas. S'il s'était tenu là devant moi et avait reconnu avoir torturé Vicente à mort, je n'aurais peut-être pas pu m'empêcher de lui sauter à la gorge pour l'étrangler. Mais alors, il se serait passé quoi ? Que vous serait-il arrivé, et à la fille ? Si j'avais vengé Vicente, qui se serait chargé de venger Delgado ? Il faut bien que quelqu'un mette fin à la guerre à moment ou à un autre. J'ignore si j'en aurais été capable. Et je ne le saurai jamais maintenant, pas vrai ? Vous non plus. Il faut que j'y aille, conclut-il en enclenchant la première. Quand vous verrez Charlotte, présentez-lui mes amitiés.

— Je n'y manquerai pas. Mais je suis sûr qu'elle tiendra à vous remercier personnellement.

— De quoi ? Finalement, c'est vous qui avez mené l'affaire à bien. Et de belle façon, il faut le dire. » Un coin de sa bouche se releva, signe qu'il concédait un sourire. « Allez, rentrez chez vous et rendez-la heureuse, Derek. C'est le meilleur conseil que je puisse vous donner – à tous les deux. »

Sur ces mots, accompagnés d'un imperceptible signe de tête, il relâcha la pédale d'embrayage et démarra en direction de la sortie du parking.

Derek suivit la Land Rover des yeux jusqu'à ce qu'elle soit hors de vue. C'était la première fois que Frank l'avait appelé par son prénom. S'il avait voulu par là donner plus de poids au conseil sur lequel il l'avait quitté, il aurait pu s'épargner cette peine. Si Derek avait décidé de repartir par avion, c'était pour revoir Charlotte au plus vite. Mais pas simplement pour lui faire ses adieux.

Que faisait-elle en ce moment, Charlotte ? se demanda-t-il en rentrant dans le terminal. Colin avait dû lui annoncer la bonne nouvelle depuis déjà longtemps. Peut-être buvaient-ils un verre ensemble pour fêter l'événement. Peut-être pas. Quoi qu'il en soit, il était certain d'arriver à les convaincre d'en partager un avec lui. Il y avait, somme toute, beaucoup de choses à célébrer. Et pour la première fois depuis des mois, sans un nuage à l'horizon pour chacun d'entre eux.

« Ils ne vont pas arrêter ? s'exclama Spicer, tandis que la sonnette retentissait pour la cinquième ou sixième fois. Mais qui c'est, bon Dieu ?

— Aucune idée, dit Ursula. Je n'attends personne.

— Eh ben, vous avez intérêt à vous en débarrasser. Debout, mademoiselle Ladram. Très lentement. »

Le revolver toujours à quelques centimètres du visage, Charlotte se leva du canapé, réduite à obéir sans broncher faute de savoir quoi dire ou faire. Il existait forcément un moyen de se sortir de ce piège. Sa conviction était presque aussi forte que sa peur. Après tout ce qui était arrivé, il était tout bonnement impossible que sa vie se termine ainsi, éteinte dans un moment de panique et de stupidité. D'un autre côté, pourquoi impossible ? Le croire était peut-être sa plus grande erreur. En même temps que sa dernière.

« Passe devant nous pour aller dans le hall », dit Spicer à Ursula, tout en se plaçant derrière Charlotte et en lui tordant le bras gauche dans le dos, l'arme appuyée contre sa nuque, où elle sentit le contact dur et froid du canon contre sa peau. Ursula passa devant eux et un petit coup sec sur le pistolet signifia à Charlotte de la suivre. La sonnette se fit entendre encore une fois tandis qu'ils sortaient du séjour. « Ouvre cette putain de porte ! Mais juste assez pour dire à cet emmerdeur de foutre le camp. Je te préviens : un geste de travers, et ta belle-sœur, je lui colle une balle dans la tête. »

Ursula eut un instant d'hésitation, puis se dirigea vers la porte. On voyait une silhouette trapue se dessiner derrière le panneau de verre dépoli au-dessus de la boîte aux lettres. Aucun doute pour Charlotte quant à l'identité du visiteur. Mais Ursula ne le reconnaîtrait pas. Et, s'il ne s'annonçait pas lui-même, ce serait la même chose pour Spicer. La porte était pourvue d'une chaînette de sécurité, mais Ursula la laissa pendre à sa place quand elle tourna la poignée et se mit en travers de l'étroite ouverture.

« Madame Abberley ? entendit Charlotte.

— Oui, mais…

— Où est Charlotte ?

— Elle n'est pas ici. Et je ne sais pas qui vous êtes, mais…

— Je suis Colin Fairfax-Vane.

— Quoi ? »

Spicer resserra sa prise sur le bras de Charlotte. Lui aussi avait entendu le nom.

« Écoutez. Je sais qu'elle est ici. Je l'ai vue entrer. Alors arrêtons de jouer à ce petit jeu, bon sang.

— Il ne s'agit en aucun cas d'un jeu. Je vous en prie, partez.

— J'en ai aucune intention. »

Ursula essaya de refermer la porte, mais en vain. Le poids de Colin était plus que suffisant pour l'en empêcher. Puis, tandis que chacun poussait de son côté, la poignée échappa à Ursula et la porte s'ouvrit en grand et alla percuter l'arrêtoir. « Tout ce que je veux faire c'est... » Les lèvres de Colin se figèrent quand il regarda dans le hall après avoir écarté Ursula.

« J'ai une arme, dit Spicer, et j'en ferai usage s'il le faut. » Il avait peur. Charlotte le devina autant à son souffle court qu'à la manière brutale dont il avait resserré sa prise sur son bras. Il avait peur parce que la donne avait changé, parce que la situation était en passe de lui échapper, parce qu'il avait soudain trop d'éléments à prendre en compte à la fois.

« Qui... qui êtes-vous ? demanda Colin.

— C'est Brian Spicer, intervint Ursula, qui se trouvait tout près derrière lui. L'homme qui est l'auteur du coup monté pour vous faire accuser du meurtre de Beatrix.

— Quoi ? » s'exclama Colin, dont le froncement de sourcils, d'abord incrédule, parut soudain à Charlotte exprimer la colère.

Spicer lui aussi observait Colin, lisant la même émotion sur son visage. Dans les quelques secondes qu'il avait fallu à Ursula pour faire sa révélation à Colin, le fragile espoir qu'entretenait encore Charlotte d'une résolution pacifique du conflit s'était évanoui. Pourquoi Ursula avait-elle fait ça ? Pourquoi, sinon parce qu'elle se moquait bien de ce qui pouvait arriver à quiconque en dehors d'elle-même ?

L'idée venait juste de frapper Charlotte quand

Ursula choisit ce moment pour saisir sa chance. Elle donna une brutale bourrade dans le dos de Colin. Déséquilibré, ce dernier fit un faux pas en avant. Au même moment, Spicer, croyant manifestement qu'il allait se jeter sur lui, repoussa violemment Charlotte sur sa gauche et leva son pistolet. Il tira au moment où celle-ci tombait. Elle entendit l'explosion quelque part au-dessus d'elle tandis qu'elle heurtait le pilastre au pied de l'escalier et s'effondrait à terre. Puis, quand elle se contorsionna pour regarder ce qui se passait, elle vit Colin tourbillonner sur lui-même et aller heurter le mur d'en face, une main plaquée sur le côté, une grimace de surprise et de douleur sur le visage. Ursula avait filé par la porte d'entrée et disparu. Mais Spicer, qui avait dû comprendre qu'elle était la seule des trois à savoir où Maurice avait caché les billets, se lança à sa poursuite, traversant le hall en jurant comme un beau diable. Charlotte et Colin ne présentaient plus pour lui aucun intérêt. Il n'y avait maintenant de place dans ses pensées que pour Ursula – et pour l'argent auquel il s'obstinait à croire qu'elle pouvait le conduire.

Tandis que Spicer sortait d'un bond dans le jardin, Charlotte se releva péniblement et s'approcha de Colin, lequel avait glissé le long du mur pour se retrouver en position assise entre le porte-parapluie et une console, faisant osciller un baromètre sur son crochet comme un pendule au-dessus de sa tête. Du sang coulait entre ses doigts là où il pressait la main contre son flanc gauche, mais quand il leva des yeux troubles vers Charlotte, il lui donna l'impression d'être sur le point de rire.

« Salut, Charlotte. Ça va ?

— Bien sûr que ça va», dit-elle en s'accroupissant à son côté, ravagée à l'idée qu'il puisse mourir. Toute cette peine, tous ces efforts consentis pour rien – les siens, ceux de Derek et aussi de Beatrix – si Colin devait mourir maintenant, persécuté jusqu'au bout par les Abberley. «Laissez-moi voir cette blessure, reprit-elle d'une voix inquiète.

— Non. Appelez plutôt une ambulance. Vous ferez meilleur usage du temps. Où… où est Spicer ?

— Je ne sais pas, mais… »

C'est alors que retentit le hurlement d'une sirène. Tout près et se rapprochant de seconde en seconde. Colin l'entendit et fronça les sourcils.

« Vous… vous les avez déjà appelés ?

— Non. Je ne comprends pas.

— Peu importe, dit-il d'une voix défaillante, et sur le point, semblait-il, de perdre conscience. Écoutez… il y a quelque chose… qu'il faut que je vous dise… »

Mais ses mots se perdirent dans un vacarme assourdissant. Il y avait à présent deux sirènes, toutes proches, chacune déformant et amplifiant l'autre. Puis il y eut le bruit de véhicules s'arrêtant brutalement dans un crissement de pneus sur les gravillons, de portières qui claquent, suivi immédiatement d'un ordre lancé à pleine voix : « Lâchez cette arme ! », et d'autres cris que Charlotte ne put identifier. Une seconde plus tard, l'inspecteur principal Golding faisait irruption dans le hall, hors d'haleine.

« Mademoiselle Ladram, ça va ? » Puis il aperçut Colin et cria par-dessus son épaule : « Une ambulance ! Vite. Il y a un blessé. Val ! Viens voir ce que tu peux faire. »

L'inspectrice Finch passa devant lui et s'agenouilla à côté de Colin, faisant signe à Charlotte de s'écarter. Celle-ci se mit debout, lentement, consciente qu'il y avait beaucoup à dire et à demander, mais trop assommée et l'esprit trop troublé par le tourbillon des événements pour être capable d'autre chose que de regarder Golding bouche bée.

« Tout va bien, dit-il. Spicer s'est rendu. Nous avons failli le renverser en arrivant dans l'allée. On est intervenus dès qu'on a entendu le coup de feu.

— Comment ça, intervenus ?

— On était sur vos traces depuis que l'on vous a relâchée ce matin, ceci dans le but de voir si vous alliez contacter les ravisseurs. Mais on ne s'attendait certainement pas à ça. Pourquoi est-il là, celui-là ? demanda-t-il avec un signe de tête en direction de Colin.

— Il essayait juste... d'aider. Comment va-t-il ?

— Ma foi, il ne perd pas trop de sang, dit l'inspectrice Finch, en levant les yeux vers elle et en haussant les épaules. Ne vous inquiétez pas. L'ambulance ne va pas tarder.

— Ça fait un mal de chien, grommela Colin. Non pas, ajouta-t-il en essayant un sourire, que j'aie beaucoup d'expérience de la gent canine.

— Mademoiselle Ladram, dit Golding. Qu'est-ce qu'il faisait ici, Spicer ? »

Elle s'apprêtait à répondre quand Ursula s'encadra dans la porte d'entrée, un sourire hésitant aux lèvres, comme si une excuse rapide et des paroles insinuantes allaient suffire à réparer ce qu'elle venait de faire.

« Dieu merci, tu es indemne, Charlie, dit-elle doucement.

— C'est à elle qu'il faut demander ce que voulait Spicer, dit Charlotte d'un ton sinistre. Elle vous dira, elle, comment elle a fait pour lui échapper.

— Madame Abberley ? » interrogea Golding en fronçant les sourcils.

Avant qu'Ursula ait eu le temps de répondre, un officier en qui Charlotte reconnut le sergent Barrett surgit derrière elle.

« Monsieur ! s'exclama-t-il. Des nouvelles importantes en provenance du QG de la division.

— De quoi s'agit-il ? aboya Golding.

— La fille de Mme Abberley vient d'être relâchée. Elle est actuellement entre les mains de la police espagnole – saine et sauve. »

99

Colin Fairfax – dont le National Health Service refusait de reconnaître le second nom de famille – ne mourut pas de ses blessures. Contrairement à Tristram Abberley, il était destiné à se rétablir complètement. Pour tout dire, après vingt-quatre premières heures faites d'une alternance de douleurs et d'état plus ou moins comateux, il apprécia grandement sa situation de pensionnaire au Wycombe General Hospital. Il comprit que le pire était passé sitôt qu'il eut cessé de considérer les infirmières comme autant de substituts maternels et commencé à se livrer à des fantasmes sexuels à leur sujet. Dès lors, il se délecta sans retenue du statut de célébrité que lui avait conféré son admission dans des circonstances aussi dramatiques, et, n'eût été l'attitude puritaine de la direction au regard du tabac et de l'alcool, il aurait volontiers envisagé un séjour indûment prolongé.

Il décida d'emblée de plaider une ignorance totale des événements du 10 octobre, et prétendit avoir emmené Charlotte à Swans' Meadow à sa demande, et sans avoir la moindre idée de ce qui pouvait se passer là-bas, ou en Espagne. Quand Charlotte et Derek lui racontèrent toute l'histoire, il vit qu'il avait pris la bonne décision. Moins la police connaîtrait la vérité, mieux cela vaudrait. Ne serait-ce que parce qu'il était seul détenteur maintenant d'un élément vital de cette vérité. Charlotte semblait avoir oublié la tentative qu'il avait faite pour l'en informer, ce qui était tout à fait compréhensible au vu de ce à quoi elle avait à faire face à ce moment-là. Et à présent, alors que l'avenir s'annonçait pour lui sous un jour des plus radieux, il commençait à penser que cet oubli pourrait être aussi providentiel.

Le jour où Colin sortit de l'hôpital, Derek alla le chercher pour le ramener à son appartement au-dessus du magasin. Que, pendant son absence, des efforts héroïques de la part de Charlotte avaient réussi à rendre presque accueillant. Elle l'attendait pour lui souhaiter la bienvenue avec du champagne et des canapés, ce qui lui parut une manière idéale d'inaugurer une convalescence au cours de laquelle le chirurgien lui avait vivement conseillé de renoncer à l'alcool.

Le premier bouchon avait à peine sauté que Colin avait déjà compris que Charlotte et Derek avaient bien davantage à fêter que son rétablissement, ou même l'abandon officiel par la police de toutes les charges qui pesaient contre lui. Leurs visages brillaient d'un bonheur complice, et bien qu'ils fussent trop timides pour oser l'avouer, il était évident que l'amour avait fleuri entre eux pendant son séjour à l'hôpital.

« Alors, demanda-t-il d'un air innocent, au milieu de sa deuxième coupe, quels sont vos plans ? » Il avait délibérément omis de préciser auquel des deux il s'adressait.

« Eh bien…, répondit Derek, sur la défensive, ils ne sont pas bien définis, pour tout dire. À la fin du mois, j'aurai rejoint les rangs des chômeurs.

— Tu veux dire que Fithyan & Co t'a viré ? dit Colin en s'étranglant.

— Pas exactement. Disons que nous nous sommes entendus pour que nos chemins se séparent.

— Bref, ils t'ont bel et bien viré.

— Les experts-comptables, dit Derek avec une grimace, n'emploient pas de telles expressions. On m'a… permis de démissionner sans préavis. Mais ne t'inquiète pas. Vu mon CV, je devrais pouvoir trouver un nouvel employeur sans trop de problèmes.

— Mais avant qu'il commence à chercher, intervint Charlotte avec un sourire, nous allons partir en vacances. Quelques semaines au soleil, histoire de récupérer. »

Notant son usage du pronom pluriel mais sans en faire la remarque, Colin s'exclama :

« Excellente idée ! Pas d'objection de la part de la police, j'espère ?

— Ils n'ont rien retenu contre moi, si c'est ce que vous voulez dire. Le retour de Sam saine et sauve semble avoir calmé leur colère. Et Golding a cessé de poser des questions. Il se rend bien compte qu'on lui a dissimulé quelque chose, mais je ne pense pas qu'on va lui permettre de passer encore du temps à essayer de savoir quoi. La police espagnole poursuit son enquête, mais Sam leur a donné si peu d'informations à se mettre sous la dent que, à mon avis, ils ne vont pas tarder à se désintéresser de l'affaire.

— Et Sam, comment elle va ?

— Comme ci comme ça. Sur un nuage à un moment, plus bas que terre l'instant d'après. Je lui ai dit tout ce que je pouvais me permettre, mais je ne suis pas sûre qu'elle puisse se résigner à croire la vérité sur son père. Elle s'en prend à Ursula, j'en ai peur, refusant de lui adresser la parole, et même de la voir. Elle est allée jusqu'à chercher refuge chez des amis avant de revenir à Nottingham. Il va falloir du temps pour qu'elle fasse à nouveau confiance à sa mère – en admettant que cela arrive un jour.

— Vous ne vous attendez quand même pas à ce que je m'apitoie sur le sort de cette bonne femme, si ?

— Bien sûr que non. Et ce n'est pas non plus mon cas. Je ne lui ai pas parlé depuis… depuis la dernière fois où vous l'avez fait vous-même. Et je n'en ai pas l'intention. J'ai décidé de tout oublier de ma famille – du moins ce qu'il en reste – et de ne penser qu'à moi, et à ceux, ajouta-t-elle avec un regard en direction de Derek, dont je puis être sûre qu'ils ne me laisseront pas tomber.

— Voilà qui est sage, dit Colin en tendant son verre à Derek pour qu'il le remplisse. J'aurais dû en faire autant depuis bien longtemps.

— Et vos plans à vous, Colin, quels sont-ils ? lui demanda Charlotte en souriant.

— Mes plans ? Oh, reprendre les affaires. Rouvrir le magasin dès que possible. Fureter ici et là pour reconstituer le stock. Et tout revendre avec une marge conséquente dans la période précédant les fêtes de Noël. Pas très folichon, hein ?

— Rien d'autre ?

— Pourquoi, il devrait y avoir autre chose ?

— Oh, je ne sais pas. C'est juste que… quand la police est arrivée ce jour-là à Swans' Meadow, vous avez essayé de me dire quelque chose. Mais vous n'avez jamais terminé, et, dans la panique ambiante, j'ai oublié sur le moment de vous demander de quoi il s'agissait. Et j'ai souvent pensé depuis que je devrais réparer cet oubli.

— Vraiment ?

— Oui. La chose paraissait très importante.

— Je m'en souviens pas, dit Colin en s'emparant d'une petite saucisse, histoire de faire diversion. Si jamais ça me revient, je vous le dirai, comptez sur moi. » Il eut un sourire embarrassé et essaya de trouver un autre sujet de conversation. « Alors, vous allez où pour ces vacances ?

— Aux Seychelles, répondit Derek.

— Parfait ! Et juste ce qu'il faut pour deux tourtereaux.

— Qui a parlé de tourtereaux ? demanda Charlotte, les sourcils arqués.

— Personne. Mais j'ai entendu des roucoulements caractéristiques dans les arbres.

— Et on peut savoir pourquoi "juste ce qu'il faut" ? demanda Derek en riant pour couvrir le rouge qui lui était monté aux joues.

— Eh bien… les Seychelles abritent bien le *coco de mer**, non ?

— Le quoi ?

— Vous connaissez pas ? C'est une variété de palmier spécifique à ces îles. La noix de l'arbre femelle a exactement la forme de… Vous le découvrirez bientôt par vous-mêmes. Pourquoi vous gâcher le plaisir ? Pensez à moi de temps en temps, en train de trimer ici, pendant que vous êtes, vous, là-bas en train de… Bref, contentez-vous de penser à moi.

— On n'y manquera pas, dit Charlotte. Et quand nous rentrerons…

— Vous me direz quelle date vous avez choisie pour le mariage. »

La petite fête se termina tard dans l'après-midi. Colin, debout devant la fenêtre, sirotait sa dernière coupe tout en regardant s'éloigner Derek et Charlotte le long de Chapel Place. Ils se tenaient par la main, et Charlotte avait posé sa tête sur l'épaule de son compagnon. Voyant cela, Colin eut un sourire plein d'indulgence et écarta les derniers doutes qui pouvaient encore lui rester : il aurait bientôt une belle-sœur, c'était certain.

Non pas qu'il y trouvât quelque chose à redire. Bien au contraire, en fait. Charlotte était une femme agréable, et exactement la compagne vive et pleine de bon sens dont son frère avait besoin. Quant à sa curiosité concernant ce qu'il avait été sur le point de lui confier à Swans' Meadow, il se disait qu'il pourrait éviter de la satisfaire le temps qu'elle prendrait pour s'émousser complètement. Que pouvait-il faire d'autre ? Lui révéler maintenant le pot aux roses serait faire revivre tant d'événements qu'elle souhaitait ardemment oublier. Il était plus charitable de sa part de tenir sa langue. Oui, tout à fait. Il lui suffisait d'imaginer ce qu'il aurait à lui dire pour comprendre à quel point son explication serait peu judicieuse.

Eh bien, Charlotte, voilà de quoi il s'agit. Vous vous souvenez de ce matin où je suis allé vous trouver à Ockham House pour vous dire que Sam venait d'être libérée, et où ensuite nous avons décidé d'aller à Bourne End pour mettre fin au supplice d'Ursula ? Bien sûr que vous vous en souvenez. Comme moi, vous ne pouvez pas avoir oublié. Vous êtes montée vous changer, en me laissant dans le séjour. Pendant que j'attendais, je me suis intéressé à la travailleuse en Tunbridge Ware de votre tante. Vraiment une belle pièce, comme je vous l'ai dit quand vous êtes redescendue. Et d'autant plus facile à examiner qu'elle était vide. Ou presque. J'ai remarqué que le tissu dans un des tiroirs s'était détaché du bois – ou plutôt avait été détaché. Et j'en ai tout de suite vu la raison. Une feuille de papier avait été insérée sous la doublure, je l'ai retirée pour la regarder de plus près. Le papier était vieux et jauni sur les bords ; c'était un plan tracé à la main avec des noms de lieux et des indications en espagnol, je l'avais toujours dans les mains quand je vous ai entendue dans l'escalier, je n'avais pas le temps de le remettre en place, alors je l'ai glissé dans ma poche, avec l'intention de vous en parler plus tard. Pendant que j'attendais dans la voiture à Swans' Meadow, je l'ai transféré dans mon portefeuille pour être sûr de ne pas le perdre. Et puis, quand je me suis retrouvé allongé par terre dans le hall, perdant mon sang et paniqué à l'idée que j'allais peut-être mourir, j'ai essayé de vous en parler – sans succès. Par la suite, à l'hôpital, grâce à ce que vous-même et Derek m'avez raconté, j'ai compris ce que représentait le plan. Et comment il était arrivé là où je l'avais trouvé. Du moins, je l'ai deviné. Au dernier moment, Beatrix avait dû renoncer à le détruire et l'avait caché dans la travailleuse. Le côté irrévocable de ce qu'elle s'apprêtait à faire avait sans doute arrêté son geste, je comprends pourquoi. Et je n'ai pu me résoudre moi non plus à le détruire.

Non, vraiment, ce n'était pas une chose à faire. Ce ne serait pas juste. Charlotte croyait que toute cette histoire était terminée. Et elle l'était bel et bien, du moins tant que le plan restait un secret. *Son* secret. Valant la bagatelle de quarante millions de livres.

Colin sortit son portefeuille, extirpa le plan de derrière un paquet de vieux reçus de carte de crédit et l'examina d'un air songeur. Le trajet depuis Carthagène jusqu'à la mine de cuivre abandonnée était clairement indiqué. On aurait pu le suivre sur n'importe quelle carte des lieux à grande échelle. Ou le faire en voiture, d'ailleurs. Si l'envie vous en prenait.

Que devait-il en faire ? L'envoyer à Delgado ? Certainement pas. Attendre que le vieux fasciste meure, puis le proposer à Galazarga ? Tout aussi impensable. Le vendre aux enchères chez Sotheby's ? Difficile, dans la mesure où il n'était pas le propriétaire légitime. Le brûler ? Une honte, quand on songeait qu'il avait survécu si longtemps. En faire don à la nation espagnole ? Non, il n'était pas philanthrope à ce point. Alors quoi ?

Colin remit le plan dans son portefeuille, vida son verre et se demanda s'il n'y avait pas par hasard une autre bouteille quelque part dans la maison. Peut-être se préoccuperait-il demain de se renseigner sur l'état de la législation espagnole en matière de découverte d'un trésor par un particulier. Oui… à tout prendre, c'était probablement la meilleure chose à faire. Pour commencer, du moins.

Du même auteur
chez Sonatine éditions :

Par un matin d'automne, traduit de l'anglais par Marie-Jo Demoulin-Astre, 2010.

Heather Mallender a disparu, traduit de l'anglais par Catherine Orsot Cochard, 2012.

Le Secret d'Edwin Strafford, traduit de l'anglais par Catherine Orsot Cochard, 2013.

Le Retour, traduit de l'anglais par Élodie Leplat, 2014.

Sans même un adieu, traduit de l'anglais par Claude et Jean Demanuelli, 2016.

Les Mystères d'Avebury, traduit de l'anglais par Maxime Berrée, 2017.

La Croisière Charnwood, traduit de l'anglais par Marc Barbé, 2018.

L'Héritage Davenall, traduit de l'anglais par Élodie Leplat, 2019.

L'Énigme des Foster, Sonatine, 2021.

PAPIER À BASE DE FIBRES CERTIFIÉES

Le Livre de Poche s'engage pour l'environnement en réduisant l'empreinte carbone de ses livres. Celle de cet exemplaire est de :
600 g éq. CO_2
Rendez-vous sur www.livredepoche-durable.fr

Composition réalisée par Soft Office

Achevé d'imprimer en septembre 2021, en France sur Presse Offset par
Maury Imprimeur – 45330 Malesherbes
N° d'impression : 256941
Dépôt légal 1re publication : octobre 2021
LIBRAIRIE GÉNÉRALE FRANÇAISE – 21, rue du Montparnasse – 75298 Paris Cedex 06

12/8001/0